HEYNE BÜCHER

Das Buch

»Der Dienstag war ein typischer Tag für Kalifornien, voller Sonnenschein und Verheißung, bis Harry Lyon beim Mittagessen jemanden erschießen mußte.« Mit diesem lapidaren Satz nimmt eine atemberaubende Horrororgie ihren Anfang. Noch am selben Nachmittag prophezeit ein vierschrötiger Mann, eine Art Golem von schauerlichem Äußeren, dem südkalifornischen Polizisten, daß er in vierundzwanzig Stunden tot sein werde. Daraufhin bricht ein surrealer Alptraum los, Harrys rationale Welt verwandelt sich in einen Ort voll bizarrer Überraschungen und unvorstellbarer Gefahren. Je näher der Morgen rückt, desto tiefer gerät Harry in einen Strudel des Grauens: Mysteriöse Wesen drohen, die Welt in Chaos und Gewalt versinken zu lassen.

»Das Leben kann bitter sein wie Drachentränen.« Dieses chinesische Sprichwort dient als Leitmotiv in dem neuen Roman des Erfolgsautors Dean Koontz, der Horrorstory und Kriminal-Thriller in einem ist – ein originelles Meisterwerk der phantastischen Literatur, »wahrhaft unwiderstehlich« (*Publishers Weekly*).

Der Autor

Dean Koontz wurde 1946 in Bedford/Pennsylvania geboren. Er studierte am Shippensburg State College und wurde 1966 Lehrer in Appalachia. Wenig später heiratete er und veröffentlichte seinen ersten Roman und Kurzgeschichten. Seit 1976 lebt er mit seiner Familie in Orange County/Kalifornien. Koontz schrieb fast 60 Bücher, die in 18 Ländern erschienen sind und eine Gesamtauflage von 60 Millionen Exemplaren erreicht haben.

Die meisten Bücher des Autors sind im Wilhelm Heyne Verlag lieferbar.

Eins

1.

Der Dienstag war ein typischer Tag für Kalifornien, voller Sonnenschein und Verheißung, bis Harry Lyon beim Mittagessen jemanden erschießen mußte.

Zum Frühstück, das er an seinem Küchentisch einnahm, aß er getoastete englische Muffins mit Zitronenmarmelade und trank dazu einen starken jamaikanischen Kaffee. Eine Prise Zimt gab dem Gebräu einen angenehm würzigen Geschmack.

Durch das Küchenfenster konnte man den Grüngürtel sehen, der sich durch Los Cabos wand, eine ausufernde Siedlung von Eigentumswohnungen in Irvine. Als Vorsitzender der Eigentümergemeinschaft nahm Harry die Gärtner ganz schön hart ran und überwachte ihre Arbeit streng, damit die Bäume, Sträucher und das Gras immer so ordentlich geschnitten waren wie eine Gartenlandschaft im Märchen und es so aussah, als würde das Ganze von unzähligen Gartenzwergen mit Hunderten winziger Heckenscheren in Ordnung gehalten.

Als Kind hatte er noch mehr Spaß an Märchen als andere Kinder gehabt. In den Welten der Gebrüder Grimm und Hans Christian Andersens waren die Hügel im Frühling immer makellos grün und samtweich. Und es herrschte Ordnung. Die Bösen wurden stets bestraft und die Guten belohnt – wenn auch manchmal erst nach grauenhaften Leiden. Hänsel und Gretel starben nicht im Ofen der Hexe, die Alte wurde selbst bei lebendigem Leib darin gebraten. Rumpelstilzchen bekam nicht, wie geplant, der Königin ihr Kind, und aus Wut riß es sich selbst mitten entzwei.

Doch das wirkliche Leben im letzten Jahrzehnt des 20. Jahrhunderts sah so aus, daß Rumpelstilzchen der Königin ihr Kind wahrscheinlich kriegen würde. Es würde das Mädchen mit

Sicherheit heroinabhängig machen, sie als Prostituierte arbeiten lassen, ihre Einnahmen kassieren, sie nach Lust und Laune verprügeln, sie in Stücke hacken und ungestraft davonkommen, weil es behaupten würde, daß die Intoleranz der Gesellschaft gegenüber übellaunigen und bösartigen Trollen es vorübergehend unzurechnungsfähig gemacht hätte.

Harry trank den letzten Schluck Kaffee und seufzte. Wie so viele Leute sehnte er sich danach, in einer besseren Welt zu leben.

Bevor er zur Arbeit ging, spülte er Geschirr und Besteck, trocknete alles ab und räumte es weg. Er konnte es nicht vertragen, Durcheinander und Unordnung vorzufinden, wenn er nach Hause kam.

Im Flur blieb er kurz vor dem Spiegel neben der Wohnungstür stehen, um den Knoten seiner Krawatte zu richten. Er zog seinen dunkelblauen Blazer über und vergewisserte sich, daß die Waffe in seinem Schulterholster keine verräterische Wölbung bildete.

Wie an jedem Arbeitstag während der letzten sechs Monate vermied er die verstopften Freeways und fuhr auf den gewohnten Nebenstraßen zum Multi-Agency Law Enforcement Special Projects Center in Laguna Niguel. Die Strecke hatte er ausgetüftelt, um die Fahrzeit auf ein Minimum zu reduzieren. Dabei war er frühestens um 8.15 Uhr und spätestens um 8.28 Uhr im Büro angekommen, aber noch nie zu spät.

Als er an diesem Dienstag seinen Honda auf dem schattigen Parkplatz auf der Westseite des zweistöckigen Gebäudes abstellte, war es auf der Uhr am Armaturenbrett 8.21 Uhr. Seine Armbanduhr bestätigte das. In der Tat zeigten jetzt alle Uhren in Harrys Eigentumswohnung und die Uhr auf dem Schreibtisch in seinem Büro 8.21 Uhr an. Er stellte alle seine Uhren zweimal die Woche nach.

Während er neben dem Auto stand, atmete er zur Entspannung mehrmals tief durch. Über Nacht hatte ein Regen die Luft gereinigt. Die Märzsonne gab dem Morgen ein Schimmern, das so golden war wie das Innere eines reifen Pfirsichs.

Um dem architektonischen Standard von Laguna Niguel zu entsprechen, hatte man das Special Projects Center in einem zweistöckigen, im mediterranen Stil erbauten Gebäude mit einer Säulenhalle untergebracht. Das Ganze war von üppigen Azaleen und hohen Melaleucas mit spitzen Blättern umgeben und hatte somit keinerlei Ähnlichkeit mit den meisten Einrichtungen der Polizei. Einige Polizisten, die im Special Projects arbeiteten, fanden, es mache zu wenig her, aber Harry gefiel es.

Die behördenmäßige Innenausstattung hatte wenig mit dem malerischen Äußeren gemein. Böden mit blauen Kunststofffliesen. Hellgraue Wände. Schallisolierte Decken. Doch die Atmosphäre von Ordnung und Effizienz war beruhigend.

Selbst zu dieser frühen Stunde liefen in der Eingangshalle und auf den Fluren schon zahlreiche Menschen herum, größtenteils Männer von kräftiger Statur und mit der selbstbewußten Haltung, die für Berufspolizisten typisch ist. Nur wenige trugen Uniform. Das Special Projects zog Kriminalbeamte von der Mordkommission und Undercover-Detektive aus Behörden des Bundes, einzelner Staaten, Bezirke oder Städte heran, um Ermittlungen zu erleichtern, die sich über verschiedene Zuständigkeitsbereiche erstreckten. Teams für Sonderaufgaben, manchmal ganze Spezialeinheiten, beschäftigten sich mit mordenden Jugendbanden, Serienmorden, vielfachen Vergewaltigern und mit Rauschgifthandel großen Stils.

Harry teilte sich auf dem ersten Stock ein Büro mit Connie Gulliver. Seine Hälfte des Raumes erhielt durch eine kleine Palme, chinesisches Immergrün und einen hängenden Efeu eine gewisse Behaglichkeit. In ihrer Hälfte gab es keine Pflanzen. Auf seinem Schreibtisch befanden sich nur ein Notizbuch, ein Satz Stifte und eine kleine Messinguhr. Auf ihrem stapelten sich Haufen von Akten, losen Blättern und Fotografien.

Überraschenderweise war Connie schon da. Sie stand mit dem Rücken zu ihm am Fenster.

»Guten Morgen«, sagte er.

»Tatsächlich?« fragte sie verdrießlich.

Sie drehte sich zu ihm um. Sie trug stark abgenutzte Reeboks, Bluejeans, eine rot-braun karierte Bluse und eine braune Cordjacke. Die Jacke liebte sie besonders, sie hatte sie so oft getragen, daß der Cord an einigen Stellen schon fadenscheinig wurde, die Ärmel waren unten ausgefranst, und die Falten in der Armbeuge schienen so unvergänglich wie Flußtäler, die das Wasser in Millionen von Jahren in den Felsen gegraben hat.

In einer Hand hielt sie einen leeren Pappbecher, aus dem sie Kaffee getrunken hatte. Sie knüllte ihn beinah wütend zusammen und warf ihn auf den Boden. Er sprang hoch und landete in Harrys Raumhälfte.

»Laß uns abzischen«, sagte sie und steuerte auf die Tür zum Flur los.

Er starrte den Pappbecher auf dem Fußboden an und sagte: »Warum diese Hektik?«

»Wir sind doch Cops, oder? Deshalb sollten wir den Arsch hochkriegen und das machen, wofür Cops bezahlt werden.«

Als sie bereits außer Sichtweite im Flur verschwunden war, starrte er immer noch auf den Becher in *seinem* Teil des Zimmers. Mit dem Fuß stieß er ihn über die unsichtbare Grenze, die durch das Büro verlief.

Er folgte Connie bis zur Tür, blieb aber auf der Schwelle stehen. Er schaute sich nach dem Pappbecher um.

Inzwischen mußte Connie am Ende des Flurs sein, vielleicht lief sie sogar schon die Treppe hinunter.

Harry zögerte, ging zu dem zerknüllten Becher zurück und warf ihn in den Papierkorb. Zwei andere Becher warf er ebenfalls hinein.

Er holte Connie auf dem Parkplatz ein, wo sie gerade die Fahrertür ihres zivilen Dienstwagens aufriß. Als er einstieg, ließ sie bereits den Wagen an. Dabei drehte sie den Schlüssel so heftig, daß er eigentlich im Zündschloß hätte abbrechen müssen.

»Schlecht geschlafen?« fragte er.

Sie haute den Gang rein.

Er sagte: »Kopfschmerzen?«

Sie setzte zu schnell aus der Parklücke zurück.

Er sagte: »Eine Laus über die Leber gelaufen?«

Das Auto schoß auf die Straße zu.

Harry stützte sich ab, aber er machte sich keine Sorgen wegen ihrer Fahrweise. Mit Autos konnte sie weit besser umgehen als mit Menschen. »Möchtest du drüber reden, was immer es ist?«

»Nein.«

Für jemand, der immer aufs Ganze ging, der in gefährlichen Situationen keine Angst zu haben schien, am Wochenende Fallschirmspringen und halsbrecherisches Moto-Cross fahren ging, war Connie Gulliver auf frustrierende Weise zurückhaltend und spröde, wenn es darum ging, persönliche Dinge preiszugeben. Sie arbeiteten nun schon seit einem halben Jahr zusammen, und wenn Harry auch eine ganze Menge über sie wußte, hatte er doch manchmal das Gefühl, nichts *Wichtiges* über sie zu wissen.

»Vielleicht hilft es, drüber zu reden«, sagte Harry.

»In dem Fall nicht.«

Harry beobachtete sie verstohlen, während sie fuhr, und fragte sich, ob ihre Wut wohl mit einem Mann zu tun hatte. Er war seit fünfzehn Jahren Polizist und hatte genug Verrat und Elend gesehen, um zu wissen, daß an den meisten Problemen von Frauen Männer schuld waren. Er wußte allerdings absolut nichts über Connies Liebesleben, noch nicht einmal, ob sie überhaupt eins hatte.

»Hat es was mit diesem Fall zu tun?«

»Nein.«

Das glaubte er ihr. Sie bemühte sich, offenbar mit Erfolg, sich von dem Schmutz, durch den sie als Polizistin waten mußte, reinzuhalten.

Sie sagte: »Ich habe allerdings große Lust, diesen Scheißkerl Durner zu schnappen. Ich glaube, wir sind nah dran.«

Doyle Durner, ein Nichtstuer, der sich in der Surfer-Subkultur rumtrieb, sollte wegen einer Serie von Vergewaltigungen vernommen werden, die von Mal zu Mal brutaler geworden waren, bis schließlich das jüngste Opfer zu Tode geprügelt wurde. Eine sechzehnjährige Schülerin.

Durner war ihr Hauptverdächtiger, weil man wußte, daß er sich einer Operation unterzogen hatte, bei der der Umfang des Penis vergrößert wurde. Ein Arzt für plastische Chirurgie in Newport Beach hatte Fett aus Durners Taille abgesaugt und in seinen Penis gespritzt, um ihn dicker zu machen. Von diesem Eingriff wird von der American Medical Association abgeraten, doch wenn der Chirurg eine hohe Hypothek abzuzahlen hat und beim Patienten der mangelnde Penisumfang zu einer fixen Idee wird, dann siegen die Kräfte des Marktes über die Bedenken wegen möglicher postoperativer Komplikationen. Der Umfang von Durners Männlichkeit hatte um 50 Prozent zugenommen. Bei einer so drastischen Vergrößerung konnte es eigentlich nicht ausbleiben, daß er sich gelegentlich unbehaglich fühlte. Doch nach allem, was man hörte, war er mit dem Ergebnis zufrieden, nicht weil er die Frauen damit eher beeindrucken, sondern weil er sie eher verletzen konnte, was der Sinn der Sache war. Berichte der Opfer über die Anomalie ihres Angreifers hatten es den Behörden ermöglicht, Durner einzukreisen. Außerdem war drei von ihnen eine Tätowierung in Form einer Schlange in der Leistengegend aufgefallen, die in Durners Polizeiakte festgehalten worden war, als man ihn vor acht Jahren wegen zweier Vergewaltigungen in Santa Barbara verurteilt hatte.

Bis zum Mittag hatten sich Harry und Connie an jenem Dienstag mit Angestellten und Kunden in drei unter Surfern und anderen Strandgängern beliebten Treffpunkten in Laguna unterhalten, nämlich in einem Laden, der Surfbretter und sonstiges Zubehör verkaufte, einem Geschäft für Yoghurt und Naturkost und einer schwach erleuchteten Bar, in der rund ein Dutzend Gäste bereits um elf Uhr vormittags mexikanisches Bier trank. Wenn man dem glauben konnte, was sie sagten, was man nicht konnte, dann hatten sie noch nie von Doyle Durner gehört und erkannten ihn auch nicht auf dem Foto, das ihnen gezeigt wurde.

Zwischen den einzelnen Stationen ergötzte Connie Harry im Auto mit den neuesten Horrorstories ihrer Sammlung. »Hast du schon von dieser Frau in Philadelphia gehört, in deren Wohnung man zwei kleine Kinder gefunden hat, die an Unterernährung gestorben waren, und Dutzende Fläschchen mit Crack und Kokain lagen überall rum? Sie war so vollgedröhnt, daß ihre Kinder verhungerten, und weißt du, wie die Anklage lautete? Rücksichtslose Gefährdung.«

Harry seufzte lediglich. Wenn Connie in der Stimmung war, über die »anhaltende Krise« zu sprechen, wie sie es manchmal nannte – oder den »Tanz ins neue Jahrtausend«, wenn sie eher sarkastisch war, oder »das neue finstere Mittelalter« in ihren düstersten Momenten – dann wurde keine Antwort von ihm erwartet. Sie war vollauf zufrieden damit, einen Monolog darüber zu halten.

Sie sagte: »Ein Typ in New York hat die zweijährige Tochter seiner Freundin getötet, mit den Fäusten auf sie eingeschlagen und sie getreten, weil sie vor dem Fernseher rumtanzte und ihm die Sicht nahm. Vermutlich guckte er gerade *Wheel of Fortune* und wollte keinen Blick auf Vanna Whites sagenhafte Beine verpassen.«

Wie die meisten Polizisten hatte Connie einen ausgeprägten Sinn für schwarzen Humor. Das war ein reiner Abwehrmechanismus. Wenn man den nicht hatte, würde man entweder verrückt oder unheilbar depressiv von den dauernden Begegnungen mit dem Bösen und Perversen im Menschen, mit denen man es in diesem Job zu tun hatte. Denjenigen, die ihre Kenntnis über Polizeiarbeit aus unausgegorenen Fernsehsendungen beziehen, würde der Humor, den Polizisten im wirklichen Leben an den Tag legen, oft ordinär oder unsensibel erscheinen; allerdings scherte es einen guten Cop einen Dreck, was – abgesehen von anderen Cops – die Leute von ihm dachten.

»Oben in Sacramento gibt es so ein Selbstmordverhütungszentrum«, sagte Connie, als sie an einer roten Ampel bremste. »Einer der Berater hatte es satt, immer wieder Anrufe von demselben depressiven alten Mann zu kriegen, also ist er mit einem Freund zur Wohnung des Alten gefahren, sie haben ihn sich geschnappt und ihm die Pulsadern und die Kehle aufgeschlitzt.«

Manchmal spürte Harry hinter Connies schwärzestem Humor eine Bitterkeit, die *nicht* häufig bei Polizisten anzutreffen war. Vielleicht war es sogar mehr als bloße Bitterkeit. Möglicherweise sogar Verzweiflung. Doch sie war so verschlossen, daß man normalerweise kaum sagen konnte, was sie empfand.

Im Gegensatz zu Connie war Harry ein Optimist. Um das allerdings bleiben zu können, so hatte er festgestellt, durfte er sich nicht in der Weise, wie Connie das tat, mit menschlicher Dummheit und Bösartigkeit befassen.

Um das Thema zu wechseln, sagte er: »Wie wär's mit Mittagessen? Ich kenne da eine nette kleine italienische Trattoria mit Wachstuchtischdecken, Weinflaschen als Kerzenhalter, guten Gnocchi, phantastischen Manicotti.«

Sie zog eine Grimasse. »Nee. Laß uns einfach in einem Drive-in ein paar Tacos holen und die unterwegs essen.«

Sie einigten sich schließlich auf einen Hamburger-Laden einen halben Block nördlich vom Pacific Coast Highway. Drinnen befanden sich etwa ein Dutzend Gäste, und die Einrichtung war typisch südlicher Westen. Die weiß gestrichenen Tische waren mit einer zwei Zentimeter dicken Kunststoffplatte abgedeckt. Auf den Stühlen Bezüge in einem pastellfarbenen Flammenmuster. Kakteen in Blumentöpfen. Lithographien von Gorman und Parkison. Eigentlich sollten sie hier Schwarze-Bohnen-Suppe und auf Büffelgras gegrillte Steaks verkaufen statt Hamburger und Pommes frites.

Harry und Connie aßen an einem der Wandtische – er ein trockenes Sandwich mit gegrilltem Hähnchen, sie Streichholzfritten und einen matschigen, aromatischen Cheeseburger –, als der große Mann in einem aufblitzenden Sonnenstrahl eintrat, der von der Glastür reflektiert wurde. Er blieb am Platz der Hosteß stehen und sah sich um.

Obwohl der Typ gepflegt aussah und gut angezogen war, mit einer hellgrauen Cordhose, weißem Hemd und einer dunkelgrauen Wildlederjacke, hatte er etwas an sich, das Harry auf der Stelle beunruhigte. Sein vages Lächeln und sein leicht zerstreuter Gesichtsausdruck gaben ihm ein merkwürdig professorales Aussehen. Er hatte ein rundes, glattes Gesicht mit einem schmalen Kinn und blassen Lippen. Er wirkte schüchtern, nicht bedrohlich. Dennoch zogen sich Harrys Eingeweide zusammen. Polizisteninstinkt.

2.

Sammy Shamroe war früher als »Sam the Sham«, der Scharlatan, bekannt gewesen, als er noch Leiter einer Werbeagentur in Los Angeles war, und er war mit einem einmaligen kreativen Talent gesegnet – und einer Vorliebe für Kokain gestraft. Doch das war drei Jahre her. Eine Ewigkeit.

Jetzt kroch er aus der Kiste, in der er hauste, und zog die

Lumpen und zerknautschten Zeitungen, die ihm als Bettzeug dienten, hinter sich her. Er hielt im Kriechen inne, sobald er unter den herunterhängenden Zweigen des Oleanderstrauchs hindurch war, der am Rand des unbebauten Grundstücks wuchs und den größten Teil der Kiste verdeckte. Eine Zeitlang verharrte er so auf Händen und Knien, ließ den Kopf hängen und starrte auf das Pflaster des Weges vor ihm.

Schon lange konnte er sich die exklusiven Drogen nicht mehr leisten, die ihn so gründlich ruiniert hatten. Jetzt litt er nur noch an Kopfschmerzen von billigem Wein. Er hatte das Gefühl, als ob sein Schädel, während er schlief, aufgeklappt worden war und der Wind eine Handvoll stachliger Kletten in sein offenliegendes Gehirn gepflanzt hätte.

Er war jedoch keineswegs desorientiert. Da die Sonnenstrahlen nahezu senkrecht auf den Weg fielen und nur dicht an den Rückwänden der Häuser auf der Nordseite Schatten warfen, wußte Sammy, daß es fast Mittag war. Obwohl er seit drei Jahren keine Uhr getragen, keinen Kalender gesehen, keinen Job und keine Verabredung gehabt hatte, wußte er immer welche Jahreszeit, welcher Monat und welcher Tag war. Dienstag. Er war sich auch schmerzlich bewußt, wo er war (Laguna Beach), wie er dort hingekommen war (jeden Fehler, jede Maßlosigkeit, jeden törichten, selbstzerstörerischen Akt hatte er noch lebhaft vor Augen) und was er für den Rest seines Lebens erwarten konnte (Scham, Entbehrung, Kampf, Bedauern).

Das Schlimmste an seinem gesellschaftlichem Absturz war die hartnäckige Klarheit seines Verstandes, die selbst gewaltige Mengen Alkohol nur kurzfristig zerstören konnten. Die stechenden Kopfschmerzen, die er in seinem verkaterten Zustand spürte, waren nichts im Vergleich zu der schmerzlichen Erinnerung und Selbsterkenntnis, die in einer tieferen Schicht seines Gehirns wüteten.

Er hörte jemanden näherkommen. Schwere Schritte. Ein leichtes Hinken, ein Fuß schabte über das Pflaster. Er kannte diesen Schritt. Er fing an zu zittern. Er hielt den Kopf gesenkt und schloß die Augen, um die Schritte mit seiner Willenskraft dazu zu bringen, schwächer zu werden und schließlich ganz zu verstummen. Doch sie wurden lauter, kamen immer näher ... dann hielten sie unmittelbar vor ihm an.

»Hast du's endlich rausgekriegt?«

Es war die tiefe, rauhe Stimme, die Sammy seit einiger Zeit in seinen Alpträumen verfolgte. Doch nun schlief er nicht. Das war nicht das Monster aus seinen wirren Träumen. Das war das *wirkliche* Wesen, das die Alpträume ausgelöst hatte.

Widerwillig öffnete Sammy seine schlaftrunkenen Augen und blickte auf.

Der Rattenmann stand hoch aufgerichtet vor ihm und grinste.

»Hast du's endlich rausgekriegt?«

Groß und kräftig, mit seiner unordentlichen Haarmähne und seinem verfilzten Bart, der mit nicht identifizierbaren Stückchen und Resten von Dingen durchsetzt war, die zu widerlich waren, als daß man sie genauer betrachten wollte, war der Rattenmann eine furchterregende Gestalt. An den Stellen, wo der Bart das Gesicht nicht verdeckte, war es von Narben zerfurcht, als ob jemand mit einem weißglühenden Lötkolben darübergefahren wäre. Seine riesige Nase war völlig krumm und seine Lippen mit nässenden wunden Stellen übersät. In seinem dunklen, kranken Zahnfleisch saßen die Zähne wie lädierte, vom Alter gelb gewordene marmorne Grabsteine.

Die rauhe Stimme wurde lauter. »Vielleicht bist du schon tot.«

Das einzig Normale an dem Rattenmann waren die Sachen, die er anhatte. Tennisschuhe, eine Khakihose aus dem Wohlfahrtsladen, ein Baumwollhemd und ein übel vom Wetter verschlissener Regenmantel, alles fleckig und stark zerknittert. Das war die Uniform vieler Stadtstreicher, die – manche aus eigener Schuld, manche aber auch nicht – durch die Ritzen im Fußboden der modernen Gesellschaft in den düsteren Unterbau gefallen waren.

Die Stimme wurde demonstrativ leiser, als der Rattenmann sich nach vorne beugte und ihm näher kam. »Bereits tot und in der Hölle? Könnte das sein?«

Von allem Absonderlichen, was der Rattenmann an sich hatte, waren seine Augen am beunruhigendsten. Sie waren tiefgrün, außergewöhnlich grün, doch das Merkwürdigste war, daß die schwarzen Pupillen elliptisch, wie bei einer Katze oder einem Reptil waren. Aufgrund der Augen wirkte der Körper des Rattenmannes wie eine Verkleidung, eine Art Gummianzug, als ob etwas Unbeschreibliches aus einem Kostüm auf eine Welt starrte, in die es nicht geboren war, die es aber begehrlich betrachtete.

Der Rattenmann senkte seine Stimme noch mehr, bis sie nur noch ein krächzendes Flüstern war: »Tot, in der Hölle, und ich der Dämon, der dazu ausersehen ist, dich zu quälen?«

Da er wußte, was kam, weil er es schon mal durchgemacht hatte, versuchte Sammy sich aufzurappeln. Doch bevor er sich davonmachen konnte, trat ihn der Rattenmann in Windeseile. Der Tritt ging haarscharf an seinem Gesicht vorbei und traf ihn an der linken Schulter. Er fühlte sich nicht an wie von einem Turnschuh, sondern wie von einem Schaftstiefel, als ob der Fuß darin ausschließlich aus Knochen oder Horn oder aus dem Material wäre, aus dem der Panzer eines Käfers besteht. Sammy krümmte sich in Fötushaltung und schützte, so gut es ging, den Kopf mit seinen verschränkten Armen. Der Rattenmann trat ihn wieder und wieder, linker Fuß, rechter Fuß, linker Fuß, fast als ob er ein Tänzchen aufführte, eine Art Gigue, eins-Tritt-uhund-zwei-Tritt-uhund-eins-Tritt-uhund-zwei, alles ohne jedes Geräusch. Er schnaubte nicht vor Wut, lachte nicht höhnisch, und atmete auch nicht schwer, trotz der Anstrengung.

Die Tritte hörten auf.

Sammy rollte sich noch enger zusammen und wand sich vor Schmerzen wie eine Kellerassel.

In der Gasse war es unnatürlich ruhig. Man hörte nichts außer Sammys leisem Weinen, für das er sich selbst verabscheute. Der Verkehrslärm von den nahegelegenen Straßen war völlig verstummt. Der Oleanderstrauch hinter ihm raschelte nicht mehr im Wind. Als Sammy sich dann wütend zuredete, sich wie ein Mann zu verhalten, und sein Schluchzen herunterschluckte, war es absolut totenstill.

Er wagte es, die Augen zu öffnen und zwischen seinen Armen hindurch zu spähen, und schaute zum Ende der Gasse. Nachdem er seinen tränenverschleierten Blick durch mehrmaliges Blinzeln geklärt hatte, konnte er zwei Autos erkennen, die hinten auf der Straße hielten. Die Fahrer, die nur als schattenhafte Umrisse zu sehen waren, warteten regungslos.

In unmittelbarer Nähe, direkt vor seinem Gesicht, war ein zwei Zentimeter langer, flügelloser Ohrwurm, der außerhalb seiner gewohnten Umgebung von modrigem Holz und dunklen Ecken merkwürdig deplaziert wirkte, beim Überqueren des Weges erstarrt. Die Doppelzange am Hinterleib des Insekts wirkte bösartig und gefährlich und war wie der Stachel eines Skorpions hochgebogen, obwohl das Tier in Wirklichkeit harmlos war. Einige seiner sechs Beine berührten das Pflaster, andere waren im Schreiten gehoben. Es bewegte noch nicht einmal einen seiner geteilten Fühler, als ob es vor Angst erstarrt oder zum Angriff bereit wäre.

Sammy ließ seinen Blick wieder zum Ende der Gasse gleiten. Auf der Straße standen dieselben Autos immer noch auf derselben Stelle wie vorher. Die Leute saßen wie Schaufensterpuppen darin.

Noch einmal das Insekt. Unbeweglich. So ruhig, als ob es tot und an die Tafel eines Insektenforschers gesteckt wäre.

Vorsichtig ließ Sammy seine vor dem Kopf verschränkten Arme sinken. Er rollte sich ächzend auf den Rücken und blickte zögernd zu dem Angreifer hoch.

So bedrohlich wie er über ihm aufragte, schien der Rattenmann 30 Meter groß zu sein. Er betrachtete Sammy mit ernsthaftem Interesse. »Willst du leben?« fragte er.

Sammy wunderte sich weniger über die Frage als über seine Unfähigkeit, sie zu beantworten. Er war hin- und hergerissen zwischen der Angst vor dem Tod und dem Bedürfnis zu sterben. Jeden Morgen, wenn er aufwachte, war er enttäuscht, daß er noch unter den Lebenden war, und jeden Abend, wenn er sich unter seiner Bettdecke aus Lumpen und Zeitungen zusammenrollte, hoffte er auf den endlosen Schlaf. Dennoch bemühte er sich Tag für Tag, genügend zu essen zu bekommen, einen warmen Platz in jenen seltenen kalten Nächten zu finden, in denen Kalifornien nicht wie gewohnt vom Wetter begünstigt war, sich bei Regen trocken zu halten, um keine Lungenentzündung zu bekommen, außerdem sah er nach beiden Seiten, bevor er eine Straße überquerte.

Vielleicht wollte er gar nicht leben, sondern nur mit dem Leben bestraft werden.

»Ich fände es besser, wenn du leben wolltest«, sagte der Rattenmann ganz ruhig. »Dann hätte ich mehr Spaß.«

Sammys Herz schlug viel zu stürmisch. Jeder Pulsschlag klopfte besonders hart gegen die Druckstellen, die die heftigen Tritte des Rattenmannes hinterlassen hatten.

»Du hast noch 36 Stunden zu leben. Du solltest irgendwas unternehmen, meinst du nicht? Hmmmm? Die Zeit läuft. Ticktack, ticktack.«

»Warum tust du mir das an?« fragte Sammy wehleidig.

Statt zu antworten sagte der Rattenmann: »Morgen um Mitternacht kommen die Ratten zu dir.«

»Ich hab' dir nie was getan.«

Die Narben in dem brutalen Gesicht des Peinigers verfärbten sich bläulich: »... fressen dir die Augen aus ...«

»Bitte.«

Seine blassen Lippen strafften sich beim Sprechen, so daß noch mehr faule Zähne sichtbar wurden: »... reißen dir die Lippen weg, während du schreist, knabbern an deiner Zunge ...«

Während sich der Rattenmann immer mehr steigerte, wurde sein Verhalten keineswegs fieberhafter, sondern ganz kühl. Seine Reptilienaugen schienen eine Kälte auszustrahlen, die Sammy unter die Haut kroch und in die entferntesten Bereiche seines Verstandes drang.

»Wer bist du?« fragte Sammy nicht zum ersten Mal.

Der Rattenmann gab keine Antwort. Er schwoll vor Wut an. Seine dicken, schmutzigen Finger ballten sich zu Fäusten, streckten sich wieder aus, ballten sich, streckten sich. Er knetete die Luft, als ob er hoffte, Blut aus ihr herausquetschen zu können.

Was bist du? fragte sich Sammy, wagte das aber nicht laut auszusprechen.

»Ratten«, fauchte der Rattenmann.

Aus Angst vor dem, was gleich passieren würde, obwohl es schon mal passiert war, rutschte Sammy auf seinem Hintern zurück in Richtung auf den Oleanderstrauch, der seine Kiste zur Hälfte verdeckte, um eine gewisse Distanz zwischen sich und den drohend über ihm aufragenden Penner zu legen.

»Ratten«, wiederholte der Rattenmann und fing an zu zittern.

Es ging los.

Sammy erstarrte, konnte sich vor lauter Angst nicht mehr bewegen.

Das Zittern des Rattenmannes wurde zu einem Schaudern. Das Schaudern steigerte sich zu einem krampfartigen Beben. Sein öliges Haar peitschte ihm um den Kopf, seine Arme zuckten, seine Beine tanzten, und sein schwarzer Regenmantel flatterte, als ob er in einen Wirbelsturm geraten wäre, doch es regte sich kein Lüftchen. Die Märzluft war seit dem Auftauchen dieses Ungetüms von einem Landstreicher so übernatürlich reglos, als ob die Welt nur eine gemalte Bühne wäre und sie beide die einzigen Schauspieler darauf.

Doch schließlich stand Sammy Shamroe auf dem Asphalt wie auf einem Riff in einer Flaute. Die Angst vor der tosenden Flut von Krallen, scharfen Zähnen und roten Augen, die jeden Moment um ihn herum aufsteigen würde, hatte ihn auf die Füße getrieben.

Unter seiner Kleidung bewegte sich der Körper des Rattenmanns so heftig wie ein Leinensack voller wütender Klapperschlangen. Er fing an, sich zu ... *verändern.* Sein Gesicht löste sich auf und bildete sich neu, als ob er in einem Glühofen stände, der von einer verrückten Gottheit betätigt würde, die sich vorgenommen hatte, eine Reihe von Monstrositäten zu formen, von denen jede noch schrecklicher wäre als die vorherige. Die bläulichen Narben waren verschwunden, ebenso die Reptilienaugen, der wirre Bart, das verfilzte Haar und der grausame Mund. Einen Augenblick lang war sein Kopf nichts weiter als eine undifferenzierte Masse Fleisch, ein Klumpen triefenden Breis, erst blutrot, dann rotbraun und noch dunkler, feucht glänzend wie der ausgekippte Inhalt einer Dose Hundefutter. Dann festigte sich das Gewebe ganz unvermittelt, und sein Kopf war plötzlich aus Ratten zusammengesetzt, die sich aneinander klammerten, ein Knäuel von Ratten, deren Schwänze herunterhingen wie die Dreadlocks eines Rastafari, deren wilde Augen leuchteten wie rote Blutstropfen. Wo seine Hände hätten sein müssen, quollen Ratten aus seinen ausgefransten Ärmeln. Weitere Nager steckten ihre Köpfe zwischen den Knöpfen seines prall gefüllten Hemdes hervor.

Obwohl er das alles schon einmal gesehen hatte, versuchte Sammy zu schreien. Seine geschwollene Zunge klebte aber am Gaumen seines trockenen Mundes, so daß er nur ein ängstliches, ersticktes Geräusch aus der Tiefe seiner Kehle hervorbrachte. Doch Schreien würde ihm ohnehin nicht helfen. Er hatte bereits bei früheren Begegnungen mit seinem Peiniger geschrien, und niemand hatte reagiert.

Der Rattenmann löste sich auf wie eine lädierte Vogelscheuche in einem tosenden Sturm, einzelne Teile seines Körpers fielen ab. Jedes Stück, das auf dem Boden auftraf, war eine einzelne Ratte. Die widerlichen Geschöpfe mit ihren Schnurrhaaren, feuchten Nasen und scharfen Zähnen kletterten quiekend übereinander, wobei sie mit ihren langen Schwänzen nach rechts und links schlugen. Immer mehr Ratten quollen aus seinem Hemd und unter seinem Hosensaum hervor, viel mehr als unter seinen Kleidern überhaupt gewesen sein konnten, zwanzig, vierzig, achtzig, über hundert.

Wie ein schrumpelnder Luftballon von der Form eines Mannes senkten sich seine Kleider langsam auf das Pflaster. Dann verwandelte sich auch jedes einzelne Kleidungsstück. Aus den zerknitterten Stoffetzen sprossen Köpfe und Gliedmaßen, und weitere Nager entstanden, bis anstelle des Rattenmannes und seiner stinkenden Sachen nur noch ein wimmelnder Haufen von Schädlingen da war, die mit jener knochenlosen Beweglichkeit durcheinander krochen, die sie so widerlich machte.

Sammy konnte kaum atmen. Die Luft wurde immer schwerer. Während der Wind bereits früher verstummt war, schien sich nun auch über die tieferen Schichten der Natur eine unnatürliche Reglosigkeit zu senken, bis die Beweglichkeit der Sauerstoff- und Stickstoffmoleküle so drastisch eingeschränkt war, daß es schien, als ob die Atmosphäre sich zu einer Flüssigkeit verdickt hätte, die er nur mit größter Mühe in seine Lungen ziehen konnte.

Nun wo der Körper des Rattenmannes sich in Hunderte von wimmelnden Bestien aufgelöst hatte, zerstreute sich die verwandelte Masse ganz plötzlich. Die fetten, aalglatten Ratten brachen aus dem Haufen aus und flohen in alle Richtungen. Sie huschten von Sammy fort, wimmelten aber auch um ihn herum, über seine Füße und zwischen seinen Beinen hindurch. Die abscheuliche, lebende Flut ergoß sich in die Schatten entlang der Gebäude und über das unbebaute Grundstück, wo sie in Löchern in den Mauern und in der Erde versickerte – Löcher, die Sammy nicht sehen konnte – oder einfach verschwand.

Ein plötzlich aufkommender Wind trieb trockene, verwelkte Blätter und Papierfetzen vor sich her. Man hörte das Quietschen der Reifen und das Brummen der Motoren, mit dem die Autos auf der Hauptstraße an der Einmündung der Gasse vorbeifuhren. Eine Biene summte an Sammys Gesicht vorbei.

Er konnte wieder richtig atmen. Einen Augenblick lang stand er keuchend in der hellen Mittagssonne.

Das Schlimmste war, daß das alles am hellichten Tag passiert war, draußen im Freien, ohne Rauch, Spiegel, raffinierte Beleuchtung, Seidenfäden, Falltüren und die sonstige Standardausrüstung eines Zauberers.

Sammy war mit der guten Absicht aus seiner Kiste geklettert, sich trotz seines Katers in den Tag zu stürzen, vielleicht weggeworfene Aluminiumdosen zu sammeln und sie beim Recycling-Center einzulösen oder die Leute auf der hölzernen Uferpromenade ein bißchen anzuschnorren. Seinen Kater war er zwar jetzt los, aber trotzdem fühlte er sich noch nicht in der Lage, der Welt entgegenzutreten.

Auf wackeligen Beinen kehrte er zu dem Oleanderstrauch zurück. Die Zweige waren schwer mit roten Blüten behangen. Er schob sie zur Seite und starrte auf die große Holzkiste, die sich darunter befand.

Er nahm sich einen Stock und stocherte zwischen den Lumpen und Zeitungen in der großen Kiste herum, in der Erwartung, daß ein paar Ratten aus ihrem Versteck geschossen kämen. Doch sie hatten sich anderswohin verzogen.

Sammy ließ sich auf die Knie fallen, kroch in seine Zufluchtsstätte und ließ die Oleandervorhänge hinter sich zufallen.

Aus dem Häufchen seiner spärlichen Besitztümer im hinteren Teil der Kiste nahm er eine ungeöffnete Flasche billigen Burgunders und drehte den Verschluß ab. Er nahm einen kräftigen Schluck von dem leicht angewärmten Wein.

Mit dem Rücken gegen die hölzerne Wand gelehnt, die Flasche mit beiden Händen umklammernd, saß er da und versuchte zu vergessen, was er gerade gesehen hatte. Seines Erachtens war Vergessen die einzige Möglichkeit, damit umzugehen. Er kriegte ja die Probleme des alltäglichen Lebens schon nicht mehr auf die Reihe. Wie konnte er da erwarten, mit einem Phänomen wie dem Rattenmann fertigzuwerden?

Ein Gehirn, das durch zu viele Gramm Kokain aufgeweicht, mit zu vielen anderen Drogen gewürzt und in Alkohol mariniert ist, kann die erstaunlichste Menagerie von halluzinierten Geschöpfen hervorbringen. Und wenn ihn das schlechte Gewissen plagte, und er sich verzweifelt bemühte, einen seiner immer wiederkehrenden Schwüre zu erfüllen und mit dem Trinken aufzuhören, dann fiel er durch den Entzug ins Delirium tremens, das von einer noch viel bunteren und bedrohlicheren Fantasiewelt von Ungeheuern bevölkert war. Aber keine davon war so unvergeßlich und zutiefst beunruhigend wie der Rattenmann.

Er nahm einen weiteren kräftigen Schluck Wein, lehnte seinen Kopf gegen die Wand der Kiste und hielt sich mit beiden Händen an der Flasche fest.

Von Jahr zu Jahr, von Tag zu Tag fiel es Sammy immer schwerer, zwischen Realität und Fantasie zu unterscheiden. Er hatte seit langem aufgehört, seinen Wahrnehmungen zu trauen. Doch einer Sache war er sich entsetzlich sicher: Der Rattenmann war wirklich. Unmöglich, fantastisch, unerklärlich – aber wirklich.

Sammy erwartete nicht, Antworten auf die Fragen zu finden, die ihn heimsuchten. Dennoch konnte er nicht aufhören sich zu fragen: Was war das für ein Wesen, woher kam es, warum wollte es einen ergrauten, heruntergekommenen Obdachlosen quälen und töten, dessen Tod – oder Weiterleben – wenig oder gar keine Bedeutung für die Menschheit hatte?

Er trank noch mehr Wein.

36 Stunden. Ticktack. Ticktack.

3.

Polizisteninstinkt.

Als der Biedermann mit der grauen Cordhose, dem weißen Hemd und der dunkelgrauen Jacke das Restaurant betrat, fiel er auch Connie auf, und sie wußte gleich, daß irgendwas mit ihm nicht stimmte. Als sie sah, daß Harry das ebenfalls bemerkt hatte, nahm ihr Interesse an dem Typ erheblich zu, weil Harry eine Nase hatte, um die selbst ein Bluthund ihn beneidet hätte.

Polizisteninstinkt ist weniger ein Instinkt als eine stark ausgeprägte Fähigkeit zu beobachten und ein gutes Gespür dafür, wie das Beobachtete interpretiert werden muß. Bei Connie war es eher eine unterbewußte Wahrnehmung als eine absichtliche Überwachung aller, die ihr über den Weg liefen.

Der Verdächtige stand fast noch an der Tür, in der Nähe der Registrierkasse, und wartete, während die Hosteß einem jungen Paar einen Tisch an einem der großen vorderen Fenster anwies.

Auf den ersten Blick wirkte er ganz normal, durchaus harmlos. Doch bei näherem Hinsehen konnte Connie die Unstimmigkeiten ausmachen, die ihr Unterbewußtsein dazu bewogen hatten, sich den Mann genauer anzusehen. In seinem ziemlich nichtssagenden Gesicht waren keinerlei Zeichen von Anspannung zu erkennen, und auch seine Haltung schien locker, doch er hielt seine Hände fest zusammengeballt an sich, als ob er kaum das dringende Bedürfnis unterdrücken könnte, jemanden zu schlagen. Sein vages Lächeln unterstrich nur den Ausdruck von Geistesabwesenheit, den er an sich hatte, doch das Lächeln kam und ging andauernd, zuckte unsicher, ein kaum merkliches Zeugnis inneren Aufruhrs. Sein Sportjackett war zugeknöpft, was merkwürdig war, weil er keine Krawatte trug und es draußen ziemlich warm war. Noch bedeutsamer war allerdings, daß seine Jacke nicht richtig saß; in den Außen- und Innentaschen schien etwas Schweres zu sein, was sie nach unten zog, außerdem beulte sie sich über seiner Gürtelschnalle, als ob er sich eine Schußwaffe in den Hosenbund gesteckt hätte.

Natürlich konnte man sich auf den Polizisteninstinkt nicht immer verlassen. Das Jackett konnte genausogut alt und aus der Form geraten sein. Der Typ könnte tatsächlich das sein, wonach er aussah, nämlich ein zerstreuter Professor. In diesem Fall wäre das Jackett wahrscheinlich mit nichts Schlimmerem vollgestopft als mit einer Pfeife, Tabaksbeutel, Rechenschieber, Taschenrechner, Vorlesungsunterlagen und allen möglichen Dingen, die er in seine Taschen getan hatte, ohne daß ihm das selbst richtig bewußt gewesen wäre.

Harry, dessen Stimme mitten im Satz verstummte, legte ganz langsam sein Hähnchen-Sandwich hin. Er konzentrierte sich völlig auf den Mann in dem schlecht sitzenden Jackett.

Connie hatte ein paar von den Streichholzfritten genommen. Statt sie zu essen, ließ sie sie wieder auf den Teller fallen und wischte sich die fettigen Finger an ihrer Serviette ab. Während der ganzen Zeit war sie bemüht, den Neuankömmling zu beobachten, ohne ihn allzu offensichtlich anzustarren.

Die Hosteß, eine zierliche Blondine Mitte Zwanzig, kehrte in den Empfangsbereich zurück, nachdem sie dem Paar einen Platz am Fenster zugewiesen hatte, und der Mann in der Wildlederjacke lächelte. Sie sprach ihn an, er antwortete, und sie lachte höflich, als hätte er was halbwegs Amüsantes gesagt.

Als der Gast noch etwas sagte, lachte die Hosteß erneut, und Connie entspannte sich ein wenig. Sie langte nach ein paar Fritten.

Der Neuankömmling packte die Hosteß am Gürtel, zog sie mit einem Ruck zu sich heran und grapschte mit der anderen Hand nach ihrer Bluse. Sein Angriff kam so plötzlich und unerwartet, und seine Bewegungen waren so katzenhaft flink, daß er sie bereits vom Boden hochgehoben hatte, bevor sie zu schreien anfing. Als ob sie nichts wiegen würde, warf er sie zu ein paar Gästen hin, die in der Nähe saßen.

»Oh, Scheiße.« Connie stieß sich vom Tisch ab, kam hoch und griff hinten unter ihre Jacke nach dem Revolver, den sie über dem Kreuz in einem Holster trug.

Harry stand ebenfalls und hielt seinen eigenen Revolver in der Hand. »Polizei!«

Seine Warnung ging in dem abscheulichen Geräusch unter, mit dem die blonde junge Frau auf dem Tisch aufprallte, der daraufhin umkippte. Die Gäste fielen von ihren Stühlen, und Gläser klirrten. Von dem Tumult erschreckt, sahen überall im Restaurant die Leute von ihrem Essen auf.

Die draufgängerische Art und Wildheit, mit der der Fremde auftrat, konnte möglicherweise nur darauf hinweisen, daß er einfach unter Drogen stand – er konnte aber auch wirklich psychotisch sein.

Connie ließ es nicht darauf ankommen, ging in die Hocke und hob ihre Waffe. »Polizei!«

Entweder *hatte* der Kerl Harrys erste Warnung doch gehört, oder er hatte sie aus den Augenwinkeln gesehen, denn er hastete bereits zwischen den Tischen hindurch in den hinteren Teil des Restaurants.

Er hatte selbst eine Waffe in der Hand – vielleicht eine 9mm Browning, nach dem Geräusch und dem kurzen Blick zu urteilen, den sie darauf werfen konnte. Und er benutzte sie auch, schoß ganz willkürlich um sich, wobei jeder Schuß wie ein Donner von den Wänden des Lokals widerhallte. Neben Connie explodierte ein bemalter Terrakotta-Topf. Scherben von glasiertem Ton regneten auf sie herab. Der Drachenbaum, der in dem Topf gestanden hatte, kippte um und fiel mit seinen langen, schmalen Blättern über sie. Sie duckte sich noch tiefer und versuchte, einen Tisch in ihrer Nähe als Schutzschild zu benutzen.

Sie brannte darauf, dem Mistkerl eins zu verpassen, aber das Risiko, einen der Gäste zu treffen, war zu groß. Als sie sich etwa in Augenhöhe eines Kindes im Restaurant umsah und überlegte, ob sie dem Kerl vielleicht ein Knie zerschießen könnte, konnte sie ihn durch den Raum kriechen sehen. Das Problem war nur, daß zwischen ihm und ihr ein verstreutes Häufchen in Panik geratener Leute mit weit aufgerissenen Augen Zuflucht unter ihren Tischen gesucht hatte.

»Scheiße.« Sie verfolgte den Freak, wobei sie versuchte, eine möglichst kleine Zielscheibe abzugeben. Gleichzeitig war ihr bewußt, daß Harry aus einer anderen Richtung hinter ihm her war.

Die Leute schrien aus Angst, oder weil sie angeschossen worden waren und Schmerzen hatten. Die Kanone dieses verrückten Mistkerls knallte zu oft. Entweder konnte er die Magazine mit übermenschlicher Geschwindigkeit wechseln, oder er hatte noch eine andere Pistole.

Eins der großen Fenster wurde getroffen und kam mit klirrendem Getöse herunter. Ein Wasserfall von Glas spritzte über den kalten Santa-Fe-Fliesenboden.

Während Connie von einem Tisch zum anderen kroch, blieben an ihren Schuhen zermatschte Pommes frites, Ketchup und Senf sowie nässende Kakteenstückchen und knirschende und klirrende Glasscherben kleben. Und wenn sie an Verwundeten vorbeikam, schrien sie oder griffen nach ihr, verzweifelt um Hilfe bittend.

Es war ihr zuwider, sie zu ignorieren, doch sie mußte sie abschütteln, in Bewegung bleiben und versuchen, einen Schuß auf das wandelnde Stück Scheiße in der Wildlederjacke abzugeben. Das bißchen, was sie an Erster Hilfe leisten könnte, würde ihnen nicht viel helfen. Sie konnte nichts gegen die Panik und den Schmerz tun, den dieser Kerl bereits verursacht hatte, aber sie konnte ihn vielleicht daran hindern, noch mehr Schaden anzurichten, wenn sie an ihm dranblieb.

Sie ging das Risiko ein, eine Kugel ins Gehirn zu kriegen, hob den Kopf und sah, daß der Drecksack bereits hinten im Restaurant an einer Pendeltür stand, die in der Mitte ein gläsernes Bullauge hatte. Grinsend feuerte er auf alles, was ihm ins Auge sprang, und es machte ihm offenbar genausoviel Spaß, einen Blumentopf zu treffen wie einen Menschen. Rein äußerlich wirkte er immer noch beunruhigend normal mit seinem runden, ausdruckslosen Gesicht, dem schmalen Kinn und dem sanften Mund. Selbst sein Grinsen ließ ihn nicht wie einen Wahnsinnigen aussehen, es war eher das breite, freundliche Lächeln von jemandem, der gerade gesehen hat, wie ein Clown auf den Hintern gefallen ist. Doch es bestand kein Zweifel daran, daß er verrückt und gefährlich war, denn er schoß auf einen großen Saguaro-Kaktus, dann auf einen Mann in einem karierten Hemd, dann wieder auf den Kaktus, und er hatte tatsächlich zwei Pistolen, in jeder Hand eine.

Willkommen in den Neunzigern.

Connie erhob sich weit genug hinter ihrem Schutzschild, um einen Schuß abgeben zu können.

Auch Harry nutzte blitzschnell die plötzliche Leidenschaft des Verrückten für den Saguaro aus. Er richtete sich in einem anderen Teil des Restaurants auf und schoß. Connie feuerte zweimal. Holz splitterte von der Tür neben dem Kopf des Irren, und aus dem Bullauge platzte das Glas heraus; sie hatten ihn mit ihren ersten Schüssen nur um wenige Zentimeter verfehlt.

Der Freak verschwand durch die Pendeltür, die so die nächsten Schüsse von Harry und Connie abbekam und immer weiter hin und her schwang. Nach der Größe der Einschußlöcher zu urteilen, war die Tür innen hohl. Also hätten die Kugeln durchgegangen sein und den Kerl auf der anderen Seite erwischt haben können.

Connie rannte, über den mit Essensresten verschmierten Fußboden schliddernd, auf die Küche zu. Sie bezweifelte, daß sie das Glück hätten, den Kerl jenseits der Tür verwundet und sich wie eine halbzerquetschte Kakerlake windend vorzufinden. Mit größerer Wahrscheinlichkeit erwartete er sie. Aber sie konnte sich nicht bremsen. Er könnte sogar aus der Küchentür treten und sie umnieten, während sie darauf zulief. Doch sie war auf hundertachtzig; ihr Adrenalinspiegel war blitzartig in die Höhe geschnellt. Wenn sie so aufgedreht war, mußte sie alles bis zur letzten Konsequenz tun, und es spielte auch keine Rolle, daß sie die meiste Zeit auf hundertachtzig war.

Gott, sie *liebte* diesen Job.

4.

Harry *haßte* diesen Cowboy-Kram.

Als Cop wußte man zwar, daß man es früher oder später mit Gewalt zu tun haben würde. Es konnte passieren, daß man sich plötzlich mitten unter Wölfen befand, die viel übler waren als alles, womit sich ein Rotkäppchen herumschlagen mußte. Doch selbst wenn so etwas zum Job gehörte, genoß man es trotzdem nicht.

Oder vielleicht doch, wenn man Connie Gulliver hieß.

Als Harry in gebeugter Haltung auf die Küchentür zustürzte, hörte er sie hinter sich. Ihre Füße klatschten, knirschten und quietschten auf dem Fußboden, während sie mit Volldampf angerast kam. Er wußte, wenn er sich zu ihr umdrehen würde, würde sie grinsen, ganz ähnlich wie der Wahnsinnige, der das Lokal zusammengeschossen hatte. Und obwohl er wußte, daß sie auf der Seite der Engel stand, beunruhigte ihn dieses Grinsen unweigerlich immer wieder.

Er kam rutschend vor der Tür zum Stehen, trat dagegen und sprang sofort zur Seite, da er mit einem Kugelhagel als Antwort rechnete.

Doch die Tür schlug nach innen, pendelte wieder zurück, und es kamen keine Schüsse. Als sie dann wieder nach innen schwang, preschte Connie an ihm vorbei und sauste mit der Tür in die Küche. Leise vor sich hin fluchend folgte er ihr. Das war überhaupt die einzige Art, wie er fluchte.

In der feuchten, Klaustrophobie erzeugenden Enge der Küche brutzelten Hamburger auf einem Grill, und in einer Friteuse brodelte Fett. Auf einem Herd standen Töpfe mit kochendem Wasser. Gasöfen quietschten und knackten von der extremen Hitze, die in ihnen herrschte, und eine Batterie von Mikrowellenherden summte leise vor sich hin.

Ein halbes Dutzend Köche und sonstige Angestellte, alle mit weißen Hosen und T-Shirts bekleidet, die Haare unter mit Bändern zusammengebundenen Hauben verborgen, standen oder kauerten totenbleich inmitten der kulinarischen Gerätschaften. Sie waren dermaßen in Dampfschwaden und den Qualm von bratendem Fleisch gehüllt, daß sie eher wie Geister als wie richtige Menschen wirkten. Fast synchron wandten sie sich nach Connie und Harry um.

»Wo?« flüsterte Harry.

Einer der Angestellten deutete auf eine halboffene Tür hinten in der Küche.

Harry ging als erster durch einen schmalen Gang, an dessen linker Seite ein Regal voller Töpfe und sonstiger Utensilien entlanglief. Rechts standen eine Reihe von Hackblöcken, eine Maschine, die geschälte Kartoffeln in rohe Pommes frites schnitt, und eine andere, die Salat raspelte.

Der Gang führte in einen offenen Raum mit tiefen Spülbecken und Hochleistungsspülmaschinen, die links an der Wand standen. Die halboffene Tür war etwa sechs Meter vor ihnen, an den Spülbecken vorbei.

Connie schloß fast zu ihm auf, während sie auf die Tür zugingen. Sie hielt jedoch genügend Abstand, um sicherzustellen, daß sie nicht beide von einem einzigen Schuß außer Gefecht gesetzt würden.

Das Dunkel hinter der Türschwelle beunruhigte Harry. Wahrscheinlich befand sich dort ein fensterloser Lagerraum. Der lächelnde Schurke mit dem Mondgesicht würde sogar noch gefährlicher sein, wenn er in die Enge getrieben war.

Nachdem sie sich auf beiden Seiten der Tür postiert hatten, zögerten sie und dachten einen Augenblick nach. Harry hätte am liebsten noch einen halben Tag lang nachgedacht und dem Kerl genügend Zeit gegeben, da drinnen zu schmoren. Doch so lief das nicht. Von Cops erwartete man, daß sie eher agierten als reagierten. Falls der Lagerraum einen Ausgang hatte, würde außerdem jedes Zögern auf ihrer Seite dem Kerl ermöglichen zu entkommen.

Wenn man zudem Connie Gulliver als Partner hatte, konnte man sich den Luxus, zu trödeln oder zu grübeln, schon gar nicht leisten. Sie verhielt sich zwar nie leichtsinnig, sondern immer professionell und vorsichtig, doch sie war so schnell und aggressiv, daß man manchmal den Eindruck hatte, sie sei über eine SWAT-Mannschaft zur Mordkommission gekommen.

Connie schnappte sich einen Besen, der an der Wand lehnte. Sie griff ihn ziemlich weit unten und stieß mit dem Stiel gegen die halboffene Tür, die mit einem langgezogenen Quietschen nach innen schwang. Als die Tür ganz auf war, warf sie den Besen zur Seite. Er klapperte wie alte Knochen auf dem Fliesenboden.

Sie sahen sich von beiden Seiten des Türrahmens angespannt an.

Im Lagerraum herrschte Stille.

Ohne das Risiko einzugehen, sich dem Kerl zu präsentieren, konnte Harry nur einen schmalen, dunklen Keil jenseits der Türschwelle sehen.

Man hörte nur das Blubbern und Zischen der Töpfe und Friteusen in der Küche und das Surren der Ventilatoren über ihnen.

Nachdem Harrys Augen sich an das Dunkel jenseits der Tür gewöhnt hatten, konnte er dunkelgraue geometrische Formen in dem bedrohlichen Schwarz erkennen. Plötzlich wurde ihm klar, daß das kein Lagerraum, sondern ein Treppenhaus war.

Er fluchte erneut leise vor sich hin.

Connie flüsterte. »Was?«

»Treppen.«

Er überschritt die Schwelle. Dabei ließen er und Connie alle Sicherheitsregeln außer acht, weil sie keine andere Wahl hatten. Treppen waren immer enge Fallen, in denen man nicht so leicht einer Kugel ausweichen konnte, und dunkle Treppen waren noch viel schlimmer. Oben war es so düster, daß Harry nicht erkennen konnte, ob der Kerl dort stand, aber er stellte sich vor, daß er mit der Hintergrundbeleuchtung aus der Küche ein perfektes Ziel abgeben mußte. Er hätte lieber die Tür zum Treppenhaus blockiert und einen anderen Weg zum ersten Stock gesucht, doch bis dahin wäre der Kerl entweder längst weg gewesen oder hätte sich so gut verbarrikadiert, daß es sicher noch einige weitere Polizisten das Leben kosten würde, ihn rauszuholen.

Nachdem er sich einmal dazu durchgerungen hatte, nahm er die Stufen so schnell wie möglich. Das einzige, was ihn aufhielt, war die Notwendigkeit, sich dicht an der Wand zu halten, wo die Dielen am stabilsten waren und wahrscheinlich am wenigsten unter den Füßen nachgeben oder quietschen würden. Er erreichte einen schmalen Treppenabsatz und bewegte sich immer noch blind mit dem Rücken zur Wand.

Er linste angestrengt in die absolute Dunkelheit und fragte sich, wie es möglich sein konnte, daß es im ersten Stock genauso dunkel war wie im Parterre.

Von oben kam ein leises Lachen.

Harry erstarrte auf dem Treppenabsatz. Er war überzeugt, daß in seinem Rücken kein Licht mehr war. Er drückte sich noch enger an die Wand.

Connie stieß mit ihm zusammen und erstarrte ebenfalls.

Harry wartete darauf, daß das merkwürdige Lachen noch einmal ertönte. Er hoffte, dadurch einen Anhaltspunkt zu bekommen, der präzise genug wäre, um einen Schuß zu riskieren und damit seinen eigenen Standort zu verraten.

Nichts.

Er hielt die Luft an.

Dann schlug etwas auf. Klapperte. Schlug wieder auf. Klapperte. Schlug wieder auf.

Er erkannte, daß irgend etwas die Treppe herunterrollte und hüpfend auf sie zukam. Was war das? Er hatte keine Ahnung. Seine Fantasie ließ ihn im Stich.

Bum. Klapper. Bum.

Ganz instinktiv wußte er, was immer da die Treppe herunterkam, es war nichts Gutes. Deshalb hatte der Kerl gelacht. Nach dem Geräusch zu urteilen, das es machte, mußte es klein sein, aber trotz der geringen Größe war es tödlich. Er war wütend über sich selbst, weil er unfähig war zu *denken*, sich dieses Ding vorzustellen. Er kam sich dumm und nutzlos vor. Ein übelriechender Schweiß überzog plötzlich seinen ganzen Körper.

Das Objekt schlug auf dem Treppenabsatz auf und blieb an seinem linken Fuß liegen. Es stieß gegen seinen Schuh. Er sprang zurück, ging aber sofort in die Hocke, tastete blind auf dem Fußboden herum und fand das verdammte Ding. Es war größer als ein Ei, aber in etwa eiförmig. Es hatte die verschlungene geometrische Oberfläche eines Tannenzapfens. War aber schwerer als ein Tannenzapfen. Am oberen Ende befand sich ein Hebel.

»Runter mit dir!« Er stand auf und warf die Handgranate in den oberen Korridor zurück, bevor er seinem eigenen Rat folgte und sich so flach wie möglich auf den Treppenabsatz warf.

Er hörte die Granate oben gegen etwas krachen.

Hoffentlich hatte er das verdammte Ding mit seinem Wurf bis ans Ende des Korridors im ersten Stock geschickt. Aber vielleicht war es auch nur gegen eine Wand im Treppenhaus geprallt und kam bereits in hohem Bogen wieder herunter, während auf dem Zeitzünder die letzten ein, zwei Sekunden vor der Detonation tickten. Oder vielleicht war es nur am Anfang des oberen Korridors gelandet, und der Mistkerl hatte es zu ihm zurückgetreten.

Die Explosion war laut, hell und verheerend. In seinen Ohren dröhnte es schmerzhaft. Jeder Knochen schien zu vibrieren, als die letzte Druckwelle durch ihn hindurchging, und sein Herzschlag beschleunigte sich noch mehr, obwohl sein Herz schon vorher gerast war. Brocken von Holz, Putz und anderem Schutt regneten auf ihn herab, und das Treppenhaus war von dem beißenden Gestank verbrannten Pulvers erfüllt, wie die Nacht des 4. Juli nach dem großen Feuerwerk.

Er hatte ein lebhaftes Bild vor Augen, was passiert wäre, wenn er zwei Sekunden langsamer gewesen wäre, wie sich seine Hand in einem Blutschauer auflöste, als er die Handgranate zum Zeitpunkt der Detonation ergriff, wie sein Arm vom Körper gerissen wurde, sein Gesicht zusammenfiel …

»*Was zum Teufel war das?*« wollte Connie wissen. Ihre Stimme war nah und gleichzeitig fern, verzerrt, weil Harrys Ohren immer noch dröhnten.

»Handgranate«, sagte er und rappelte sich hoch.

»Handgranate? Wer *ist* dieser Bursche?«

Harry hatte keinen Schimmer, wer der Kerl war oder was er vorhatte, doch er wußte jetzt, warum die Wildlederjacke so ausgebeult an ihm runtergehangen hatte. Wenn der Mann eine Granate dabeihatte, warum nicht auch zwei? Oder drei?

Nach dem kurzen Blitz der Explosion, war die Dunkelheit auf der Treppe wieder so undurchdringlich wie zuvor.

Harry ließ alle Vorsicht sausen und kletterte die zweite Treppe hinauf, Connie dicht hinter ihm. Vorsicht schien unter diesen Umständen nicht angebracht. Man hatte immer die Chance, einer Kugel auszuweichen, aber wenn der Mann Handgranaten bei sich hatte, nützte einem alle Vorsicht der Welt nichts, wenn es zur Explosion kam.

Nicht daß sie an den Umgang mit Granaten gewöhnt waren. Das war das erste Mal.

Er hoffte, daß der Verrückte darauf gewartet hatte zu hören, wie sie bei der Explosion starben, und statt dessen davon überrascht worden war, als die Granate wie ein Bumerang zu ihm zurückkam. Jedesmal wenn ein Cop einen Gangster tötete, bedeutete das eine Menge Papierkram, doch Harry war nur allzu bereit, *Tage* an der Schreibmaschine zu verbringen, wenn der Kerl in der Wildlederjacke sich in feuchte Tapete verwandelt hatte.

Der lange obere Korridor hatte keine Fenster und mußte vor der Explosion stockdunkel gewesen sein. Doch die Granate hatte eine Tür aus den Angeln gerissen und in eine andere Löcher geschlagen. Durch die Fenster nicht sichtbarer Räume sickerte etwas Tageslicht in den Flur.

Der durch die Explosion verursachte Schaden war beträchtlich. Das Gebäude war so alt, daß es noch aus verputztem Lehm und Lattenwerk bestand und nicht gemauert war, und an einigen Stellen kamen die Latten durch wie die spröden Knochen aus den Lumpen und dem vertrockneten Fleisch des mumifizierten Körpers eines alten Pharaos. Zersplitterte Dielen hatten sich losgerissen. Sie lagen über den halben Korridor verstreut, so daß an ihrer ursprünglichen Stelle der Unterboden und teilweise sogar die verkohlten Balken darunter sichtbar wurden.

Es war kein Feuer entstanden. Die Druckwelle der Detonation hatte verhindert, daß etwas Feuer gefangen hatte. Der dünne Rauchschleier von der Explosion schränkte die Sicht nicht weiter ein, außer daß er ihm in den Augen brannte und sie tränen ließ.

Der Mistkerl war nirgends zu sehen.

Harry atmete durch den Mund, um zu verhindern, daß er niesen mußte. Der beißende Dunst schmeckte bitter auf seiner Zunge.

Insgesamt gingen acht Türen von dem Korridor ab, vier auf jeder Seite, einschließlich der Tür, die vollständig aus den Angeln gerissen worden war. Ohne sich durch mehr als einen Blick zu verständigen, bewegten Harry und Connie sich gemeinsam oben von der Treppe weg, sorgsam darauf bedacht, nicht in eines der Löcher im Boden zu treten, und gingen auf den offenen Türrahmen zu. Sie mußten rasch die erste Etage inspizieren. Jedes Fenster war ein potentieller Fluchtweg, und außerdem konnte das Gebäude eine Hintertreppe haben.

»Elvis!«

Der Ruf kam aus dem türlosen Zimmer, dem sie sich näherten.

Harry warf Connie einen Blick zu. Beide zögerten, weil das Bizarre dieser Situation sie verunsicherte.

»Elvis!«

Obwohl vor dem Ganoven bereits andere Leute auf dem ersten Stock gewesen sein konnten, wußte Harry irgendwie, daß es ihr Mann war, der dort rief.

»Der King! Der Meister aus Memphis!«

Sie postierten sich auf beiden Seiten des Türrahmens, wie sie es bereits unten an der Treppe getan hatten.

Der Kerl fing an, Titel von Presley-Hits durch die Gegend zu rufen: *»Heartbreak Hotel, Blue Suede Shoes, Hound Dog, Money Honey, Jailhouse Rock ...«*

Harry sah Connie mit hochgezogenen Augenbrauen an. Sie zuckte mit den Schultern.

»Stuck on You, Little Sister, Good Luck Charm ...«

Harry gab Connie durch Zeichen zu verstehen, daß er als erster durch die Tür gehen, sich gebückt halten würde und darauf verließe, daß sie ihm Feuerschutz über seinem Kopf gab, während er die Schwelle überquerte.

»Are You Lonesome Tonight, A Mess of Blues, In the Ghetto!«

Als Harry gerade losstürmen wollte, kam aus dem Zimmer eine Handgranate geflogen. Sie schlug auf dem Korridorboden zwischen ihm und Connie auf, rollte ein Stück und verschwand in einem der Löcher, die durch die erste Explosion entstanden waren.

Jetzt war keine Zeit, zwischen den Dielen danach zu fischen. Keine Zeit, zur Treppe zurückzulaufen. Wenn sie zauderten, würde der Korridor um sie herum in die Luft fliegen.

Entgegen Harrys Plan stürmte Connie als erste durch den gesprengten Türrahmen in den Raum, in dem sich der Kerl befand. Sie hielt sich gebückt und schoß zweimal. Er folgte ihr, schoß zweimal über ihren Kopf, und dann kletterten beide über die zerschmetterte Tür, die bei der ersten Explosion aus den Angeln gerissen und umgeworfen worden war. Überall stapelten sich Kisten und Vorräte. Von dem Burschen keine Spur. Sie ließen sich beide auf den Boden fallen, *warfen* sich förmlich zwischen die Stapel von Kisten.

Sie kletterten immer noch zwischen den Kisten herum, als sich hinter ihnen der Korridor mit einem Blitz krachend in seine Bestandteile auflöste. Harry steckte den Kopf unter einen Arm, um ihn zu schützen.

Ein kurzer, heißer Windstoß trieb eine Flut von Schutt durch den Türrahmen und ein Teil der Deckenbeleuchtung löste sich in einen Glashagel auf.

Als er den Feuerwerksgestank wieder einatmete, hob Harry den Kopf. Ein heimtückisch aussehendes Holzgeschoß – so groß wie die Klinge eines Schlachtermessers, dicker und fast genauso scharf – hatte ihn um wenige Zentimeter verfehlt und sich in einen großen Karton mit Papierservietten gebohrt.

Der dünne Schweißfilm auf seinem Gesicht war so kalt wie Eiswasser.

Er kippte die leeren Patronenhülsen aus dem Revolver, fischte den Schnellader aus der Patronentasche und steckte ihn rein, drehte ihn, ließ ihn fallen und die Trommel wieder zuschnappen.

»Return to Sender, Suspicious Minds, Surrender!«

Harry wurde von der Sehnsucht nach den simplen, geradlinigen und ohne weiteres verstehbaren Schurken der Brüder Grimm verzehrt, wie der bösen Königin, die das Herz eines Keilers aß in dem Glauben, daß es das Herz ihrer Stieftochter Schneewittchen sei, die sie um ihre Schönheit beneidete und deren Leben zu vernichten sie befohlen hatte.

5.

Connie hob den Kopf und warf einen Blick auf Harry, der neben ihr lag. Er war voller Staub, Holzspäne und schimmernder Glasstückchen wie sie selbst zweifellos auch.

Sie konnte erkennen, daß er nicht in der gleichen Weise auf das Ganze abfuhr wie sie. Harry war gern Polizist, für ihn war ein Cop ein Symbol für Ordnung und Gerechtigkeit. Dieser Wahnsinn tat ihm weh, weil Ordnung hier nur durch die gleiche Gewalt erzwungen werden konnte, wie sie der Täter anwandte. Und wirkliche Gerechtigkeit für die Opfer konnte nie von einem Täter erlangt werden, der so weggetreten war, daß er keine Reue empfand und keine Angst vor Vergeltung hatte.

Der Freak brüllte erneut: *»Long Legged Girl, All Shook Up, Baby Don't Get Hooked on Me!«*

Connie flüsterte: »Elvis Presley hat nie ›Baby Don't Get Hooked on Me‹ gesungen.«

Harry blinzelte. »Was?«

»Das war Mac Davis, verdammt noch mal.«

»Rock-a-Hula Baby, Kentucky Rain, Flaming Star, I Feel So Bad!«

Die Stimme des Freaks schien von oben zu kommen.

Vorsichtig manövrierte Connie sich vom Fußboden hoch, den Revolver in der Hand. Sie spähte zwischen den gestapelten Kisten durch, dann über sie hinweg.

An der anderen Seite des Raumes war fast in der Ecke eine Falltür in der Decke geöffnet. Eine ausziehbare Leiter hing daran herunter.

»A Big Hunk o' Love, Kiss Me Quick, Guitar Man!«

Das wandelnde Stück Hundescheiße war die Leiter hinaufgestiegen. Er brüllte nun von dem dunklen Dachboden zu ihnen herunter.

Sie wollte sich den Freak schnappen und ihm das Gesicht einschlagen, was zwar vielleicht nicht die maßvolle Reaktion einer Polizistin war, aber von Herzen kam.

Harry entdeckte die Leiter im gleichen Moment wie sie, und als sie sich aufrappelte, stand er bereits neben ihr. Sie war angespannt und bereit, sich sofort wieder auf den Boden zu werfen, falls eine weitere Handgranate aus dieser Falle da oben fiel.

»Any Way You Want Me, Poor Boy, Running Bear!«

»Verdammt noch mal, das war auch nicht Elvis«, sagte Connie und bemühte sich noch nicht einmal mehr zu flüstern. »Johnny Preston hat ›Running Bear‹ gesungen.«

»Was spielt das denn für eine Rolle?«

»Der Kerl ist ein Arschloch«, sagte sie wütend, was nicht unbedingt eine Antwort war. Doch in Wirklichkeit wußte sie selbst nicht, *weshalb* es sie störte, daß dieser Verlierer seinen Elvis-Mist nicht auf die Reihe kriegte.

»You're the Devil in Disguise, Don't Cry Daddy, Do the Clam!«

»›Do the Clam‹?« sagte Harry.

Connie zuckte zusammen. »Yeah, ich fürchte, das *war* Elvis.«

Während die Funken aus den offenen Drähten der beschädigten Beleuchtung über ihnen sprühten, durchquerten sie den Raum jeweils an einer Seite einer langen, hüfthoch aufgestapelten Reihe von Kisten und näherten sich damit dem Zugang zum Dachboden.

Aus der Welt jenseits des staubgemaserten Fensters hörte man von ferne Sirenen. Verstärkung und Krankenwagen.

Connie zögerte. Jetzt wo der Freak auf dem Dachboden war, wäre es vielleicht das beste, ihn mit Tränengas auszuräuchern oder ihn mit einer Blendgranate auszuschalten.

Doch sie verwarf den vorsichtigen Weg. Der wäre zwar für sie und Harry sicherer gewesen, könnte aber für alle anderen in der Innenstadt von Laguna Beach riskanter sein. Der Dachboden war eventuell gar keine Sackgasse. Eine Dachluke könnte dem Kerl einen Fluchtweg bieten.

Offenbar hatte Harry den gleichen Gedanken. Er zögerte den Bruchteil einer Sekunde weniger als sie und begann als erster, die Leiter hochzuklettern.

Sie hatte nichts dagegen, daß er die Führung übernahm, weil das nicht aus einem fehlgeleiteten Behüterinstinkt heraus geschah, also nicht dem Wunsch entsprang, seine Partnerin vor Gefahr zu schützen. Sie war eben als erste durch die Tür gegangen, also führte er diesmal. Ganz intuitiv teilten sie sich das Risiko, was einer der Gründe war, weshalb sie trotz ihrer Unterschiede ein gutes Team bildeten.

Natürlich wäre sie, obwohl ihr Herz hämmerte und ihr Bauch sich verkrampfte, *lieber* als erste gegangen. Eine feste Brücke zu überqueren war nie so befriedigend wie über ein Hochseil zu gehen.

Sie kletterte hinter ihm die Leiter hinauf, und er zögerte am Ende nur kurz, bevor er in der Dunkelheit verschwand. Kein Schuß krachte, keine Explosion erschütterte das Gebäude, also trat Connie ebenfalls auf den Dachboden.

Harry hatte sich aus dem grauen Lichtschein entfernt, der durch die Falltür kam, und kauerte in ein, zwei Metern Entfernung neben einer nackten, toten Frau.

Auf den zweiten Blick stellte sich heraus, daß es sich um eine Schaufensterpuppe mit weit aufgerissenen, von einer Staubschicht überzogenen Augen und einem unheimlich heiteren Lächeln handelte. Sie war kahl, und ihr Gipsschädel wurde von einem Wasserfleck verunstaltet.

Der Dachboden war dunkel, aber die Dunkelheit war nicht undurchdringlich. Blasses Tageslicht drang durch mehrere mit einem Drahtnetz geschützte Lüftungslöcher im Dachgesims und durch größere, mit Lamellen abgedeckte Lüftungsklappen in den Giebelwänden, wodurch mit Spinnweben behängte Sparren unter einem spitzen Dach sichtbar wurden. In der Mitte war es hoch genug, daß selbst ein großer Mann dort aufrecht stehen konnte, doch wenn man näher an die Seitenwände herankam, mußte man sich ducken. Überall lauerten Schatten, und die aufgestapelten Lagertruhen und Kisten boten zahlreiche Möglichkeiten, sich zu verstecken.

Eine Gemeinde schien sich an diesem hohen Ort versammelt zu haben, um eine geheime Satansmesse zu zelebrieren. Überall in dem langen, weitläufigen Raum sah man schemenhaft die Umrisse von Männern und Frauen, manchmal von der Seite, manchmal von hinten angeleuchtet, doch größtenteils kaum erkennbar. Sie alle standen, lehnten sich irgendwo dagegen oder lagen schweigsam und reglos herum.

Das waren Schaufensterpuppen ähnlich der, die neben Harry auf dem Boden lag. Dennoch glaubte Connie, ihre starren Blicke zu spüren, und bekam eine Gänsehaut.

Eine von ihnen könnte tatsächlich in der Lage sein, sie zu sehen, eine die nicht aus Gips bestand, sondern aus Fleisch, Blut und Knochen.

6.

Die Zeit schien in dem hohen Zufluchtsort der Schaufensterpuppen außer Kraft gesetzt zu sein. Die feuchte Luft stank nach Staub, dem scharfen Geruch vergilbter Zeitungen, vermodernden Kartons und stechendriechendem Schimmel, der sich in einigen dunklen Ecken ausgebreitet hatte und mit dem Ende der regnerischen Jahreszeit wieder verschwinden würde. Die Schaufensterpuppen beobachteten das Ganze mit angehaltenem Atem.

Harry versuchte sich zu erinnern, was für Geschäfte sich außer dem Restaurant in dem Gebäude befanden, doch es fiel ihm keins ein, zu dem die Schaufensterpuppen gehören könnten.

Vom östlichen Ende des langgestreckten Raums kam ein wildes Hämmern. Metall auf Metall. Der Kerl schlug offenbar gegen die Lüftungsklappe in der Giebelmauer, um sie aufzubekommen. Allem Anschein nach war er bereit, einen Sprung auf die Gasse, Lieferantenzufahrt oder Straße unten zu riskieren.

Etwa ein halbes Dutzend aufgeschreckter Fledermäuse löste sich von seinen Stangen und flatterte in der Dachkammer hin und her, auf der Suche nach einem sicheren Ort, doch nicht bereit, die Dunkelheit gegen das helle Tageslicht zu tauschen. Ihre kleinen Stimmen waren schrill genug, um über dem anschwellenden Geheul der Sirenen noch hörbar zu sein. Wenn sie dicht an ihm vorbeikamen, ließ das lederartige Klatschen ihrer Flügel und ein die Luft zerschneidendes *Wusch* Harry zurückzucken.

Er wollte auf Verstärkung warten.

Der Kerl hämmerte lauter denn je.

Metall schepperte, als ob es nachgäbe.

Sie konnten nicht länger warten.

Harry blieb geduckt und kroch zwischen den Kistenstapeln zur südlichen Wand, während Connie sich in die andere Richtung davonmachte. Sie würden versuchen, den Burschen in die Zange zu nehmen. Als Harry so weit zur Südseite des Raumes gekrochen war, wie die schräge Decke erlaubte, wandte er sich nach Osten, wo das laute Hämmern herkam.

Um ihn herum verharrten die Schaufensterpuppen in ihren ewigen Posen. Ihre sanft gerundeten Gliedmaßen schienen das spärliche Licht, das durch die schmalen Lüftungslöcher im Dachgesims drang, aufzunehmen und zu verstärken. Wo es nicht in Schatten getaucht war, hatte ihr hartes Fleisch das übernatürliche Leuchten von Alabaster.

Das Hämmern hörte auf. Kein Rappeln oder Klappern, kein letztes Drehgeräusch zeigte an, daß die Lüftungsklappe nun lose war.

Harry blieb stehen und wartete. Er konnte nur die einen Block entfernten Sirenen und das Schreien der Fledermäuse hören, wenn sie an ihm vorbeischossen.

Er schob sich zentimeterweise vor. Etwa sechs Meter vor ihm, am Ende des muffigen Durchgangs strömte schwaches, aschfahles Licht aus einer unsichtbaren Quelle auf der linken Seite. Das war wahrscheinlich die große Lüftungsklappe, gegen die der Ganove gehämmert hatte. Das bedeutete, daß sie immer noch festsaß. Wenn die Belüftungsklappe aus ihrem Rahmen geschlagen worden wäre, dann müßte das Tageslicht jetzt diesen Bereich des Dachbodens überfluten.

Nacheinander verstummten die Sirenen unten auf der Straße. Es waren insgesamt sechs.

Als Harry weiterkroch, sah er einen Haufen abgetrennter Gliedmaßen gespenstisch beleuchtet in einer der düsteren Nischen im Dachgesims zwischen zwei Dachsparren. Er zuckte zurück und hätte fast aufgeschrien. Arme, die am Ellbogen abgeschnitten waren. An den Gelenken amputierte Hände. Finger, die sich anscheinend hilfesuchend, bittend und flehend ausstreckten. Als er noch schockiert nach Luft schnappte, wurde ihm plötzlich klar, daß es sich bei dieser makabren Sammlung nur um Teile von Schaufensterpuppen handelte.

Er bewegte sich im Entengang vorwärts, keine drei Meter mehr vom Ende des schmalen Durchgangs entfernt, und war sich dabei sehr genau des leisen, aber verräterischen Scharrens seiner Schuhe auf den staubigen Dielen bewußt. Mit den Sirenen waren auch die aufgescheuchten Fledermäuse verstummt. Von draußen auf der Straße hörte man vereinzelte Rufe und das Knacken und Knistern des Polizeifunks, doch diese Geräusche klangen so entfernt und unwirklich wie Stimmen aus einem Alptraum, aus dem er gerade erwachte oder in den er gerade eintauchte. Harry hielt jeden halben Meter inne und lauschte, ob der Kerl irgendein Geräusch machte. Doch es war geradezu gespenstisch still.

Als er an das Ende des Durchgangs kam, etwa anderthalb Meter von der Ostwand des Dachbodens entfernt, machte er wieder eine Pause. Die Lüftungsklappe, auf der der Kerl rumgehämmert hatte, mußte genau hinter dem letzten Stapel Kisten sein.

Harry hielt die Luft an und lauschte auf den Atem des anderen. Nichts.

Behutsam bewegte er sich vorwärts, schaute um die Kisten herum und in den freien Raum vor der Ostwand am Ende des Durchgangs. Der Bursche war verschwunden.

Er war jedoch nicht durch die etwa einen Quadratmeter große Lüftungsklappe gestiegen. Sie war zwar beschädigt, saß aber noch an Ort und Stelle und ließ einen leichten Luftzug sowie dünne, ungleichmäßige Lichtstreifen durchsickern, die sich über den Boden legten, dort wo sich Fußspuren in dem Staubteppich abzeichneten.

Eine Bewegung auf der Nordseite des Dachbodens ließ Harry aufhorchen, und sein Finger am Abzug spannte sich. Connie schielte um die Kisten, die dort aufgestapelt waren.

Über den breiten Zwischenraum hinweg starrten sie sich an.

Der Kerl hatte sich an ihnen vorbei nach hinten geschlichen.

Obwohl Connie sich zum größten Teil im Dunkeln befand, kannte Harry sie gut genug, um zu wissen, daß ihre Lippen lautlos die Worte: *Scheiße, Scheiße, Scheiße* formten.

Sie kam aus dem nördlichen Dachgesims und kroch durch den freien Raum auf der Ostseite auf Harry zu. Vorsichtig spähte sie in die Öffnungen weiterer Gänge zwischen den Reihen von Kisten und Schaufensterpuppen.

Harry bewegte sich auf sie zu und schielte dabei in die düsteren Gänge auf seiner Seite. Das Dachgeschoß war so weiträumig und so sehr mit Sachen vollgestopft, daß es wie ein Labyrinth war. Und es beherbergte ein Monster, das sich mit jedem Ungeheuer aus der Mythologie messen konnte.

Von der anderen Seite des hohen Raumes kam jetzt die inzwischen vertraute Stimme: »*All Shook Up, I Feel So Bad, Steamroller Blues!*«

Harry kniff die Augen zu. Er wollte ganz woanders sein. Vielleicht im Königreich der zwölf Prinzessinnen, die jede Nacht ihre Schuhe zertanzten, mit den zwölf prachtvollen jungen Thronerben, unterirdischen Schlössern aus Licht, Bäumen mit Blättern aus Gold und Blättern aus Diamanten, mit verzauberten Ballsälen voller wunderschöner Musik ... Ja, das wäre was. Es handelte sich um eins der sanfteren Märchen der Brüder Grimm. Darin wurde niemand bei lebendigem Leib verspeist oder von einem Troll in Stücke gehauen.

»Surrender!«

Diesmal war es Connies Stimme.

Harry machte die Augen auf und warf ihr einen finsteren Blick zu. Er befürchtete, daß sie ihren Standort verraten würde. Zwar war es auch ihm nicht gelungen, den Kerl mit Hilfe seiner Stimme zu lokalisieren; die Akustik auf dem Dachboden war sehr seltsam, was sie genauso schützte wie den Verrückten. Doch Schweigen war in jedem Fall klüger.

Erneut brüllte der Kerl: *»A Mess of Blues, Heartbreak Hotel!«*

»Surrender!« wiederholte Connie.

»Go Away Little Girl!«

Connie verzog das Gesicht. »Das war nicht Elvis, du Spatzenhirn! Das war Steve Lawrence. Surrender.«

»Stay Away.«

»Surrender.«

Harry blinzelte, um den Schweiß aus den Augen zu vertreiben und betrachtete Connie verständnislos. Er hatte noch nie so sehr das Gefühl gehabt, nicht mehr Herr der Lage zu sein. Irgendwas lief da zwischen ihr und dem Verrückten ab, aber Harry hatte keine Ahnung was.

»I Don't Care If the Sun Don't Shine.«

»Surrender.«

Plötzlich fiel Harry ein, daß »Surrender« der Titel eines Presley-Klassikers war.

»Stay Away.«

Er glaubte, das könnte ein weiterer Presley-Song sein.

Connie schlüpfte in einen der Gänge außerhalb von Harrys Blickwinkel und rief: *»It's Now or Never.«*

»What'd I Say?«

Während sie tiefer in das Labyrinth eindrang, antwortete Connie dem Ganoven mit zwei Presley-Titeln: *»Surrender. I Beg of You.«*

»I Feel So Bad.«

Nach kurzem Zögern antwortete Connie: *»Tell Me Why.«*

»Don't Ask Me Why.«

Ein Dialog hatte sich entwickelt. Aus Song-Titeln von Presley. Wie eine eigenartige Quiz-Show im Fernsehen, in der es zwar keine Preise für richtige Antworten gibt, aber jede Menge Risiken für falsche.

Auf den Knien bog Harry in einen anderen Gang als den, den Connie genommen hatte. Ein Spinnengewebe legte sich über sein Gesicht. Er wischte es ab und kroch im Schutz der Schaufensterpuppen tiefer in das Dunkel.

Connie griff auf einen bereits benutzten Titel zurück: »*Surrender.*«

»*Stay Away.*«

»*Are You Lonesome Tonight?*«

Nach einigem Zögern gab der Bursche zu: »*Lonely Man.*«

Harry konnte die Stimme immer noch nicht lokalisieren. Der Schweiß drang ihm inzwischen wirklich aus allen Poren, feine Reste von Spinnweben klebten in seinen Haaren und kitzelten ihn an der Stirn. Er hatte einen Geschmack im Mund, der vom unteren Ende eines Stößels aus Frankensteins Laboratorium stammen könnte, und er fühlte sich, als ob er aus der Realität in die düsteren Halluzinationen eines Drogenabhängigen getreten wäre.

»*Let Yourself Go*«, riet Connie.

»*I Feel So Bad*«, wiederholte der Ganove.

Harry wußte, er sollte sich von den merkwürdigen Wendungen, die diese Verfolgungsjagd nahm, nicht so aus der Fassung bringen lassen. Schließlich waren das die Neunziger, ein Zeitalter der Unvernunft, wie es noch nie eins gegeben hatte, in dem das Bizarre so alltäglich war, daß es eine neue Definition von Normalität begründete. Wie die bewaffneten Gangster, die kürzlich die Angestellten eines Lebensmittelladens nicht mit Pistolen, sondern mit Spritzen voller aidsverseuchtem Blut bedroht hatten.

Connie rief dem Kerl zu: »*Let Me Be Your Teddy Bear*«, was Harry eine seltsame Wende in dieser Unterhaltung aus Songtiteln erschien.

Doch der Mann antwortete ihr sogleich mit einer Stimme voller Verlangen und Argwohn: »*You Don't Know Me.*«

Connie brauchte nur wenige Sekunden, bis ihr die richtige Fortsetzung einfiel: »*Doncha Think It's Time?*«

Apropos bizarr: Richard Ramirez, der Serienmörder, der unter dem Namen »Jäger der Nacht« bekannt war, wurde im Gefängnis regelmäßig von Scharen gutaussehender junger Frauen besucht, die ihn attraktiv und aufregend fanden und in ihm eine romantische Gestalt sahen. Oder vor nicht allzu langer Zeit dieser Kerl in Wisconsin. Der kochte sich Teile seiner Opfer zum Abendessen, hatte reihenweise abgetrennte Köpfe im Kühlschrank, und die Nachbarn sagten, well, yeah, seit Jahren kamen üble Gerüche aus seiner Wohnung und ab und zu hätten sie auch Schreie und das Geräusch einer Hochleistungs-Elektrosäge gehört, aber das Schreien dauerte nie lange an und außerdem wirkte der Typ so nett, ihm schien wirklich etwas an den Leuten zu *liegen*. Die Neunziger. Ein unvergleichliches Jahrzehnt.

»*Too Much*«, sagte der Bursche schließlich, offenbar nahm er Connie ihr angebliches romantisches Interesse nicht ab.

»*Poor Boy*«, sagte sie mit scheinbar echtem Mitgefühl.

»*Way Down.*« Die Stimme des Mannes, die nun aufreizend weinerlich klang, hallte von den mit Spinnweben behangenen Dachsparren wider, als er seinen Mangel an Selbstachtung zugab, eine typische Entschuldigung der Neunziger.

»*Wear My Ring Around Your Neck*«, machte Connie ihn an, während sie durch das Labyrinth streifte, zweifellos mit der Absicht, ihn sofort umzupusten, sobald er ihr unter die Augen kam.

Der Mann gab keine Antwort.

Harry blieb ebenfalls in Bewegung und suchte eifrig jede düstere Nische und jeden Seitenweg ab, doch er fühlte sich nutzlos. Er hätte es nie für möglich gehalten, daß man im letzten Jahrzehnt dieses seltsamen Jahrhunderts ein Experte in Rock-'n'-Roll-Titeln sein müßte, um ein guter Cop zu sein.

Ihm war diese ganze Scheiße zuwider, aber Connie genoß es. Sie hatte sich ganz auf das Chaos der Zeit eingelassen; es war etwas Dunkles und Wildes in ihr.

Harry kam an einen Gang, der im rechten Winkel zu seinem verlief. Er war leer bis auf ein paar nackte Schaufensterpuppen, die schon vor längerer Zeit übereinander gefallen waren. Auf den Knien, die Schultern schützend vorgebeugt, bewegte Harry sich weiter fort.

»*Wear My Ring Around Your Neck*«, rief Connie erneut von einer anderen Stelle des Labyrinths.

Vielleicht zögerte der Bursche, weil er dachte, das sei ein Angebot, das ein Typ einem Mädchen machen sollte und nicht umgekehrt. Obwohl er eindeutig ein Mann der Neunziger war, hatte der Scheißkerl vielleicht noch eine altmodische Vorstellung von den Geschlechterrollen.

»*Treat Me Nice*«, sagte Connie.

Keine Antwort.

»*Love Me Tender*«, sagte Connie.

Der Mann antwortete immer noch nicht, und Harry machte sich Sorgen, aus der Unterhaltung könnte ein Monolog geworden sein. Der Kerl könnte ganz nah bei Connie sein und sie reden lassen, damit er ihr endlich den Garaus machen konnte.

Harry wollte gerade einen Warnruf ausstoßen, da wurde das Gebäude von einer Explosion erschüttert. Er erstarrte, verschränkte die Arme schützend über dem Gesicht. Doch die Detonation hatte nicht auf dem Dachboden stattgefunden; es hatte keinen Blitz gegeben.

Aus dem unteren Stockwerk hörte man schmerzerfüllte und panische Schreie, vermischt mit Stimmengewirr und zornigen Ausbrüchen.

Offenbar waren weitere Polizisten in den Raum unter ihnen vorgedrungen, von wo aus die Leiter zum Dachboden führte, und der Bursche hatte sie gehört. Er hatte eine Handgranate durch die Falltür geworfen.

Die gräßlichen Schreie beschworen in Harrys Kopf ein Bild von einem Mann herauf, der sich bemühte, seine Därme daran zu hindern, ihm aus dem Bauch zu fallen.

Er wußte, daß er und Connie einen ihrer seltenen Augenblicke totaler Übereinstimmung erlebten, beide dasselbe Entsetzen und dieselbe Wut empfanden. Ausnahmsweise scherte er sich einen Dreck um die gesetzlich verankerten Rechte des Kerls, um den angemessenen Gebrauch von Gewalt oder die korrekte Vorgehensweise. Er wollte den Mistkerl tot sehen.

In all dem Geschrei versuchte Connie, den Dialog wiederherzustellen: »*Love Me Tender.*«

»*Tell Me Why*«, wollte der Mann wissen, der wohl immer noch an ihrer Aufrichtigkeit zweifelte.

»*My Baby Left Me*«, sagte Connie.

Die Schreie auf dem unteren Stockwerk ließen nach. Entweder starb der verletzte Mann, oder er wurde von anderen aus dem Raum getragen, in dem die Handgranate detoniert war.

»*Anyway You Want Me*«, sagte Connie.

Der Mann war einen Augenblick lang still. Dann hallte seine Stimme durch den Raum, und – verflucht noch mal – wieder war nicht festzustellen, aus welcher Richtung sie kam: »*I Feel So Bad.*«

»*I'm Yours*«, sagte Connie.

Harry konnte es nicht fassen, in welchem Tempo ihr die passenden Titel einfielen.

»*Lonely Man*«, sagte der Kerl und hörte sich tatsächlich ziemlich erbärmlich an.

»*I've Got a Thing About You Baby*«, sagte Connie.

Sie ist ein Genie, dachte Harry bewundernd. Und regelrecht besessen von Presley.

Weil er damit rechnete, daß Connies Gesprächspartner ziemlich stark von ihrem seltsamen Werben abgelenkt war, ging Harry das Risiko ein, gesehen zu werden. Da er sich direkt unter dem Dachfirst befand, richtete er sich langsam zu seiner vollen Größe auf und sah sich nach allen Seiten in dem Dachboden um.

Einige Kistenstapel waren schulterhoch, doch viele gingen Harry nur so eben über die Taille. Zahlreiche menschliche Gestalten starrten ihm aus dem Dunkel entgegen, teilweise zwischen den Kisten eingeklemmt oder sogar auf ihnen sitzend. Doch es mußten alles Schaufensterpuppen sein, denn keine bewegte sich oder schoß auf ihn.

»*Lonely Man. All Shook Up*«, sagte der Mann verzweifelt.

»*There's Always Me.*«

»*Please Don't Stop Loving Me.*«

»*Can't Help Falling in Love*«, sagte Connie.

Im Stehen hatte Harry ein etwas besseres Gefühl dafür, woher die Stimmen kamen. Sie waren beide vor ihm, doch zunächst konnte er nicht ausmachen, ob sie nahe beieinander waren. Er konnte über die Kisten hinweg in keinen der anderen Gänge des Labyrinths sehen.

»*Don't Be Cruel*«, bat der Mann.

»*Love Me*«, drängte Connie.

»*I Need Your Love Tonight.*«

Sie waren am westlichen Ende des Dachbodens, und sie *waren* nahe beieinander.

»*Stuck on You*«, beharrte Connie.

»*Don't Be Cruel.*«

Harry spürte, wie sich die Intensität des Dialogs steigerte. Das kam unterschwellig im Tonfall des Mannes zum Ausdruck, in der raschen Aufeinanderfolge der Antworten, und darin, wie er denselben Titel wiederholte.

»*I Need Your Love Tonight.*«

»*Don't Be Cruel.*«

Harry vergaß alle Vorsicht. Er eilte auf die Stimmen zu in einen Bereich, der noch dichter von Schaufensterpuppen bevölkert war. Ganze Gruppen drängten sich in den Nischen zwischen den Kisten. Blasse Schultern, graziöse Arme und Hände, die auf etwas zu zeigen oder wie zum Gruß erhoben schienen. Angemalte Augen, die blicklos in die Dunkelheit starrten, angemalte Lippen, die auf ewig zu einem ansatzweisen Lächeln geteilt waren, zu einer nie ausgesprochenen Begrüßung, einem leidenschaftslosen erotischen Seufzen.

Dort lebten auch mehr Spinnen, wie die Spinnweben zeigten, die sich in seinen Haaren verhängten und an seinen Kleidern klebten. Im Weitergehen wischte er sich die Fäden aus dem Gesicht. Dünne Fetzen davon lösten sich auf seiner Zunge und seinen Lippen auf, in seinem Mund lief der Speichel zusammen, während ihn ein Gefühl des Ekels überkam. Er würgte im Hals und spuckte einen Klumpen Speichel und Spinnennetz aus.

»*It's Now or Never*«, versprach Connie irgendwo in der Nähe.

Die vertraute, aus drei Worten bestehende Antwort klang inzwischen weniger wie eine Bitte als wie eine Warnung: »*Don't Be Cruel.*«

Harry hatte das Gefühl, daß sich der Kerl keineswegs einlullen ließ, sondern auf eine neue Explosion zusteuerte.

Er ging noch ein paar Schritte weiter und blieb dann stehen.

Angestrengt lauschend drehte er den Kopf von einer Seite zur anderen, aus Angst, etwas zu versäumen, weil ihm der Schlag seines Herzens so laut in den Ohren dröhnte.

»*I'm Yours, Puppet on a String, Let Yourself Go*«, drängte Connie, wobei sie ihre Stimme auf ein Bühnenflüstern senkte, um ein falsches Gefühl von Intimität mit ihrem Opfer zu erzeugen.

Obwohl Harry viel von Connies Fähigkeiten und ihrer Intuition hielt, fürchtete er, daß sie in ihrem Drang, den Kerl auszutricksen, nicht erkennen könnte, daß er möglicherweise gar nicht aus Verwirrung und Sehnsucht auf sie einging, sondern aus dem ganz ähnlichen Verlangen, *sie* auszutricksen.

»*Playing for Keeps, One Broken Heart for Sale*«, sagte Connie.

Sie hörte sich an, als ob sie direkt über Harry wäre; sie mußte ganz nahe bei ihm im nächsten oder übernächsten Gang sein.

»*Ain't That Loving You Baby, Crying in the Chapel*«. Connies Flüstern klang jetzt nicht mehr verführerisch, sondern ziemlich grimmig, als hätte auch sie gemerkt, daß mit dem Dialog irgendwas nicht mehr stimmte.

Harry wartete gespannt auf die Antwort des Mannes und schielte in die Dunkelheit vor sich. Dann sah er sich um, von wo er hergekommen war, und stellte sich plötzlich vor, daß der lächelnde Killer mit dem Mondgesicht hinter ihm her geschlichen kam.

Der Dachboden schien nicht bloß still, sondern die Quelle aller Stille zu sein, so wie die Sonne die Quelle des Lichts ist. Die unsichtbaren Spinnen bewegten sich verstohlen durch die dunklen Ecken des hohen Raumes, Millionen von Staubkörnern schwebten lautlos wie Planeten und Asteroiden im luftlosen leeren Raum, und zu beiden Seiten von Harry starrten Gruppen von Schaufensterpuppen, ohne etwas zu sehen, lauschten, ohne etwas zu hören, und posierten, ohne es zu wissen.

Zwischen zusammengebissenen Zähnen wie eine Drohung ausgestoßen, war Connies Flüstern längst keine Einladung mehr, sondern eine Herausforderung; und ihr Rap bestand nicht mehr nur aus Song-Titeln: »*Anyway You Want Me*, du

Arsch, komm, komm her zu deiner Mama. *Let Yourself Go*, Drecksack.«

Keine Antwort.

Auf dem Dachboden war es still, aber zugleich auf unheimliche Weise regungslos; es herrschte weniger Bewegung als im Gehirn eines Toten.

Harry hatte das seltsame Gefühl, als würde er zu einer der Schaufensterpuppen, die um ihn herum standen, als würde sich sein Fleisch in Gips verwandeln, seine Knochen in Metallstäbe, all seine Sehnen in Drahtbündel. Er gestattete nur seinen Augen, sich zu bewegen, und sein Blick glitt über die leblosen Bewohner des Dachbodens.

Angemalte Augen. Bleiche Brüste mit beständig aufgerichteten Brustwarzen, rundliche Oberschenkel und straffe Gesäße zeichneten sich vage in der Dunkelheit ab. Unbehaarte Körper. Männer und Frauen. Kahlköpfig oder mit verfilzten, staubverklebten Perücken.

Angemalte Lippen. Wie zum Kuß gespitzt oder zu einem scherzhaften Schmollen verzogen oder leicht geöffnet wie in erotischem Erstaunen über die knisternde Spannung in der Berührung des Geliebten. Andere zeigten ein schüchternes Lächeln, manche verschämt, manche etwas breiter, und das matte Schimmern von Zähnen, hier ein eher nachdenkliches Lächeln und dort ein volles, ewiges Lachen. Nein. Falsch. Das matte Schimmern von Zähnen. Die Zähne von Schaufensterpuppen schimmern nicht. An den Zähnen von Schaufensterpuppen ist kein Speichel.

Welcher, der da, der da hinten in der Nische, hinter vier echten Schaufensterpuppen, ein cleverer Schauspieler, er schielte zwischen kahlen und perücketragenden Köpfen hindurch, ging fast im Dunkel unter, doch die feuchten Augen glänzten im Halbdunkel, keine zwei Meter entfernt, von Angesicht zu Angesicht, das Lächeln wurde offener, während Harry zusah, offener, aber genausowenig humorvoll wie eine Wunde, das schwache Kinn, das Mondgesicht und ein weiterer Song-Titel, so leise, daß man ihn kaum hören konnte: »*Blue Moon.*« Harry erfaßte das alles in einem Augenblick und brachte dabei schon die Mündung seines Revolvers hoch und drückte den Abzug.

Der Kerl eröffnete das Feuer mit seiner 9mm Browning vielleicht den Bruchteil einer Sekunde früher als Harry, und der Dachboden füllte sich mit dem Krachen und dem Widerhall von Schüssen. Er sah den Blitz aus der Pistolenmündung, die direkt vor seiner Brust zu sein schien, o Gott, bitte, und er leerte seinen Revolver schneller, als das überhaupt möglich schien, alles in der Kürze eines Augenzwinkerns, wenn er gewagt hätte, mit den Augen zu zwinkern. Der Rückstoß der Waffe war so stark, daß sie ihm aus der Hand zu rutschen drohte.

Etwas schlug ihm hart gegen den Bauch, und er wußte, er war getroffen worden, obwohl er jetzt noch keinen Schmerz spürte, nur einen heftigen Druck und eine Hitzewelle. Und bevor der Schmerz sich bemerkbar machen konnte, wurde er nach hinten gerissen, Schaufensterpuppen fielen auf ihn und schoben ihn gegen die Gangwand. Die aufgestapelten Kisten schwankten und einige fielen in den nächsten Gang des Labyrinths. Harry landete unter dem Geklapper von Gipsgliedmaßen und von harten, bleichen Körpern auf dem Fußboden, wurde darunter begraben, rang nach Luft, versuchte um Hilfe zu rufen, brachte aber nicht mehr als ein Keuchen heraus. Er roch den eindeutig metallischen Geruch von Blut.

Jemand knipste das Licht auf dem Dachboden an, eine lange Reihe kleiner Birnen, die direkt unter dem Dachfirst hingen, doch das besserte die Sicht nur für ein oder zwei Sekunden. Doch das genügte Harry, um festzustellen, daß der Kerl ein Teil des Gewichts war, das ihn auf den Boden drückte. Das Mondgesicht starrte vom oberen Ende des Haufens herunter, zwischen den nackten, ineinander verkeilten Gliedmaßen hindurch und an den haarlosen Schädeln der Schaufensterpuppen vorbei. Seine Augen waren nun genauso blicklos wie ihre. Sein Lächeln war verschwunden. Seine Lippen waren angemalt, aber mit Blut.

Obwohl Harry wußte, daß das Licht nicht wirklich ausging, schien es von einem Dimmer ausgeblendet zu werden. Er versuchte, um Hilfe zu rufen, konnte aber immer noch nur keuchen. Sein Blick glitt von dem Mondgesicht zu den verlöschenden Glühbirnen über ihm. Das letzte, was er sah, war ein Dachsparren mit zerfledderten Spinnweben. Spinnweben, die wie die Flaggen längst verschwundener Staaten flatterten. Dann tauchte er in eine Dunkelheit, die so tief wie der Traum eines Toten war.

7.

Aus Westnordwest zogen drohende Wolken wie schweigende Bataillone von Kriegsmaschinen auf, die der Wind in großer Höhe vor sich her trieb. Obwohl es am Boden immer noch windstill und angenehm warm war, verschwand der blaue Himmel immer mehr hinter den Gewitterwolken.

Janet Marco parkte ihren schrottreifen Dodge am Ende der Gasse. Zusammen mit ihrem fünfjährigen Sohn Danny und dem streunenden Hund, der sich ihnen kürzlich angeschlossen hatte, ging sie die enge Seitenstraße entlang und prüfte den Inhalt der Mülltonnen. Sie versuchte, mit dem zu überleben, was andere wegwarfen.

An der Ostseite grenzte die Gasse an eine tiefe, aber schmale Schlucht, in der riesige Eukalyptusbäume und ein Gewirr von vertrocknetem Unterholz standen. Die Westseite hingegen wurde von einer Reihe Garagen für zwei bis drei Autos geprägt, zwischen denen sich schmiedeeiserne Tore und Tore aus angestrichenem Holz befanden. Hinter einigen Toren konnte Janet kleine Patios und Höfe mit Kopfsteinpflaster im Schatten von Palmen, Magnolienbäumen, Feigenbäumen und australischem Baumfarn erspähen, die in der Seeluft prächtig gediehen. Die Häuser lagen alle zum Pazifik hin, über den Dächern anderer Häuser, die auf den unteren Stufen der Laguna-Hills gebaut waren. Deshalb waren die meisten von ihnen dreistöckig, aufragende Gebäude aus Stein, Stuck und verwitterten Zedernholzschindeln, womit man versucht hatte, das meiste aus dem teuren Grund und Boden zu machen.

Obwohl die Gegend recht wohlhabend war, brachte das Durchstöbern der Mülltonnen so ziemlich dasselbe Ergebnis wie anderswo auch: Aluminiumdosen, die man für ein paar Cents bei einem Recycling-Center abgeben konnte, und Pfandflaschen. Ab und an stieß sie allerdings auf einen Schatz: Säcke voller Kleider, die zwar unmodern waren, aber ungetragen aussahen, defekte Geräte, für die man noch ein paar Dollar in einem Secondhandladen kriegte, wenn nur kleinere Reparaturen erforderlich waren, ausrangierten Modeschmuck oder Bücher und alte Phonographen-Platten, die man an Spezialgeschäfte für Sammler weiterverkaufen konnte.

Danny schleppte einen Plastikmüllsack, in den Janet die Aluminiumdosen warf. Sie selbst trug einen weiteren Beutel für die Flaschen.

Während sie unter einem sich rapide verdunkelnden Himmel die Gasse entlanggingen, sah Janet sich immer wieder nach dem Dodge um. Sie paßte gut auf das Auto auf und versuchte, sich nie mehr als zwei Blocks davon zu entfernen. Das Auto war nicht nur ihr einziges Fortbewegungsmittel, es war ihr Schutz vor Sonne und Regen und der Ort, an dem sie ihre spärlichen Besitztümer aufbewahrten. Es war ihr Zuhause.

Sie lebte in der ständigen Furcht vor einem technischen Schaden, der nicht mehr zu reparieren wäre – oder zumindest nicht mehr im Rahmen ihrer Mittel, was auf das gleiche hinauslief. Doch am meisten hatte sie Angst vor einem Diebstahl, denn wenn das Auto weg war, hätten sie kein Dach mehr über dem Kopf, keinen sicheren Ort mehr zum Schlafen.

Sie wußte, daß wahrscheinlich niemand diese Ruine auf Rädern stehlen würde. Da müßte der Dieb schon noch verzweifelter sein als Janet, und sie konnte sich niemanden vorstellen, der in einer verzweifelteren Situation als sie war.

Aus einer großen, braunen Plastiktonne fischte sie ein halbes Dutzend Aluminiumdosen, die jemand bereits flach geklopft hatte und die eigentlich zum Recyclen hätten aussortiert werden müssen. Sie steckte sie in Dannys Müllsack.

Der Junge sah mit ernstem Gesicht zu. Er sagte nichts. Er war ein stilles Kind. Sein Vater hatte ihn so weit eingeschüchtert, daß er fast stumm war, und in dem einen Jahr, seit Janet diesen herrschsüchtigen Mistkerl aus ihrem Leben entfernt hatte, hatte Danny nur wenig von seiner Verschlossenheit verloren.

Janet warf einen Blick zurück auf das Auto. Es war noch da.

Die Schatten der Wolken fielen auf die Gasse, und eine leichte, nach Salz riechende Brise erhob sich. Irgendwo aus der Ferne über dem Meer hörte man ein leises Donnergrollen.

Sie eilte zur nächsten Tonne, Danny hinterher.

Der Hund, den Danny Woofer getauft hatte, schnupperte an den Müllcontainern, trottete zum nächsten Tor und steckte seine Schnauze durch die Metallstäbe. Sein Schwanz wedelte ununterbrochen. Er war ein freundlicher Köter, einigermaßen gut erzogen, etwa so groß wie ein Golden Retriever mit schwarzbraunem Fell und einem niedlichen Gesicht. Doch Janet nahm die Kosten, ihn mit durchzufüttern, nur in Kauf, weil er den Jungen in den letzten Tagen so oft zum Lächeln gebracht hatte. Bevor Woofer aufgetaucht war, hatte sie fast vergessen gehabt, wie Dannys Lächeln aussah.

Wieder schaute sie nach dem ramponierten Dodge. Es war alles in Ordnung.

Sie blickte zum anderen Ende der Gasse und dann zu der von Unterholz überwucherten Schlucht und den sich schälenden Stämmen der riesigen Eukalyptusbäume auf der anderen Seite. Sie hatte nicht nur Angst vor Autodieben oder vor Anwohnern, die etwas dagegen haben könnten, daß sie in ihren Mülltonnen herumwühlte. Sie hatte außerdem Angst vor dem Cop, der sie seit kurzem schikanierte. Nein. Kein Cop. Etwas, das sich für einen Cop ausgab. Diese merkwürdigen Augen und das freundliche, sommersprossige Gesicht, das sich unversehens in ein Wesen aus einem Alptraum verwandeln konnte ...

Die Angst war Janet Marcos Religion. Sie war in diesen grausamen Glauben hineingeboren worden, ohne es zu merken, wie jedes Kind bereit, zu staunen und sich zu freuen. Doch ihre Eltern waren Alkoholiker und das Sakrament der destillierten Geister brachte in ihnen einen unheiligen Zorn und den Hang zum Sadismus hervor. Sie unterwiesen sie leidenschaftlich in den Dogmen und Doktrinen des Kults der Angst. Sie lernte nur einen Gott kennen, der weder eine bestimmte Person noch eine Kraft war. Für sie war Gott einzig und allein Macht, und wer die ausübte, wurde automatisch in den Status einer Gottheit erhoben.

So war es nicht weiter erstaunlich, daß sie, sobald sie alt genug war, ihren Eltern zu entkommen, einem Typ wie Vince

Marco verfiel, der seine Frau schlug und jeden ihrer Schritte kontrollierte. Zu jenem Zeitpunkt ging sie bereits voll in ihrer Opferrolle auf, hatte das Verlangen, unterdrückt zu werden. Vince war faul und träge, ein Säufer, Spieler und Schürzenjäger, aber äußerst geschickt und voller Energie, wenn es darum ging, sich eine Ehefrau untertan zu machen.

Acht Jahre lang waren sie im Westen herumgezogen, nie länger als sechs Monate in einer Stadt geblieben, wobei Vince für das Allernotwendigste sorgte, wenn auch nicht immer auf ehrliche Weise. Er wollte nicht, daß Janet Freundschaften einging. Solange er der einzige Fixpunkt in ihrem Leben war, hatte er sie total unter Kontrolle. Es war nämlich niemand da, der ihr raten oder sie dazu ermuntern konnte, sich gegen ihn aufzulehnen.

Solange sie unterwürfig war und ihre Angst vor ihm deutlich zeigte, schlug und quälte er sie weniger brutal, als wenn sie sich gelassener verhielt und ihm das Vergnügen verweigerte, sich an ihrem Schmerz zu weiden. Der Gott der Angst wußte die sichtbaren Beweise der Ergebenheit seiner Anhänger ebenso zu schätzen wie der christliche Gott der Liebe. Widersinnigerweise wurde die Angst zu ihrer Zuflucht und zum einzigen Schutz vor noch schlimmeren Grausamkeiten.

Und sie hätte wahrscheinlich so weitergemacht, bis sie nur noch ein zitterndes, verängstigtes Tier gewesen wäre, das sich in seinem Bau verkriecht ... doch Danny kam und rettete sie. Nachdem er geboren war, hatte sie um ihn genausoviel Angst wie um sich selbst. Was würde mit Danny geschehen, wenn Vince eines Nachts zu weit ging und sie im Suff totschlug? Wie sollte Danny allein zurechtkommen, so klein und hilflos wie er war? Mit der Zeit fürchtete sie *mehr*, daß Danny etwas Schlimmes zustoßen könnte als ihr selbst. Eigentlich hätte das ihre Sorgen noch vergrößern müssen, doch es wirkte merkwürdigerweise befreiend. Vince wurde das nicht klar, aber er war nicht mehr der einzige Fixpunkt in ihrem Leben. Ihr Kind war durch seine bloße Existenz ein Grund zur Auflehnung und eine Quelle des Muts.

Sie hätte vielleicht immer noch nicht den nötigen Mut gehabt, ihr Joch abzuwerfen, wenn Vince nicht die Hand gegen den Jungen erhoben hätte. Eines Nachts vor einem Jahr, als sie in dem heruntergekommenen Mietshaus mit dem vertrockneten braunen Rasen am Stadtrand von Tucson wohnten, war Vince, nach Bier, Schweiß und dem Parfum einer anderen Frau riechend, nach Hause gekommen und hatte Janet aus Spaß verprügelt. Danny war damals vier, noch zu klein zwar, um seine Mutter zu beschützen, doch alt genug, um zu spüren, daß er ihr helfen mußte. Als er im Schlafanzug auftauchte und einzuschreiten versuchte, schlug sein Vater ihn mehrfach brutal, warf ihn auf den Boden und trat nach ihm, bis der Junge weinend und total verängstigt aus dem Haus und auf den Hof kroch.

Janet hatte die Schläge mitangesehen, doch später, als ihr Mann und ihr Sohn schliefen, war sie in die Küche gegangen und hatte ein Messer aus dem Wandgestell neben dem Herd genommen. Zum ersten – und vielleicht letzten – Mal in ihrem Leben vollkommen furchtlos, war sie ins Schlafzimmer zurückgekehrt und hatte wiederholt auf Vince' Kehle, Hals, Brust und Bauch eingestochen. Er war nach dem ersten Stich wach geworden, hatte versucht zu schreien, aber nur ein Gurgeln hervorgebracht, weil sein Mund sich mit Blut füllte. Er wehrte sich kurz und vergeblich.

Nachdem sie im Nebenraum nach Danny gesehen hatte, um sich zu vergewissern, daß er nicht aufgewacht war, hatte Janet Vince' Leiche in die blutbefleckten Bettlaken gewickelt. Sie band das Leichentuch an seinen Knöcheln und am Hals mit Wäscheleine zusammen, schleifte ihn durch das Haus, durch die Küchentür hinaus und über den Hinterhof.

Der hohe Mond leuchtete abwechselnd schwach und hell, weil Wolken wie Galeonen nach Osten über den Himmel segelten, aber Janet machte sich keine Sorgen, daß man sie sehen könnte. Die Baracken an diesem Abschnitt der Ausfallstraße lagen weit auseinander, und in den beiden am nächsten gelegenen Häusern brannte kein Licht.

Von der bitteren Erkenntnis getrieben, daß die Polizei sie, genausogut wie Vince es getan hätte, von Danny trennen könnte, zog sie die Leiche bis ans Ende des Grundstücks und von dort in die nächtliche Wüste, die sich unbewohnt bis zu dem weit entfernten Gebirge erstreckte. Sie kämpfte sich zwischen Büschen von Büffelgras und noch verwurzelten Steppenläufern hindurch, an einigen Stellen über weichen Sand und an anderen über harte Schieferplatten.

Das kalte Licht des Mondes fiel auf eine feindselige Landschaft aus harten Schatten und scharf abgegrenzten Alabasterformen. An einer Stelle, an der die Schatten besonders tief waren – einem von jahrhundertelangen, flutartigen Überschwemmungen gegrabenen, ausgetrockneten Flußlauf – ließ Janet die Leiche liegen.

Sie streifte die Bettlaken von der Leiche ab und begrub sie, doch für den Kadaver selbst hob sie kein Grab aus, weil sie hoffte, daß nachts herumstreifende Aasfresser und die Geier die Knochen schneller blank fressen würden, wenn sie sie offen liegenließ. Wenn die Wüstenbewohner erst einmal die weichen Kuppen von Vince's Fingern abgenagt und weggepickt hatten, die Sonne und die Aasfresser mit ihm fertig waren, könnte seine Identität nur noch aufgrund zahnärztlicher Unterlagen bestimmt werden. Da Vince jedoch selten beim Zahnarzt gewesen war und nie zweimal bei demselben, würde es keine Unterlagen geben, die die Polizei heranziehen könnte. Mit etwas Glück würde die Leiche bis zur nächsten Regenzeit unentdeckt bleiben, und dann würden die kümmerlichen Überreste meilenweit weggespült, durcheinandergebracht, zerbrochen und mit anderem Unrat vermischt, bis sie praktisch verschwunden wären.

In jener Nacht packte Janet das bißchen, das sie besaßen, zusammen und fuhr mit Danny in dem alten Dodge fort. Sie wußte selbst nicht recht, wohin sie fuhr, bis sie die Staatsgrenze überquert hatte und in Orange County gelandet war. Das *mußte* ihr endgültiges Ziel sein, weil sie es sich nicht leisten konnte, mehr Geld für Benzin auszugeben, um weiter von dem toten Mann in der Wüste wegzukommen.

In Tucson würde sich niemand darüber wundern, was mit Vince passiert war. Schließlich war er nur ein Herumtreiber. Sich davonzumachen und weiterzuziehen entsprach seinem Lebensstil.

Doch Janet hatte panische Angst davor, sich um Sozialhilfe oder sonst eine Art von Unterstützung zu bemühen. Man könnte sie ja fragen, wo ihr Mann sei, und sie traute sich nicht zu, überzeugend lügen zu können.

Außerdem konnte es ja sein, daß trotz der Aasfresser und der sengenden Sonne Arizonas jemand über Vince' Leiche stolperte, bevor sie unidentifizierbar geworden war. Wenn seine Witwe und sein Sohn in Kalifornien auftauchten und staatliche Unterstützung beantragten, dann würde vielleicht irgendwo in einem Computer eine Verbindung hergestellt und ein aufmerksamer Sozialarbeiter sähe sich bemüßigt, die Cops zu verständigen. Und wenn man ihre Neigung bedachte, sich jeder Autoritätsperson zu beugen – ein tief in ihr verwurzelter Charakterzug, der nur wenig durch die Ermordung ihres Mannes gemildert worden war –, hatte Janet wohl kaum eine Chance, eine polizeiliche Untersuchung zu überstehen, ohne sich selbst zu belasten.

Dann würde man ihr Danny wegnehmen.

Das konnte sie nicht zulassen. *Würde* sie auch nicht.

Auf der Straße, obdachlos bis auf den verrosteten und klapprigen Dodge, entdeckte Janet Marco, daß sie ein Talent zum Überleben hatte. Sie war nicht dumm; sie hatte bisher nur nie die Chance gehabt, ihren Verstand zu erproben. Von einer Gesellschaft, mit deren Abfällen man einen beträchtlichen Teil der Dritten Welt ernähren könnte, krallte sie sich einen Zipfel zweifelhafter Sicherheit und nahm für sich und ihren Sohn so selten wie möglich eine Wohlfahrtsküche in Anspruch.

Sie hatte gelernt, daß die Angst, von der sie seit langem durchdrungen war, sie nicht unbedingt lähmte. Sie konnte auch motivierend sein.

Die Brise war abgekühlt und hatte sich zu einem unberechenbaren Wind verstärkt. Das Donnergrollen war immer noch weit entfernt, aber lauter, als in dem Augenblick, wo Janet es zum ersten Mal gehört hatte. Nur im Osten war noch ein Stückchen blauer Himmel zu sehen, und das verschwand so schnell, wie es die Hoffnung üblicherweise tut.

Nachdem sie die Mülltonnen von zwei Blocks durchwühlt hatten, gingen Janet und Danny, angeführt von Woofer, zum Dodge zurück.

Auf gut der Hälfte des Weges blieb der Hund plötzlich stehen, legte den Kopf schief, um auf etwas zu lauschen, das über dem

Pfeifen des Windes und dem Chor flüsternder Stimmen lag, die aus den bewegten Eukalyptusblättern kamen. Er gab ein tiefes Brummen von sich und schien einen Augenblick verwirrt, dann wandte er sich um und sah an Janet vorbei. Er fletschte seine Zähne, und das Brummen verstärkte sich zu einem leisen Knurren.

Sie wußte, was die Aufmerksamkeit des Hundes erregt hatte. Sie brauchte gar nicht erst nachzusehen.

Dennoch war sie gezwungen, sich umzudrehen und sich der Bedrohung zu stellen, wenn schon nicht um ihretwillen, dann doch zumindest für Danny. Der Laguna-Beach-Cop, *der* Cop, war knapp drei Meter von ihr entfernt.

Er lächelte, das tat er immer am Anfang. Er hatte ein angenehmes Lächeln, ein freundliches Gesicht und schöne blaue Augen.

Wie immer war kein Streifenwagen zu sehen, keinerlei Hinweis, wie er in diese Gasse gekommen war. Es war, als ob er zwischen den sich schälenden Stämmen der Eukalyptusbäume auf sie gewartet hätte, wie ein Hellseher wissend, daß sie genau an diesem Tag, zu dieser Stunde und auf diesem Weg die Mülltonnen plündern würde.

»Wie geht's Ihnen, Ma'am?« fragte er. Seine Stimme war am Anfang sanft, fast melodisch.

Janet antwortete nicht.

Als er sie letzte Woche zum ersten Mal angesprochen hatte, hatte sie ängstlich und nervös reagiert, ihre Augen mit dem übergroßen Respekt abgewendet, den sie ihr Leben lang der Autorität entgegengebracht hatte – bis auf jene blutige Nacht am Rand von Tucson. Doch sie hatte rasch gemerkt, daß er nicht das war, für das er sich ausgab, und daß er einen Monolog einem Dialog vorzog.

»Sieht so aus, als kriegten wir ein bißchen Regen«, sagte er jetzt mit einem Blick auf den bewölkten Himmel.

Danny hatte sich an Janet gedrängt. Sie legte ihren freien Arm um ihn und zog ihn noch dichter an sich heran. Der Junge zitterte.

Sie zitterte ebenfalls und hoffte, daß Danny es nicht merkte.

Der Hund fletschte weiter die Zähne und knurrte leise.

Der Cop wandte seinen Blick von dem stürmischen Himmel ab und wieder Janet zu und sagte mit der gleichen munteren Stimme: »Okay, Schluß mit den Spielchen. Jetzt kommt der wirkliche Spaß. Also, es passiert folgendes ... du hast bis zum Morgengrauen. Alles klar? Hmmmmm? Beim Morgengrauen werde ich dich und deinen Jungen töten.«

Seine Drohung überraschte Janet keineswegs. Jeder, der Autorität über sie hatte, war für sie immer ein Gott gewesen, aber stets ein grausamer Gott, nie ein gütiger. Sie *erwartete* Gewalt, Leiden und drohenden Tod. Es hätte sie nur überrascht, wenn jemand, der Macht über sie hatte, Güte gezeigt hätte, denn Güte war unendlich viel seltener als Haß und Grausamkeit.

Wahrscheinlich wäre ihre Angst, die bereits jetzt fast lähmend war, durch eine solche unglaubwürdige Demonstration von Güte noch größer geworden. Güte wäre ihr bloß wie der Versuch erschienen, eine unvorstellbar böse Absicht zu verbergen.

Der Polizist lächelte immer noch, doch sein sommersprossiges irisches Gesicht war nicht mehr freundlich. Es war kälter als die kühle Luft, die als Ankündigung des Unwetters vom Meer kam.

»Hast du mich verstanden, du dummes Miststück?«

Sie sagte nichts.

»Denkst du etwa daran, wegzulaufen, die Stadt zu verlassen, vielleicht nach L. A., wo ich dich nicht finden kann?«

Sie dachte tatsächlich an so etwas, entweder nach Los Angeles oder nach San Diego.

»Ja, bitte, lauf doch«, ermunterte er sie. »Dann würde es mir mehr Spaß machen. Lauf, wehr dich. Wo auch immer du hingehst, ich werde dich finden, aber es wäre dann viel *spannender*.«

Das glaubte ihm Janet. Sie hatte es geschafft, ihren Eltern zu entkommen und auch Vince, indem sie ihn umbrachte, doch jetzt hatte sie es nicht nur mit einem weiteren der zahlreichen Götter der Angst zu tun, die sie beherrscht hatten, sondern mit *dem* Gott der Angst, dessen Macht unbegreiflich war.

Seine Augen veränderten sich, verdunkelten sich von blau zu einem intensiven Grün.

Der Wind wehte plötzlich stürmisch durch die Gasse und peitschte vertrocknete Blätter und ein paar Papierfetzen vor sich her.

Die Augen des Bullen waren inzwischen so strahlend grün, daß eine Lichtquelle hinter ihnen zu sein schien, ein Feuer in seinem Schädel. Auch die Pupillen hatten sich verändert, bis sie so langgezogen und merkwürdig wie die einer Katze waren.

Aus dem Knurren des Hundes wurde ein ängstliches Jaulen.

In der Schlucht schüttelten sich die Eukalyptusbäume im Wind, und ihr leises Rauschen wurde zum Toben einer wütenden Menge.

Janet kam es so vor, als ob das Wesen, das sich als Polizist ausgab, dem Wind befohlen hatte, sich zu erheben, um seiner Drohung mehr Pathos zu verleihen, obwohl er über eine solche Macht gewiß nicht verfügte.

»Wenn ich euch bei Sonnenaufgang holen komme, dann knacke ich eure Körper auf und esse eure Herzen.«

Seine Stimme hatte sich genauso stark verändert wie seine Augen. Sie war jetzt tief und rauh wie die bösartige Stimme von etwas, das aus der Hölle kam.

Er ging einen Schritt auf sie zu.

Janet ging zwei Schritte zurück und zog Danny mit sich. Ihr Herz hämmerte so laut, daß sie wußte, daß ihr Peiniger es hören konnte.

Der Hund war ebenfalls zurückgewichen. Er jaulte und knurrte abwechselnd mit eingezogenem Schwanz.

»Im Morgengrauen, du trauriges, dummes Miststück. Du und dein rotznäsiger kleiner Bengel. Sechzehn Stunden. Nur noch sechzehn Stunden, du Miststück. Ticktack ... ticktack ... ticktack.«

Der Wind erstarb augenblicklich. Die ganze Welt verfiel in Schweigen. Kein Rauschen in den Bäumen. Kein entferntes Donnern.

Ein Zweig, an dem ein halbes Dutzend lange Eukalyptusblätter prangte, hing ein paar Zentimeter rechts von ihr und vielleicht einen halben Meter vor ihrem Gesicht in der Luft. Er regte sich nicht, der pfeifende Wind, der ihn getragen hatte, war verschwunden. Dennoch verharrte er auf magische Weise auf der Stelle wie der tote Skorpion in dem Briefbeschwerer aus Acryl, den Vince in einem Fernfahrerlokal in Arizona als Souvenir gekauft hatte.

Das sommersprossige Gesicht des Polizisten dehnte und wölbte sich mit erstaunlicher Elastizität wie eine Gummimaske, auf die von hinten starker Druck ausgeübt wird. Seine grünen, katzenartigen Augen drohten jeden Moment aus seinem erheblich deformierten Schädel zu fallen.

Janet wollte zum Auto laufen, ihrer Zuflucht, ihrem Zuhause, die Tür verriegeln, sich geborgen fühlen und wie der Teufel losfahren, aber sie konnte es nicht, sie wagte nicht, ihm den Rücken zuzudrehen. Sie wußte, sie würde niedergeschlagen und in Stücke gerissen werden, trotz der versprochenen Gnadenfrist von sechzehn Stunden. Denn er wollte, daß sie seine Verwandlung beobachtete, forderte das geradezu und wäre rasend vor Zorn gewesen, wenn man ihn ignorierte.

Die Mächtigen waren äußerst stolz auf ihre Macht. Die Götter der Angst hatten das Bedürfnis, sich in Pose zu werfen und bewundert zu werden, damit sie sahen, wie ihre Macht diejenigen erniedrigte und in Angst versetzte, die vor ihnen machtlos waren.

Das aufgeblähte Gesicht des Polizisten begann zu schmelzen, seine Gesichtszüge liefen ineinander, die Augen verflüssigten sich zu roten Tümpeln voll heißen Öls, das Öl sickerte in seine teigigen Wangen, bis er keine Augen mehr hatte, die Nase rutschte in den Mund, die Lippen dehnten sich über Kinn und Wangen aus, dann gab es kein Kinn und keine Wangen mehr, nur noch eine triefende Masse. Doch sein wachsartiges Fleisch dampfte nicht und tropfte auch nicht auf den Boden. Also war das Vorhandensein von Hitze wahrscheinlich eine Illusion.

Vielleicht war alles eine Illusion, Hypnose. Das würde vieles erklären, zwar auch neue Fragen aufwerfen, aber vieles erklären.

Sein Körper pulsierte, wand und veränderte sich unter seinen Kleidern. Dann verschmolzen seine Kleider mit seinem Körper, als ob es nie richtige Kleider gewesen wären, sondern nur ein weiterer Teil von *ihm*. Kurzfristig war die neue Form, die er annahm, mit einem verfilzten schwarzen Fell bedeckt, ein stark in die Länge gezogener Kopf begann sich auf einem mächtigen Hals zu bilden, gekrümmte, knotige Schultern, haßerfüllte gelbe

Augen, dazu heimtückische Zähne und fünf Zentimeter lange Krallen, die den Eindruck von Wildheit unterstrichen, ein Werwolf wie aus dem Film.

Bei den vorherigen vier Malen, als ihr dieses Ding erschienen war, hatte es sich jeweils in einer anderen Form gezeigt, als ob es sie mit seinem Repertoire beeindrucken wollte. Doch auf das, was jetzt kam, war sie nicht vorbereitet. Es gab die Wolfsgestalt auf, noch bevor der Körper vollkommen geformt war, und nahm wieder eine menschliche Gestalt an, allerdings nicht die des Cops. Vince. Auch wenn die Züge des Gesichts noch nicht einmal zur Hälfte entwickelt waren, glaubte sie, daß es sich in das ihres toten Mannes verwandeln würde. Das dunkle Haar war das gleiche, die Form der Stirn, die Farbe des einen bösartigen, hellen Auges.

Die Auferstehung von Vince, der seit einem Jahr unter dem Wüstensand von Arizona begraben war, erschütterte Janet mehr als alles andere, was das Wesen bisher getan hatte oder wie es sich gezeigt hatte, und endlich schrie sie vor Angst. Danny schrie ebenfalls und klammerte sich noch fester an sie.

Der Hund hatte nicht das wankelmütige Herz eines Streuners. Er hörte auf zu jaulen und verhielt sich, als ob er bereits als Welpe bei ihnen gewesen wäre. Er fletschte die Zähne, knurrte wütend und schnappte warnend in die Luft.

Das Gesicht von Vince blieb zwar unfertig, doch sein Körper nahm Gestalt an. Er war nackt, so wie er gewesen war, als sie ihn im Schlaf überwältigt hatte. In seiner Kehle sowie in Brust und Bauch glaubte sie die Schnitte von dem Küchenmesser zu sehen, mit dem sie ihn umgebracht hatte, klaffende Wunden, die zwar nicht bluteten, aber dunkel, offen und schrecklich waren.

Vince hob einen Arm und streckte ihn nach ihr aus.

Der Hund griff an. Das halsbandlose Leben auf den Straßen hatte Woofer keineswegs schwach oder kränklich gemacht. Er war ein kräftiges, gut gebautes Tier, und als er sich auf die Erscheinung stürzte, schien er so leicht wie ein Vogel abzuheben.

Sein Knurren brach ab, und er wurde auf wundersame Weise in der Luft gestoppt, den Körper in Angriffshaltung, als ob er nur ein Bild auf einem Videoband wäre, nachdem jemand auf »Pause« gedrückt hatte. In der Bewegung erstarrt.

Schaumiger Geifer schimmerte wie Rauhreif an seinen schwarzen Lippen und im Fell um sein Maul herum, und seine Zähne glänzten so kalt wie zwei Reihen kleiner, spitzer Eiszapfen.

Der Eukalyptuszweig mit den silbrig grünen Blättern schwebte rechts von Janet, der Hund links. Die Atmosphäre schien zu Kristall geworden zu sein und Woofer für die Ewigkeit in diesem Anfall von Mut festzuhalten, doch Janet war in der Lage zu atmen, wenn sie daran dachte, es zu versuchen.

Immer noch erst halbfertig schritt Vince an dem Hund vorbei auf sie zu.

Sie drehte sich um und rannte los – Danny mit sich ziehend – in der Erwartung, mitten im Laufen zu erstarren. Wie würde das sein? Würde sich Dunkelheit über sie senken, wenn sie gelähmt war, oder könnte sie immer noch sehen, wie Vince von hinten in ihr Gesichtsfeld trat und ihr dann wieder Auge in Auge gegenüberstand? Würde sie in einem See des Schweigens versinken, oder würde sie immer noch die verhaßte Stimme des toten Mannes hören können? Den Schmerz jedes Schlages spüren, den er auf sie niedergehen ließ, oder so empfindungslos sein wie der schwebende Eukalyptuszweig?

Wie eine Wasserflut toste eine Windböe durch die Gasse und warf sie fast um. Die Welt war wieder mit Geräuschen erfüllt.

Sie wirbelte herum und sah gerade noch, wie Woofer in der Luft wieder zum Leben erwachte und seinen unterbrochenen Sprung beendete. Bloß war niemand mehr da, den er hätte angreifen können. Vince war verschwunden. Der Hund landete auf dem Pflaster, rutschte, geriet ins Schlittern, rollte sich auf den Rücken und sprang wieder auf die Füße, wobei er mit dem Kopf ängstlich und verwirrt in die Luft schnappte und nach seiner Beute suchte, als ob sie sich vor seinen Augen in Nichts aufgelöst hätte.

Danny weinte.

Die Bedrohung schien vorbei zu sein. Die kleine Seitenstraße war ausgestorben, bis auf Janet, ihren Jungen und den Hund. Dennoch eilte sie mit Danny zum Auto, um so schnell wie möglich wegzukommen. Dabei blickte sie wiederholt zu der von Unterholz überwucherten Schlucht und auf die tiefen Schatten zwischen den riesigen Bäumen, an denen sie vorbeikam, halb in der

Erwartung, den Troll wieder aus seiner Höhle klettern zu sehen, bereit, ihre Herzen früher als versprochen zu verzehren.

Blitze zuckten. Das Donnergrollen war lauter und näher als vorher.

Die Luft roch nach dem Regen, der gleich fallen würde. Der Beigeschmack von Ozon erinnerte Janet an den Geruch von warmem Blut.

8.

Harry Lyon saß an einem Ecktisch im hinteren Bereich des Hamburger-Restaurants. Mit der rechten Hand umklammerte er ein Glas Wasser, die linke lag zur Faust geballt auf seinem Oberschenkel. Ab und zu trank er einen Schluck Wasser, und jeder Schluck schien kälter als der vorherige zu sein, als ob das Glas Kälte statt Wärme von seiner Hand aufnahm.

Sein Blick glitt über umgeworfene Möbelstücke, kaputte Pflanzen, Glasscherben, verstreute Essensreste und gerinnendes Blut. Neun Verwundete hatte man fortgebracht, aber zwei Tote lagen noch da, wo sie hingefallen waren. Ein Polizeifotograf und ein paar Labortechniker waren bei der Arbeit.

Harry war sich des Raumes, der Leute und der periodisch aufblitzenden Kamera zwar bewußt, doch was er viel deutlicher sah, war das Mondgesicht des Presley-Fans, das durch die verkeilten Gliedmaßen der Schaufensterpuppen hindurch auf ihn herunter starrte. Die geöffneten Lippen feucht von Blut. Die beiden Fenster, die seine Augen waren, und der Ausblick auf die Hölle dahinter.

Harry war immer noch genauso überrascht, am Leben zu sein, wie in dem Augenblick, als man den Toten und die Schaufensterpuppe von ihm weggeräumt hatte. In seinem Bauch war immer noch ein dumpfer Schmerz an der Stelle, wo sich die Gipshand der Puppe mit dem vollen Gewicht des Mannes dahinter in ihn gebohrt hatte. Er hatte geglaubt, er sei angeschossen worden. Der Kerl hatte zweimal aus kurzer Entfernung geschossen, aber offenbar waren beide Schüsse von den dazwischenliegenden Gipskörpern und -gliedmaßen abgelenkt worden.

Von den fünf Schüssen, die Harry abgefeuert hatte, hatten zumindest drei größeren Schaden angerichtet.

Kriminalbeamte und Techniker passierten die zerschossene Küchentür in seiner Nähe in beiden Richtungen auf dem Weg zum oder vom ersten Stock und Dachboden. Einige sprachen ihn an oder klopften ihm auf die Schulter.

»Gute Arbeit, Harry.«

»Harry, alles okay mit dir?«

»Prima Job, Mann.«

»Brauchst du irgendwas, Harry?«

»Ganz schöne Scheiße, was, Harry?«

Er murmelte »danke«, »ja« oder »nein« oder schüttelte einfach den Kopf. Er war noch nicht zu einem Gespräch mit einem von ihnen bereit, und er war ganz bestimmt nicht bereit, ein Held zu sein.

Eine Menschenmenge hatte sich draußen angesammelt, drängte sich neugierig gegen die Polizeiabsperrungen und glotzte durch zerbrochene oder ganz gebliebene Fensterscheiben. Er versuchte, sie zu ignorieren, weil zu viele von ihnen dem Mann zu gleichen schienen, den er erschossen hatte. Ihre Augen leuchteten mit einem fieberhaften Glanz und ihre netten, alltäglichen Gesichter konnten kaum ihre seltsamen Begierden verbergen.

Connie kam durch die Schwingtür aus der Küche, stellte einen umgeworfenen Stuhl wieder auf und setzte sich zu ihm an den Tisch. Sie hatte ein kleines Notizbuch in der Hand, aus dem sie vorlas. »Sein Name war James Ordegard. Einunddreißig. Unverheiratet. Wohnte in Laguna. Ingenieur. Keine Vorstrafen. Noch nicht mal ein Verkehrsdelikt.«

»Was hat er mit diesem Lokal zu tun? Arbeitet seine Exfrau oder Freundin hier?«

»Nein. Bisher haben wir keine Verbindung gefunden. Niemand von denen, die hier arbeiten, erinnert sich, ihn jemals gesehen zu haben.«

»Hatte er einen Abschiedsbrief dabei?«

»Nee. Sieht nach 'ner Art Amoklauf aus.«

»Hat man schon mit jemandem an seinem Arbeitsplatz gesprochen?«

Sie nickte. »Die sind baff. Er war ein guter Arbeiter, zufrieden ...«

»Der altbekannte vorbildliche Bürger.«

»So heißt es.«

Der Fotograf machte noch ein paar Aufnahmen von der Leiche, die in ihrer Nähe lag – eine Frau Mitte Dreißig. Das Blitzlicht war störend hell, und Harry stellte fest, daß es sich jenseits der Scheiben bewölkt hatte, seit er und Connie zum Mittagessen gekommen waren.

»Hatte er Freunde, Familie?« fragte Harry.

»Wir haben einige Namen, aber wir haben noch nicht mit allen gesprochen. Mit den Nachbarn auch noch nicht.« Sie klappte das Notizbuch zu. »Wie geht's dir?«

»Ging schon mal besser.«

»Was macht dein Bauch?«

»Nicht so schlimm, fast normal. Das wird morgen viel schlimmer. Wo zum Teufel hatte der die Handgranaten her?«

Sie zuckte mit den Schultern. »Das werden wir rauskriegen.«

Die dritte Handgranate, die durch die Falltür zum Speicher in den darunterliegenden Raum geworfen worden war, hatte einen Beamten aus Laguna Beach ganz unvorbereitet erwischt. Er lag jetzt im Hoag Hospital und klammerte sich verzweifelt an sein Leben.

»Handgranaten.« Harry konnte es immer noch nicht fassen. »Hast du so was schon mal gehört?«

Er bedauerte sogleich, die Frage gestellt zu haben. Er wußte, das wäre für sie ein Anlaß, mit ihrem Lieblingsthema anzufangen, dem Tanz ins neue Jahrtausend oder der anhaltenden Krise des neuen finsteren Mittelalters.

Connie runzelte die Stirn und sagte: »Ob ich so was schon mal gehört habe? So was vielleicht nicht, aber was genauso Schlimmes, oder noch schlimmer, viel schlimmer. Letztes Jahr hat eine Frau in Nashville ihren behinderten Freund umgebracht, indem sie seinen Rollstuhl in Brand gesetzt hat.«

Harry seufzte.

Sie sagte: »In Boston haben acht Teenager eine Frau vergewaltigt und getötet. Weißt du, was ihre Entschuldigung war? Sie hätten sich gelangweilt. Gelangweilt. Die Stadt war schuld, verstehst du, weil sie den Kids so wenig kostenlose Freizeitmöglichkeiten bot.«

Er sah zu den Leuten rüber, die sich draußen an der Absperrung des Tatorts drängelten, dann wandte er den Blick rasch wieder ab.

Er sagte: »Warum sammelst du eigentlich diese Stories?«

»Sieh mal, Harry, wir leben im Zeitalter des Chaos. Man muß mit der Zeit gehen.«

»Dann bin ich vielleicht lieber ein komischer alter Kauz.«

»Um in den Neunzigern ein guter Cop zu sein, muß man ein Mensch der Neunziger sein. Man muß mit den Rhythmen der Zerstörung im Einklang sein. Die Zivilisation fliegt uns um die Ohren. Jeder will Freiheit, aber keiner will Verantwortung, deshalb hält das Ganze nicht. Du mußt wissen, wann du gegen eine Regel verstoßen darfst, um das System zu retten – und wie man auf jeder Welle des Wahnsinns reitet, die gerade daherkommt.«

Er starrte sie nur an, denn das war ganz einfach. Viel einfacher, als über das nachzudenken, was sie gesagt hatte, weil er Angst davor hatte, daß sie recht haben könnte. Er konnte nicht darüber nachdenken. Wollte nicht. Jedenfalls im Augenblick nicht. Und der Anblick ihres hübschen Gesichts war eine willkommene Ablenkung.

Obwohl sie nicht dem derzeitigen amerikanischen Maßstab absoluter Schönheit entsprach, der von den Tussis in den Bierreklamen im Fernsehen gesetzt wurde, und auch wenn sie nicht den verschwitzten exotischen Appeal weiblicher Rockstars mit Kunststoffdekolleté und drei Kilo Bühnen-Make-up hatte, der unerklärlicherweise eine ganze Generation junger Männer erregte, war Connie Gulliver attraktiv. Zumindest war Harry dieser Meinung. Nicht daß er irgendwie in sie verliebt war. Das war er nicht. Aber er war ein Mann, sie war eine Frau, und sie arbeiteten sehr eng zusammen. Deshalb war es für ihn ganz natürlich, daß ihm auffiel, daß ihr dunkelbraunes, fast schwarzes Haar wunderschön dicht war und seidig glänzte, obwohl sie es kurz schnitt und mit den Fingern kämmte. Ihre

Augen hatten einen merkwürdigen Blauton, sie schimmerten violett, wenn das Licht aus einem bestimmten Winkel auf sie traf, und sie hätten unwiderstehlich verführerisch sein können, wenn es nicht die wachsamen und mißtrauischen Augen einer Polizistin gewesen wären.

Sie war dreiunddreißig, vier Jahre jünger als Harry. In den seltenen Augenblicken, in denen sie ihre Schutzmaske fallen ließ, wirkte sie wie fünfundzwanzig. Die meiste Zeit allerdings ließ sie das düstere Wissen, das sie durch die Polizeiarbeit erworben hatte, älter aussehen als sie war.

»Warum starrst du mich an?« wollte sie wissen.

»Ich fragte mich nur gerade, ob du im Innern wirklich so hart bist, wie du tust.«

»Das solltest du inzwischen wissen.«

»Genau – das sollte ich.«

»Jetzt komm mir nicht mit Freud, Harry.«

»Mach ich nicht.« Er trank einen Schluck Wasser.

»Eins mag ich an dir, du versuchst nicht, jeden zu psychoanalysieren. Das ganze Zeug ist ein Haufen Scheiße.«

»Find' ich auch.«

Es überraschte ihn nicht festzustellen, daß sie in dem Punkt einer Meinung waren. Trotz der zahlreichen Unterschiede zwischen ihnen hatten sie doch genügend Gemeinsamkeiten, um gut zusammenarbeiten zu können. Doch da Connie es vermied, etwas über sich preiszugeben, wußte Harry nicht, ob sie zu ihren ähnlichen Auffassungen aus ähnlichen oder total entgegengesetzten Gründen gelangt waren.

Manchmal schien es ihm wichtig zu verstehen, warum sie bestimmte Überzeugungen hatte. An anderen Tagen war Harry genauso sicher, daß größere Intimität ihr Verhältnis durcheinanderbringen würde. Und Durcheinander konnte er nicht vertragen. Oft war es klug, in einer beruflichen Beziehung allzu große Vertrautheit zu vermeiden, eine sichere Distanz zu wahren, eine Art Pufferzone – besonders wenn beide Schußwaffen trugen.

In der Ferne war Donnergrollen zu hören.

Ein kühler Luftzug drang durch das große zerbrochene Fenster mit seinen zackigen Rändern in den hinteren Bereich des

Restaurants. Weggeworfene Papierservietten flatterten auf dem Fußboden.

Die Aussicht auf Regen gefiel Harry. Die Welt konnte eine Reinigung und Erfrischung vertragen.

Connie sagte: »Meldest du dich für eine Gehirnmassage an?«

Wenn sie jemanden erschossen hatten, riet man ihnen, ein paar Therapiesitzungen zu nehmen.

»Nein«, sagte Harry. »Mir geht es gut.«

»Warum machst du nicht Schluß für heute und gehst nach Hause?«

»Ich kann dich doch nicht mit allem allein lassen.«

»Ich komm' schon zurecht.«

»Was ist mit dem Papierkram?«

»Das mach' ich schon.«

»Yeah, aber deine Berichte sind immer voller Tippfehler.«

Sie schüttelte den Kopf. »Du bist überdreht, Harry.«

»Das geht ja alles mit dem Computer, aber du machst dir noch nicht mal die Mühe, das Rechtschreibprogramm durchlaufen zu lassen.«

»Ich bin gerade mit Handgranaten beworfen worden. Scheiß-Rechtschreibprogramm.«

Er nickte und erhob sich von dem Tisch. »Ich geh' ins Büro und fang' mit dem Bericht an.«

Von einem weiteren langen, tiefen Donnergrollen begleitet, gingen zwei mit weißen Jacken bekleidete Helfer aus dem Leichenschauhaus auf die tote Frau zu. Unter Aufsicht eines Gerichtsmediziners bereiteten sie das Opfer für den Abtransport vor.

Connie gab Harry ihr Notizbuch. Für seinen Bericht würde er einige der Fakten brauchen, die sie gesammelt hatte.

»Bis später«, sagte sie.

»Bis später.«

Einer der Helfer hatte bereits einen undurchsichtigen Leichensack auseinandergefaltet. Er war so fest zusammengelegt gewesen, daß sich die Plastikschichten mit einem klebrigen, knisternden und unangenehm organischen Geräusch voneinander lösten.

Harry wurde von einer Welle der Übelkeit überrascht.

Die tote Frau hatte mit dem Gesicht nach unten gelegen, den Kopf von ihm abgewandt. Er hatte einen der anderen Detectives sagen hören, daß sie in Brust und Gesicht getroffen worden war. Er wollte nicht sehen, wie sie sie umdrehten und in den Sack packten.

Mit einiger Willenskraft unterdrückte er seine Übelkeit, wandte sich ab und ging in Richtung Eingangstür.

Connie sagte: »Harry?«

Er sah sich zögernd um.

Sie sagte: »Danke.«

»Dir auch.«

Das war wahrscheinlich die einzige Anspielung, die sie jemals darauf machen würden, daß ihr Überleben davon abgehangen hatte, daß sie ein gutes Team waren.

Mit Horror vor der Menge der Schaulustigen ging er weiter zur Eingangstür.

Hinter ihm entstand ein feuchtes, schmatzendes Geräusch, als die Frau aus dem gerinnenden Blut aufgehoben wurde, das sie fast an den Fußboden geklebt hatte.

Manchmal wußte er nicht mehr, warum er überhaupt Polizist geworden war. Es schien ihm weniger eine Berufswahl als eine Wahnsinnstat gewesen zu sein.

Er fragte sich, was er vielleicht geworden wäre, wenn er nicht zur Polizei gegangen wäre, doch wie immer fiel ihm nichts dazu ein. Vielleicht *gab* es so etwas wie Schicksal, eine Macht, die unendlich größer war als die Kraft, die die Erde um die Sonne bewegte und die Planeten in ihrer Laufbahn hielt, die Männer und Frauen durch das Leben führte, als ob sie nur Figuren auf einem Schachbrett wären. Vielleicht war der freie Wille nichts als eine verzweifelte Illusion.

Der uniformierte Beamte am Eingang trat zur Seite, um ihn hinauszulassen. »Der reinste Zoo«, sagte er.

Harry war sich nicht sicher, ob der Polizist sich auf das Leben im allgemeinen bezog oder auf den Haufen Schaulustiger.

Draußen war es viel kühler als zu dem Zeitpunkt, als Harry und Connie zum Mittagessen in das Restaurant gegangen waren. Über der grünen Wand von Bäumen war der Himmel grau wie ein Grabstein.

Hinter den spanischen Reitern der Polizei und dem straff gespannten gelben Absperrband drängelten sich sechzig bis achtzig Personen und reckten die Hälse, um einen besseren Blick auf das Schlachtfeld werfen zu können. Junge Leute mit New-Wave-Haarschnitten standen Schulter an Schulter mit älteren Bürgern, Geschäftsmänner im Anzug neben Beach Boys in abgeschnittenen Jeans und Hawaiihemden. Einige aßen dicke Schokoladenkekse, die sie in einer Bäckerei in der Nähe gekauft hatten, und sie waren im großen und ganzen guter Dinge, als ob von *ihnen* niemals jemand sterben könnte.

Harry nahm unbehaglich zur Kenntnis, daß die Menge Interesse an ihm zeigte, als er aus dem Restaurant trat. Er vermied jeden Blickkontakt. Er wollte die mögliche Leere in ihren Augen gar nicht sehen.

Er wandte sich nach links und ging an dem ersten großen Fenster vorbei, das noch intakt war. Dahinter war die zerbrochene Scheibe, von der nur noch ein paar Scherben wie Zähne aus dem Rahmen ragten. Überall auf dem Asphalt lag Glas herum.

Der Bürgersteig zwischen der Polizeiabsperrung und der Vorderfront des Gebäudes war leer – doch dann schlüpfte ein junger Mann von etwa Zwanzig zwischen zwei Bäumen am Bordstein unter dem gelben Band hindurch. Er überquerte den Gehweg, als ob er gar nicht bemerkte, daß Harry auf ihn zukam. Seine Augen und seine ganze Aufmerksamkeit waren gebannt auf etwas drinnen im Restaurant gerichtet.

»Bleiben Sie bitte hinter der Absperrung«, sagte Harry.

Der Mann, es war eher ein junger Bursche mit abgetragenen Turnschuhen, Jeans und einem T-Shirt mit Reklame für Tecate-Bier, blieb vor dem zertrümmerten Fenster stehen und gab durch nichts zu erkennen, daß er die Ermahnung gehört hatte. Er beugte sich durch den Rahmen, grimmig auf etwas im Inneren fixiert.

Harry warf einen Blick in das Restaurant und sah, wie die Leiche der Frau in einen Sack vom Leichenschauhaus manövriert wurde.

»Ich hab' Ihnen doch gesagt, Sie sollen hinter der Absperrung bleiben.«

Sie standen jetzt eng beieinander. Der junge Mann war ein paar Zentimeter kleiner als Harry mit seinen ein Meter achtzig schlank und hatte dichte schwarze Haare. Er starrte auf die Leiche und auf die glänzenden, sich immer mehr rot färbenden Gummihandschuhe der Helfer aus dem Leichenschauhaus. Er schien nicht zu bemerken, daß Harry neben ihm stand und drohend auf ihn herabsah.

»Haben Sie mich verstanden?«

Der junge Mann reagierte nicht. Seine Lippen waren geöffnet wie in atemloser Spannung. Seine Augen waren glasig, als ob er hypnotisiert wäre.

Harry legte eine Hand auf die Schulter des Jungen.

Langsam wandte sich der junge Mann von dem Blutbad ab, hatte aber immer noch diesen abwesenden Blick, als ob er *durch* Harry hindurch starrte. Seine Augen hatten das Grau von leicht angelaufenem Silber. Seine rosa Zunge leckte bedächtig über seine Unterlippe, als ob er gerade etwas besonders Schmackhaftes gegessen hätte.

Weder die Tatsache, daß der Kerl ihm nicht gehorchte, noch die Arroganz in seinem leeren Blick setzten Harry in Rage. Ganz irrationalerweise vielleicht war es diese Zunge, die obszöne rosa Spitze, die eine feuchte Spur auf den zu vollen Lippen hinterließ. Plötzlich wollte Harry ihm das Gesicht einschlagen, ihm die Lippen spalten, die Zähne rausbrechen, ihn auf die Knie zwingen, ihm seine Unverfrorenheit austreiben und eine Lektion über den Wert des Lebens und Respekt vor den Toten erteilen.

Er schnappte sich den Jungen, und bevor er selbst genau wußte, was geschah, zerrte er ihn von dem Fenster weg und quer über den Bürgersteig. Vielleicht schlug er den Kerl, vielleicht auch nicht, er glaubte eher nicht, jedenfalls ging er so unsanft mit ihm um, als hätte er ihn gerade dabei erwischt, wie er jemanden überfiel oder belästigte. Er schleuderte ihn herum, zog ihn herunter und stieß ihn mit Wucht unter dem Absperrband durch.

Der Kerl fiel unsanft auf Hände und Knie, und die Menge wich zurück, um ihm ein bißchen Platz zu machen. Er rollte sich nach Luft schnappend zur Seite und starrte wütend zu Harry hoch. Sein Haar war ihm ins Gesicht gefallen. Sein

T-Shirt zerrissen. *Jetzt* blickten seine Augen ganz klar, und er war voll da.

Die Zuschauer murmelten aufgeregt. Die Szene im Restaurant war passive Unterhaltung gewesen; als sie ankamen, war der Mörder bereits tot. Aber dies war wirklich Action vor ihren Augen. Es war, als hätte sich der Fernsehschirm vergrößert und ihnen Zutritt gewährt, und jetzt befanden sie sich mitten in einem echten Polizeidrama mit all der Aufregung und dem Nervenkitzel, die dazugehörten. Und als Harry in ihre Gesichter sah, wußte er, daß sie auf ein abwechslungsreiches und brutales Drehbuch hofften, damit sie ihrer Familie und ihren Freunden beim Abendessen was zu erzählen hatten.

Urplötzlich widerte ihn sein eigenes Verhalten an, und er wandte sich von dem jungen Mann ab. Er ging rasch bis ans Ende des Gebäudes, das bis zur nächsten Straßenecke reichte, und schlüpfte an einer Stelle unter dem gelben Band durch, an der keine Menschen standen.

Der Dienstwagen war in der nächsten, von Bäumen gesäumten Querstraße geparkt, etwa zwei Drittel des Blocks von der Straßenecke entfernt. Jetzt wo die Schaulustigen hinter ihm und außer Sichtweite waren, fing Harry an zu zittern. Das Zittern steigerte sich zu einem heftigen Beben.

Auf halbem Weg zum Auto blieb er stehen und lehnte sich gegen einen rauhen Baumstamm. Er atmete langsam tief durch.

Ein Donnerschlag erschütterte den Himmel über den Baumkronen.

Ein Phantomtänzer aus welken Blättern und Abfällen drehte sich in der Mitte der Straße in den Armen eines Wirbelwinds.

Er war zu hart mit dem jungen Mann umgegangen. Das war keine Reaktion auf das gewesen, was der Junge gemacht hatte, sondern auf alles, was im Restaurant und auf dem Dachboden passiert war. Verzögertes Streß-Syndrom.

Aber es war noch mehr. Er hatte auf etwas oder jemanden einschlagen müssen, Gott oder Mensch, aus Frust über die Sinnlosigkeit von allem, die Ungerechtigkeit, die blinde Grausamkeit des Schicksals. Wie ein grimmiger Vogel der Verzweiflung mußte er immer wieder an die beiden Toten im Restaurant denken, an die Verwundeten, den Polizisten, der sich im Hoag Hospital an sein bißchen Leben klammerte, an die Pein der Ehemänner und -frauen, der Eltern, an verwaiste Kinder, trauernde Freunde, an die vielen Glieder in der furchtbaren Kette des Schmerzes, die durch jeden Tod geschmiedet wurde.

Der Junge war nur eine bequeme Zielscheibe gewesen.

Harry wußte, er sollte umkehren und sich entschuldigen, aber er konnte es nicht. Er fürchtete nicht so sehr die Konfrontation mit dem Jungen, sondern die mit der blutrünstigen Menschenmenge.

»Der kleine Scheißer konnte sowieso eine Lektion vertragen«, sagte er, um seine Handlungsweise vor sich selbst zu rechtfertigen.

Er war mit dem Jungen so umgesprungen, wie Connie es wahrscheinlich getan hätte. Jetzt hörte er sich sogar schon wie Connie an.

... man muß mit den Rhythmen der Zerstörung im Einklang sein ... die Zivilisation fliegt uns um die Ohren ... du mußt wissen, wann du gegen eine Regel verstoßen darfst, um das System zu retten .. auf jeder Welle des Wahnsinns reiten, die gerade daherkommt ...

Harry war diese Haltung zuwider.

Gewalt, Wahnsinn, Neid und Haß konnten sie nicht alle verschlingen. Mitleid, Vernunft und Verständnis mußten zwangsläufig die Oberhand gewinnen. Schlechte Zeiten? Gewiß, die Menschheit hatte schon viele schlechte Zeiten erlebt, Abermillionen Tote in Kriegen und Pogromen, die offiziellen mörderischen Wahnsinnstaten von Faschismus und Kommunismus, aber es hatte auch ein paar kostbare Phasen des Friedens gegeben und Gesellschaften, die zumindest eine Zeitlang funktionierten. Also bestand immer noch Hoffnung.

Er lehnte sich nicht länger gegen den Baum. Er streckte sich und versuchte, seine verkrampften Muskeln zu lockern.

Der Tag hatte so gut angefangen, aber er war in kürzester Zeit zur Hölle geworden.

Er war entschlossen, ihn wieder in den Griff zu bekommen. Die Schreibarbeit würde dabei helfen. Nichts konnte die Welt so geordnet und vernünftig erscheinen lassen wie offizielle Berichte und Formulare in dreifacher Ausfertigung.

Auf der Straße hatte der Wirbelwind noch mehr Staub und Müll zusammengeweht. Eben noch schien der Geistertänzer auf dem Asphalt Walzer zu tanzen. Jetzt tanzte er einen wilden Jitterbug. Als Harry sich einen Schritt von dem Baum entfernte, änderte die Abfallsäule ihre Richtung, kam im Zickzackkurs auf ihn zu und prallte mit erstaunlicher Heftigkeit gegen ihn. Er mußte die Augen vor dem beißenden Staub schließen.

Einen Augenblick lang hatte er die verrückte Vorstellung, er würde wie Dorothy aufgefegt und ins Reich Oz gewirbelt. Über ihm ächzten und schwankten die Äste der Bäume und überschütteten ihn mit noch mehr Blättern. Das Keuchen und Klagen des Windes schwoll für kurze Zeit zu einem heulenden Geschrei an – doch im nächsten Moment herrschte eine friedhofsartige Stille.

Jemand sprach unmittelbar vor Harry in einer leisen, rauhen und merkwürdigen Stimme: »Ticktack, ticktack.«

Harry öffnete die Augen und wünschte, er hätte es nicht getan.

Eine dieser entsetzlichen Gestalten, die auf der Straße hausen, stand kaum einen halben Meter vor ihm. Er war über ein Meter neunzig groß, widerlich und in Lumpen gekleidet. Sein Gesicht war stark von Narben und nässenden Wunden entstellt. Seine Augen waren zusammengekniffen, kaum mehr als Schlitze, und klebrige weiße Gerinnsel klumpten sich in den Ecken. Der Atem, der durch die faulen Zähne des Penners und über seine eiternden Lippen kam, war so übel, daß Harry von dem Gestank würgen mußte.

»Ticktack, ticktack«, wiederholte der Landstreicher. Er sprach ganz ruhig, doch es wirkte wie ein Schrei, weil seine Stimme das einzige Geräusch auf der Welt zu sein schien. Eine übernatürliche Stille senkte sich über alles.

Harry fühlte sich von der Größe und dem extrem verdreckten Zustand des Fremden bedroht und ging einen Schritt zurück. Das fettige Haar des Mannes war mit Schmutz, Fetzen von Grashalmen und Blättern durchsetzt; sein wirrer Bart war von trockenen Essensresten und Schlimmerem verkrustet. Seine Hände waren vom Schmutz ganz dunkel, und unter jedem ausgefransten, wildwuchernden Fingernagel war ein teerschwarzer

Rand. Er war zweifellos eine wandelnde Petrischale, in der jede der Menschheit bekannte tödliche Krankheit gedieh, und ein Brutherd neuer virologischer und bakteriologischer Schrecken.

»Ticktack, ticktack.« Der Penner grinste. »In sechzehn Stunden bist du tot.«

»Verschwinde«, warnte Harry.

»Tot im Morgengrauen.«

Der Penner öffnete seine zusammengekniffenen Augen. Sie waren durch und durch blutrot, ohne Iris oder Pupille, als ob, wo die Augen hätten sein sollen, nur Glasscheiben wären und der Schädel mit Blut gefüllt.

»Tot im Morgengrauen«, wiederholte der Penner.

Dann explodierte er. Es war nicht mit dem Einschlag einer Handgranate zu vergleichen, keine tödlichen Schockwellen und kein Schwall von Hitze, kein ohrenbetäubender Knall, nur ein plötzliches Ende der unnatürlichen Ruhe und ein heftiges Einsetzen des Windes, *wusch*! Der Penner schien sich aufzulösen, nicht in Fleischbrocken und Blutklumpen, sondern in Kieselsteine, Staub und Blätter, in Zweige, Blütenblätter und trockene Klumpen Erde, in alte Lumpenteile und Fetzen vergilbten Zeitungspapiers, Kronkorken, glitzernde Glassplitter, zerrissene Theaterkarten, Vogelfedern, Kordel, Bonbonpapier, Kaugummifolie, gebogene und verrostete Nägel, zusammengeknüllte Pappbecher, verlorene Knöpfe.

Die wirbelnde Müllsäule brach über Harry auseinander. Er war gezwungen, die Augen zu schließen, als die profanen Überreste des mysteriösen Penners auf ihn herabregneten.

Als er die Augen wieder ohne Verletzungsgefahr öffnen konnte, fuhr er herum, schaute nach allen Seiten, doch der durch die Luft fliegende Müll war verschwunden, in alle Himmelsrichtungen verstreut. Kein Wirbelwind. Kein Geistertänzer. Kein Penner. Er war fort.

Harry drehte sich noch einmal ungläubig starrend um sich selbst.

Sein Herz klopfte wild.

Aus einer anderen Straße plärrte eine Autohupe. Ein Kleintransporter kam um die Ecke und näherte sich ihm mit brummendem Motor. Auf der anderen Straßenseite ging ein junges

Paar Hand in Hand, und das Lachen der Frau klang wie kleine silberne Glocken.

Plötzlich wurde Harry bewußt, *wie* unnatürlich still alles um ihn herum zwischen dem Auftauchen und Verschwinden des in Lumpen gekleideten Riesen gewesen war. Bis auf die rauhe und bösartige Stimme und das Geräusch der wenigen Bewegungen, die der Penner gemacht hatte, war es auf der Straße so still gewesen wie in dreitausend Meilen Tiefe unter dem Meeresspiegel oder im leeren Raum zwischen den Galaxien.

Blitze flammten auf. Die Schatten der Äste zuckten um ihn herum auf dem Bürgersteig.

Donner trommelte auf der zerbrechlichen Membrane des Himmels, trommelte immer fester, der Himmel wurde schwärzer, als ob er von Blitzen verbrannt wäre, die Temperatur schien von einem Augenblick auf den anderen um zehn Grad zu sinken, und die beladenen Wolken platzten auf. Vereinzelte dicke Regentropfen klatschten gegen die Blätter, prallten mit einem dumpfen Ton von den Motorhauben der Autos, hinterließen dunkle Flecken auf Harrys Kleidung, bespritzten sein Gesicht und trieben ihm die Kälte bis tief in die Knochen.

Zwei

1.

Um das parkende Auto herum schien sich die Welt aufzulösen, als ob die Wolken Ströme eines universalen Lösungsmittels von sich gegeben hätten. Silbriger Regen lief an der Windschutzscheibe herunter, und die Bäume draußen schienen genauso leicht zu schmelzen wie grüne Zeichenkreide. Dahineilende Fußgänger verschwommen mit ihren Regenschirmen und zerflossen in dem grauen Wolkenbruch.

Harry Lyon fühlte sich, als ob er ebenfalls zerfließen, in eine gefühllose Lösung verwandelt und rasch weggespült würde. Seine sichere Welt aus steinerner Vernunft und stählerner Logik zerfiel um ihn herum, und er hatte nicht die Kraft, den Auflösungsprozeß aufzuhalten.

Er war sich nicht sicher, ob er den riesigen Landstreicher wirklich gesehen hatte, oder ob er nur eine Halluzination gewesen war.

Es war weiß Gott bekannt, daß eine Unterklasse der Besitzlosen durch das Amerika dieser Tage herumstreunte. Je mehr Geld die Regierung dafür ausgab, ihre Zahl zu reduzieren, desto mehr wurden es, bis es so aussah, als ob sie nicht das Ergebnis staatlichen Eingreifens oder mangelnden staatlichen Eingreifens wären, sondern eine Geißel Gottes. Wie so viele Menschen hatte Harry sich angewöhnt, an ihnen vorbei oder durch sie hindurch zu blicken, weil er ihnen offenbar in keiner Weise sonderlich hilfreich sein konnte ... und weil ihre bloße Existenz beunruhigende Fragen hinsichtlich der Sicherheit seiner eigenen Zukunft auslöste. Die meisten waren erbärmlich und harmlos. Doch einige waren unbestreitbar seltsam, ihre Gesichter wurden von nervösen Zuckungen gepeinigt, die auf neurotische Zwänge hindeuteten, sie wurden von zwanghaften Bedürfnissen getrieben, in ihren Augen schimmerte der Wahnsinn, und in der unablässig angespannten Haltung ihrer Körper zeigte sich die Bereitschaft zur Gewalt. Selbst in einer Stadt wie Laguna Beach, die in den Reiseprospekten als Perle des Pazifiks, als eins der kalifornischen Paradiese dargestellt wurde, würde Harry mit Sicherheit ein paar obdachlose Männer finden, deren Verhalten und Aussehen genauso feindselig waren wie bei dem Mann, der anscheinend aus dem Wirbelwind gekommen war.

Er konnte allerdings nicht erwarten, daß er einen finden würde, der scharlachrote Augen ohne Iris und Pupille hatte. Er war auch nicht davon überzeugt, daß er einen Landstreicher aufspüren würde, der die Fähigkeit hätte, sich aus einer Staubsäule zu materialisieren oder in einem Haufen profanen Mülls zu explodieren und mit dem Wind davonzufliegen.

Vielleicht hatte er die Begegnung nur geträumt.

Das war eine Möglichkeit, die Harry nur ungern in Betracht zog. Die Verfolgung und Ausschaltung James Ordegards war traumatisch gewesen. Doch er glaubte nicht, daß die Konfrontation mit Ordegards blutrünstiger Raserei einen solchen Streß verursacht hatte, daß sie ihn ein Phantom inklusive schmutzigen Fingernägeln und mörderisch schlechtem Atem halluzinieren ließ.

Falls der verdreckte Riese real gewesen war, wo kam er her? Wo war er hingegangen, wer war er und welche Krankheit oder welcher Geburtsfehler hatte ihm diese furchtbaren Augen beschert?

Ticktack, ticktack, im Morgengrauen bist du tot.

Er drehte den Zündschlüssel herum und ließ den Motor an.

Schreibarbeit wartete auf ihn, die auf wohltuende Weise langweilig war und bei der er nur Sachen ausfüllen und ankreuzen mußte. Eine ordentlich getippte Akte würde den schmutzigen Fall Ordegard auf knappe Abschnitte von Worten auf sauberem, weißem Papier reduzieren, und dann würde nichts mehr davon so unerklärlich erscheinen wie im Augenblick.

Natürlich würde er den rotäugigen Landstreicher in seinem Bericht nicht erwähnen. Das hatte mit Ordegard nichts zu tun. Außerdem wollte er weder Connie noch jemand anderem im Special Projects Anlaß geben, auf seine Kosten Witze zu machen. Er war ohnehin schon häufig genug eine Zielscheibe ihrer Späße, weil er stets mit Jackett und Krawatte zum Dienst kam, unflätige Ausdrücke verachtete in einem Beruf, in dem so etwas gang und gäbe war, immer nach Vorschrift handelte und peinlichst darauf bedacht war, daß seine Akten tipptopp geführt waren. Doch später würde er zu Hause vielleicht einen Bericht über den Landstreicher schreiben, nur für sich, um etwas Ordnung in dieses seltsame Erlebnis zu bringen und damit fertigzuwerden.

»Lyon«, sagte er und sah sich im Rückspiegel in die Augen, »du bist tatsächlich ein lächerliches Wesen.«

Er stellte den Scheibenwischer an und die zerfließende Welt verfestigte sich.

Der Nachmittagshimmel war so bedeckt, daß die Straßenbeleuchtung, die von einer Solarzelle gesteuert wurde, durch das Zwielicht getäuscht war. Der Asphalt glänzte feucht und schwarz. In sämtlichen Rinnsteinen schossen Bäche von schmutzigem Wasser rasch dahin.

Er fuhr auf dem Pacific Coast Highway nach Süden, doch statt am Crown Valley Parkway nach Osten zum Special Projects abzubiegen, fuhr er weiter geradeaus. Er fuhr an Ritz Cove und an der Abzweigung zum Ritz-Carlton-Hotel vorbei bis nach Dana Point.

Als er vor dem Haus von Enrique Estefan anhielt, war er etwas erstaunt, obwohl er im Unterbewußtsein die ganze Zeit gewußt hatte, wo er hinfuhr.

Es war einer von diesen reizenden Bungalows, die man in den vierziger und frühen fünfziger Jahren gebaut hatte, bevor alle Welt nur noch eintönige, weiß verputzte Reihenhäuser wollte. Dekorativ geschnitzte Fensterläden, bogenförmige Simse und ein Dach mit vielfältigen Schrägen gaben ihm Charakter. Regen tropfte von den Wedeln der großen Dattelpalmen im Vorgarten.

Als der Wolkenbruch kurz nachließ, stieg er aus dem Auto und rannte den kleinen Weg entlang, der zum Haus führte. Bis er die drei Steinstufen zur Veranda hochgestiegen war, regnete es wieder heftig. Es war völlig windstill, als ob der Regen den Wind mit seinem Gewicht erdrückt hätte.

Schatten erwarteten ihn auf der vorderen Veranda, zwischen einer Hollywoodschaukel und weißen Holzstühlen mit grünen Segeltuchkissen, wie eine Gruppe alter Freunde. Selbst an einem sonnigen Tag pflegte die Veranda angenehm kühl zu sein, weil sie von dicht ineinander verschlungenen, rotblühenden Bougainvilleen geschützt wurde, die ein Gitter schmückten und am Dach entlangliefen.

Er legte seinen Daumen auf die Klingel und hörte über dem Trommeln des Regens ein sanftes Glockenspiel im Haus.

Eine etwa fünfzehn Zentimeter lange Eidechse glitt über die Veranda auf die Stufen und in das Unwetter hinaus.

Harry wartete geduldig. Enrique Estefan – für seine Freunde Ricky – bewegte sich in letzter Zeit nicht sehr schnell.

Als die Haustür aufschwang, schielte Ricky durch die Fliegentür nach draußen, eindeutig nicht erfreut über die Störung. Dann grinste er und sagte: »Harry, schön dich zu sehen.« Er öffnete die Tür und trat zur Seite. »*Wirklich* schön dich zu sehen.«

»Ich bin pitschnaß«, sagte Harry, zog seine Schuhe aus und ließ sie auf der Veranda stehen.

»Das ist nicht nötig«, sagte Ricky.

Harry ging auf Strümpfen ins Haus.

»Immer noch der rücksichtsvollste Mann, den ich je kennengelernt habe«, sagte Ricky.

»So bin ich halt. Die Benimmtante von der Knarren- und Handschellen-Zunft.«

Sie gaben sich die Hand. Enrique Estefans Griff war fest, wenn auch seine Hand heiß, trocken, lederartig, mit zu wenig Fleisch gepolstert und fast vertrocknet war, nichts als Knöchel, Mittelhandknochen und Fingerglieder. Es war fast, als ob man einem Skelett die Hand gab.

»Komm mit in die Küche«, sagte Ricky.

Harry folgte ihm über den gebohnerten Eichenholzfußboden. Ricky schlurfte, er hob seine Füße nie richtig hoch.

Der kurze Flur wurde nur durch das Licht erhellt, das aus der Küche an seinem hinteren Ende kam, und von einer Votivkerze, die in einem rubinroten Glas flackerte. Die Kerze gehörte zu einem Muttergottes-Altar, der auf einem schmalen Tisch an einer Wand stand. Dahinter war ein Spiegel mit einem Rahmen aus Blattsilber. Der Widerschein der kleinen Flamme schimmerte auf dem Blattsilber und tanzte im Spiegel.

»Wie ist es dir ergangen, Ricky?«

»Ganz gut. Und dir?«

»Mir ging's schon besser«, gab Harry zu.

Obwohl er so groß war wie Harry, schien Ricky etliche Zentimeter kleiner zu sein, weil er sich nach vorne beugte, als ob er gegen einen Wind ankämpfte. Sein Rücken war krumm, und die scharfen Umrisse seiner Schulterblätter bohrten sich deutlich sichtbar gegen den Stoff seines blaßgelben Hemdes. Von hinten wirkte sein Hals dürr. Die Rückseite seines Schädels sah so zerbrechlich aus wie bei einem Kleinkind.

Die Küche war größer, als man es in einem Bungalow erwartete, und viel freundlicher als der Flur: ein Fußboden aus mexikanischen Fliesen, Schränke aus knorrigem Kiefernholz und ein großes Fenster, das auf einen geräumigen Hinterhof ging. Im Radio lief ein Stück von Kenny G. Der Duft von frischem Kaffee hing in der Luft.

»Magst du 'ne Tasse?« fragte Ricky.

»Wenn's keine Mühe macht.«

»Überhaupt nicht. Hab' gerade eine Kanne gemacht.«

Während Ricky eine Tasse plus Untertasse aus einem der Schränke holte und Kaffee einschüttete, betrachtete Harry ihn. Was er sah, machte ihm Sorgen.

Rickys Gesicht war zu schmal, von tiefen Falten an den Augenwinkeln und um den Mund herum zerfurcht. Seine Haut hing schlaff herunter, als ob sie jegliche Spannkraft verloren hätte. Seine Augen waren wäßrig. Vielleicht lag es ja nur an seinem Hemd, doch seine weißen Haare hatten einen ungesunden Gelbstich, und auch sein Gesicht und das Weiße seiner Augen zeigten eine Spur von Gelbsucht.

Er hatte noch mehr Gewicht verloren. Seine Sachen schlackerten ihm am Leib. Der Gürtel saß im letzten Loch und sein Hosenboden hing herunter wie ein leerer Sack.

Enrique Estefan war ein alter Mann. Er war erst sechsunddreißig, ein Jahr jünger als Harry, aber trotzdem war er ein alter Mann.

2.

Einen großen Teil der Zeit lebte die blinde Frau nicht nur im Dunkeln, sondern in einer anderen Welt, die mit der, in die sie geboren worden war, wenig zu tun hatte. Manchmal war diese innere Welt ein äußerst fantasievolles Königreich mit rosa- und bernsteinfarbenen Schlössern, Palästen aus Jade, luxuriösen Hochhauswohnungen und Anwesen in Bel Air mit weiten grünen Rasenflächen. An diesen Schauplätzen war sie Königin und unumschränkte Herrscherin – oder eine berühmte Schauspielerin, ein Fotomodell, eine gefeierte Romanautorin oder eine Ballerina. Ihre Abenteuer waren aufregend, romantisch und inspirierend. Zu anderen Zeiten war es jedoch ein Reich des Bösen mit finsteren Verliesen, vor Feuchtigkeit triefenden Katakomben voller verwesender Leichen, verwüsteten Landschaften, so grau und öde wie Mondkrater und von abscheulichen und bösartigen Wesen bevölkert, wo sie immer auf der Flucht war, sich versteckte und Angst hatte, niemals mächtig oder berühmt war, sondern oft nichts anhatte und fror.

Zuweilen enthielt ihre innere Welt nichts Konkretes, war nur eine Sphäre von Farben, Klängen und Gerüchen ohne Form und Substanz, und sie ließ sich verwundert und staunend dahintreiben. Oft erklang Musik – Elton John, Three Dog Night, Nilsson, Marvin Gaye, Jim Croce, die Stimmen aus ihrer Zeit –, und die Farben wirbelten und explodierten als Begleitung zu den Songs, eine Light-Show, die so strahlend schön war, daß das wirkliche Leben dem nichts entgegensetzen konnte.

Doch selbst in diesen gestaltlosen Phasen konnte sich das Zauberland in ihrem Kopf verdunkeln und zu einem furchterregenden Ort werden. Dann verschmierten die Farben und wurden düster, die Musik disharmonisch und unheilverkündend. Sie hatte das Gefühl, als ob sie von einem eisigen und aufgewühlten Fluß fortgespült würde, in seinem bitterkalten Wasser zu ersticken drohte, um Atem kämpfte, aber nicht atmen konnte; dann gelangte sie an die Oberfläche und zog in tiefen

Zügen säuerliche Luft ein, verzweifelt, weinend und darum betend, an ein warmes, trockenes Ufer gebracht zu werden.

Ab und zu, so wie jetzt, tauchte sie aus diesen falschen Welten in ihrem Inneren auf und wurde sich der Realität bewußt, in der sie tatsächlich lebte. Gedämpfte Stimmen in den Nebenräumen und auf den Fluren. Das Quietschen von Schuhen mit Gummisohlen. Der Kieferduft des Desinfektionsmittels, medizinische Gerüche und manchmal (aber im Augenblick gerade nicht) der beißende Gestank von Urin. Sie war in frische, saubere Betttücher gewickelt, die kühl auf ihrer fiebrigen Haut waren. Als sie ihre rechte Hand aus dem Bettzeug herauszog und ausstreckte, stieß sie gegen das kalte, metallene Sicherheitsgitter an der Seite ihres Krankenhausbetts.

Zunächst nahm sie das Bedürfnis, ein seltsames Geräusch zu identifizieren, ganz in Anspruch. Sie versuchte nicht, sich aufzurichten, sondern hielt sich an dem Gitter fest und war absolut still. Sie lauschte angestrengt auf das, was zunächst wie das Toben einer Menschenmenge in einer fernen Arena klang. Nein. Keine Menschenmenge. Feuer. Das Kichern, Flüstern und Fauchen eines alles vernichtenden Brandes. Ihr Herz begann wie wild zu hämmern, doch schließlich erkannte sie, was es wirklich war, nämlich das genaue Gegenteil eines Feuers, ein Unwetter mit einem alles unter Wasser setzenden Platzregen.

Sie entspannte sich ein wenig, doch dann hörte sie ein Rascheln ganz in ihrer Nähe und erstarrte erneut voller Mißtrauen. »Wer ist da?« fragte sie und war überrascht, daß sie undeutlich und mit schwerer Zunge sprach.

»Ah, Jennifer, Sie sind wach.«

Jennifer. Mein Name ist Jennifer.

Es war die Stimme einer Frau. Sie hörte sich an, als ob sie die mittleren Jahre bereits überschritten hätte, professionell, aber fürsorglich.

Jennifer kam die Stimme sehr bekannt vor, sie wußte, sie hatte sie schon mal gehört, aber das beruhigte sie nicht.

»Wer sind Sie?« fragte sie verwirrt, weil sie das Nuscheln nicht los wurde.

»Ich bin Margaret, meine Liebe.«

Die Schritte der gummibesohlten Schuhe kamen langsam näher.

Jennifer schreckte zurück, weil sie schon halb mit einem Schlag rechnete, obwohl sie nicht wußte warum.

Eine Hand legte sich um ihr rechtes Handgelenk. Jennifer zuckte zusammen.

»Ganz ruhig, meine Liebe. Ich will nur Ihren Puls fühlen.«

Jennifer gab nach und lauschte auf den Regen.

Nach einer Weile ließ Margaret ihr Handgelenk los. »Schnell, aber schön regelmäßig.«

Die Erinnerung sickerte langsam in Jennifers Bewußtsein zurück. »Sie sind Margaret?«

»Das stimmt.«

»Die Tagesschwester?«

»Ja, meine Liebe.«

»Dann ist also Vormittag?«

»Fast drei Uhr nachmittags. Ich hab' in einer Stunde frei. Dann wird Angelina sich um Sie kümmern.«

»Warum bin ich immer so durcheinander, wenn ich ... aufwache?«

»Machen Sie sich darüber keine Sorgen, meine Liebe. Dagegen können Sie nichts machen. Ist Ihr Mund trocken? Möchten Sie etwas trinken?«

»Ja, bitte.«

»Orangensaft, Pepsi, Sprite?«

»Am liebsten Saft.«

»Ich bin gleich zurück.«

Schritte entfernten sich. Eine Tür ging auf. Blieb offen. Über dem Regen ertönten geschäftige Geräusche von anderswoher aus dem Gebäude, wo andere Leute ihren Tätigkeiten nachgingen.

Jennifer versuchte, sich in eine bequemere Lage im Bett zu bringen, wobei sie nicht nur erneut feststellte, wie schwach sie war, sondern auch merkte, daß ihre linke Seite gelähmt war. Sie konnte ihr linkes Bein nicht bewegen, noch nicht einmal mit den Zehen wackeln. Sie hatte kein Gefühl in ihrer linken Hand und im linken Arm.

Eine tiefe und schreckliche Furcht ergriff sie. Sie fühlte sich hilflos und verlassen. Sie mußte sich unbedingt daran erinnern, wie sie in diesen Zustand und an diesen Ort geraten war.

Sie hob ihren rechten Arm. Auch wenn ihr bewußt war, daß er dünn und zerbrechlich sein mußte, fühlte er sich schwer an.

Mit der rechten Hand berührte sie Kinn und Mund. Trockene, rauhe Lippen. Sie waren früher anders gewesen. Männer hatten sie geküßt.

Eine Erinnerung flackerte im Dunkel ihres Gedächtnisses auf: ein süßer Kuß und geflüsterte Koseworte. Es war nur eine bruchstückhafte Erinnerung, ohne Details, die nirgendwohin führte.

Sie berührte ihre rechte Wange, ihre Nase. Als sie die linke Hälfte ihres Gesichts untersuchte, konnte sie sie zwar mit den Fingerspitzen spüren, doch ihre Wange registrierte die Berührung nicht. Die Muskeln in dieser Gesichtshälfte fühlten sich an wie – verdreht.

Nach kurzem Zögern ließ sie ihre Hand zu den Augen gleiten. Sie zeichnete die Umrisse mit ihren Fingerspitzen nach, und was sie dabei entdeckte, ließ ihre Hand zittern.

Urplötzlich erinnerte sie sich nicht nur daran, weshalb sie an diesem Ort gelandet war, sondern auch an alles andere. Ihr Leben erschien schlagartig vor ihr, bis zurück in die Kindheit, weit mehr als das, woran sie sich erinnern wollte, mehr, als sie ertragen konnte.

Sie riß ihre Hand von den Augen weg und gab ein schwaches, unsagbar trauriges Geräusch von sich. Sie fühlte sich vom Gewicht der Erinnerung erdrückt.

Margaret kam zurück, die Schuhe quietschten leise.

Das Glas klirrte, als sie es auf den Nachttisch stellte.

»Ich mache das Bett hoch, dann können Sie trinken.«

Der Motor brummte, das Kopfende begann sich aufzurichten und zwang Jennifer in eine sitzende Haltung.

Als das Bett aufhörte, sich zu bewegen, sagte Margaret: »Was ist los, meine Liebe? Ich hatte den Eindruck, Sie haben versucht zu weinen ... als ob Sie es könnten.«

»Kommt er immer noch?« fragte Jennifer mit zittriger Stimme.

»Natürlich kommt er. Mindestens zweimal die Woche. Als er Sie vor ein paar Tagen besucht hat, waren Sie sogar wach. Können Sie sich nicht mehr erinnern?«

»Nein. Ich ... ich ...«

»Er ist sehr treu.«

Jennifers Herz raste. Ein Druck legte sich auf ihre Brust. Ihre Kehle war vor Angst wie zugeschnürt, so daß sie kaum sprechen konnte: »Ich will ... ich will ...«

»Was ist denn los, Jenny?«

»... will ihn nicht hier haben!«

»Na aber, das meinen Sie doch nicht im Ernst.«

»Lassen Sie ihn nicht hier rein.«

»Er ist doch so anhänglich.«

»Nein. Er ist ... er ist ...«

»Mindestens zweimal die Woche, und dann sitzt er ein paar Stunden bei Ihnen, ob Sie nun bei uns sind oder sich in sich zurückgezogen haben.«

Jennifer schauderte bei dem Gedanken, daß er im Raum sein könnte, an ihrem Bett, wenn sie sich ihrer Umgebung nicht bewußt war.

Sie streckte die Hand blindlings aus, fand Margarets Arm und drückte ihn so fest sie konnte. »Er ist nicht wie Sie oder ich«, sagte sie eindringlich.

»Jenny, Sie regen sich nur auf.«

»Er ist *anders.*«

Margaret legte ihre Hand auf Jennifers und drückte sie beruhigend. »Ich möchte, daß Sie jetzt damit aufhören, Jenny.«

»Er ist kein Mensch.«

»Das meinen Sie nicht. Sie wissen nicht, was Sie sagen.«

»Er ist ein Monster.«

»Armes Kind. Beruhigen Sie sich, Liebes.« Eine Hand berührte Jennifers Stirn, begann, die Furchen zu glätten und die Haare zurückzustreichen. »Regen Sie sich nicht auf. Alles wird gut. Gleich geht's unserer Kleinen wieder besser. Entspannen Sie sich, ganz ruhig, hier sind Sie sicher, wir lieben Sie, wir passen gut auf Sie auf ...«

Nach einer Weile wurde Jennifer ruhiger – hatte aber immer noch Angst.

Der Duft nach Orangen machte ihren Mund wäßrig. Margaret hielt das Glas, und Jennifer trank durch einen Strohhalm. Ihr Mund war nicht ganz in Ordnung. Gelegentlich hatte sie gewisse Schwierigkeiten mit dem Schlucken, doch der Saft war kalt und köstlich.

Als sie das Glas geleert hatte, ließ sie sich von der Schwester den Mund mit einer Papierserviette abtupfen.

Sie lauschte auf das wohltuende Plätschern des Regens in der Hoffnung, daß es ihre Nerven beruhigen würde. Das tat es nicht.

»Soll ich das Radio anstellen?« fragte Margaret.

»Nein, danke.«

»Ich könnte Ihnen etwas vorlesen, wenn Sie möchten. Gedichte. Gedichte hören Sie doch immer gern.«

»Das wäre schön.«

Margaret zog einen Sessel ans Bett und setzte sich. Das Umschlagen der Seiten, als sie eine bestimmte Stelle in einem Buch suchte, war ein frisches und angenehmes Geräusch.

»Margaret?« sagte Jennifer, bevor die Frau mit Lesen anfangen konnte.

»Ja?«

»Wenn er zu Besuch kommt ...«

»Was dann, Liebe?«

»Sie bleiben doch bei uns im Zimmer, nicht wahr?«

»Wenn Sie das möchten, natürlich.«

»Gut.«

»Wie wäre es jetzt mit ein bißchen Emily Dickinson?«

»Margaret?«

»Hmmmmm?«

»Wenn er zu Besuch kommt und ich mich ... ganz in mich zurückgezogen habe ... dann lassen Sie mich doch nicht mit ihm allein, oder?«

Margaret schwieg, und Janet konnte das mißbilligende Stirnrunzeln der Frau fast sehen.

»Das tun Sie doch nicht?« insistierte sie.

»Nein, meine Liebe, das tu ich niemals.«

Jennifer wußte, daß die Schwester log.

»Bitte, Margaret. Sie scheinen ein gütiger Mensch zu sein. Bitte.«

»Aber er liebt Sie doch. Er kommt so treu hierher, weil er Sie liebt. Es droht Ihnen keine Gefahr von Bryan, ganz gewiß nicht.«

Sie schauderte beim bloßen Nennen seines Namens. »Ich weiß, daß Sie glauben, ich sei geistig gestört ... verwirrt ...«

»Ein bißchen Emily Dickinson wird helfen.«

»Ich *bin* in vielen Dingen verwirrt«, sagte Jennifer entsetzt, weil sie merkte, wie ihre Stimme rapide schwächer wurde, »aber nicht darin. Nicht das kleinste bißchen.«

Mit einer Stimme, die zu gekünstelt war, um die versteckte Kraft Emily Dickinsons zu vermitteln, begann die Schwester vorzulesen: »*Daß Liebe alles ist, Ist alles, was wir von ihr wissen ...*«

3.

Die Hälfte des großen Tisches in Ricky Estefans geräumiger Küche war mit einem herunterhängenden Wachstuch bedeckt, auf dem die kleinen Elektrowerkzeuge ausgebreitet waren, mit denen er Silberschmuck herstellte: eine Handbohrmaschine, ein Graviergerät, Schleifmaschine, Polierer und weniger leicht identifizierbare Werkzeuge. Auf einer Seite waren Flaschen mit Flüssigkeit und Dosen mit geheimnisvollen Mischungen fein säuberlich angeordnet, dazu kleine Pinsel, weiße Baumwolltücher und kleine Stahlwollekissen.

Er hatte an zwei Stücken gearbeitet, als Harry ihn unterbrach: einer erstaunlich detaillierten Skarabäus-Brosche und einer massiven Gürtelschnalle, die mit indianischen Symbolen, wahrscheinlich Navajo oder Hopi, versehen war. Seine zweite Karriere.

Sein Schmiedeofen und die Geräte zur Herstellung von Formen standen in der Garage, aber wenn er an den letzten Feinheiten seiner Schmuckstücke arbeitete, saß er manchmal gern am Küchenfenster, wo er sich an dem Blick auf seinen Rosengarten erfreuen konnte.

Draußen leuchteten die zahlreichen Blüten trotz des trüben, grauen Regenwetters in Gelb und Rot. Einige waren so groß wie Grapefruits.

Harry saß mit seinem Kaffee an dem weniger vollen Teil des Tisches, während Ricky auf die andere Seite schlurfte und seine

Tasse und Untertasse zwischen die Dosen, Flaschen und Werkzeuge stellte. Er ließ sich so steif auf seinem Stuhl nieder wie ein Achtzigjähriger mit einer schweren Arthritis.

Vor drei Jahren war Ricky Estefan noch Polizist gewesen, einer der besten, Harrys Partner. Er hatte auch gut ausgesehen mit seinem vollen Haar, das nicht gelblich weiß wie jetzt, sondern dicht und schwarz gewesen war.

Sein Leben hatte sich geändert, als er ahnungslos mitten in einen Raubüberfall auf einen Lebensmittelladen hineinlief. Der unter Drogen stehende Schütze mußte seine Vorliebe für Crack finanzieren, und vielleicht roch er den Polizisten in dem Moment, wo Ricky durch die Tür trat, oder vielleicht war er auch nur in der Stimmung, jeden kaltzumachen, der auch nur versehentlich den Transfer des Geldes aus der Registrierkasse in seine Taschen verzögerte. Was auch immer der Grund war, er schoß viermal auf Ricky, wobei er ihn einmal verfehlte, einmal in den linken Oberschenkel und zweimal in den Unterleib traf.

»Wie läuft das Schmuckgeschäft?« fragte Harry.

»Recht gut. Ich verkaufe alles, was ich mache, und kriege mehr Bestellungen für handgefertigte Gürtelschnallen, als ich erledigen kann.«

Ricky nahm einen Schluck Kaffee und behielt ihn einen Augenblick im Mund, bevor er ihn runterschluckte. Eigentlich konnte er Kaffee nicht gut vertragen. Wenn er zuviel davon trank, spielte sein Magen verrückt – oder das, was von seinem Magen übrig war.

In den Unterleib geschossen zu werden ist leicht, es zu überleben verteufelt schwer. Er hatte Glück gehabt, daß der Ganove nur eine .22er Pistole gehabt hatte, Pech, daß sie aus so kurzer Entfernung abgefeuert worden war. Zunächst verlor Ricky seine Milz, einen Teil seiner Leber und ein kleines Stück vom Dickdarm. Obwohl die Chirurgen sich alle Mühe gaben, die Unterleibshöhle sauber zu halten, sickerte aus den Schußwunden Kot, und Ricky bekam ganz schnell eine akute diffuse und traumatische Bauchfellentzündung. Die überlebte er so eben. Dann setzte Gasbrand ein, der nicht durch Antibiotika gestoppt werden konnte, und er mußte sich einer weiteren Operation unterziehen, bei der er seine Gallenblase und ein Stück Magen verlor. Dann eine Blutinfektion. Seine Temperatur entsprach ungefähr der auf der Sonnenseite des Merkurs. Außerdem erneut Bauchfellentzündung und das Entfernen eines weiteren Stück Darms. Während der ganzen Zeit war er äußerst optimistisch geblieben, und am Ende empfand er es als Segen, daß er so viel von seinem Magen-Darm-System behalten hatte, daß ihm die Demütigung erspart blieb, mit einem künstlichen Darmausgang leben zu müssen.

Er war nicht im Dienst gewesen, als er in den Laden ging, zwar war er bewaffnet, aber hatte nicht mit Ärger gerechnet. Er hatte seiner Frau Anita versprochen gehabt, auf dem Weg von der Arbeit einen Liter Milch und einen Becher Margarine mitzubringen.

Der Mann, der auf ihn geschossen hatte, erschien nie vor Gericht. Die Ablenkung durch Ricky hatte es dem Ladeninhaber, einem Mr. Wo Tai Han, ermöglicht, sich die Schrotflinte zu schnappen, die hinter der Theke lag. Mit einer Patrone Kaliber 12 hatte er dem Kerl den Hinterkopf weggeschossen.

Aber da das im letzten Jahrzehnt des Jahrtausends passierte, war das noch nicht alles. Die Eltern des Räubers verklagten Mr. Han, weil er sie der Zuneigung, Gesellschaft und finanziellen Unterstützung ihres verstorbenen Sohnes beraubt hatte, obwohl dieser Crack-Süchtige nicht in der Lage war, auch nur eines dieser Dinge zu geben.

Harry trank einen Schluck Kaffee. Er war gut und stark. »Hast du in letzter Zeit was von Mr. Han gehört?«

»Yeah. Er ist ganz zuversichtlich, daß er in der Berufung gewinnt.«

Harry schüttelte den Kopf: »Man kann heutzutage nie wissen, was eine Jury tun wird.«

Ricky lächelte gezwungen. »Yeah, ich habe wahrscheinlich Glück gehabt, daß ich nicht auch noch verklagt wurde.«

Ansonsten hatte er nicht viel Glück gehabt. Zum Zeitpunkt der Schießerei waren er und Anita erst seit acht Monaten verheiratet. Sie blieb noch ein Jahr bei ihm, bis er wieder auf den Beinen war, doch als ihr klar wurde, daß er für den Rest seines Lebens ein alter Mann sein würde, sagte sie Schluß jetzt. Sie war sechsundzwanzig. Sie hatte noch ein ganzes Leben vor sich.

Außerdem wurde heutzutage der Satz im Ehegelöbnis, in dem es heißt »in Krankheit und Gesundheit, bis daß der Tod uns scheidet«, weitgehend bis zum Ende einer längeren Probezeit von etwa einem Jahrzehnt als nicht bindend angesehen, so ähnlich wie man kein Recht auf eine Altersversorgung hatte, wenn man nicht mindestens fünf Jahre bei einer Firma gearbeitet hat. Seit zwei Jahren war Ricky allein.

Es mußte ein besonderer Tag für Kenny G sein. Noch eins von seinen Liedern lief im Radio. Dieses war weniger melodisch als das erste. Es machte Harry nervös. Wahrscheinlich hätte ihn im Moment jedes Lied nervös gemacht.

»Was ist passiert?«

»Wie kommst du drauf, daß was passiert ist?«

»Weil du nie im Leben ohne triftigen Grund Freunde während der Arbeitszeit besuchen würdest. Du gibst dem Steuerzahler immer was für sein Geld.«

»Bin ich tatsächlich so pflichtbewußt?«

»Willst du das wirklich wissen?«

»Ich muß dir als Kollege ganz schön auf den Wecker gegangen sein.«

»Manchmal.« Ricky lächelte.

Harry berichtete ihm von James Ordegard und seinem Tod inmitten der Schaufensterpuppen.

Ricky hörte zu. Er sprach sehr wenig, aber wenn er was zu sagen hatte, war es immer das Richtige. Er wußte, was man von einem Freund erwartete.

Als Harry verstummte und – anscheinend mit seinem Bericht am Ende – eine Zeitlang auf die Rosen im Regen starrte, sagte Ricky: »Das war noch nicht alles.«

»Nein«, gab Harry zu. Er holte die Kaffeekanne, schenkte ihnen nach und setzte sich wieder. »Da war dieser Penner.«

Ricky hörte sich auch diesen Teil genauso nüchtern an wie alles andere. Er wirkte nicht ungläubig. Nicht der geringste Zweifel war in seinem Blick oder in seiner Haltung zu erkennen. Nachdem er alles gehört hatte, sagte er: »Was hältst du denn davon?«

»Ich könnte mir das eingebildet haben, Halluzinationen.«

»Könntest du? *Du*?«

»Aber um Himmels willen, Ricky, wie könnte das denn wirklich gewesen sein?«

»Ist der Penner wirklich unheimlicher als der Amokläufer im Restaurant?«

In der Küche war es warm, aber Harry fror. Er legte beide Hände um die heiße Kaffeetasse. »Yeah. Er ist unheimlicher. Vielleicht nicht viel, aber schlimmer. Die Sache ist ... meinst du, ich sollte mich aus psychischen Gründen beurlauben lassen und ein paar Wochen Therapie machen?«

»Seit wann glaubst du denn, daß diese Gehirnspüler überhaupt wissen, was sie tun?«

»Tu ich nicht. Aber ich wäre nicht besonders glücklich, wenn ein anderer Cop mit geladener Waffe herumliefe und Halluzinationen hätte.«

»Du bist für niemanden eine Gefahr außer für dich selbst, Harry. Eines Tages wirst du dich noch zu Tode sorgen. Sieh mal, was diesen Kerl mit den roten Augen betrifft – jedem passiert irgendwann im Leben etwas, das er sich nicht erklären kann, eine flüchtige Berührung mit dem Unbekannten.«

»Mir nicht«, sagte Harry in entschiedenem Ton.

»Selbst dir. Wenn dieser Kerl von jetzt an jede volle Stunde in einem Wirbelwind angerast kommt, dich um ein Rendezvous bittet, dir einen Zungenkuß geben will – dann hast du vielleicht ein Problem.«

Armeen von Regentropfen marschierten über das Dach des Bungalows.

»Ich bin schon ein verkrampfter Zeitgenosse«, sagte Harry. »Das ist mir klar.«

»Genau. Du bist verkrampft. Bei dir ist nichts locker, kein einziges Schräubchen, mein Lieber.«

Ricky und er beobachteten ein paar Minuten den Regen und sagten nichts.

Schließlich setzte Ricky eine Schutzbrille auf und nahm sich die silberne Gürtelschnalle. Er stellte den Polierer an, der etwa die Größe einer elektrischen Zahnbürste hatte und nicht so laut war, als daß er das Gespräch behindert hätte. Er begann, angelaufene Stellen und winzige Silberspäne aus einem der Muster, die er geätzt hatte, zu entfernen.

Nach einer Weile seufzte Harry. »Danke, Ricky.«

»Keine Ursache.«

Harry brachte seine Tasse und Untertasse zum Waschbecken, spülte sie aus und tat sie in die Spülmaschine.

Im Radio sang Harry Connick jr. von Liebe.

Über dem Becken war ein weiteres Fenster. Der heftige Regen machte den Rosen ganz schön zu schaffen. Leuchtende Blütenblätter waren wie Konfetti auf dem durchtränkten Rasen verstreut. Als Harry zum Tisch zurückkam, stellte Ricky den Polierer aus und wollte aufstehen. Harry sagte: »Schon gut, ich find' allein raus.«

Ricky nickte. Er wirkte so zerbrechlich.

»Bis bald.«

»Es dauert nicht mehr lange, dann fängt die neue Spielzeit an.«

»Laß uns in der Eröffnungswoche zu einem Spiel der Angels gehen.«

»Das wär' schön.«

Sie waren beide Baseball-Fans. Es lag eine beruhigende Logik in Struktur und Verlauf jedes Spiels. Das war ein Gegengift zum täglichen Leben.

Auf der vorderen Veranda schlüpfte Harry wieder in seine Schuhe und schnürte sie zu, während die Eidechse, die er beim Kommen erschreckt hatte – oder eine, die genauso aussah –, ihn von der Lehne des nächsten Stuhls aus beobachtete. Leicht schillernde grüne und violette Schuppen schimmerten matt an den Biegungen ihres Körpers, als ob jemand eine Handvoll Halbedelsteine auf dem weißen Holz abgelegt hätte.

Er lächelte dem winzigen Drachen zu.

Er fühlte sich wieder im Gleichgewicht und ganz ruhig.

Als er von der letzten Stufe auf den kleinen Weg und in den Regen trat, blickte Harry zum Auto und sah, daß jemand vorne auf dem Beifahrersitz saß. Eine schattenhafte, grobschlächtige Gestalt. Wirre Haare und ein verfilzter Bart. Der Eindringling hatte das Gesicht von Harry abgewandt, doch dann drehte er den Kopf. Selbst durch das regennasse Seitenfenster und aus einer Entfernung von zehn Metern war der Penner sofort zu erkennen.

Harry drehte sich hastig zum Haus zurück, um Ricky Estefan zu rufen, aber er änderte seinen Entschluß, als ihm einfiel, wie plötzlich der Landstreicher beim letzten Mal verschwunden war.

Er blickte zum Auto in der Erwartung, daß die Erscheinung sich in Luft aufgelöst hätte. Doch der Eindringling war noch da.

In seinem unförmigen schwarzen Regenmantel schien der Mann zu groß für die Limousine zu sein, als ob er nicht in einem richtigen Auto säße, sondern in einem Autoskooter auf der Kirmes.

Harry eilte rasch, durch graue Pfützen platschend, über den kleinen Weg. Als er sich der Straße näherte, sah er die Narben auf dem Gesicht des Wahnsinnigen, die ihm gut im Gedächtnis geblieben waren – und die roten Augen.

Als er das Auto erreichte, sagte Harry: »Was machst du da drin?«

Selbst durch das geschlossene Fenster war die Antwort des Penners deutlich zu hören: »Ticktack, ticktack, ticktack ...«

»Hau ab«, befahl Harry.

»Ticktack ... ticktack ...«

Etwas Undefinierbares, aber Beunruhigendes im Grinsen des heruntergekommenen Subjekts ließ Harry zögern.

»... ticktack ...«

Harry zog seinen Revolver und hielt ihn mit der Mündung nach oben. Seine linke Hand legte er auf den Türgriff.

» ... ticktack ...«

Die feuchten roten Augen entmutigten Harry. Sie sahen aus wie Blutblasen, die jeden Moment aufplatzen und das ergraute Gesicht herunterlaufen könnten. Ihr Anblick war unmenschlich und entnervend.

Bevor ihn sein Mut ganz verließ, riß er die Tür auf.

Er wurde fast von einem kalten Windstoß umgeworfen und taumelte zwei Schritte zurück. Der Wind kam aus der Limousine, als ob sich ein arktischer Sturm darin gestaut hätte, stach ihm in die Augen und brachte sie zum Tränen.

Nach ein paar Sekunden hörte der Wind auf. Der Sitz an der offenen Beifahrertür war leer.

Harry konnte genug vom Inneren der Limousine sehen, um ganz sicher zu sein, daß der Landstreicher nirgendwo da drinnen war. Trotzdem ging er um das Auto herum und sah in alle Fenster.

Er blieb am Heck des Autos stehen, fischte seinen Schlüssel aus der Tasche und schloß den Kofferraum auf. Er hielt seinen Revolver im Anschlag, während die Klappe aufschwang. Nichts: Ersatzreifen, Wagenheber, Schraubenschlüssel und Werkzeugtasche.

Während er die ruhige Wohngegend betrachtete, wurde sich Harry langsam wieder des Regens bewußt, den er kurze Zeit vergessen hatte. Ein senkrechter Fluß strömte aus dem Himmel. Er war bis auf die Haut durchnäßt.

Er knallte die Kofferraumklappe zu und dann die Beifahrertür. Er ging zur Fahrerseite und setzte sich hinter das Lenkrad. Seine Kleidung machte dabei glucksende Geräusche.

Zuvor, auf der Straße im Zentrum von Laguna Beach, hatte der Penner einen starken Körpergeruch verströmt und einen umwerfend schlechten Atem. Doch im Auto war kein Gestank von ihm zurückgeblieben.

Harry verriegelte die Türen. Dann steckte er seinen Revolver wieder in das Schulterholster unter seinem durchnäßten Sportjackett.

Er zitterte.

Auf dem Rückweg von Ricky Estefans Bungalow stellte Harry die Heizung an und drehte sie hoch auf. Wasser lief aus seinem nassen Haar und tropfte ihm in den Nacken. Seine Schuhe quollen auf und schlossen sich enger um seine Füße.

Er dachte an die sanft glühenden roten Augen, wie sie ihn durch das Autofenster angestarrt hatten, die nässenden, wunden Stellen in dem vernarbten und verdreckten Gesicht, die halbmondförmige Reihe abgebrochener, gelber Zähne – und plötzlich war er in der Lage, das Beunruhigende im Grinsen des Penners zu benennen, das ihn hatte zögern lassen, als er zum ersten Mal die Tür aufreißen wollte. Es war nicht das unsinnige Geplapper, was dieses seltsame, heruntergekommene Subjekt so bedrohlich machte. Auch nicht das Grinsen eines Verrückten. Es war das Grinsen eines Raubtiers, eines Hais auf Beutejagd, eines sich anpirschenden Panthers, eines Wolfs auf mitternächtlichem Streifzug, es war etwas viel

Furchterregenderes und Tödlicheres als bloß ein verrückter Landstreicher.

Während des gesamten Wegs zum Special Projects in Laguna Niguel waren Umgebung und Straßen vertraut wie immer, die Autofahrer, an denen er vorbeifuhr, hatten nichts Geheimnisvolles an sich, es war nichts Ungewöhnliches am Spiel der Scheinwerfer im silberhellen Regen oder an dem metallischen Klicken, mit dem die Tropfen gegen das Blech der Limousine schlugen, nichts Beklemmendes an der Silhouette der Palmen gegen den stahlgrauen Himmel. Dennoch wurde er von einem unheimlichen Gefühl übermannt, und er bemühte sich, die Schlußfolgerung zu verdrängen, daß er mit etwas Übernatürlichem in Berührung gekommen war.

Ticktack, ticktack ...

Er dachte an das, was der Penner noch gesagt hatte, als er aus dem Wirbelwind aufgetaucht war: *Im Morgengrauen bist du tot.*

Er sah auf seine Armbanduhr. Das Glas war immer noch naß vom Regenwasser, das Zifferblatt verzerrt, doch er konnte die Uhrzeit erkennen: achtundzwanzig Minuten nach drei.

Wann war Sonnenaufgang? Um sechs? Halb sieben? Irgendwo dazwischen. Spätestens in fünfzehn Stunden.

Das gleichmäßige Geräusch der Scheibenwischer hörte sich allmählich an wie der unheilverkündende Rhythmus einer Totentrommel.

Das war lächerlich. Der Herumtreiber konnte ihm nicht die ganze Strecke von Laguna Beach bis zu Enriques Haus gefolgt sein – was bedeutete, daß der Penner nicht wirklich, sondern nur eingebildet war, und deshalb keine Bedrohung darstellte.

Er war nicht erleichtert. Wenn der Penner nur in seiner Fantasie existierte, war Harry zwar nicht in Gefahr, im Morgengrauen zu sterben. Doch dann blieb, soweit er sehen konnte, nur eine einzige andere Erklärung übrig, und die war keineswegs beruhigend: Er mußte einen Nervenzusammenbruch haben.

4.

Harrys Bürohälfte hatte etwas Tröstliches an sich. Das Notizbuch und der Satz Stifte lagen perfekt im rechten Winkel zueinander und waren exakt an den Ecken des Schreibtisches ausgerichtet. Die Messinguhr zeigte dieselbe Zeit wie seine Armbanduhr. Die Blätter der eingetopften Palme, des chinesischen Immergrüns und des Efeus waren sauber und glänzten.

Der blaue Bildschirm des Computer-Terminals war ebenfalls beruhigend, und sämtliche Formulare des Special Projects waren als Makros gespeichert, so daß er sie ausfüllen und ausdrucken konnte, ohne auf eine Schreibmaschine zurückgreifen zu müssen. Es entstanden nämlich unvermeidlich unregelmäßige Abstände, wenn man versuchte, die Leerstellen auf den Formularen mit dieser antiquierten Technik auszufüllen.

Er konnte ausgezeichnet tippen und war in der Lage, einen Bericht fast so schnell im Kopf zusammenzustellen, wie er tippen konnte. Jeder war dazu fähig, die Leerräume auszufüllen oder ein X in ein Kästchen zu setzen, aber nicht jeder verstand sich auf den Teil der Aufgabe, den er gern den »Besinnungsaufsatz« nannte. Seine Berichte waren in einer Sprache geschrieben, die lebendiger, aber zugleich auch präziser war als die jedes anderen Kriminalbeamten, den er kannte.

Während seine Finger über die Tastatur flogen und sich prägnante Sätze auf dem Bildschirm bildeten, war Harry Lyon so sehr im Einklang mit der Welt, wie er es nicht mehr gewesen war, seit er am Morgen an seinem Frühstückstisch gesessen, englische Muffins mit Zitronenmarmelade gegessen und die Aussicht auf den ordentlich geschnittenen Grüngürtel um die Eigentumswohnungen herum genossen hatte. Nachdem James Ordegards Amoklauf in knapper Prosa ohne wertende Verben und Adjektive zusammengefaßt war, wirkte die Episode nur noch halb so bizarr wie in den Momenten, als Harry sie erlebt hatte. Er hämmerte die Worte in die Tasten, und die Worte beruhigten ihn.

Er fühlte sich sogar so entspannt, daß er sich erlaubte, sich etwas legerer im Büro zu geben, als er das normalerweise tat. Er knöpfte seinen Hemdkragen auf und lockerte den Knoten seiner Krawatte ein wenig.

Er unterbrach seine Schreibarbeit kurz, um sich hinten im Flur im Raum mit den Verkaufsautomaten einen Becher Kaffee zu holen. Seine Kleidung war an einigen Stellen immer noch feucht und hoffnungslos verknittert, doch die eisige Kälte in seinem Rückenmark war geschmolzen.

Auf dem Rückweg zum Büro mit dem Kaffee in der Hand sah er den Penner. Der grobschlächtige Landstreicher war am anderen Ende des Flurs und überquerte ihn auf einem anderen Gang von links nach rechts. Den Blick nach vorn und nie auf Harry gerichtet, bewegte sich der Kerl mit einer Entschlossenheit, als ob er in dem Gebäude was zu erledigen hätte. Mit wenigen großen Schritten hatte er den Flur passiert und war außer Sicht.

Während Harry den Flur entlangeilte, um festzustellen, wo der Mann hingegangen war, und sich bemühte, den Kaffee nicht zu verschütten, sagte er sich, daß das nicht dieselbe Person gewesen war. Es hatte nur eine vage Ähnlichkeit bestanden, mehr nicht; Einbildung und angespannte Nerven hatten das übrige bewirkt.

Doch seine Ausflüchte überzeugten ihn nicht. Die Gestalt am Ende des Ganges hatte die gleiche Größe gehabt wie seine Nemesis, die gleichen bärenhaften Schultern, den gewölbten Brustkasten, dieselbe schmutzige Haarmähne und den verfilzten Bart. Der lange schwarze Regenmantel hatte sich wie ein Talar um ihn gebreitet, und der Kerl hatte das Selbstbewußtsein eines Löwen, als ob er ein verrückter Prophet wäre, der auf mystische Weise aus den Tagen des Alten Testaments in die heutige Zeit befördert worden war.

Harry bremste am Ende des Ganges ab, indem er scharf um die Ecke bog. Er zuckte zusammen, als aus dem Becher Kaffee schwappte und ihm die Hand verbrannte. Er sah nach rechts, wo der Landstreicher hingegangen war. Die einzigen Leute auf diesem Gang waren Bob Wong und Louis Yancy, die vom Sheriffsbüro in Orange County abgestellt waren und sich gerade über einem Aktenordner berieten.

Harry sagte: »Wo ist er hin?«

Sie blinzelten ihn an, und Bob Wong sagte: »Wer?«

»Der Kotzbrocken in dem schwarzen Regenmantel, der Penner?«

Die beiden Männer waren verdutzt.

Yancy sagte: »Penner?«

»Nun, wenn ihr ihn nicht gesehen habt, hättet ihr ihn zumindest *riechen* müssen.«

»Jetzt gerade?« fragte Wong.

»Yeah. Vor zwei Sekunden.«

»Hier ist keiner durchgekommen«, sagte Yancy.

Harry wußte, daß sie ihn nicht belogen und auch nicht zu irgendeiner riesigen Verschwörung gehörten. Dennoch wäre er am liebsten an ihnen vorbeigegangen und hätte alle Räume auf dem Gang inspiziert.

Er unterließ das nur, weil sie ihn bereits merkwürdig anstarrten. Er vermutete, daß er einen üblen Anblick bot – zerzaust, bleich und wild um sich schauend.

Er konnte die Vorstellung nicht ertragen, daß er unangenehm auffiel. Er hatte sein Leben auf den Prinzipien Mäßigung, Ordnung und Selbstbeherrschung aufgebaut.

Widerwillig kehrte er in sein Büro zurück. Er nahm einen Korkuntersetzer aus der obersten Schreibtischschublade, legte ihn auf das Notizbuch und stellte den tropfenden Becher darauf.

Er hatte immer eine Rolle Papierhandtücher und eine Dose Windex-Spray in der unteren Schublade in einem der Aktenschränke. Er putzte sich die vom Kaffee feuchten Hände mit ein paar Blättern ab, dann wischte er über den nassen Becher.

Er stellte zufrieden fest, daß seine Hände nicht zitterten.

Was auch immer für teuflische Machenschaften da im Gange waren, er würde es schließlich herausfinden und damit fertigwerden. Er konnte mit allem fertigwerden. Das war schon immer so. Würde auch immer so sein. Selbstbeherrschung. Das war der Schlüssel.

Er atmete mehrmals langsam und tief durch. Mit beiden Händen strich er sich die Haare aus der Stirn zurück.

Der düstere Himmel, der schwer wie eine Schiefertafel über allem lastete, hatte es früh dämmern lassen. Es war erst wenige

Minuten nach fünf, eine Stunde vor Sonnenuntergang, doch der Tag hatte einer verlängerten Abenddämmerung das Feld geräumt. Harry schaltete die Leuchtstoffröhren an der Decke ein.

Ein oder zwei Minuten stand er vor dem teilweise beschlagenen Fenster und beobachtete, wie es wie aus Kübeln auf den Parkplatz goß. Das Gewitter war lange vorbei, und die Luft war zu schwer, als daß ein Wind aufkommen konnte, deshalb war der Regen von einer tropischen Intensität, einer mörderischen Erbarmungslosigkeit, die an uralte Mythen denken ließ, in denen es um göttliche Bestrafung ging, um Archen und verlorene Kontinente, die unter dem sich aufbäumenden Meer versunken waren.

Etwas ruhiger kehrte er zu seinem Schreibtischsessel zurück und drehte sich zum Computer. Er wollte gerade die Datei mit dem Bericht aufrufen, die er abgespeichert hatte, bevor er in den Flur ging, um Kaffee zu holen, als er merkte, daß der Bildschirm nicht leer war, wie er hätte sein sollen.

Eine weitere Datei war in seiner Abwesenheit angelegt worden. Sie bestand aus einem einzigen Wort, das mitten auf dem Bildschirm stand: TICKTACK.

5.

Kurz vor sechs kam Connie Gulliver vom Schauplatz des Verbrechens ins Büro zurück. Ein schwarz-weißes Dienstfahrzeug der Polizei von Laguna Beach hatte sie mitgenommen. Sie schimpfte über die Medien, insbesondere über einen Fernsehreporter, der ihr und Harry aus Gott weiß was für einem Grund den Spitznamen »Batwoman und Batman« gegeben hatte, vielleicht weil es bei ihrer verzweifelten Verfolgung von James Ordegard so tollkühn zugegangen war, oder vielleicht auch nur, weil auf dem Dachboden, wo sie den Scheißkerl erwischt hatten, ein Haufen Fledermäuse gewesen war. Journalisten der elektronischen Medien hatten nicht immer erkennbar logische Gründe oder glaubwürdige Entschuldigungen für manche Dinge, die sie taten oder sagten. Die Nachrichten zu übermitteln war für sie weder eine heilige Verantwortung noch ein Dienst an der Öffentlichkeit, sondern Showbusineß, etwas, wo man mehr Glitzer und Glimmer als Fakten und Zahlen brauchte. Connie war lange genug dabei, um das alles zu wissen und sich damit abzufinden, aber sie war trotzdem wütend und redete auf Harry ein, sobald sie zur Tür hereinkam.

Er war eben erst mit dem Papierkram fertig geworden, als sie kam, weil er die letzte halbe Stunde herumgetrödelt hatte, um auf sie zu warten. Er hatte sich entschlossen, ihr von dem Tramp mit den blutroten Augen zu berichten, zum Teil weil sie seine Partnerin war und er ungern etwas Wichtiges vor einem Partner verbarg. Er und Ricky Estefan hatten sich immer alles erzählt, was einer der Gründe war, weshalb er Ricky besucht hatte, bevor er zum Special Projects zurückgefahren war, der andere Grund war, daß er Rickys Rat und Verständnis schätzte. Ob der bedrohliche Penner nun real war oder nur ein Symptom für einen mentalen Zusammenbruch, Connie hatte ein Recht, davon zu erfahren.

Falls diese schmutzige, gespenstische Gestalt tatsächlich Einbildung war, würde ein einfaches Gespräch mit jemandem das Trugbild möglicherweise schon zum Platzen bringen. Vielleicht würde der Penner dann nie mehr auftauchen.

Harry wollte es ihr aber auch deshalb erzählen, weil er dadurch einen Grund hatte, mit ihr etwas Zeit außerhalb des Dienstes zu verbringen. Wenigstens ein bißchen privater Kontakt zwischen Partnern war ratsam, weil das dazu beitrug, die besondere Beziehung zu festigen, die zwischen Polizisten bestand, die ihr Leben füreinander aufs Spiel setzen mußten. Sie mußten darüber reden, was sie am Nachmittag durchgemacht hatten, es zusammen noch einmal durchleben und es damit von einer traumatischen Erfahrung in eine brillante Anekdote umformen, mit der man noch jahrelang Neulingen auf den Wecker gehen konnte.

Und in Wahrheit wollte er ein bißchen mit Connie zusammensein, weil er angefangen hatte, sich für sie nicht nur als Partnerin, sondern auch als Frau zu interessieren. Was ihn überraschte. Sie waren so gegensätzlich. Lange hatte er sich eingeredet, daß sie ihn verrückt mache. Jetzt konnte er nicht aufhören, an ihre

Augen zu denken, an den Glanz ihres Haars und an ihre vollen Lippen. Obwohl er sich das nicht hatte eingestehen wollen, hatte sich diese Veränderung in seiner Haltung seit einiger Zeit angebahnt, doch heute waren die Weichen in seinem Kopf endgültig umgesprungen.

Das war nicht weiter rätselhaft. Er war fast getötet worden. Mehr als einmal. Eine Berührung mit dem Tod trug dazu bei, Gedanken und Gefühle zu klären. Und er hatte nicht nur eine Berührung mit dem Tod gehabt, er war von ihm fest umarmt worden.

Er hatte selten so viele starke Gefühle auf einmal gehabt: Einsamkeit, Angst, nagender Selbstzweifel, Freude, am Leben zu sein, und ein so intensives Verlangen, daß es auf sein Herz drückte und das Atmen etwas schwieriger machte als sonst.

»Wo soll ich unterschreiben?« fragte Connie, als er ihr sagte, daß er mit der Schreibarbeit fertig sei.

Er breitete alle erforderlichen Formulare auf seinem Schreibtisch aus, einschließlich Connies eigener offizieller Aussage. Er hatte sie wie immer für sie geschrieben, was gegen die Grundsätze der Abteilung war und eine der wenigen Regeln, gegen die er je verstoßen hatte. Doch sie teilten sich die Aufgaben nach ihren Fähigkeiten und Vorlieben, und er war halt zufällig auf diesem Gebiet besser als sie. Ihre eigenen Berichte waren häufig wütend im Tonfall statt ernst und neutral, als ob jedes Verbrechen ein fürchterlicher Affront gegen sie persönlich wäre, und manchmal benutzte sie Worte wie »Arschloch« oder »Scheißkerl« statt »Verdächtiger« oder »Festgenommener«, was den Verteidiger im Gerichtssaal unter Garantie zu stürmischen Ausbrüchen über Selbstgerechtigkeit veranlassen würde.

Connie unterschrieb alle Formulare, die er ihr hinlegte, einschließlich der sauber getippten Aussage, die angeblich von ihr stammte, ohne etwas davon zu lesen. Harry gefiel das. Sie vertraute ihm.

Während er zusah, wie sie ihre Unterschrift kritzelte, beschloß er, daß sie etwas Besonderes unternehmen sollten, auch wenn seine Klamotten so verknittert und feucht waren, in eine gemütliche kleine Bar gehen, mit elegant gepolsterten Nischen, gedämpfter Beleuchtung und Kerzen auf den Tischen, mit einem Pianisten, der für Hintergrundmusik sorgte, aber nicht einer von diesen schmierigen Typen, die aus guten Liedern kitschige Salonmusik machten und alle halbe Stunde »Feelings« sangen, die Hymne der sentimentalen Betrunkenen und Schmalzköpfe in allen fünfzig Staaten.

Connie konnte nicht aufhören, sich darüber aufzuregen, daß man sie als Batwoman tituliert hatte, und über andere Beschimpfungen seitens der Medien. Deshalb hatte Harry Schwierigkeiten, einen Augenblick zu finden, in dem er eine Einladung zu einem Drink und einem Abendessen einfließen lassen konnte, wodurch er zuviel Zeit hatte, sie anzuschauen. Nicht daß sie in irgendeiner Weise weniger attraktiv aussah, je länger er sie beobachtete. Ganz im Gegenteil: Als er sich die Zeit nahm, ihr Gesicht in allen Einzelheiten zu betrachten, stellte er fest, daß sie noch attraktiver war, als er je gedacht hatte. Das Problem war nur, daß er gleichzeitig merkte, wie müde sie war: gerötete Augen mit großen dunklen Spuren der Erschöpfung darunter, blaß, die Schultern unter dem Gewicht des Tages eingesunken. Ihm kamen Zweifel, ob sie Lust haben würde, einen trinken zu gehen und die Ereignisse vom Mittag noch mal aufzuwärmen. Und je mehr er sich ihrer Erschöpfung bewußt wurde, um so müder fühlte er sich selbst.

Ihre Erbitterung über die Neigung der elektronischen Nachrichtenmedien, Tragik in Unterhaltung umzuwandeln, erinnerte Harry daran, daß sie den Tag bereits wütend *begonnen* hatte, aufgebracht über etwas, über das sie nicht hatte reden wollen.

Da sich seine Hitzigkeit abkühlte, fragte er sich nun, ob es wirklich eine so gute Idee wäre, überhaupt ein romantisches Interesse an einer Kollegin zu haben. In der Abteilung war es gängige Praxis, Teams zu trennen, die außerhalb des Dienstes mehr als eine freundschaftliche Beziehung entwickelten, ob nun schwul oder heterosexuell. Und seit langem bestehende Praktiken beruhten normalerweise auf einer Fülle schlechter Erfahrungen.

Connie unterschrieb die letzten Formulare und musterte ihn kurz von oben bis unten. »Heute siehst du zum ersten Mal so aus, als könntest du in Erwägung ziehen, auch mal im Gap einzukaufen statt ausschließlich bei Brooks Brothers.« Dann umarmte sie ihn tatsächlich, was eigentlich seine Leidenschaft wieder hätte entflammen müssen, allerdings war es eine rein kameradschaftliche Umarmung. »Wie geht's deinem Bauch?«

Nur ein dumpfer Schmerz, danke, nichts was mich daran hindern könnte, eine leidenschaftliche, heiße und schweißtreibende Nacht mit dir zu verbringen.

Er sagte: »Mir geht's ganz gut.«

»Sicher?«

»Yeah.«

»Gott, bin ich müde.«

»Ich auch.«

»Ich glaub', ich werd' hundert Stunden schlafen.«

»Zumindest zehn.«

Sie lächelte und kniff ihn – zu seiner Verwunderung – zärtlich in die Backe. »Bis morgen früh, Harry.«

Er sah hinter ihr her, wie sie aus dem Büro hinausging. Sie trug immer noch stark abgelaufene Reeboks, Jeans, eine rotbraun karierte Bluse und eine braune Cordjacke – und die ganzen Sachen sahen nach den vergangenen zehn Stunden noch schlimmer aus. Dennoch hätte er sie nicht verführerischer finden können, wenn sie in ein enganliegendes, mit Pailletten besetztes Kleid mit einem riesigen Dekolleté gezwängt gewesen wäre.

Der Raum war trostlos ohne sie. Das Licht aus den Leuchtstoffröhren zeichnete harte, kalte Muster auf die Möbel und die Blätter der Pflanzen.

Hinter dem beschlagenen Fenster ging die frühe Dämmerung in Nacht über, doch der stürmische Tag war so düster gewesen, daß die Übergangsphase kaum erkennbar war. Der Regen hämmerte auf den Amboß der Dunkelheit.

Für Harry hatte sich der Kreis von physischer und psychischer Erschöpfung über leidenschaftliche Gedanken zurück zur Erschöpfung geschlossen. Es war fast so, als wäre er wieder ein Junge in der Pubertät.

Er schaltete den Computer ab, machte das Licht aus, schloß die Bürotür und hinterlegte Kopien der Berichte im Geschäftszimmer.

Während der Heimfahrt durch den deprimierenden bleiernen Regen hoffte er bei Gott, daß er schlafen *könnte* und daß sein Schlaf traumlos sein würde. Wenn er am Morgen ausgeruht aufwachte, würde sich das Geheimnis des Penners mit den purpurroten Augen vielleicht von selbst geklärt haben.

Auf halber Strecke nach Hause hätte er fast das Radio eingeschaltet, weil er Musik hören wollte. Doch bevor er die Knöpfe berührte, gebot er seiner Hand Einhalt. Er fürchtete, daß er statt einem Stück aus den Top-Forty die Stimme des Landstreichers beschwörend singen hören würde: *ticktack, ticktack, ticktack …*

6.

Jennifer mußte eingeschlafen sein. Es war jedoch ganz gewöhnlicher Schlaf, nicht der Wahnsinn der Fantasiewelten, die ihr so oft eine Zuflucht boten. Als sie aufwachte, mußte sie keine hartnäckigen Visionen von Tempeln aus Smaragden, Diamanten und Saphiren abschütteln, auch keine jubelnden Zuschauer, die in einer Carnegie Hall ihrer Vorstellung von ihrer gesanglichen Virtuosität begeistert waren. Sie war verschwitzt aufgrund der hohen Luftfeuchtigkeit und hatte einen sauren Geschmack im Mund – abgestandener Orangensaft und tiefer Schlaf.

Es regnete immer noch. Der Regen trommelte komplizierte Rhythmen auf das Dach des Krankenhauses. Eigentlich des Privatsanatoriums. Aber es waren nicht nur Rhythmen, sondern auch kichernde, glucksende und plätschernde atonale Melodien.

In ihrer Blindheit war es für Jennifer nicht einfach, mit Bestimmtheit zu wissen, welche Tages- oder Jahreszeit war. Doch da sie schon seit zwanzig Jahren blind war, hatte sie eine verfeinerte Wahrnehmung entwickelt und war in der Lage, die Jahres- und Tageszeit mit erstaunlicher Genauigkeit zu erraten.

Sie wußte, daß der Frühling bevorstand. Vielleicht war es März, das Ende der regnerischen Zeit in Südkalifornien. Sie wußte nicht den Wochentag, doch sie vermutete, daß es früher Abend war, zwischen sechs und acht Uhr.

Vielleicht hatte sie zu Abend gegessen, obwohl sie sich nicht daran erinnern konnte. Manchmal war sie gerade so weit bei Bewußtsein, um zu schlucken, wenn man sie mit dem Löffel fütterte, aber nicht klar genug, um zu genießen, was sie aß. Zu anderen Zeiten, wenn sie sich in einem tieferen katatonischen Zustand befand, wurde sie intravenös ernährt.

Obwohl das Zimmer in Schweigen gehüllt war, war sie sich einer anderen Existenz bewußt, entweder wegen einer undefinierbaren Besonderheit im Luftdruck, oder wegen eines Geruchs, den sie nur unterbewußt wahrnahm. Sie blieb regungslos, versuchte zu atmen, als ob sie fest schliefe, und wartete darauf, daß die unbekannte Person sich bewegte, hustete oder seufzte und ihr damit einen Hinweis auf ihre Identität gäbe.

Der Anwesende tat ihr den Gefallen nicht. Allmählich wuchs in Jennifer der Verdacht, daß sie mit *ihm* allein war.

Sie wußte, daß es am sichersten war zu tun, als ob sie schliefe.

Sie bemühte sich, ganz ruhig zu bleiben.

Schließlich konnte sie die fortdauernde Ungewißheit nicht mehr ertragen. Sie sagte: »Margaret?«

Niemand antwortete.

Sie wußte, daß das Schweigen nicht echt war. Sie versuchte sich mit aller Gewalt an den Namen der Schwester, die die Spätschicht machte, zu erinnern. »Angelina?«

Keine Antwort. Nur der Regen.

Er quälte sie. Das war Psychoterror, und das war die bei weitem wirkungsvollste Waffe, die man gegen sie einsetzen konnte. Sie hatte so viel körperlichen und emotionalen Schmerz erfahren, daß sie gegen diese Formen der Mißhandlung Verteidigungsmechanismen entwickelt hatte.

»Wer ist da?« fragte sie.

»Ich bin's«, sagte er.

Bryan. Ihr Bryan.

Seine Stimme war sanft und leise, sogar melodisch und in keiner Weise bedrohlich, dennoch ließ sie ihr Blut gefrieren.

Sie sagte: »Wo ist die Schwester?«

»Ich habe sie gebeten, uns allein zu lassen.«

»Was willst du?«

»Nur bei dir sein.«

»Warum?«

»Weil ich dich liebe.«

Er hörte sich aufrichtig an, doch sie wußte, das war er nicht. Er war von Geburt an unfähig, aufrichtig zu sein.

»Geh weg«, bat sie.

»Warum tust du mir weh?«

»Ich weiß, was du bist.«

»Was bin ich?«

Sie antwortete nicht.

Er sagte: »Wie kannst du wissen, was ich bin?«

»Wer sollte das besser wissen?« sagte sie schroff, von Bitterkeit, Selbsthaß, Abscheu und Verzweiflung verzehrt.

Nach dem Klang seiner Stimme zu urteilen, stand er nahe beim Fenster, näher am Plätschern und Trommeln des Regens als an den leisen Geräuschen aus dem Flur. Sie hatte Angst, daß er an ihr Bett kommen, ihre Hand nehmen oder über ihre Wange und Stirn streichen würde.

Sie sagte: »Ich will Angelina.«

»Noch nicht.«

»Bitte.«

»Nein.«

»Dann geh weg.«

»Warum tust du mir weh?« fragte er wieder. Seine Stimme blieb so sanft wie immer, melodisch wie die eines Chorknaben, ohne jedes Zeichen von Ärger und Enttäuschung, nur voller Traurigkeit. »Ich komme zweimal die Woche. Ich sitze bei dir. Was wäre ich ohne dich? Nichts. Das ist mir klar.«

Jennifer biß sich auf die Lippe und sagte nichts.

Plötzlich spürte sie, daß er sich bewegte. Sie konnte keine Schritte hören, kein Rascheln von Kleidungsstücken. Er konnte leiser sein als eine Katze, wenn er wollte.

Sie *wußte*, daß er sich dem Bett näherte.

Verzweifelt suchte sie Vergessen in ihren Wahnvorstellungen, in den leuchtenden Fantasien oder in den düsteren Schrecken ihres geschädigten Gehirns, ihr war egal wo, alles besser als das Grauen der Realität in diesem allzu privaten Sanatoriumszimmer. Doch sie konnte sich nicht willentlich in diese inneren

Reiche zurückziehen; periodisch auftretende, unfreiwillige Bewußtheit war vielleicht der größte Fluch ihres erbärmlichen, geschwächten Zustands.

Sie wartete zitternd.

Sie lauschte.

Er war gespenstisch ruhig.

Das lärmende Trommeln des Regens auf dem Dach brach von einer Sekunde zur anderen ab, doch ihr war klar, daß der Regen nicht wirklich aufgehört hatte. Urplötzlich war die Welt von einer unheimlichen Stille umklammert, einer Bewegungslosigkeit.

Jennifer spürte die Angst in sich hochsteigen, selbst in den gelähmten Gliedmaßen auf der linken Seite.

Er ergriff ihre rechte Hand.

Sie keuchte und versuchte sie wegzuziehen.

»Nein«, sagte er und packte noch fester zu. Er war stark.

Sie rief nach der Schwester, obwohl sie wußte, daß das sinnlos war.

Er hielt sie mit einer Hand und liebkoste ihre Finger mit der anderen. Er massierte ihr zärtlich das Handgelenk. Er streichelte das welke Fleisch an ihrem Unterarm.

In ihrer Blindheit wartete sie und versuchte, nicht darüber nachzudenken, was für Grausamkeiten folgen würden.

Er kniff ihr in den Arm, und eine wortlose Bitte um Gnade entfuhr ihr. Er kniff fester, dann noch mal, aber wahrscheinlich nicht fest genug, um einen Bluterguß zu hinterlassen.

Während sie das ertrug, fragte sich Jennifer, wie sein Gesicht wohl aussah, ob es häßlich, unscheinbar oder hübsch war. Sie wußte intuitiv, daß es kein Segen wäre, ihr Augenlicht wiederzugewinnen, wenn sie auch nur einmal gezwungen wäre, in seine abscheulichen Augen zu blicken.

Er steckte ihr einen Finger ins Ohr, sein Nagel schien lang und spitz wie eine Nadel zu sein. Er drehte ihn und kratzte und drückte noch fester, bis der Schmerz von dem Druck unerträglich wurde.

Sie schrie, doch niemand reagierte.

Er berührte ihre flachen Brüste, die von den langen Jahren, die sie auf dem Rücken liegend und mit intravenöser Ernährung verbracht hatte, eingeschrumpft waren. Selbst in ihrem geschlechtslosen Zustand waren ihre Brustwarzen eine Quelle des Schmerzes, und er wußte, wie er Qualen erzeugen konnte.

Doch das Schlimme war nicht so sehr, was er ihr antat ... sondern was er sich als nächstes ausdenken könnte. Sein Einfallsreichtum war unendlich. Der wahre Schrecken lag in der Erwartung des Unbekannten.

Sie schrie nach jemandem, irgendwem, Hilfe, einem Ende. Sie bat Gott, sie sterben zu lassen.

Ihre Schreie und Hilferufe verhallten ungehört.

Schließlich litt sie nur noch stumm.

Er ließ sie los, doch ihr war deutlich bewußt, daß er immer noch an ihrem Bett war.

»Liebe mich«, sagte Bryan.

»Bitte geh weg.«

Leise: »Liebe mich.«

Wenn Jennifer hätte Tränen hervorbringen können, hätte sie geweint.

»Liebe mich, dann habe ich keinen Grund mehr, dir weh zu tun. Ich will ja nur, daß du mich liebst.«

Sie war genausowenig in der Lage, ihn zu lieben, wie sie mit ihren zerstörten Augen Tränen hervorbringen konnte. Es wäre leichter, eine Schlange zu lieben, einen Felsen oder die kalte, gleichgültige Schwärze zwischen den Sternen.

»Ich will ja nur geliebt werden«, beharrte er.

Sie wußte, daß er unfähig zur Liebe war. Ja, er hatte noch nicht einmal die leiseste Vorstellung von der Bedeutung des Wortes. Er wollte die Liebe einfach nur haben, weil er sie nicht bekommen konnte, nicht fühlen konnte, weil sie etwas Geheimnisvolles für ihn war, das große Unbekannte. Selbst wenn sie ihn lieben und von ihrer Liebe überzeugen könnte, würde sie das nicht retten, denn er würde von dieser Liebe nicht berührt, wenn man sie ihm schließlich doch gab, würde ihre Existenz verleugnen und sie aus Gewohnheit weiterhin quälen.

Plötzlich setzte das Regengeräusch wieder ein. Stimmen auf dem Flur. Die quietschenden Räder des Wagens, auf dem die Tabletts mit dem Abendessen standen.

Die Qual war vorbei. Vorläufig.

»Ich kann heute abend nicht lange bleiben«, sagte Bryan. »Nicht die übliche Ewigkeit.«

Er kicherte über diese Bemerkung, amüsierte sich über sich selbst. Doch für Jennifer war es nur ein widerlicher, feuchter Ton in seiner Kehle, ohne jeden Humor.

Er sagte: »Ich habe ganz unerwartet mehr Arbeit bekommen. Viel zu tun. Ich fürchte, ich muß gehen.«

Wie immer beugte er sich als Zeichen seines Abschieds über das Bettgitter und küßte sie auf die taube linke Seite ihres Gesichts. Sie konnte den Druck oder die Beschaffenheit seiner Lippen auf ihrer Wange nicht spüren, nur einen Hauch von Kälte. Sie vermutete, daß sein Kuß sich nicht anders angefühlt hätte, nur noch kälter vielleicht, wenn er ihn auf die noch empfindsame rechte Seite ihres Gesichts gedrückt hätte.

Als er ging, tat er es geräuschvoll, und sie lauschte auf seine sich entfernenden Schritte.

Kurze Zeit später kam Angelina, um sie zum Abendessen zu füttern. Weiche Nahrung. Kartoffelpüree mit Bratensauce. Pürierte Erbsen. Apfelmus mit einer Prise Zimt und braunem Zucker, Eis. Dinge, die sie ohne Mühe schlucken konnte.

Jennifer sagte nichts darüber, was mit ihr passiert war. Aus Erfahrung wußte sie, daß man ihr nicht glauben würde.

Er mußte wie ein Engel aussehen, denn außer ihr schien jeder geneigt, ihm auf den ersten Blick zu vertrauen und ihm nur die freundlichsten Motive und edelsten Absichten zu unterstellen.

Sie fragte sich, ob ihr Martyrium niemals enden würde.

7.

Ricky Estefan schüttete eine halbe Schachtel Rigatoni in den großen Topf mit kochendem Wasser. Sofort entstand eine Schaumkrone, und ein angenehmer Geruch von Stärke stieg in einer Dunstwolke auf. Auf einer anderen Flamme stand ein kleinerer Topf mit einer duftend brodelnden Spaghettisauce.

Während er die Gasflammen regulierte, hörte er ein merkwürdiges Geräusch an der Vorderfront des Hauses. Ein Klopfen, nicht besonders laut, aber fest. Er legte den Kopf zur Seite und lauschte. Als er gerade beschlossen hatte, daß er sich das Geräusch eingebildet hatte, kam es wieder: *bum*.

Er ging durch den Flur zur Haustür, schaltete das Licht auf der Veranda an und schaute durch das Fischauge des Spions. Soweit er sehen konnte, war niemand draußen.

Er schloß die Tür auf, öffnete sie und beugte sich vorsichtig nach draußen, um in beide Richtungen zu gucken. Von den Möbeln auf der Veranda war keins umgefallen. Die Nacht war windstill, deshalb hing die Hollywoodschaukel bewegungslos an ihren Ketten.

Es regnete immer noch heftig. Auf der Straße sah man in dem leicht violetten Licht der Quecksilberdampflampen Bäche in beiden Rinnsteinen, die fast bis zur Bordsteinkante reichten, zu den Abflüssen am Ende des Blocks sprudelten und wie Ströme geschmolzenen Silbers glänzten.

Er machte sich Sorgen, daß das Klopfen von irgendeinem Sturmschaden herrührte, doch das schien unwahrscheinlich ohne einen kräftigen Wind.

Nachdem er die Tür geschlossen hatte, schob er den Türriegel vor und hängte die Sicherheitskette ein. Seit man ihn in den Unterleib geschossen hatte und er dem Totengräber so eben von der Schaufel gesprungen war, hatte er einen gesunden Verfolgungswahn entwickelt. Nun, ob gesund oder ungesund, es war ein verdammt gutes, wenn auch altbekanntes Beispiel von Verfolgungswahn. Er hielt die Türen zu jeder Zeit geschlossen, und bei Einbruch der Dunkelheit zog er an allen Fenstern die Vorhänge zu, damit niemand hereinsehen konnte.

Seine Angst war ihm peinlich. Er war früher so stark und selbstbewußt gewesen. Als Harry vorhin gegangen war, hatte Ricky so getan, als ob er am Küchentisch bliebe und weiter an der Gürtelschnalle arbeitete. Doch sobald er die Haustür zufallen hörte, war er in den Flur geschlurft, um den Riegel leise umzulegen, während sein alter Freund noch auf der vorderen Veranda war. Sein Gesicht hatte vor Scham geglüht, doch es war ihm unbehaglich gewesen, eine Tür auch nur für wenige Minuten unverriegelt zu lassen.

Als er sich jetzt von der Tür abwandte, ertönte das mysteriöse Geräusch wieder. *Bum.*

Diesmal dachte er, es käme aus dem Wohnzimmer. Er ging durch den bogenförmigen Durchgang, um nach der Ursache zu suchen.

Im Wohnzimmer brannten zwei Tischlampen. Ein warmer, bernsteinfarbener Schein durchflutete den behaglichen Raum. Die gewölbte Decke war von zwei Lichtkreisen gemustert, die von den Schatten der Schnüre und Kreuze der Lampenschirme unterbrochen wurden.

Ricky wollte am Abend, bevor er ins Bett ging, im ganzen Haus Licht haben. Es war ihm nicht mehr geheuer, wenn er ein dunkles Zimmer betrat und *dann* erst den Schalter anknipste.

Alles war in Ordnung. Er schaute sogar hinters Sofa, um sicher zu sein ... zumindest sicher, daß dahinter alles stimmte.

Bum.

Sein Schlafzimmer?

Vom Wohnzimmer führte eine Tür in eine kleine Diele mit einer einfachen, aber hübschen Kassettendecke. Drei weitere Türen gingen von der Diele ab: die Gästetoilette, ein enges Gästeschlafzimmer und das eigentliche Schlafzimmer von bescheidenen Ausmaßen. In jedem brannte eine Lampe. Ricky sah überall nach, auch in den Wandschränken, fand aber nichts, was das Klopfen verursacht haben könnte.

Er zog die Vorhänge von jedem Fenster zur Seite, um festzustellen, ob die Riegel eingehakt und alle Scheiben ganz waren. Das waren sie.

Bum.

Diesmal schien es aus der Garage zu kommen.

Aus dem Nachttisch neben seinem Bett nahm er einen Revolver, einen .38er Smith & Wesson, Chief's Special. Er wußte, er war geladen. Er klappte die Trommel heraus und überprüfte es trotzdem. Alle fünf Patronen waren da.

Bum.

Er bekam Stiche links unten im Unterleib, ein schmerzhaft ziehendes und kneifendes Gefühl, das ihm nur zu vertraut war, und obwohl der Bungalow klein war, brauchte er mehr als eine Minute, um die Verbindungstür zur Garage zu erreichen. Sie ging direkt vor der Küche vom Flur ab. Er lehnte sich mit einem Ohr gegen den Spalt am Türpfosten und lauschte.

Bum.

Das Geräusch war eindeutig aus der Garage gekommen.

Er packte den Sicherheitsriegel vorsichtig mit Daumen und Zeigefinger ... dann zögerte er. Er wollte nicht in die Garage gehen.

Er merkte, wie sich der Schweiß auf seiner Stirn sammelte.

»Nun mach schon«, sagte er, reagierte aber nicht auf sein eigenes Drängen.

Er haßte sich selbst wegen seiner Angst. Obwohl er sich an den furchtbaren Schmerz erinnerte, als die Kugeln in seinen Bauch einschlugen und seine Eingeweide zerfetzten, auch an die Qualen all der anschließenden Infektionen und der Monate im Krankenhaus im Schatten des Todes, obwohl er wußte, daß viele Männer aufgegeben hätten, wo er noch durchhielt, und auch wußte, daß seine Vorsicht und seine Angst berechtigt waren, nach dem was er durchgemacht und überlebt hatte, haßte er sich trotzdem.

Bum.

Sich selbst verfluchend schob er den Riegel zurück, öffnete die Tür und fand den Lichtschalter. Er trat über die Schwelle.

Die Garage war breit genug für zwei Autos, und sein blauer Mitsubishi war in der hinteren Hälfte geparkt. In der Hälfte, die näher zum Haus lag, standen seine Werkbank, Werkzeuggestelle, Schränke mit Zubehör und der gasbetriebene Schmiedeofen, in dem er kleine Silberbarren schmolz, um sie in die von ihm angefertigten Formen für Schmuck und Gürtelschnallen zu gießen.

Das Trommeln des Regens war hier lauter, weil es keine Zwischendecke gab und das Garagendach nicht isoliert war. Eine feuchte Kälte kroch aus dem Betonboden.

Niemand war in der vorderen Hälfte des großen Raumes. Keiner der Vorratsschränke hatte ein Fach, das groß genug war, daß sich ein Mann darin verstecken konnte.

Mit dem .38er in der Hand ging er um das Auto herum, sah ins Innere, ließ sich sogar auf die knackenden Knie nieder, um darunter zu schauen. Dort versteckte sich niemand.

Das riesige Außentor der Garage war von innen verriegelt. Das galt auch für das einzige Fenster, das ohnehin so klein war, daß niemand, der älter als fünf war, hätte durchklettern können.

Er fragte sich, ob das Geräusch vom Dach gekommen war. Ein, zwei Minuten stand er neben dem Auto, starrte zu den Dachsparren hinauf und wartete, daß das Klopfen wiederkäme. Nichts. Nur Regen, Regen, Regen, ein unaufhörliches Trommeln.

Ricky kam sich töricht vor, ging ins Haus zurück und schloß die Verbindungstür. Er nahm den Revolver mit in die Küche und legte ihn auf den eingebauten Sekretär neben das Telefon.

Die Flammen sowohl unter den Nudeln als auch unter der Sauce waren ausgegangen. Einen Augenblick glaubte er, daß die Gasversorgung unterbrochen sei, doch dann sah er, daß die Knöpfe bei beiden Flammen auf Aus standen.

Er wußte, sie waren angewesen, als er aus der Küche gegangen war. Er drehte sie wieder an und mit einem *Wusch* erwachten die blauen Flammen unter den Töpfen zu neuem Leben. Nachdem er sie richtig eingestellt hatte, starrte er sie eine Weile an; diese Flammen gingen nicht von alleine aus.

Jemand spielte ein Spielchen mit ihm.

Er ging zum Sekretär zurück, nahm die Waffe und erwog, das Haus noch einmal zu durchsuchen. Doch er hatte bereits jeden Zentimeter inspiziert und war sich sicher, daß er allein war.

Nach kurzem Zögern machte er sich noch einmal auf die Suche – mit demselben Ergebnis wie beim ersten Mal.

Als er in die Küche zurückkam, hatte niemand das Gas ausgedreht. Die Sauce kochte so heftig, daß sie bereits am Boden des Topfes zu kleben anfing. Er legte den Revolver beiseite. Mit einer großen Gabel spießte er eine der Rigatoni auf, pustete, um sie abzukühlen und probierte. Sie waren ein bißchen zu lange gekocht, aber okay.

Er schüttete die Nudeln in ein Sieb im Ausguß, schüttelte das Sieb, kippte die Nudeln auf einen Teller und goß Sauce darüber.

Jemand spielte ein Spielchen mit ihm.

Aber wer?

8.

Der Regen tropfte durch die dichten Oleandersträucher, traf auf die Schichten von Plastikmüllsäcken, die Sammy über die Kiste drapiert hatte, und lief von dem Plastik auf das unbebaute Grundstück und die Gasse. Unter den Lumpen, die ihm als Bettzeug dienten, war der Boden der Kiste ebenfalls mit Plastik ausgelegt, so daß sein bescheidenes Heim relativ trocken war.

Doch selbst wenn er bis zur Taille im Wasser gesessen wäre, hätte Sammy Shamroe das möglicherweise gar nicht gemerkt, denn er hatte bereits eine Zweiliterflasche Wein getrunken und eine zweite angefangen. Er spürte keinen Schmerz – oder zumindest redete er sich das ein.

Es ging ihm sogar ganz gut. Der billige Wein wärmte ihn, reinigte ihn vorübergehend von Selbsthaß und Reue und bewirkte eine Annäherung an gewisse unschuldige Gefühle und naive Erwartungen aus der Kindheit. Zwei dicke Kerzen mit Heidelbeeraroma, die er irgendwo aus dem Müll gerettet und jetzt auf einer Pastetenform befestigt hatte, erfüllten sein Refugium mit einem angenehmen Duft und einem sanften Licht, das so behaglich war wie das einer alten Tiffany-Lampe. Die engen Wände der Kiste hatten eher eine tröstende als eine beklemmende Wirkung. Das endlose Plätschern des Regens war einlullend. Bis auf die Kerzen war es vielleicht im Mutterleib so ähnlich gewesen: behaglich warm untergebracht, schwerelos im Fruchtwasser schwebend, vom sanften Plätschern des Bluts der Mutter umgeben, das durch ihre Venen und Arterien rauschte, nicht nur sorglos hinsichtlich der Zukunft, sondern sich ihrer gar nicht bewußt.

Selbst als der Rattenmann die Decke beiseite schob, die ihm als Tür über der einzigen Öffnung der Kiste diente, wurde Sammy nicht aus seiner künstlichen pränatalen Glückseligkeit herausgerissen. Tief im Innern wußte er, daß er in Schwierigkeiten war, aber er war viel zu hinüber, um Angst zu haben.

Die Kiste war knapp zwei Meter fünfzig mal zwei Meter groß, also so groß wie viele begehbare Einbauschränke. Trotz seiner bärenhaften Figur hätte sich der Rattenmann immer noch gegenüber von Sammy reinquetschen können, ohne die Kerzen umzuwerfen, doch er blieb im Eingang hocken und hielt die Decke mit einem Arm zurück.

Seine Augen waren anders als sonst. Glänzend schwarz. Ohne jegliches Weiß. Gelbe Pupillen, so groß wie Stecknadelköpfe, leuchteten in der Mitte. Wie entfernte Scheinwerfer auf dem nächtlichen Highway zur Hölle.

»Wie geht's dir, Sammy?« fragte der Rattenmann in ungewöhnlich besorgtem Tonfall. »Du kommst gut klar, hmmmmm?«

Obwohl das Übermaß an Wein Sammy Shamroes Überlebensinstinkt so betäubt hatte, daß die Angst nicht mehr an ihn rankam, wußte er, daß er Angst haben *sollte*. Deshalb blieb er regungslos und aufmerksam, wie er es wahrscheinlich auch getan hätte, wenn eine Klapperschlange in seine Kiste geglitten wäre und den einzigen Ausgang versperrt hätte.

Der Rattenmann sagte: »Wollte dir nur sagen, daß ich eine Weile nicht vorbeikomme. Hab' neue Arbeit. Hab' mich übernommen. Muß mich zuerst um dringendere Dinge kümmern. Wenn das vorbei ist, werd' ich erschöpft sein, einen ganzen Tag schlafen, rund um die Uhr.«

Daß er im Augenblick keine Angst hatte, bedeutete allerdings nicht, daß Sammy mutig geworden war. Er wagte nicht zu sprechen.

»Wußtest du, wie sehr mich das anstrengt, Sammy? Nein? Die Herde ausdünnen, die Lahmen und Kranken beseitigen – das ist kein Kinderspiel, das kann ich dir sagen.«

Als der Rattenmann lächelnd den Kopf schüttelte, wurden glänzende Perlen von Regenwasser aus seinem Bart geschleudert, die Sammy naß spritzten.

Selbst in der tröstenden Geborgenheit seines Weinnebels war Sammy noch genügend Klarheit geblieben, daß er sich über die plötzliche Geschwätzigkeit des Rattenmannes wunderte. Doch so erstaunlich wie der Monolog des riesigen Mannes auch war, hatte er ihn auf seltsame Weise an etwas erinnert, das er schon mal gehört hatte, vor langer Zeit an einem anderen Ort, auch wenn er nicht wußte, wo, wann oder von wem. Es waren nicht die rauhe Stimme oder die Worte an sich, die Sammy an den Rand eines Déjà-vu-Erlebnisses brachte, sondern die Art, wie der Rattenmann seine Erklärungen vorbrachte, sein unheimlicher Ernst und sein Tonfall.

»Mit Ungeziefer wie dir zu tun zu haben«, sagte der Rattenmann, »ist anstrengend. Glaub mir. Das zehrt an den Kräften. Es wäre so viel einfacher, wenn ich jeden von euch gleich bei der ersten Begegnung erledigen könnte, euch auf der Stelle in Flammen aufgehen lassen oder eure Köpfe zum Platzen bringen könnte. Wäre das nicht schön?«

Nein. Farbenprächtig, aufregend und interessant bestimmt, aber nicht schön, dachte Sammy, obwohl seine Angst immer noch ruhte.

»Doch um mein Schicksal zu erfüllen«, sagte der Rattenmann, »um das zu werden, was ich werden soll, muß ich euch meinen Zorn zeigen, euch zittern lassen und vor mir erniedrigen, damit ihr den Sinn eurer Verdammnis versteht.«

Sammy fiel ein, wo er so etwas schon mal gehört hatte. Von einem anderen Stadtstreicher. Vielleicht vor achtzehn Monaten oder zwei Jahren oben in Los Angeles. Ein Typ namens Mike, der hatte einen Messiaskomplex, glaubte, er wäre von Gott erwählt, die Menschheit für ihre Sünden zahlen zu lassen, war schließlich von dieser Vorstellung völlig besessen und stach drei oder vier Leute nieder, die vor einem Programmkino anstanden, das eine vom Regisseur überarbeitete Neufassung von *Bill and Ted's Excellent Adventure* zeigte, mit zwanzig Minuten Filmmaterial, das in der ursprünglichen Fassung fehlte.

»Weißt du, was ich dabei bin zu werden, Sammy?«

Sammy umklammerte nur seine ihm verbliebene Zweiliterflasche.

»Ich werde der neue Gott werden«, sagte der Rattenmann. »Wir brauchen dringend einen neuen Gott. Ich bin erwählt worden. Der alte Gott war zu gütig. Die Dinge sind außer Kontrolle geraten. Es ist meine Pflicht zu Werden, und wenn ich Geworden bin, strenger zu regieren.«

Im Kerzenlicht glitzerten die verbliebenen Regentropfen an Haaren, Augenbrauen und Bart des Rattenmannes, als ob ein bedauerlich irregeleiteter Künstler ihn wie ein Fabergé-Ei mit Juwelen geschmückt hätte.

»Wenn ich diese dringenderen Strafen verhängt und Gelegenheit gehabt habe, mich auszuruhen, komme ich zu dir zurück«, versprach der Rattenmann. »Ich wollte nur nicht, daß du glaubst, du seist vergessen worden. Möchte nicht, daß du dich vernachlässigt und unverstanden fühlst. Armer, armer Sammy. Ich werde dich nicht vergessen. Das ist nicht nur ein Versprechen – es ist ein heiliges Wort des neuen Gottes.«

Dann vollbrachte der Rattenmann ein übles Wunder, um sicherzustellen, daß *er* nicht vergessen würde, selbst nicht in dem tausend Faden tiefen Vergessen eines Meeres von Wein. Er blinzelte, und als seine Lider wieder hochschnellten, waren seine Augen nicht mehr schwarz wie Ebenholz und gelb, waren überhaupt keine Augen mehr, sondern Knäuel fetter, weißer Würmer, die sich in seinen Augenhöhlen wanden. Als er den Mund öffnete, waren aus seinen Zähnen rasiermesserscharfe Fänge geworden, von denen Gift tropfte. Eine glänzend schwarze Zunge flatterte wie die Zunge einer Beute aufspürenden Schlange, und er verströmte einen Atem, der stark nach verwestem Fleisch stank. Sein Kopf und sein Körper schwollen an, platzten, aber zerfielen diesmal nicht in eine Horde Ratten. Statt dessen wurde der Rattenmann samt seinen Kleidern in Zehntausende schwarzer Fliegen verwandelt, die bösartig brummend durch die Kiste schwärmten und gegen Sammys Gesicht stießen. Das laute Surren ihrer Flügel übertönte selbst das monotone Geräusch des strömenden Regens, und dann –

Sie waren weg.

Verschwunden.

Die Decke hing naß und schwer vor der Öffnung der Kiste.

Kerzenlicht flackerte und bebte über die hölzernen Wände.

Es roch nach mit Heidelbeeraroma parfümiertem Wachs.

Sammy nahm glucksend ein paar kräftige Schluck Wein direkt aus der Flasche, statt ihn zuerst in das schmutzige Marmeladenglas zu schütten, das er bisher benutzt hatte. Ein bißchen lief über sein mit Bartstoppeln übersätes Kinn, doch das war ihm egal.

Er wollte einfach nur benommen bleiben. Distanz wahren. Wenn die Angst in den letzten paar Minuten an ihn rangekommen wäre, hätte er sich zweifellos in die Hose gemacht.

Er fand es außerdem wichtig, Distanz zu wahren, um weniger emotional über das nachdenken zu können, was der Rattenmann gesagt hatte. Bisher hatte das Wesen wenig gesprochen und nie etwas über seine Motive oder Absichten preisgegeben. Jetzt ließ es all dieses Geplapper vom Stapel von wegen die Herde ausdünnen, Strafe und Gottheit.

Es war nützlich zu wissen, daß das Hirn des Rattenmannes das gleiche verrückte Zeug enthielt, mit dem auch der Kopf des alten Mike, der die Kinobesucher erstochen hatte, vollgestopft gewesen war. Ungeachtet seiner Fähigkeit, aus dem Nichts aufzutauchen und sich in Luft aufzulösen, trotz seiner unmenschlichen Augen und der Fähigkeit, die Gestalt zu verändern, schien er durch dieses Gottesgeschwätz kaum etwas wesentlich anderes zu sein als einer der zahllosen Erben von Charles Manson und Richard Ramirez, die in der Welt herumzogen, auf innere Stimmen hörten, aus Spaß töteten und Kühlschränke mit den abgetrennten Köpfen ihrer Opfer füllten. Wenn er im Grunde wie diese anderen Verrückten war, dann war er trotz seiner besonderen Fähigkeiten genauso verwundbar wie sie.

Selbst durch den Weinnebel hindurch erkannte Sammy, daß diese neue Einsicht ein nützliches Werkzeug zum Überleben sein könnte. Das Problem war nur, er war nie gut im Überleben gewesen.

Vom Nachdenken über den Rattenmann tat ihm der Kopf weh, doch die bloße Aussicht darauf, zu *überleben*, löste bei ihm schon eine Migräne aus. Wer wollte denn überleben? Und warum? Der Tod würde nur später kommen, wenn nicht früher. Jedes Überleben war nur ein kurzfristiger Triumph. Das Ende hieß für alle Vergessen. Und in der Zwischenzeit nichts als Schmerz. Für Sammy schien das eigentlich Schreckliche an dem Rattenmann nicht, daß er Menschen tötete, sondern daß es ihm offenbar Spaß machte, sie vorher leiden zu lassen, daß er die Panik ankurbelte, den Schmerz vermehrte und seinen Opfern nicht den Gefallen tat, sie prompt aus der Welt zu entfernen.

Sammy hielt die Flasche schräg und goß Wein in das Marmeladenglas, das zwischen seinen gespreizten Beinen auf dem Boden stand. Er hob das Glas an die Lippen. In der schimmernden, rubinroten Flüssigkeit suchte er eine glanzlose, friedliche, vollkommene Dunkelheit.

9.

Mickey Chan saß allein in einer der hinteren Nischen und konzentrierte sich auf seine Suppe.

Connie sah ihn, sobald sie das kleine chinesische Restaurant in Newport Beach betrat. Zwischen schwarzlackierten Stühlen und Tischen mit silbergrauen Tischdecken ging sie auf ihn zu. Ein rot und golden bemalter Drache wand sich in Schlangenlinien um die Lampenhalterungen an der Decke.

Falls Mickey sie kommen sah, tat er jedenfalls so, als ob er sie nicht bemerkte. Er schlürfte Suppe aus dem Löffel, dann füllte er ihn wieder, ohne den Blick vom Inhalt der Schale zu heben.

Er war klein, aber drahtig, Ende Vierzig und hatte kurz geschorene Haare. Seine Haut hatte die Farbe von antikem Pergament.

Obwohl er seine weißen Klienten in dem Glauben ließ, er sei Chinese, war er in Wirklichkeit ein vietnamesischer Flüchtling, der nach der Eroberung Saigons in die Staaten gekommen war. Gerüchten zufolge war er in Saigon Detective bei der Mordkommission gewesen oder Beamter bei der South Vietnamese Internal Security Agency, was wahrscheinlich stimmte.

Einige behaupteten, er sei als wahrer Schrecken im Verhörzimmer bekannt gewesen, ein Mann, dem jedes Mittel und jede Technik recht war, um den Willen eines mutmaßlichen Kriminellen oder Kommunisten zu brechen, doch Connie bezweifelte diese Geschichten. Sie mochte Mickey. Er war zwar knallhart, aber er hatte auch den Ausdruck eines Mannes an sich, der große Verluste erfahren hatte und zu tiefem Mitgefühl fähig war.

Als sie zu seinem Tisch kam, sagte er, ohne seine Aufmerksamkeit von der Suppe abzuwenden: »Guten Abend, Connie.«

Sie rutschte auf die andere Seite der Nische. »Du bist auf diese Schale fixiert, als ob darin der Sinn des Lebens wäre.«

»Das ist er«, sagte er, immer noch löffelnd.

»Tatsächlich? Sieht für mich wie Suppe aus.«

»Man kann den Sinn des Lebens in einer Schale Suppe finden. Suppe beginnt immer mit einer Art Brühe, die dem sanften Strom der Tage gleicht, der unser Leben ausmacht.«

»Brühe?«

»Manchmal sind Nudeln in der Brühe, manchmal Gemüse, Eiweißstückchen, Hühner- oder Shrimpsfleisch, Pilze, vielleicht Reis.«

Weil Mickey sie nicht ansah, starrte Connie allmählich fast genauso konzentriert über den Tisch in seine Suppe wie er selbst.

Er sagte: »Manchmal ist sie heiß, manchmal kalt. Manchmal soll sie kalt sein, und dann ist sie trotzdem gut, auch wenn nicht das geringste bißchen Wärme drin ist. Aber wenn sie nicht kalt sein soll, dann wird sie bitter schmecken oder im Magen gerinnen oder beides.«

Seine kräftige, aber leise Stimme hatte eine hypnotische Wirkung. Connie starrte gebannt auf die ruhige Oberfläche der Suppe und nahm alle übrigen Anwesenden im Restaurant nicht mehr wahr.

»Bedenke, bevor die Suppe gegessen wird«, sagte Mickey, »hat sie einen Wert und einen Zweck. Nachdem sie gegessen ist, ist sie für alle wertlos, außer für denjenigen, der sie verzehrt hat. Und was die Erfüllung ihres Zwecks angeht, so hat sie aufgehört zu existieren. Zurück bleibt nur die leere Schale, was entweder Wunsch und Bedürfnis symbolisieren kann – oder die Vorfreude auf weitere Suppen, die die Zukunft bringt.«

Sie wartete darauf, daß er fortfuhr und wandte erst den Blick von seiner Suppe, als ihr klarwurde, daß er jetzt sie anstarrte. Sie erwiderte seinen Blick und sagte: »Das ist es?«

»Ja.«

»Der Sinn des Lebens?«

»Der ganze.«

Sie runzelte die Stirn. »Das kapier' ich nicht.«

Er zuckte mit den Schultern. »Ich auch nicht. Ich erfinde diesen Scheiß so nebenbei.«

Sie blinzelte ihn an. »Du machst was?«

Mickey sagte grinsend: »Nun, das wird doch wohl von einem chinesischen Privatdetektiv erwartet. Markige Sprüche, unergründliche philosophische Bemerkungen, unverständliche Sprichwörter.«

Er war kein Chinese, und sein richtiger Name war auch nicht Mickey Chan. Als er in die USA kam und beschloß, seine Polizeierfahrung nutzbringend einzusetzen und Privatdetektiv zu werden, hatte er das Gefühl gehabt, daß vietnamesische Namen zu exotisch waren, um Vertrauen zu wecken, und für Rundaugen zu schwierig auszusprechen. Außerdem hatte er gewußt, daß er allein mit Klienten vietnamesischer Herkunft nicht viel verdienen würde. Zwei Dinge, die er an Amerika besonders liebte, waren Mickey-Mouse-Comics und Filme mit Charlie Chan, und es erschien ihm sinnvoll, einen anderen Namen anzunehmen. Wegen Disney, Rooney, Mantle und Spillane mochten die Amerikaner Leute, die Mickey hießen, und dank zahlreicher alter Filme war der Name Chan bei vielen im Unterbewußtsein mit genialen Ermittlungsfähigkeiten verbunden. Offenbar hatte Mickey gewußt, was er tat, denn er hatte sich eine gutgehende Agentur mit erstklassigem Ruf aufgebaut und hatte mittlerweile zehn Angestellte.

»Du hast mich reingelegt«, sagte sie und deutete auf die Suppe.

»Da bist du nicht die erste.«

Amüsiert sagte sie: »Wenn ich die richtigen Beziehungen hätte, würde ich ein Gericht dazu veranlassen, deinen Namen in Charlie Mouse zu ändern. Mal sehen, wie das funktionieren würde.«

»Ich bin froh, daß du noch lächeln kannst«, sagte Mickey.

Eine schöne junge Kellnerin mit pechschwarzen Haaren und mandelförmigen Augen kam an den Tisch und fragte, ob Connie etwas zu essen bestellen wollte.

»Nur eine Flasche Tsingtao, bitte«, sagte Connie. Und zu Mickey: »Mir ist nicht besonders nach Lächeln zumute, wenn du's genau wissen willst. Du hast mir mit deinem Anruf heute morgen den Tag versaut, das kannst du mir glauben.«

»Dir den Tag versaut? *Ich*?«

»Wer sonst?«

»Vielleicht ein gewisser Herr mit einer Browning und ein paar Handgranaten?«

»Das hast du also schon gehört.«

»Wer nicht? Selbst in Südkalifornien ist das eine Geschichte, die in den Nachrichten vor dem Sport kommt.«

»An einem Tag, an dem nichts los ist, vielleicht.«

Er aß den Rest seiner Suppe.

Die Kellnerin brachte das Bier.

Connie hielt das gekühlte Pilsglas schief, um wenig Schaum zu bekommen, goß das Tsingtao ein, nahm einen Schluck und seufzte.

»Es tut mir leid«, sagte Mickey aufrichtig. »Ich weiß, wie gerne du eine Familie hättest.«

»Ich *hatte* eine Familie«, sagte sie. »Bloß sind alle weg.«

Im Alter von drei bis achtzehn Jahren war Connie in verschiedenen staatlichen Einrichtungen und Heimen aufgewachsen, jedes entsetzlicher als das vorhergehende, was bedeutete, daß sie hart sein und sich wehren mußte. Aufgrund ihrer Persönlichkeit hatten sich keine Adoptiveltern gefunden und deshalb hatte sie auf diesem Weg den Heimen nicht entkommen können. Einige ihrer Charakterzüge, die sie als Stärke ansah, betrachteten andere Leute als Verhaltensprobleme. Von frühester Jugend an war sie eigenwillig gewesen, ernster als ihrem Alter entsprechend, praktisch unfähig, ein Kind zu *sein*. Um sich altersgemäß zu verhalten, hätte sie regelrecht schauspielern müssen, denn sie war eine Erwachsene im Körper eines Kindes gewesen.

Bis vor sieben Monaten hatte sie kaum einen Gedanken daran verschwendet, wer ihre Eltern gewesen sein mochten. Es schien keinen Sinn zu haben, darüber nachzudenken. Aus irgendeinem Grund hatten sie sie als Kind im Stich gelassen, und sie hatte keinerlei Erinnerung an sie.

Dann klemmte an einem sonnigen Sonntagnachmittag, als sie vom Flugplatz in Perris zum Fallschirmspringen gestartet war, ihre Reißleine. Mit der Überzeugung, daß sie tot war, bis auf die tatsächliche Erfahrung des Sterbens, fiel sie tausend Meter auf verteufelt trockenes, braunes Wüstengestrüpp zu. Ihr Fallschirm entfaltete sich im allerletzten Moment, der noch ein

Überleben zuließ. Trotz einer rauhen Landung hatte sie Glück gehabt; sie trug nichts weiter als einen verstauchten Knöchel davon, einige Abschürfungen an der linken Hand, blaue Flecken – und das plötzliche Bedürfnis zu wissen, wo sie herkam.

Alle mußten dieses Leben verlassen, ohne eine Ahnung zu haben, wohin es ging, deshalb schien es wichtig, zumindest etwas über den Anfang zu wissen.

In ihren dienstfreien Stunden hätte sie offizielle Kanäle, Kontakte und Computer benutzen können, um ihre Vergangenheit zu erforschen, doch sie wandte sich lieber an Mickey Chan. Sie wollte nicht, daß ihre Kollegen in die Suche hineingezogen würden, sich für sie bemühten und neugierig wären – für den Fall, daß sie auf etwas stieß, das sie für sich behalten wollte.

Tatsächlich war das, was Mickey Chan herausfand, nachdem er sechs Monate in offiziellen Akten herumgeschnüffelt hatte, nicht besonders schön.

Als er ihr den Bericht in seinem stilvollen Büro mit den französischen Bildern aus dem 19. Jahrhundert und den Biedermeiermöbeln in Fashion Island gab, sagte er: »Ich bin im Nebenraum, ein paar Briefe diktieren. Sag mir, wenn du fertig bist.«

Seine asiatische Zurückhaltung, die Andeutung, daß sie vielleicht gern allein sein wollte, bereiteten sie darauf vor, wie schlimm die Wahrheit war.

Laut Mickeys Bericht hatte ein Gericht ihren Eltern das Sorgerecht für sie abgesprochen, nachdem sie wiederholt schwer körperlich mißhandelt worden war. Als Strafe für nicht weiter bekannte Vergehen – vielleicht auch einfach nur, weil sie lebte – schlugen sie sie, rasierten ihr die Haare ab, verbanden ihr die Augen, fesselten sie und sperrten sie achtzehn Stunden hintereinander in einen Wandschrank, außerdem brachen sie ihr drei Finger.

Als sie der Obhut des Gerichts übergeben wurde, hatte sie noch nicht einmal sprechen gelernt, denn ihre Eltern hatten es ihr nie beigebracht oder ihr überhaupt erlaubt zu reden. Doch das Sprechen war ihr leichtgefallen, als ob sie die Rebellion genoß, die der bloße Akt des Sprechens darstellte.

Allerdings hatte sie nie die Gelegenheit bekommen, ihre Eltern anzuklagen. Die waren nämlich bei einem schweren Frontalzusammenstoß nahe der Grenze zwischen Kalifornien und Arizona ums Leben gekommen, als sie aus dem Staat fliehen wollten, um sich der strafrechtlichen Verfolgung zu entziehen.

Connie las Mickeys ersten Bericht mit grimmiger Faszination, weniger erschüttert über seinen Inhalt, als die meisten Leute gewesen wären, denn sie war lange genug Polizistin und hatte etwas in dieser Art schon oft gelesen – und noch Schlimmeres. Sie hatte nicht das Gefühl, daß der gegen sie gerichtete Haß auf ihre Fehler zurückzuführen war oder darauf, daß sie weniger liebenswert gewesen wäre als andere Kinder. Die Welt war halt manchmal so. Zu oft. Zumindest verstand sie jetzt endlich, warum sie bereits im zarten Alter von drei zu ernst, zu vernünftig für ihr Alter, zu eigenwillig, einfach zu verdammt *hart* gewesen war, um das niedliche, knuddelige Mädchen zu sein, nach dem Adoptiveltern suchten.

Die Mißhandlung mußte schlimmer gewesen sein, als es sich in der nüchternen Sprache des Berichts anhörte. Zum einen duldeten die Gerichte normalerweise eine Menge elterlicher Brutalität, bevor sie eine so drastische Maßnahme ergriffen. Zum anderen hatte sie jegliche Erinnerung daran und auch an ihre Schwester verdrängt, wozu schon eine ziemliche Verzweiflung nötig war.

Die meisten Kinder, die derartige Erfahrungen gemacht hatten, wuchsen wegen der unterdrückten Erinnerungen und des Gefühls der Wertlosigkeit zutiefst verunsichert auf – oder waren sogar völlig gestört. Sie dagegen hatte keine Zweifel an ihrem Wert als menschliches Wesen oder an ihrer Besonderheit als Individuum. Auch wenn sie vielleicht lieber ein freundlicher Mensch gewesen wäre, entspannter, weniger zynisch und öfter bereit zu lachen, mochte sie sich dennoch und war auf ihre Art zufrieden.

Mickeys Bericht hatte aber nicht nur schlechte Nachrichten enthalten. Connie hatte erfahren, daß sie eine Schwester hatte, von der sie nichts wußte. Colleen. Constance Mary und Colleen Marie Gulliver, die erste drei Minuten vor der letzteren geboren. Eineiige Zwillinge. Beide mißbraucht, beide auf Dauer aus der elterlichen Obhut entfernt, dann in unterschiedliche Einrichtungen gebracht, hatten sie von da an völlig ohne Wissen voneinander gelebt.

Als sie an jenem Tag vor einem Monat in dem Besucherstuhl vor Mickeys Schreibtisch gesessen war, war Connie ein Freudenschauer den Rücken heruntergelaufen angesichts der Erkenntnis, daß jemand existierte, zu dem sie eine so einmalig intime Verbindung hatte. Eineiige Zwillinge. Plötzlich verstand sie, warum sie manchmal träumte, zwei Personen auf einmal zu sein und in diesen Schlaffantasien in doppelter Ausführung erschien. Obwohl Mickey damals noch nach Hinweisen auf Colleen suchte, hatte Connie zu hoffen gewagt, daß sie nicht allein war.

Doch nun, wenige Wochen später, war Colleens Schicksal aufgeklärt. Sie war adoptiert worden, in Santa Barbara aufgewachsen – und vor fünf Jahren im Alter von achtundzwanzig gestorben.

Heute morgen, als Connie erfuhr, daß sie ihre Schwester wieder verloren hatte, diesmal für immer, hatte sie einen so starken Schmerz verspürt wie nie zuvor in ihrem Leben.

Sie hatte nicht geweint.

Das tat sie selten.

Statt dessen war sie mit diesem Schmerz umgegangen, wie sie mit allen Enttäuschungen, Rückschlägen und Verlusten umging, sie hatte sich beschäftigt, zwanghaft beschäftigt – und sie war wütend geworden. Armer Harry. Er hatte den ganzen Morgen die volle Wucht ihres Zorns abgekriegt, ohne die geringste Ahnung, worum es ging. Der höfliche, vernünftige, friedliebende und geduldige Harry. Er würde nie erfahren, wie pervers *dankbar* sie für die Chance gewesen war, Jagd auf den mondgesichtigen Scheißkerl James Ordegard machen zu dürfen. Dadurch hatte sie ihren Zorn gegen jemanden richten können, der ihn mehr verdiente, um die durch den Schmerz aufgestaute Energie loszuwerden, die sie durch Tränen nicht abbauen konnte.

Nun trank sie das Tsingtao und sagte: »Heute morgen hast du Fotos erwähnt.«

Der Kellner räumte die leere Suppenschale ab.

Mickey legte einen braunen Briefumschlag auf den Tisch. »Willst du sie dir wirklich angucken?«

»Weshalb sollte ich nicht?«

»Du kannst sie nie kennenlernen. Die Bilder könnten das überdeutlich machen.«

»Ich hab' es bereits akzeptiert.«

Sie öffnete den Umschlag. Acht oder zehn Fotos rutschten heraus.

Die am frühesten aufgenommenen Fotos zeigten Colleen im Alter von fünf oder sechs und die zuletzt entstandenen mit Mitte Zwanzig, was fast so alt war, wie sie überhaupt geworden war. Sie trug andere Sachen als Connie je getragen hatte, hatte eine andere Frisur und war in Wohnzimmern und Küchen, auf Rasen und an Stränden fotografiert, die Connie nie gesehen hatte. Doch in allem Wesentlichen – Größe, Gewicht, Hautton, Gesichtszüge, selbst im Ausdruck und in unbewußten Körperhaltungen – war sie Connies perfektes Double.

Connie hatte das unheimliche Gefühl, daß sie Fotos von sich sah, aber aus einem Leben, an das sie sich nicht erinnern konnte. »Wo hast du die her?« fragte sie Mickey Chan.

»Von den Ladbrooks. Dennis und Lorraine Ladbrook, das Ehepaar, das Colleen adoptiert hat.«

Als Connie die Fotos noch einmal kritisch prüfte, fiel ihr auf, daß Colleen auf allen lächelte oder lachte. Die wenigen Bilder, die von Connie als Kind gemacht worden waren, waren gewöhnlich Gruppenaufnahmen mit einer Menge anderer Kinder, die in verschiedenen Heimen aufgenommen worden waren. Sie hatte kein einziges Foto von sich, auf dem sie lachte.

»Was sind die Ladbrooks für Leute?«

»Geschäftsleute. Sie arbeiten zusammen, ihnen gehört ein Bürobedarfsgeschäft in Santa Barbara. Nette Leute, glaub' ich, ruhig und bescheiden. Sie konnten selbst keine Kinder kriegen und haben Colleen über alles geliebt.«

Neid zog Connies Herz zusammen. Sie hätte die Liebe und die Jahre, die Colleen in normalen Verhältnissen verbracht hatte, gerne für sich gehabt. Unsinnig, eine tote Schwester zu beneiden. Und schändlich. Aber sie konnte es nicht ändern.

Mickey sagte: »Die Ladbrooks sind über ihren Tod nicht hinweggekommen, auch nach fünf Jahren noch nicht. Sie wußten nicht, daß sie ein Zwilling war. Diese Information hatte ihnen das Jugendamt nicht gegeben.«

Connie steckte die Fotos wieder in den braunen Umschlag, weil sie sie nicht länger ansehen konnte. Selbstmitleid war ein Luxus, den sie verabscheute, doch genau dazu entwickelte sich ihr Neid ganz schnell. Ein Gewicht, schwer wie aufgeschichtete Steine, drückte auf ihre Brust. Später, in der Abgeschiedenheit ihres Apartments würde sie vielleicht noch etwas Zeit mit dem netten Lächeln ihrer Schwester verbringen wollen.

Die Kellnerin brachte Moo Goo Gai Pan und Reis für Mickey.

Mickey ignorierte die Stäbchen, die zusammen mit normalem Besteck auf dem Tisch lagen, und nahm seine Gabel. »Connie, die Ladbrooks würden dich gerne kennenlernen.«

»Warum?«

»Wie ich schon sagte, sie wußten nicht, daß Colleen eine Zwillingsschwester hatte.«

»Ich weiß nicht, ob das eine gute Idee ist. Ich kann ihnen Colleen nicht ersetzen. Ich bin jemand anderes.«

»Ich glaube nicht, daß es so sein würde.«

Nachdem sie einen Schluck Bier getrunken hatte, sagte sie: »Ich werd' darüber nachdenken.«

Mickey fiel über sein Moo Goo Gai Pan her, als ob noch nie etwas Köstlicheres aus einer Küche der westlichen Hemisphäre gekommen wäre.

Vom Anblick und Geruch des Essens wurde Connie fast schlecht. Sie wußte, das lag nicht an dem Essen, sondern an ihr. Es gab mehr als einen Grund dafür, daß ihr übel war. Sie hatte einen harten Tag hinter sich.

Endlich stellte sie die noch anstehende schreckliche Frage. »Woran ist Colleen gestorben?«

Mickey betrachtete sie eine Zeitlang, bevor er antwortete. »Das wollte ich dir heute morgen schon sagen.«

»Aber da wollte ich es wohl noch nicht hören, nehm ich an.«

»Bei der Geburt eines Kindes.«

Connie war auf alle dummen und sinnlosen Arten gefaßt gewesen, auf die eine attraktive 28jährige Frau in diesen finsteren letzten Jahren des Jahrtausends plötzlich ums Leben kommen konnte. Doch damit hatte sie nicht gerechnet, und es versetzte ihr einen Schlag.

»Sie war also verheiratet.«

Mickey schüttelte den Kopf. »Nein. Unverheiratete Mutter. Ich kenne die Umstände nicht, weiß auch nicht, wer der Vater ist, doch das scheint für die Ladbrooks kein wunder Punkt zu sein, nichts, was die Erinnerung an sie beschmutzen würde. Sie war in ihren Augen eine Heilige.«

»Was ist mit dem Baby?«

»Ein Mädchen.«

»Es lebt?«

»Ja«, sagte Mickey. Er legte seine Gabel hin, trank einen Schluck Wasser und tupfte sich den Mund mit einer roten Serviette ab. Dabei beobachtete er Connie die ganze Zeit. »Sie heißt Eleanor. Eleanor Ladbrook. Sie nennen sie Ellie.«

»Ellie«, sagte Connie wie betäubt.

»Sie sieht dir sehr ähnlich.«

»Warum hast du mir das nicht heute morgen gesagt?«

»Du hast mir ja keine Chance gegeben. Hast einfach aufgelegt.«

»Hab' ich nicht.«

»Aber so gut wie. Sehr kurz angebunden warst du. Erzähl mir den Rest heut abend, hast du gesagt.«

»Tut mir leid. Als ich hörte, Colleen sei tot, dachte ich, es ist alles aus.«

»Jetzt hast du eine Familie. Du bist Tante.«

Sie akzeptierte, daß Ellie wirklich existierte, aber sie konnte sich noch kein Bild davon machen, was Ellie für ihr eigenes Leben bedeuten könnte, für ihre Zukunft. Nachdem sie so lange allein gewesen war, konnte sie kaum fassen, daß es tatsächlich noch jemand von ihrem Fleisch und Blut in dieser weiten, chaotischen Welt gab.

»Irgendwo Verwandte zu haben, auch wenn es nur eine ist, muß einen Unterschied machen«, sagte Mickey.

Sie vermutete, daß es einen gewaltigen Unterschied machte. Ironischerweise wäre sie an diesem Tag fast umgebracht worden, bevor sie erfuhr, daß sie einen sehr wichtigen neuen Grund hatte zu leben.

Mickey legte einen weiteren braunen Umschlag auf den Tisch und sagte: »Der Abschlußbericht. Adressen und Telefonnummer der Ladbrooks sind drin, falls du zu dem Schluß kommst, daß du sie brauchst.«

»Danke, Mickey.«

»Und die Rechnung. Die ist auch drin.«

Sie lächelte. »Trotzdem danke.«

Während Connie aus der Nische rutschte und aufstand, sagte Mickey: »Das Leben ist seltsam. So viele Verbindungen zu anderen Menschen, von denen wir noch nicht mal was wissen, unsichtbare Fäden, die uns mit manchen verbinden, die wir seit langem vergessen haben, und manchen, die wir jahrelang nicht sehen werden – wenn überhaupt.«

»Yeah. Seltsam.«

»Noch was, Connie.«

»Was denn?«

»Es gibt ein chinesisches Sprichwort, das lautet ... ›Das Leben kann manchmal bitter sein wie Drachentränen –‹«

»Ist das noch was von deinem Scheiß?«

»O nein. Das ist ein echtes Sprichwort.« Wie er dort saß, ein kleiner Mann in einer großen Nische, dessen freundliches Gesicht mit den von Lachfalten umgebenen Augen gute Laune ausstrahlte, wirkte Mickey Chan wie ein dünner Buddha. »Aber das ist nur ein Teil des Sprichworts – der Teil, den du bereits verstehst. Das Ganze lautet ... ›Das Leben kann manchmal bitter sein wie Drachentränen. Doch ob Drachentränen bitter oder süß sind, hängt ganz davon ab, wie jeder Mensch den Geschmack wahrnimmt.‹«

»Mit anderen Worten, das Leben ist hart, sogar grausam – aber es kommt drauf an, was du daraus machst.«

Mickey faltete seine schmalen Hände, die Finger eng zusammen und nicht verschränkt, also in orientalischer Gebetshaltung, und verneigte sich mit gespielter Feierlichkeit in ihre Richtung. »Vielleicht wird die Weisheit doch noch irgendwann in deinen dicken Yankee-Schädel eindringen.«

»Alles ist möglich«, räumte sie ein.

Sie nahm die beiden braunen Umschläge mit. Das auf Zelluloid gebannte Lächeln ihrer Schwester. Die Aussicht auf ihre Nichte.

Es regnete immer noch mit solcher Heftigkeit, daß sie sich fragte, ob irgendwo auf der Welt ein neuer Noah zugange wäre und gerade in diesem Augenblick Tiere in Paaren eine Gangway hinauftrieb.

Das Restaurant befand sich in einer Geschäftszeile eines neuen Einkaufszentrums, und eine breite Überdachung sorgte dafür, daß der Fußgängerweg trocken blieb. Ein Mann stand links neben der Tür. Bei flüchtigem Hinsehen hatte Connie den Eindruck, daß er groß und stämmig war, doch sie sah ihn nicht wirklich an, bis er sie ansprach.

»Haben Sie eine milde Gabe für einen armen Mann, bitte? Mitleid mit einem armen Mann, Lady.«

Sie wollte gerade vom Bordstein heruntertreten, den Schutz der Überdachung verlassen, doch seine Stimme ließ sie innehalten. So leise, sanft und sogar melodisch wie sie war, schien sie in einem ungeheuren Mißverhältnis zur Größe der Person zu stehen, die sie aus den Augenwinkeln gesehen hatte.

Als sie sich umwandte, war sie über die furchterregende Häßlichkeit des Mannes erstaunt und fragte sich, wie er sich auch nur einen mageren Lebensunterhalt als Bettler verdienen könnte. Seine ungewöhnliche Größe, das verknotete Haar und der ungepflegte Bart gaben ihm den wahnwitzigen Ausdruck eines Rasputin, obwohl der verrückte russische Priester im Vergleich zu ihm ein hübscher Junge gewesen sein mußte. Furchtbare Narben entstellten sein Gesicht, und seine Hakennase war ganz dunkel von geplatzten Blutgefäßen. Seine Lippen waren mit nässenden Blasen übersät. Ein Blick auf seine kranken Zähne und sein Zahnfleisch erinnerte sie an eine Leiche, die sie einmal gesehen hatte, nachdem sie neun Jahre nach der Beerdigung für toxische Untersuchungen exhumiert worden war. Und die Augen. Grauer Star. Dicke, milchige Membranen. Sie konnte darunter kaum die dunklen Ränder der Iris sehen. Sein Aussehen war so bedrohlich, daß Connie sich vorstellte, daß die meisten Menschen, wenn sie von ihm angebettelt wurden, sich eher abwandten und flohen, anstatt auf ihn zuzugehen, um ihm Geld in die ausgestreckte Hand zu drücken.

»Mitleid mit einem armen Mann? Mitleid mit einem Blinden? Eine milde Gabe für einen, der weniger Glück gehabt hat als sie?«

Die Stimme war an sich schon ungewöhnlich, aber noch viel mehr, wenn man bedachte, wo sie herkam. Klar und melodisch, als ob sie das Instrument eines geborenen Sängers wäre, der jedes Lied lieblich singen konnte. Es konnte nur diese Stimme sein, die es ihm trotz seines Aussehens ermöglichte, als Bettler zu leben.

Normalerweise hätte ihm Connie trotz seiner Stimme gesagt, er solle die Fliege machen – wenn auch nicht so höflich. Manche Bettler werden ohne eigenes Verschulden heimatlos, und da sie selbst als Kind in staatlichen Einrichtungen eine Art Heimatlosigkeit erfahren hatte, hatte sie Mitleid mit den wirklichen Opfern. Doch durch ihren Job hatte sie täglich Kontakt mit zu vielen Obdachlosen, um sie als Gruppe romantisieren zu können; nach ihrer Erfahrung waren viele von ihnen schwer gestört und gehörten in ihrem eigenen Interesse in die psychiatrischen Einrichtungen, aus denen Weltverbesserer sie wieder in die Gesellschaft eingegliedert hatten, während andere durch Alkohol, Drogen oder Spielen ihr Elend selbst herbeigeführt hatten.

Sie vermutete, daß in *jeder* Gesellschaftsschicht, vom Herrenhaus bis zur Gosse, die wahrhaft Unschuldigen eine klare Minderheit waren.

Aus irgendeinem Grund jedoch, obwohl dieser Kerl aussah, als hätte er jede erdenkliche falsche Entscheidung getroffen und jeden selbstzerstörerischen Weg, der sich ihm bot, gewählt, fischte sie in ihren Jackentaschen, bis sie ein paar 25-Cent-Stücke und einen Zehn-Dollar-Schein fand, der vom Alter schon ganz weich geworden war. Zu ihrer größeren Überraschung behielt sie die 25-Cent-Stücke und gab ihm die zehn Dollar.

»Gott segne Sie, Lady. Gott segne Sie und schütze Sie und lasse sein Angesicht über Ihnen leuchten.«

Über sich selbst verwundert, wandte sie sich von ihm ab. Sie lief in den Regen hinaus zu ihrem Auto.

Im Laufen fragte sie sich, was in sie gefahren war. Doch das war nicht so schwer zu erraten. Sie hatte im Laufe des Tages mehr als ein Geschenk erhalten. Ihr Leben war bei der Jagd auf Ordegard verschont geblieben. Und sie hatten den Scheißkerl erwischt. Und dann war da noch die fünfjährige Eleanor Ladbrook. Ellie. Eine Nichte. Connie konnte sich nicht an viele so gute Tage erinnern, und sie nahm an, ihr eigenes Glück habe sie dazu bewogen, etwas zurückzugeben, als sich die Gelegenheit ergab.

Ihr Leben, ein Lump weniger und ein neues Ziel für ihre Zukunft – kein schlechter Tausch für zehn Dollar.

Sie stieg ins Auto und knallte die Tür zu. Sie hatte den Schlüssel bereits in der rechten Hand. Sie ließ den Motor an und gab im Leerlauf Gas, weil er ein bißchen stotterte, als ob er sich über das Wetter beschweren wollte.

Plötzlich merkte sie, daß ihre linke Hand fest zu einer Faust geballt war. Sie war sich nicht bewußt, daß sie eine Faust gemacht hatte. Es war, als ob ihre Hand sich in einem blitzschnellen Krampf geschlossen hätte.

Es war etwas in ihrer Hand.

Sie löste ihre Finger, um zu sehen, was sie da umklammert hielt.

Die Parkplatzlampen warfen genügend Licht durch die regennasse Windschutzscheibe, daß sie den verknitterten Gegenstand sehen konnte.

Ein Zehn-Dollar-Schein. Vom Alter schon ganz weich geworden.

Sie starrte ihn verwirrt an, dann mit wachsender Ungläubigkeit. Es mußten dieselben zehn Dollar sein, die sie ihrer Meinung nach dem Bettler gegeben hatte.

Aber sie *hatte* dem Landstreicher das Geld gegeben, hatte gesehen, wie sich seine schmutzige Pranke darum schloß, während er brabbelnd seine Dankbarkeit zum Ausdruck brachte.

Verwirrt blickte sie durch das Seitenfenster des Autos zu dem chinesischen Restaurant. Der Bettler war nicht mehr da.

Sie ließ ihre Augen den gesamten Bürgersteig entlangwandern. Er war nirgendwo vor der Geschäftszeile zu sehen.

Sie starrte auf den zerknitterten Geldschein.

Nach und nach schwand ihre gute Laune. Sie wurde von Furcht ergriffen.

Sie hatte keine Ahnung, weshalb sie Angst haben sollte. Trotzdem hatte sie welche. Polizisteninstinkt.

10.

Harry brauchte länger, als er erwartet hatte, um vom Special Projects nach Hause zu kommen. Der Verkehr bewegte sich träge und staute sich häufig an überfüllten Kreuzungen.

Er verlor noch mehr Zeit, als er bei einem 7-Eleven-Supermarkt anhielt, um ein paar Dinge zu kaufen, die er zum Abendessen brauchte. Ein Brot. Senf.

Jedesmal wenn er in einen Lebensmittelladen ging, dachte Harry daran, wie Ricky Estefan an jenem Tag einen Liter Milch hatte holen wollen – und sich statt dessen eine radikale Veränderung seines Lebens eingehandelt hatte. Doch in dem 7-Eleven passierte nichts, außer daß er die Geschichte von dem Baby und der Geburtstagsparty hörte.

Ein kleiner Fernseher an der Kasse diente zur Unterhaltung des Verkäufers, wenn nicht viel los war, und als Harry seine Einkäufe bezahlte, liefen gerade Nachrichten. In Chicago wurde eine junge Mutter beschuldigt, ihr Baby umgebracht zu haben. Verwandte hatten eine große Geburtstagsparty für die Frau organisiert, doch als der Babysitter nicht auftauchte, sah es so aus, als ob sie nicht dorthin gehen und sich amüsieren könnte. Also warf sie ihren zwei Monate alten Säugling einfach in den Müllschlucker ihres Apartments, ging zur Party und tanzte wie verrückt. Ihr Anwalt hatte bereits gesagt, er würde ihre Verteidigung auf einer postnatalen Depression aufbauen.

Ein weiteres Beispiel für Connies Sammlung von Greueltaten und Ungeheuerlichkeiten.

Der Verkäufer war ein schlanker junger Mann mit dunklen, traurigen Augen. In einem Englisch mit iranischem Akzent sagte er: »Was ist aus diesem Land geworden?«

»Das frage ich mich auch manchmal«, sagte Harry. »Allerdings läßt man in Ihrem früheren Land die Verrückten nicht nur frei herumlaufen, man läßt sie sogar an die Macht.«

»Das stimmt«, sagte der Verkäufer. »Aber hier manchmal auch.«

»Das kann ich nicht bestreiten.«

Als er mit dem Brot und dem Senf in einer Plastiktüte den Laden gerade durch eine der beiden Glastüren verlassen wollte, merkte Harry plötzlich, daß er eine gefaltete Zeitung unter dem rechten Arm hatte. Er blieb in der halboffenen Tür stehen, zog die Zeitung unter seinem Arm hervor und starrte verständnislos darauf. Er war sicher, daß er sich keine Zeitung genommen hatte, geschweige denn eine zusammengefaltet und sich unter den Arm geklemmt hatte.

Er ging zur Kasse zurück. Als er die Zeitung auf die Theke legte, klappte sie auf.

»Hab ich die bezahlt?« fragte Harry.

Verblüfft sagte der Verkäufer: »Nein, Sir. Ich habe noch nicht mal gesehen, daß sie sie genommen haben.«

»Ich kann mich auch nicht *erinnern*, sie genommen zu haben.«

»Wollten Sie sie denn?»

»Eigentlich nicht.«

Dann bemerkte er die Schlagzeile oben auf der ersten Seite: SCHIESSEREI IN EINEM RESTAURANT IN LAGUNA BEACH. Dann die Unterzeile: ZWEI TOTE, ZEHN VERWUNDETE. Es war die Spätausgabe mit dem ersten Bericht über Ordegards Amoklauf.

»Augenblick«, sagte Harry. »Ja, doch. Ich glaub', ich nehme sie.«

Wenn einer seiner Fälle in die Schlagzeilen kam, fand Harry sich normalerweise nicht in der Zeitung erwähnt. Er war Polizist, keine berühmte Persönlichkeit.

Er gab dem Verkäufer ein 25-Cent-Stück und nahm die Abendausgabe.

Er verstand immer noch nicht, wie die Zeitung gefaltet unter seinen Arm gekommen war. Ein Blackout? Oder etwas Seltsameres, was in unmittelbarem Zusammenhang mit den übrigen unerklärlichen Ereignissen des Tages stand?

Als Harry die Eingangstür öffnete und triefend in die Diele seiner Eigentumswohnung trat, kam ihm sein Heim so einladend vor wie noch nie. Es war ein sauberer und aufgeräumter Zufluchtsort, in den das Chaos der Außenwelt nicht eindringen konnte.

Er zog seine Schuhe aus. Sie waren völlig durchnäßt, wahrscheinlich ruiniert. Er hätte Überschuhe tragen sollen, doch der Wetterbericht hatte keinen Regen vor Einbruch der Dunkelheit angekündigt.

Seine Strümpfe waren ebenfalls naß, doch er behielt sie an. Er würde den Fliesenboden in der Diele aufwischen, nachdem er sich saubere und trockene Sachen angezogen hatte.

Er ging in die Küche, um das Brot und den Senf auf die Anrichte neben das Schneidebrett zu legen. Später würde er sich Sandwiches mit kaltem, gedünstetem Hühnchen machen. Er hatte einen Mordshunger.

Die Küche blitzte vor Sauberkeit. Er war so froh, daß er sich die Zeit genommen hatte, die Reste vom Frühstück aufzuräumen, bevor er zur Arbeit ging. Der Anblick hätte ihn jetzt deprimiert.

Von der Küche ging er mit der Abendzeitung in der Hand durch das Eßzimmer, den kurzen Flur entlang zum Schlafzimmer. Als er die Schwelle überquerte, knipste er das Licht an – und entdeckte den Penner auf seinem Bett.

Alice ist nie in ein tieferes Kaninchenloch gefallen als das, in das Harry beim Anblick des Landstreichers sank.

Der Mann wirkte sogar noch größer als im Freien oder von weitem auf dem Gang im Special Projects. Schmutziger. Abscheulicher. Auch hatte er nicht das Transparente einer Erscheinung; mit seinen verfilzten Haarmassen, den Schichten von Schmutz und dem Gewirr von Narben, mit seinen dunklen Klamotten, die so verknittert und zerlumpt waren, daß sie an die Bestattungstücher einer uralten ägyptischen Mumie erinnerten, war er sogar wirklicher als der Raum selbst, wie eine von einem Photorealisten bis ins kleinste Detail gemalte Figur, die in die Strichzeichnung eines Minimalisten von einem Zimmer eingefügt worden ist.

Die Augen des Landstreichers öffneten sich. Wie Tümpel von Blut.

Er setzte sich auf und sagte: »Du glaubst, du bist etwas Besonderes. Aber du bist auch nur ein Tier, ein wandelndes Stück Fleisch wie alle anderen.«

Harry ließ die Zeitung fallen, zog den Revolver aus seinem Schulterholster und sagte: »Keine Bewegung.«

Der Eindringling ignorierte die Warnung, schwang seine Beine über die Bettkante und stand auf.

Der Abdruck von Kopf und Körper des Landstreichers blieb auf der Decke, den Kissen und der Matratze. Ein Geist konnte durch den Schnee laufen, ohne Fußspuren zu hinterlassen, und Halluzinationen hatten kein Gewicht.

»Nur ein weiteres krankes Tier.« Wenn überhaupt, dann war die Stimme des Landstreichers tiefer und krächzender, als sie auf der Straße in Laguna Beach gewesen war, die kehlige Stimme einer Bestie, die mühsam sprechen gelernt hatte. »Du glaubst, du bist ein Held, was? Großer Mann. Großer Held. Doch du bist nichts, weniger als das letzte Stück Dreck, das bist du. *Nichts!*«

Harry konnte nicht glauben, daß es noch mal passierte, nicht zweimal an einem Tag und um Himmels willen nicht in seiner Wohnung.

Er machte einen Schritt zurück in den Türrahmen und sagte: »Wenn du dich nicht sofort auf den Boden legst, mit dem Gesicht nach unten, Hände auf den Rücken, auf der Stelle, dann blase ich dir den Kopf weg.«

Der Landstreicher ging um das Bett herum auf Harry zu und sagte: »Du glaubst, du kannst jeden erschießen, den du willst, jeden rumkommandieren, wie es dir paßt, und damit ist es erledigt, aber bei mir ist damit nichts erledigt. *Mich* zu erschießen erledigt überhaupt nichts.«

»Bleib sofort stehen, das ist mein Ernst!«

Der Eindringling blieb nicht stehen. Sein Schatten bewegte sich riesig auf der Wand. »Ich reiße dir die Gedärme raus, halte sie dir ins Gesicht, damit du sie riechen kannst, während du stirbst.«

Harry hielt den Revolver in beiden Händen. In typischer Schußhaltung. Er wußte, was er tat. Er war ein guter Schütze. Auf diese kurze Entfernung hätte er einen flatternden Kolibri getroffen, ganz zu schweigen von diesem sich vor ihm auftürmenden Monstrum. Also gab es nur eine Möglichkeit, wie das Ganze enden konnte, der Eindringling kalt wie ein Stück Rindfleisch, überall an den Wänden Blut, das war das einzig denkbare Szenario – dennoch hatte er das Gefühl, als hätte er noch nie im Leben in einer so großen Gefahr geschwebt, fühlte sich viel verletzlicher als zwischen den Schaufensterpuppen auf dem labyrinthartigen Dachboden.

»Mit euch Menschen«, sagte der Landstreicher, während er um das Fußende des Bettes herumging, »kann man so herrlich spielen.«

Ein letztes Mal befahl Harry ihm, stehenzubleiben.

Doch er kam weiter auf ihn zu, war vielleicht noch drei Meter entfernt, zwei Meter fünfzig, zwei.

Harry eröffnete das Feuer, gab saubere, ruhige Schüsse ab, sorgte dafür, daß der harte Rückstoß des Revolvers die Mündung nicht vom Ziel ablenkte, einmal, zweimal, dreimal, viermal, die Explosionen waren ohrenbetäubend in dem kleinen Schlafzimmer. Er wußte, daß jeder Schuß Schaden anrichtete, drei in den Körper, der vierte aus nur wenigen Zentimetern mehr als Armeslänge unten in den Hals, worauf der Kopf im Zeitlupentempo herumfuhr.

Der Penner ging nicht zu Boden, taumelte nicht nach hinten, er zuckte bloß bei jedem Schuß, den er abkriegte. Da sie aus kürzester Entfernung beigebracht worden war, war die Wunde in der Kehle grauenerregend. Die Kugel mußte ganz durchgegangen sein und im Nacken eine noch schlimmere Austrittswunde hinterlassen haben, das Rückgrat gebrochen oder durchtrennt haben, doch es floß kein Blut, kein Sprühregen, keine Fontäne, noch nicht einmal der kleinste Strahl, als ob das Herz des Mannes seit langem zu schlagen aufgehört hätte und alles Blut in seinen Gefäßen getrocknet und verhärtet wäre. Er kam weiter auf ihn zu, konnte ebensowenig gestoppt werden wie ein Schnellzug, rammte sich in Harry hinein, daß ihm die Luft wegblieb, hob ihn hoch, trug ihn rückwärts durch die Tür und warf ihn auf der anderen Seite so fest gegen die Flurwand, daß Harrys Zähne mit einem hörbaren *Klack* aufeinander schlugen und der Revolver ihm aus der Hand flog.

Wie ein japanischer Ziehharmonikafächer breitete sich der Schmerz von Harrys Kreuz ausgehend über beide Schultern aus. Einen Augenblick glaubte er, er würde ohnmächtig, doch die panische Angst hielt ihn bei Bewußtsein. Gegen die Wand gestemmt, die Füße über dem Boden baumelnd, benommen von der ungeheueren Wucht, mit der er gegen den Putz geschleudert worden war, war er hilflos wie ein Kind im eisernen Griff seines Angreifers. Doch wenn es ihm gelang, bei Bewußtsein zu bleiben, dann würde seine Kraft vielleicht in ihn zurückfließen oder ihm würde etwas einfallen, womit er sich retten könnte, irgendwas, eine Bewegung, ein Trick, ein Ablenkungsmanöver.

Der Penner lehnte sich gegen Harry, als ob er ihn zerquetschen wollte. Das alptraumhafte Gesicht kam bedrohlich näher. Die bleifarbenen Narben waren von erweiterten Poren so groß wie Streichholzköpfe umgeben, die voller Schmutz waren. Borstige schwarze Haarbüschel schossen aus seinen aufgeblähten Nasenlöchern.

Als der Mann ausatmete, war es, als ob einem Massengrab Verwesungsgase entströmten, und Harry würgte angewidert.

»Angst, kleiner Mann?« fragte der Landstreicher. Seine Fähigkeit zu sprechen schien von dem Loch in seiner Kehle und der Tatsache, daß seine Stimmbänder pulverisiert und ihm aus dem Nacken hinausgepustet worden waren, nicht im geringsten beeinträchtigt zu sein. »Angst?«

Ja, Harry hatte Angst, er hätte ein Idiot sein müssen, um keine Angst zu haben. Kein Waffentraining, keine Polizeiarbeit konnte einen auf die Konfrontation mit einem Schreckgespenst vorbereiten, und es machte ihm nichts aus, das zuzugeben, er war bereit, es aller Welt zu verkünden, falls es das war, was der Landstreicher wollte, aber er kriegte keine Luft zum Sprechen.

»Sonnenaufgang in elf Stunden«, sagte der Penner. »Ticktack.«

In dem buschigen Bart des Tramps bewegte sich etwas. Krabbelte. Vielleicht Ungeziefer.

Er schüttelte Harry heftig, schlug ihn gegen die Wand.

Harry versuchte, seine Arme zwischen ihn und sich zu kriegen, den Griff des großen Mannes zu brechen. Es war, als ob man Beton zum Nachgeben zwingen wollte.

»Erst alles, was du liebst«, knurrte der Landstreicher.

Dann drehte er sich – Harry immer noch festhaltend – um und warf ihn durch die Tür zurück ins Schlafzimmer.

Harry traf heftig auf dem Boden auf und knallte gegen die Seite des Bettes.

»Dann dich!«

Benommen nach Luft schnappend blickte Harry auf und sah den Penner, der ihn aus dem Türrahmen beobachtete. Der Revolver lag zu Füßen des großen Mannes. Er trat ihn auf Harry zu ins Zimmer, wo er, gerade außerhalb seiner Reichweite, sich auf dem Teppich drehend liegenblieb.

Harry fragte sich, ob er an die Waffe herankommen könnte, bevor der Scheißkerl sich auf ihn stürzte. Fragte sich, ob es überhaupt Sinn hätte, es zu versuchen. Vier Schüsse, vier Treffer, kein Blut.

»Hast du mich gehört?« fragte der Landstreicher. »Hast du mich gehört? Hast du mich gehört, du Held? Hast du mich gehört?« Er wartete gar nicht auf eine Antwort, sondern wiederholte die Frage ständig in einem immer wütender werdenden und merkwürdig spöttischen Tonfall, lauter und lauter. »Hast du mich gehört, du Held? Hast du mich gehört, hast du mich gehört, hast du mich gehört, mich gehört, mich gehört? *Hast du mich gehört?* HAST DU MICH GEHÖRT, HAST DU, HAST DU, HAST DU, DU HELD, HAST DU, HAST DU?«

Der Penner zitterte heftig, und sein Gesicht war dunkel vor Zorn und Haß. Er sah Harry nicht einmal mehr an, sondern starrte an die Decke und stieß heulend die Worte hervor: »HAST DU MICH GEHÖRT, HAST DU MICH GEHÖRT?« Als ob sein Zorn so gewaltig geworden sei, daß ein einzelner Mann kein befriedigendes Ziel mehr dafür abgab, schrie er die ganze Welt an oder sogar die jenseitigen Welten, seine Stimme schwankte dabei zwischen einem donnernden Baß und einem durchdringenden Kreischen.

Harry versuchte, auf die Füße zu kommen, indem er sich am Bett abstützte.

Der Landstreicher hob seine rechte Hand, und grüne statische Elektrizität knisterte zwischen seinen Fingern. Über seiner Handfläche schimmerte Licht in der Luft, und plötzlich stand seine Hand in Flammen.

Er schüttelte sein Handgelenk und warf einen Feuerball durch das Zimmer. Er traf die Gardinen, die mit einem Knall in Flammen aufgingen.

Seine Augen waren keine flüssigen Tümpel mehr. Statt dessen züngelte Feuer aus den Höhlen, leckte über seine Augenbrauen, als ob er nur die hohle Gestalt eines Mannes wäre, aus Korbgeflecht bestünde und von innen ausbrannte.

Harry stand auf den Füßen. Seine Beine waren zitterig.

Er wollte nur noch raus. Brennende Gardinen versperrten das Fenster. Der Penner stand in der Tür. Kein Ausweg.

Der Landstreicher wandte sich um und schüttelte sein Handgelenk wie ein Zauberer, der eine Taube hervorholt, und eine weitere, weißglühende, sich wild drehende Kugel wirbelte durch das Zimmer, schlug in die Frisierkommode ein, explodierte wie ein Molotowcocktail und schleuderte Flammen um sich. Der Spiegel auf der Kommode zerbarst. Holz splitterte, Schubladen flogen auf, und das Feuer breitete sich aus.

Rauch stieg aus seinem Bart, und seine Nasenlöcher spien Feuer. Auf seiner Hakennase bildeten sich Blasen, und sie begann zu schmelzen. Sein Mund war zu einem Schrei geöffnet, doch die einzigen Geräusche, die er erzeugte, waren das Zischen, Krachen und Knistern des Feuers. Er atmete eine Feuerwerkskaskade aus, Funken in allen Regenbogenfarben, und dann schossen Flammen aus seinem Mund. Seine Lippen zogen sich zusammen wie knusprig fritierte Speckschwarten, wurden schwarz und lösten sich von den glimmenden Zähnen.

Harry sah Flammen sich wie Schlangen von der Frisierkommode bis zur Decke die Wand hinaufwinden. An einigen Stellen brannte der Teppich.

Die Hitze war bereits enorm. Bald würde die Luft voll von beißendem Rauch sein.

Helle Leuchtfeuer schossen aus den drei Einschußlöchern in der Brust des Landstreichers, rotgoldenes Feuer statt Blut. Er wedelte noch einmal mit seinem Handgelenk, und eine dritte hell sprühende Kugel brach aus seiner Hand hervor.

Die zischende Masse kam auf Harry zu. Er ließ sich in die Hocke fallen. Sie flog so dicht über seinen Kopf, daß er sein Gesicht mit einem Arm schützte und aufschrie, als die glühende Hitze über ihn hinwegfegte. Das Bettzeug ging in Flammen auf, als ob es mit Benzin durchtränkt gewesen wäre.

Als Harry aufblickte, war der Türrahmen leer. Der Landstreicher war verschwunden.

Er schnappte sich den Revolver vom Fußboden und rannte auf Strümpfen über den brennenden Teppich in den Flur. Er war froh, daß seine Socken triefend naß waren.

Der Flur war leer, das war auch gut so, weil er keine weitere Konfrontation wollte mit dem ... mit was zum Teufel er auch immer gerade eine Konfrontation *gehabt* hatte – jedenfalls nicht, wenn Kugeln nicht funktionierten. Die Küche war links von ihm. Er zögerte, dann trat er mit der Waffe im Anschlag vor die Tür. Feuer verzehrte die Schränke, die Vorhänge flatterten wie die Röcke von Höllentänzern, Rauch wälzte sich auf ihn zu. Er ging vorsichtig weiter. Vor ihm war die Diele, rechts das Wohnzimmer, wo das Ding hingegangen sein mußte, *Ding*, nicht Penner. Es widerstrebte ihm, in das Zimmer zu treten, weil er Angst hatte, daß das Ding sich auf ihn stürzen, ihn mit seinen glühenden Händen ergreifen würde, doch er mußte schnell raus, überall war schon Rauch, und er hustete bereits, weil er nicht mehr genug frische Luft bekam.

Während Harry sich vorsichtig auf die Diele zubewegte mit dem Rücken zur Flurwand und den Blick auf den Türrahmen gerichtet, hielt er die Waffe vor sich, mehr aus Übung und Gewohnheit als im Vertrauen auf ihre Wirksamkeit. Es war ohnehin nur noch eine Kugel in der Trommel.

Das Wohnzimmer brannte ebenfalls, und in der Mitte stand die glühende Gestalt, vollkommen von den Flammen eingeschlossen, mit weit ausgestreckten Armen, um den sengenden Sturm zu umarmen, von ihm verzehrt zu werden, aber offenbar ohne Schmerzen, vielleicht sogar in einem Zustand der Verzückung. Jede flackernde Liebkosung der Flamme schien für das Ding eine Quelle perversen Vergnügens zu sein.

Harry war sicher, daß es ihn durch den Feuerschleier beobachtete. Er hatte Angst, daß es plötzlich mit immer noch ausgestreckten Armen auf ihn zukäme, um ihn wieder gegen die Wand zu drücken.

Er hastete seitwärts an der Tür vorbei in die kleine Diele, als eine schwarze Woge alles erstickenden, in den Augen beißenden Rauchs aus dem Schlafzimmer durch den Flur auf ihn zugerollt kam und sich über ihn senkte. Das letzte, was Harry sah, waren seine durchnäßten Schuhe, und die schnappte er sich mit derselben Hand, in der er auch den Revolver hielt. Der Rauch war so dicht, daß kein Licht in die Diele drang, noch nicht einmal von den hinter ihm lodernden Flammen. Jedenfalls brannten und tränten ihm die Augen; er war gezwungen, sie fest zuzukneifen. In der teerschwarzen Dunkelheit lief man selbst auf so kleinem Raum Gefahr, die Orientierung zu verlieren.

Er hielt die Luft an. Ein Atemzug wäre schon giftig genug, um ihn würgend und schwindlig in die Knie zu zwingen. Doch er hatte, seit er das Schlafzimmer verlassen hatte, keine frische Luft mehr bekommen, deshalb würde er nicht mehr lange durchhalten, nur noch wenige Sekunden. Im gleichen Moment, wo er die Schuhe an sich riß, faßte er nach dem Türknauf, konnte ihn in der Dunkelheit nicht finden, tastete umher, begann, in Panik zu geraten, doch dann hielt er ihn in der linken Hand. Abgeschlossen. Sicherheitsriegel. Seine Lungen brannten, als ob Feuer in sie gedrungen wäre. Sein Brustkorb tat ihm weh. Wo war der Riegel? Sollte über dem Knauf sein. Er wollte atmen, fand den Riegel, *mußte* atmen, konnte nicht, öffnete das Schloß, war sich einer wachsenden inneren Dunkelheit bewußt, die viel gefährlicher als die äußere war, packte den Knauf, riß die Tür auf und stürzte sich nach draußen. Um ihn war immer noch Rauch, den die kühle Nacht anzog, und er mußte sich nach rechts wenden, um saubere Luft zu finden, die sich beim ersten Atemzug schmerzhaft eisig in seiner Lunge anfühlte.

In der Grünanlage vor dem U-förmigen Gebäude, wo sich Fußwege zwischen Azaleen- und Kirschmyrtenhecken und üppigen Primelblumenbeeten hindurchschlängelten, blinzelte Harry heftig, um wieder klar sehen zu können. Er bemerkte einige Nachbarn, die gerade aus ihren Wohnungen auf die untere Terrasse traten, und darüber waren zwei Leute auf der Terrasse im ersten Stock, über die man in alle oberen Wohnungen gelangte. Sie waren wahrscheinlich durch die Schüsse angelockt worden, denn dies war keine Gegend, wo so etwas häufig vorkam. Sie starrten schockiert auf ihn und auf die öligen Rauchwolken, die aus seiner Haustür quollen, doch er glaubte nicht, daß jemand »Feuer« geschrien hatte, deshalb fing er selber an, »Feuer« zu brüllen, und die anderen brüllten mit.

Harry sprintete zu einer der beiden Rufsäulen auf der unteren Terrasse. Er ließ Revolver und Schuhe fallen und riß den Hebel herunter, der das beschlagene Glas zerschlug. Es erscholl ein durchdringendes Läuten.

Rechts von ihm zerplatzte das Wohnzimmerfenster seiner Wohnung, das auf die Grünanlage herausging, und Glas regnete auf den Betonboden der Terrasse herab. Es folgten Rauch und wehende Feuerzungen, und Harry rechnete damit, den brennenden Mann durch das zerbrochene Fenster klettern und die Verfolgung fortsetzen zu sehen.

Verrückterweise kam ihm eine Zeile aus dem Titelsong eines Films in den Sinn: *Who you gonna call?* GHOSTBUSTERS!

Er lebte in einem Dan-Aykroyd-Film. Er hätte das unter Umständen lustig gefunden, wenn ihm das Herz nicht vor Angst bis zum Hals geklopft hätte.

In der Ferne ertönten Sirenen, die rasch näherkamen.

Er rannte von Tür zu Tür und hämmerte mit seinen Fäusten dagegen. Weitere leichte Explosionen. Ein seltsames metallisches Quietschen. Unaufhörlich läutende Alarmglocken. Das immer wiederkehrende Klirren von zerberstendem Glas klang wie Hunderte von Glockenspielen, die von einem unberechenbaren Sturm bearbeitet wurden. Harry kümmerte sich um keines dieser Geräusche, sondern ging weiter von Tür zu Tür.

Als die Sirenen so laut angeschwollen waren, daß sie alle übrigen Geräusche übertönten und nur noch wenige Blocks entfernt zu sein schienen, war er schließlich davon überzeugt, daß alle im Gebäude alarmiert und herausgekommen waren. Die Leute standen in der Grünanlage herum, starrten zum Dach hinauf oder hielten auf der Straße nach den Feuerwehrwagen Ausschau, entsetzt und verängstigt, fassungslos still oder weinend.

Er raste zu der ersten Rufsäule zurück und zog sich seine Schuhe an, die er dort stehengelassen hatte. Er schnappte sich seinen Revolver, stieg durch eine Azaleenrabatte, watete durch blühende Primelbeete und platschte durch einige Pfützen auf dem asphaltierten Fußweg.

Erst jetzt merkte er, daß der Regen während der paar Minuten, die er in seiner Wohnung gewesen war, aufgehört hatte. Die Gummibäume und Palmen tropften immer noch, ebenso wie die Sträucher. Die nassen Palmwedel und Blätter sahen in dem sich immer noch ausbreitenden Feuer aus, als wären sie mit Tausenden winziger roter Edelsteine besetzt.

Er wandte sich um und blickte wie seine Nachbarn auf das Gebäude, um mit Entsetzen festzustellen, wie schnell der Brand um sich griff. Die Wohnung über seiner war bereits von Flammen eingeschlossen. An den zerborstenen Fenstern leckten blutrote Feuerzungen über die restlichen Glasstücke, die wie Zähne aus dem Rahmen ragten. Rauchschwaden stiegen auf, und ein furchtbares Licht pulsierte und sprühte in die Nacht hinein.

Als er zur Straße blickte, stellte Harry mit Erleichterung fest, daß die Feuerwehrautos bereits in dem weit verzweigten Los-Cabos-Wohnkomplex waren. Weniger als einen Block entfernt verstummten die Sirenen nach und nach, doch die Blaulichter blinkten immer noch.

Auch aus anderen Gebäuden waren Leute auf die Straße gelaufen, doch sie machten den Rettungsfahrzeugen rasch den Weg frei.

Eine intensive Hitzewelle lenkte Harrys Aufmerksamkeit wieder auf das Gebäude, in dem sich seine Wohnung befand. Das Feuer hatte das Dach durchbrochen.

Wie ein Drache im Märchen hob sich das Feuer dort oben auf der mit Schindeln gedeckten Spitze von dem dunklen Himmel ab. Der Drache schlug mit seinem gelben, orangefarben und zinnoberroten Schwanz um sich und breitete riesige karneolrote Flügel aus. Seine Schuppen funkelten, und seine scharlachroten Augen blitzten. Brüllend forderte er alle Ritter und Möchtegern-Töter zum Kampf heraus.

11.

Connie holte sich auf dem Heimweg eine Pizza mit Paprika und Pilzen. Sie aß in der Küche und spülte das Essen mit einer Dose Coors hinunter.

Seit sieben Jahren wohnte sie in einem kleinen Apartment in Costa Mesa zur Miete. Das Schlafzimmer bestand nur aus einem Bett, einem Nachttisch und einer Lampe, ohne Frisiertisch; ihre Garderobe war so einfach, daß sie ihre ganze Kleidung samt Schuhen problemlos in dem einzigen Wandschrank unterbringen konnte. Das Wohnzimmer war mit einem Fernsehsessel aus schwarzem Leder möbliert, auf der einen Seite davon befand sich eine Stehlampe zum Lesen, auf der anderen ein kleiner Couchtisch; dem Sessel gegenüber standen auf einem Rolltischchen Fernseher und Videorecorder. Der Eßbereich in der Küche war mit einem Klapptisch und vier Klappstühlen mit gepolsterten Sitzen ausgestattet. Die Schränke waren größtenteils leer und enthielten nur ein Minimum an Töpfen und Utensilien, um ein schnelles Essen zu kochen, einige Schüsseln, vier flache Teller, vier Salatteller, vier Tassen mit Untertassen, vier Gläser – immer vier, weil das das kleinste Service gewesen war, das sie finden konnte – sowie Konserven. Sie lud niemals Gäste ein.

Besitztümer interessierten sie nicht. Sie war ohne Besitz aufgewachsen und hatte sich nur mit einem ramponierten Koffer voll Kleidung von einem staatlichen Heim zum anderen treiben lassen.

Im Gegenteil, sie fühlte sich von Besitz nur belastet, angebunden, gefangen. Sie besaß kein bißchen Krimskrams. Das einzige dekorative Element an den Wänden war ein Poster in der Küche, ein Foto, das von einem Fallschirmspringer aus fast dreitausend Meter Höhe aufgenommen worden war – grüne Felder, sanfte Hügel, ein ausgetrocknetes Flußbett, vereinzelte Bäume, zwei geteerte und zwei unbefestigte Straßen, die so schmal wie Fäden waren und sich wie Linien auf einem abstrakten Gemälde schnitten. Sie war eine eifrige Leserin, doch all ihre Bücher stammten aus der Leihbibliothek. Auch die Videofilme, die sie sich ansah, waren geliehen.

Das Auto gehörte ihr allerdings, doch das war ebensosehr ein Vehikel der Freiheit wie ein stählerner Klotz am Bein.

Freiheit war das, was sie suchte und was ihr wichtig war, nicht Schmuck, Kleider, Antiquitäten und Kunstgegenstände, doch sie war manchmal schwerer zu bekommen als ein Original-Rembrandt. In dem langen, köstlichen freien Fall, bevor der Fallschirm aufgemacht werden mußte, darin lag Freiheit. Auf einem schweren Motorrad auf einem einsamen Highway konnte sie eine gewisse Freiheit finden, doch auf einer Moto-

Cross-Maschine in der Weite der Wüste war es noch besser, wenn man nichts sah außer Sand, Felsnasen und vertrocknetem Gestrüpp, ein Panorama, das sich nach allen Seiten auf den blauen Himmel zu erstreckte.

Während sie die Pizza aß und das Bier trank, nahm sie die Fotos aus dem braunen Umschlag und betrachtete sie. Ihre tote Schwester, die ihr so ähnlich war.

Sie dachte an Ellie, das Kind ihrer Schwester, das oben in Santa Barbara bei den Ladbrooks lebte, dessen Gesicht zwar nicht auf den Bildern war, das aber möglicherweise Connie so sehr ähnelte, wie Colleen es getan hatte. Sie versuchte, sich darüber klarzuwerden, was es für sie bedeutete, eine Nichte zu haben. Wie Mickey Chan angedeutet hatte, war es wunderbar, eine Familie zu haben, nicht mehr allein auf der Welt zu sein, nachdem sie so lange allein gewesen war, wie sie sich erinnern konnte. Ein angenehmer Schauer durchfuhr sie, wenn sie an Ellie dachte, doch er wurde gedämpft von der Sorge, daß eine Nichte sich als viel größere Belastung erweisen könnte als alle materiellen Besitztümer der Welt.

Was war, wenn sie Ellie kennenlernte und gerne mochte?

Nein. Jemanden gern zu haben war für sie kein Problem. Sie hatte schon häufiger Leute gern gehabt, die sie auch mochten. Liebe. Darüber machte sie sich Sorgen.

Sie vermutete, daß Liebe nicht nur etwas Schönes war, sondern auch eine Fessel sein konnte. Welche Freiheit konnte man verlieren, wenn man jemanden liebte – oder geliebt wurde? Sie wußte es nicht, weil sie niemals ein Gefühl gegeben oder empfangen hatte, das so stark und tief wie Liebe war – oder wie sie zumindest glaubte, daß Liebe sein müßte, nachdem sie in so vielen berühmten Romanen davon gelesen hatte. Sie hatte gelesen, daß Liebe eine Falle sein konnte, ein grausames Gefängnis, und sie hatte selbst gesehen, wie die Herzen einiger Leute unter ihrem Gewicht zerbrochen waren.

Sie war so lange allein gewesen.

Aber sie fühlte sich wohl in ihrer Einsamkeit.

Veränderung bedeutete ein furchtbares Risiko.

Sie betrachtete in den fast lebensechten Farben von Kodachrome das lächelnde Gesicht ihrer Schwester, die von ihr durch die dünne, glänzende Schicht der Fotografie getrennt war – und durch fünf Jahre Tod.

Von allen traurigen Worten, die je gesprochen oder geschrieben wurden, sind die traurigsten: »Es hätte sein können!«

Sie würde ihre Schwester nie kennenlernen. Aber sie konnte immer noch ihre Nichte kennenlernen. Dazu brauchte sie nur Mut.

Sie nahm sich noch ein Bier aus dem Kühlschrank, ging an den Tisch zurück und setzte sich, um Colleens Gesicht noch etwas länger zu betrachten – und stellte fest, daß eine Zeitung auf den Fotos lag. Der *Register.* Eine Schlagzeile fiel ihr ins Auge: SCHIESSEREI IN EINEM RESTAURANT IN LAGUNA BEACH ... ZWEI TOTE, ZEHN VERLETZTE.

Sie starrte die Schlagzeile längere Zeit beklommen an. Vor einer Minute war die Zeitung noch nicht dagewesen, war nirgendwo im Haus gewesen, aus dem einfachen Grund, weil sie sie nicht gekauft hatte.

Als sie sich ein neues Bier aus dem Kühlschrank geholt hatte, hatte sie dem Tisch nie den Rücken zugewandt. Sie war sich völlig sicher, daß außer ihr niemand in der Wohnung war. Doch selbst wenn jemand eingedrungen wäre, hätte sie ihn auf jeden Fall in die Küche kommen sehen.

Connie faßte die Zeitung an. Sie war echt, aber sie fühlte sich dermaßen kalt an, als ob sie Eis angefaßt hätte.

Sie hob sie hoch.

Sie stank nach Rauch. Die Seiten waren an den Rändern braun, gingen dann in Gelb über und waren zur Mitte hin weiß, als ob sie kurz vor dem Verbrennen aus einem Feuer gerettet worden wären.

12.

Die Wipfel der höchsten Palmen verschwanden in dem dichten Qualm.

Fassungslose und weinende Anwohner wichen zurück, als Feuerwehrmänner in gelb-schwarzen Plastikjacken und hohen

Gummistiefeln die Schläuche von den Wagen abrollten und sie über Gehwege und Blumenbeete zogen. Andere Feuerwehrmänner kamen mit Äxten in der Hand angelaufen. Einige trugen Sauerstoffgeräte, damit sie in die rauchgefüllten Eigentumswohnungen vordringen konnten. Ihrem raschen Eintreffen war es zu verdanken, daß die meisten Apartments gerettet werden konnten.

Harry Lyon warf einen Blick auf seine eigene Wohnung an der Südseite des Gebäudes, und ein schmerzliches Gefühl von Verlust durchbohrte ihn. Alles weg. Seine alphabetisch aufgestellte Büchersammlung, seine CDs, die fein säuberlich nach Musikrichtung und Name des Künstlers in Schubladen geordnet waren, seine saubere, weiße Küche, seine sorgfältig gepflegten Topfpflanzen, die neunundzwanzig Bände seines Tagebuches, das er jeden Tag penibel führte, seit er neun war (ein eigener Band für jedes Jahr) – alles weg. Bei dem Gedanken an das gierige Feuer, das sich durch seine Räume fraß, an den Ruß, der sich über das wenige legte, was das Feuer nicht verzehrte, und an alles Glänzende, das fleckig und stumpf wurde, wurde ihm schlecht.

Ihm fiel sein Honda ein, der in der Garage an der Rückseite des Gebäudes stand, und er machte ein paar Schritte in diese Richtung, blieb dann jedoch stehen, weil es ihm töricht vorkam, sein Leben zu gefährden, um ein Auto zu retten. Außerdem war er der Vorsitzende der Eigentümergemeinschaft. In einem solchen Augenblick sollte er bei seinen Nachbarn bleiben, ihnen gut zureden, sie trösten und wegen der Versicherung und anderer Angelegenheiten beraten.

Während er seinen Revolver in das Schulterholster steckte, um die Feuerwehrleute nicht zu beunruhigen, erinnerte er sich an etwas, das der Landstreicher zu ihm gesagt hatte, als er ihn gegen die Wand preßte und er keine Luft bekam: *Erst alles, was du liebst ... dann dich!*

Als er über diese Worte und ihre möglichen Konsequenzen nachdachte, wurde er urplötzlich von einer tiefen Furcht ergriffen, schlimmer als alle Angst, die er je verspürt hatte, eine Furcht so düster, wie das lodernde Feuer dort vor ihm hell war.

Also ging er doch zur Garage. Plötzlich brauchte er das Auto dringend.

Während Harry Feuerwehrmännern auswich und um das Gebäude herumging, füllte sich die Luft mit Tausenden von glühenden Aschestücken, die wie funkelnde Motten herumstoben und -flatterten und auf den spiralförmig aufsteigenden Wärmeströmen tanzten. Oben auf dem Dach folgte auf einen verheerenden Knall ein Krachen, das die Nacht erschütterte. Ein Hagel brennender Schindeln fiel mit lautem Klappern auf den Bürgersteig und die anliegenden Sträucher.

Harry kreuzte seine Arme über dem Kopf, aus Angst, daß die lodernden Zedernstücke seine Haare in Brand setzen könnten, und hoffte, daß seine Kleider immer noch zu feucht waren, um sich zu entzünden. Nachdem er dem Feuerregen unverletzt entkommen war, ging er durch ein nasses Eisentor, das noch kalt vom Regen war.

Hinter dem Gebäude war der nasse Asphalt mit dem Glas der auf der Rückfront explodierten Fenster sowie mit zahlreichen Pfützen übersät. Auf den Wasserspiegeln tummelten sich kupferfarbene und bordeauxrote Bilder des leuchtenden Sturms, der auf dem Dach des Hauptgebäudes tobte. Glühende Schlangen glitten beim Laufen um Harrys Füße.

Der hintere Zufahrtsweg war noch menschenleer, als er sein Garagentor erreichte und hochzog. Doch in dem Moment, als es nach oben schwang, tauchte ein Feuerwehrmann auf und brüllte ihn an, er solle dort verschwinden.

»Polizei!« antwortete Harry. Er hoffte, das würde ihm die paar Sekunden einbringen, die er brauchte, ohne daß er sich die Zeit nahm, seine Dienstmarke vorzuzeigen.

Die fallende Glut hatte das lange Garagendach bereits an einigen Stellen in Brand gesetzt. Leichter Rauch, der von der schwelenden Teerpappe zwischen den Sparren und den Schindeln herabsickerte, begann seine Doppelgarage zu füllen.

Schlüssel. Harry fürchtete plötzlich, daß er sie auf dem Tisch in der Diele oder in der Küche gelassen hatte. Während er wegen des feinen, aber beißenden Rauchs hustend auf das Auto zuging, klopfte er wie wild gegen seine Taschen und war erleichtert, als er die Schlüssel in seiner Sportjacke klimpern hörte.

Erst alles, was du liebst …

Er setzte rückwärts aus der Garage, schaltete, fuhr an dem Feuerwehrmann vorbei, der ihn angebrüllt hatte, und verließ den Zufahrtsweg ganze zwei Sekunden, bevor ein Feuerwehrauto einbog, das ihn versperrt hätte. Sie stießen beinah mit den Stoßstangen zusammen, als Harry schwungvoll mit dem Honda auf die Straße bog.

Nachdem er drei oder vier Blocks ungewohnt rücksichtslos gefahren war, sich durch den Verkehr geschlängelt und die roten Ampeln ignoriert hatte, schaltete sich plötzlich von selbst das Radio an. Die tiefe, krächzende Stimme des Landstreichers hallte aus den Stereolautsprechern und schreckte ihn auf.

»Muß mich jetzt ausruhen, Held. Muß mich ausruhen.«

»Was, zum Teufel ...?«

Nur ein atmosphärisches Pfeifen antwortete ihm.

Harry ging ein wenig vom Gaspedal. Er streckte die Hand nach dem Radio aus, um es abzuschalten, doch dann zögerte er.

»Sehr müde ... ein kleines Nickerchen ...«

Atmosphärisches Pfeifen.

»... deshalb hast du eine Stunde ...«

Pfeifen.

»... aber ich komme wieder ...«

Pfeifen.

Statt auf den dichten Verkehr zu achten, starrte Harry immer noch auf die erleuchtete Einstellskala des Radios. Sie schimmerte in einem sanften Grün, doch sie erinnerte ihn an die leuchtend roten Augen – erst Blut, dann Feuer – des Landstreichers.

»... großer Held ... nichts als wandelndes Fleisch ...«

Pfeifen.

»... jeden erschießen, den du willst ... großer Mann ... aber mich zu erschießen ... damit ist niemals was erledigt ... nicht bei mir ... nicht bei mir ...«

Pfeifen. Pfeifen. Pfeifen.

Das Auto fuhr durch eine überflutete Senke in der Straße. Phosphoreszierende weiße Wassermassen breiteten sich auf beiden Seiten aus wie Engelsflügel.

Harry berührte die Stationstasten, rechnete halb mit einem elektrischen Schlag oder Schlimmerem, doch es passierte nichts. Er drückte die Aus-Taste, und das Pfeifen hörte auf.

Die nächste rote Ampel versuchte er nicht zu überfahren. Er hielt hinter einer Reihe von Autos gemächlich an und bemühte sich, die Ereignisse der letzten paar Stunden irgendwie zu ordnen, damit sie einen Sinn ergaben.

Who you gonna call?

Er glaubte nicht an Geister oder an Geisterbeschwörer.

Dennoch zitterte er, und das nicht nur, weil seine Sachen noch feucht waren. Er stellte die Heizung an.

Who you gonna call?

Geist oder nicht, den Landstreicher hatte er sich zumindest nicht eingebildet. Er war kein Zeichen für einen Nervenzusammenbruch. Er war real. Vielleicht nicht menschlich, aber real.

Diese Erkenntnis war merkwürdig beruhigend. Was Harry am meisten fürchtete, war nicht das Übernatürliche oder das Unbekannte – sondern das innere Chaos des Wahnsinns, eine Bedrohung, die jetzt durch einen äußeren Gegner ersetzt zu sein schien, der zwar unvorstellbar bizarr und erschreckend mächtig, aber zumindest äußerlich war.

Als die Ampel auf Grün umschaltete und der Verkehr sich wieder in Bewegung setzte, stellte er fest, daß er in Newport Beach war. Offenbar war er von Irvine aus westlich auf die Küste zu und dann Richtung Norden gefahren, und zum ersten Mal wurde ihm bewußt, wohin er wollte. Costa Mesa. Das Apartment von Connie Gulliver.

Er war überrascht. Die brennende Erscheinung hatte versprochen, alles zu zerstören, was er liebte, bevor sie ihn selbst zerstörte, und das alles bis zum Morgengrauen. Dennoch hatte Harry beschlossen, zu Connie zu fahren, bevor er nach seinen Eltern in Carmel Valley sah. Zwar hatte er sich im Laufe des Tages eingestanden, daß er ein stärkeres Interesse an ihr hatte, als er bisher zuzugeben bereit gewesen war, doch vielleicht war ihm auch da die wahre Komplexität seiner Gefühle noch nicht klargeworden. Er wußte, daß sie ihm einiges bedeutete, doch *warum* das so war, war ihm immer noch teilweise ein Rätsel, wenn man bedachte, wie völlig verschieden sie waren und wie verschlossen sie in persönlichen Dingen war. Ebensowenig war er sich der Tiefe seiner Zuneigung bewußt, außer daß sie tief war, auf jeden Fall tief genug, um die größte Offenbarung an einem Tag voller Offenbarungen zu sein.

Als er am Hafen von Newport vorbeifuhr, sah er durch die Lücken zwischen den Bürohäusern zu seiner Linken die hohen Masten der Yachten, die mit eingerollten Segeln in die Nacht ragten. Wie ein Wald von Kirchtürmen. Sie erinnerten ihn daran, daß er wie viele Menschen seiner Generation ohne einen bestimmten Glauben aufgewachsen war, und als Erwachsener nie zu einem eigenen Glauben gefunden hatte. Zwar verleugnete er die Existenz Gottes nicht, es war ihm nur unmöglich, an ihn zu glauben.

Wenn du dem Übernatürlichen begegnest, an wen wendest du dich? Wenn nicht an Geisterbeschwörer, dann an Gott. Wenn nicht an Gott ... an wen dann?

Fast sein ganzes Leben lang hatte Harry an Ordnung geglaubt, aber Ordnung war nur ein Zustand, keine Macht, die man um Hilfe bitten konnte. Trotz aller Brutalität, mit der er in seinem Job konfrontiert wurde, hatte er nicht aufgehört, an den Anstand und den Mut von Menschen zu glauben. Das hielt ihn jetzt aufrecht. Er ging zu Connie Gulliver nicht nur, um sie zu warnen, sondern auch um ihren Rat zu suchen, sie zu bitten, ihm dabei zu helfen, einen Weg aus der Dunkelheit zu finden, die sich über ihn gesenkt hatte.

An wen wendest du dich? An deinen Partner.

Als er an der nächsten roten Ampel anhielt, wurde er aufs neue überrascht, doch diesmal nicht von etwas, das er in seinem Inneren entdeckte. Die Heizung hatte das Auto erwärmt, und er zitterte längst nicht mehr so schlimm. Doch er spürte immer noch etwas Hartes und Kaltes über seinem Herzen. Die neueste Überraschung befand sich in seiner Hemdtasche, an seiner Brust, keine Empfindungen, sondern etwas, das er herausfischen, in der Hand halten und sich ansehen konnte. Vier formlose, dunkle Klumpen. Metall. Blei. Obwohl er auch nicht annähernd begreifen konnte, wie sie in seine Tasche geraten waren, wußte er, um was es sich handelte: die Kugeln, die er in den Landstreicher gepumpt hatte, vier Bleikugeln, die verformt waren, nachdem sie bei hoher Geschwindigkeit mit Fleisch, Knochen und Knorpeln zusammengestoßen waren.

13.

Harry zog Jacke, Krawatte und Hemd aus, um sich so gut es ging in Connies Badezimmer zu säubern. Seine Hände waren so rußig, daß sie ihn an die Hände des Landstreichers erinnerten und kräftig eingeseift werden mußten, um sauber zu werden. Er wusch sich Haare, Gesicht, Oberkörper und Arme im Waschbecken, wobei er mit dem Ruß und der Asche auch ein wenig von seiner Müdigkeit abwusch, dann kämmte er sich mit ihrem Kamm die Haare zurück.

An seinen Sachen konnte er nicht viel machen. Er wischte sie mit einem trockenen Waschlappen ab, um den oberflächlichen Schmutz zu beseitigen, doch sie blieben irgendwie fleckig und stark verknittert. Sein weißes Hemd war jetzt grau, von einem vagen Schweißgeruch und dem stärkeren Gestank nach Rauch durchdrungen, doch er mußte es wieder anziehen, weil er nichts zum Umziehen hatte. Soweit er denken konnte, hatte er sich noch nie in einem so unordentlichen Zustand sehen lassen.

Er versuchte, seine Würde wiederherzustellen, indem er den oberen Knopf seines Hemds schloß und die Krawatte umband.

Mehr noch als der erbärmliche Zustand seiner Kleidung machte ihm sein körperlicher Zustand Sorgen. Sein Unterleib tat ihm weh an der Stelle, wo sich die Hand der Schaufensterpuppe in ihn gebohrt hatte. In seinem Kreuz pochte ein dumpfer Schmerz und zog sich das halbe Rückgrat hinauf, ein Andenken an die Wucht, mit der der Penner ihn gegen die Wand geknallt hatte. Sein linker Oberarm war am ganzen Trizeps ebenfalls schmerzempfindlich, weil er darauf gelandet war, als der Penner ihn vom Flur ins Schlafzimmer geworfen hatte.

Solange er in Bewegung gewesen war, um sein Leben gerannt und mit Adrenalin vollgepumpt war, hatte er nicht bemerkt, wo es ihm überall weh tat, doch jetzt brachte die Entspannung das alles zum Vorschein. Er machte sich Sorgen, seine Muskeln und Gelenke könnten steif werden. Er war ziemlich sicher, daß er in dieser Nacht noch häufiger flink und agil sein müßte, wenn er seinen Hintern retten wollte.

Im Medizinschrank fand er eine kleine Flasche Anacintabletten. Er nahm vier davon in die rechte Hand, dann verschloß er die Flasche und steckte sie in die Jackentasche.

Als er zurück in die Küche kam und um ein Glas Wasser bat, um die Tabletten zu nehmen, reichte Connie ihm eine Dose Coors.

Er lehnte ab. »Ich muß einen klaren Kopf behalten.«

»Ein Bier schadet nichts. Es könnte sogar nützen.«

»Ich trinke kaum was.«

»Ich verlange ja nicht, daß du dir Wodka mit 'ner Nadel reinziehst.«

»Wasser wäre mir lieber.«

»Jetzt stell dich um Himmels willen nicht so an.«

Er nickte, nahm das Bier an, riß den Verschluß auf und schickte den vier Tabletten einen tiefen, kühlen Schluck hinterher. Es schmeckte wunderbar. Vielleicht war es genau das, was er brauchte.

Ausgehungert wie er war, nahm er sich ein Stück kalte Pizza aus der offenen Schachtel auf der Anrichte. Er biß einen Happen ab und kaute mit Begeisterung, ohne seine übliche Rücksicht auf gute Manieren.

Er war noch nie in ihrer Wohnung gewesen, und ihm fiel auf, wie spartanisch sie möbliert war. »Wie nennt man diesen Einrichtungsstil – Früher Mönch?«

»Wer fragt schon nach Einrichtung? Ich tue bloß meinem Vermieter einen kleinen Gefallen. Wenn ich in Ausübung meiner Pflichten abkratze, dann kann er die Bude mit dem Schlauch ausspritzen und am nächsten Tag wieder vermieten.«

Sie ging zu dem Klapptisch zurück und starrte auf die sechs Gegenstände, die sie dort aufgereiht hatte. Einen Zehn-Dollar-Schein, der vom Alter ganz weich geworden war. Eine von der Hitze verfärbte Zeitung, die am Rand ein wenig verbrannt war. Vier deformierte Bleikugeln.

Harry trat neben sie und sagte: »Nun?«

»Ich glaube nicht an Gespenster, Geister, Dämonen und diese Scheiße.«

»Ich auch nicht.«

»Ich hab' den Kerl gesehen. Er war bloß ein Penner.«

»Ich kann immer noch nicht glauben, daß du ihm zehn Dollar gegeben hast«, sagte Harry.

Sie wurde tatsächlich rot. Das hatte er noch nie erlebt. Dieser Hinweis, daß sie über so was wie Mitleid verfügte, war das erste, was ihr in seiner Gegenwart peinlich war.

Sie sagte: »Ich konnte mich ... ihm irgendwie nicht entziehen.«

»Also war er nicht ›bloß ein Penner‹.«

»Vielleicht nicht, wenn er mir zehn Dollar abluchsen konnte.«

»Eins kann ich dir sagen.« Er stopfte sich den letzten Bissen Pizza in den Mund.

»Dann sag's mir.«

Mit dem Mund voller Pizza sagte Harry: »Ich hab' ihn in meinem Wohnzimmer bei lebendigem Leib verbrennen sehen, aber ich glaube kaum, daß man in der Asche verkohlte Knochen finden wird. Und selbst wenn er nicht aus dem Autoradio gesprochen hätte, würde ich damit rechnen, ihn wiederzusehen, so groß, schmutzig, unheimlich und unversehrt wie immer.«

Als Harry sich ein zweites Stück Pizza holte, sagte Connie: »Ich dachte, du hättest gerade gesagt, daß du auch nicht an Geister glaubst.«

»Tu ich auch nicht.«

»Was dann?«

Er kaute und betrachtete sie dabei nachdenklich. »Du glaubst mir also?«

»Einiges davon hab' ich selbst erlebt, oder etwa nicht?«

»Yeah. Wahrscheinlich genug, um mir zu glauben.«

»Was dann?« wiederholte sie.

Er hätte sich gern an den Tisch gesetzt und die Füße hochgelegt, doch er glaubte, daß er eher steif würde, wenn er sich in einem Sessel niederließ. Er lehnte sich gegen die Anrichte am Spülbecken.

»Ich habe nachgedacht ... Jeden Tag bei unseren Ermittlungen draußen auf der Straße treffen wir auf Leute, die anders sind als wir, die meinen, das Gesetz sei nur ein Trick, um die unwissenden Massen unters Joch zu bekommen. Diese Leute denken nur an sich, nur daran, wie sie ihre eigenen Bedürfnisse befriedigen können, ohne Rücksicht auf die anderen.«

»Kotzbrocken, Schwachköpfe – die sind unser Job«, sagte sie.

»Kriminelle Typen, Soziopathen. Sie haben viele Namen. Wie die Hülsenmenschen aus der *Invasion der Körperfresser* sind sie mitten unter uns und gelten als zivilisierte, normale menschliche Wesen. Doch selbst wenn es viele von ihnen gibt, sind sie immer noch eine kleine Minderheit und alles andere als *normal.* Ihre Zivilisiertheit ist nur ein dünner Anstrich, Schminke, die das schuppige, kriechende wilde Ding verbirgt, aus dem wir uns alle entwickelt haben, das alte Reptilienbewußtsein.«

»So? Das ist nichts Neues«, sagte sie ungeduldig. »Wir sind der schmale Grat zwischen Ordnung und Chaos. Wir blicken jeden Tag in den Abgrund. Mich an diesem Rand zu bewegen, mich selbst zu testen, mir zu beweisen, daß ich keiner von denen bin, daß ich nicht in dieses Chaos fallen werde, nicht so werde wie die, gar nicht so werden *kann* – das macht diese Arbeit so aufregend. Deshalb bin ich Polizistin.«

»Tatsächlich?« sagte er erstaunt.

Das war ganz und gar nicht der Grund, weshalb er Polizist war. Um die wirklich Zivilisierten zu schützen, sie vor den Hülsenmenschen zu bewahren, um Frieden und die Schönheit der Ordnung zu erhalten und für Kontinuität und Fortschritt zu sorgen – deshalb war er Polizeibeamter geworden, zumindest zum Teil deshalb, und nicht, um sich zu beweisen, daß bei ihm das Reptilienerbe nicht durchschlug.

Während Connie sprach, wandte sie ihren Blick von Harry und starrte auf einen 22 mal 30 Zentimeter großen braunen Umschlag, der auf einem der Stühle am Tisch lag. Er fragte sich, was darin sein mochte.

»Wenn man nicht weiß, wo man herkommt, wenn man nicht weiß, ob man lieben kann«, sagte sie sanft, fast als ob sie mit sich selbst spräche, »wenn man nichts als Freiheit will, muß man sich zwingen, Verantwortung zu übernehmen, sehr viel Verantwortung. Freiheit ohne Verantwortung ist reine Barbarei.« Ihre Stimme war nicht nur sanft, sie klang auch gequält. »Vielleicht kommt man aus der Barbarei, da kann man nicht so sicher sein, doch was man mit Sicherheit von sich weiß, ist, daß man sehr gut hassen kann, selbst wenn man nicht lieben kann, und das macht einem Angst, weil es bedeutet, man könnte vielleicht selbst in diesen Abgrund gleiten ...«

Harry hörte zu kauen auf, obwohl er den halben Mund noch voll Pizza hatte, so sehr war er von ihr gefesselt.

Er wußte, daß sie mehr von sich preisgab, als sie je getan hatte. Doch er verstand nicht ganz, *was* sie preisgab.

Als ob sie aus einer Trance erwacht wäre, riß sie ihren Blick von dem Umschlag los und sah Harry an, und ihre sanfte Stimme verhärtete sich. »Also gut, die Welt ist voll von diesen Scheißkerlen, Schwachköpfen, Soziopathen, wie immer du sie nennen magst. Was willst du damit sagen?«

Er schluckte die Pizza runter. »Also nehmen wir mal an, ein ganz gewöhnlicher Polizist, der seiner Arbeit nachgeht, gerät an einen Soziopathen, der schlimmer als die üblichen Schwachköpfe ist, unendlich viel schlimmer.«

Während er redete, ging sie zum Kühlschrank. Sie nahm noch ein Bier heraus.

»Schlimmer? In welcher Hinsicht?«

»Dieser Kerl hat ...«

»Was?«

»Er hat ... eine Gabe.«

»Was für eine Gabe? Ist das 'ne Rätselstunde? Spuck's aus, Harry!«

Er trat zum Tisch und fuhr mit einem Finger um die vier Bleigeschosse, die dort lagen. Sie klapperten auf der Resopaloberfläche mit einem Geräusch, das in der Ewigkeit widerzuhallen schien.

»Harry?«

Obwohl er ihr seine Theorie erläutern mußte, fiel es ihm schwer, damit anzufangen. Was er zu sagen hatte, würde zweifellos für immer sein Image als Mr. Gleichmut zerstören.

Er nahm einen Schluck Bier, atmete tief durch und legte los: »Stell dir vor, du hättest es mit einem Soziopathen zu tun ... einem Psychotiker mit übernatürlichen Fähigkeiten, gegen den anzugehen ungefähr so wäre, als würde man sich mit einem Lehrling Gottes anlegen. Übersinnliche Kräfte.«

Sie starrte ihn mit offenem Mund an. Der Ring der Bierdose lag um ihren Zeigefinger, doch sie riß sie nicht auf. Sie schien eine Pose für einen Maler einzunehmen.

Bevor sie ihn unterbrechen konnte, sagte er: »Ich meine nicht bloß, daß er die Farbe einer Spielkarte vorherbestimmen kann, die willkürlich aus einem Päckchen gezogen wird, voraussagen kann, wer die nächste Weltmeisterschaft gewinnt, oder einen Bleistift schweben lassen kann. Nicht so was Triviales. Vielleicht hat dieser Kerl die Fähigkeit, sich aus dem Nichts zu materialisieren – und wieder dahin zu verschwinden. Die Fähigkeit, Feuer zu entzünden, zu brennen, ohne von den Flammen verzehrt zu werden, Kugeln abzukriegen, ohne tatsächlich getötet zu werden. Vielleicht kann er einem eine übersinnliche Markierung anheften in der Art, wie ein Wildhüter einem Hirsch einen elektronischen Sender anhängt, und einen dann verfolgen, ohne daß man ihn sieht, egal wohin man geht oder wie weit man sich entfernt. Ich weiß, ich weiß, das ist absurd, verrückt, als ob man in einen Spielberg-Film gestolpert wäre, nur düsterer, etwas von James Cameron verfilmt von David Lynch, aber vielleicht ist es ja wahr.«

Connie schüttelte ungläubig den Kopf. Sie öffnete die Kühlschranktür, stellte die nicht aufgerissene Bierdose zurück und sagte: »Vielleicht sollten zwei für heute mein Limit sein.«

Er mußte sie dringend überzeugen. Ihm war bewußt, wie schnell die Nacht vorbeiging, wie nah das Morgengrauen war.

Sie wandte sich vom Kühlschrank ab und sagte: »Wo hat er diese erstaunlichen Fähigkeiten her?«

»Wer weiß? Vielleicht hat er zu lange unter einer Hochspannungsleitung gelebt und die magnetischen Felder haben Veränderungen in seinem Gehirn bewirkt. Vielleicht war zuviel Dioxin in seiner Milch, als er ein Baby war, oder er hat zu viele Äpfel gegessen, die mit irgendeinem seltsamen chemischen Gift verseucht waren, sein Haus steht direkt unter einem Loch in der Ozonschicht, Außerirdische experimentieren mit ihm, um dem *National Enquirer* eine gute Story zu liefern, er hat zu viele von diesen verdammten Twinkie-Kuchen gegessen oder zuviel Rap-Musik gehört! Scheiße, woher soll ich das wissen?«

Sie starrte ihn an. Zumindest sperrte sie den Mund nicht mehr auf. »Du meinst das ganz im Ernst.«

»Yeah.«

»Das muß so sein, weil du zum ersten Mal in den sechs Monaten, die wir zusammenarbeiten, geflucht hast.«

»Oh. Das tut mir leid.«

»Natürlich tut's dir leid«, sagte sie, und selbst in dieser Situation gelang ihr noch eine Spur von Sarkasmus. »Doch dieser Kerl ... der ist bloß ein Penner.«

»Ich glaube nicht, daß er in Wirklichkeit so aussieht. Ich glaube, er kann alles sein, was er will, sich in jeder beliebigen Form materialisieren, denn diese Form, das ist er nicht wirklich ... es ist eine Projektion, etwas das wir sehen sollen.«

»Kommt das nicht einem Geist sehr nahe?« fragte sie. »Und hatten wir uns nicht geeinigt, daß wir beide nicht an Geister glauben?«

Er schnappte sich den Zehn-Dollar-Schein vom Tisch. »Wenn ich so vollkommen unrecht habe, wie erklärst du dann das?«

»Selbst wenn du recht hast ... wie erklärst *du* es?«

»Telekinese.«

»Was ist das?«

»Die Fähigkeit, ein Objekt nur durch die Macht des Bewußtseins durch Zeit und Raum zu bewegen.«

»Warum habe ich dann den Schein nicht durch die Luft in meine Hand flattern sehen?« fragte sie.

»Weil das so nicht funktioniert. Mehr wie Teleportation. Etwas geht von einem Ort zum anderen, puff, ohne die Strecke dazwischen im physikalischen Sinne zurückzulegen.«

Sie warf entnervt die Hände hoch. »Beam mich hoch, Scotty!«

Er warf einen Blick auf seine Uhr. 20:38. Ticktack ... ticktack ...

Er wußte, er hörte sich an wie ein Verrückter, der besser in eine nachmittägliche Talkshow-Runde im Fernsehen gepaßt hätte oder in eine nächtliche Radiosendung, bei der die Hörer anrufen können, als zur Polizei. Aber er wußte auch, daß er recht hatte, daß er zumindest der Wahrheit sehr nahe kam, wenn er auch noch nicht zu ihrem Kern vorgedrungen war.

»Sieh mal«, sagte er, nahm die versengte Zeitung und wedelte damit vor ihr herum. »Ich habe sie noch nicht gelesen, doch wenn du diese Zeitung durchsiehst, findest du bestimmt ein paar Geschichten für deine verdammte Sammlung, Spuren des neuen finsteren Mittelalters.« Er ließ die Zeitung fallen, und der Brandgeruch strömte aus ihr heraus. »Mal überlegen, was für Geschichten hast du mir in letzter Zeit erzählt, Sachen, die du aus anderen Zeitungen oder aus dem Fernsehen aufgeschnappt hast? Ich kann mich bestimmt an ein paar erinnern.«

»Harry ...«

»Nicht daß ich mich daran erinnern möchte. Ich würde sie, weiß Gott, lieber vergessen.« Er begann, mehr oder weniger im Kreis zu laufen. »War da nicht eine über einen Richter in Texas, der einen Typ zu 35 Jahren Gefängnis verurteilt hat, weil er eine Dose Corned Beef gestohlen hatte? Und zur gleichen Zeit haben oben in Los Angeles ein paar Randalierer einen Mann auf der Straße totgeschlagen, alles von Reportern auf Video aufgenommen, aber man möchte den Frieden nicht noch mehr stören, indem man die Mörder verfolgt und zur Rechenschaft zieht, weil die ganze Aktion ein Protest gegen Ungerechtigkeit gewesen ist?«

Sie ging zum Tisch, zog einen Stuhl vor, drehte ihn um und setzte sich. Sie starrte auf die verbrannte Zeitung.

Er lief weiter im Kreis herum und sprach mit immer größerer Eindringlichkeit: »Und war da nicht eine über eine Frau, die ihren Freund dazu brachte, ihre elfjährige Tochter zu vergewaltigen, weil sie ein viertes Kind haben wollte, aber keins mehr kriegen konnte und sich deshalb ausmalte, sie könnte die Mutter des Bastards ihrer kleinen Tochter abgeben? Wo war das? In Wisconsin? Oder Ohio?«

»Michigan«, sagte Connie düster.

»Und war da nicht eine über einen Kerl, der seinen sechsjährigen Stiefsohn mit einer Machete geköpft hat ...«

»Fünf. Er war fünf.«

»... und ein paar halbwüchsige Jungs irgendwo, die 130mal auf eine Frau eingestochen haben, um einen lumpigen Dollar zu rauben ...«

»Boston«, flüsterte sie.

»... o ja, und da war eine besonders hübsche Sache über einen Vater, der seinen Jungen, der noch nicht zur Schule ging, totgeschlagen hat, weil der das Alphabet nur bis G behalten konnte. Und eine Frau in Arkansas oder Louisiana oder Oklahoma, die Glassplitter unter den Brei ihres Babys gemischt hatte in der Hoffnung, daß die Kleine so krank davon werden würde, daß der Vater Urlaub bei der Marine bekäme und ein paar Tage zu Hause verbringen könnte.«

»Nicht in Arkansas«, sagte Connie. »In Mississippi.«

Harry hörte auf herumzugehen und hockte sich neben ihren Stuhl, so daß ihre Gesichter auf gleicher Höhe waren.

»Siehst du, du akzeptierst all diese unglaublichen Geschichten, so unglaublich sie auch sind. Du weißt, daß sie passiert sind. Das sind die Neunziger, Connie. Der Tanz ins neue Jahrtausend, das neue finstere Mittelalter, wo alles passieren kann und meist auch passiert, wo das Undenkbare nicht nur denkbar ist, sondern auch akzeptiert wird, und wo auf jedes Wunder der Wissenschaft ein Akt menschlicher Barbarei kommt, über den kaum jemand die Augenbrauen hochzieht. Jeder brillanten technologischen Errungenschaft stehen tausend Abscheulichkeiten gegenüber, die aus menschlichem Haß oder Dummheit entstanden sind. Für jeden Wissenschaftler, der ein Mittel gegen Krebs sucht, gibt es fünftausend brutale Typen, die bereit sind, einer alten Frau wegen dem Kleingeld in ihrem Portemonnaie den Schädel zu Mus zu schlagen.«

Bekümmert sah Connie von ihm weg. Sie nahm eines der deformierten Geschosse in die Hand. Mit finsterem Blick drehte sie es immer wieder zwischen Daumen und Zeigefinger hin und her.

Von der unheimlichen Geschwindigkeit erschreckt, mit der die Minuten auf der Digitalanzeige seiner Armbanduhr verstrichen, konnte Harry einfach nicht lockerlassen.

»Wer könnte also behaupten, daß nicht irgendwo in einem Labor ein Kerl etwas entdeckt hat, mit dem er die Kapazität des menschlichen Gehirns erweitern kann, um die Fähigkeiten zu vergrößern und zu kanalisieren, von denen wir immer schon angenommen haben, daß sie in uns stecken, die wir aber bisher nicht benutzen konnten? Vielleicht hat der Kerl sich dieses Zeug selbst injiziert. Oder vielleicht ist der Kerl, hinter dem wir her sind, nur das Versuchsobjekt, und als er merkte, was aus ihm geworden ist, hat er alle im Labor umgebracht, jeden, der was davon wußte. Vielleicht wandelt er mitten unter uns, der furchterregendste Hülsenmensch überhaupt.«

Sie legte das deformierte Geschoß hin. Sie wandte sich ihm wieder zu. Sie hatte schöne Augen. »Die Sache mit dem Experiment scheint mir plausibel.«

»Aber wahrscheinlich ist es überhaupt nicht so was, nichts, was wir uns ausmalen können, sondern etwas ganz anderes.«

»Wenn so ein Mann existiert, kann man ihn überhaupt stoppen?«

»Er ist nicht der liebe Gott. Egal über welche Kräfte er verfügt, er ist immer noch ein Mensch – und zudem stark gestört. Er wird Schwächen haben, Punkte, an denen er verwundbar ist.«

Er hockte immer noch neben ihrem Stuhl, und sie legte ihm eine Hand auf die Wange. Die zärtliche Geste überraschte ihn. Sie lächelte. »Du hast eine verdammt wilde Fantasie, Harry Lyon.«

»Ja. Ich hab' Märchen immer gern gemocht.«

Sie blickte wieder finster und nahm ihre Hand weg, als ob sie sich darüber ärgerte, daß sie in einem zärtlichen Augenblick erwischt worden war. »Selbst wenn er verwundbar ist, haben wir keine Chance, ihn fertigzumachen, wenn wir ihn nicht finden. Wie sollen wir diesen Ticktack aufstöbern?«

»Ticktack?«

»Wir kennen seinen wirklichen Namen nicht«, sagte sie, »also scheint mir Ticktack im Augenblick so gut wie jeder andere.«

Ticktack. Wenn das kein Märchenname für einen Schurken war, dann hatte er noch nie einen gehört. Rumpelstilzchen, Mother Gothel, Knucklebone – und Ticktack.

»Also gut.« Harry stand auf. Er ging wieder auf und ab. »Ticktack.«

»Wie finden wir ihn?«

»Ich bin mir nicht sicher. Aber ich weiß, wo ich anfangen will. Im städtischen Leichenschauhaus von Laguna Beach.«

Bei diesen Worten zuckte sie zusammen. »Ordegard?«

»Yeah. Ich möchte den Autopsiebericht lesen, falls sie ihn schon fertig haben, und wenn möglich mit dem Coroner sprechen. Ich will wissen, ob sie irgendwas Seltsames gefunden haben.«

»Seltsam? Inwiefern?«

»Ich will verdammt sein, wenn ich das weiß. Irgendwas Außergewöhnliches.«

»Aber Ordegard ist tot. Er war nicht nur eine ... eine Projektion. Er war real, und jetzt ist er tot. Er kann nicht Ticktack sein.«

Aus unzähligen Märchen, Legenden, Mythen und Fantasy-Romanen hatte Harry ein reichhaltiges Repertoire an unglaublichen Vorstellungen, auf die er zurückgreifen konnte. »Also vielleicht hat dieser Ticktack die Fähigkeit, in andere Menschen hineinzuschlüpfen, ihr Bewußtsein zu übernehmen, ihren Körper zu kontrollieren, sie wie Marionetten zu benutzen und sie nach Belieben wieder loszuwerden oder aus ihnen herauszuschlüpfen, wenn sie sterben. Vielleicht hat er Ordegard kontrolliert, dann den Penner übernommen, und vielleicht ist der Penner jetzt tot, wirklich tot, seine Knochen liegen in meinem ausgebrannten Wohnzimmer, und Ticktack wird beim nächsten Mal in einem völlig anderen Körper erscheinen.«

»Du meinst, sie waren von ihm besessen?«

»So was ähnliches.«

»Du machst mir langsam Angst«, sagte sie.

»Langsam? Du bist mir wirklich eine harte Frau. Hör mal, Connie, kurz bevor er meine Wohnung in Schutt und Asche gelegt hat, hat Ticktack so was gesagt wie ... ›Du glaubst, du kannst jeden erschießen, den du willst, und damit ist es erledigt, aber nicht bei mir, *mich* zu erschießen erledigt überhaupt nichts.‹« Harry klopfte gegen den Kolben des Revolvers in seinem Schulterholster. »Wen hab ich denn heute erschossen? Ordegard. Und dieser Ticktack erzählt mir, damit sei nichts erledigt. Deshalb möchte ich feststellen, ob an Ordegards Leiche irgendwas merkwürdig ist.«

Sie war verblüfft, aber nicht ungläubig. Sie stimmte sich allmählich auf die Sache ein. »Du willst wissen, ob es Hinweise darauf gibt, daß er von einer Art Geist besessen war?«

»Yeah.«

»Was *sind* denn solche Hinweise?«

»Irgendwas Merkwürdiges.«

»Zum Beispiel daß der Schädel der Leiche leer ist, kein Gehirn drin, nur Asche? Oder daß vielleicht die Nummer 666 auf seinen Nacken gebrannt ist?«

»Ich wünschte, es wäre was so Offensichtliches, aber das bezweifle ich.«

Connie lachte. Ein nervöses Lachen. Unsicher. Kurz.

Sie erhob sich von ihrem Stuhl. »Okay, auf in die Leichenhalle.«

Harry hoffte, daß er durch ein Gespräch mit dem Coroner oder einen Blick auf den Autopsiebericht erfahren würde, was er wissen mußte, und daß es nicht nötig sein würde, sich die Leiche anzusehen. Er wollte nicht noch einmal in dieses Mondgesicht sehen.

14.

Die große Küche des Pacific View Care Home in Laguna Beach bestand ganz aus weißen Kacheln und Edelstahl, so sauber wie ein Krankenhaus.

Alle Ratten oder Kakerlaken, die hier reinkrochen, wären besser imstande, von Scheuerpulver, Seifenlauge und Bohnerwachs leben zu können, dachte Janet Marco.

Obwohl die Küche antiseptisch war, *roch* sie nicht nach Krankenhaus. Die in der Luft hängenden Düfte von Schinken, gebratenem Truthahn, Kräuterfüllung und überbackenen Kartoffeln wurden von dem kräftigen Zimtaroma der süßen Brötchen überlagert, die für den nächsten Tag zum Frühstück gebacken wurden. Es war außerdem ein warmer Ort, und die Wärme war sehr angenehm nach der Kälte, die der eben abgeflaute Sturm in die Märzluft gebracht hatte.

Janet und Danny aßen am Ende eines langen Tisches in der südöstlichen Ecke der Küche zu Abend. Sie waren niemandem im Weg, hatten aber den Vorteil, daß sie von ihrem Platz aus das eifrige Personal beobachten konnten.

Janet war fasziniert vom Arbeitsablauf in der großen Küche, die wie ein Uhrwerk funktionierte. Die Mitarbeiter waren fleißig und schienen zufrieden in ihrer Geschäftigkeit. Sie beneidete sie. Sie wünschte, sie könnte einen Job im Pacific View kriegen, entweder in der Küche oder in einer anderen Abteilung. Doch sie wußte nicht, was für Kenntnisse verlangt wurden. Und sie bezweifelte, daß der Besitzer selbst bei all seiner Gutmütigkeit jemanden einstellen würde, der in einem Auto lebte, sich in öffentlichen Toiletten wusch und keine feste Adresse hatte.

Obwohl es ihr Spaß machte, das Küchenpersonal zu beobachten, frustrierte sie der Anblick dieser Leute bisweilen ganz schön.

Doch sie konnte Mr. Ishigura, dem Besitzer und Betreiber des Pacific View, keinen Vorwurf machen, denn an einem Abend wie diesem war er ein Geschenk des Himmels. Da er sparsam und gutmütig zugleich war, konnte er Verschwendung nicht ertragen und auch nicht den Gedanken, daß in einem so reichen Land jemand hungern sollte. Nachdem fast hundert Patienten und das Personal zu Abend gegessen hatten, blieb regelmäßig so viel übrig, um zehn bis zwölf Leute zu versorgen, weil die Rezepte nicht so exakt kalkuliert werden konnten, um die genau benötigte Anzahl von Portionen zuzubereiten. Mr. Ishigura verteilte diese Mahlzeiten an bestimmte Obdachlose.

Das Essen war zudem gut, wirklich gut. Pacific View war kein gewöhnliches Pflegeheim. Es war exklusiv. Die Patienten waren reich oder hatten zumindest reiche Verwandte.

Mr. Ishigura warb nicht mit seiner Großzügigkeit, und seine Tür stand auch nicht jedem offen. Wenn er Stadtstreicher sah, von denen er annahm, sie seien nicht ausschließlich durch eigenes Verschulden in diese Lage geraten, erzählte er ihnen von den kostenlosen Mittag- und Abendessen in Pacific View. Weil er wählerisch war, konnte man hier essen, ohne dabei mit diesen launischen und gefährlichen Alkoholikern oder Drogenabhängigen an einem Tisch sitzen zu müssen, die die Kirchen- und Missionsküchen so unangenehm machten.

Janet nutzte Mr. Ishiguras Gastfreundschaft bei weitem nicht so oft aus, wie das möglich gewesen wäre. Von den sieben Mittag- und sieben Abendessen, die sie jede Woche in Pacific View hätte essen können, beschränkte sie sich auf jeweils zwei. Die übrige Zeit war sie in der Lage, selbst für sich und Danny zu sorgen, und sie war stolz auf jede Mahlzeit, die sie von ihrem eigenen Verdienst kaufte.

An diesem Dienstagabend aßen außer ihr und Danny noch drei ältere Männer in der Küche, eine alte Frau, deren Gesicht so faltig wie eine verknitterte Papiertüte war, die aber ein Halstuch in fröhlichen Farben und eine leuchtendrote Baskenmütze trug, und ein leider sehr häßlicher junger Mann mit einem deformierten Gesicht. Alle waren abgerissen, aber nicht schmutzig, lange nicht beim Friseur gewesen, aber sie rochen ziemlich sauber.

Sie sprach mit keinem von ihnen, obwohl sie sich gerne unterhalten hätte. Weil sie schon so lange mit niemandem außer Danny länger gesprochen hatte, fehlte ihr das Selbstvertrauen, mit einem anderen Erwachsenen zu plaudern.

Außerdem fürchtete sie, an jemanden zu geraten, der neugierig wäre. Sie wollte keine Fragen über sich selbst und ihre Vergangenheit beantworten müssen. Schließlich war sie eine Mörderin. Und falls Vince' Leiche in der Wüste von Arizona gefunden worden war, würde sie möglicherweise sogar von der Polizei gesucht.

Sie sprach noch nicht einmal mit Danny, der nicht dazu angehalten werden mußte, zu essen oder sich zu benehmen. Obwohl er erst fünf war, war der Junge gut erzogen und wußte, wie man sich bei Tisch verhielt.

Janet war mächtig stolz auf ihn. Während sie aßen, strich sie ihm von Zeit zu Zeit übers Haar, berührte ihn am Nacken oder klopfte ihm auf die Schulter, damit er wußte, daß sie stolz auf ihn war.

O Gott, wie sehr sie ihn liebte. So klein, so unschuldig, und wie geduldig er das Elend ertrug. Ihm durfte nichts zustoßen. Er mußte die Chance bekommen, so aufzuwachsen, daß etwas aus ihm wurde.

Sie konnte das Essen nur so lange genießen, wie sie den Gedanken an den Polizisten mehr oder weniger verdrängte. Den Polizisten, der seine Gestalt verändern konnte. Der fast zu einem Werwolf wie aus dem Kino geworden wäre. Der sich tatsächlich in Vince verwandelt hatte, während der Donner grollte und Blitze flackerten, und der Woofer mitten in der Luft angehalten hatte.

Nach der Begegnung in jener Gasse war Janet durch den strömenden Regen nach Norden gefahren, raus aus Laguna Beach und in Richtung Los Angeles, in dem verzweifelten Wunsch, viele Meilen zwischen sich und das geheimnisvolle Wesen zu legen, das sie töten wollte. Es hatte gesagt, es würde sie finden, egal wohin sie liefen, und sie hatte ihm geglaubt. Aber einfach darauf warten, getötet zu werden, war unerträglich.

Sie kam nur bis Corona Del Mar, der nächsten Stadt an der Küste, ehe ihr klar wurde, daß sie umkehren mußte. In Los Angeles würde sie erst mal lernen müssen, in welchen Vierteln man am besten Mülltonnen plündern konnte und wann die Müllabfuhr kam, damit sie die Tonnen kurz vor den Müllfahrzeugen durchsuchen konnte, welche Gemeinden die toleranteste Polizei hatten, wo man Dosen und Flaschen einlösen konnte, wo es einen Menschenfreund wie Mr. Ishigura gab und vieles andere mehr.

Sie war im Moment knapp bei Kasse und konnte es sich nicht erlauben, so lange von ihren kärglichen Ersparnissen zu leben, bis sie sich an einem neuen Ort auskannte. Das bedeutete Laguna Beach oder nirgendwo.

Das schlimmste daran, bettelarm zu sein, war vielleicht, daß man keinerlei Wahl hatte.

Sie war nach Laguna Beach zurückgefahren und hatte sich insgeheim wegen des Benzins gescholten, das sie verschwendet hatte.

Sie hatten in einer Seitenstraße geparkt und waren den ganzen verregneten Nachmittag über im Auto geblieben. Während Woofer auf dem Rücksitz döste, hatte sie im grauen Licht des Sturms Danny aus einem dicken Märchenbuch vorgelesen, das sie aus einer Mülltonne gerettet hatte. Er mochte es, wenn man ihm vorlas. Er hatte ganz gefesselt dagesessen, während grauweiße und silbrige Schatten auf seinem Gesicht Muster malten, die dem Regenwasser entsprachen, das schimmernd die Windschutzscheibe herunterlief.

Jetzt war der Regen verschwunden, der Tag zu Ende, das Abendessen gegessen und Zeit, für die Nacht in den alten Dodge zurückzukehren. Janet war erschöpft. Sie wußte, Danny würde so schnell einschlafen, wie ein Stein in einem Teich versinkt. Doch sie fürchtete sich davor, ihre Augen zu schließen, denn sie hatte Angst, daß das Polizistending sie finden würde, während sie schliefen.

Als sie ihr schmutziges Geschirr zusammenräumten und zu dem Spülbecken trugen, wo sie es immer abstellten, sprach eine Köchin Janet und Danny an, deren Vorname Loretta war und deren Nachnamen Janet nicht kannte. Loretta war eine stämmige Frau von etwa fünfzig, mit einer Haut so zart wie Porzellan und einer Stirn, die so faltenlos war, als hätte sie in ihrem ganzen Leben keine Sorgen gehabt. Ihre Hände waren kräftig und von der Küchenarbeit gerötet. Sie hatte einen Pappteller voller Fleischreste in der Hand.

»Gibt's den Hund noch?« fragte Loretta. »Dieser putzige Kerl, der die letzten Male hinter euch herlief?«

»Woofer«, sagte Danny.

»Er hat meinen Jungen richtig liebgewonnen«, sagte Janet. »Er ist jetzt draußen auf dem Seitenweg und wartet auf uns.«

»Ich hab was Leckeres für den Süßen«, sagte Loretta und deutete auf die Fleischreste.

Eine hübsche blonde Krankenschwester, die ganz in der Nähe an einem Hackklotz stand und ein Glas Milch trank, bekam ihr Gespräch zufällig mit. »Ist er wirklich so süß?«

»Bloß eine Promenadenmischung«, sagte Loretta, »kein Rassehund, aber so was wie der sollte zum Film.«

»Ich bin verrückt auf Hunde«, sagte die Schwester. »Ich hab' selbst drei. Ich liebe Hunde. Darf ich ihn mal sehen?«

»Aber sicher, komm mit«, sagte Loretta. Dann hielt sie inne und lächelte Janet an. »Haben Sie was dagegen, wenn Angelina ihn sich anguckt?«

Angelina war offensichtlich die Schwester.

»Um Himmels willen, nein, warum sollte ich was dagegen haben?« sagte Janet.

Loretta ging ihnen voran zur Seitentür. Die Reste in der Schale waren nicht fett oder knorpelig, sondern gute Stücke Schinken und Truthahn.

Draußen vor der Tür saß Woofer im gelben Lichtkegel einer Sicherheitslampe und wartete geduldig. Er hielt den Kopf schräg nach rechts, ein Ohr war gespitzt und das andere hing schlaff wie immer, auf seinem Gesicht lag ein fragender Ausdruck. Eine kühle Brise, die erste Regung in der Luft seit dem Sturm, zerzauste sein Fell.

Angelina war auf der Stelle begeistert. »Er ist *wunderbar!*«

»Er gehört mir«, sagte Danny so leise, daß ihn wahrscheinlich außer Janet niemand gehört hatte.

Als ob er das Kompliment der Krankenschwester verstanden hätte, grinste Woofer, und sein buschiger Schwanz fegte heftig über den Asphalt.

Vielleicht verstand er es sogar wirklich. Bereits am ersten Tag, nachdem sie Woofer getroffen hatten, war Janet zu dem Schluß gekommen, daß er ein kluger Köter war.

Angelina nahm der Köchin den Teller mit den Resten ab, ging an allen vorbei und hockte sich vor den Hund. »Du *bist* aber ein Süßer. Sieh mal hier, mein Kerlchen. Sieht das nicht gut aus? Ich wette, das magst du.«

Woofer schaute zu Janet hinüber, als ob er sie um Erlaubnis bäte, sich an den Resten gütlich zu tun. Jetzt war er zwar nur ein Straßenhund ohne Halsband, doch offenbar hatte ihn einmal jemand als Haustier gehalten. Er hatte eine Zurückhaltung, die nur anerzogen sein konnte, und die Fähigkeit, Zuneigung zu erwidern, die bei Tieren – und vielleicht auch bei Menschen – entsteht, wenn sie geliebt werden.

Janet nickte.

Erst dann machte sich der Hund über seine Mahlzeit her und schnappte hungrig nach den Fleischstücken.

Ganz unerwartet erkannte Janet eine Verwandtschaft mit dem Hund, die sie irritierte. Ihre Eltern hatten sie mit einer Grausamkeit behandelt, wie sie kranke Menschen manchmal gegen Tiere richten; aber sie wären sogar mit jeder Katze oder jedem Hund menschlicher umgegangen als mit ihr. Vince war auch nicht netter gewesen. Und wenn es auch keine Hinweise darauf gab, daß man den Hund geschlagen oder ihn hatte hungern lassen, war er ganz sicher ausgesetzt worden. Obwohl er kein Halsband hatte, war er eindeutig nicht wild aufgewachsen; denn er war zu sehr darum bemüht, alles richtig zu machen, und zu sehr von Zuneigung abhängig. Ausgesetzt zu werden war nur eine andere Form von Mißhandlung, was bedeutete, daß Janet mit dem Hund eine Menge Entbehrungen, Ängste und Erfahrungen gemeinsam hatte.

Sie beschloß, den Hund zu behalten, trotz der Mühen und Kosten, die er verursachen mochte. Zwischen ihnen bestand eine Bindung, die Respekt verdiente: Beide waren sie Lebewesen, die zu Mut und Engagement fähig waren – und beide waren sie in Not.

Während Woofer mit der für Hunde typischen Begeisterung fraß, streichelte ihn die junge blonde Krankenschwester, kraulte ihn hinter den Ohren und sprach zärtlich mit ihm.

»Hab' dir doch gesagt, das ist ein ganz Süßer«, sagte Loretta, die Köchin, verschränkte ihre Arme über ihrem riesigen Busen und strahlte Woofer an. »Der sollte wirklich beim Film sein. Ein echter kleiner Charmeur.«

»Er gehört mir«, sagte Danny besorgt und wieder so leise, daß nur Janet ihn gehört haben konnte. Er stand neben ihr und hielt sich an ihr fest. Sie legte beruhigend eine Hand auf seine Schulter.

Nachdem er etwa die Hälfte gefressen hatte, sah Woofer plötzlich von der Schale auf und betrachtete Angelina neugierig. Sein gesundes Ohr richtete sich wieder auf. Er schnupperte an ihrer gestärkten weißen Uniform, ihren schlanken Händen, dann schob er seinen Kopf unter ihre Knie, um den Geruch ihrer weißen Schuhe aufschnappen zu können. Er schnupperte wieder an ihren Händen, leckte ihre Finger, hechelnd und jaulend und immer aufgeregter auf der Stelle tänzelnd.

Die Schwester und die Köchin lachten, weil sie dachten, daß Woofer nur auf das gute Fressen und all die Aufmerksamkeit, die er bekam, reagierte, doch Janet wußte, daß er auf etwas anderes ansprach. Zwischen all dem Hecheln und Jaulen hörte man immer wieder ein kurzes, tiefes Knurren, als ob er einen Geruch witterte, der ihm nicht gefiel. Und sein Schwanz hörte auf zu wedeln.

Ohne Warnung und zu Janets äußerstem Mißfallen wand sich der Hund aus Angelinas streichelnden Händen, schoß um sie herum, flitzte an Danny vorbei, durch die Beine der Köchin und geradewegs durch die offene Tür in die Küche.

»Woofer, nein!« schrie Janet.

Der Hund hörte nicht auf sie, lief weiter, und alle, die in der Gasse gestanden hatten, liefen hinter ihm her.

Das Küchenpersonal versuchte, Woofer einzufangen, aber er war zu schnell für sie. Er wich aus und täuschte sie durch Finten. Seine Krallen klickten auf dem Fliesenboden. Er krabbelte unter Essensanrichten, rollte sich, sprang und änderte immer wieder abrupt seine Richtung, um grapschenden Händen zu entkommen, wobei er sich wie ein Aal schlängelte, hechelte, grinste und offenbar seinen Spaß hatte.

Allerdings war das nicht bloß Spaß und Spiel. Gleichzeitig war er verzweifelt hinter etwas her, folgte einer schwer aufzunehmenden Fährte, schnupperte auf dem Fußboden und in der Luft. Die Öfen, in denen die süßen Brötchen gebacken wurden und aus denen eine wahre Flut von Düften herauskam, die einem das Wasser im Mund zusammenlaufen ließen, schienen ihn nicht zu interessieren, und er sprang auch nicht auf Anrichten, auf denen Essen stand. Ihn interessierte etwas anderes, etwas, das er zunächst an der jungen blonden Krankenschwester namens Angelina entdeckt hatte, was auch immer es war.

»Böser Hund«, rief Janet immer wieder, während sie sich der Verfolgungsjagd anschloß, »böser Hund, böser Hund!«

Woofer warf ein paar verletzte Blicke in ihre Richtung, blieb aber nicht stehen.

Eine Hilfsschwester, die nicht bemerkt hatte, was in der Küche los war, kam mit einem Wagen voller Vorräte durch eine doppelte Pendeltür, und der Hund nutzte die Öffnung sofort aus. Er schoß an der Helferin vorbei durch die Tür in einen anderen Teil des Pflegeheims.

Böser Hund. Stimmt nicht. Guter Hund. Gut.

Der Ort mit dem Futter ist so voller köstlicher Düfte, daß er den anderen Geruch, den seltsamen Geruch, nicht so schnell verfolgen kann, wie er will. Aber auf der anderen Seite der Pendeltür ist ein langer, langer, schmaler Ort, von dem andere Orte nach beiden Seiten abgehen. Hier sind die hungrig machenden Düfte nicht so stark.

Dafür viele andere Gerüche, meistens Menschengerüche, die meisten davon nicht schön. Scharfe Gerüche, salzige Gerüche, ekelhaft süße Gerüche und saure.

Kiefer. Ein Eimer voller Kiefer an dem langen, langen, schmalen Ort. Er steckt seine Nase schnell mal in den Eimer voller Kiefer und fragt sich, wie der ganze Baum da hinein kam, aber es ist kein Baum, nur Wasser, schmutzig aussehendes Wasser, das wie ein ganzer Kiefernbaum riecht, wie ein ganzer Haufen Bäume, alles in einem Eimer. Interessant.

Lauf weiter.

Pipi. Er kann Pipi riechen. Menschenpipi. Verschiedene Sorten von Menschenpipi. Interessant. Zehn, zwanzig, dreißig verschiedene Pipigerüche, keiner davon richtig stark, aber *da*, viel mehr Menschenpipi, als er jemals irgendwo drinnen gerochen hat. Er kann eine Menge an dem Geruch von Menschenpipi erkennen. Was sie gegessen haben, was sie getrunken haben, wo sie heute waren, ob sie in letzter Zeit gerammelt haben, ob sie gesund sind oder krank, wütend oder zufrieden, gut oder schlecht. Die meisten von diesen Leuten haben schon lange nicht mehr gerammelt, und sie sind irgendwie krank, manche von ihnen schlimm krank. Kein Pipi gehört zu der Sorte Pipi, die Spaß macht zu riechen.

Er riecht Schuhleder, Bohnerwachs, Möbelpolitur, Stärke, Rosen, Maßliebchen, Tulpen, Nelken, Zitronen, zehn, zwanzig und noch mehr Sorten von Schweiß, Schokolade gut, Pups schlecht, Staub, feuchte Erde von einer Topfpflanze, Seife, Haarspray, Pfefferminz, Pfeffer, Salz, Zwiebeln, den in der Nase kitzelnden scharfen Geruch von Termiten in einer Wand, Kaffee, heißes Messing, Gummi, Papier, Bleistiftspäne, Karamelbonbons, Buttertrüffel, mehr Kiefernbäume in einem Eimer, einen anderen Hund. Interessant. Ein anderer Hund. Jemand hat einen Hund und bringt seinen Geruch an seinen Schuhen mit, interessanter Hund, weiblich, und er hinterläßt den Geruch auf dem ganzen langen, schmalen Ort. Interessant. Es gibt noch unzählige andere Gerüche – seine Welt besteht hauptsächlich aus Gerüchen – einschließlich dieses seltsamen Geruchs, seltsam und böse, zum Zähnefletschen böse, Feind, abscheuliches Ding, vorher schon mal gerochen, Polizistengeruch, Wolfsgeruch, Polizisten-Wolfs-Ding-Geruch, da, da ist er wieder, hier entlang, hier entlang, immer weiter.

Die Leute jagen ihn, weil er nicht hierhin gehört. An allen möglichen Orten meinen die Leute, daß man nicht hingehört, obwohl man nie so schlecht riecht wie die meisten Menschen, selbst die sauberen, und obwohl man nicht so groß ist, nicht soviel Krach macht und nicht soviel Platz braucht wie die Menschen.

Böser Hund, sagt die Frau, und das tut ihm weh, denn er mag die Frau und den Jungen, tut das für sie, will dem bösen Polizisten-Wolfs-Ding mit dem seltsamen Geruch auf die Schliche kommen.

Böser Hund. Stimmt nicht. Guter Hund. Gut.

Frau in Weiß, kommt durch eine Tür, sieht überrascht aus, riecht überrascht, versucht ihn aufzuhalten. Rasch geknurrt. Sie springt zurück. Sind so leicht zu erschrecken, diese Menschen. So leicht reinzulegen.

Der lange, schmale Ort trifft auf einen anderen langen, schmalen Ort. Mehr Türen, mehr Gerüche, Ammoniak und Schwefel und noch mehr Sorten von kranken Gerüchen, noch mehr Sorten Pipi. Die Leute wohnen hier, aber sie machen hier auch Pipi. Wie merkwürdig. Interessant. Hunde machen nicht da Pipi, wo sie wohnen.

Frau auf dem langen, schmalen Ort, sie trägt etwas, sieht überrascht aus, riecht überrascht, sagt, *Oh, guck mal, wie süß.*

Wedel für sie mit dem Schwanz. Warum nicht? Aber lauf weiter.

Dieser Geruch. Seltsam. Abscheulich. Stark und immer stärker.

Eine offene Tür, sanftes Licht, ein Raum, wo eine kranke Frau auf einem Bett liegt. Er geht hinein, plötzlich wachsam, sieht nach links und rechts, denn dieser Ort stinkt nach dem seltsamen Geruch, das böse Ding, der Boden, die Wände und besonders ein Stuhl, auf dem das böse Ding gesessen hat. Es war lange hier, mehr als einmal, viele Male.

Die Frau sagt, *Wer ist da?*

Sie stinkt. Leicht saurer Schweiß. Krankheit, aber noch mehr als das. Traurigkeit. Tiefe, kraftlose, schreckliche Traurigkeit.

Und Angst. Stärker als alles andere der scharfe, durchdringende, eiserne Geruch von Angst.

Wer ist da? Wer?

Laufende Schritte auf dem langen, schmalen Raum draußen, Leute kommen.

Angst so stark, daß der seltsam-böse Geruch fast verdeckt wird von Angst, Angst, Angst, Angst.

Angelina? Sind Sie das, Angelina?

Der böse Geruch, der Geruch von dem Ding ist um das ganze Bett herum, auf dem Bett drauf. Das Ding hat hier gestanden und mit der Frau geredet, noch nicht lange her, heute, sie berührt, das weiße Tuch über ihr berührt, seine widerlichen Spuren dort, oben auf dem Bett, satt und schwer oben auf dem Bett bei der Frau, und interessant, oh-so-ungeheuer interessant.

Er rennt zurück zur Tür, dreht sich um, läuft zum Bett, springt, segelt, eine Pfote packt das Geländer, räumt aber alle anderen Hindernisse weg, dann ist er oben bei der kranken, angstdurchnäßten Frau, plumps.

Eine Frau schrie.

Janet hatte nie Angst gehabt, daß Woofer jemanden beißen könnte. Er war ein sanftmütiger und freundlicher Hund und schien keiner Seele etwas zuleide tun zu können, außer vielleicht dem Ding, das ihnen am Nachmittag in der Gasse entgegengetreten war.

Doch als sie hinter Angelina in das gedämpft beleuchtete Krankenhauszimmer stürmte und den Hund auf dem Bett der Patientin sah, glaubte Janet einen Augenblick, er würde die Frau angreifen. Sie zog Danny an sich, um ihm diesen brutalen Anblick zu ersparen, dann erst erkannte sie, daß Woofer nur mit gespreizten Beinen über der Patientin stand und an ihr herumschnupperte, heftig an ihr herumschnupperte, aber nichts Schlimmeres machte.

»Nein«, schrie die Kranke, »nein, nein«, als ob nicht nur ein Hund, sondern etwas aus den tiefsten Tiefen der Hölle auf sie gesprungen wäre.

Janet schämte sich wegen des Aufruhrs, fühlte sich verantwortlich und hatte Angst vor den Konsequenzen. Sie bezweifelte, daß sie und Danny noch länger zum Essen in der Küche von Pacific View willkommen sein würden.

Die Frau im Bett war dünn – noch mehr als dünn, ausgemergelt – und so bleich, im Lampenlicht wirkte sie fast so durchsichtig wie ein Geist. Ihr Haar war weiß und glanzlos. Sie wirkte uralt, ein vertrocknetes altes Weib, doch irgendwas an ihr löste bei Janet die Vermutung aus, daß die Ärmste jünger sein könnte, als sie aussah.

Mit offensichtlicher Schwäche bemühte sie sich, sich ein wenig von ihren Kissen aufzurichten und den Hund mit dem rechten Arm abzuwehren. Als sie merkte, daß Woofers Verfolger gekommen waren, drehte sie den Kopf zur Tür. Ihr ausgemergeltes Gesicht mochte früher schön gewesen sein, doch jetzt wirkte es wie das einer Leiche und zumindest in einem Punkt alptraumhaft.

Ihre Augen.

Sie hatte keine.

Janet schauderte unwillkürlich – und war dann doch froh, daß sie Danny an sich gezogen hatte.

»Nehmt es von mir weg!« schrie die Frau in panischer Angst, die in keinem Verhältnis zu der Bedrohung stand, die Woofer darstellte. »Nehmt es von mir weg!«

Wegen der dunklen und violetten Schatten schienen die Augenlider der Kranken bei flüchtigem Hinsehen lediglich geschlossen zu sein. Doch als das Lampenlicht direkter auf ihr abgehärmtes Gesicht fiel, wurde das wahre Grauen ihres Zustands erkennbar. Ihre Lider waren zugenäht wie bei einer Leiche. Der chirurgische Faden hatte sich zweifellos schon lange aufgelöst, doch die Ober- und Unterlider waren zusammengewachsen. Unmittelbar unter den Hautfetzen war nichts, was ihnen Halt gegeben hätte, deshalb waren sie nach innen gesackt und bildeten leichte Hohlräume.

Janet hatte das sichere Gefühl, daß die Frau nicht ohne Augen geboren worden war. Irgendein schreckliches Erlebnis, nicht die Natur, hatte ihr die Sehkraft geraubt. Wie schwer mußten ihre Verletzungen gewesen sein, wenn die Ärzte zu dem Schluß gekommen waren, daß man nicht einmal der Optik halber Glasaugen einsetzen konnte? Eine furchtbare

Ahnung sagte Janet, daß diese blinde und verschrumpelte Patientin jemandem begegnet war, der schlimmer war als Vince und kaltblütiger als Janets eigene verabscheuungswürdige Eltern.

Als Angelina und ein Krankenpfleger sich dem Bett näherten, die blinde Frau »Jennifer« nannten und ihr versicherten, daß gleich alles in Ordnung wäre, sprang Woofer wieder auf den Boden und machte ihnen mit einer weiteren unerwarteten Bewegung einen Strich durch die Rechnung. Statt direkt durch die Tür in den Flur zu verschwinden, flitzte er in das angrenzende Badezimmer, das auch zum nächsten Zimmer gehörte, und stahl sich von dort in den Flur.

Mit Danny an der Hand führte Janet diesmal die Verfolgungsjagd an, nicht nur weil sie sich für das, was passiert war, verantwortlich fühlte und befürchtete, daß ihre Essensprivilegien im Pacific View für immer gestrichen zu werden drohten, sondern weil sie auch darauf erpicht war, das düstere, stickige Zimmer und seine bleiche Bewohnerin zu verlassen. Diesmal führte die Jagd ins Hauptfoyer und von dort in den Besucherraum.

Janet verfluchte sich dafür, daß sie den Köter jemals zu sich genommen hatte. Das schlimmste war noch nicht einmal die Demütigung, die er ihnen mit seinem Streich bereitet hatte, sondern all die Aufmerksamkeit, die er erregte. Sie fürchtete Aufmerksamkeit. Sich ducken und ruhig verhalten, in den Winkeln und Schatten des Lebens bleiben, nur so war es möglich, das Maß an schmählicher Behandlung, das man hinnehmen mußte, gering zu halten. Außerdem wollte sie für andere zumindest noch so lange praktisch unsichtbar bleiben, bis ihr toter Mann weitere ein bis zwei Jahre unter dem Sand von Arizona geruht hatte.

Woofer war zu schnell für sie, auch wenn er seine Schnauze auf dem Boden hielt und den ganzen Weg abschnupperte.

Die Frau, die an diesem Abend am Empfang saß, war eine junge Hispano-Amerikanerin in einer weißen Uniform. Ihre Haare hatte sie mit einem roten Band zu einem Pferdeschwanz zusammengebunden. Sie war von ihrem Pult aufgestanden, um die Ursache des herannahenden Tumults zu erkunden, hatte die Situation erfaßt und rasch gehandelt. Als Woofer in das Foyer gesaust kam, trat sie zur Eingangstür, öffnete die Tür und ließ ihn an sich vorbei auf die Straße schießen.

Draußen blieb Janet atemlos am Fuß der vorderen Treppe stehen. Das Pflegeheim lag östlich vom Küsten-Highway an einer leicht ansteigenden Straße, die von Lorbeer- und Eisenholzbäumen gesäumt war. Die Quecksilberdampf-Straßenlaternen verbreiteten ein unbestimmtes, blaues Licht. Als eine plötzliche Brise die Zweige erschütterte, wimmelte es auf dem Asphalt nur so von den zitternden Schatten der Blätter.

Woofer war etwa fünfzehn Meter von ihnen entfernt, in dem blauen Licht sah er gefleckt aus, und er schnupperte immer weiter auf dem Bürgersteig herum, an Sträuchern, Baumstämmen und an der Bordsteinkante. Doch am intensivsten prüfte er die Nachtluft, als ob er nach einem flüchtigen Geruch suchte. Von den Eisenholzbäumen hatte der Sturm jede Menge stachlige rote Blüten abgerissen, die auf dem Asphalt verstreut lagen wie Kolonien mutierter Seeanemonen, die von einer apokalyptischen Flut angespült worden waren. Als der Hund daran schnupperte, mußte er niesen. Er bewegte sich nur zögernd und unsicher weiter, aber stetig nach Süden.

»Woofer!« rief Danny.

Der Köter drehte sich um und sah sie an.

»Komm zurück!« flehte Danny.

Woofer zögerte. Dann zuckte er mit dem Kopf, schnappte in die Luft und jagte weiter dem Phantom nach, das er verfolgte.

Mühsam die Tränen zurückhaltend, sagte Danny: »Ich dachte, er mag mich.«

Die Worte des Jungen ließen Janet die unausgesprochenen Verwünschungen bedauern, mit denen sie den Hund während der Verfolgungsjagd überhäuft hatte. Sie rief ebenfalls nach ihm.

»Er kommt bestimmt zurück«, versicherte sie Danny.

»Tut er nicht.«

»Vielleicht nicht sofort, aber später, vielleicht morgen oder übermorgen, dann kommt er nach Hause.«

Die Stimme des Jungen zitterte von dem Verlust: »Wie kann er nach Hause kommen, wenn es kein Zuhause gibt, wo er uns finden kann?«

»Doch, das Auto«, sagte sie wenig überzeugend.

Ihr war stärker denn je bewußt, daß ein verrosteter, alter Dodge nur ein erbärmlich unzureichendes Zuhause war. Daß sie nicht in der Lage war, ihrem Sohn etwas Besseres zu bieten, machte ihr Herz plötzlich so schwer, daß es weh tat. Sie wurde so heftig von Angst, Wut, Frustration und Verzweiflung gepackt, daß ihr übel wurde.

»Hunde haben schärfere Sinne als wir«, sagte sie. »Er wird uns finden. Er findet uns ganz bestimmt.«

Die schwarzen Schatten der Bäume regten sich auf dem Asphalt, eine Vorahnung der verwelkten Blätter im kommenden Herbst.

Der Hund erreichte das Ende des Blocks und verschwand um die Ecke, so daß sie ihn nicht mehr sehen konnten.

»Er wird uns finden«, sagte sie, aber sie glaubte es nicht.

Stinkkäfer. Nasse Baumrinde. Der Kalkgeruch von feuchtem Beton. Ein gebratenes Hähnchen an einem Menschenort ganz in der Nähe. Geranien, Jasmin, verwelkte Blätter. Der modrigsäuerliche Geruch von Regenwürmern, die in der regennassen Erde der Blumenbeete herumwühlen. Interessant.

Die meisten Gerüche sind jetzt Nach-dem-Regen-Gerüche, denn der Regen reinigt die Welt und hinterläßt seinen eigenen scharfen Geruch. Doch selbst der heftigste Regen kann nicht *alle* alten Gerüche wegspülen, Schicht um Schicht, Tage und Wochen von Gerüchen, die abgegeben wurden von Vögeln und Käfern, Hunden und Pflanzen, Eidechsen und Menschen und Würmern und Katzen ...

Er nimmt den Geruch von Katzenfell wahr und verharrt in der Bewegung. Er beißt die Zähne bei dem Geruch aufeinander und bläht seine Nasenlöcher. Er ist ganz angespannt.

Komisch mit den Katzen. Er haßt sie eigentlich nicht, aber man kann sie so schön jagen. Es ist unwiderstehlich. Nichts macht mehr Spaß als eine Katze, die gut in Form ist, außer vielleicht ein Junge mit einem Ball zum Werfen und was Gutes zu fressen.

Er ist fast bereit, die Katze zu verfolgen, sie aufzustöbern, doch dann fängt seine Schnauze an zu brennen bei der Erinnerung, wie er von Krallen gekratzt wurde und tagelang eine wunde Nase hatte. Ihm fallen die schlechten Dinge über Katzen ein, wie rasch sie sich bewegen können, dir eine verpassen und dann senkrecht eine Mauer oder einen Baum hochklettern, wo du nicht hinterher kannst, und du sitzt unten, bellst sie an, deine Nase brennt und blutet, du kommst dir blöd vor, und die Katze leckt sich das Fell, sieht dich an und legt sich schlafen, bis dir schließlich nichts anderes übrigbleibt, als irgendwo hinzugehen und auf einem alten Stock rumzubeißen oder dir ein paar Eidechsen zu schnappen, bis es dir wieder bessergeht.

Autoabgase. Nasse Zeitung. Alter Schuh voller Menschenfußgeruch.

Tote Maus. Interessant. Tote Maus, die im Rinnstein verrottet. Die Augen auf. Die winzigen Zähne gebleckt. Interessant. Merkwürdig, daß tote Dinge sich nicht bewegen. Außer wenn sie lange genug tot sind, dann sind sie voller Bewegung, aber nicht sie bewegen sich, sondern Dinge in ihnen. Tote Maus, der steife Schwanz ragt gerade in die Luft. Interessant.

Polizisten-Wolfs-Ding.

Er streckt den Kopf nach oben und sucht den schwachen Geruch. Zum größten Teil hat dieses Ding einen Geruch wie kein anderes Wesen, das ihm je begegnet ist, was es interessant macht. Zum Teil ist es ein menschlicher Geruch, aber nur zum Teil. Es ist auch ein Ding-das-dich-töten-wird-Geruch, den du manchmal an Menschen und an bestimmten verrückten, bösartigen Hunden riechen kannst, die größer sind als du, und an Kojoten und an Schlangen, die klappern. Tatsächlich hat es mehr von diesem Ding-das-dich-töten-wird-Gestank als alles andere, was ihm jemals über den Weg gelaufen ist, was bedeutet, daß er vorsichtig sein muß. Doch zum größten Teil hat es seinen eigenen Geruch: wie und doch nicht wie das Meer in einer kalten Nacht; wie und doch nicht wie ein Metallzaun an einem heißen Tag; wie und doch nicht wie die tote, verrottende Maus; wie und doch nicht wie Blitz, Donner, Spinnen, Blut und dunkle Löcher in der Erde, die interessant, aber unheimlich sind. Sein schwacher Geruch ist ein einzelner zerbrechlicher Faden im schweren Teppich der nächtlichen Düfte, doch er folgt ihm.

Zweiter Teil

Polizeiarbeit und ein Hundeleben

In diesen modernen Zeiten
wird Tugend mit Tod belohnt.
So scheint es in den finstersten Stunden.
Das Böse siegt, das Gute verkriecht sich.

Von Gewalt und Laster regiert,
stehen wir alle auf dünnem Eis.
Sind wir tapfer, oder sind wir feig,
hier auf diesem dünnen Eis?

Bleiben wir stehen oder laufen wir Schlittschuh?
Lachen und feiern wir,
obwohl wir wissen, wir könnten durch das Eis brechen?
Wollen wir das Eis um jeden Preis erhalten?

Das Buch gezählten Leids

Wirst du vom Sturm geschüttelt,
ergib dich dem Chaos.

Das Buch gezählten Leids

Drei

1.

Sie nahmen den Küsten-Highway, weil sich an der Kreuzung der Freeways nach Costa Mesa und nach San Diego ein mit flüssigem Stickstoff beladener Tankwagen überschlagen und die Freeways in Parkplätze verwandelt hatte. Harry holte das letzte aus dem Honda heraus, wechselte ständig die Spur, raste über gelbe Ampeln und fuhr sogar bei Rot durch, wenn auf den Querstraßen keine Autos kamen. Er fuhr eher wie Connie, wenn sie in der entsprechenden Laune war, als wie er selbst.

Erbarmungslos wie ein kreisender Geier beherrschte das drohende Verhängnis all seine Gedanken. In Connies Küche hatte er noch zuversichtlich über Ticktacks Verletzbarkeit gesprochen. Doch wie verletzbar konnte der Kerl sein, wenn er über Kugeln und Feuer nur lachte?

Er sagte: »Danke, daß du nicht so bist wie die Leute in diesen Filmen, die riesige Fledermäuse bei Vollmond kreisen sehen und Opfer, denen das Blut ausgesaugt wurde, die aber dennoch behaupten, das könne nicht sein, es gebe keine Vampire.«

»Oder wie der Priester, der sieht, wie sich der Kopf des kleinen Mädchens um 360 Grad dreht und ihr Bett schwebt – aber er kann immer noch nicht glauben, daß es einen Teufel gibt, deshalb konsultiert er Psychologiebücher, um eine Diagnose zu stellen.«

»Was glaubst du, worunter er im Index nachsieht?«

Connie sagte: »Unter ›U‹ wie ›Unheimliche Scheiße‹.«

Sie überquerten einen Seitenkanal des Hafens von Newport. Auf dem dunklen Wasser schimmerten die Lichter der Häuser und Boote.

»Seltsam«, sagte Harry. »Da war man sein Leben lang davon überzeugt, daß Leute, die an so ein Zeug glauben, blöd wie gehirnamputierte Molche sind – dann passiert so was, und sofort ist man bereit, alle möglichen fantastischen Theorien zu glauben. Im Grunde unseres Herzens sind wir alle Wilde, die den Mond anbeten und *wissen*, daß die Welt viel seltsamer ist, als wir wahrhaben wollen.«

»Nicht daß ich deine Theorie bereits akzeptiert hätte, deinen verrückten Superman.«

Er sah sie an. Im Licht des Armaturenbretts glich ihr Gesicht der Skulptur einer Göttin aus der griechischen Mythologie, die in Bronze gegossen und mit einer Grünspanschicht überzogen war. »Wenn nicht meine Theorie, was dann?«

Statt ihm zu antworten, sagte sie: »Wenn du fahren willst wie ich, dann guck' auf die Straße.«

Das war ein guter Rat, und er beherzigte ihn gerade noch rechtzeitig, um zu verhindern, daß er eine gute Tonne Honda-Mus am Heck eines klapprigen alten Mercedes produzierte, der von Methusalems Großmutter persönlich gefahren wurde und auf dem ein Aufkleber LIZENZ ZUM TÖTEN prangte. Mit quietschenden Reifen preschte er um die Limousine herum. Als sie auf gleicher Höhe waren, machte die ehrwürdige Dame hinter dem Lenkrad ein finsteres Gesicht und zeigte ihnen den Mittelfinger.

»Selbst Großmütter sind nicht mehr das, was sie mal waren«, sagte Connie.

»Wenn nicht meine Theorie, was dann?« fragte er beharrlich.

»Ich weiß es nicht. Ich meine nur – wenn du auf dem Chaos surfen willst, solltest du nie denken, daß du über sämtliche Strömungen Bescheid weißt, weil du dann nämlich von einer großen Welle nach unten gerissen wirst.«

Er dachte darüber nach und fuhr eine Zeitlang schweigend.

Die Hotels und Bürohochhäuser im Zentrum von Newport trieben auf der linken Seite an ihnen vorbei, als ob sie sich bewegten und nicht das Auto, große erleuchtete Schiffe, die auf geheimnisvollen Missionen durch die Nacht segelten. Die Wiesen und die Palmenreihen am Rand wirkten unnatürlich grün und viel zu perfekt, um echt zu sein, wie ein riesiges Bühnenbild. Der Sturm, der vorhin über Kalifornien hinweggefegt war, schien aus einer anderen Dimension gekommen zu sein. Offenbar hatte er der Welt einen seltsamen Anstrich gegeben und einen Rest von Schwarzer Magie zurückgelassen.

»Was ist mit deinen Eltern?« fragte Connie. »Dieser Kerl hat gesagt, er würde erst jeden vernichten, den du liebst, *dann* dich.«

»Sie wohnen ein paar hundert Meilen die Küste rauf. Sie hängen hier nicht mit drin.«

»Wir wissen nicht, wie weit sein Einfluß reicht.«

»Wenn sein Einfluß so weit reicht, dann *ist* er Gott. Wie dem auch sei, erinnerst du dich an das, was ich vorhin gesagt habe, von wegen daß dieser Kerl einem vielleicht eine übersinnliche Markierung anheftet? So wie Wildhüter einem Hirschen oder einem Bären ein elektronisches Ding verpassen, um etwas über ihre Wandergewohnheiten zu erfahren. Das kommt mir plausibel vor. Es könnte also sein, daß er meine Eltern nicht finden kann, wenn ich ihn nicht zu ihnen führe. Vielleicht weiß er nur das über mich, was ich ihm gezeigt habe, seit er mich heute nachmittag markiert hat.«

»Also bist du als erstes zu mir gekommen, weil ...«

Weil ich dich liebe? fragte er sich. Aber er sagte nichts.

Er war erleichtert, als sie ihn aus dieser peinlichen Lage erlöste:

»... weil wir Ordegard zusammen erledigt haben. Und wenn dieser Kerl Ordegard kontrollierte, dann ist er auf mich fast genauso wütend wie auf dich.«

»Ich mußte dich warnen«, sagte Harry. »Wir hängen da beide drin.«

Obwohl sie ihn – wie er wußte – neugierig betrachtete, sagte sie nichts. Er tat so, als würde er ihren analytischen Blick nicht bemerken.

Nach einer Weile sagte sie: »Du glaubst, dieser Ticktack kann sich einschalten und uns hören und sehen, wann immer er will? Also zum Beispiel jetzt?«

»Ich weiß nicht.«

»Er kann nicht allwissend sein, wie Gott«, sagte Connie. »Vielleicht sind wir ja nur ein blinkendes Licht auf seinem geistigen Kontrollmonitor, und er kann uns nur sehen oder hören, wenn wir *ihn* sehen und hören können.«

»Vielleicht. Wahrscheinlich. Wer weiß?«

»Wir sollten hoffen, daß es so ist. Denn wenn er uns die ganze Zeit zuhört und uns beobachtet, dann sind unsere Chancen gleich Null, diesen Scheißkerl jemals zu erwischen. In dem Moment, wo wir uns ihm nähern, wird er uns niederbrennen, so wie er deine Wohnung in Schutt und Asche gelegt hat.«

Auf der von Geschäften gesäumten Hauptstraße von Corona Del Mar und entlang der dunklen Küste von Newport, wo das Land für eine neue Siedlung auf den zum Meer hin liegenden Hügeln begradigt wurde und wo riesige Maschinen zum Bewegen von Erdmassen wie prähistorische Tiere standen, die im Stehen schliefen, hatte Harry ein kribbelndes Gefühl im Nacken. Als sie den Küsten-Highway nach Laguna Beach hinunterfuhren, wurde es noch schlimmer. Er kam sich vor wie eine Maus, die von einer sich anschleichenden Katze beobachtet wird.

Laguna war eine Künstlerkolonie und ein Touristenmekka, immer noch berühmt für seine Schönheit, obwohl es schon bessere Tage gesehen hatte. Mit goldenen Lichtern gesprenkelt und von sanftem Grün bedeckt, fielen seine Hügel von Osten zur Küste des Pazifiks hin langsam ab, so anmutig, wie eine schöne Frau eine Treppe zur Brandung hinuntersteigt. Doch heute abend wirkte die Dame weniger schön als gefährlich.

2.

Das Haus stand auf einem Kliff über dem Meer. Die Westseite war fast vollständig aus getöntem Glas und bot einen kolossalen Blick auf den Himmel, das Wasser und die tosende Brandung.

Wenn Bryan tagsüber schlafen wollte, konnte er die elektronisch gesteuerten Rolläden herunterlassen, um die Sonne zu verbannen. Jetzt war jedoch Nacht, und während Bryan schlief, war in den riesigen Fenstern ein schwarzer Himmel zu sehen, ein noch schwärzeres Meer und die leuchtenden Brecher, die wie in Reih und Glied marschierende Geistersoldaten heranrollten.

Wenn Bryan schlief, träumte er immer.

Obwohl die meisten Leute in Schwarzweiß träumen, waren seine Träume ganz in Farbe. Ja, das Farbenspektrum in seinen Träumen war sogar noch größer als im wirklichen Leben, eine sagenhafte Vielfalt von Abstufungen und Schattierungen, die jedem Traumbild eine bezaubernde Verschlungenheit verliehen.

Die Zimmer in seinen Träumen waren nicht bloß vage angedeutet und die Landschaften keine impressionistischen Schmierereien. Jeder Schauplatz, den er im Schlaf sah, war anschaulich – sogar erschreckend – detailliert. Wenn er von einem Wald träumte, wurde jedes Blatt mit allen Adern gezeigt, hatte eine individuelle Sprenkelung und Schattierung. Wenn es um Schnee ging, war jede Flocke einzigartig.

Schließlich war er nicht irgendein Träumer. Er war ein schlummernder Gott. Kreativ.

An diesem Dienstagabend waren Bryans Träume wie immer voller Gewalt und Tod. Er konnte seine Kreativität am besten in fantasievollen Formen der Zerstörung ausdrücken.

Er ging durch die Straßen einer Phantasiestadt, die labyrinthischer war als jede Stadt, die in der realen Welt existierte, eine Metropole voller Türme. Wenn Kinder ihn ansahen, wurden sie von einer Seuche befallen, die so wunderbar bösartig war, daß aus ihren kleinen Gesichtern auf der Stelle Unmengen nässender Pusteln hervorbrachen und blutige Verletzungen ihnen die Haut zerrissen. Wenn er starke Männer nur berührte, gingen sie in Flammen auf, und die Augen schmolzen ihnen in den Höhlen. Junge Frauen alterten vor seinen Augen, welkten und starben innerhalb von Sekunden, von Objekten der Begierde in von Würmern wimmelnde Abfallhaufen verwandelt. Wenn Bryan den Ladenbesitzer vor seinem Lebensmittelgeschäft an der Ecke anlächelte, fiel er auf die Straße, wand sich im Todeskampf, und Scharen von Kakerlaken krochen ihm aus Ohren, Nasenlöchern und Mund.

Für Bryan war das kein Alptraum. Er genoß seine Träume und wachte stets erfrischt und erregt daraus auf.

Die Straßen der Stadt lösten sich in die unzähligen Zimmer eines endlosen Bordells auf, wo in jedem reich verzierten Gemach eine andere schöne Frau darauf wartete, ihn zu beglücken. Nackt warfen sie sich vor ihm nieder und flehten ihn an, ihm zu

Diensten sein zu dürfen, doch er würde mit keiner schlafen. Statt dessen schlachtete er jede Frau auf eine andere Art ab, ersann immer wieder neue Brutalitäten, bis er von ihrem Blut durchnäßt war.

Sex interessierte ihn nicht. Macht war viel befriedigender als Sex, und am meisten befriedigte ihn die Macht zu töten.

Er konnte von ihren Schreien um Gnade nie genug bekommen. Ihre Stimmen klangen ähnlich wie das Quietschen der kleinen Tiere, die er gelehrt hatte, ihn zu fürchten, als er noch ein Kind war und gerade erst angefangen hatte zu Werden. Er war dazu ausersehen, sowohl in der Traumwelt als auch in der wirklichen Welt zu herrschen und der Menschheit zu helfen, die Demut neu zu erlernen, die sie verloren hatte.

Er wachte auf.

Einige köstliche Minuten lang lag Bryan in einem Gewirr von schwarzen Bettüchern, wo er sich so bleich von der zerknitterten Seide abhob wie der leuchtende Schaum auf den Kronen der Wellen, die sich am Ufer unterhalb seiner Fenster brachen. Die Euphorie des blutrünstigen Traums blieb ihm noch eine Weile erhalten und war unermeßlich besser als das Wonnegefühl nach einem Orgasmus.

Er sehnte den Tag herbei, an dem er die reale Welt so brutal behandeln konnte wie die Welt in seinen Träumen. Sie hatten Strafe verdient, diese wimmelnden Massen. In ihrer Ichbezogenheit hatten sie voller Stolz angenommen, daß die Welt für sie geschaffen worden wäre, zu ihrem Vergnügen, und sie waren über sie hergefallen. Doch *er* war der Höhepunkt der Schöpfung, nicht sie. Sie mußten zutiefst erniedrigt und ihre Anzahl mußte reduziert werden.

Er war allerdings noch jung, noch nicht im Vollbesitz seiner Macht, noch im Werden. Er wagte noch nicht, damit anzufangen, die Erde zu reinigen, wie es seine Bestimmung war.

Nackt stieg er aus dem Bett. Die leicht kühle Luft auf seiner bloßen Haut fühlte sich gut an.

Neben dem schicken, ultramodernen, schwarz lackierten Bett mit den seidenen Laken enthielt das große Schlafzimmer keine weiteren Möbelstücke außer zwei passenden schwarzen Nachttischen und zwei schwarzen Marmorlampen mit schwarzen

Schirmen. Keine Stereoanlage, kein Fernseher oder Radio. Es gab keinen Stuhl, auf dem man sich entspannen und lesen konnte. Bücher waren für ihn uninteressant, weil sie nicht das Wissen enthielten, das er sich aneignen mußte, und keinerlei Unterhaltung boten, die der ebenbürtig war, die er sich selbst verschaffen konnte. Wenn er die Phantomkörper schuf und manipulierte, mit denen er durch die Außenwelt streifte, lag er am liebsten im Bett und starrte an die Decke.

Er hatte keine Uhr. Brauchte keine. Er war so auf die Mechanismen des Universums eingestellt, daß er immer auf die Stunde, Minute und Sekunde genau wußte, wie spät es war. Das war ein Teil seiner Gabe.

Die gesamte Wand gegenüber dem Bett war vom Fußboden bis zur Decke verspiegelt. Er hatte überall im Haus Spiegel; es gefiel ihm, was sie ihm von sich selbst zeigten, das Bildnis der Gottheit im Werden in all ihrer Anmut, Schönheit und Macht.

Abgesehen von den Spiegeln waren die Wände schwarz gestrichen. Die Decke war ebenfalls schwarz.

Auf den schwarz lackierten Brettern eines großen Bücherregals standen Hunderte mit Formaldehyd gefüllte Schraubgläser, die jeweils einen halben Liter faßten. Darin schwammen Augenpaare, die selbst bei tiefer Dunkelheit für Bryan sichtbar waren. Einige waren die Augen von menschlichen Wesen: Männer, Frauen, Kinder, die seine Strafe empfangen hatten; blau, braun, schwarz, grau und grün in diversen Schattierungen. Andere waren die Augen von Tieren, an denen er vor Jahren zum ersten Mal seine Macht ausprobiert hatte: Hausmäuse, Wüstenspringmäuse, Eidechsen, Schlangen, Schildkröten, Katzen, Hunde, Vögel, Eichhörnchen, Kaninchen; einige leuchteten selbst im Tod noch schwach und schimmerten blaßrot, gelb oder grün.

Votivaugen. Ihm geopfert von seinen Untergebenen. Symbole, mit denen sie seine Macht, seine Überlegenheit, sein Werden anerkannten und ihn bewunderten und anbeteten.

Schaut mich an und zittert, sprach der Herr. Denn ich bin die Gnade, aber ich bin auch der Zorn. Ich bin die Vergebung, aber ich bin auch die Rache. Und alles was euch widerfährt, widerfährt euch von mir.

3.

Trotz der summenden Ventilatoren roch es in dem Raum nach Blut, Galle, Gasen aus dem Verdauungstrakt und einem beißenden Desinfektionsmittel, von dem Connie blinzeln mußte.

Harry sprühte sich etwas Binaca-Atemspray auf die linke Handfläche. Er hielt sich die befeuchtete hohle Hand über die Nase, damit der Pfefferminzgeruch zumindest etwas vom Geruch des Todes überdecken würde.

Er bot Connie das Binaca an. Sie zögerte, dann nahm sie es an.

Die tote Frau lag nackt und mit aufgerissenen Augen auf dem schräg gestellten Tisch aus Edelstahl. Der Coroner hatte einen großen Y-förmigen Einschnitt in ihren Unterleib gemacht, und die meisten ihrer Organe waren vorsichtig entfernt worden.

Sie war eins von Ordegards Opfern aus dem Restaurant. Ihr Name war Laura Kincade. Dreißig Jahre alt. Sie war hübsch gewesen, als sie am Morgen aufstand. Jetzt war sie eine Horrorgestalt aus einem Laden für makabre Scherzartikel.

Das Licht aus den Leuchtstoffröhren gab ihren Augen, in denen sich das Mikrophon über ihr und das biegsame Metallkabel, an dem es hing, zweifach spiegelte, einen milchigen Glanz. Ihre Lippen waren geöffnet, als ob sie sich jeden Moment aufsetzen, in das Mikrophon sprechen und dem offiziellen Bericht über ihre Autopsie ein paar Bemerkungen hinzufügen wollte.

Der Gerichtsmediziner und zwei Assistenten machten Überstunden, um die letzte von drei Untersuchungen an Ordegard und seinen beiden Opfern abzuschließen. Die Männer sahen erschöpft aus, sowohl physisch als auch psychisch.

In all den Jahren, die sie bei der Polizei arbeitete, war Connie nie einem dieser abgehärteten forensischen Pathologen begegnet, die man so häufig in Film und Fernsehen sah, die Leichen aufschnitten und dabei grobe Witze machten, unberührt von den Tragödien anderer. Im Gegenteil, auch wenn man einen solchen Job mit professioneller Distanz angehen mußte, so forderte der regelmäßige enge Kontakt mit den Opfern brutaler Verbrechen doch auf irgendeine Weise seinen Tribut.

Teel Bonner, der Chefpathologe war fünfzig, schien aber älter zu sein. In dem kalten Neonlicht wirkte sein Gesicht eher fahl als gebräunt, und die Säcke unter seinen Augen waren so groß, daß man genug für ein Wochenende auf dem Land hätte hineinpacken können.

Bonner hielt im Schneiden inne, um ihnen zu sagen, daß das Band von der Ordegard-Autopsie bereits von der Sekretärin transkribiert worden sei. Die Abschrift sei in einem Ordner auf seinem Schreibtisch in dem von Glaswänden umgebenen Büro neben dem Autopsieraum. »Ich habe den Abschlußbericht noch nicht geschrieben, aber die Fakten stehen alle da drin.«

Connie war froh, in das Büro gehen und die Tür schließen zu können. Der kleine Raum hatte einen eigenen Ventilator und die Luft war relativ frisch.

Die braune Kunststoffpolsterung des Sessels war abgewetzt, faltig und vom Alter fleckig. Der übliche Metallschreibtisch war zerkratzt und verbeult.

Hier handelte es sich nicht um das Leichenschauhaus einer großen Stadt mit mehreren Autopsieräumen und einem professionell ausgestatteten Büro für Empfänge im Beisein von Reportern und Politikern. In kleineren Städten war ein gewaltsamer Tod im allgemeinen immer noch mit weniger Glamour verbunden als in den Metropolen.

Harry setzte sich und las in dem Autopsieprotokoll, während Connie an der Glaswand stand und die drei Männer beobachtete, die sich in dem Raum dahinter um die Leiche scharten.

Die Todesursache bei James Ordegard waren drei Schußverletzungen im Oberkörper – was Connie und Harry bereits wußten, denn alle drei Kugeln waren aus Harrys Revolver abgegeben worden. Die Schüsse hatten unter anderem ein Loch in den linken Lungenflügel gerissen und zu einem Kollaps geführt, größeren Schaden am Dickdarm angerichtet sowie an der Darmbeinarterie und an den Baucharterien, die Nierenarterie durchtrennt, durch Knochensplitter und Blei schwere Verletzungen an Magen und Leber verursacht sowie einen Riß im Herzmuskel, der zum sofortigen Herzstillstand geführt haben konnte.

»Irgendwas Merkwürdiges?« fragte sie mit dem Rücken zu ihm.

»Was zum Beispiel?«

»Was zum Beispiel? Frag *mich* nicht. Du bist doch derjenige, der denkt, daß man erkennen kann, ob ein Toter von etwas besessen war oder nicht.«

Im Autopsieraum glichen die drei Pathologen, die an Laura Kincade arbeiteten, auf unheimliche Weise Ärzten, die sich um eine Patientin bemühten, deren Leben sie zu retten versuchten. Die Bewegungen waren dieselben, nur das Tempo war anders. Doch das einzige, was diese Männer retten konnten, war eine Aufzeichnung, auf ganz genau welche Weise eine Kugel einen zerbrechlichen menschlichen Körper tödlich verletzt hatte, das *Wie* von Lauras Tod. Sie konnten auch nicht annähernd die viel wichtigere Frage beantworten: *Warum*? Selbst James Ordegard und seine verdrehten Motive konnten das *Warum* nicht erklären; er war nur ein weiterer Teil des *Wie*. Zu erklären warum war eine Aufgabe für Priester und Philosophen, die sich Tag für Tag hilflos nach dem Sinn abstrampeln.

»Sie haben eine Schädelöffnung durchgeführt«, sagte Harry auf dem quietschenden Stuhl des Gerichtsmediziners.

»Und?«

»Keine erkennbaren Blutgerinnsel. Keine ungewöhnliche Menge Rückenmarksflüssigkeit, keine Anzeichen von Überdruck.«

»Haben sie das Gehirn aufgeschnitten?« fragte sie.

»Bestimmt.« Er blätterte raschelnd in dem Protokoll herum. »Yeah, hier.«

»Gehirntumor? Abszeß? Krankhafte Gewebsveränderungen?«

Er überflog einen Augenblick schweigend den Bericht. Dann: »Nein, nichts in der Art.«

»Blutungen?«

»Keine festgestellt.«

»Embolie?«

»Keine gefunden.«

»Epiphyse?«

Es konnte passieren, daß die Epiphyse sich verschob und unter den Druck umliegenden Gehirngewebes geriet, was zu extrem lebhaften Halluzinationen führte, manchmal zu Paranoia und brutalem Verhalten. Doch auch das war bei Ordegard nicht der Fall.

Während sie die Autopsie aus einer gewissen Entfernung beobachtete, dachte Connie an ihre Schwester Colleen, die seit fünf Jahren tot war, bei der Geburt eines Kindes gestorben. Es kam ihr so vor, als ob Colleens Tod genausowenig Sinn ergab wie der Tod der armen Laura Kincade, die den Fehler gemacht hatte, im falschen Restaurant zu Mittag zu essen.

Andererseits ergab kein Tod einen Sinn. Alles wurde nur geboren, um zu sterben. Wo lagen darin Logik und Vernunft?

»Nichts«, sagte Harry und legte den Bericht wieder auf den Schreibtisch. Die Federn des Sessels ächzten und quietschten, als er aufstand. »Keine unerklärlichen Male auf dem Körper, keine seltsamen physiologischen Gegebenheiten. Falls Ordegard von Ticktack beherrscht wurde, gibt es an der Leiche keine Hinweise darauf.«

Connie wandte sich von der Glaswand ab. »Was nun?«

Teel Bonner zog die Schublade im Leichenschauhaus auf.

Der nackte Körper von James Ordegard lag darin. Seine weiße Haut hatte an einigen Stellen einen bläulichen Schimmer. Mit schwarzen Garnstichen hatte man die umfangreichen Einschnitte von der Autopsie geschlossen.

Das Mondgesicht. Die Totenstarre hatte seine Lippen zu einem schiefen Lächeln verzogen. Doch zumindest waren seine Augen geschlossen.

»Was wollten Sie sehen?« fragte Bonner.

»Ob er noch da war«, sagte Harry.

Der Pathologe warf Connie einen Blick zu. »Wo sollte er sonst sein?«

4.

Der Boden des Schlafzimmers war mit schwarzen Keramikfliesen ausgelegt. Wie sich kräuselndes Wasser glitzerte er an einigen Stellen von dem schwachen Widerschein des Lichts aus der Nacht jenseits der Fenster. Er war kühl unter Bryans Füßen.

Als er zu der gläsernen Wand schlenderte, die aufs Meer hinausging, reflektierten die riesigen Spiegel Schwarz auf Schwarz, und seine nackte Gestalt glitt wie ein Geist aus Rauch durch die Schattenschichten.

Er stand am Fenster und starrte auf das schwarze Meer und den teerfarbenen Himmel. Die gleichmäßig ebenholzschwarze Aussicht wurde nur durch die Kronen der Brecher und die wie Zuckerguß aussehenden Flecken an der Unterseite der Wolken aufgelockert. Der Zuckerguß war eine Spiegelung der Lichter von Laguna Beach hinter ihm; sein Haus stand an einem der westlichsten Punkte der Stadt.

Die Aussicht war perfekt und ausgewogen, weil ihr das menschliche Element fehlte. Kein Mann, keine Frau, kein Kind, kein Gebäude, keine Maschine, überhaupt nichts von Menschenhand Geschaffenes drängte sich da hinein. So ruhig und dunkel. So sauber.

Er konnte es kaum erwarten, die Menschheit und all ihre Werke von weiten Teilen der Erde auszurotten und die Menschen auf ausgewählte Reservate zu beschränken. Aber er war noch nicht im Vollbesitz seiner Macht, er war noch im Werden.

Er senkte seinen Blick von Himmel und Meer zum fahlen Strand am Fuße des Kliffs.

Während er seine Stirn gegen das Glas lehnte, stellte er sich Leben vor – und indem er es sich vorstellte, schuf er es. Auf der glatten Fläche oberhalb der Gezeitenlinie begann der Sand sich zu bewegen. Er türmte sich auf und bildete einen Kegel von der Größe eines Mannes – und *wurde* dann ein Mann. Der Penner. Das vernarbte Gesicht. Die Reptilienaugen.

Eine solche Person hatte nie existiert. Der Landstreicher war ein reines Fantasiegeschöpf von Bryan. Mit Hilfe derartiger Kreaturen konnte Bryan die Welt durchqueren, ohne daß ihm selbst eine Gefahr drohte.

Auch wenn seine Phantomkörper erschossen, verbrannt und zermalmt werden konnten, ohne daß das ihm selbst schadete, war sein eigener Körper erschreckend verletzlich. Wenn er sich schnitt, blutete er. Wenn er geschlagen wurde, kriegte er blaue Flecke. Er nahm an, wenn er Geworden war, dann würden ihm Unverwundbarkeit und Unsterblichkeit als letzte Gaben verliehen werden und seine Erhebung in den Stand einer Gottheit signalisieren – weshalb er begierig war, seine Mission zu erfüllen.

Nun ließ er nur noch einen Teil seines Bewußtseins in seinem wirklichen Körper zurück und versetzte sich in den Penner auf dem nächtlichen Strand. Aus dieser grobschlächtigen Gestalt blickte er hinauf zu seinem Haus auf der Klippe. Er sah seinen eigenen nackten Körper, der am Fenster stand und nach unten starrte.

In der jüdischen Überlieferung gab es ein Wesen namens Golem. In Gestalt eines Menschen aus Lehm geformt und zum Leben erweckt, war es zumeist ein Instrument der Rache.

Bryan konnte unendlich viele Formen von Golems schaffen und sich durch sie an sein Opfer anpirschen, die Herde ausdünnen und die Welt überwachen. Doch er konnte nicht in den Körper wirklicher Menschen eindringen und ihr Bewußtsein kontrollieren, was ihm sehr viel Spaß gemacht hätte. Vielleicht würde er diese Fähigkeit ebenfalls besitzen, wenn er Geworden war.

Er zog sein Bewußtsein aus dem Golem am Strand zurück und veranlaßte ihn durch bloßes Betrachten von seinem hohen Fenster aus, seine Gestalt zu verändern. Er wurde noch dreimal so groß, nahm die Form eines Reptils an und entwickelte riesige, lederartige Flügel.

Manchmal schoß das Ergebnis über das hinaus, was er beabsichtigt hatte, nahm ein eigenes Leben an und widerstand seinen Bemühungen, es in Schach zu halten. Deshalb übte er ständig, verbesserte seine Techniken und erprobte seine Macht, um sie zu stärken.

Einmal hatte er, inspiriert von dem Film *Alien*, einen Golem geschaffen und damit unter den Landstreichern in einem Lager von zehn Obdachlosen unter einer Freeway-Überführung in Los Angeles gewütet. Er hatte vorgehabt, zwei von ihnen blitzschnell abzuschlachten und die übrigen mit der Erinnerung an seine Macht und gnadenlose Strafe zurückzulassen. Doch dann wurde er ganz aufgeregt angesichts ihrer extremen Panik über das unerklärliche Erscheinen dieses Filmmonsters. Es erregte ihn, wie seine Klauen ihr Fleisch aufrissen, die Hitze des spritzenden Bluts zu spüren, den Gestank der dampfend herausfallenden Organe und das Knacken der Knochen, die in seinen riesigen Händen so zerbrechlich waren wie Kalkstangen. Die Schreie der Sterbenden waren zunächst durchdringend schrill, wurden dann aber schwach, zitternd und erotisch; sie übergaben ihm ihr Leben wie Liebhaber sich hingeben mochten. So erschöpft waren sie von der Intensität ihrer Leidenschaft, daß sie nur unter Seufzen, Flüstern und Schaudern erlagen. Für einige Minuten *war* er das Geschöpf, das er geschaffen hatte, bestand nur aus messerscharfen Zähnen und Klauen, mit stacheligem Rückgrat und peitschendem Schwanz, und hatte seinen wirklichen Körper vergessen, in dem sein Bewußtsein ruhte. Als er wieder zur Besinnung kam, stellte er fest, daß er alle zehn Männer unter der Überführung getötet hatte und auf einem Schlachtfeld voll Blut, ausgenommener Leiber, abgetrennter Köpfe und Gliedmaßen stand.

Er war über das Ausmaß der Gewalttat, die er begangen hatte, weder schockiert noch erschrocken gewesen – bloß darüber, daß er sie alle in einer hirnlosen Raserei getötet hatte. Es war unerläßlich, sich beherrschen zu lernen, wenn er seine Mission erfüllen und Werden wollte.

Er hatte die Macht der Pyrokinese benutzt, um die Leichen in Brand zu setzen, sie so heftig in Flammen aufgehen lassen, daß selbst ihre Knochen zu Staub wurden. Stets beseitigte er diejenigen, an denen er übte, weil er nicht wollte, daß normale Menschen wußten, daß er unter ihnen wandelte, zumindest nicht, bis seine Macht vervollkommnet war und seine Verwundbarkeit gleich Null.

Das war auch der Grund, weshalb er sich vorläufig in erster Linie auf Obdachlose beschränkte. Falls einer von denen melden sollte, daß er von einem Dämon gequält wurde, der seine Form beliebig verändern konnte, würden seine Beschwerden als Fantasien eines geistig gestörten Penners abgetan, der alkohol- und drogenabhängig war. Und wenn solche Leute von der Erdoberfläche verschwanden, würde sich niemand die Mühe machen herauszufinden, was mit ihnen passiert war. Schon bald jedoch würde er in der Lage sein, Menschen aus allen Gesellschaftsschichten heilige Angst und göttliche Strafe zu bescheren.

Deshalb übte er.

Wie ein Zauberer, der seine Geschicklichkeit verbesserte.

Kontrolle. Kontrolle.

Am Strand erhob sich die geflügelte Kreatur aus dem Sand, aus dem sie geboren war. Sie flog flügelschlagend in die Nacht wie ein entsprungener Wasserspeier, der an seinen Platz an der Kathedrale zurückkehrt. Vor seinem Fenster blieb sie in der Luft stehen und starrte mit leuchtend gelben Augen herein.

Obwohl dieser Flugsaurier nur ein hirnloses Ding war, bevor er einen Teil von sich hineinprojizierte, war er dennoch eine eindrucksvolle Schöpfung. Seine riesigen lederartigen Flügel teilten elegant die Luft, und er konnte sich problemlos vom Aufwind entlang der Klippe tragen lassen.

Bryan war sich der Augen in den Gläsern hinter ihm bewußt. Sie starrten. Beobachteten ihn erstaunt, bewundernd und voller Verehrung.

»Verschwinde«, sagte er zu dem Flugsaurier und gestattete sich wegen seiner Zuschauer eine gewisse Theatralik.

Das geflügelte Reptil verwandelte sich in Sand und regnete unten auf den Strand.

Genug der Spielerei. Er hatte zu arbeiten.

5.

Harrys Honda parkte unter einer Straßenlaterne in der Nähe des Rathauses.

Die ersten Nachtfalter des Frühjahrs, die nach dem Regen herausgekommen waren, machten Sturzflüge um das Licht herum. Ihre riesigen, verzerrten Schatten tanzten auf dem Auto.

Als Connie mit Harry über den Bürgersteig zu dem Honda ging, sagte sie: »Gleiche Frage. Was nun?«

»Ich will in Ordegards Wohnung und mich dort etwas umsehen.«

»Wozu.«

»Ich hab' keine Ahnung. Aber es ist das einzige, was mir noch zu tun einfällt. Falls du keine Idee hast.«

»Ich wünschte, ich hätte eine.«

Als sie näher an das Auto herankamen, sah Connie am Rückspiegel etwas baumeln, rechteckig und leicht durch den Schatten der Motten schimmernd, die über die Windschutzscheibe huschten. Soweit sie sich erinnerte, hatte kein Lufterfrischer und auch kein Zierat an dem Spiegel gehangen.

Sie saß als erste im Auto und sah sich das silbrige Rechteck aus der Nähe an. Es baumelte an einem roten Band von der Halterung des Spiegels. Zunächst war ihr nicht klar, was es war. Sie nahm es in die Hand, drehte es, damit das Licht besser darauffiel, und sah, daß es sich um eine handgemachte Gürtelschnalle handelte, in die Motive aus dem Südwesten graviert waren.

Harry setzte sich hinters Steuer, knallte seine Tür zu und sah, was sie in der Hand hielt.

»O Gott«, sagte Harry. »O Gott, Ricky Estefan.«

6.

Die meisten Rosen waren von dem Regen ramponiert, doch ein paar Blüten hatten den Sturm unbeschadet überstanden. Sie bewegten sich sanft im Nachtwind auf und ab. Die Blütenblätter fingen das Licht auf, das aus den Küchenfenstern drang, und schienen es zu verstärken, dadurch leuchteten sie, als ob sie radioaktiv wären.

Ricky saß am Küchentisch, von dem er seine Werkzeuge und derzeitigen Arbeiten abgeräumt hatte. Er hatte vor über einer

Stunde zu Abend gegessen und schlürfte seitdem Portwein. Er wollte sich einen antrinken.

Bevor er den Bauchschuß abbekommen hatte, war er kein großer Trinker gewesen, doch wenn er früher mal was trinken *wollte*, dann waren es Tequila und Bier gewesen. Ein Gläschen Sauza und eine Flasche Tecate waren das Ausgefallenste, was er sich je erlaubt hatte. Doch nach all den Unterleibsoperationen, die er durchgemacht hatte, bekam er von einem einzigen Gläschen Sauza – oder einem anderen harten Schnaps – heftiges Sodbrennen, das fast den ganzen Tag anhielt. Das gleiche galt für Bier.

Er stellte fest, daß er Likör ganz gut vertrug, aber um sich mit Baileys Irish Cream, Pfefferminzlikör oder Midori zu betrinken, mußte man so viel Zucker schlucken, daß seine Zähne längst verfault gewesen wären, bevor er seiner Leber auch nur ein bißchen geschadet hätte. Normale Weine konnte er auch nicht so gut trinken, aber Port erwies sich als genau das Richtige, süß genug, um seinen empfindlichen Bauch zu beruhigen, aber nicht so süß, daß er Diabetes auslöste.

Guter Port war das einzige, was er sich gönnte. Nun ja, guter Port und ab und zu ein bißchen Selbstmitleid.

Während er beobachtete, wie sich die Rosen in der Nacht auf und ab bewegten, konzentrierte er zuweilen seinen Blick auf einen näheren Punkt und starrte sein Spiegelbild in der Scheibe an. Es war ein unvollkommener Spiegel, der ihm eine Physiognomie zeigte, so farblos und durchsichtig wie ein herumspukender Geist. Aber vielleicht stimmte das Spiegelbild letztlich doch, denn er war nur noch ein Geist seines früheren Ichs und in mancher Hinsicht bereits tot.

Eine Flasche Taylor's stand auf dem Tisch. Er füllte sein Portweinglas wieder und nahm einen Schluck.

Manchmal, wie zum Beispiel jetzt, war es schwer zu glauben, daß das Gesicht im Fenster tatsächlich seines war. Bevor er angeschossen wurde, war er ein zufriedener Mann gewesen, der kaum zu Selbstzweifeln neigte und niemals grübelte. Selbst während der Genesung und Rehabilitation hatte er einen Sinn für Humor behalten und mit einem Optimismus in die Zukunft gesehen, den selbst die größten Schmerzen nicht gänzlich erschüttern konnten.

Sein Gesicht war erst dann das Gesicht in der Fensterscheibe geworden, als Anita ihn verlassen hatte. Nach mehr als zwei Jahren fiel es ihm immer noch schwer zu glauben, daß sie fort war – oder gegen die Einsamkeit anzugehen, die ihn mit noch größerer Sicherheit zerstörte, als Kugeln es vermocht hätten.

Ricky hob sein Glas und spürte in dem Moment, als er es an den Mund führte, daß etwas nicht stimmte. Vielleicht war ihm unbewußt das fehlende Portwein-Aroma aufgefallen – oder der leicht faulige Geruch, der an seine Stelle getreten war. Als er das Glas gerade mit seinen Lippen berühren wollte, hielt er inne und sah, was darin war: zwei oder drei fette, feuchte, ineinandergeschlungene Regenwürmer, die sich träge umeinander schlangen.

Er schrie erschrocken auf, und das Glas rutschte ihm aus den Fingern. Weil es nur ein paar Zentimeter herunter auf den Tisch fiel, zerbrach es nicht. Doch als es umkippte, glitten die Würmer auf das polierte Kiefernholz.

Mit wütend zusammengekniffenen Augen schob Ricky seinen Stuhl zurück –

– und die Würmer waren verschwunden.

Der verschüttete Wein schimmerte auf dem Tisch.

Halb schon stehend, halb noch sitzend verharrte er mit den Händen auf den Stuhllehnen und starrte ungläubig auf die rubinrote Portweinpfütze.

Er war sicher, daß er die Würmer gesehen hatte. Er bildete sich das nicht ein. War nicht betrunken. Zum Teufel, er hatte gerade erst *angefangen*, den Port zu spüren.

Er ließ sich langsam wieder auf den Stuhl sinken und schloß die Augen. Wartete eine Sekunde, zwei. Sah hin. Der Wein glitzerte immer noch auf dem Tisch.

Zögernd tauchte er einen Zeigefinger in die Pfütze. Sie war naß und wirklich. Er rieb Daumen und Zeigefinger aneinander und verteilte den Weintropfen auf seiner Haut.

Er überprüfte den Taylor's, ob er nicht doch mehr getrunken hatte, als ihm bewußt war. Die Flasche war dunkel, deshalb mußte er sie gegen das Licht halten, um den Flüssigkeitsspiegel zu erkennen. Es war eine neue Literflasche, und der Port reichte bis fast an den Hals. Er hatte sich wirklich nur die beiden Gläser eingeschenkt.

Gleichermaßen bestürzt über seine Unfähigkeit, eine Erklärung zu finden, wie über das, was passiert war, ging Ricky zum Spülbecken, öffnete das Schränkchen darunter und nahm ein feuchtes Geschirrtuch aus dem Gestell innen an der Tür. Er ging zum Tisch zurück und wischte den verschütteten Wein auf.

Seine Hände zitterten.

Er ärgerte sich über sich selbst, weil er Angst hatte, auch wenn die Ursache dieser Angst verständlich war. Er fürchtete, daß er das erlitten hatte, was die Ärzte einen »leichten Gehirnvorfall« nennen, also einen leichten Schlaganfall, der sich einzig in dieser flimmernden Halluzination von Regenwürmern bemerkbar gemacht hatte. Während seines langen Krankenhausaufenthalts hatte er nichts so sehr gefürchtet wie einen Schlaganfall.

Die Entwicklung von Blutgerinnseln in den Beinen und an den Nähten in den geflickten Venen und Arterien war eine besonders gefährliche mögliche Nebenwirkung von Unterleibsoperationen der Größenordnung, wie er sie durchgemacht hatte, und der ausgedehnten Bettruhe, die sich daran anschloß. Wenn sich eines losmachte und ins Herz wanderte, konnte das zum sofortigen Tod führen. Wenn es statt dessen ins Gehirn wanderte und den Blutkreislauf behinderte, konnte die Folge völlige oder teilweise Lähmung sein, Blindheit, Sprachverlust und – was am entsetzlichsten war – die Zerstörung der geistigen Fähigkeiten. Seine Ärzte hatten ihm Medikamente gegeben, um die Bildung von Gerinnseln zu verhindern, und die Krankenschwestern hatten mit ihm ein passives Bewegungsprogramm durchgezogen, selbst als er ganz flach auf dem Rücken liegen mußte. Doch während seiner langen Genesungszeit hatte es nicht einen Tag gegeben, an dem er sich keine Sorgen darüber gemacht hätte, plötzlich festzustellen, daß er sich nicht mehr bewegen oder nicht mehr sprechen konnte, nicht mehr genau wußte, wo er war, seine Frau nicht mehr erkannte oder seinen eigenen Namen nicht mehr wußte.

Zumindest hatte er damals den Trost gehabt zu wissen, daß – egal was passierte – Anita sich immer um ihn kümmern würde. Jetzt hatte er niemanden mehr. Von nun an würde er sich allen Widrigkeiten allein stellen müssen. Wenn er aufgrund eines

Schlaganfalls zum Schweigen gebracht und stark behindert sein würde, wäre er auf Gedeih und Verderb Fremden ausgeliefert.

Obwohl seine Angst verständlich war, war ihm auch klar, daß sie teilweise irrational war. Er war geheilt. Gewiß, er hatte seine Narben. Und sein Martyrium hatte seine Kräfte ganz schön reduziert. Doch er war nicht kränker als der durchschnittliche Mann auf der Straße und wahrscheinlich gesünder als viele von ihnen. Seit seiner letzten Operation waren mehr als zwei Jahre vergangen. Seine Chancen, einen Gehirnschlag zu erleiden, waren jetzt nicht größer als für jeden Mann seines Alters. Sechsunddreißig. Und Männer in diesem Alter erlitten selten einen Schlaganfall. Statistisch gesehen war es wahrscheinlicher, daß er bei einem Verkehrsunfall ums Leben kam, an einem Herzinfarkt starb, Opfer eines brutalen Verbrechens oder sogar vom Blitz erschlagen wurde.

Was er fürchtete, waren jedoch nicht so sehr Lähmung, Verlust des Sprechvermögens, Blindheit oder irgendein anderes körperliches Gebrechen. Was ihm wirklich angst machte, war die Vorstellung, allein zu sein, und das unheimliche Erlebnis mit den Regenwürmern hatte ihm deutlich vor Augen geführt, wie allein er sein würde, wenn irgendein Unglück passierte.

Entschlossen, sich nicht von der Angst beherrschen zu lassen, legte Ricky das Geschirrtuch mit den Portweinflecken beiseite und stellte das umgefallene Glas wieder auf. Er würde sich mit einem weiteren Drink hinsetzen und alles durchdenken. Die Antwort würde sich finden, wenn er darüber nachdachte. Es gab bestimmt eine Erklärung für die Würmer, vielleicht eine optische Täuschung, die man wieder herbeiführen konnte, indem man das Glas einfach noch einmal ganz genauso hielt und drehte.

Er nahm die Flasche Taylor's und kippte sie zum Einschenken. Obwohl er die Flasche erst vor ein paar Minuten gegen das Licht gehalten hatte, um zu prüfen, wieviel Wein darin war, erwartete er einen Augenblick lang, daß sie schleimige Knoten sich windender Regenwürmer ausspeien würde. Doch es kam nur Port heraus.

Er stellte die Flasche hin und hob das Glas. Als er es an die Lippen führte, zögerte er, weil ihn der Gedanke abstieß, aus einem Glas zu trinken, in dem Regenwürmer gelegen hatten, die glitschig von dem kalten Schleim waren, den sie absonderten.

Seine Hand zitterte erneut, seine Stirn war plötzlich feucht von Schweiß, und er war wütend über sich selbst, weil er sich so dämlich anstellte. Der Wein schwappte gegen die Seiten des Glases und schimmerte wie ein flüssiger Edelstein.

Er führte es an die Lippen und nahm einen kleinen Schluck. Er schmeckte süß und rein. Er nahm einen weiteren Schluck. Köstlich.

Ein leises, zittriges Lachen entfuhr ihm. »Arschloch«, sagte er und fühlte sich besser, weil er sich über sich lustig machte.

Er beschloß, daß ein paar Nüsse oder Cracker gut zum Port schmecken würden, stellte sein Glas hin und ging zum Küchenschrank, wo er Dosen mit gerösteten Mandeln, gemischten Nüssen und Päckchen mit Che-Cri-Käseknabbergebäck stehen hatte. Als er die Tür aufmachte, wimmelte es in dem Schrank von Taranteln.

Schneller und beweglicher, als er seit Jahren gewesen war, wich er von dem offenen Schrank zurück und stieß sich an der Anrichte hinter ihm.

Sechs oder acht von den riesigen Spinnen krabbelten über Dosen mit Blue-Diamond-Mandeln und Planters-Partymischung und erforschten Che-Cri-Schachteln. Selbst für Taranteln waren sie außergewöhnlich groß, größer als halbierte Honigmelonen, unruhige Geschöpfe aus dem übelsten Alptraum von jemandem, der unter Spinnenangst litt.

Ricky kniff die Augen zu. Öffnete sie. Die Spinnen waren immer noch da.

Über dem heftigen Schlagen seines Herzens und seinem schnellen, geräuschvollen Atmen konnte er tatsächlich hören, wie die haarigen Beine der Taranteln über das Zellophan der Päckchen mit Käsecrackern rieben. Das *Tick-tick-tick* ihrer Chitinbeine und ihrer Mundwerkzeuge auf den dort gestapelten Dosen. Ein leises, böses Zischen.

Doch dann merkte er, daß er sich in der Herkunft dieser Geräusche irrte. Die Geräusche kamen nicht aus dem offenen Schrank auf der anderen Seite des Raumes, sondern aus den oberen Schränken unmittelbar hinter ihm.

Er blickte über seine Schulter auf die Kieferntüren, hinter denen nichts als Teller und Schüsseln, Tassen und Untertassen hätten sein sollen. Irgendeine sich vergrößernde Masse drückte mit Gewalt von innen dagegen und zwang sie einen Spaltweit auf, erst einen halben Zentimeter, dann einen ganzen. Bevor Ricky eine Bewegung machen konnte, flogen die Schranktüren auf. Eine Lawine von Schlangen ging auf seinen Kopf und seine Schultern herunter.

Schreiend versuchte er wegzulaufen. Er rutschte auf einem faltenwerfenden Teppich sich windender Schlangen aus und fiel mitten zwischen sie.

Schlangen so dünn wie Peitschenschnüre, dicke und muskulöse Schlangen, schwarze Schlangen, grüne, gelbe und braune, einfarbige und gemusterte, rotäugige, gelbäugige, einige mit einer Brille wie eine Kobra, wachsam und grinsend, ihre geschmeidigen Zungen flatterten und sie zischten und zischten. Er mußte träumen. Halluzinieren. Eine große Kletternatter, mindestens ein Meter zwanzig lang, biß ihn, o Gott, erwischte ihn am linken Handrücken, stieß ihre Fangzähne tief hinein, Blut floß, doch es hätte immer noch ein Traum sein können, ein Alptraum, bis auf den Schmerz.

Er hatte noch nie in einem Traum Schmerz empfunden, und ganz bestimmt nicht solchen. Ein heftiges Brennen erfüllte seine linke Hand, dann schoß ein noch heftigerer stechender Schmerz wie eine elektrische Ladung durch sein Handgelenk und den ganzen Unterarm bis zum Ellbogen.

Kein Traum. Das passierte wirklich. Irgendwie. Doch wo waren sie hergekommen? *Woher*?

Sie waren überall, sechzig oder achtzig Schlangen glitten über ihn. Eine andere fuhr auf ihn los, stieß die Zähne durch den Ärmel seines Hemds und durchbohrte seinen linken Unterarm, wodurch der Schmerz noch dreimal so stark wurde. Ein weiterer Biß durch seinen Strumpf, Zähne bohrten sich in seinen Knöchel.

Er rappelte sich auf, und die Schlange, die ihn in den Arm gebissen hatte, fiel herunter, ebenso die an seinem Knöchel, doch die Schlange, deren Zähne in seiner linken Hand steckten, hing fest, als ob sie sich an ihn geheftet hätte. Er packte sie und versuchte, sie loszuschütteln. Der Schmerz, der ihn durchfuhr, war so stark, so brennend, daß er fast ohnmächtig geworden wäre, und die Schlange hatte sich immer noch fest in seiner blutenden Hand verbissen.

Ein Gewimmel von Schlangen ringelte sich zischend um ihn herum. Auf den ersten Blick sah er keine Klapperschlangen, hörte auch keine. Er hatte zu wenig Ahnung, um die anderen Arten zu identifizieren, war sich nicht sicher, welche oder ob *überhaupt* welche giftig waren, einschließlich der Schlangen, die ihn bereits gebissen hatten. Giftig oder nicht, es würden ihn noch mehr beißen, wenn er nicht rasch handelte.

Er schnappte sich ein Fleischerbeil aus dem Wandgestell, in dem die Messer hingen. Als er den linken Arm auf die nächsterreichbare Anrichte schlug, klatschte die erbarmungslose Kletternatter der Länge lang auf die Fliesen dieser Anrichte. Ricky holte mit dem Beil aus, ließ es heruntersausen und hackte die Schlange durch, wobei die Stahlklinge klirrend auf die Keramikfläche krachte.

Der abscheuliche Kopf, an dem nur noch ein paar Zentimeter des schwarzen Körpers hingen, klammerte sich immer noch an seine Hand, und die funkelnden Augen schienen ihn zu beobachten, quicklebendig. Ricky legte das Beil hin und versuchte, das Maul der Schlange aufzustemmen, ihre langen, gebogenen Zähne aus seinem Fleisch zu ziehen. Er brüllte und fluchte, rasend vor Schmerz, drückte immer weiter ihre Zähne auseinander, aber es hatte keinen Sinn.

Sein Brüllen versetzte die Schlangen auf dem Boden in unruhige Bewegungen.

Er stürzte auf den Türbogen zwischen Küche und Flur zu, trat Schlangen aus dem Weg, bevor sie sich ringeln und ihn anspringen konnten. Einige waren bereits zusammengeringelt und fielen ihn an, doch seine grobe, locker sitzende Khakihose vereitelte ihre Bemühungen.

Er hatte Angst, daß sie über seine Schuhe in ein Hosenbein glitten und ihm dann unter dem Khakistoff das Bein hochkriechen würden. Doch er gelangte wohlbehalten in den Flur.

Die Schlangen verfolgten ihn nicht. Zwei Taranteln waren aus dem Schrank mit dem Knabbergebäck in den kriechenden

Alptraum auf dem Boden gefallen, und die Schlangen stritten sich jetzt darum. Verzweifelt strampelnde Spinnenbeine verschwanden unter wogenden Schuppen.

Bum!

Ricky fuhr überrascht zusammen.

Bum!

Bisher hatte er das seltsame Geräusch, das ihn schon am frühen Abend gequält hatte, nicht mit den Spinnen und Schlangen in Verbindung gebracht.

Bum!

Bum!

Da hatte jemand ein Spielchen mit ihm gespielt, doch das hier war kein Spiel mehr. Das war tödlicher Ernst. Unmöglich, unwahrscheinlich wie ein Traum, aber ernst.

Bum!

Ricky konnte die Herkunft des Klopfens nicht genau ausmachen, noch nicht einmal mit Sicherheit sagen, ob es von oben oder von unten kam. Fenster vibrierten, und hohl hallte das Echo jeden Schlags in den Wänden wider. Er spürte, daß etwas auf ihn zukam, schlimmer als Spinnen oder Schlangen, etwas, dem er nicht begegnen wollte.

Um Atem ringend wandte sich Ricky, an dessen linker Hand immer noch der Kopf der Kletternatter baumelte, von der Küche zur Haustür am Ende des Flurs.

Der Arm mit den zwei Bißwunden dröhnte bei jedem Schlag seines heftig hämmernden Herzens entsetzlich. Das war nicht gut, lieber Gott, ein rasendes Herz verteilte das Gift schneller, falls Gift da war. Er mußte sich beruhigen, langsam und tief durchatmen, gehen und nicht laufen, einen Nachbarn aufsuchen, 911 wählen und einen Notarzt rufen.

BUM!

Er hätte das Telefon im Schlafzimmer benutzen können, aber er wollte da nicht reingehen. Er traute seinem eigenen Haus nicht mehr, was bescheuert war, geradezu verrückt, doch er hatte das Gefühl, als ob das ganze Haus lebendig geworden wäre und sich gegen ihn gewandt hätte.

BUM, BUM, BUM!

Das Haus wackelte, als ob genau unter ihm ein Erdbeben

tobte, und warf ihn fast um. Er taumelte zur Seite und prallte gegen die Wand.

Die Keramikstatue der Heiligen Jungfrau kippte von dem Tischchen im Flur, das er als Altar gestaltet hatte, ähnlich wie die Altäre, die seine Mutter in ihrem Haus gehabt hatte. Seit man ihn in den Unterleib geschossen hatte, hatte seine Angst ihn auf die Art von Schutz zurückgreifen lassen, die seine Mutter gegen die Grausamkeiten der Welt gewählt hatte. Die Statue krachte auf den Boden und zerbrach vor seinen Füßen.

Die schwere Lampe mit den roten Scheiben, in der eine Votivkerze brannte, hüpfte auf dem Tisch und ließ geisterhafte Schatten auf Wänden und Decke tanzen.

BUMBUMBUMBUM!

Ricky war noch zwei Schritte von der Haustür entfernt, als der Eichenholzboden bedrohlich knarrte, sich hob und mit einem Geräusch, fast so laut wie ein Donnerschlag, zerbarst. Er stolperte zurück.

Irgendwas donnerte aus dem flachen Hohlraum unter dem Bungalow gegen den Fußboden und zertrümmerte ihn, als ob er eine Eierschale wäre. Einen Moment lang war es in dem Tohuwabohu aus Staub, Splittern und ausgefransten Dielenbrettern unmöglich, einen Blick auf das zu werfen, was da in den Flur hereinkatapultiert worden war.

Dann sah Ricky den Mann in dem Loch, der sich knapp einen halben Meter unter dem Fußboden des Hauses aufgepflanzt hatte. Obwohl er tiefer als Ricky stand, *überragte* der Kerl ihn, wirkte riesig und bedrohlich. Sein ungepflegtes Haar und der Bart waren verfilzt und schmutzig, und die sichtbaren Teile seines Gesichts waren mit scheußlichen Narben übersät. Sein schwarzer Regenmantel blähte sich um ihn, als ein Luftzug aus dem Hohlraum durch die kaputten Dielen pfiff.

Ricky wußte, er hatte den Landstreicher vor sich, der Harry aus einem Wirbelwind heraus erschienen war. Alles an ihm entsprach der Beschreibung – bis auf die Augen.

Als er einen Blick auf diese grotesken Augen warf, erstarrte Ricky mitten in den Scherben der Heiligen Jungfrau, gelähmt von Angst und der Gewißheit, daß er verrückt geworden war. Selbst wenn er immer weiter zurückgewichen wäre oder sich umgedreht und versucht hätte, zur Hintertür zu laufen, wäre er nicht entkommen, denn der Landstreicher kletterte blitzschnell wie eine angreifende Schlange aus dem Loch in den Flur. Er packte sich Ricky, riß ihn mit so unmenschlicher Kraft vom Boden hoch, daß jeder Widerstand sinnlos gewesen wäre, und knallte ihn mit einer Heftigkeit gegen die Wand, daß der Putz hätte rissig werden und sein Rückgrat hätte brechen können.

Als er den Landstreicher nun von Angesicht zu Angesicht sah und seinem stinkenden Atem ausgesetzt war, starrte Ricky in diese Augen und konnte vor Angst nicht schreien. Das waren nicht die Bluttümpel, die Harry beschrieben hatte. Das waren eigentlich überhaupt keine Augen. In den tiefen Höhlen kauerten zwei Schlangenköpfe mit jeweils zwei kleinen, gelben Augen und gespaltenen Zungen, die flatterten.

Warum ich? fragte sich Ricky.

Als ob sie zwei furchterregende Kastenteufel wären, sprangen die Schlangen aus den Augenhöhlen des Landstreichers und bissen Ricky ins Gesicht.

7.

Zwischen Laguna Beach und Dana Point fuhr Harry so schnell, daß sich selbst Connie, die Geschwindigkeit und Risiken liebte, abstützte und entsetzte Töne von sich gab, wenn er die Kurven zu scharf nahm. Sie waren in seinem Privatauto unterwegs, nicht in einer Dienstlimousine, deshalb hatte er kein Blaulicht dabei, das er am Dach hätte befestigen können. Er hatte auch keine Sirene; allerdings war der Küsten-Highway um 22.30 Uhr an einem Dienstagabend nicht sonderlich befahren, und durch häufiges Hupen und Aufblenden scheuchte er die wenigen Fahrzeuge zur Seite, die ihn hätten aufhalten können.

»Vielleicht sollten wir Ricky anrufen und ihn warnen«, sagte sie, als sie noch in Süd-Laguna waren.

»Hab' kein Autotelefon.«

»Wir könnten irgendwo an einer Tankstelle, einem Lebensmittelladen anhalten.«

»Wir dürfen keine Zeit verlieren. Ich nehme an, sein Telefon funktioniert sowieso nicht.«

»Warum sollte es nicht?«

»Außer wenn Ticktack will, daß es funktioniert.«

Sie schossen einen Hügel hinauf und nahmen eine Kurve zu schnell. Die Hinterreifen wirbelten Schotter vom Seitenstreifen des Highway auf und spritzten ihn gegen Wagenboden und Ölwanne. Die rechte hintere Stoßstange schlug gegen die Leitplanke, dann waren sie wieder auf dem Asphalt und rasten ohne zu bremsen weiter.

»Dann laß uns die Polizei in Dana Point anrufen«, sagte sie.

»So wie wir fahren, sind wir vor ihnen da, wenn wir keine Zeit mit anrufen verlieren.«

»Wir könnten vielleicht Verstärkung gebrauchen.«

»Wir brauchen keine Verstärkung, wenn wir so verdammt spät dran sind, daß Ricky bereits tot ist, wenn wir dort ankommen.«

Harry war krank vor Sorge und wütend über sich selbst. Er hatte Ricky in Gefahr gebracht, als er heute zu ihm gegangen war. Er konnte zwar zu jenem Zeitpunkt nicht wissen, was er seinem alten Freund damit antat, doch später hätte ihm klar werden sollen, daß Ricky eines der Ziele war, die Ticktack gemeint hatte, als er versprach: *erst alles, was du liebst.*

Manchmal war es schwierig für einen Mann zuzugeben, daß er einen anderen Mann liebte, selbst wenn es nur auf brüderliche Weise war. Er und Ricky Estefan waren Partner gewesen, hatten eine Reihe brenzliger Situationen zusammen durchgestanden. Sie waren immer noch Freunde, und Harry liebte ihn. So einfach war das. Doch die amerikanische Tradition männlicher Selbstherrlichkeit ließ ein solches Eingeständnis nicht zu.

Quatsch, dachte Harry wütend.

In Wahrheit war es so, daß es ihm überhaupt schwerfiel zuzugeben, daß er jemand liebte, egal ob Mann oder Frau, selbst seine Eltern, denn Liebe war etwas verdammt Vertracktes. Sie brachte Verpflichtungen mit sich, Bindungen, Verwicklungen und den Austausch von Gefühlen. Wenn man zugab, bestimmte Leute zu lieben, mußte man ihnen in größerem Maße Einfluß auf sein Leben gestatten, und sie brachten dann all ihre unordentlichen Gewohnheiten mit, ihre unkritischen Vorlieben, verworrenen Meinungen und chaotischen Auffassungen.

Als sie über die Stadtgrenze von Dana Point donnerten, wobei der Auspuff gegen eine Straßenschwelle schlug, sagte Harry: »Gott, was bin ich manchmal für ein Idiot.«

»Erzähl mir was Neues«, sagte Connie.

»Ein richtig verkorkster Typ.«

»Wir bewegen uns immer noch auf vertrautem Gebiet.«

Er hatte nur eine Entschuldigung dafür, daß ihm nicht klargeworden war, daß Ricky zum Ziel werden könnte: Seit dem Brand in seiner Wohnung vor weniger als drei Stunden hatte er nur noch reagiert, nicht agiert. Er hatte keine andere Wahl gehabt. Die Ereignisse hatten sich überstürzt und waren so unglaublich, eins merkwürdiger als das andere, daß er keine Zeit gehabt hatte *nachzudenken*. Eine schwache Entschuldigung, aber er klammerte sich daran.

Er wußte noch nicht einmal, *wie* er über derart merkwürdigen Scheißkram nachdenken sollte. Deduktives Denken, das nützlichste Werkzeug des Detektivs, war unzureichend, wenn es um das Übernatürliche ging. Er hatte es mit induktivem Denken versucht und war so auf die Theorie gekommen, daß es sich um einen Soziopathen mit übersinnlichen Fähigkeiten handeln könnte. Aber er war nicht gut darin, weil für ihn induktives Denken nahe an Intuition herankam, und Intuition war so unlogisch. Er liebte klare Beweise, solide Voraussetzungen, logische Folgerungen und saubere Abschlüsse, nett verpackt mit Schleife.

Als sie in Rickys Straße einbogen, sagte Connie: »Was zum Teufel ist das?«

Harry sah sie an.

Sie starrte in ihre hohle Hand.

»Was?« fragte er.

Etwas lag auf ihrer Handfläche. Mit zitternder Stimme sagte sie: »Vor einer Sekunde war es noch nicht da, wo zum Teufel kam das her?«

»Was ist das?«

Als er unter eine Straßenlaterne vor Rickys Haus fuhr, hielt sie es hoch, damit er es sehen konnte. Der Kopf einer kleinen Keramikfigur. Am Hals abgebrochen.

Mit am Bordstein scheuernden Reifen machte er eine Vollbremsung, so daß sein Sicherheitsgurt mit einem Ruck blockierte und seinen Oberkörper festhielt.

Sie sagte: »Es war, als ob meine Hand zuschnappte, krampfartig zuschnappte, und dann war das drin, aus dem Nichts, um Himmels willen.«

Harry erkannte es. Der Kopf der Jungfrau Maria, die in der Mitte des Altars auf Ricky Estefans Flurtisch gestanden hatte.

Von düsteren Ahnungen ergriffen, stieß Harry die Tür auf und stieg aus dem Auto. Er zog seine Waffe.

Die Straße war friedlich. Ein warmes Licht schien in den meisten Häusern, auch in Rickys. Musik aus der Stereoanlage eines Nachbarn schwebte so leise in der kühlen Luft, daß er die Melodie nicht erkennen konnte. Der Wind flüsterte und raschelte sanft in den Wedeln der großen Dattelpalmen in Rickys Vorgarten.

Kein Grund zur Sorge, schien die leichte Brise zu sagen, alles ist ruhig hier, mit diesem Haus ist alles in Ordnung.

Dennoch behielt er den Revolver in der Hand.

Durch die nächtlichen Schatten der Palmen lief er den kleinen Weg entlang, der zum Haus führte, auf die von Bougainvilleen umrankte Veranda zu. Ihm war bewußt, daß Connie direkt hinter ihm war und daß auch sie ihre Waffe gezogen hatte.

Laß Ricky am Leben sein, dachte er inbrünstig, laß ihn bitte am Leben sein.

So nah daran zu beten war er seit vielen Jahren nicht mehr gewesen.

Hinter der Fliegentür stand die Innentür offen. Ein schmaler Lichtkeil projizierte das Muster des Gitters auf den Verandaboden.

Obwohl Ricky glaubte, daß es niemandem auffiele, und es ihm auch äußerst peinlich gewesen wäre, daß seine Angst so offenkundig war, war er, seitdem er angeschossen worden war, zwanghaft auf Sicherheit bedacht gewesen. Er hielt alles fest verschlossen. Eine Tür, die auch nur ein paar Zentimeter aufstand, war also ein schlechtes Zeichen.

Harry versuchte, die Diele durch den Spalt zwischen Tür und Türpfosten zu überblicken. Da die Fliegentür im Weg war, konnte er jedoch nicht nahe genug an den Spalt heran, um etwas zu erkennen.

Vorhänge versperrten den Blick durch die Fenster neben der Tür. Sie waren fest zugezogen und gingen in der Mitte übereinander.

Harry warf Connie einen Blick zu.

Sie deutete mit ihrem Revolver auf den Hauseingang.

Normalerweise hätten sie sich getrennt, Connie wäre um das Haus herumgegangen, um die Rückseite zu sichern, während Harry die Vorderfront übernommen hätte. Doch diesmal versuchten sie ja nicht, jemanden am Entwischen zu hindern, denn diesen Scheißkerl konnte man nicht in die Enge treiben, überwältigen und in Handschellen legen. Sie versuchten einfach nur, am Leben zu bleiben und Ricky am Leben zu erhalten, falls es für ihn nicht bereits zu spät war.

Harry nickte und öffnete behutsam die Fliegentür. Die Angeln quietschten. Die Schließfeder gab einen langgezogenen, tiefen Ton von sich.

Er hatte gehofft, leise zu sein, doch nachdem ihm die Außentür einen Strich durch die Rechnung gemacht hatte, legte er eine Hand auf die Innentür und drückte in der Absicht dagegen, geduckt und schnell hineinzugehen. Sie öffnete sich nach rechts und er schob seine Schulter durch den allmählich breiter werdenden Spalt. Die Tür stieß gegen etwas und blockierte, bevor die Öffnung groß genug für ihn war. Er drückte dagegen. Knacken. Kratzen. Lautes Geklapper. Die Tür ging ganz auf, schob dabei irgendwelches Gerümpel aus dem Weg, und Harry stürzte so aggressiv hinein, daß er fast in das Loch im Dielenboden gefallen wäre.

Er fühlte sich an den zertrümmerten Flur in dem Gebäude in Laguna erinnert, über dem Restaurant. Falls eine Handgranate diesen Schaden angerichtet hatte, dann mußte sie allerdings in dem Hohlraum *unter* dem Bungalow explodiert sein. Die Druckwelle hatte Balken, Isolierung und Dielen nach oben in den Flur geschleudert. Doch er konnte nichts von dem verbrannten, chemischen Gestank einer Bombe riechen.

Das Deckenlicht in der Diele schien auf die nackte Erde unter dem zertrümmerten Eichenfußboden. Die Votivkerze in dem dicken roten Glas stand gefährlich nah am Rand des Altartisches und warf flatternde Fähnchen aus Licht und Schatten an die Wände.

Etwa in der Mitte des Flurs war die linke Wand mit Blut bespritzt, nicht gerade literweise, aber genug, um auf einen Kampf auf Leben und Tod schließen zu lassen. Unter den Blutflecken lag dicht an der Wand der Körper eines Mannes auf dem Fußboden. Er war so unnatürlich verdreht, daß bereits ein Blick erbarmungslos enthüllte, daß der Mann tot war.

Harry konnte gerade genug von der Leiche sehen, um ohne jeden Zweifel zu wissen, daß es Ricky war. Noch nie hatte er sich so elend gefühlt. Kälte breitete sich in seiner Magengrube aus, und seine Beine wurden schwach.

Als Harry um das Loch im Fußboden herumging, betrat Connie das Haus hinter ihm. Sie sah die Leiche, sagte nichts, deutete aber auf den bogenförmigen Durchgang zum Wohnzimmer.

Die übliche Polizeiroutine hatte für Harry in diesem Moment einen ungeheuren Reiz, obwohl es unter den gegebenen Umständen sinnlos war, nach einem Mörder zu suchen. Ticktack, was für ein Geschöpf er auch immer war, würde nicht in einer Ecke kauern oder durch ein Hinterfenster klettern, wenn er in einem Wirbelwind oder einer Feuersäule verschwinden konnte. Und was würden schon Waffen gegen ihn ausrichten, selbst wenn man ihn fand? Dennoch war es beruhigend, so vorzugehen, als ob sie als erste an dem ganz normalen Schauplatz eines Verbrechens angekommen wären; man brachte Ordnung ins Chaos durch Taktik, Methode, Gewohnheit und Ritual.

Direkt hinter dem Eingang zum Wohnzimmer lag links ein Haufen dunklen Schlamms, zwei Zentner vielleicht. Er hätte normalerweise angenommen, daß das von unter dem Haus her kam, hochgeschleudert durch die Explosion, bloß in der Diele und im Flur gab es keinerlei Schlammspritzer. Es sah so aus, als hätte jemand den Schlamm vorsichtig in Eimern ins Haus getragen und auf den Wohnzimmerteppich gekippt.

So eigenartig das auch war, Harry warf dennoch nur einen flüchtigen Blick auf den Schlamm, bevor er weiter ins Wohnzimmer ging. Er hätte später noch Zeit, ausführlich darüber nachzudenken.

Sie durchsuchten die beiden Bäder und Schlafzimmer, fanden aber nur eine dicke Tarantel. Harry erschrak dermaßen über die Spinne, daß er fast einen Schuß abgefeuert hätte. Wenn sie auf ihn zugelaufen wäre, statt unter einer Kommode zu verschwinden, hätte er sie so möglicherweise zerfetzt, bevor ihm überhaupt klar gewesen wäre, worum es sich handelte.

Südkalifornien, eine Wüste, bevor der Mensch Wasser dorthin brachte und größere Flächen bewohnbar machte, war eine perfekte Brutstätte für Taranteln, doch normalerweise hielten sie sich in unerschlossenen Cañons und Buschgebieten auf. Obwohl sie furchterregend aussahen, waren es scheue Tiere, die die meiste Zeit unter der Erde lebten und außerhalb der Paarungszeit selten herauskamen. Dana Point, oder zumindest dieser Teil davon, war zu zivilisiert, um für Taranteln von Interesse zu sein, und Harry fragte sich, wie diese hier mitten in die Stadt gekommen war, wo sie so deplaziert war wie ein Tiger.

Schweigend gingen sie auf demselben Weg zurück in die Diele, den Flur, dann an der Leiche vorbei. Ein rascher Blick bestätigte, daß für Ricky jede Hilfe zu spät kam. Scherben der Heiligenfigur knirschten unter ihren Füßen.

Die Küche war voller Schlangen.

»O Scheiße«, sagte Connie.

Eine Schlange lag genau im Türeingang. Zwei weitere krochen suchend zwischen den Tisch- und Stuhlbeinen herum. Die meisten waren am anderen Ende des Raumes, eine wirre Masse sich windender Schlangenkringel, mindestens dreißig bis vierzig, vielleicht sogar noch mal die Hälfte mehr. Einige schienen irgendwas zu fressen.

Zwei weitere Taranteln krabbelten nah am Rand über eine weiß geflieste Anrichte und beobachteten wachsam die unter ihnen wimmelnden Schlangen.

»Was zum Teufel ist hier passiert?« fragte sich Harry und war keineswegs überrascht, ein Zittern in seiner Stimme zu vernehmen.

Allmählich bemerkten die Schlangen Harry und Connie. Die meisten waren desinteressiert, doch ein paar glitten neugierig über die brodelnde Masse.

Eine Schiebetür trennte die Küche vom Flur. Harry zog sie rasch zu.

Sie überprüften die Garage. Rickys Auto. Auf dem Beton war ein feuchter Fleck, wo es am Nachmittag durch das Dach getropft hatte, und eine Pfütze, die noch nicht ganz verdunstet war. Sonst nichts.

Dann kniete sich Harry endlich im Flur neben die Leiche seines Freundes. Er hatte die gefürchtete Untersuchung so lange wie möglich hinausgezögert.

Connie sagte: »Ich seh' mal nach, ob's im Schlafzimmer ein Telefon gibt.«

Er sah beunruhigt zu ihr hoch. »Telefon? Nein, um Gottes willen, laß das bloß!«

»Wir müssen den Mord melden.«

»Hör mal«, sagte er und sah auf seine Uhr, »es ist schon fast elf Uhr. Wenn wir das melden, sitzen wir hier stundenlang fest.«

»Aber ...«

»Wir dürfen keine Zeit verlieren. Ich habe zwar keine Ahnung, wie wir diesen Ticktack vor Sonnenaufgang finden sollen. Wir scheinen nicht die geringste Chance zu haben. Und selbst wenn wir ihn finden, weiß ich nicht, wie wir mit ihm fertigwerden sollen. Doch wir wären verrückt, es nicht wenigstens zu versuchen, meinst du nicht?«

»Yeah, du hast recht. Ich will nicht mit den Händen im Schoß darauf warten, daß der mich umbringt.«

»Also gut«, sagte er. »Vergiß das mit dem Telefon.«

»Ich werd' einfach ... ich warte auf dich.«

»Paß auf die Schlangen auf«, rief er ihr durch den Flur nach.

Er wandte sich Ricky zu.

Der Zustand der Leiche war noch schlimmer, als er erwartet hatte. Er sah den Schlangenkopf, der mit den tief eingegrabenen Fangzähnen an Rickys linker Hand hing, und schauderte. Paarweise kleine Löcher im Gesicht konnten ebenfalls von Bissen stammen. Beide Arme waren an den Ellbogen nach hinten gebogen; die Knochen waren nicht nur gebrochen, sondern pulverisiert. Ricky Estefan war dermaßen übel zugerichtet, daß es schwierig war, eine Verletzung als Todesursache auszumachen. Falls er allerdings noch nicht tot gewesen war, als ihm der Kopf um 180 Grad nach hinten gedreht wurde, dann war er ganz gewiß in diesem schaurigen Moment gestorben. Sein Genick war gebrochen und der Hals zerfetzt und voller Blutergüsse, der Kopf hing lose herunter und das Kinn ruhte zwischen den Schulterblättern.

Seine Augen waren verschwunden.

»Harry?« rief Connie.

Wie er in die leeren Augenhöhlen des toten Mannes starrte, war Harry nicht in der Lage, ihr zu antworten. Sein Mund war trocken, und er brachte keinen Ton aus seiner Kehle.

»Harry, das solltest du dir besser ansehen.«

Er hatte genug davon gesehen, was man Ricky angetan hatte, zu viel. Seine Wut auf Ticktack wurde nur noch von dem Zorn auf sich selbst übertroffen.

Er stand auf, wandte sich um und sah sich selbst in dem Spiegel aus Blattsilber über dem Altartisch. Er war aschfahl. Er sah genauso tot aus wie der Mann auf dem Boden. Ein Teil von *ihm* war gestorben, als er die Leiche gesehen hatte; er fühlte sich beraubt.

Als sein Blick auf seine Augen traf, mußte er ihn von der Panik, der Verwirrung und der primitiven Wut abwenden, die er darin sah. Der Mann im Spiegel war nicht der Harry Lyon, den er kannte – oder der er sein wollte.

»Harry?« rief sie wieder.

Connie hockte im Wohnzimmer neben dem Haufen Schlamm. Er war eigentlich nicht naß genug, um Schlamm zu sein, es waren zwei- bis dreihundert Pfund feuchte, kompakte Erde.

»Sieh dir das an, Harry.«

Sie zeigte auf etwas Unerklärliches, was ihm bei der Durchsuchung des Hauses nicht aufgefallen war. Der Haufen war größtenteils formlos, doch an einer Stelle wuchs eine menschliche Hand aus der formlosen Masse, keine wirkliche, sondern eine aus feuchter Erde gebildete. Sie war groß und kräftig und hatte stumpfe, spachtelförmige Finger, die so detailliert gestaltet waren, als stammten sie von einem großen Bildhauer.

Die Hand ragte aus dem Aufschlag eines Jackenärmels heraus, der ebenfalls aus Erde geformt war, komplett mit Ärmelstreifen, Schlitz und vier Schlammknöpfen. Selbst die Struktur des Stoffs war gut wiedergegeben.

»Was hältst du davon?« fragte Connie.

»Wenn ich das bloß wüßte.«

Er legte einen Finger an die Hand und stach hinein, mehr oder weniger in der Erwartung, daß es sich um eine wirkliche Hand, die dünn mit Schlamm überzogen war, handelte. Doch es war alles Erde und zerbröckelte bei seiner Berührung, war zerbrechlicher, als es aussah. Es blieben nur noch der Jackenaufschlag und zwei Finger übrig.

Das löste bei Harry eine Erinnerung aus, die aber wieder verschwand, bevor er sie festhalten konnte, so flüchtig wie ein unscharf erspähter Fisch, der mit einem schillernden Farbenspiel in den trüben Tiefen eines japanischen Karpfenteichs verschwindet. Während er die Reste der Erdhand anstarrte, hatte er das Gefühl, daß er dabei war, etwas von ungeheurer Wichtigkeit über Ticktack zu erfahren. Doch je angestrengter er nach der Erinnerung fischte, um so leerer blieb das Netz.

»Laß uns hier verschwinden«, sagte er.

Harry folgte Connie in den Flur und sah nicht zu der Leiche hin.

Er balancierte auf einem schmalen Grat zwischen Beherrschung und Chaos, er war von einer derart starken Wut erfüllt, daß er sie kaum im Zaum halten konnte, mit nichts vergleichbar, was er jemals empfunden hatte. Neue Gefühle irritierten ihn immer, weil er nicht sicher sein konnte, wohin sie führten. Er hielt sein Gefühlsleben lieber ebenso geordnet wie seine Mordakten und seine Sammlung CDs. Wenn er sich Ricky noch einmal ansah, könnte seine Wut sich unkontrollierbar steigern und er von einer Art Hysterie ergriffen werden. Er spürte das Verlangen, jemanden anzubrüllen, egal wen, zu schreien, bis ihm die Kehle wehtat, und er hatte auch das Bedürfnis, jemanden zu schlagen, ihn zu schlagen, zu würgen und zu treten. Da er kein geeignetes Ziel hatte, hätte er seine Wut am liebsten an unbelebten Objekten ausgelassen, alles in seiner Reichweite kaputtgemacht und zerschlagen, so dumm und sinnlos das auch gewesen wäre, selbst wenn er damit die absolut unerwünschte Aufmerksamkeit der Nachbarn erregt hätte. Das einzige, was ihn daran hinderte, seiner Wut freien Lauf zu lassen, war die Vorstellung von sich selbst, wie er mit wildem Blick Amok lief. Er konnte den Gedanken nicht ertragen, derart außer Kontrolle geraten von jemandem gesehen zu werden, besonders nicht wenn dieser Jemand Connie Gulliver war.

Draußen machte sie die Haustür ganz zu. Dann gingen sie zusammen zur Straße.

Als sie zum Auto kamen, blieb Harry stehen und betrachtete die Gegend. »Hör mal.«

Connie runzelte die Stirn. »Was?«

»Alles ruhig.«

»Und?«

»Es muß einen Höllenlärm gemacht haben«, sagte er.

Sie verstand ihn: »Die Explosion, die den Dielenboden hochgerissen hat. Und er hat bestimmt geschrien, vielleicht sogar um Hilfe gerufen.«

»Warum sind also keine neugierigen Nachbarn rausgekommen, um nachzusehen, was los ist? Wir sind hier nicht in einer Großstadt, das hier ist eine ziemlich festgefügte kleine Gemeinde. Die Leute tun nicht so, als ob sie taub wären, wenn sie hören, daß nebenan was passiert. Sie kommen zu Hilfe.«

»Was bedeutet, daß sie nichts gehört haben«, sagte Connie. »Wie ist das möglich?«

Ganz in der Nähe sang ein Nachtvogel in einem Baum.

Aus einem der Häuser kam immer noch leise Musik. Diesmal konnte er die Melodie erkennen. »A String of Pearls.«

Vielleicht einen Block entfernt stieß ein Hund einen vereinzelten Laut aus zwischen einem Klagen und einem Heulen.

»Sie haben nichts gehört ... Wie ist das möglich?« wiederholte Harry.

Noch weiter entfernt, auf dem Highway, schickte sich ein großer Lastwagen an, eine steile Anhöhe hinaufzufahren. Sein Motor hörte sich an wie das dumpfe Brüllen eines Brontosaurus, der in eine andere Zeit versetzt worden war.

8.

Seine Küche war ganz weiß – weiß gestrichen, weiße Fliesen auf dem Boden, Arbeitsplatten aus weißem Marmor, weiße Geräte. Die einzige Abwechslung zu weiß waren glänzender Chrom und Edelstahl an Stellen, wo Metallrahmen oder Armaturen notwendig waren, in denen sich allerdings andere weiße Oberflächen widerspiegelten.

Schlafzimmer sollten schwarz sein. Der Schlaf war schwarz, außer wenn Träume im Filmtheater des Bewußtseins abliefen. Und obwohl seine Träume immer voller Farben waren, waren sie doch auch irgendwie düster; der Himmel war darin immer schwarz oder von gewaltigen dunklen Wolken aufgewühlt. Der Schlaf war wie ein kurzer Tod. Der Tod war schwarz.

Küchen mußten jedoch weiß sein, denn in Küchen ging es um Essen und bei Essen um Sauberkeit und Energie. Energie war weiß: Elektrizität, Blitze.

Bryan saß in einem roten Morgenrock aus Seide auf einem eierschalenfarbenen Stuhl mit weißem Lederpolster an einem weiß lackierten Tisch mit einer dicken Glasplatte. Er liebte den Morgenmantel. Er hatte noch fünf Stück davon. Die feine Seide fühlte sich gut auf der Haut an, glatt und kühl. Rot war die Farbe von Macht und Autorität: das Rot einer Kardinalssoutane, das mit Gold und Hermelin abgesetzte Rot des Königsmantels, das Rot der Drachenrobe eines kaiserlichen Mandarins.

Wenn er es nicht vorzog, nackt zu sein, kleidete er sich zu Hause nur in Rot. Er war ein König im Verborgenen, ein heimlicher Gott.

Wenn er hinaus in die Welt ging, dann trug er nur triste Kleidung, weil er keine Aufmerksamkeit auf sich lenken wollte. Bis er Geworden war, war er zumindest geringfügig noch verletzbar, deshalb war Anonymität ratsam. Wenn sich seine Macht vollständig entwickelt hatte und er gelernt hatte, sie absolut zu beherrschen, würde er endlich in der Lage sein, sich in Kleidern hinauszuwagen, die seinem Status entsprachen, und jeder würde vor ihm niederknien, sich ehrfürchtig abwenden oder in Panik fliehen.

Die Aussicht war erregend. Anerkannt zu werden. Bekannt zu sein und verehrt zu werden. Bald.

An seinem weißen Küchentisch aß er Schokoladeneis in Karamelsauce, mit Maraschinokirschen überhäuft und mit Kokosnuß und zerbröselten Zuckerplätzchen bestreut. Er liebte Süßigkeiten. Salziges ebenfalls. Kartoffelchips, Käsekringel, Brezen, Erdnüsse, Mais-Chips, fritierte Speckschwarten. Er aß nur Süßigkeiten und Salziges, sonst nichts, weil ihm niemand mehr vorschreiben konnte, was er essen sollte.

Großmutter Drackman würde einen Schlag kriegen, wenn sie sehen könnte, wovon er sich heutzutage ernährte. Sie hatte ihn praktisch von Geburt an aufgezogen, bis er achtzehn war, und sie war unerbittlich streng mit der Ernährung gewesen. Drei Mahlzeiten am Tag, keine Snacks. Gemüse, Obst, Vollkornkost, Brot, Nudeln, Fisch, Hühnchen, kein rotes Fleisch, Magermilch, gefrorenen Yoghurt statt Eis, wenig Salz, wenig Zucker, wenig Fett, wenig Spaß.

Selbst ihr abscheulicher Hund, ein nervöser Pudel namens Pierre, war gezwungen worden, nach Omas Regeln zu fressen, was in seinem Fall eine vegetarische Diät bedeutete. Sie glaubte, daß Hunde nur deshalb Fleisch fräßen, weil man es von ihnen erwartete, und daß das Wort »Fleischfresser« ein sinnloses Etikett sei, das von unwissenden Wissenschaftlern verwendet wurde, und daß jede Spezies – aus irgendeinem Grund Hunde ganz besonders – die Kraft hätte, sich über ihre natürlichen Bedürfnisse zu erheben und friedlicher zu leben, als sie es normalerweise tat. Das Zeug in Pierres Napf sah manchmal aus wie Granola, manchmal wie Tofuwürfel, manchmal wie Holzkohle, und das, was noch am nächsten an den Geschmack von Fleisch herankam, war die nachgemachte, mit Proteinpulver angereicherte Rinderbratensoße aus Soja, in der fast alles schwamm, was er so vorgesetzt bekam. Häufig wirkte Pierre angestrengt oder verzweifelt, als ob ihn ein Verlangen nach etwas plagte, das er nicht bestimmen und deshalb auch nicht befriedigen konnte. Deshalb war er wahrscheinlich so abscheulich und hinterlistig gewesen und hatte die Angewohnheit gehabt, aus Nervosität an den unpassendsten Orten zu pinkeln, wie zum Beispiel auf Bryans Schuhe im Wandschrank.

Sie war ganz besessen von ihren Regeln gewesen, die Oma Drackman. Sie hatte Regeln dafür, wie man sich pflegte, kleidete, wie man lernte und sich in jeder denkbaren sozialen Situation verhielt. Ein Computer mit einer Speicherkapazität von zehn Megabyte würde nicht ausreichen, um all ihre Regeln festzuhalten.

Pierre, der Hund, mußte ebenfalls Regeln lernen. Auf welchen Stühlen er sitzen durfte und auf welchen nicht. Kein Bellen. Kein Jaulen. Mahlzeiten nach einem strengen Plan, keine Reste bei Tisch. Zweimal wöchentlich bürsten, sitz still, mach kein Theater. Sitz, roll dich, spiel toter Hund, kratz nicht an den Möbeln ...

Schon als vier- oder fünfjähriges Kind hatte Bryan auf seine Art verstanden, daß seine Großmutter so was wie eine zwangsneurotische Persönlichkeit war, ein anales Wrack, und er war ihr gegenüber vorsichtig gewesen, höflich und gehorsam, hatte so getan, als ob er sie liebte, ihr aber nie Einblick in seine wahre innere Welt gestattet. Wenn sich seine Besonderheit in diesem frühen Alter zunächst auch nur in Kleinigkeiten zeigte, so war er doch schlau genug, seine aufkeimenden Talente vor ihr zu verbergen, da ihm klar war, daß ihre Reaktion ... gefährlich für ihn sein könnte. Die Pubertät brachte einen Wachstumsschub nicht nur in seinem Körper, sondern auch in seinen geheimen Fähigkeiten, doch er behielt das immer noch für sich und erprobte seine Macht mit Hilfe einer Vielzahl kleiner Tiere, die er auf unterschiedlichste Art genußvoll zu Tode quälte.

Vor zwei Jahren, nur wenige Wochen nach seinem achtzehnten Geburtstag, war diese merkwürdige, dynamische Kraft in ihm wieder mal hochgekommen, wie das periodisch vorkam, und auch wenn er sich noch immer nicht stark genug gefühlt hatte, es mit der ganzen Welt aufzunehmen, hatte er gewußt, daß er bereit war, sich Oma Drackman vorzuknöpfen. Sie saß gerade in ihrem Lieblingssessel, mit den Füßen auf einem Polsterhocker, aß rohe Möhren, nippte an einem Glas Mineralwasser, las einen Artikel in der *Los Angeles Times* über die Todesstrafe und fügte ihre tief empfundenen Kommentare über die Notwendigkeit hinzu, selbst den schlimmsten Verbrechern Mitleid entgegenzubringen, da setzte Bryan seine erst kürzlich verfeinerte Fähigkeit der Pyrokinese ein und ließ sie in Flammen aufgehen. Mensch, hatte die gebrannt! Trotz der Tatsache, daß sie weniger Fett auf den Knochen hatte als eine durchschnittlich große Gottesanbeterin, leuchtete sie wie ein Talglicht. Obwohl eine ihrer Regeln war, im Haus niemals laut zu sprechen, brüllte sie so laut, daß die Fenster fast zu Bruch gegangen waren – allerdings nicht lange. Es war ein kontrollierter Brand, ganz auf die Großmutter und ihre Kleider konzentriert, der Sessel und der Polsterhocker wurden nur ein wenig angesengt, doch sie selbst brannte so lichterloh, daß Bryan blinzeln mußte, wenn er hinsah. Wie eine Raupe, die man in Alkohol getaucht hat und mit einem Streichholz anzündet, brutzelte und knallte sie und flackerte immer heller, dann verkohlte sie und ringelte sich zusammen. Er ließ sie immer noch weiter brennen, bis die verkohlten Reste ihrer Knochen zu Asche wurden, die Asche zu Ruß und der Ruß schließlich in einem letzten Aufblitzen grüner Funken verschwand.

Dann zerrte er Pierre aus seinem Versteck und grillte ihn ebenfalls.

Es war ein schöner Tag.

Das war das Ende von Oma Drackman *und* ihren Regeln. Von da an lebte Bryan nach seinen eigenen Regeln. Bald würde die ganze Welt ebenfalls nach ihnen leben.

Er stand auf und ging zum Kühlschrank. Der war voller Süßigkeiten und Garnierungen für Desserts. Da war kein Pilz zu finden und keine in Stücke geschnittene Jicama-Wurzel. Er nahm einen Becher Karamelcreme mit zum Tisch und tat etwas davon in das Eis. »Heißa, die Hex' ist tot, die böse alte Hex' ist tot«, sang er vergnügt.

Er machte sich an den amtlichen Unterlagen zu schaffen und verpaßte der Großmutter auf diese Weise eine offizielle Sterbeurkunde. Außerdem änderte er sein offizielles Alter auf 21 (damit das Gericht keinen Vermögensverwalter einsetzen würde) und machte sich selbst in ihrem Testament zum alleinigen Erben. Das war ein Kinderspiel, da kein verschlossenes Büro und kein Tresor vor ihm sicher war. Mit Hilfe seiner Größten und Geheimsten Kraft konnte er hingehen, wohin er wollte, tun, was er wollte, und niemand würde wissen, daß er jemals dort gewesen war. Nachdem er das Haus in Besitz genommen hatte, hatte er es ganz ausräumen und nach seinem Geschmack umgestalten lassen und damit jede Spur der karottenessenden Hexe beseitigt.

Obwohl er in den letzten zwei Jahren mehr ausgegeben hatte, als er geerbt hatte, waren derartige Extravaganzen kein Problem. Er konnte jede Menge Geld bekommen, wann immer er es brauchte. Doch das brauchte er nicht oft, weil er sich dank seiner Größten und Geheimsten Kraft praktisch auch alles andere nehmen konnte, ohne je erwischt zu werden.

»Auf dein Wohl, Großmama«, sagte er und hob einen gehäuften Löffel Eis mit Karamelsauce.

Obwohl er – bisher jedenfalls – noch nicht in der Lage war, seine eigenen Verletzungen zu heilen oder auch nur einen blauen Fleck verschwinden zu lassen, konnte er sein richtiges Gewicht und seinen ausgezeichneten körperlichen Zustand offenbar dadurch erhalten, daß er sich einfach täglich mehrere Minuten darauf konzentrierte – seinen Stoffwechsel also quasi wie einen gewöhnlichen Thermostaten einstellte. Aufgrund dieser Fähigkeit war er zuversichtlich, daß nach ein oder zwei weiteren Wachstumsschüben seine Macht auch raschwirkende Selbstheilungskräfte umfassen und schließlich bis zur Unverwundbarkeit reichen würde.

Derweil war er trotz aller Süßigkeiten und salzigen Knabbereien ausgesprochen fit. Er war stolz auf seinen schlanken, muskulösen Körperbau, was einer der Gründe war, weshalb er manchmal gerne nackt im Haus herumlief und es genoß, unerwartete Blicke von sich selbst in den vielen Spiegeln erhaschen zu können.

Er wußte, daß sein Körper Frauen gefallen würde. Wenn er sich etwas aus Frauen gemacht hätte, hätte er jede haben können, die er wollte, vielleicht sogar ohne eine seiner Fähigkeiten einzusetzen.

Doch Sex war für ihn uninteressant. Zum einen war Sex der größte Fehler des alten Gottes. Die Menschen waren davon besessen, und mit ihrem endlosen, verzweifelten Sichfortpflanzen hatten sie die Welt ruiniert. Wegen des Sex mußte der neue Gott die Herde ausdünnen und den Planeten reinigen. Außerdem wurde bei ihm ein Orgasmus nicht durch Sex ausgelöst, sondern durch die gewaltsame Beendigung eines menschlichen Lebens. Wenn er einen seiner Golems dazu benutzt hatte, jemanden zu töten, und er danach sein gesamtes Bewußtsein wieder in seinen richtigen Körper zurückgebracht hatte, stellte er oft fest, daß die schwarzen Seidenlaken von glitzernden Spermaströmen naß waren.

Was würde Oma *davon* halten!

Er lachte.

Er konnte tun, was er wollte, essen, was er wollte, und wo war seine herumnörgelnde Großmutter? Verbrannt, tot, für immer verschwunden – das war sie.

Er war zwanzig Jahre alt und könnte vielleicht tausend werden oder zweitausend oder sogar ewig leben. Wenn er lange genug gelebt hatte, würde er seine Großmuter wahrscheinlich ganz vergessen haben, und das wäre gut so.

»Blöde alte Kuh«, sagte er und kicherte. Es amüsierte ihn, daß er über sie sagen konnte, was er wollte, und das in dem Haus, das ihr gehört hatte.

Obwohl er sich das Eis auf einer großen Servierplatte angerichtet hatte, aß er es bis zum letzten Bissen auf. Seine Kräfte einzusetzen war äußerst strapaziös, und er brauchte mehr als die übliche Menge Schlaf und bei weitem mehr Kalorien pro Tag als andere Menschen. Er verbrachte viel Zeit mit Essen und Schlafen, aber er nahm an, daß das Bedürfnis nach Nahrung und Schlaf möglicherweise ganz verschwinden würde, nachdem er vollständig Geworden und endlich der neue Gott war. Wenn sein Werden abgeschlossen war, würde er vielleicht nie mehr schlafen und Essen nicht mehr aus Notwendigkeit zu sich nehmen, sondern nur noch zum Vergnügen.

Nachdem er den letzten Löffel in sich hineingeschaufelt hatte, leckte er die Platte ab.

Oma Drackman hatte das *gehaßt.*

Er leckte sehr gründlich. Als er fertig war, sah sie so sauber aus, als wäre sie gespült worden.

»Ich kann alles machen, was ich will«, sagte er. »Alles.«

Auf dem Tisch schwammen in einem Schraubglas mit konservierender Flüssigkeit die Augen von Enrique Estefan und beobachteten ihn bewundernd.

9.

Als sie die nächtliche Küste entlang nach Norden fuhren, während Ricky tot in dem von Schlangen verseuchten Haus in Dana Point lag, sagte Harry: »Es ist meine Schuld, was mit ihm passiert ist.«

Vom Beifahrersitz sagte Connie: »Du spinnst ja.«

»Ich spinne nicht.«

»Ich nehme an, es ist auch deine Schuld, daß er vor drei Jahren nach dem Dienst in diesen Lebensmittelladen gegangen ist.«

»Danke, daß du dir so viel Mühe gibst, daß ich mich besser fühle, aber nein danke.«

»Soll ich dafür sorgen, daß du dich noch schlechter fühlst? Sieh mal, dieser Ticktack – es gibt keine Möglichkeit herauszufinden, was er als nächstes tun wird.«

»Doch, vielleicht kann ich das. Ich krieg' ihn langsam irgendwie in den Griff. Ich weiß allmählich, was wir zu erwarten haben. Bloß daß ich immer einen Schritt hinter dem Scheißkerl herrenne. In dem Moment, wo ich die Gürtelschnalle sah, wußte ich, daß er es natürlich auf Ricky abgesehen hatte. Das hat er unter anderem mit seiner Drohung gemeint. Ich hab's bloß zu spät kapiert.«

»Genau meine Rede. Vielleicht gibt's keine Möglichkeit, diesem Kerl zuvorzukommen. Er ist was Neues, was verdammt Neues, und er denkt ganz anders, als du und ich denken, als der durchschnittliche Scheißkerl denkt, er paßt in kein psychologisches Profil, deshalb gibt's keine Möglichkeit, wie du oder sonstwer ihn austricksen könntet. Sieh mal, Harry, dafür bist du einfach nicht verantwortlich.«

Er schnauzte sie an, obwohl er das gar nicht wollte, er wollte ihr gewiß für nichts die Schuld geben, aber er war nicht in der

Lage, seine Wut noch länger zu unterdrücken. »Das ist es doch, was heutzutage an der Welt verkehrt ist, Gott, *genau* das ist es! Niemand will für etwas verantwortlich sein. Jeder will das Recht, alles zu sein und verdammt noch mal alles zu tun, aber niemand will dafür bezahlen.«

»Da hast du recht.«

Offenbar meinte sie, was sie sagte, stimmte ihm zu, wollte ihm nicht bloß nach dem Mund reden, doch so leicht verrauchte seine Wut nicht.

»Heutzutage, wenn dein Leben verkorkst ist, wenn du deine Familie und deine Freunde enttäuscht hast, ist das niemals deine Schuld. Du bist Alkoholiker? Na ja, vielleicht ist das genetisch bedingt. Du bist ein chronischer Ehebrecher, du hüpfst mit hundert verschiedenen Leuten im Jahr ins Bett? Nun, vielleicht hast du dich als Kind nie geliebt gefühlt, vielleicht haben deine Eltern dir nicht genügend Zärtlichkeit gegeben. Das ist alles Scheiße.«

»Genau«, sagte sie.

»Du bläst einem Ladenbesitzer den Kopf weg oder schlägst eine alte Dame für hundert Dollar tot? Na ja, du bist kein schlechter Kerl, du hast keine Schuld. Deine Eltern sind schuld, deine Lehrer, die Gesellschaft, die ganze westliche Kultur, die sind schuld, aber nicht du, niemals du, wie taktlos, so was zu unterstellen, wie unsensibel, wie hoffnungslos altmodisch.«

»Wenn du 'ne Sendung im Radio hättest, die würd' ich mir jeden Tag anhören«, sagte sie.

Er überholte langsam fahrende Autos sogar, wenn er eine doppelte gelbe Linie überqueren mußte. Er hatte das noch nie im Leben gemacht, selbst dann nicht, wenn er in einem Wagen mit Sirene und leuchtendem Blaulicht saß.

Er fragte sich, was in ihn gefahren war. Er fragte sich, wie er sich das fragen konnte – und trotzdem so weitermachen, wie jetzt, da er fast blind auf die Gegenspur ausscherte, um einen Wohnwagen mit einer Abbildung der Rocky Mountains auf der Seite zu überholen, obwohl der Wagen ohnehin schon die Geschwindigkeitsbegrenzung um fünf Meilen überschritt.

Er wetterte weiter: »Du kannst deine Frau und deine Kinder im Stich lassen, ohne Unterhalt für die Kinder zu zahlen, deine Investoren um Millionen betrügen, jemandem das Hirn zu Mus schlagen, weil er schwul ist oder sich dir gegenüber respektlos verhalten hat ...«

Connie stimmte ein: »... dein Baby in den Müllschlucker werfen, weil du es dir mit den Freuden der Mutterschaft anders überlegt hast ...«

»... Steuern hinterziehen, das Sozialamt betrügen ...«

»... Drogen an Grundschulkinder verkaufen ...«

»... deine eigene Tochter mißbrauchen und immer noch behaupten, *du* seist das Opfer. Heutzutage ist jeder ein Opfer. Niemand ist ein Täter. Egal was für eine Scheußlichkeit du begehst, du hast ein Anrecht auf Verständnis, kannst jammern, du seist ein Opfer von Rassismus, von umgekehrtem Rassismus, Sexismus, Diskriminierung alter Menschen, Klassenschranken, von Vorurteilen gegen dicke Leute, häßliche Leute, dumme Leute, kluge Leute. Deshalb hast du die Bank ausgeraubt oder jenen Polizisten abgeknallt, weil du ein Opfer bist, und man kann auf Millionen verschiedene Weisen ein Opfer sein. Yeah, sicher, du machst zwar die berechtigten Klagen der wirklichen Opfer zunichte, doch zum Teufel, man lebt nur einmal, da sollte man sich schon sein Stück vom Kuchen sichern, und außerdem, wen interessieren schon die wirklichen Opfer, um Himmels willen, das sind doch alles *Verlierer.*«

Er näherte sich rasch einem langsam fahrenden Cadillac.

Es gab zwar eine Überholspur. Doch die wurde von einem ebenso langsam fahrenden Jeep-Kombi blockiert, auf dessen Rückscheibe zwei Aufkleber prangten – ICH FAHRE MIT JESUS und STRÄNDE, BIKINIS UND BIER.

Auch die doppelte gelbe Linie konnte er jetzt nicht überqueren, weil plötzlich ein Strom von Fahrzeugen mit blendenden Scheinwerfern entgegenkam.

Er dachte daran, zu hupen, um damit den Caddy oder den Jeep zu schnellerem Fahren zu veranlassen, aber er hatte dazu keine Geduld.

Der Highway hatte an dieser Stelle einen ungewöhnlich breiten Seitenstreifen, und das nutzte er aus; mit kräftiger Beschleunigung verließ er die Fahrbahn und überholte den Cadillac rechts. Selbst als er das machte, konnte er nicht *glauben*, daß er es tat. So ging es auch dem Fahrer des Cadillacs. Harry blickte nach links und sah den Mann, der ihn erstaunt anstarrte, ein komischer kleiner Kerl mit einem dünnen Schnurrbart und einem schlechten Toupet. Eine unbefestigte, ausgewaschene Böschung, von der Eiskraut und wilder Efeu herabhingen, drängte sich nahe an die rechte Seite des Hondas heran. Selbst dort, wo der Seitenstreifen breit war, war sie nur wenige Zentimeter von der Tür entfernt ... und dann begann sich der Seitenstreifen zu verengen. Der Cadillac fiel zurück, um aus seiner Schußlinie herauszukommen. Harry beschleunigte, und der Seitenstreifen wurde noch schmaler. Ein Halteverbotsschild des California Highway Department tauchte unmittelbar vor ihm auf und würde ihn ganz gewiß zum Halten bringen, wenn er dagegen fuhr. Er scherte von dem immer enger werdenden Seitenstreifen aus, landete wieder auf dem Asphalt, schleuderte vor dem Caddy hin und her, fing sich wieder und fuhr weiter nach Norden an der Weite des Pazifiks zu seiner Linken vorbei, die so schwarz war wie seine Stimmung.

»*Echt cool!*« sagte Connie.

Er wußte nicht, ob sie Sarkasmus oder Zustimmung ausdrücken wollte. Bei ihrer Liebe zu Geschwindigkeit und Risiko konnte es beides sein.

»Was ich meine«, sagte er ihr in dem Bemühen, seinen Zorn weiter kochen zu lassen, »ist, daß ich nicht so sein will, ich will nicht immer mit dem Finger woanders hin zeigen. Wenn ich verantwortlich bin, dann will ich notfalls an meiner Verantwortung *ersticken.*«

»Ich bin ganz Ohr.«

»Ich bin verantwortlich für Ricky.«

»Wie du meinst.«

»Wenn ich nicht so verbohrt gewesen wäre, wäre er noch am Leben.«

»Mag sein.«

»Ich hab ihn auf dem Gewissen.«

»Von mir aus.«

»Ich bin verantwortlich.«

»Und du wirst sicher dafür in der Hölle schmoren.«

Er konnte nicht anders: Er mußte lachen. Das Lachen war düster und einen Augenblick befürchtete er, daß es sich in Tränen für Ricky verwandeln würde, so weit wollte er es jedoch nicht kommen lassen.

Sie sagte: »Setz dich doch bis in alle Ewigkeit in eine Grube voller Hundekotze, wenn du meinst, du hast das verdient.«

Obwohl Harry seinen Zorn weiter schüren wollte, ließ er langsam nach – was auch der Sinn der Sache war. Er sah sie an und lachte noch mehr.

Sie sagte: »Du bist so ein mieser Typ, du wirst – nun, sagen wir tausend Jahre lang – Maden essen und die Galle von Dämonen trinken müssen …«

»Ich mag keine Dämonengalle …«

Sie lachte ebenfalls: »… und du mußt dir bestimmt vom Teufel einen starken Magen verpassen lassen …«

»… und zehntausendmal *Hudson Hawk* gucken …«

»O nein, selbst die Hölle hat ihre Grenzen.«

Nun brüllten sie beide vor Lachen, ließen Dampf ab, und das Gelächter hielt eine ganze Weile an.

Als schließlich wieder Schweigen eingekehrt war, war Connie diejenige, die es brach: »Wie geht's dir?«

»Ich fühle mich scheußlich.«

»Aber besser?«

»Ein bißchen.«

»Bald fühlst du dich wieder gut.«

Er sagte: »Ich glaub' schon.«

»Natürlich wirst du das. Wenn alles gesagt und getan ist, vielleicht ist das die *eigentliche* Tragödie. Irgendwie bildet sich Schorf über allen Verletzungen und Verlusten, selbst über den schlimmsten und tiefsten. Wir machen weiter, nichts tut ewig weh, obwohl es manchmal so scheint, als ob es das müßte.«

Sie fuhren weiter nach Norden. Links lag das Meer. Rechts dunkle, mit erleuchteten Häusern gesprenkelte Hügel.

Sie waren wieder in Laguna Beach, aber er wußte nicht, wo sie hin sollten. Am liebsten wäre er immer weiter der Kompaßnadel nach gefahren, die ganze Küste hinauf, durch Santa Barbara, an Big Sur vorbei, über die Golden Gate, nach Oregon, Washington, Kanada, vielleicht bis hinauf nach Alaska, ganz weit weg, Schnee sehen und das Beißen des arktischen Winds spüren, beobachten, wie das Mondlicht auf den Gletschern schimmert, dann immer weiter die Beringstraße entlang, wobei das Auto sich mit der magischen Leichtigkeit eines Märchenvehikels auf dem Wasser bewegte, dann die vereiste Küste hinunter in das Land, das einst die Sowjetunion gewesen war, von dort nach China mit einer Pause für ein gutes Szetschuan-Gericht.

Er sagte: »Gulliver?«

»Ja.«

»Ich mag dich.«

»Wer tut das nicht?«

»Ich meine es ernst.«

»Nun, ich mag dich auch, Lyon.«

»Ich dachte bloß, ich sollt's dir sagen.«

»Ich bin froh, daß du's getan hast.«

»Heißt ja nicht, daß wir jetzt ein Paar sind oder so.«

Sie lächelte. »Gut. Übrigens, wohin fahren wir überhaupt?«

Er widerstand der Versuchung, eine gut gewürzte Ente in Peking vorzuschlagen. »Zu Ordegards Wohnung. Du hast nicht zufällig die Adresse, nehme ich an.«

»Ich hab sie nicht nur – ich war dort.«

Er war überrascht. »Wann?«

»Nachdem wir das Restaurant verlassen haben und bevor ich zurück ins Büro gegangen bin, während du die Berichte getippt hast. Nichts Besonderes an der Bude, unheimlich, aber ich glaube nicht, daß wir dort etwas finden, was uns weiterhilft.«

»Als du das erste Mal da warst, wußtest du nichts von Ticktack. Jetzt würdest du dir alles aus einem anderen Blickwinkel ansehen.«

»Mag sein. Zwei Blocks weiter und dann nach rechts.«

Er bog ab, und sie fuhren hoch in die Hügel, enge, gewundene Straßen entlang, die von Palmen und wuchernden Eukalyptusbäumen überdacht waren. Eine weiße Eule mit einer Flügelspanne von fast einem Meter stürzte sich vom Schornstein eines Hauses auf das Giebeldach eines anderen, segelte durch die Nacht wie eine verlorene Seele auf der Suche nach dem Himmel, und der sternenlose Himmel schien so tief zu hängen, daß Harry zu hören glaubte, wie er sich sanft gegen die Gipfel der Hügelketten im Osten rieb.

10.

Bryan öffnete eine der beiden Verandatüren und trat auf den Balkon seines Schlafzimmers.

Die Türen waren wie überall im Haus nicht abgeschlossen. Obwohl es ratsam war, kein Aufsehen zu erregen, bis er Geworden war, hatte er vor niemandem Angst, hatte nie Angst gehabt. Andere Jungen waren Feiglinge, er nicht. Seine Fähigkeiten machten ihn in einer Weise selbstbewußt, wie das vielleicht noch niemand in der Geschichte dieser Welt gewesen war. Er wußte, daß niemand ihn daran hindern konnte, seine Bestimmung zu erfüllen; seine Reise zum höchsten Thron war vorherbestimmt, und er brauchte nichts weiter als Geduld, um sein Werden zu vollenden.

Die Stunde vor Mitternacht war kühl und feucht. Der Boden des Balkons war mit Tautropfen übersät. Ein frischer Wind wehte vom Meer herein. Sein roter Seidenmantel war um die Taille eng gegürtet, doch der Saum wogte um seine Beine wie ein sich ausbreitender See von Blut.

Die Lichter von Santa Catalina, sechsundzwanzig Meilen westlich, waren hinter einer dichten Nebelbank verborgen, die mehr als zwanzig Meilen von der Küste entfernt lag und selbst unsichtbar war. Nach dem Regen hing die Wolkendecke noch tief und ließ kein Mond- oder Sternenlicht durch. Er konnte die hell erleuchteten Fenster seiner Nachbarn nicht sehen, weil sein Haus am weitesten an der Spitze stand und der Felsen hinter dem Haus an drei Seiten steil abfiel.

Er fühlte sich von der Dunkelheit genauso tröstlich eingehüllt wie von seinem feinen Seidenmantel. Das Grollen und Klatschen und endlose Rauschen der Brandung war beruhigend.

Wie ein Zauberer vor einem einsamen Altar auf einer Felsspitze schloß Bryan die Augen und ließ seine Macht in sich strömen.

Er spürte nicht länger die kalte Nachtluft um sich und den kühlen Tau auf dem Balkonboden. Er konnte auch nicht mehr spüren, wie ihm sein Morgenrock um die Beine wogte, oder hören, wie die Wellen sich unten am Strand brachen.

Als erstes ging er auf die Suche nach den fünf kranken Stück Vieh, die auf das Schlachtbeil warteten. Er hatte jedes von ihnen mit einer Schleife parapsychologischer Energie gekennzeichnet, um sie leicht erkennen zu können. Mit geschlossenen Augen hatte er das Gefühl, als ob er hoch über der Erde schwebte, und im Hinunterschauen sah er fünf besondere Lichter, deren Ausstrahlung ganz anders war als bei allen anderen Energiequellen entlang der Südküste. Die Ziele seines blutigen Sports.

Mit Hilfe der Clairvoyance – oder des »Weitsehens« – konnte er diese Tiere beobachten, eins nach dem anderen, sowie ihre unmittelbare Umgebung. Er konnte sie nicht hören, was gelegentlich frustrierend war. Er nahm jedoch an, daß seine Clairvoyance alle fünf Sinne umfassen würde, wenn er endlich der neue Gott Geworden war.

Bryan sah nach Sammy Shamroe, dessen Qualen aufgeschoben worden waren aufgrund der unvorhergesehenen Notwendigkeit, sich mit diesem klugscheißerischen Helden von einem Cop zu befassen. Der vom Suff durchtränkte Verlierer kauerte nicht in seiner Kiste unter den herunterhängenden Oleanderzweigen in der Gasse und zog sich auch nicht die zweite Zweiliterflasche Wein rein, wie Bryan erwartet hatte. Statt dessen war er im Zentrum von Laguna unterwegs und hatte etwas dabei, das wie eine Thermosflasche aussah, stolperte betrunken an geschlossenen Geschäften vorbei und lehnte sich einen Augenblick gegen einen Baumstamm, um Luft zu schnappen und sich zu orientieren. Dann torkelte er zehn bis zwanzig Schritte weiter, nur um sich gegen eine Mauer zu lehnen und den Kopf hängen zu lassen und offenbar zu überlegen, ob er sich übergeben sollte. Er entschied sich dagegen und taumelte wiederum ein Stück weiter, wobei er wütend die Augen zusammenkniff, schielte, den Kopf mit einer untypischen Entschlossenheit im Gesicht nach vorne schob, als ob er ein wichtiges Ziel im Auge hätte, obwohl er sehr wahrscheinlich nur auf einem seiner willkürlichen Streifzüge war, von einer dämlichen, irrationalen Motivation getrieben, die nur für jemanden verständlich war, dessen Gehirn ebenso in Alkohol eingelegt war wie seines.

Bryan verließ Sam the Sham und sah sich als nächstes nach dem großkotzigen, heldenhaften Klugscheißer und damit zwangsläufig auch nach diesem Miststück, seiner Kollegin, um. Sie saßen in dem Honda des Helden und fuhren in die Einfahrt eines modernen Hauses mit verwitterten Außenwänden aus Zedernholz und vielen großen Fenstern, das hoch oben in den Hügeln lag. Sie unterhielten sich. Er konnte nicht hören, was sie sagten. Angeregt. Ernsthaft. Die beiden Cops stiegen aus dem Auto und merkten nicht, daß sie beobachtet wurden. Bryan sah sich um. Er erkannte die Gegend, weil er sein Leben lang in Laguna Beach gewohnt hatte, doch er wußte nicht, wem das Haus gehörte.

In wenigen Minuten würde er Lyon und Gulliver etwas direkter heimsuchen.

Schließlich wandte er sich Janet Marco und ihrem Bengel zu, die in ihrem lädierten Dodge auf dem Parkplatz neben der Methodistenkirche hockten. Der Junge schien auf dem Rücksitz zu schlafen. Die Mutter saß zusammengesunken, gegen die Fahrertür gelehnt, hinter dem Lenkrad. Sie war hellwach und starrte aufmerksam in die Dunkelheit um das Auto herum.

Er hatte versprochen, sie im Morgengrauen zu töten und hatte vor, diesen Termin, den er sich selbst gesetzt hatte, auch einzuhalten. Sich diese beiden *und* zwei Cops vorzunehmen, würde ganz schön anstrengend, nachdem er gerade erst so viel Energie verbraucht hatte, um Enrique Estefan zu quälen und auszulöschen. Doch mit ein oder zwei Nickerchen zwischen jetzt und Sonnenaufgang, ein paar Tüten Kartoffelchips, Plätzchen und vielleicht einem weiteren großen Eis würde er schon in der Lage sein, sie alle auf wunderbar befriedigende Weise zu vernichten.

Normalerweise hätte er sich während der letzten sechs Stunden, die Mutter und Sohn noch zu leben hatten, mindestens zwei- bis dreimal durch einen Golem gezeigt und sie schikaniert, um ihre Panik auf die Spitze zu treiben. Töten war ein reines Vergnügen, intensiv und orgiastisch. Doch die Stunden – und manchmal Tage – der Qual, die den meisten seiner Hinrichtungen vorausgingen, machten fast soviel Spaß wie der Augenblick, in dem endlich Blut floß. Er wurde erregt von der Angst, die die Tiere zeigten, von dem Schrecken und der Ehrfurcht, die er in ihnen auslöste; er spürte einen Schauder angesichts ihrer absoluten Fassungslosigkeit und Hysterie, wenn ihre jämmerlichen Versuche, sich zu verstecken oder wegzulaufen, scheiterten, wie sie es früher oder später unweigerlich taten. Doch bei Janet Marco und ihrem Jungen würde er auf das Vorspiel verzichten müssen, sie nur noch einmal heimsuchen, nämlich im Morgengrauen, wenn er ihnen die Rechnung aus Schmerz und Blut dafür präsentieren würde, daß sie die Welt mit ihrer Gegenwart verseucht hatten.

Bryan mußte seine Energie für den großkotzigen Cop aufbewahren. Er wollte, daß der große und starke Held mehr Qualen erleiden sollte als die anderen vor ihm. Demütige ihn. Brich ihn. Mach aus ihm ein bettelndes, heulendes Baby. In dem tollen Helden steckte ein Feigling. Das war bei denen immer so. Bryan wollte den Feigling dazu bringen, auf dem Bauch zu kriechen, zu zeigen, was für ein Schwächling er tatsächlich war, ein Waschlappen, nichts als ein Angsthase, der sich hinter seinem Abzeichen und seinem Revolver versteckte. Bevor er die beiden Cops tötete, würde er sie bis zur völligen Erschöpfung jagen, sie Stück für Stück auseinandernehmen, damit sie wünschten, sie wären nie geboren.

Er stellte seine Weitsicht ein und zog sich von dem Dodge auf dem Parkplatz an der Kirche zurück. Er ließ sein volles Bewußtsein wieder in seinen Körper auf dem Balkon des Schlafzimmers zurückkehren.

Aus dem dunklen Westen kamen hohe Wellen, die sich krachend unten am Strand brachen und Bryan Drackman an die glitzernden Hochhäuser in den Städten seiner Träume erinnerten, die er mit seiner Macht zum Einsturz bringen konnte, worauf sie Millionen schreiender Menschen unter Massen von Glas und splitterndem Stahl begruben.

Wenn er vollständig Geworden war, würde er nie mehr ruhen oder Energie sparen müssen. Seine Macht würde die des Universums sein, endlos erneuerbar und unermeßlich.

Er ging in das schwarze Schlafzimmer zurück und schob die Balkontür hinter sich zu.

Er streifte seinen roten Morgenrock ab.

Er streckte sich nackt auf dem Bett aus, den Kopf auf zwei Daunenkissen in schwarzen Seidenbezügen gestützt.

Ein paar lange, tiefe Atemzüge. Schließ die Augen. Laß den Körper ganz schlaff werden. Mach deinen Kopf frei. Entspann dich.

In weniger als einer Minute war er bereit zu erschaffen. Er projizierte einen beträchtlichen Teil seines Bewußtseins auf den Hof neben dem modernen Haus mit den verwitterten Außenwänden aus Zedernholz und den großen Fenstern, das oben in den Hügeln lag und wo der Honda des Cops jetzt in der Einfahrt stand.

Die nächste Straßenlaterne stand einen halben Block weit entfernt. Überall waren tiefe Schatten.

Dort, wo sie am tiefsten waren, geriet ein Teil des Rasens heftig in Bewegung. Das Gras drehte sich nach unten zur Erde, als ob ein unsichtbarer Pflug am Werke wäre, und die Erde stieg mit einem leisen, feuchten Geräusch auf wie ein dicker Kuchenteig, der über einen Plastikspachtel geklappt wird. Das Ganze – Gras, Erde, Steine, vertrocknete Blätter, Regenwürmer, Käfer, eine Zigarrenkiste mit den Federn und zerbröselten Knochen eines Wellensittichs, den ein Kind vor langer Zeit begraben hatte – erhob sich zu einer dunklen, brodelnden Säule von der Größe eines Mannes.

Von oben beginnend, nahm die grobschlächtige Kreatur aus dieser Masse Gestalt an. Zuerst die Haare, verfilzt und fettig. Dann der Bart. Ein Mund sprang auf. Schiefe, verfärbte Zähne entstanden. Lippen voller nässender Wunden.

Ein Auge öffnete sich. Gelb. Bösartig. Unmenschlich.

11.

Er ist in einer dunklen Gasse, trottet dort herum und sucht den Geruch des Dinges-das-dich-töten-wird, weiß, daß er ihn verloren hat, schnuppert aber trotzdem danach, wegen der Frau, wegen dem Jungen, denn er ist ein guter Hund, gut.

Leere Dose, Metallgeruch, Rost. Pfütze aus Regenwasser, auf der Öltropfen schimmern. Tote Biene treibt im Wasser.

Interessant. Nicht so interessant wie eine tote Maus, aber interessant.

Bienen fliegen, Bienen summen, Bienen tun dir weh, wie eine Katze dir weh tun kann, aber diese Biene ist tot. Die erste tote Biene, die er je gesehen hat. Interessant, daß Bienen sterben können. Er kann sich auch nicht erinnern, jemals eine tote Katze gesehen zu haben, deshalb fragt er sich jetzt, ob auch Katzen wie Bienen sterben können.

Komisch sich vorzustellen, daß Katzen vielleicht sterben können.

Was könnte sie töten?

Sie können geradewegs Bäume hochgehen und an Orte, wo sonst nichts hinkann, und dir die Nase mit ihren scharfen Krallen aufschlitzen, bevor du überhaupt gemerkt hast, was los ist, also wenn es da draußen was gibt, das Katzen tötet, dann kann es auch nicht gut für Hunde sein, überhaupt nicht gut, etwas, das schneller ist als Katzen und gemein.

Interessant.

Er trottet die Gasse entlang.

Irgendwo in einem Menschenort kocht Fleisch. Er leckt sich die Lefzen, weil er immer noch hungrig ist.

Stück Papier. Bonbonpapier. Riecht gut. Er legt eine Pfote drauf, hält es fest und leckt daran. Das Papier schmeckt gut. Er leckt und leckt und leckt, aber das ist schon alles, nicht viel, bloß ein bißchen was Süßes auf dem Papier. So ist es meistens, ein paarmal geleckt oder geknabbert und schon ist alles weg, selten so viel, wie er will, niemals *mehr*, als er will.

Er schnuppert an dem Papier, um ganz sicher zu sein, und es bleibt an seiner Nase kleben, also schüttelt er den Kopf, um das Papier loszuwerden. Es erhebt sich in die Luft und schwebt dann im Wind die Gasse entlang, auf und ab, von einer Seite auf die andere, wie ein Schmetterling. Interessant. Ganz plötzlich lebendig und kann fliegen. Was kann das sein? Sehr interessant. Er läuft hinterher, und da fliegt es hoch, also springt er, schnappt danach, verfehlt es, und jetzt will er es, will es unbedingt, *muß* es haben, springt, schnappt, daneben. Was geht da vor sich, was ist das für ein Ding? Bloß ein Stück Papier, und jetzt fliegt es wie ein Schmetterling. Er *braucht* es unbedingt. Er läuft, springt, schnappt zu und kriegt es diesmal, kaut darauf herum, aber es ist nur Papier, also spuckt er es wieder aus. Er starrt darauf, starrt und starrt, wartet, beobachtet, bereit, sich darauf zu stürzen, wird sich nicht reinlegen lassen, doch es bewegt sich nicht mehr, tot wie die Biene.

Polizisten-Wolfs-Ding! Das Ding-das-dich-töten-wird.

Jener seltsame und abscheuliche Geruch kommt plötzlich mit einer Brise vom Meer zu ihm, und er zuckt zusammen. Er schnuppert suchend. Das böse Ding ist draußen in der Nacht, steht im Dunkeln irgendwo nah am Meer.

Er folgt dem Geruch. Zunächst ist der Geruch schwach, verschwindet manchmal fast wieder, doch dann wird er stärker. Er wird allmählich ganz aufgeregt. Er kommt näher heran, noch nicht wirklich nahe, aber die ganze Zeit ein bißchen näher, während er von der Gasse zur Straße, zum Park, zur Gasse und wieder zur Straße läuft. Das böse Ding ist das Merkwürdigste und Interessanteste, was er jemals gerochen hat, jemals.

Helle Lichter. *Tut-tut-tuuuut.* Auto. Nah. Hätte tot in einer Pfütze liegen können wie eine Biene.

Er jagt dem Geruch des bösen Dings hinterher, läuft schneller, die Ohren gespitzt, aufmerksam und wachsam, doch sich immer auf seine Nase verlassend.

Dann verliert er die Spur.

Er bleibt stehen, dreht sich um, schnuppert nach allen Seiten in die Luft. Der Wind hat die Richtung nicht geändert, er kommt immer noch vom Meer. Doch der Geruch des bösen Dings ist nicht mehr darin. Er wartet, schnuppert, wartet, dreht sich um, jault vor lauter Frust, und schnuppert schnuppert schnuppert.

Das böse Ding ist nicht mehr draußen in der Nacht. Es ist irgendwo reingegangen, vielleicht in einen Menschenort, wo der Wind nicht durchbläst. Wie eine Katze, die hoch auf einen Baum klettert, unerreichbar.

Er steht eine Weile hechelnd herum, nicht sicher, was er tun soll, da kommt ein ganz erstaunlicher Mann den Bürgersteig entlang, stolpert und torkelt vor und zurück, in einer Hand hält er eine komische Flasche, und er murmelt vor sich hin. Der Mann verströmt mehr Gerüche, als der Hund je an einem Menschen gerochen hat, die meisten davon schlecht, wie viele stinkende Menschen in einem einzigen Körper. Saurer Wein. Fettige Haare, saurer Schweiß, Zwiebeln, Knoblauch, Kerzenrauch, Blaubeeren. Druckerschwärze, Oleander. Feuchter Khaki. Feuchter Flanell. Getrocknetes Blut, etwas Menschenpipi, Pfefferminz in einer Manteltasche, ein altes Stück vertrockneter Schinken und schimmeliges Brot, vergessen in einer anderen Tasche, eingetrockneter Senf, Erde, Gras, ein bißchen Menschenkotze, schales Bier, verrottende Segeltuchschuhe, faule Zähne. Außerdem furzt er ständig, während er vorantorkelt, furzt und murmelt, lehnt sich eine Weile gegen einen Baum, furzt, dann torkelt er weiter und bleibt wieder stehen, um sich gegen die Wand eines Menschenortes zu lehnen und noch ein bißchen zu furzen.

All das ist interessant, sehr, doch das Interessanteste von allem ist, daß der Mann unter den vielen Gerüchen eine Spur vom Geruch des bösen Dings an sich hat. Er ist nicht das böse Ding, nein, nein, aber er kennt das böse Ding, kommt von einem Ort, wo er das böse Ding vor nicht allzu langer Zeit getroffen hat, hat einen Hauch vom bösen Ding an sich.

Ohne Zweifel ist es *jener* Geruch, so seltsam und böse: wie der Geruch des Meeres in einer kalten Nacht, ein Metallzaun an einem heißen Tag, tote Mäuse, Blitz, Donner, Spinnen, Blut, dunkle Löcher im Boden – wie all diese Dinge und doch nicht ganz wie sie.

Der Mann stolpert an ihm vorbei, und er weicht mit eingeklemmtem Schwanz zurück. Doch der Mann scheint ihn überhaupt nicht zu sehen, torkelt einfach weiter und biegt an der Ecke in eine Gasse.

Interessant.

Er beobachtet.

Er wartet.

Schließlich folgt er ihm.

12.

Harry war nicht wohl dabei, in Ordegards Haus zu sein. Laut einer polizeilichen Mitteilung an der Haustür war der Zutritt verboten, bis die Untersuchungen der Kriminalpolizei abgeschlossen waren, doch er und Connie waren nicht auf die vorschriftsmäßige Weise hineingekommen. Sie hatte einen kompletten Satz Dietriche in einem kleinen Lederbeutel dabei, und sie kam schneller durch Ordegards Schlösser, als ein Politiker eine Milliarde Dollar durchbringen konnte.

Normalerweise verabscheute Harry solche Methoden, und es war das erste Mal, daß er ihr erlaubt hatte, ihre Dietriche zu benutzen, seit sie seine Partnerin war. Doch sie hatten zu wenig Zeit, um sich an die Regeln zu halten. Bis zum Morgengrauen waren es keine sieben Stunden mehr, und sie waren Ticktack nicht näher gekommen als Stunden zuvor.

Das Haus hatte drei Schlafzimmer und war nicht groß, aber die vorhandene Fläche war gut aufgeteilt. Wie das Äußere, so hatte auch das Innere keine scharfen Kanten. Alle Ecken waren sanft abgerundet, und viele Zimmer hatten zumindest eine gewölbte Wand. Abgerundete, extrem glänzende, weiß lackierte Flächen dominierten. Die meisten Wände waren ebenfalls hochglänzend weiß gestrichen, was den Räumen einen perligen Schimmer verlieh. Nur im Eßzimmer hatte man Strukturputz aufgetragen, um die Illusion zu vermitteln, sie seien mit elegantem beigem Leder gepolstert.

Die Wohnung gab einem das Gefühl, man befände sich im Inneren eines Kreuzfahrtschiffs, und das hätte eigentlich beruhigend, wenn nicht sogar gemütlich sein müssen. Aber Harry war nervös, nicht nur, weil der mondgesichtige Mörder dort gewohnt hatte oder weil sie illegal eingedrungen waren, sondern auch noch aus anderen Gründen, die er nicht eindeutig bestimmen konnte.

Vielleicht hatte die Einrichtung mit seiner düsteren Ahnung zu tun. Jedes Teil war in modernem skandinavischem Stil gehalten, streng, ohne jede Verzierung, mit mattgelben Ahornfurnieren, so eckig, wie das Haus abgerundet war. Durch den extremen Kontrast zur Architektur kamen ihm die scharfen Kanten der Sessellehnen, Couchtischchen und Sofarahmen so vor, als ob sie sich gegen ihn aufrichteten. Der Teppich war ein ganz dünner Berber mit sehr kurzem Flor; falls er überhaupt unter den Füßen nachgab, war das so minimal, daß es nicht auffiel.

Bei ihrem Rundgang durch Wohnzimmer, Eßzimmer, Arbeitszimmer und Küche fiel Harry auf, daß an den Wänden keine Bilder hingen. Es gab überhaupt keinerlei dekorative Gegenstände; die Tische waren vollkommen kahl bis auf schlichte Keramiklampen in Schwarzweiß. Nirgendwo lagen Bücher oder Zeitschriften.

Die Räume hatten etwas Klösterliches an sich, als ob derjenige, der dort wohnte, eine langfristige Strafe für seine Sünden verbüßte.

Ordegard schien zwei ganz unterschiedliche Charaktere gehabt zu haben. Die organischen Linien und Strukturen des Hauses selbst deuteten auf einen Bewohner hin, der sehr sinnlich war, der mit sich und seinen Gefühlen im Einklang stand, einigermaßen entspannt war und Dinge zu genießen wußte. Auf der anderen Seite ließen die erbarmungslose Eintönigkeit der Möbel und das völlige Fehlen von Wandschmuck darauf schließen, daß er kalt war, hart gegen sich selbst und andere, introvertiert und grüblerisch.

»Was hältst du davon?« fragte Connie, als sie in den Flur traten, der zu den Schlafzimmern führte.

»Unheimlich.«

»Hab' ich dir doch gesagt. Aber wieso eigentlich?«

»Die Kontraste sind ... zu extrem.«

»Yeah. Und es sieht nicht bewohnt aus.«

Im Hauptschlafzimmer hing dann schließlich ein Gemälde an der Wand, direkt gegenüber dem Bett. Ordegard mußte es als erstes beim Aufwachen gesehen haben und als letztes, bevor er jede Nacht einschlief. Es handelte sich um eine Reproduktion eines berühmten Kunstwerks, das Harry kannte, obwohl er keine Ahnung hatte, wie es hieß. Er glaubte, daß es von Francisco de Goya stammte; so viel hatte er aus dem Kunstunterricht behalten. Das Werk war bedrohlich, ging an die Nerven und vermittelte ein Gefühl von Grauen und Verzweiflung, nicht zuletzt weil es unter anderem die Gestalt eines Riesen zeigte, eines Dämons, der dabei war, einen blutigen und kopflosen menschlichen Körper zu verschlingen.

Zutiefst beunruhigend und zugleich großartig komponiert und ausgeführt, war es zweifellos ein bedeutendes Kunstwerk – paßte allerdings eher an die Wände eines Museums als in ein Privathaus. Seine Wirkung mußte durch einen großen Ausstellungsraum mit gewölbter Decke gemildert werden; hier in diesem Zimmer von normalen Ausmaßen war das Bild zu überwältigend, seine düstere Energie fast lähmend.

Connie sagte: »Was glaubst du, mit wem er sich identifiziert hat?«

»Wie meinst du das?«

»Dämon oder Opfer?«

Er dachte darüber nach. »Mit beiden.«

»Sich selbst verschlingen.«

»Yeah. Von seinem Wahnsinn verschlungen werden.«

»Und unfähig aufzuhören.«

»Vielleicht noch schlimmer als unfähig. Unwillig. Sadist und Masochist in einem.«

Connie sagte: »Aber wie hilft uns das herauszufinden, was passiert ist?«

Harry sagte: »Soweit ich das sehe, überhaupt nicht.«

»Ticktack«, sagte der Penner.

Überrascht, die tiefe, rauhe Stimme zu hören, fuhren beide herum und stellten fest, daß der Landstreicher nur wenige Zentimeter von ihnen entfernt war. Er hätte sich eigentlich gar nicht so nah an sie heranschleichen können, ohne daß sie es bemerkt hätten, und dennoch war er da.

Ticktacks rechter Arm knallte mit einer Wucht gegen Harrys Oberkörper, als sei er der Ausleger eines Baukrans. Harry wurde nach hinten geschleudert. Er krachte so heftig gegen die Wand, daß die Schlafzimmerfenster in ihren Rahmen vibrierten, und seine Zähne schlugen dermaßen hart aufeinander, daß er sich die Zunge abgebissen hätte, wenn sie im Weg gewesen wäre. Er fiel aufs Gesicht und schluckte Staub und Teppichfasern in dem Bemühen, wieder Luft zu bekommen, nachdem alle Luft aus ihm herausgeprügelt worden war.

Unter ungeheurer Anstrengung hob er sein Gesicht von dem Berber und sah, daß Connie vom Boden hochgerissen worden war. Ticktack preßte sie gegen die Wand und schüttelte sie heftig. Mit dem Hinterkopf und den Absätzen ihrer Schuhe trommelte sie gegen die Wand.

Ricky, jetzt Connie.

Erst jeden, den du liebst ...

Harry schaffte es, sich auf Hände und Knie zu erheben, wobei er an Teppichfasern würgte, die ihm hinten im Rachen klebten. Bei jedem Husten bebte sein Oberkörper vor Schmerz, und er hatte das Gefühl, als ob sein Brustkorb ein Schraubstock wäre, der sich ihm um Herz und Lunge gelegt hatte.

Ticktack brüllte Connie Worte ins Gesicht, die Harry nicht verstehen konnte, weil ihm die Ohren dröhnten.

Schüsse.

Sie hatte es geschafft, ihren Revolver zu ziehen und ihn in Hals und Gesicht ihres Angreifers zu leeren. Die Kugeln schüttelten ihn leicht, lockerten aber nicht den eisernen Griff, mit dem er sie festhielt.

Mit schmerzverzerrtem Gesicht grapschte Harry nach einer schlichten, modernen Kommode im dänischen Stil und zog sich taumelnd auf die Füße. Schwindel, Keuchen. Er zog seine eigene Waffe in dem Wissen, daß sie gegen diesen Gegner nichts ausrichten würde.

Ticktack, der immer noch brüllte und Connie hochhielt, riß sie plötzlich von der Wand weg und warf sie gegen die beiden Glasschiebetüren, die zum Balkon führten. Mit einem explosionsartigen Knall flog sie durch eine der Türen, als ob sie aus einer Kanone abgeschossen worden wäre, und die gehärtete Glasscheibe zerbarst in Abertausende winziger Scherben.

Nein. Das konnte nicht mit Connie passieren. Er durfte Connie nicht verlieren. Undenkbar.

Harry feuerte zweimal. Zwei ausgefranste Löcher tauchten im Rücken von Ticktacks schwarzem Regenmantel auf. Das Rückgrat des Landstreichers hätte zerschmettert sein müssen. Knochen- und Bleisplitter hätten durch all seine lebenswichtigen Organe dringen müssen. Er hätte zu Boden gehen müssen wie King Kong bei seinem Sturz vom Empire State Building.

Statt dessen wandte er sich um.

Er schrie nicht vor Schmerz. Schwankte noch nicht mal.

Er sagte: »Großer Held.«

Wie er immer noch sprechen konnte war ein Rätsel oder vielleicht ein Wunder. In seiner Kehle war eine Schußwunde von der Größe eines Silberdollars.

Connie hatte auch einen Teil seines Gesichts weggeschossen. Das fehlende Gewebe hatte in der linken Hälfte ein großes Loch hinterlassen, vom Kiefer fast bis unter die Augenhöhle. Außerdem war sein linkes Ohr weg.

Es floß kein Blut. Kein Knochen lag frei. Bei ihm war das Fleisch nicht rot, sondern braunschwarz und eigenartig.

Sein Lächeln war noch schrecklicher als sonst, weil durch das Fehlen der linken Backe seine verrotteten Zähne auf dieser Gesichtshälfte von vorn bis hinten entblößt waren. Innerhalb dieses Zahnkäfigs wand sich seine Zunge wie ein fetter Aal in einem Fischernetz.

»Hältst dich für so stark, großer Held von einem Cop, toller, knallharter Bursche«, sagte Ticktack. Trotz seiner tiefen, krächzenden Stimme hörte er sich seltsamerweise an wie ein Schuljunge, der zu einer Rauferei auf dem Spielplatz herausfordert, und selbst sein furchterregendes Äußeres konnte nicht völlig über das Kindliche in seinem Verhalten hinwegtäuschen. »Aber du bist nichts, du bist niemand, nur ein verschreckter, kleiner Mann.«

Ticktack trat auf ihn zu.

Harry richtete den Revolver auf den riesigen Angreifer und – saß auf einem Stuhl in James Ordegards Küche. Der Revolver war immer noch in seiner Hand, aber die Mündung war gegen die Unterseite seines Kinns gepreßt, als ob er gerade Selbstmord begehen wollte. Der Stahl war kalt auf seiner Haut und das Korn drückte schmerzhaft gegen seinen Unterkiefer. Sein Finger lag am Abzug.

Er ließ den Revolver fallen, als hätte er eine Giftschlange in seiner Hand entdeckt und sprang vom Stuhl auf.

Er konnte sich nicht daran erinnern, daß er in die Küche gegangen war, den Stuhl unter dem Tisch hervorgezogen und sich gesetzt hatte. Von einer Sekunde zur anderen schien er dorthin transportiert und an den Rand der Selbstzerstörung getrieben worden zu sein.

Ticktack war verschwunden.

Im Haus war es still. Unnatürlich still.

Harry ging auf die Tür zu –

– und saß auf demselben Stuhl wie vorher, wieder mit dem Revolver in der Hand, die Mündung steckte in seinem Mund, und er biß mit den Zähnen auf dem Lauf herum.

Fassungslos nahm er den .38er aus seinem Mund und legte ihn neben dem Stuhl auf den Boden. Seine Handfläche war feucht. Er wischte sie an seiner Hose ab.

Er stand auf. Seine Beine waren zittrig. Schweiß brach ihm aus, und der saure Geschmack der halb verdauten Pizza kam ihm hoch.

Obwohl er nicht verstand, was da mit ihm passierte, war er sich ganz sicher, daß er keinen Selbstmord begehen wollte. Er wollte leben. Nach Möglichkeit für immer. Er hätte sich niemals den Revolverlauf zwischen die Lippen gesteckt, nicht freiwillig, nicht in einer Million Jahren.

Er wischte sich mit einer zitternden Hand über das feuchte Gesicht und –

– saß wieder auf dem Stuhl, hielt den Revolver, die Mündung auf das rechte Auge gerichtet, und starrte in den dunklen Lauf. Zwölf stählerne Zentimeter von der Ewigkeit entfernt. Den Finger am Abzug.

Großer Gott.

Sein Herz klopfte so heftig, daß er jede geschundene Stelle an seinem Körper spüren konnte.

Vorsichtig schob er den Revolver in das Schulterholster unter seiner zerknitterten Jacke.

Er kam sich vor, als stünde er unter einem Zauber. Magie schien die einzige Erklärung für das zu sein, was da mit ihm passierte. Zauberei, Hexerei, Voodoo – er war plötzlich bereit, an all das zu glauben, sofern ihn dieser Glaube von der Strafe erlöste, die Ticktack über ihn verhängt hatte.

Er leckte sich die Lippen. Sie waren aufgesprungen, trocken und brannten. Er sah auf seine Hände, die ganz bleich waren, und er nahm an, daß sein Gesicht noch bleicher sein mußte.

Nachdem er mit zittrigen Beinen aufgestanden war, zögerte er kurz und ging dann in Richtung Tür. Er war überrascht, daß er sie erreichte, ohne auf mysteriöse Weise wieder auf den Stuhl zurückbefördert zu werden.

Ihm fielen die vier deformierten Kugeln ein, die er in seiner Hemdtasche gefunden hatte, nachdem er viermal auf den Landstreicher geschossen hatte, und er dachte auch daran, wie er die Zeitung unter seinem Arm entdeckt hatte, als er am frühen Abend den Lebensmittelladen verließ. Daß er dreimal auf dem Küchenstuhl gelandet war, ohne sich daran zu erinnern, wie er dorthin gekommen war, beruhte seines Erachtens auf demselben Trick, mit dem die Kugeln in seine Tasche und die Zeitung unter seinen Arm befördert worden waren. Eine Erklärung, wie das Ganze bewerkstelligt wurde, schien in greifbarer Nähe zu sein ... blieb aber noch unfaßbar.

Als er ohne weitere Zwischenfälle aus der Küche herauskam, beschloß er, daß der Zauber gebrochen war. Er eilte zum Schlafzimmer, stets darauf gefaßt, Ticktack zu begegnen, doch der Landstreicher schien verschwunden zu sein.

Er hatte Angst, Connie tot vorzufinden, mit auf den Rücken gedrehtem Kopf wie Ricky und mit herausgerissenen Augen.

Sie saß auf dem Balkonboden inmitten einer glitzernden Lache von Hartglasstücken, Gott sei Dank noch am Leben, den Kopf in beide Hände gestützt, und stöhnte leise. Ihr kurzes dunkles Haar flatterte im Nachtwind, glänzend und weich. Harry hatte das Verlangen, ihr Haar zu berühren, es zu streicheln.

Er hockte sich neben sie und sagte: »Alles okay?«

»Wo ist er?«

»Fort.«

»Ich möchte ihm die Lunge rausreißen.«

Harry hätte fast gelacht vor Erleichterung, daß sie sich nicht unterkriegen ließ.

Sie sagte: »Sie rausreißen und irgendwo hinstopfen, wo die Sonne nicht scheint, damit er von jetzt an durch den Arsch atmen muß.«

»Würde ihn vermutlich auch nicht stoppen.«

»Aber ein bißchen langsamer machen.«

»Vielleicht noch nicht mal das.«

»Wo zum Teufel kam der her?«

»Daher, wo er auch hingegangen ist. Aus dem Nichts.«

Sie stöhnte erneut.

Harry sagte: »Bist du sicher, daß alles okay ist?«

Endlich nahm sie ihre Hände vom Gesicht. Ihr linker Mundwinkel blutete, und der Anblick ihres Blutes ließ ihn gleichzeitig vor Wut und vor Angst zittern. Die ganze Gesichtshälfte war rot, als ob sie heftig und wiederholt geschlagen worden wäre. Morgen würde es wahrscheinlich grün und blau sein.

Falls sie morgen noch lebten.

»Mann, ich könnte ein paar Aspirin gebrauchen«, sagte sie.

»Ich auch.«

Harry holte das Fläschchen Anacin aus seiner Jackentasche, das er vor ein paar Stunden aus ihrem Medizinschrank mitgenommen hatte.

»Ein echter Pfadfinder«, sagte sie.

»Ich hol' dir Wasser.«

»Das kann ich auch selbst.«

Harry half ihr auf die Füße. Einzelne Glasstücke fielen ihr aus Haar und Kleidung.

Als sie vom Balkon zurück ins Schlafzimmer gingen, blieb Connie stehen, um einen Blick auf das Gemälde an der Wand zu werfen. Der kopflose menschliche Leichnam. Der hungrige Dämon mit den wild starrenden Augen.

»Ticktack hatte gelbe Augen«, sagte sie. »Nicht wie beim letzten Mal vor dem Restaurant, wo er mich angebettelt hat. Gelbe Augen, ganz hell, mit schwarzen Schlitzen als Pupillen.«

Sie gingen in die Küche, um Wasser zu holen und das Anacin hinunterzuspülen. Harry hatte das irrationale Gefühl, daß die Augen des Dämons in dem Goya-Gemälde ihm und Connie nachsahen, als sie vorbeigingen, und daß das Monster aus der Leinwand kletterte und ihnen durch das Haus des toten Mannes nachschlich.

Vier

1.

Manchmal wurde Bryan Drackman mürrisch und verdrießlich, wenn er von der Ausübung seiner Kräfte erschöpft war. Nichts war ihm dann recht. Wenn die Nacht kühl war, wollte er sie warm; wenn sie warm war, wollte er sie kühl. Das Eis schmeckte zu süß, die Mais-Chips zu salzig, die Schokolade viel zu schokoladig. Das Gefühl von Stoff auf der Haut, selbst sein Seidenmantel war unerträglich störend, doch wenn er nackt war, fühlte er sich verwundbar und seltsam. Er wollte nicht im Haus bleiben, wollte nicht rausgehen. Wenn er sich im Spiegel betrachtete, gefiel ihm nicht, was er sah, und wenn er vor den Gläsern mit den Augen stand, hatte er das Gefühl, daß sie sich über ihn lustig machten, statt ihn zu verehren. Er wußte, er sollte schlafen, um seine Energie zu erneuern, doch er verabscheute die Welt der Träume ebenso, wie er die wache Welt verachtete.

Diese Verdrießlichkeit steigerte sich bis zur Streitsüchtigkeit. Weil er aber in seinem Refugium am Meer niemanden hatte, mit dem er sich streiten konnte, hatte er kein Ventil für seine schlechte Laune. Gereiztheit verstärkte sich zu Wut. Aus Wut wurde blinder Zorn.

Da er zu erschöpft war, um seinen Zorn durch körperliche Betätigung abzureagieren, saß er nackt in seinem schwarzen Bett, gegen mit schwarzer Seide bezogene Kissen gestützt, und gestattete seiner Wut, ganz von ihm Besitz zu ergreifen. Er schloß seine Hände auf den Oberschenkeln zu Fäusten, drückte immer fester und fester, bis sich seine Fingernägel schmerzhaft in die Handflächen bohrten und seine Armmuskeln von der Anstrengung schmerzten. Er bearbeitete seine Oberschenkel mit den Fäusten, die Knöchel nach unten, damit es mehr weh tat, dann seinen Unterleib, dann den Brustkorb. Er drehte sich

Haarsträhnen um die Finger und riß daran, bis Tränen ihm die Sicht verschleierten.

Seine Augen. Er krümmte die Finger, drückte die Nägel gegen die Augenlider und versuchte, genügend Mut zu entwickeln, um sich die Augen auszustechen, sie herauszureißen und in seinen Fäusten zu zerquetschen.

Er verstand nicht, warum ihn das Bedürfnis überkam, sich selbst zu blenden, aber der Zwang war ungeheuer stark.

Er wurde von Irrationalität ergriffen.

Er heulte, warf den Kopf gequält zurück und drosch auf die schwarzen Laken ein, trat und schlug um sich, schrie und spuckte, fluchte mit einer derartigen Flüssigkeit und Vehemenz, daß sein Wutanfall wie das Werk einer Höllenbrut wirkte, von der er besessen war. Er verfluchte die Welt und sich selbst, doch am meisten verfluchte er dieses Miststück, dieses fruchtbare Miststück, dieses dumme, abscheuliche, fruchtbare Miststück. Seine Mutter.

Seine Mutter.

Der Zorn verwandelte sich abrupt in klägliche Verzweiflung, und sein wütendes Geheul und seine haßerfüllten Schreie verebbten zu gequältem Schluchzen. Er rollte sich in Fötushaltung zusammen, umklammerte seinen geschlagenen und schmerzenden Körper und weinte so heftig, wie er zuvor gekreischt und um sich geschlagen hatte, war so leidenschaftlich in seinem Selbstmitleid, wie er zuvor in seinem Zorn gewesen war.

Es war nicht fair, überhaupt nicht fair, was von ihm erwartet wurde. Er mußte Werden, ohne die Gemeinschaft eines Bruders, ohne die leitende Hand eines Zimmermanns als Vater, ohne das zärtliche Mitleid seiner Mutter. Jesus hatte während seines Werdens die vollkommene Liebe von Maria genossen, doch diesmal gab es keine Heilige Jungfrau, keine strahlende Madonna an seiner Seite. Diesmal war es eine Hexe, die durch ihre gierigen Gelüste und ihre Hemmungslosigkeit verdorrt und ausgezehrt war und sich von ihm voller Abscheu und Angst abwandte, unfähig und unwillig, Trost zu spenden. Es war so unfair, so abgrundtief ungerecht, daß von ihm erwartet wurde, zu Werden und die Welt neu zu erschaffen ohne die bewundernden Jünger, die Jesus zur Seite gestanden hatten, und ohne eine Mutter wie Maria, die Königin der Engel.

Allmählich ließ sein unglückliches Schluchzen nach.

Der Tränenfluß nahm ab und versiegte schließlich.

Er lag dort unglücklich und einsam.

Er brauchte Schlaf.

Seit seinem letzten Nickerchen hatte er einen Golem geschaffen, um Ricky Estefan zu töten, einen weiteren Golem gebaut, um die silberne Schnalle an den Rückspiegel in Lyons Honda zu binden, seine Schöpferkraft erprobt, indem er das fliegende Reptil aus dem Sand am Strand zum Leben erweckte, und noch einen weiteren Golem erschaffen, um den großen Helden-Cop und seine Partnerin zu terrorisieren. Außerdem hatte er mit Hilfe seiner Größten und Geheimsten Kraft die Spinnen und Schlangen in die Küchenschränke von Ricky Estefan gebracht, den abgebrochenen Kopf der kleinen Heiligenfigur in Connie Gullivers fest zusammengeballte Hand plaziert und Lyon fast in den Wahnsinn getrieben, indem er ihn dreimal in unterschiedlichen selbstmörderischen Positionen auf diesen Küchenstuhl beförderte.

Bryan kicherte, als er an Harry Lyons totale Verwirrung und Angst dachte.

Blöder Cop. Großer Held. Hat sich fast vor Angst in die Hose gepißt.

Bryan kicherte wieder. Er rollte sich auf den Bauch und begrub sein Gesicht in einem Kissen, während das Kichern immer stärker wurde.

Hat sich fast in die Hose gepißt. Was für ein Held.

Schon bald hörte er auf, sich selbst leid zu tun. Er war in einer viel besseren Stimmung.

Er war zwar immer noch erschöpft und brauchte Schlaf, aber er war auch hungrig. Er hatte bei der Ausübung seiner Macht eine ungeheure Menge Kalorien verbrannt und ein paar Pfund abgenommen. Er würde gewiß nicht schlafen können, bevor er nicht sein quälendes Hungergefühl gestillt hatte.

Er zog seinen roten Seidenmantel an und ging hinunter in die Küche. Er holte sich ein Päckchen Marshmallows, ein Päckchen Oreos und eine große Tüte Kartoffelchips mit Zwiebelgeschmack aus der Speisekammer. Aus dem Kühlschrank nahm er zwei Flaschen Yoo-Hoo, einmal Schokolade und einmal Vanille.

Er trug das Essen durch das Wohnzimmer nach draußen, auf den mit mexikanischen Fliesen ausgelegten Patio, der teilweise vom Balkon des Schlafzimmers im ersten Stock überdacht wurde. Er setzte sich auf einen Klubsessel am Geländer, damit er den dunklen Pazifik sehen konnte.

Während Mitternacht verstrich und aus dem Dienstag ein Mittwoch wurde, kam vom Meer ein kühler Wind, doch das machte Bryan nichts aus. Oma Drackman hätte ihn schon wieder angemeckert, von wegen er holte sich eine Lungenentzündung. Doch wenn es zu frisch wurde, konnte er ohne große Anstrengung seinen Stoffwechsel ein wenig regulieren und damit seine Körpertemperatur erhöhen.

Er spülte die ganze Tüte Marshmallows mit Vanille-Yoo-Hoo runter.

Er konnte essen, was er wollte.

Er konnte machen, was er wollte.

Obwohl das Werden ein einsamer Prozeß war und obwohl es ihm unfair erschien, keine bewundernden Jünger und keine heilige Mutter zu haben, war es letztlich so am besten. Während Jesus ein Gott des Mitleids und der Erlösung war, sollte Bryan ein Gott des Zorns und der Reinigung werden; deshalb war es wünschenswert, daß er in Einsamkeit Wurde, ohne durch die Liebe einer Mutter verweichlicht und durch Predigten über Sorge und Barmherzigkeit belastet zu sein.

2.

Dieser stinkende Mann, der mehr stinkt als verfaulte Orangen, die von einem Baum fallen und voller sich windender Dinger sind, mehr als eine Maus, die seit drei Tagen tot ist, mehr als alles andere, so stinkt, daß man niesen muß, wenn man zuviel von ihm riecht, geht also von einer Straße zur anderen und dann in eine Gasse und zieht eine Wolke von Gestank hinter sich her.

Der Hund läuft ein paar Schritte hinter ihm, neugierig, behält aber den Abstand bei und schnuppert die Spur von dem Ding-das-dich-töten-wird heraus, die unter all diese anderen Gerüche gemischt ist.

Sie bleiben an der Rückfront eines Ortes stehen, wo Menschen Futter machen.

Gute Gerüche, fast noch stärker als der stinkende Mann, hungrig machende Gerüche, viele, ganz viele. Fleisch. Hühnchen, Möhren, Käse. Käse ist gut, klebt zwar an den Zähnen, aber ist wirklich gut, viel besser als alter Kaugummi von der Straße, der auch an den Zähnen klebt, aber nicht so gut ist. Brot, Erbsen, Zucker, Vanille, Schokolade und noch mehr, wovon einem der Kiefer vor Verlangen weh tut und das Maul wäßrig wird.

Manchmal, wenn er zu Futterorten wie diesem kommt, wenn er mit dem Schwanz wedelt und winselt, dann geben sie ihm etwas Gutes. Aber meistens jagen sie ihn weg, werfen Dinge nach ihm, schreien und stampfen mit dem Fuß auf. Menschen sind in vielen Dingen merkwürdig, eins davon ist Futter. Viele von ihnen passen auf ihr Futter auf, wollen nicht, daß du was kriegst – dann schmeißen sie einen Teil davon in Eimer, wo es anfängt zu stinken und krank macht. Wenn du die Eimer umwirfst, um dir das Futter zu holen, bevor es ganz krank macht, kommen die Menschen angerannt und brüllen und jagen dich, als ob sie meinen, du wärst eine Katze oder so was.

Ihm macht es keinen Spaß, gejagt zu werden. Katzen jagen, das macht Spaß. Er ist keine Katze. Er ist ein Hund. Das scheint ihm ganz offensichtlich.

Menschen können merkwürdig sein.

Jetzt klopft der stinkende Mann an eine Tür, klopft noch einmal, und die Tür wird von einem dicken Mann aufgemacht, der weiß angezogen ist und umgeben von Wolken der hungrig machenden Gerüche.

Mein Gott, Sammy, du siehst ja noch schlimmer aus als sonst, sagt der dicke Mann in Weiß.

Nur ein bißchen Kaffee, sagt der stinkende Mann und hält die Flasche hin, die er bei sich hat. *Möchte dich wirklich nicht belästigen, ist mir peinlich, aber ich brauche ein bißchen Kaffee.*

Ich weiß noch, wie du vor Jahren angefangen hast –

Etwas Kaffee, damit ich nüchtern werde.

– bei der kleinen Werbeagentur in Newport Beach –

Muß ganz schnell nüchtern werden.

– bevor du in L.A. groß rausgekommen bist, du warst immer so schick, immer prima in Schale geworfen, die besten Klamotten.

Ich sterbe, wenn ich nicht nüchtern werde.

Da ist was Wahres dran, sagt der dicke Mann.

Nur eine Thermosflasche Kaffee, Kenny. Bitte.

Von Kaffee allein wirst du nicht nüchtern. Ich pack' dir was zu essen ein, du mußt mir aber versprechen, daß du es ißt.

Yeah, ganz bestimmt, werd' ich, und etwas Kaffee, bitte.

Geh zur Seite, weg von der Tür. Will nicht, daß der Chef dich sieht und merkt, daß ich dir was gebe.

Natürlich, Kenny. Ich weiß das zu schätzen, ehrlich, weil ich einfach nüchtern werden muß.

Der dicke Mann sieht an dem stinkenden Mann vorbei und sagt, *Hast du neuerdings einen Hund, Sammy?*

Was? Ich? Einen Hund? Um Gottes willen.

Der stinkende Mann dreht sich um, guckt und ist überrascht.

Der stinkende Mann würde vielleicht nach ihm treten oder ihn wegjagen, aber der dicke Mann ist anders. Der dicke Mann ist nett. Wer nach so vielen guten Dingen zu essen riecht, muß nett sein.

Der dicke Mann beugt sich in dem Eingang nach vorne, hinter ihm kommt Licht aus dem Futterort. Mit einer Leute-die-dich-füttern-werden-Stimme sagt er, *Na du, Kerlchen, wo kommst du denn her?*

Nur Menschengeräusche. Er versteht eigentlich gar nichts davon, es sind bloß Menschengeräusche.

Also wedelt er mit dem Schwanz, weil er weiß, daß die Menschen das immer mögen, legt den Kopf schief und setzt den Blick auf, bei dem sie normalerweise *ahhhh* sagen.

Der dicke Mann sagt, *Ahhhh, du gehörst nicht auf die Straße, Kerlchen. Was sind das für Leute, die einen netten Hund wie dich laufenlassen? Hast du Hunger? Bestimmt. Ich kümmere mich drum, Kerlchen.*

Kerlchen ist einer der Namen, den die Menschen ihm geben, so nennen sie ihn am häufigsten. Er erinnert sich, daß er als kleiner Hund mal Prince genannt wurde, von einem kleinen Mädchen, das ihn gern hatte, aber das ist lange her. Die Frau und der Junge nennen ihn Woofer, aber Kerlchen hört er am häufigsten.

Er wedelt noch heftiger mit dem Schwanz und winselt, um zu zeigen, daß er den dicken Mann mag. Und irgendwie bebt er fast am ganzen Körper, um zu zeigen, wie harmlos er ist, ein guter Hund, ein sehr guter Hund, gut. Menschen mögen das.

Der dicke Mann sagt etwas zu dem stinkenden Mann, dann verschwindet er in dem Futterort und läßt die Tür zufallen.

Muß nüchtern werden, sagt der stinkende Mann, aber er redet bloß mit sich selbst.

Jetzt heißt es warten.

Einfach nur warten ist hart. Auf eine Katze in einem Baum warten ist härter. Und auf Futter warten ist das härteste überhaupt. Die Zeit von dem Moment an, wo die Menschen dir anscheinend was zu fressen geben wollen, bis sie es dir wirklich geben, ist immer so lang, daß es so scheint, als könntest du eine Katze jagen, hinter einem Auto herlaufen, sämtliche Hunde im Revier ausschnuppern, deinen Schwanz jagen, bis dir ganz schwindlig wird, viele Eimer mit krank machendem Futter durchwühlen und vielleicht noch ein bißchen schlafen, und du mußt *immer noch* warten, bis sie zurückkommen und dir was zu fressen bringen.

Ich habe Dinge gesehen, die die Leute erfahren müssen, sagt der stinkende Mann.

Er hält sich von dem Mann fern, wedelt immer noch mit dem Schwanz und versucht, nicht die ganzen Gerüche zu riechen, die aus dem Futterort kommen und das Warten nur noch schwerer machen. Doch es kommen immer mehr Gerüche, er *muß* sie einfach riechen.

Der Rattenmann ist real. Er ist wirklich.

Endlich kommt der dicke Mann mit der seltsamen Flasche und einer Tüte für den stinkenden Mann zurück – und einem Teller voller Reste.

Er wedelt mit dem Schwanz und zittert, er glaubt, die Reste sind für ihn, aber er möchte nicht zu dreist sein, möchte sich nicht auf die Reste stürzen, und dann sind sie gar nicht für ihn, und dann tritt der dicke Mann nach ihm oder so was. Er wartet. Er winselt, damit der dicke Mann ihn nicht vergißt. Dann stellt der dicke Mann den Teller herunter, was bedeutete, daß die Reste für ihn sind, und das ist gut, das ist sehr gut, oh, das ist das beste.

Er schleicht sich zu dem Teller und schnappt nach dem Futter, Schinken. Rindfleisch. In Bratensoße getauchte Brotstücke. Ja ja ja ja ja ja ja.

Der dicke Mann hockt sich hin, möchte ihn streicheln, ihn hinter den Ohren kraulen, also läßt er ihn, obwohl es ihm ein bißchen unheimlich ist. Manche Leute, die locken dich mit Futter, halten es dir hin, geben es dir und tun so, als ob sie dich streicheln wollen, dann schlagen sie dich auf die Nase oder treten dich oder noch schlimmer.

Er erinnert sich, wie mal ein paar Jungen Futter für ihn hatten, lachende Jungen, fröhliche Jungen. Fleischstückchen. Ließen ihn aus der Hand fressen. Nette Jungen. Alle streichelten ihn und kraulten ihn hinter den Ohren. Er schnupperte an ihnen, konnte nichts Unrechtes riechen. Leckte ihnen die Hände. Fröhliche Jungen, die nach Sommersonne, Sand, Meer und Salz rochen. Er stellte sich auf die Hinterbeine, jagte seinen Schwanz und fiel über seine eigenen Beine – alles, um sie zum Lachen zu bringen, um ihnen zu gefallen. Und *wie* sie lachten. Sie balgten sich mit ihm. Er rollte sich sogar auf den Rücken. Zeigte seinen Bauch. Ließ sie seinen Bauch massieren. Nette Jungen. Vielleicht würde einer von ihnen ihn mit nach Hause nehmen und ihn jeden Tag füttern. Dann packten sie ihn am Genick, und einer von ihnen hatte Feuer auf einem kleinen Stab, und sie versuchten, sein Fell anzuzünden. Er wand sich, quiekte, jaulte und versuchte, sich zu befreien. Das Feuerstäbchen ging aus. Sie zündeten ein weiteres an. Er hätte nach ihnen schnappen können. Aber das wäre böse gewesen. Er war ein guter Hund. Gut. Er roch verbranntes Fell, aber fing nicht richtig an zu brennen, deshalb mußten sie noch ein Feuerstäbchen anzünden, und dann entwischte er ihnen. Er lief so weit, daß sie ihn nicht mehr einholen konnten. Sah sich nach ihnen um. Lachende Jungen. Rochen nach Sonne, Sand und Meersalz. Fröhliche Jungen. Zeigten auf ihn und lachten.

Die meisten Menschen sind nett, aber manche sind nicht nett. Manchmal kann er die Nicht-Netten sofort herausriechen. Sie riechen ... wie kalte Dinge ... wie Eis ... wie Metall im Winter ... wie das Meer, wenn es grau ist und keine Sonne scheint und keine Menschen mehr am Strand sind. Doch zu anderen Zeiten riechen die nicht-netten Menschen genauso wie die netten. Menschen sind die interessantesten Dinge auf der Welt. Aber auch die, die einem am meisten angst machen.

Der dicke Mann hinter dem Futterort gehört zu den Netten. Haut einen nicht auf die Nase. Kein Treten. Kein Feuer. Nur gutes Futter, ja ja ja ja, und ein freundliches Lachen, wenn du ihm die Hände leckst.

Schließlich macht der dicke Mann klar, daß es im Augenblick kein Futter mehr gibt. Du stellst dich auf die Hinterbeine, jaulst, winselst, rollst dich auf den Rücken und zeigst deinen Bauch, setzt dich aufrecht und bettelst, tanzt ein bißchen im Kreis, hältst den Kopf schräg, wedelst mit dem Schwanz, schüttelst den Kopf und flatterst mit den Ohren, zeigst alle deine kleinen Tricks, um Futter zu kriegen, aber du kannst nichts mehr aus ihm rausholen. Er geht nach drinnen und schließt die Tür.

Na ja, du *bist* satt. Brauchst kein Futter mehr.

Das heißt aber nicht, daß du keins mehr *willst*.

Warte auf jeden Fall mal. An der Tür.

Er ist ein netter Mann. Er wird zurückkommen. Wie kann er dich vergessen, deinen kleinen Tanz, den wedelnden Schwanz und das bittende Winseln?

Warte.

Warte.

Warte. Warte.

Allmählich fällt ihm ein, daß er gerade etwas Interessantes machte, als er auf den dicken Mann mit dem Futter stieß. Aber was?

Interessant ...

Dann fällt es ihm ein: der stinkende Mann.

Der merkwürdige, stinkende Mann ist am anderen Ende der Gasse, sitzt an der Ecke zwischen zwei Sträuchern auf dem Boden, den Rücken gegen die Wand des Futterortes gelehnt. Er ißt aus einer Tüte und trinkt aus einer großen Flasche. Kaffeegeruch. Futter.

Futter.

Er trottet auf den stinkenden Mann zu, weil er vielleicht etwas von ihm zu fressen bekommen kann, doch dann bleibt er stehen, weil er plötzlich das böse Ding riecht. An dem stinkenden Mann. Aber auch in der Nachtluft. Der Geruch, ganz kalt und schrecklich, wird wieder sehr stark vom Wind herübergeweht.

Das Ding-das-dich-töten-wird ist wieder draußen.

Er hört auf, mit dem Schwanz zu wedeln, wendet sich von dem stinkenden Mann ab und läuft durch die nächtlichen Straßen hinter dem einen Geruch unter Tausenden her, dorthin, wo das Land aufhört, wo nur noch Sand und dann Wasser ist, auf das donnernde, kalte, dunkle, dunkle Meer zu.

3.

James Ordegards Nachbarn merkten ebensowenig wie die von Ricky Estefan etwas von dem Lärm nebenan. Niemand reagierte auf die Schüsse und das zersplitternde Glas. Als Harry die Haustür öffnete und die Straße rauf und runter blickte, war die Nacht immer noch ruhig, und es erschollen auch keine Sirenen in der Ferne.

Es schien so, als hätte die Begegnung mit Ticktack in einem Traum stattgefunden, zu dem nur Harry und Connie Zutritt gehabt hatten. Allerdings gab es zahlreiche Beweise, daß die Begegnung tatsächlich stattgefunden hatte: leere Patronenhülsen in ihren Revolvern, zerbrochenes Glas überall auf dem Balkon des Schlafzimmers, Schnitte, Schrammen und diverse wunde Stellen, aus denen später Blutergüsse werden würden.

Harrys – und auch Connies – erster Impuls war, auf der Stelle von dort zu verschwinden, bevor der Landstreicher wiederkam. Doch sie wußten beide, daß Ticktack sie auch anderswo leicht finden würde und daß sie versuchen müßten, so viel wie möglich aus den Überresten ihrer Auseinandersetzung mit Ticktack zu lernen.

Harry ging erneut in James Ordegards Schlafzimmer und suchte unter dem bösartig starrenden Blick des Dämons nach einem weiteren Beweis. Blut.

Connie hatte mindestens drei-, vielleicht sogar viermal aus kurzer Entfernung auf Ticktack geschossen. Ein Teil seines Gesichts war weggerissen worden und in seinem Hals war ebenfalls eine beträchtliche Wunde gewesen. Nachdem der Landstreicher Connie durch die Scheibe der Schiebetür geworfen hatte, hatte Harry ihm zweimal in den Rücken geschossen.

Blut sollte ebenso reichlich herumgespritzt sein wie Bier auf der Party einer Studentenverbindung. Doch kein Tropfen davon war auf Wänden oder Teppich zu sehen.

»Nun?« fragte Connie aus dem Türrahmen, mit einem Glas Wasser in der Hand. Die Anacin-Tabletten steckten ihr im Hals. Sie versuchte immer noch, sie ganz hinunterzuspülen. Oder vielleicht hatte sie die Pillen auch ohne weiteres runterbekommen und etwas ganz anderes war ihr im Hals steckengeblieben – zum Beispiel Angst, die sie normalerweise problemlos runterschlucken konnte. »Hast du was gefunden?«

»Kein Blut. Nur das hier ... Erde, nehm' ich an.«

Das Zeug fühlte sich tatsächlich wie feuchte Erde an, als er es zwischen den Fingerspitzen zerbröckeln ließ, und roch auch so. Klumpen und Spritzer davon waren auf dem Teppich und der Tagesdecke verstreut.

Harry bewegte sich in der Hocke durch das Zimmer, verweilte bei größeren Schmutzklumpen, um mit einem Finger darin herumzustochern.

»Die Nacht vergeht zu schnell«, sagte Connie.

»Erzähl' mir nicht, wie spät es ist«, sagte er, ohne aufzuschauen.

Sie sagte es ihm trotzdem. »Fünf Minuten nach Mitternacht. Geisterstunde.«

»Ganz bestimmt.«

Er bewegte sich weiter, und in einem kleinen Erdhaufen fand er einen Regenwurm. Er war noch feucht und glänzend, aber tot.

Er zog ein Bündel verrottendes Grünzeug heraus, das wie Blätter von einem Ficus aussah. Sie lösten sich voneinander wie die Blätterteigschichten bei einer Pastete. Ein kleiner schwarzer Käfer mit steifen Beinen und smaragdgrünen Augen war darin begraben.

Neben einem der Nachttische fand Harry eine leicht verformte Bleikugel, eines der Geschosse, die Connie in Ticktack gepumpt hatte. Feuchte Erde klebte daran. Er hob sie auf, rollte sie zwischen Daumen und Zeigefinger und starrte nachdenklich darauf.

Connie kam ins Zimmer um zu sehen, was er entdeckt hatte. »Was hältst du davon?«

»Ich weiß nicht genau ... obwohl vielleicht ...«

»Was?«

Er zögerte und ließ seinen Blick über die Erde auf dem Teppich und der Tagesdecke gleiten.

Ihm fielen bestimmte Volkslegenden ein, ähnlich wie Märchen, nur mit einem noch stärkeren religiösen Unterton als bei Hans Christian Andersen. Jüdischen Ursprungs, wenn er sich nicht täuschte. Geschichten über kabbalistische Magie.

Er sagte: »Wenn man all diesen Schmutz und Schutt sammeln und ihn fest zusammenpacken würde ... meinst du, das wäre genau die Menge Material, um die Wunde in seinem Hals und das Loch in der einen Gesichtshälfte zu füllen?«

Mit gerunzelter Stirne sagt Connie: »Vielleicht. Also ... was meinst du?«

Er stand da und steckte die Kugel in die Tasche. Er wußte, er brauchte sie nicht an den unerklärlichen Haufen Erde in Ricky Estefans Wohnzimmer zu erinnern – oder an die vorzüglich geformte Hand und den Jackenärmel, die daraus hervorragten.

»Ich bin mir meiner Sache noch nicht ganz sicher«, sagte Harry. »Ich muß noch ein bißchen darüber nachdenken.«

Während sie durch Ordegards Haus streiften, machten sie überall das Licht aus. Die Dunkelheit, die sie hinterließen, schien lebendig zu sein.

Draußen in der nachmitternächtlichen Welt strich die Meerluft über das Land, ohne es zu reinigen. Der Wind vom Pazifik war Harry immer frisch und rein vorgekommen, doch das war nicht mehr so. Er hatte den Glauben daran verloren, daß das Chaos des Lebens immer wieder durch die Naturkräfte in Ordnung gebracht würde. In dieser Nacht ließ ihn die kühle Brise an unsaubere Dinge denken: Grabsteine, fleischlose Knochen in der ewigen Umarmung der eiskalten Erde und die leuchtenden Panzer von Käfern, die sich von totem Fleisch ernährten.

Er war stark mitgenommen und müde; vielleicht war Erschöpfung die Erklärung für diesen plötzlichen Hang zu Trübsinn und bösen Vorahnungen. Was auch immer der Grund sein mochte, jedenfalls näherte er sich Connies Auffassung, daß Chaos und nicht Ordnung der natürliche Zustand der Dinge sei und daß man sich nicht dagegen wehren, sondern nur darauf reiten konnte wie ein Surfer auf einer haushohen und möglicherweise tödlichen Welle.

Auf dem Rasen, zwischen Eingangstür und Einfahrt, wo sie den Honda geparkt hatten, wären sie fast in einen großen Haufen nackter Erde gelaufen. Als sie hineingegangen waren, war er noch nicht dagewesen.

Connie holte eine Taschenlampe aus dem Handschuhfach des Honda, kam zurück und strahlte damit den Erdhügel an, damit Harry ihn besser untersuchen konnte. Zunächst ging er behutsam um den Haufen herum und betrachtete ihn ganz genau, doch er konnte keine Hand und auch kein anderes menschliches Merkmal entdecken, das aus der Erde geformt war. Diesmal war die Demontage vollständig erfolgt.

Als er jedoch mit den Händen in der Erde grub, brachte er Klumpen vertrockneter oder verfaulter Blätter zum Vorschein, genau wie das Bündel, das er in Ordegards Schlafzimmer entdeckt hatte. Gras, Steine und tote Regenwürmer. Die durchgeweichten Reste einer vermodernden Zigarrenkiste. Abgebrochene Wurzeln und Zweige. Dünne Wellensittichknochen einschließlich der brüchigen Kalziumspitze eines angelegten Flügels. Harry war sich nicht sicher, was er erwartet hatte: Vielleicht ein aus Erde geformtes Herz, ebenso detailgetreu wie die Hand, die sie in Rickys Wohnzimmer gesehen hatten, das immer noch schlug, erfüllt von einem sonderbaren und bösartigen Leben.

Nachdem er den Motor angelassen hatte, stellte er im Auto die Heizung an. Eine eisige Kälte hatte ihn ergriffen.

Während Harry darauf wartete, daß ihm wärmer wurde, und er auf den schwarzen Erdhaufen auf dem dunklen Rasen starrte, erzählte er Connie von dem rachsüchtigen Monster aus Legenden und Folklore – dem Golem. Sie hörte kommentarlos zu und war angesichts dieser erstaunlichen Möglichkeit sogar noch weniger skeptisch, als sie am frühen Abend in ihrer Wohnung gewesen war, als er sich über einen Soziopathen mit übersinnlichen Fähigkeiten und der dämonischen Kraft, von anderen Leuten Besitz zu ergreifen, ausgelassen hatte.

Als er fertig war, sagte sie: »Also macht er einen Golem und benutzt ihn zum Töten, während er selbst irgendwo in Sicherheit ist.«

»Vielleicht.«

»Macht einen Golem aus Erde.«

»Oder aus Sand oder vergammeltem Unterholz oder wer weiß was.«

»Macht ihn mit der Kraft seines Bewußtseins.«

Er gab keine Antwort.

Sie sagte: »Mit der Kraft seines Bewußtseins oder mit Magie wie in den Volksmärchen?«

»Gott, ich weiß es nicht. Es ist alles so verrückt.«

»Und du glaubst immer noch, daß er von Menschen Besitz ergreifen kann, sie wie Marionetten benutzen kann?«

»Wahrscheinlich nicht. Dafür gibt's bisher keinen Beweis.«

»Was ist mit Ordegard?«

»Ich glaube nicht, daß eine Verbindung zwischen Ordegard und diesem Ticktack besteht.«

»Oh? Aber du wolltest doch zum Leichenschauhaus, weil du dachtest ...«

»Das stimmt, aber jetzt nicht mehr. Ordegard war nur ein gewöhnlicher Feld-, Wald- und Wiesenverstörter aus dem letzten Jahrzehnt dieses Jahrtausends. Als ich ihn gestern nachmittag auf dem Dachboden umgepustet habe, hatte er's hinter sich.«

»Aber Ticktack ist hier bei Ordegard aufgetaucht ...«

»Weil wir hier waren. Irgendwie weiß er, wie er uns finden kann. Er kam hierher, weil wir hier waren, nicht weil er irgendwas mit James Ordegard zu tun hat.«

Ein heftiger Strom heißer Luft kam aus den Öffnungen am Armaturenbrett. Er ergoß sich über ihn, ohne das Eis zu schmelzen, das er ganz unten im Magen zu spüren glaubte.

»Wir sind halt innerhalb weniger Stunden auf zwei Psychopathen gestoßen«, sagte Harry. »Erst Ordegard, dann dieser Kerl. Es war ein schlechter Tag für die Heimmannschaft, sonst nichts.«

»Ein rekordverdächtiger«, sagte Connie zustimmend. »Aber wenn Ticktack nicht Ordegard ist, wenn er nicht sauer auf dich war, weil du Ordegard erschossen hast, warum ist er dann auf dich fixiert? Weshalb will er dich umbringen?«

»Ich weiß es nicht.«

»Hat er nicht, bevor er deine Wohnung niederbrannte, zu dir gesagt, du könntest *ihn* nicht erschießen und meinen, damit wäre es erledigt?«

»Yeah, das hat er unter anderem gesagt.« Harry versuchte sich an den Rest von dem zu erinnern, was ihm der Landstreicher-Golem an den Kopf geknallt hatte, doch die Erinnerung war zu flüchtig. »Wenn ich es recht bedenke, hat er den Namen Ordegard nie erwähnt. Ich hab' einfach angenommen ... Nein. Ordegard war eine falsche Spur.«

Er befürchtete, sie würde fragen, wie sie denn die eigentliche Spur aufnehmen könnten, die richtige, die sie zu Ticktack führen würde. Aber sie mußte erkannt haben, daß er völlig ratlos war, denn sie setzte ihn damit nicht unter Druck.

»Es wird zu heiß hier drin«, sagte sie.

Er drehte die Heizung herunter.

Die Kälte ging ihm immer noch durch bis auf die Knochen.

Im Licht vom Armaturenbrett fielen ihm seine Hände auf. Sie waren mit Schmutz überzogen wie die Hände eines Mannes, den man lebendig begraben hat und der sich verzweifelt einen Weg aus einem frischen Grab gewühlt hat.

Harry setzte den Honda rückwärts aus der Einfahrt hinaus und fuhr langsam die steilen Hügel von Laguna nach unten. Zu dieser späten Stunde waren die Straßen in solchen Wohngegenden praktisch leer. Die meisten Häuser waren dunkel. Nach allem, was sie wußten, hätten sie allerdings genausogut durch eine moderne Geisterstadt fahren können, in der alle Bewohner wie die Mannschaft des alten Segelschiffs *Mary Celeste* verschwunden waren, leere Betten in verdunkelten Häusern, Fernseher, die in verlassenen Wohnzimmern vor sich hin strahlten,

Mitternachtssnacks, die auf Tellern in stillen Küchen angerichtet waren, wo niemand mehr war, um sie zu essen.

Er sah auf die Uhr am Armaturenbrett. 0:18.

Nur noch etwas mehr als sechs Stunden bis zum Morgengrauen.

»Ich bin so müde, ich kann nicht mehr klar denken«, sagte Harry. »Und verdammt noch mal, ich *muß* denken.«

»Laß uns irgendwo einen Kaffee trinken, was essen. Neue Energie tanken.«

»Yeah, in Ordnung. Wo?«

»Im Green House. Pacific Coast Highway. Das ist eins der wenigen Lokale, die um diese Zeit aufhaben.«

»Green House. Ja, das kenn' ich.«

Nachdem sie schweigend noch einen Hügel hinuntergefahren waren, sagte Connie: »Weißt du, was ich am unheimlichsten an Ordegards Haus fand?«

»Was?«

»Es erinnerte mich an meine Wohnung.«

»Tatsächlich. Wieso?«

»Jetzt tu nicht so, Harry. Du warst doch heute abend auch bei mir.«

Harry *war* eine gewisse Ähnlichkeit aufgefallen, aber er hatte nicht darüber nachdenken wollen. »Er hat mehr Möbel als du.«

»So viel mehr nicht. Kein Krimskrams, keine sogenannten dekorativen Elemente, keine Familienfotos. Ein Bild hängt bei ihm, eins bei mir.«

»Aber da ist ein großer Unterschied, ein riesiger Unterschied – du hast dieses Poster aus der Sicht eines Fallschirmspringers, das ist hell und erheiternd, gibt einem ein Gefühl von Freiheit, wenn man es nur ansieht, nicht zu vergleichen mit diesem Dämon, der auf menschlichen Körperteilen herumkaut.«

»Da bin ich nicht so sicher. Bei dem Gemälde in seinem Schlafzimmer geht es um den Tod, um das menschliche Schicksal. Vielleicht ist mein Poster in Wirklichkeit gar nicht so erheiternd. Vielleicht handelt es eigentlich auch vom Tod, davon, immer weiter zu fallen und niemals den Schirm zu öffnen.«

Harry wandte den Blick von der Straße ab. Connie sah ihn nicht an. Sie hatte den Kopf zurückgelegt, die Augen geschlossen.

»Du hast genausowenig einen Hang zum Selbstmord wie ich«, sagte er.

»Woher willst du das wissen?«

»Ich weiß es.«

»Einen Dreck weißt du.«

Er hielt an einer roten Ampel auf dem Pacific Coast Highway und sah sie wieder an. Sie hatte ihre Augen immer noch nicht geöffnet. »Connie ...«

»Ich habe immer die Freiheit gesucht. Und was ist die höchste Freiheit?«

»Sag's mir.«

»Die höchste Freiheit ist der Tod.«

»Jetzt komm mir nicht mit Freud, Gulliver. Das hab' ich immer an dir gemocht, daß du nicht versuchst, jeden zu psychoanalysieren.«

Es sprach für sie, daß sie lächelte. Offenbar erinnerte sie sich daran, daß sie die gleichen Worte ihm gegenüber in dem Hamburger-Restaurant benutzt hatte, nachdem er Ordegard erschossen und sich gefragt hatte, ob sie im Inneren wirklich so hart war, wie sie tat.

Sie öffnete die Augen und sah auf die Ampel. »Grün.«

»Ich hab' noch keine Lust zu fahren.«

Sie sah ihn an.

Er sagte: »Erst will ich wissen, ob du nur dumm rumquatschst, oder ob du im Ernst glaubst, daß du mit einem Spinner wie Ordegard was gemeinsam hast.«

»All diese Scheiße, die ich immer erzähle, daß man das Chaos lieben muß, es umarmen muß. Nun, vielleicht ist es ja so, wenn man in dieser verkorksten Welt überleben will. Aber heute abend hab' ich gedacht, vielleicht bin ich bisher ja nur deshalb so gern darauf geritten, weil ich im stillen gehofft habe, es würde mich auslöschen.«

»Bisher?«

»Ich scheine nicht mehr denselben Geschmack am Chaos zu finden wie früher.«

»Seit Ticktack hast du die Nase voll davon?«

»Nicht wegen ihm. Es ist bloß ... vorhin, direkt nach der Arbeit, bevor deine Wohnung niedergebrannt wurde und alles zum Teufel ging, habe ich festgestellt, daß ich einen Grund zum Leben habe, von dem ich bisher nichts wußte.«

Die Ampel schaltete wieder auf Rot. Ein paar Autos rauschten mit einem *Wusch* auf dem Highway vorbei, und sie sah ihnen nach.

Harry sagte nichts, weil er fürchtete, daß jede Unterbrechung sie davon abbringen könnte, das zu Ende zu erzählen, womit sie gerade angefangen hatte. In den sechs Monaten war ihre eisige Zurückhaltung nie aufgetaut, bis auf den kurzen Augenblick in ihrem Apartment, wo sie drauf und dran gewesen schien, etwas Persönliches, das ihr sehr naheging, preiszugeben. Sie war rasch wieder zu Eis geworden, doch nun bildeten sich an der Oberfläche des Gletschers Risse. Sein Verlangen, Zugang zu ihrer Welt zu erhalten, war so stark, daß es genausoviel über sein eigenes Bedürfnis nach einer Bindung aussagte wie über das Ausmaß, in dem sie bisher ihr Privatleben für sich behalten hatte. Er war bereit, wenn nötig die ganzen letzten sechs Stunden seines Lebens an dieser Ampel zu verbringen und darauf zu warten, daß sie ihm ein besseres Verständnis für die ganz besondere Frau vermittelte, die seiner Meinung nach unter der harten Schale dieser abgebrühten Polizistin steckte.

»Ich hatte eine Schwester«, sagte sie. »Bis vor kurzem wußte ich nichts von ihr. Sie ist tot. Schon seit fünf Jahren. Aber sie hatte ein Kind. Eine Tochter. Eleanor. Ellie. Jetzt möchte ich nicht mehr ausgelöscht werden, möchte nicht mehr auf der Woge des Chaos reiten. Ich möchte nur die Chance haben, Ellie zu begegnen, sie kennenzulernen, zu sehen, ob ich sie lieben kann, und ich denke, daß ich das vielleicht kann. Vielleicht hat das, was mit mir als Kind passiert ist, nicht für immer die Liebe in mir ausgelöscht. Vielleicht kann ich mehr als nur hassen. Das muß ich herausfinden. Ich kann es gar nicht *erwarten*, das herauszufinden.«

Er war bestürzt. Wenn er sie richtig verstand, hatte sie bisher nichts für ihn empfunden, das der Liebe gleichkam, die er seit kurzem für sie empfand. Aber das war schon in Ordnung. Ungeachtet ihrer eigenen Zweifel wußte er, daß sie die Fähigkeit zu lieben besaß und daß sie in ihrem Herzen einen Platz für ihre Nichte finden würde. Und wenn für das Mädchen, warum dann nicht auch für ihn?

Sie fing seinen Blick auf und lächelte. »O Gott, hör dir das an. Ich komm' mir vor wie einer von diesen neurotischen Bekennern, die ihre Seele in einer Nachmittags-Talkshow im Fernsehen auskotzen.«

»Überhaupt nicht. Ich ... ich möchte das hören.«

»Paß auf, gleich werd' ich dir erzählen, daß ich gerne mit Männern ins Bett gehe, die sich wie ihre Mütter anziehen.«

»Das tust du also?«

Sie lachte. »Wer tut das nicht?«

Er wollte gern wissen, was sie gemeint hatte, als sie sagte, *was mit mir als Kind passiert ist,* aber er traute sich nicht zu fragen. Diese Erfahrung könnte das Wichtigste in ihrem Leben gewesen sein, zumindest hielt sie selbst sie für das Wichtigste, und sie würde sie nur in ihrem eigenen Tempo preisgeben können. Außerdem gab es tausend andere Fragen, die er ihr stellen wollte, zehntausend, und wenn er einmal anfing, würden sie tatsächlich bis zum Morgengrauen an dieser Kreuzung festsitzen, das bedeutete Ticktack und Tod.

Die Ampel sprang wieder auf Grün. Er bog nach rechts ab. Zwei Blocks weiter nördlich parkte er vor dem Green House.

Als er und Connie aus dem Auto stiegen, bemerkte Harry an der Ecke des Restaurants im Schatten einen schmutzigen Penner. Er saß an einem Weg, der zur Rückseite des Gebäudes führte. Es war nicht Ticktack, sondern ein kleineres, erbärmlich aussehendes Exemplar. Er saß mit angezogenen Beinen zwischen zwei Sträuchern, aß aus einer Tüte, die er auf dem Schoß hatte, trank heißen Kaffee aus einer Thermosflasche und murmelte eindringlich vor sich hin.

Der Kerl beobachtete sie, wie sie auf den Eingang des Green House zugingen. Sein Blick war fiebrig und angespannt. Seine blutunterlaufenen Augen waren, wie das dieser Tage bei vielen Pennern der Fall war, erfüllt von paranoider Angst. Vielleicht fühlte er sich von bösen Außerirdischen verfolgt, die Mikrowellen nach ihm ausschickten, um seine Gedanken zu verwirren. Oder von der feigen Bande der 10082 Verschwörer, die *tatsächlich* John F. Kennedy erschossen hatten und seitdem insgeheim die Welt beherrschten. Oder von teuflischen japanischen Geschäftsleuten, die sich anschickten, überall alles aufzukaufen, alle anderen zu versklaven und die inneren Organe amerikanischer Kinder roh als Beilage in den Sushi-Bars von Tokio zu servieren. In letzter Zeit schien es, als ob die Hälfte der *normalen* Bevölkerung – oder was als normal galt – an irgendeine nachweislich lächerliche und paranoide Verschwörungstheorie glaubte. Und für ständig unter Strom stehende Rumtreiber wie diesen Mann waren solche Fantasien ein absolutes Muß.

Connie sagte zu dem Penner: »Kannst du mich hören, oder bist du grad irgendwo auf dem Mond?«

Der Mann starrte sie an.

»Wir sind Cops? Verstehst du? Cops. Wenn du dieses Auto anrührst, während wir nicht da sind, dann sitzt du in einem Entziehungsheim, ehe du kapiert hast, was los ist, drei Monate keinen Schnaps und keine Drogen.«

Zwangsentziehung war die einzige Drohung, die bei manchen dieser Herren der Gosse wirkte. Sie waren bereits so tief gesunken und daran gewöhnt, von den größeren Tieren herumgestoßen und gefressen zu werden. Sie hatten nichts mehr zu verlieren außer der Chance, von billigem Wein oder was immer sie sich sonst leisten konnten high zu bleiben.

»Cops?« sagte der Mann.

»Gut«, sagte Connie. »Du hast mich verstanden. Cops. Drei Monate ohne einen einzigen Schuß, das wird dir wie drei Jahrhunderte vorkommen.«

Letzte Woche hatte ein betrunkener Landstreicher in Santa Ana die Tatsache, daß ihre Dienstlimousine gerade unbeaufsichtigt war, dazu benutzt, seinen gesellschaftlichen Protest auszudrücken, indem er ihnen einen Haufen auf den Fahrersitz pflanzte. Oder vielleicht hatte er sie auch irrtümlich für Außerirdische gehalten, für die ein paar menschliche Exkremente ein Willkommensgruß und eine Aufforderung zu intergalaktischer Kooperation sein würden. Wie dem auch sei, Connie hatte den Kerl umbringen wollen, und Harry hatte all sein diplomatisches Geschick und seine Überredungskunst einsetzen müssen, um sie davon zu überzeugen, daß eine Zwangsentziehung grausamer für ihn wäre.

»Schließt du die Türen ab?« fragte Connie Harry.

»Yeah.«

Als sie in das Green House gingen, sagte der Landstreicher hinter ihnen nachdenklich: »Cops?«

4.

Nachdem Bryan die Plätzchen und Kartoffelchips gegessen hatte, benutzte er kurz seine Größte und Geheimste Kraft dazu, sich absolute Ungestörtheit zu verschaffen, dann stellte er sich an den Rand des Patios und pinkelte zwischen zwei Gitterstäben hindurch in das lautlose Meer unter ihm. Er spürte immer einen besonderen Kitzel dabei, derartige Dinge in der Öffentlichkeit zu tun, manchmal mitten auf der Straße, mit Leuten um sich herum, und dabei zu wissen, daß seine Größte und Geheimste Kraft ihn vor Entdeckung bewahrte. Nachdem er die Blase geleert hatte, setzte er die Dinge wieder in Gang und ging ins Haus zurück.

Essen allein reichte selten aus, um seine Energie zu erneuern. Schließlich war er ein Gott im Werden, und laut Bibel mußte sich sogar der erste Gott am siebenten Tage ausruhen. Bevor er weitere Wunder vollbringen konnte, würde Bryan erst noch ein bißchen schlafen müssen, vielleicht ein Stündchen oder so.

In seinem Schlafzimmer, das nur von einer Nachttischlampe erleuchtet wurde, stand er eine Weile vor den schwarz lackierten Regalbrettern, wo in vielen Farben die Augen zahlreicher Spezies in Konservierungsflüssigkeit schwammen. Er spürte ihre starren, ewigen Blicke. Ihre Verehrung.

Er zog den Gürtel seines roten Morgenrocks auf, schüttelte den Mantel durch Schulterbewegungen ab und ließ ihn auf den Boden fallen.

Die Augen liebten ihn. Liebten ihn. Er konnte ihre Liebe spüren, und er akzeptierte sie.

Er öffnete eines der Gläser. Die Augen darin hatten einer Frau gehört, die aus der Herde getilgt worden war, weil sie zu den Leuten gehörte, die aus der Welt verschwinden konnten, ohne daß es viel Aufsehen erregte. Es waren blaue Augen, einstmals schön, doch die Farbe war jetzt verblaßt, und die Linsen waren milchig.

Er griff in die scharfe Flüssigkeit, nahm eines der blauen Augen heraus und hielt es in der linken Hand. Es fühlte sich an wie eine reife Dattel – weich, aber fest und feucht.

Er drückte das Auge mit der Handfläche gegen seine Brust und rollte es sanft über seinen Körper, von einer Brustwarze zur anderen, hin und her, er drückte nicht zu fest, sorgsam darauf bedacht, es nicht zu beschädigen, doch gleichzeitig darauf erpicht, daß die tote Frau ihn in all seiner Werdenden Herrlichkeit sehen sollte, jede sanfte Ebene, Rundung und Pore von ihm. Die kleine Kugel fühlte sich kalt auf seinem warmen Fleisch an und hinterließ eine feuchte Spur auf seiner Haut. Er bebte vor Wonne. Er fuhr langsam den geschmeidigen Bogen zu seinem flachen Bauch hinunter, beschrieb dort Kreise und ließ sie dann einen Moment in seiner Nabelhöhlung liegen.

Er holte das zweite blaue Auge aus dem offenen Glas, klemmte es unter seine rechte Hand und gestattete nun beiden Augen, seinen Körper zu erkunden: Oberkörper, Seiten und Oberschenkel, über seinen Bauch wieder hinauf zum Oberkörper, an den Seiten seines Halses und seines Gesichts entlang. Sanft drehte er die feuchten, weichen Kugeln auf seinen Wangen, immer im Kreis. Es war so befriedigend, das Objekt der Verehrung zu sein. So überaus herrlich für die tote Frau, daß ihr dieser intime Moment mit dem Werdenden Gott zuteil wurde, der über sie geurteilt und sie verdammt hatte.

Gewundene Spuren von Konservierungsflüssigkeit markierten die Reise eines jeden Auges über seinen Körper. Während die Flüssigkeit verdunstete, konnte man leicht glauben, daß das kühle, filigrane Muster eigentlich eine Spur von Tränen auf seiner Haut war, vergossen von der toten Frau, aus Freude über diese hochheilige Berührung.

Die übrigen Augen auf den Regalbrettern, die aus der Isolation ihres von Glaswänden umgebenen flüssigen Universums zusahen, schienen neidisch auf die blauen Augen zu sein, denen er gestattet hatte, bei ihm zu sein.

Bryan wünschte sich, er könnte seine Mutter hierher bringen und ihr all die Augen zeigen, die ihn verehrten und liebten, ihn mit Ehrfurcht betrachteten und nichts an ihm fanden, wovon sie ihren Blick abwenden wollten.

Aber natürlich würde sie nicht hinschauen, könnte es gar nicht sehen. Die sture, vertrocknete Hexe würde weiter darauf bestehen, ihn zu fürchten. Sie betrachtete ihn als etwas Abscheuliches, obwohl selbst ihr klar sein sollte, daß er dabei war, eine Gestalt von transzendenter, geistiger Macht zu Werden, das strafende Schwert, Auslöser des Armageddons und Retter einer Welt, die von zu vielen Menschen verseucht war.

Er legte das blaue Augenpaar in das offene Glas zurück und schraubte den Deckel zu.

Einen Hunger hatte er mit Plätzchen und Chips befriedigt, einen anderen dadurch, daß er der in den Gläsern versammelten Gemeinde seine Herrlichkeit offenbart und sich vergewissert hatte, daß sie Ehrfurcht vor ihm hatten. Jetzt war es an der Zeit, ein Weilchen zu schlafen und seine Batterien wieder aufzuladen; das Morgengrauen rückte näher, und er mußte diverse Versprechen halten.

Er machte es sich auf dem ungemachten Bett bequem und griff nach dem Schalter der Nachttischlampe, doch dann beschloß er, das Licht anzulassen. Die körperlosen Kommunikanten in den Gläsern könnten ihn besser sehen, wenn das Zimmer nicht ganz dunkel war. Ihm gefiel der Gedanke, daß er selbst dann noch bewundert und verehrt würde, wenn er schlief.

Bryan Drackman schloß die Augen, gähnte, und wie immer kam der Schlaf sofort. Träume: große Städte, die zusammenfielen, brennende Häuser, einstürzende Denkmäler, Massengräber aus geborstenem Beton und verbogenem Stahl, die sich bis zum Horizont erstreckten und von so vielen Scharen gieriger Geier heimgesucht wurden, daß deren Flug den Himmel verdunkelte.

5.

Er sprintet, trabt, läuft noch langsamer und schleicht sich schließlich vorsichtig von einem Schatten zum nächsten, während er dem Ding-das-dich-töten-wird immer näher kommt.

Sein Geruch ist reif, stark und übel. Nicht schmutzig wie bei dem stinkenden Mann. Anders. Doch auf seine Weise schlimmer. Interessant.

Er hat keine Angst. Er hat keine Angst. Keine Angst. Er ist ein Hund. Er hat scharfe Zähne und Klauen. Stark und schnell. Das Bedürfnis, zu verfolgen und zu jagen, steckt ihm im Blut. Er ist ein Hund, schlau und wild, und er läuft vor nichts davon. Er ist dazu geboren, zu jagen und nicht gejagt zu *werden*, und er verfolgt furchtlos alles, was er will, sogar Katzen. Obwohl Katzen ihm die Nase zerkratzt, ihn gebissen und gedemütigt haben, jagt er sie immer noch unerschrocken, denn er ist ein Hund, vielleicht nicht so raffiniert wie manche Katzen, aber ein *Hund*.

Er trottet an einer Reihe dichter Oleanderbüsche vorbei. Schöne Blumen. Beeren. Iß die Beeren nicht. Machen dich krank. Das kann man riechen. Auch die Blätter. Auch die Blüten.

Iß überhaupt keine Blumen. Er hat mal versucht, eine zu fressen. Es war eine Biene in der Blume, dann in seinem Maul, summte in seinem Maul herum und stach ihn in die Zunge. Ein sehr schlimmer Tag. Schlimmer als Katzen.

Er schleicht weiter. Keine Angst. Nein. Nein. Er ist ein Hund.

Menschenort. Hohe, weiße Mauern. Fenster dunkel. Fast ganz oben ein schwach erleuchtetes Viereck.

Er schleicht an der Seite des Ortes entlang.

Der Geruch nach dem bösen Ding ist hier ganz stark und wird immer stärker. Brennt fast in der Nase. Wie Ammoniak, aber nicht ganz so. Ein kalter Geruch und finster, kälter als Eis und finsterer als die Nacht.

Auf halbem Weg bleibt er an der hohen weißen Mauer stehen. Lauscht. Schnuppert.

Er hat keine Angst. Er hat keine Angst.

Über ihm macht etwas *huuuuuu*.

Er hat Angst. Er fährt herum und läuft auf demselben Weg zurück, den er gekommen ist.

Huuuuuu.

Warte. Er kennt dieses Geräusch. Eine Eule, die oben durch die Nacht rauscht und ihre eigene Beute jagt.

Er hat sich von einer Eule angst machen lassen. Schlechter Hund. Schlechter Hund. Schlecht.

Denk an den Jungen. Die Frau und den Jungen. Außerdem ... der Geruch, der Ort, der Augenblick sind interessant.

Er dreht sich wieder um und schleicht weiter an der Seite des Menschenortes entlang, weiße Mauern, ein schwaches Licht ganz oben. Er kommt an einen Metallzaun. Ganz schön eng. Aber nicht so eng wie das Abflußrohr, durch das du die Katze verfolgst und in dem du steckenbleibst, und die Katze läuft weiter, und du windest dich, trittst und mühst dich ganz lange in dem Rohr ab, denkst, du kommst nie mehr los, und dann fragst du dich, ob die Katze vielleicht durch das dunkle Rohr zu dir zurückkriecht, dir die Nase zerkratzt, während du festhängst und dich nicht bewegen kannst. Eng, aber nicht *so* eng. Er schüttelt sein Hinterteil, tritt und ist durch.

Er kommt ans Ende des Ortes, geht um die Ecke und sieht das Ding-das-dich-töten-wird. Er sieht bei weitem nicht so gut wie er riecht, doch er kann den Mann erkennen, ganz jung, und er weiß, das ist das böse Ding, weil es diesen seltsamen finsteren und kalten Gestank verströmt. Bisher hat es anders ausgesehen, nie ein junger Mann, aber der Geruch ist derselbe. Das ist ganz bestimmt das Ding.

Er erstarrt.

Er hat keine Angst. Er hat keine Angst. Er ist ein Hund.

Das Junger-Mann-böses-Ding ist auf dem Weg in den Menschenort. Es trägt Futtertüten. Schokolade. Marshmallows. Kartoffelchips.

Interessant.

Selbst das böse Ding ißt. Es war draußen, hat gegessen und geht jetzt rein, vielleicht ist etwas von dem Futter übrig. Ein Schwanzwedeln, ein freundliches Winseln, der Aufsitzen-und-Betteln-Trick könnte was Gutes bringen, ja ja ja ja.

Nein nein nein nein. Schlechte Idee.

Aber Schokolade.

Nein. Vergiß es. Eine von diesen schlechten Ideen, bei denen dir die Nase zerkratzt wird. Oder noch schlimmer. Tot wie die Biene in der Pfütze, die Maus in der Gosse.

Das Ding-das-dich-töten-wird geht nach drinnen, schließt die Tür. Sein unheimlicher Geruch ist jetzt nicht mehr so stark.

Auch nicht der Schokoladengeruch. Na ja.

Huuuuu.

Nur eine Eule. Wer fürchtet sich schon vor einer Eule? Ein Hund doch nicht.

Er schnuppert eine Weile hinter dem Menschenort herum, ein Stück Gras, ein Stück Erde, ein Stück von den flachen Steinen, die die Menschen auf den Boden legen. Büsche. Blumen. Geschäftige Käfer im Gras, verschiedene Sorten. Ein paar von den Dingern, auf denen Menschen sitzen ... und neben einem davon ein Stück Plätzchen. Schokolade. Gut, gut, alle. Schnupper herum, da unten, hier, da, aber nichts mehr zu finden.

Eine kleine Eidechse. Zisch, rast sie über die Steine, fang sie, fang sie, fang sie, fang sie. Hier lang, da lang, hier lang, zwischen deinen Beinen, da lang, da kommt sie, wieder weg – wo ist sie jetzt? – da drüben, zisch, laß sie nicht abhauen, fang sie, fang sie, du willst sie, brauchst sie, *peng*, ein Metallzaun mitten aus dem Nichts.

Die Eidechse ist weg, aber der Metallzaun riecht nach frischem Menschenpipi. Interessant.

Das ist Pipi von dem Ding-das-dich-töten-will. Kein schöner Geruch. Kein schlechter Geruch. Bloß interessant. Das Ding-das-dich-töten-will sieht aus wie ein Mensch, macht Pipi wie ein Mensch, also muß es ein Mensch sein, auch wenn es merkwürdig und anders ist.

Er folgt dem Weg, den das böse Ding genommen hat, als es nach dem Pipimachen wieder in den Menschenort ging, und findet unten in der großen Tür eine kleinere Tür, mehr oder weniger seine Größe. Er schnuppert daran. Die kleinere Tür riecht nach einem anderen Hund. Schwach, sehr schwach, aber ein anderer Hund. Vor langer Zeit ist ein Hund durch diese Tür rein- und rausgegangen. Interessant. So lange her, daß er schnuppern schnuppern schnuppern schnuppern muß, um was rauszukriegen. Ein Rüde. Nicht klein, nicht zu groß. Interessant. Nervöser Hund ... oder vielleicht krank. Lange her. Interessant.

Denk darüber nach.

Tür für Menschen. Tür für Hunde.

Denk.

Also ist das nicht nur ein Menschenort. Es ist ein Menschen- und Hundeort. Interessant.

Er stößt mit seiner Nase gegen die kleine, kalte Metalltür, und sie schwingt nach innen. Er steckt seinen Kopf durch und hebt die Tür nur so weit, daß er kräftig schnuppern und sich umsehen kann.

Menschenfutterort. Das Futter ist versteckt, nicht draußen, wo er es sehen kann, aber er kann es trotzdem riechen. Doch am stärksten von allem der Geruch von dem bösen Ding, so stark, daß er sogar das Futter für ihn uninteressant macht.

Der Geruch stößt ihn ab und erschreckt ihn, zieht ihn aber auch gleichzeitig an, und die Neugier treibt ihn voran. Er quetscht sich durch die Öffnung, die kleine Metalltür streift ihm über den Rücken, den Schwanz entlang, dann fällt sie mit einem leisen Quietschen zu.

Drinnen.

Lauscht. Summen. Ticken, ein leises Klirren. Maschinengeräusche. Ansonsten Stille.

Nicht viel Licht. Nur kleine leuchtende Punkte auf einigen der Maschinen.

Er hat keine Angst. Nein, nein, nein.

Er schleicht sich von einer dunklen Stelle zur anderen, linst in die Schatten, lauscht, schnuppert, aber findet das Ding-das-dich-töten-wird nicht, bis er an den Fuß der Treppe kommt. Er sieht nach oben und weiß, daß das Ding irgendwo in einem der Räume dort oben ist.

Er beginnt die Treppe raufzuklettern, bleibt stehen, läuft weiter, bleibt stehen, guckt nach unten ins Parterre, guckt nach oben, läuft weiter, bleibt stehen und fragt sich das gleiche, was er sich immer an irgendeinem Punkt fragt, wenn er eine Katze jagt: Was macht er eigentlich hier? Wenn es hier kein Futter gibt, keine heiße Hündin, niemanden, der ihn streichelt und krault und mit ihm spielt, warum ist er hier? Er weiß selber nicht warum. Vielleicht ist es einfach das Wesen eines Hundes, sich zu fragen, was hinter der nächsten Ecke, hinter dem nächsten Hügel ist. Hunde sind was Besonderes. Hunde sind neugierig. Das Leben ist seltsam und interessant, und er hat das Gefühl, daß jeder neue Ort und jeder neue Tag ihm etwas so völlig anderes und Besonderes bringen könnten, daß er allein dadurch, daß er es sieht und riecht, die Welt besser verstehen und glücklicher sein wird. Er hat das Gefühl, daß etwas Wunderbares nur darauf wartet, gefunden zu werden, etwas Wunderbares, das er sich nicht vorstellen kann, das aber noch besser ist als Futter und heiße Hündinnen, besser als streicheln, kraulen, spielen, einen Strand entlang laufen, während der Wind ihm ins Fell pustet, eine Katze zu jagen oder sogar noch besser als eine Katze zu fangen, wenn so etwas möglich wäre. Selbst hier an diesem unheimlichen Ort, wo der Geruch von dem Ding-das-dich-töten-wird so stark ist, daß er niesen möchte, fühlt er *immer noch*, daß hinter der nächsten Ecke etwas Wunderbares sein könnte.

Und vergiß die Frau nicht, den Jungen. Sie sind nett. Sie haben ihn gern. Vielleicht kann er eine Möglichkeit finden, daß das böse Ding sie ab jetzt in Ruhe läßt.

Er klettert die Treppe ganz hinauf und landet in einem schmalen Raum. Er trottet dort entlang, schnuppert an den Türen. Ein schwaches Licht hinter einer von ihnen. Und ganz schwer und scharf: der Geruch von dem Ding-das-dich-töten-wird.

Keine Angst, keine Angst, er ist ein Hund, Anpirscher und Jäger, gut und tapfer, guter Hund, gut.

Die Tür ist einen Spalt offen. Er steckt seine Nase in die Lücke. Er könnte sie weiter aufstoßen, in den Raum dahinter gehen, doch er zögert.

Nichts Wunderbares ist *hier* drin. Vielleicht woanders in diesem Menschenort, vielleicht hinter jeder zweiten Ecke, aber nicht hier drin.

Vielleicht kann er jetzt einfach gehen, zurück auf den Weg, und nachsehen, ob der dicke Mann ihm noch mehr Futter rausgestellt hat.

Das sähe einer Katze ähnlich. Sich davonschleichen. Weglaufen. Er ist keine Katze. Er ist ein Hund.

Aber kriegen Katzen auch schon mal Kratzer auf die Nase, ganz tief rein, blutig und tagelang wund? Interessanter Gedanke. Er hat noch nie eine Katze mit einer zerkratzten Nase gesehen, ist noch nie nahe genug an eine rangekommen, um sie zu kratzen.

Aber er ist ein Hund, keine Katze, also stößt er gegen die Tür. Sie geht langsam weiter auf. Er geht in den Raum dahinter.

Junger-Mann-böses-Ding liegt auf schwarzen Tüchern, ein Stück über dem Boden, bewegt sich kein bißchen, macht kein

Geräusch, Augen sind geschlossen. Tot? Totes böses Ding auf schwarzen Tüchern.

Er trottet näher, schnuppert.

Nein. Nicht tot. Schläft.

Das Ding-das-dich-töten-wird ißt, es macht Pipi, und jetzt schläft es, also ist es in vielen Dingen wie ein Mensch, auch wie ein Hund, selbst wenn es weder Mensch noch Hund ist.

Was nun?

Er starrt auf das schlafende böse Ding und überlegt sich, wie er zu ihm raufspringen würde, ihm ins Gesicht bellen, es aufwecken, es erschrecken, dann würde es vielleicht nicht mehr zu der Frau und dem Jungen kommen. Er könnte es sogar beißen, nur ein kleines bißchen, ausnahmsweise mal ein böser Hund sein, nur um der Frau und dem Jungen zu helfen, es ins Kinn beißen. Oder in die Nase.

Es sieht nicht so gefährlich aus, wenn es schläft. Sieht auch nicht stark oder schnell aus. Er kann sich nicht erinnern, warum es sonst so furchterregend war.

Er guckt in dem schwarzen Zimmer herum und dann nach oben. Das Licht schimmert in vielen Augen, die dort oben in Flaschen schwimmen, Menschenaugen ohne Menschen, Tieraugen ohne Tiere. Interessant, aber nicht gut, überhaupt nicht gut.

Erneut fragt er sich, was er hier tut. Er erkennt, daß dieser Ort wie ein Abflußrohr ist, in dem du steckenbleibst, wie ein Loch im Boden, in dem große Spinnen leben, die nicht mögen, wenn du deine Schnauze zu ihnen reinsteckst. Und dann merkt er, daß das Junger-Mann-böses-Ding auf dem Bett ein bißchen wie die lachenden Jungen ist, die nach Sand und Sonne und Meersalz riechen und dich erst streicheln und hinter den Ohren kraulen und dann versuchen, dein Fell in Brand zu stecken.

Dummer Hund. Dumm, hierherzukommen. Gut, aber dumm.

Das böse Ding murmelt im Schlaf.

Er weicht vom Bett zurück, dreht sich um, klemmt den Schwanz ein und trottet aus dem Zimmer. Er geht die Treppe hinunter, um hier rauszukommen, keine Angst, keine Angst, nur vorsichtig, keine Angst, doch sein Herz klopft heftig und schnell.

6.

An Wochentagen hatte Tanya Delaney als eine von Jennifers Privatschwestern die Schicht von Mitternacht bis acht Uhr morgens, die sogenannte Friedhofsschicht. In manchen Nächten hätte sie tatsächlich lieber auf dem Friedhof gearbeitet. Jennifer Drackman war gruseliger als alles, was einem nach Tanyas Vorstellungen auf einem Friedhof begegnen könnte.

Tanya saß in einem Sessel neben dem Bett der blinden Frau und las still in einem Roman von Mary Higgins Clark. Sie las gerne und war von Natur aus ein Nachtmensch, deshalb kam ihr die Frühmorgenschicht sehr gelegen. In manchen Nächten konnte sie einen ganzen Roman lesen und einen neuen anfangen, weil Jennifer durchschlief.

Zu anderen Zeiten konnte Jennifer überhaupt nicht schlafen, fantasierte wirres Zeug und wurde von Panik verzehrt. Wenn das der Fall war, wußte Tanya zwar, daß die Angst der armen Frau irrational war und daß es nichts gab, wovor man sich fürchten mußte. Dennoch war die Angst der Patientin so stark, daß sie sich auf die Krankenschwester übertrug. Tanya bekam dann selber eine Gänsehaut, es kribbelte ihr im Nacken, sie schaute besorgt in die Dunkelheit jenseits des Fensters, als ob dort etwas lauerte, und zuckte bei jedem unerwarteten Geräusch zusammen.

Zumindest waren die Stunden vor dem Morgengrauen an jenem Mittwoch nicht von Rufen, gequälten Schreien und Aneinanderreihungen von Wörtern erfüllt, die so sinnlos waren wie das manische Geplapper eines religiösen Fanatikers, der in Zungen redet. Statt dessen schlief Jennifer, wenn auch nicht gut, und wurde von schlimmen Träumen heimgesucht. Von Zeit zu Zeit stöhnte sie, ohne aufzuwachen, griff mit ihrer gesunden Hand nach dem Bettgitter und versuchte ohne Erfolg, sich hochzuziehen. Mit den knochigen weißen Fingern, die sich um das Metall krallten, den verkümmerten Muskeln, die sich auf ihren fleischlosen Armen kaum abzeichneten, dem ausgemergelten bleichen

Gesicht, den zugenähten Augenlidern, die über den leeren Höhlen einsackten, sah sie eher aus wie eine Leiche, die sich bemüht, aus dem Sarg zu steigen, und nicht wie eine kranke Frau im Bett. Wenn sie im Schlaf redete, schrie sie nicht, sondern sprach fast flüsternd und mit ungeheurer Eindringlichkeit; ihre Stimme schien aus der Luft zu kommen und genauso unheimlich durch das Zimmer zu schweben wie die Stimme eines Geistes, der bei einer Séance spricht: »*Er wird uns alle töten ... töten ... er wird uns alle töten ...*«

Tanya schauderte und versuchte, sich auf den Kriminalroman zu konzentrieren, obwohl sie ein schlechtes Gewissen hatte, weil sie ihre Patientin ignorierte. Zumindest sollte sie die knochige Hand vom Geländer lösen, Jennifers Stirn befühlen, um sich zu vergewissern, daß sie nicht fieberte, ihr beruhigende Worte zuflüstern und versuchen, sie durch den stürmischen Traum in ruhigere Regionen des Schlafs zu führen. Sie war eine gute Krankenschwester, und normalerweise hätte sie keine Sekunde gezögert, einen Patienten, der einen Alptraum hatte, zu trösten. Doch sie blieb mit ihrem Clark-Roman im Sessel sitzen, weil sie nicht das Risiko eingehen wollte, Jennifer zu wecken. Wenn sie erst einmal wach war, könnte die Frau aus dem Alptraum in einen dieser furchtbaren Anfälle aus Schreien, tränenlosem Weinen, Klagen und faselndem Gekreisch verfallen, die Tanya das Blut gefrieren ließen.

Aus dem Schlaf kam die geisterhafte Stimme: »*... die Welt steht in Flammen ... Ströme von Blut ... Feuer und Blut ... ich bin die Mutter der Hölle ... Gott hilf mir, ich bin die Mutter der Hölle ...*«

Tanya hätte den Thermostaten gern höher gestellt, doch sie wußte, daß es im Zimmer schon jetzt ein bißchen zu warm war. Die Kälte, die sie spürte, war in ihr, nicht draußen.

»*... so ein kaltes Hirn ... totes Herz ... schlägt, aber ist tot ...*«

Tanya fragte sich, was die arme Frau erduldet haben mußte, daß sie in einen so schrecklichen Zustand geraten war. Was hatte sie gesehen? Was hatte sie erlitten? Was für Erinnerungen suchten sie heim?

7.

Das Green House am Pacific Coast Highway bestand aus einem großen, typisch kalifornischen Restaurant, in dem es selbst für Harrys Geschmack zu viele Farne und Hängepflanzen gab, und einer ziemlich großen Bar, wo die Gäste, die keine Farne mehr sehen konnten, das Grünzeug seit langem dadurch unter Kontrolle hielten, daß sie seine Erde ab und zu mit ein paar Tropfen Whiskey vergifteten. Die Restaurantseite war um diese Uhrzeit geschlossen.

Die beliebte Bar war bis zwei Uhr morgens geöffnet. Sie war in einem in Schwarz, Silber und Grau gehaltenen Art-déco-Stil umgestaltet worden, der nichts mit dem angrenzenden Lokal zu tun hatte, ein angestrengter Versuch, schick zu sein. Doch man servierte Sandwiches zu den Getränken.

Inmitten verkümmerter und gelb werdender Pflanzen hingen etwa 30 Gäste herum, die tranken, erzählten und der von einer Vier-Mann-Combo gespielten Jazzmusik lauschten. Die Musiker gaben launige, pseudomoderne Versionen berühmter Nummern aus der Big-Band-Ära zum besten. Zwei Paare, die nicht merkten, daß sich die Musik besser zum Zuhören eignete, tanzten mutig zu quasimelodischen Stücken, die sich durch ständige Tempowechsel und ausschweifende Improvisationen auszeichneten und selbst Fred Astaire oder Barischnikow abgeschreckt hätten.

Als Harry und Connie hereinkamen, warf ihnen der etwa dreißigjährige Geschäftsführer einen zweifelnden Blick zu. Er trug einen Armani-Anzug, eine handgemalte Seidenkrawatte und wunderschöne Schuhe, die so weich aussahen, als wären sie aus einem ungeborenen Kalb hergestellt worden. Seine Fingernägel waren manikürt, seine Zähne perfekt überkront und seine Haare dauergewellt. Er gab einem der Barkeeper unauffällig ein Zeichen, zweifellos um ihm zu helfen, sie rauszuschmeißen.

Abgesehen von dem getrockneten Blut im Mundwinkel und dem Bluterguß, der gerade erst anfing, die eine Hälfte ihres Gesichts völlig zu verfärben, war Connie noch halbwegs vorzeigbar, wenn auch ein wenig zerzaust, aber Harry war schon ein Anblick für sich. Seine Sachen, die nach dem strömenden Regen ausgebeult und aus der Form gegangen waren, waren verknitterter als das Leichentuch einer Mumie. Sein Hemd, das ursprünglich frisch und weiß gewesen war, war jetzt grau marmoriert und roch nach Rauch von dem Feuer in seiner Wohnung, dem er knapp entronnen war. Seine Schuhe waren abgewetzt, zerkratzt und dreckig. Seine Stirn wurde von einer feuchten, blutigen Schürfwunde von der Größe eines 25-Cent-Stücks entstellt. Er hatte kräftige Bartstoppeln, weil er sich seit achtzehn Stunden nicht mehr rasiert hatte, und seine Hände waren von der Wühlerei in dem Erdhaufen auf Ordegards Wiese verdreckt. Ihm war bewußt, daß er wahrscheinlich so aussah, als sei er nur einen gefährlichen Schritt von dem Penner vor der Bar entfernt, dem Connie gerade mit Zwangsentzug gedroht hatte, und daß er sogar in diesem Augenblick vor dem finsteren Blick des Geschäftsführers noch weiter sozial abstieg.

Gestern noch wäre es Harry äußerst peinlich gewesen, sich in einem derart derangierten Zustand in der Öffentlichkeit zu zeigen. Jetzt war es ihm ziemlich egal. Er war viel zu sehr damit beschäftigt, am Leben zu bleiben, um sich über ein gepflegtes Äußeres und angemessene Kleidung Gedanken zu machen.

Bevor man sie aus dem Green House rausschmeißen konnte, zückten beide ihre Ausweise vom Special Projects.

»Polizei«, sagte Harry.

Kein Generalschlüssel, kein Paßwort, kein Adelsverzeichnis, keine königliche Abstammung öffneten einem so wirksam alle Türen wie eine Dienstmarke. Öffnete sie zwar oft genug knirschend, aber öffnete sie trotzdem.

Es half auch, daß Connie so war, wie sie nun mal war.

»Nicht bloß Polizisten«, sagte sie, »sondern stinksaure Polizisten, die einen schlechten Tag hatten und nicht in der Stimmung sind, sich von einem pingeligen Scheißer den Zutritt verweigern zu lassen, weil wir seine erlesenen Gäste stören könnten.«

Man wies ihnen liebenswürdig einen Ecktisch an, der nur ganz zufällig im Dunkeln und ein gutes Stück von den meisten anderen Gästen entfernt war.

Unverzüglich erschien eine Cocktailkellnerin, sagte, ihr Name sei Bambi, zog die Nase kraus, lächelte und nahm ihre Bestellung auf. Harry bestellte Kaffee und einen gebratenen Hamburger, medium, mit Cheddarkäse.

Connie wollte ihren Hamburger blutig, mit Schimmelkäse und reichlich rohen Zwiebeln. »Für mich auch Kaffee, und bringen Sie uns beiden einen doppelten Cognac, Rémy Martin.« Zu Harry sagte sie: »Genaugenommen sind wir schon lange nicht mehr im Dienst. Und wenn du dich genauso beschissen fühlst wie ich, brauchst du etwas Kräftigeres für deinen Kreislauf als Kaffee und einen Hamburger.«

Während sich die Kellnerin um ihre Bestellung kümmerte, ging Harry zur Herrentoilette, um sich die schmutzigen Hände zu waschen. Er fühlte sich genauso beschissen, wie Connie vermutet hatte, und der Spiegel im Waschraum bestätigte, daß er sogar noch schlimmer aussah, als er sich fühlte. Er konnte kaum glauben, daß das fleckige, hohläugige und von Verzweiflung zerfurchte Gesicht vor ihm tatsächlich *seins* war.

Er schrubbte sich energisch die Hände, doch ein bißchen Dreck blieb hartnäckig unter seinen Fingernägeln und in einigen Hautfalten. Seine Hände sahen aus wie die eines Automechanikers.

Er spritzte sich kaltes Wasser ins Gesicht, doch davon sah er auch nicht frischer aus – und nicht weniger verzweifelt. Der Tag hatte ihm einen Tribut abverlangt, von dem er sich vielleicht nie ganz erholen würde. Der Verlust seines Hauses und seines weltlichen Besitzes, der grausige Tod von Ricky und die bizarre Kette übernatürlicher Ereignisse, die seinen Glauben an Vernunft und Ordnung erschüttert hatten. Seinen gequälten Gesichtsausdruck würde er bestimmt so schnell nicht los – sofern er überhaupt noch länger als ein paar Stunden lebte.

Von der Seltsamkeit dieser Überlegung verwirrt, erwartete er fast, daß der Spiegel sich als magisch erweisen würde, wie Spiegel im Märchen das oft tun – ein Weg in ein anderes Land, ein Fenster zur Vergangenheit oder Zukunft, das Gefängnis, in dem die Seele einer bösen Königin gefangen war, ein sprechender Zauberspiegel wie der, von dem Schneewittchens böse Stiefmutter erfuhr, daß sie nicht mehr die Schönste im Lande war. Er legte eine Hand auf das Glas, warme Finger trafen auf eine kalte Fläche, aber es passierte nichts Übernatürliches.

Dennoch, wenn man die Ereignisse der letzten zwölf Stunden bedachte, war es nicht völliger Wahnsinn, mit Zauberei zu rechnen. Er kam sich vor, als sei er in irgendeinem Märchen gefangen, einem der düsteren wie *Die roten Schuhe,* in dem die Figuren furchtbare körperliche Qualen und seelisches Elend erleiden, auf schreckliche Art sterben und dann endlich mit Glückseligkeit belohnt werden, aber halt nicht in dieser Welt, sondern im Himmel. Es war eine unbefriedigende Geschichte, wenn man sich nicht ganz sicher war, daß der Himmel tatsächlich dort oben war und auf einen wartete.

Der einzige Hinweis darauf, daß er nicht in einer fantastischen Geschichte für Kinder gefangen war, war das Fehlen eines sprechenden Tiers. Sprechende Tiere sind mit noch größerer Sicherheit in Märchen anzutreffen als psychopathische Mörder in modernen amerikanischen Filmen.

Märchen. Zauberei. Monster. Psychose. Kinder.

Plötzlich hatte Harry das Gefühl, daß er nahe an einer Einsicht war, die etwas Wichtiges über Ticktack klarmachen würde.

Zauberei. Psychose. Kinder. Monster. Märchen.

Die Erkenntnis entzog sich ihm.

Er bemühte sich darum. Sinnlos.

Er stellte fest, daß er die Fingerspitzen nicht mehr nur leicht gegen ihr Spiegelbild hielt, sondern die Hand so fest gegen den Spiegel drückte, daß er durchaus einen Sprung ins Glas hätte machen können. Als er seine Hand wegnahm, blieb einen Augenblick lang ein verschwommener, feuchter Abdruck zurück, der rasch verdunstete.

Alles verschwindet. Einschließlich Harry Lyon. Vielleicht schon im Morgengrauen.

Er verließ die Toilette und ging zu dem Tisch in der Bar zurück, an dem Connie auf ihn wartete.

Monster. Zauberei. Psychose. Märchen. Kinder.

Die Band spielte ein Duke-Ellington-Medley in einer modernen Jazzinterpretation. Die Musik war Schrott. Ellington konnte man einfach nicht verbessern.

Auf dem Tisch standen zwei Kaffeetassen und zwei Cognacschwenker, in denen der Rémy wie flüssiges Gold schimmerte.

»Die Hamburger kommen in ein paar Minuten«, sagte Connie, während er einen der schwarzen Holzstühle hervorzog und sich setzte.

Psychose. Kinder. Zauberei.

Nichts.

Er beschloß, eine Weile nicht mehr über Ticktack nachzudenken. Dem Unterbewußtsein eine Chance zu geben, ohne Druck zu arbeiten.

»*I Gotta Know*«, sagte er und warf Connie den Titel eines Presley-Songs als Köder vor.

»Was wissen?«

»*Tell Me Why.*«

»Was?«

»*It's Now or Never.*«

Sie kapierte und lächelte. »Ich bin ein fanatischer Presley-Fan.«

»Den Eindruck hatte ich.«

»Traf sich ja ganz gut.«

»Hat vermutlich Ordegard daran gehindert, eine weitere Handgranate nach uns zu werfen, und uns das Leben gerettet.«

»Auf den King des Rock 'n' Roll«, sagte sie und hob ihren Cognacschwenker.

Die Band hörte auf, die Ellington-Stücke zu verhunzen, und machte eine Pause. Vielleicht gab es ja doch einen Gott im Himmel und eine heilige Ordnung im Universum.

Harry und Connie ließen die Gläser klingen und nippten. Er sagte: »Warum Elvis?«

Sie seufzte. »Der frühe Elvis – das war schon was. Bei ihm ging's immer um Freiheit, darum, so zu sein, wie du sein willst, dich nicht länger herumschubsen zu lassen, weil du anders bist. *Don't step on my blue suede shoes.* Die Lieder aus seinen ersten zehn Jahren waren bereits Oldies, als ich sieben oder acht war, aber sie sprachen mich an. Verstehst du?«

»Sieben oder acht? Starker Tobak für ein kleines Kind. Ich meine, in vielen dieser Lieder ging's um Einsamkeit, gebrochene Herzen.«

»Sicher. Er war halt diese Art Traumgestalt – ein sensibler Rebell, höflich, aber ließ sich nichts gefallen, romantisch und zynisch zugleich. Ich bin in Waisenhäusern und Heimen aufgewachsen, deshalb wußte ich, was Einsamkeit bedeutete, und mein Herz hatte auch schon ein paar Knackser abgekriegt.«

Die Kellnerin brachte ihre Hamburger und füllte ihre Kaffeetassen auf.

Harry fühlte sich allmählich wieder wie ein menschliches Wesen. Zwar eines, das schmutzig und zerknittert war, dem alles weh tat und das erschöpft und verängstigt war, aber dennoch ein menschliches Wesen.

»Okay«, sagte er. »Ich kann verstehen, daß man sich für den frühen Elvis begeistert, sich an die frühen Songs erinnert. Aber später?«

Während sie sich Ketchup über ihren Hamburger schüttete, sagte Connie. »Auf seine Art ist das Ende genauso interessant wie der Anfang. Eine amerikanische Tragödie.«

»Tragödie? Als fetter Sänger in mit Pailletten besetzten Overalls in Las Vegas zu enden?«

»Klar. Der gutaussehende und mutige King, so vielversprechend und erhaben – dann stürzt er wegen eines tragischen Fehlers, fällt ganz tief und ist mit 42 tot.«

»Gestorben auf einer Toilette.«

»Ich hab' ja nicht gesagt, das sei Tragödie à la Shakespeare. Es ist ein Element des Absurden darin enthalten. Das macht es zu einer *amerikanischen* Tragödie. Kein Land der Welt hat unseren Sinn fürs Absurde.«

»Ich glaube allerdings kaum, daß die Demokraten oder Republikaner in absehbarer Zeit diesen Ausspruch als Wahlkampfslogan benutzen werden.« Der Hamburger war köstlich. Mit einem Bissen davon im Mund sagte er: »Was war denn Elvis' tragischer Fehler?«

»Er weigerte sich, erwachsen zu werden. Oder vielleicht war er nicht in der Lage dazu.«

»Sagt man nicht, daß ein Künstler immer an dem Kind in sich festhält?«

Sie biß in ihr Sandwich und schüttelte den Kopf. »Das ist aber nicht dasselbe, wie ewig ein Kind zu *sein.* Sieh mal, der junge Elvis Presley wollte Freiheit, hatte ein Verlangen danach, genau wie ich es immer hatte, und die Art, wie er die absolute Freiheit erlangte, alles zu tun, was er wollte, war über seine Musik. Doch als er sie hatte, als er für immer hätte frei sein können … nun, was passierte?«

»Sag's mir.«

Sie hatte ganz offensichtlich sehr viel darüber nachgedacht. »Elvis verlor die Orientierung. Vermutlich wurde ihm der Ruhm wichtiger als die Freiheit. Wirkliche Freiheit, Freiheit *mit* Verantwortung und nicht Freiheit *von* Verantwortung – das ist ein angemessener Erwachsenentraum. Aber Ruhm ist nur ein billiger Nervenkitzel. Man muß ganz schön unreif sein, um Ruhm wirklich genießen zu können, meinst du nicht auch?«

»Ich würde ihn nicht wollen. Würde ihn allerdings auch kaum *kriegen*.

»Wertlos, vergänglich, ein billiges Schmuckstück, das nur ein Kind für Diamanten halten könnte. Elvis, er sah aus wie ein Erwachsener, redete wie einer …«

»Sang auch ganz bestimmt wie einer, wenn er gut drauf war.«

»Zweifellos. Aber emotional war er ein Beispiel für eine retardierte Entwicklung, und der Erwachsene war nur ein Kostüm, das er trug, eine Maskerade. Deshalb war er immer von einem großen Gefolge umgeben, seinem privaten Jugendclub, und aß hauptsächlich Sandwiches mit gebackenen Bananen und Erdnußbutter, also im Grunde Sachen, die Kinder mögen, und mietete sich ganze Vergnügungsparks, wenn er mit Freunden Spaß haben wollte. Aus diesem Grund konnte er auch Leute wie Colonel Parker nicht daran hindern, ihn auszunutzen.«

Erwachsene. Kinder. Retardierte Entwicklung. Psychose. Ruhm. Zauberei. Märchen. Retardierte Entwicklung. Monster. Maskerade.

Harry setzte sich gerade hin, sein Verstand raste.

Connie redete immer noch, doch ihre Stimme schien von weit her zu kommen: »… also zeigt uns der letzte Abschnitt von Elvis' Leben, wie viele Fallen es gibt …«

Psychotisches Kind. Von Monstern fasziniert. Mit der Macht eines Zauberers. Retardierte Entwicklung. Sieht aus wie ein Erwachsener, aber das ist nur Maskerade.

»... wie leicht es ist, seine Freiheit zu verlieren und sie nie mehr wiederzufinden ...«

Harry legte sein Sandwich hin. »Mein Gott, ich glaub', ich weiß jetzt vielleicht, wer Ticktack ist.«

»Wer?«

»Warte. Laß mich darüber nachdenken.«

Schrilles Gelächter brach an einem Tisch lärmender Betrunkener in der Nähe des Podiums aus. Zwei Männer über Fünfzig, denen man ihren Wohlstand ansah, und zwei Blondinen Mitte Zwanzig. Sie versuchten, ihre eigenen Märchen auszuleben: Die alternden Männer träumten von perfektem Sex und dem Neid anderer Männer; die Frauen träumten von Reichtümern und waren sich glücklicherweise nicht bewußt, daß ihre Fantasien ihnen selbst eines Tages langweilig, öde und billig vorkommen würden.

Harry rieb sich mit dem Handrücken über die Augen und versuchte, seine Gedanken zu ordnen. »Ist dir nicht etwas Kindliches an ihm aufgefallen?«

»Ticktack? Diesem Brocken?«

»Das ist sein Golem. Ich rede von dem wirklichen Ticktack, von dem, der die Golems herstellt. Das kommt ihm wie ein Spiel vor. Er spielt mit mir genauso, wie ein böser kleiner Junge einer Fliege die Flügel ausreißt und dann zusieht, wie sie verzweifelt versucht abzuheben, oder einen Käfer mit Streichhölzern quält. Der Termin im Morgengrauen, die spöttischen Angriffe, als ob er ein kleiner Rabauke wäre, der auf dem Spielplatz seinen Spaß hat.«

Ihm fiel noch mehr ein, was Ticktack gesagt hatte, als er von dem Bett in seiner Wohnung aufgestanden war, kurz bevor er das Feuer entfacht hatte: *... mit euch Menschen kann man so herrlich spielen ... großer Held ... du glaubst, du kannst jeden erschießen, den du willst, jeden rumschubsen, wie es dir paßt ...*

Jeden rumschubsen, wie es dir paßt ...

»Harry?«

Er kniff die Augen zusammen und erschauderte. »Einige Soziopathen sind so, weil sie als Kind mißhandelt wurden. Doch andere werden einfach so verquer geboren.«

»Irgendwas in den Genen verkorkst«, sagte sie zustimmend.

»Nehmen wir an, daß Ticktack von Geburt an böse war.«

»Er war bestimmt nie ein Engel.«

»Und nehmen wir an, daß seine unglaubliche Macht nicht aus einem wahnwitzigen Laborversuch stammt. Vielleicht ist sie tatsächlich das Ergebnis verkorkster Gene. Wenn er mit dieser Macht geboren wurde, dann hat sie ihn von anderen Leuten in der gleichen Weise isoliert, wie der Ruhm Presley isolierte, und er hat nie gelernt, erwachsen zu werden, brauchte oder wollte nicht erwachsen werden. Im Grunde seines Herzens ist er immer noch ein Kind. Spielt ein Kinderspiel. Ein böses Kinderspiel.«

Harry erinnerte sich daran, wie der bärenhafte Landstreicher in seinem Schlafzimmer stand, das Gesicht rot vor Zorn, und immer wieder rief: *Hörst du mich, du Held, hörst du mich, hörst du mich, hörst du mich,* HÖRST DU MICH, HÖRST DU MICH ...? Dieses Verhalten war aufgrund der Größe und Macht des Penners beängstigend gewesen, aber im nachhinein hatte es eindeutig Merkmale von dem Wutanfall eines kleinen Jungen.

Connie beugte sich über den Tisch und wedelte mit einer Hand vor seinem Gesicht. »Harry, jetzt komm wieder zu dir! Ich warte noch immer auf die Pointe. Wer ist Ticktack? Meinst du, er ist *tatsächlich* ein Kind? Suchen wir etwa nach einem Jungen in der Grundschule? Oder nach einem Mädchen?«

»Nein. Er ist älter. Immer noch jung. Aber älter.«

»Wie kannst du das wissen.«

»Weil ich ihm begegnet bin.«

Jeden rumschubsen, wie es dir paßt ...

Er erzählte Connie von dem jungen Mann, der unter dem Absperrband hindurchgeschlüpft und über den Bürgersteig zu dem zertrümmerten Fenster des Restaurants gegangen war, in dem Ordegard zwischen den Gästen herumgeballert hatte. Turnschuhe, Jeans, ein T-Shirt mit Reklame für Tecate-Bier.

»Er starrte nach drinnen, fasziniert von dem Blut, den Leichen. Er hatte etwas Unheimliches an sich ... hatte so einen abwesenden Blick ... und leckte sich die Lippen ... als ob, ich weiß nicht, als ob etwas Erotisches an all diesem Blut, an diesen Leichen wäre. Er ignorierte mich, als ich ihm sagte, er solle wieder hinter die Absperrung gehen, hörte mich vermutlich noch nicht einmal ... als ob er in einem Trancezustand wäre ... leckte sich die Lippen.«

Harry hob seinen Cognacschwenker und trank den Rest in einem Schluck aus.

»Hast du dir seinen Namen geben lassen?« fragte Connie.

»Nein. Ich bin ausgerastet. Ich hab' es vermasselt.«

In Gedanken sah er, wie er sich den Jungen schnappte, ihn über den Bürgersteig zerrte, ihn möglicherweise schlug oder auch nicht – hatte er ihm ein Knie zwischen die Beine gerammt? – ihn schüttelte und herumriß, ihn runterzog und unter dem Absperrband hindurchzwang.

»Ich fühlte mich hinterher abscheulich deswegen«, sagte er, »mein eigenes Verhalten widerte mich an. Ich konnte nicht glauben, daß ich so hart mit ihm umgesprungen war. Wahrscheinlich war ich immer noch nervös wegen dem, was auf dem Dachboden passiert war, wo Ordegard mich fast umgenietet hätte, und als ich sah, wie dieser Junge sich an dem Blut aufgeilte, da hab ich reagiert wie ... wie ...«

»Wie ich«, sagte Connie und nahm ihren Hamburger wieder in die Hand.

»Ja. Wie du.«

Obwohl ihm der Appetit vergangen war, biß Harry in sein Sandwich, weil er Energie brauchte für das, was eventuell noch auf sie zukam.

»Aber ich verstehe immer noch nicht, wie du so verdammt sicher sein kannst, daß dieser Junge Ticktack ist«, sagte Connie.

»Ich *weiß*, daß er es ist.«

»Bloß weil er ein bißchen seltsam war ...«

»Es ist mehr als das.«

»Eine Ahnung?«

»Viel mehr als eine Ahnung. Nenn es Polizisteninstinkt.«

Sie starrte ihn einen Augenblick an, dann nickte sie. »In Ordnung. Du erinnerst dich, wie er aussah?«

»Als ob er vor mir stände. Vielleicht erst neunzehn, nicht älter als einundzwanzig oder so.«

»Größe?«

»Drei Zentimeter kleiner als ich.«

»Gewicht?«

»Keine 70 Kilo. Dünn. Nein, das stimmt nicht, nicht dünn, nicht dürr. Schlank, aber muskulös.«

»Gesichtsfarbe?«

»Hell. Er war viel drinnen. Dichte Haare, dunkelbraun bis schwarz. Gutaussehender Junge, ein bißchen wie dieser Schauspieler, Tom Cruise, aber habichtartiger. Er hatte ungewöhnliche Augen. Grau. Wie leicht angelaufenes Silber.«

Connie sagte: »Ich glaube, wir sollten zu Nancy Quan gehen. Sie wohnt gleich hier in Laguna Beach –«

Nancy war eine Zeichnerin, die für das Special Projects arbeitete und die Fähigkeit besaß, bei einem Zeugen die Nuancen in der Beschreibung eines Verdächtigen herauszuhören und richtig zu interpretieren. Ihre Bleistiftskizzen erwiesen sich häufig als erstaunlich gute Portraits der Gesuchten, wenn man sie endlich gefaßt und verhaftet hatte.

»– du beschreibst ihr diesen Jungen, sie zeichnet ihn, und dann fahren wir mit der Zeichnung zur Polizei nach Laguna und stellen fest, ob sie den kleinen Mistkerl kennen.«

Harry sagte: »Und wenn nicht?«

»Dann gehen wir von Tür zu Tür und zeigen den Leuten die Zeichnung.«

»Von Tür zu Tür? Wo?«

»Häuser und Wohnungen im Umkreis eines Blocks von der Stelle, wo du ihn getroffen hast. Es ist möglich, daß er in unmittelbarer Nähe wohnt. Und selbst wenn er nicht dort wohnt, vielleicht treibt er sich dort rum, hat Freunde in der Gegend –«

»Dieser Junge hat keine Freunde.«

»– oder Verwandte. Irgendwer erkennt ihn vielleicht.«

»Die Leute werden nicht allzu froh sein, wenn wir mitten in der Nacht an ihre Tür klopfen.«

Connie verzog das Gesicht. »Willst du bis zum Morgengrauen warten?«

»Wohl kaum.«

Die Band kam zurück und begann mit ihrer letzten Sequenz.

Connie kippte glucksend den Rest ihres Kaffees runter, schob ihren Stuhl zurück, stand auf, nahm ein paar zusammengefaltete Geldscheine aus ihrer Jackentasche und warf einige davon auf den Tisch.

»Laß mich die Hälfte bezahlen«, sagte Harry.

»Du bist eingeladen.«

»Nein, wirklich, ich sollte die Hälfte bezahlen.«

Sie warf ihm einen Blick zu, als sei er meschugge.

»Ich bin immer gern mit allen Leuten quitt. Das weißt du doch«, erklärte er.

»Dann tu mal was ganz Verrücktes, Harry. Laß dir einen ausgeben. Weißt du was – wenn es hell wird und wir wachen in der Hölle auf, dann darfst du das Frühstück bezahlen.«

Sie ging auf die Tür zu.

Als er sie kommen sah, brachte sich der Geschäftsführer mit dem Armani-Anzug und der handgemalten Seidenkrawatte eiligst in der Küche in Sicherheit.

Harry schloß sich Connie an und sah auf seine Uhr. Es war 22 Minuten nach eins.

Noch etwa fünf Stunden bis zum Morgengrauen.

8.

Er trottet durch die nächtliche Stadt. Die Menschen in ihren dunklen Orten um ihn herum schlafen alle.

Er gähnt und denkt selbst daran, sich unter ein paar Sträuchern schlafen zu legen. Wenn er schläft, ist da eine andere Welt, eine schöne Welt, in der er eine Familie hat, die in einem warmen Ort lebt und bei der er willkommen ist, die ihn jeden Tag füttert, die mit ihm spielt, so oft er will, ihn Prince nennt, ihn in einem Auto mitnimmt und ihm erlaubt, den Kopf aus dem Fenster zu stecken und mit flatternden Ohren in den Wind zu halten – das fühlt sich gut an, Gerüche fliegen nur so auf ihn zu, ja ja ja – und die ihn niemals tritt. Es ist eine gute Welt im Schlaf, selbst wenn er dort die Katzen auch nicht kriegt.

Dann fällt ihm das Junger-Mann-böses-Ding ein, der schwarze Ort, die Menschen- und Tieraugen ohne Körper, und er ist nicht mehr müde.

Er muß etwas gegen das böse Ding tun, aber er weiß nicht was. Er spürt, daß es der Frau weh tun wird, dem Jungen, ihnen ganz schlimm weh tun wird. Es hat sehr viel Wut in sich. Haß. Es würde ihnen das Fell in Brand stecken, wenn sie ein Fell hätten. Er weiß nicht warum. Oder wann, wie und wo. Aber er muß etwas tun, sie retten, ein guter Hund sein, gut.

Also ...

Tu was.

Okay.

Also ...

Bis ihm einfällt, was er gegen das böse Ding tun kann, kann er sich genausogut noch was zu fressen suchen. Vielleicht hat der lächelnde dicke Mann noch mehr gute Reste hinter dem Menschenfutterort für ihn hingestellt. Vielleicht steht der dicke Mann noch in der offenen Tür, blickt die Gasse auf und ab in der Hoffnung, daß er Kerlchen wiedersieht, denkt, er würde Kerlchen gern mit nach Hause nehmen, ihm einen warmen Ort geben, es jeden Tag füttern, mit ihm spielen, so oft es will, und mit Kerlchen im Auto spazierenfahren, wo es den Kopf in den Wind halten kann.

Jetzt beeilt er sich. Versucht, den dicken Mann zu riechen. Ist er dort draußen? Wartet?

Immer weiter schnuppernd, kommt er an einem nach Rost riechenden, nach Schmiere riechenden, nach Öl riechenden Auto vorbei, das auf einem großen, leeren Platz parkt, und dann riecht er die Frau, den Jungen, sogar durch die geschlossenen Fenster. Er bleibt stehen und guckt hoch. Der Junge schläft, er ist nicht zu sehen. Die Frau lehnt sich gegen die Tür mit dem Kopf gegen die Scheibe. Wach, aber sie sieht ihn nicht.

Vielleicht gefällt die Frau dem dicken Mann, und der Junge, und er hat für sie alle Platz in seinem schönen, warmen Menschenort, und sie können spielen, alle zusammen, essen, wann sie wollen, mit dem Auto spazierenfahren, ihre Köpfe aus dem Fenster stecken, und Gerüche fliegen nur so auf sie zu. Ja ja ja ja ja ja. Warum nicht? In der Schlafwelt gibt es eine Familie. Warum nicht auch in dieser Welt?

Er ist aufgeregt. Das ist gut. Das ist wirklich gut. Er spürt das wunderbare Ding hinter der nächsten Ecke, endlich kommt das wunderbare Ding, von dem er immer wußte, daß es irgendwo dort war. Gut. Ja. Gut. Ja ja ja ja ja.

Der Menschenfutterort, wo der dicke Mann wartet, ist nicht weit weg von dem Auto, deshalb sollte er vielleicht bellen, damit die Frau ihn sieht, dann sie und den Jungen zu dem dicken Mann führen.

Ja ja ja ja ja ja.

Aber halt, halt, es könnte zu lange dauern, zu lange, bis er sie dazu kriegt, ihm zu folgen. Menschen sind manchmal so schwer von Begriff. Der dicke Mann könnte weggehen. Dann kommen sie dorthin, der dicke Mann ist weg, sie stehen in der Gasse und wissen nicht warum, denken, er ist nur ein dummer Hund, dummer, alberner Hund, so gedemütigt, wie wenn die Katze oben im Baum sitzt und zu ihm runterguckt.

Nein nein nein nein nein. Der dicke Mann darf nicht weggehen. Wenn der dicke Mann weggeht, werden sie nicht in einem schönen, warmen Ort zusammensein oder in einem Auto mit dem Wind.

Was tun, was tun? Aufgeregt. Bellen? Nicht bellen? Bleiben, gehen, ja, nein, bellen, nicht bellen?

Pipi. Muß Pipi machen. Heb das Bein. Ah. Ja. Stark riechendes Pipi. Dampft auf dem Pflaster, dampft. Interessant.

Dicker Mann. Vergiß den dicken Mann nicht. Wartet in der Gasse. Geh erst zu dem dicken Mann, bevor er reingeht und für immer fort ist, hol ihn und bring ihn hierher, ja ja ja ja, denn die Frau und der Junge gehen nirgendwo hin.

Guter Hund. Kluger Hund.

Er trottet von dem Auto weg. Dann läuft er. Zur Ecke. Um die Ecke. Ein Stückchen weiter. Noch eine Ecke. Die Gasse hinter dem Menschenfutterort.

Hechelnd und aufgeregt läuft er zu der Tür, wo der dicke Mann mit den Resten gewesen ist. Sie ist geschlossen. Der dicke Mann ist fort. Keine Reste mehr auf dem Boden.

Er ist überrascht. Er war so sicher gewesen. Sie alle zusammen wie in der Schlafwelt.

Er kratzt an der Tür. Kratzt, kratzt.

Der dicke Mann kommt nicht. Die Tür bleibt zu.

Er bellt. Wartet. Bellt.

Nichts.

Tja. Also. Was nun?

Er ist immer noch aufgeregt, aber nicht mehr so sehr wie vorher. Nicht so aufgeregt, daß er Pipi machen muß, aber zu aufgeregt, um stillzustehen. Er läuft vor der Tür auf und ab, immer vor und zurück über den Weg, jault enttäuscht und verwirrt und wird langsam ein bißchen traurig.

Stimmen kommen vom anderen Ende der Gasse zu ihm herüber, und er weiß, daß eine davon dem stinkenden Mann gehört, der nach allem Schlechten auf einmal riecht und auch ein bißchen nach dem Ding-das-dich-töten-wird. Er kann den stinkenden Mann sehr gut aus der Ferne riechen. Er weiß nicht, wem die beiden anderen Stimmen gehören, kann diese Menschen nicht so gut riechen, weil der Geruch des stinkenden Mannes zu stark ist.

Vielleicht ist der dicke Mann dabei, der nach seinem Kerlchen sucht.

Könnte sein.

Mit wedelndem Schwanz läuft er ans Ende der Gasse, doch als er da ankommt, findet er keinen dicken Mann, deshalb hört er auf zu wedeln. Nur ein Mann und eine Frau, die er noch nie gesehen hat, stehen mit dem stinkenden Mann neben einem Auto vor dem Menschenfutterort, alle drei reden.

Seid ihr wirklich Cops? sagt der stinkende Mann.

Was hast du mit dem Auto gemacht? sagt die Frau.

Nichts. Ich hab' nichts mit dem Auto gemacht.

Wenn irgendein Mist in diesem Auto ist, bist du ein toter Mann.

Nein, hören Sie mir doch zu, um Gottes willen.

Zwangsentziehung, du Arsch.

Wie soll ich in das Auto kommen, es ist doch zu?

Du hast es also versucht, was?

Ich wollte nur nachsehen, ob ihr wirklich Cops seid.

Ich werd' dir zeigen, daß wir wirklich Cops sind, du Kotzbrocken.

Hey, lassen Sie mich los!

Gott, wie du stinkst!

Lassen Sie mich los. Lassen Sie mich los!

Komm, laß ihn los. In Ordnung, ganz ruhig, sagt der Mann, der nicht so stinkt.

Immer weiter schnuppernd riecht er etwas an diesem neuen Mann, das er auch an dem stinkenden Mann riecht, und das überrascht ihn. Eine Spur von dem Ding-das-dich-töten-wird. Dieser Mann war erst vor kurzem in der Nähe des bösen Dings.

Du stinkst wie eine wandelnde Giftmüllhalde, sagt die Frau.

Sie hat auch den Geruch des Dings-das-dich-töten-wird an sich. Alle drei haben ihn an sich. Stinkender Mann, Mann und Frau. Interessant.

Er geht näher heran, schnuppert.

Hören Sie, bitte, ich muß mit einem Cop reden, sagt der stinkende Mann.

Dann rede, sagt die Frau.

Mein Name ist Sammy Shamroe. Ich möchte ein Verbrechen melden.

Laß mich mal raten – jemand hat dir deinen neuen Mercedes gestohlen.

Ich brauche Hilfe!

Wir auch, Kumpel.

Alle drei haben nicht nur eine Spur von dem bösen Ding an sich, sondern sie riechen auch nach Angst, dieselbe Angst, die er an der Frau und an dem Jungen, die ihn Woofer nennen, gerochen hat. Sie haben Angst vor dem bösen Ding. Sie alle.

Jemand will mich umbringen, sagt der stinkende Mann.

Ganz sicher, und das werde ich sein, wenn du mir nicht aus den Augen gehst.

Ruhig, ganz ruhig jetzt.

Der stinkende Mann sagt, *Und er ist auch kein menschliches Wesen. Ich nenne ihn den Rattenmann.*

Vielleicht sollten diese Menschen die Frau und den Jungen im Auto kennenlernen. Alle haben Angst, jeder für sich. Zusammen vielleicht keine Angst. Zusammen könnten sie vielleicht an einem warmen Ort wohnen, die ganze Zeit spielen, ihn jeden Tag füttern, sie könnten alle zusammen mit dem Auto irgendwohin fahren – nur der stinkende Mann müßte hinterherlaufen, bis er nicht mehr so stinken würde, daß man niesen muß.

Ich nenne ihn den Rattenmann, weil er aus Ratten besteht, er fällt auseinander, und dann ist da nur noch ein Haufen Ratten, die überallhin rennen.

Aber wie? Wie sie mit der Frau und dem Jungen zusammenbringen? Und wie es ihnen klarmachen, wo Menschen doch manchmal so langsam sind?

9.

Als der Hund kam und um ihre Füße herumschnüffelte, wußte Harry nicht, ob er zu dem Penner gehörte, oder ob er ein einsamer Streuner war. Je nachdem, wie aufmüpfig der Landstreicher wurde, oder falls sie sogar Gewalt anwenden mußten, konnte es sein, daß der Hund für ihn Partei nahm. Er sah nicht gefährlich aus, aber man konnte nie wissen.

Sammy schien allerdings eher eine Bedrohung darzustellen als der Hund. Er war zwar ganz schön kaputt vom Leben auf der Straße und von dem, was ihn dorthin gebracht hatte, nicht nur dünn, sondern spindeldürr, die von der Heilsarmee verteilten Klamotten hingen so locker an ihm, daß man erwartete, Knochen gegeneinander klappern zu hören, wenn er sich bewegte, aber das mußte nicht bedeuten, daß er schwach war. Er war mit überschüssiger Energie geladen. Seine Augen waren so weit aufgerissen, daß es so aussah, als seien seine Lider zurückgezogen und fixiert worden. Sein Gesicht wirkte ungeheuer angespannt, und er entblößte immer wieder mit wildem Fletschen seine schlechten Zähne, was zwar als einschmeichelndes Lächeln gemeint sein konnte, aber eher beunruhigend aussah.

»Der Rattenmann, verstehen Sie, so nenn' ich ihn, er nennt sich selbst nicht so. Nie gehört, daß er sich selbst irgendwie nennt. Keine Ahnung, wo zum Teufel er herkommt, wo er sein Raumschiff versteckt, er ist plötzlich einfach *da,* das sadistische Schwein, ein gruseliger Scheißkerl –«

Ungeachtet dessen, wie schwach er zu sein schien, könnte Sammy durchaus wie ein roboterartiger Mechanismus funktionieren, der zu viel Strom kriegt, dessen Stromkreise dadurch so überlastet werden, daß er kurz davor ist, zu explodieren und sich in ein Schrapnell aus Federn, Zahnrädern und aufgeplatzten pneumatischen Röhren aufzulösen, das jeden innerhalb eines Blocks töten würde. Er konnte ein Messer haben, mehrere Messer, selbst eine Pistole. Harry hatte schon zitterige kleine Kerle wie diesen hier erlebt, die aussahen, als würde ein heftiger Windstoß sie bis nach China pusten; dann stellte sich heraus, daß sie mit PCP vollgedröhnt waren, das kleine Kätzchen in Tiger verwandeln konnte, und drei starke Männer waren notwendig, um sie zu entwaffnen und zu überwältigen.

»– sehen Sie, mir ist es ja vielleicht egal, wenn er mich umbringt, vielleicht wäre das sogar ein Segen, wenn ich mich einfach besaufe und dann von ihm umbringen lasse, wenn ich so voll bin, daß ich kaum merke, was er mit mir macht«, sagte Sammy und bedrängte sie. Er bewegte sich nach links, wenn sie nach links gingen, und nach rechts, wenn sie es dort versuchten, bestand auf einer Auseinandersetzung. »Doch heute nacht, als ich schwer einen im Tee hatte und mir die zweite Zweiliterflasche reinzog, wurde mir klar, wer der Rattenmann sein muß, ich meine, *was* er sein muß – einer von den Außerirdischen!«

»Außerirdische«, sagte Connie voller Ekel. »Außerirdische, bei euch Schwachköpfen sind es immer Außerirdische. Verschwinde von hier, du schmieriger Kotzbrocken, oder ich schwöre bei Gott, ich werde –«

»Nein, nein, hören Sie zu. Wir haben doch immer gewußt, daß sie kommen werden, nicht wahr? Und jetzt sind sie da, und sie sind zuerst zu mir gekommen, und wenn ich die Welt nicht warne, werden alle sterben.«

Als Harry Sammy am Arm packte und versuchte, ihn aus dem Weg zu bugsieren, beobachtete er Connie fast genauso mißtrauisch wie den Penner. Wenn Sammy ein überdrehter Uhrwerksmechanismus kurz vorm Explodieren war, dann war Connie ein Atomkraftwerk kurz vor der Kernschmelze. Sie war sauer, weil der Landstreicher sie davon abhielt, zu Nancy Quan, der Polizeizeichnerin zu kommen, und sich schmerzlich bewußt, daß das Morgengrauen von Osten rasch näherkam. Harry war ebenfalls sauer, aber im Gegensatz zu Connie bestand bei ihm keine Gefahr, daß er Sammy zwischen die Beine treten und ihn durch eins der nahegelegenen Restaurantfenster schmeißen würde.

»– will nicht schuld sein, wenn Außerirdische die ganze Menschheit umbringen, ich hab' schon zuviel auf dem Gewissen, ich könnte es nicht ertragen, daran schuld zu sein, ich hab' schon zu viele Leute im Stich gelassen ...«

Wenn Connie den Kerl zusammenschlug, würden sie niemals zu Nancy Quan kommen und hätten auch keine Chance, Ticktack ausfindig zu machen. Sie wären mindestens eine Stunde damit beschäftigt, Sammys Verhaftung in die Wege zu leiten, zu versuchen, nicht an seinem Körpergeruch zu ersticken und Vorwürfe abzustreiten, sie seien übertrieben brutal vorgegangen (ein paar Gäste aus der Bar beobachteten sie durch das Fenster). Zu viele kostbare Minuten wären dadurch verloren.

Sammy packte Connie am Jackenärmel. »Hören Sie mir zu, hören Sie mir doch endlich zu!«

Connie riß sich los und hob ihre Faust.

»Nein!« sagte Harry.

Connie konnte sich kaum zurückhalten, fast hätte sie zugeschlagen.

Sammy spuckte vor sich hin, während er weiterplapperte: »– er hat mir noch 36 Stunden zu leben gegeben, der Rattenmann, aber jetzt können es nur noch 24 oder noch weniger sein, ich weiß nicht genau –«

Harry versuchte Connie mit einer Hand zurückzuhalten, als sie wieder nach Sammy ausholte, während er gleichzeitig Sammy mit der anderen Hand wegstieß. Dann sprang ihn der Hund an. Grinsend, hechelnd und mit wedelndem Schwanz. Harry drehte sich weg, schüttelte sein Bein, und der Hund fiel auf allen vieren auf den Bürgersteig.

Sammy plapperte fieberhaft, umklammerte jetzt mit beiden Händen Harrys Ärmel und zerrte um Aufmerksamkeit heischend daran, als ob er die nicht längst hätte: »– seine Augen waren wie Schlangenaugen, grün und schrecklich, schrecklich, und er sagt, ich habe noch 36 Stunden zu leben, ticktack, ticktack –«

Angst und Erstaunen durchfuhren Harry, als er dieses Wort hörte, und die vom Meer kommende Brise schien plötzlich kälter geworden zu sein.

Erschrocken gab Connie ihre Bemühungen auf, an Sammy heranzukommen. »Augenblick mal, was hast du gesagt?«

»Außerirdische! Außerirdische!« schrie Sammy wütend. »Ihr hört mir nicht zu, verdammt noch mal.«

»Nicht das mit den Außerirdischen«, sagte Connie. Der Hund sprang sie an. Sie tätschelte seinen Kopf, schob ihn weg und sagte: »Harry, hat er gesagt, was ich gehört zu haben glaube.«

»Ich bin auch ein Staatsbürger«, schrie Sammy. Sein Bedürfnis, eine Aussage zu machen, hatte sich zu wahnwitziger Entschlossenheit gesteigert. »Ich hab' auch ein Recht darauf, daß man mir zuhört.«

»Ticktack«, sagte Harry.

»Genau«, bestätigte Sammy. Er zog so fest an Harrys Ärmel, daß er ihn fast abgerissen hätte. »›Ticktack, ticktack, die Zeit läuft ab, morgen früh im Morgengrauen bist du tot, Sammy‹, und dann löst er sich einfach in eine Horde Ratten auf, direkt vor meinen Augen.«

Oder in einen Wirbelwind aus Müll, dachte Harry, oder eine Feuersäule.

»In Ordnung, warte, wir sollten reden«, sagte Connie. »Beruhige dich, Sammy, und laß uns darüber reden. Tut mir leid, was ich gesagt habe, ehrlich. Beruhige dich.«

Sammy mußte glauben, daß sie es nicht ernst meinte, sondern nur versuchte, ihm gut zuzureden, damit er alle Vorsicht fallenließ, denn er reagierte nicht auf die Aufmerksamkeit und Rücksichtnahme, die sie ihm plötzlich erwies. Er stampfte frustriert mit den Füßen auf. Seine Klamotten flatterten an seinem knochigen Körper, und er sah aus wie eine Vogelscheuche, die von einem Halloween-Wind durchgeschüttelt wurde. »Außerirdische, dummes Weib, Außerirdische, Außerirdische, Außerirdische!«

Als Harry einen Blick auf das Green House warf, stellte er fest, daß inzwischen ein halbes Dutzend Leute an den Fenstern der Bar stand und zu ihnen rausstarrte.

Ihm wurde bewußt, was für einen einzigartigen Anblick sie boten, wie sie alle drei, ziemlich verdreckt, aneinander herumzerrten und was von Außerirdischen brüllten. Er hatte wahrscheinlich nur noch wenige Stunden zu leben, wurde von etwas Übersinnlichem und unglaublich Bösartigem verfolgt, und sein verzweifelter Kampf ums Überleben hatte sich – zumindest für den Augenblick – in ein Stück Slapstick-Straßentheater verwandelt.

Willkommen in den Neunzigern. Amerika am Rande des Jahrtausends. O Gott.

Gedämpfte Musik sickerte auf die Straße: Die Vier-Mann-Combo spielte jetzt einen West-Coast-Swing, »Kansas City«, aber mit seltsamen Riffs.

Der Geschäftsführer in dem Armani-Anzug war unter den Leuten, die am Fenster der Bar standen. Er ärgerte sich wahrscheinlich darüber, daß er sich von Dienstmarken, die er jetzt mit Sicherheit für gefälscht hielt, hatte täuschen lassen, und würde jeden Moment die richtige Polizei anrufen.

Ein vorbeifahrendes Auto drosselte das Tempo, und Fahrer und Beifahrer gafften.

»Dummes Weib!« brüllte Sammy Connie an.

Der Hund schnappte sich Harrys linkes Hosenbein und hätte ihn fast umgeworfen. Er taumelte, behielt das Gleichgewicht und schaffte es, sich von Sammy loszureißen, aber nicht von dem Hund. Der bewegte sich mit heftigen Bewegungen rückwärts und versuchte beharrlich, Harry mit sich zu ziehen. Harry hielt stand, dann verlor er fast wieder das Gleichgewicht, als der Köter ihn plötzlich losließ.

Connie versuchte immer noch, Sammy zu beruhigen, und der Penner sagte ihr immer noch, sie sei dumm, aber zumindest versuchte keiner mehr, den anderen zu schlagen.

Der Hund lief ein paar Schritte auf dem Bürgersteig in südlicher Richtung, kam rutschend unter dem Licht einer Straßenlaterne zum Stehen, sah sich um und bellte sie an. Der Wind zerzauste ihm das Fell und ließ seinen Schwanz flauschig aussehen. Er raste noch ein Stück weiter nach Süden, blieb diesmal im Dunkeln stehen und bellte wieder.

Als er sah, daß Harry von dem Hund abgelenkt wurde, regte Sammy sich noch mehr auf, daß es ihm nicht gelang, ernstgenommen zu werden. Seine Stimme wurde spöttisch und sarkastisch: »Na klar, so ist das, schenkt dem verdammten Hund mehr Aufmerksamkeit als mir! Was bin ich denn auch, bloß Abschaum von der Straße, kein Grund, weshalb man einem Stück

Dreck wie mir überhaupt zuhören sollte. Na los, Timmy, na los, guck mal, was Lassie hat, vielleicht hängt Daddy auf der Scheiß-South-Forty unter 'nem umgekippten Traktor fest!«

Harry konnte nicht anders, er mußte einfach lachen. Er hätte niemals so eine Bemerkung von jemandem wie Sammy erwartet und fragte sich, wer der Mann gewesen war, bevor er in diese Lage geraten war.

Der Hund winselte klagend und ließ Harrys Lachen verstummen. Er klemmte seinen buschigen Schwanz zwischen die Beine, spitzte seine Ohren, hob fragend den Kopf und drehte sich schnuppernd im Kreis.

»Irgendwas stimmt nicht«, sagte Connie und sah sich besorgt auf der Straße um.

Harry spürte das auch. Eine Veränderung lag in der Luft. Ein merkwürdiger Druck. Irgend etwas. Polizisteninstinkt. Polizisten- und *Hunde*instinkt.

Der Köter witterte einen Geruch, der ihn vor Angst aufjaulen ließ. Er wirbelte auf dem Bürgersteig herum, biß in die Luft und lief dann zu Harry zurück. Einen Augenblick lang dachte er, der Hund würde ihn umrennen, und er würde auf dem Hintern landen, doch dann bog das Tier zur Vorderfront des Green House ab, sprang in ein Beet voller Sträucher, legte sich flach auf den Bauch und versteckte sich unter den Azaleen, so daß nur noch seine Augen und seine Schnauze zu sehen waren.

Dem Beispiel des Hundes folgend, machte Sammy kehrt und lief zu der nahegelegenen Gasse.

Connie sagte: »Hey, nicht doch, warte«, und starrte ihm nach.

»Connie«, sagte Harry warnend, obwohl er nicht genau wußte, wovor er sie warnte, doch er spürte, daß es nicht ratsam war, sich gerade jetzt zu trennen.

Sie wandte sich zu ihm. »Was?«

Hinter ihr verschwand Sammy um die Ecke.

In diesem Augenblick blieb alles stehen.

Ein Abschleppwagen, der Richtung Süden auf dem Küsten-Highway den Berg hochbrummte, offenbar auf dem Weg zu einem liegengebliebenen Autofahrer, blieb aus heiterem Himmel stehen, jedoch ohne daß die Bremsen quietschten. Sein dröhnender Motor verstummte von einer Sekunde zur anderen ohne jedes weitere Tuckern, Husten oder Stottern, obwohl seine Scheinwerfer immer noch an waren.

Gleichzeitig blieb etwa dreißig Meter hinter dem Abschleppwagen ein Volvo stehen und verstummte ebenfalls.

Im selben Augenblick erstarb der Wind. Er ließ nicht allmählich nach, sondern verstummte so plötzlich, als ob ein kosmischer Ventilator abgeschaltet worden wäre. Tausende von Blättern hörten auf einen Schlag auf zu rascheln.

Genau in dem Moment, als all das zum Schweigen gebracht wurde, brach auch die Musik aus der Bar ab.

Harry kam sich fast so vor, als wäre er stocktaub geworden. Er hatte noch nie eine so vollkommene Stille in einem abgeschirmten Innenraum erlebt, geschweige denn im Freien, wo das Leben einer Stadt und Myriaden von Hintergrundgeräuschen aus der Natur selbst in der relativen Stille zwischen Mitternacht und Morgengrauen eine nie endende atonale Symphonie orchestrieren. Er konnte sich selbst nicht atmen hören, doch dann merkte er, daß er freiwillig seinen Beitrag zu dieser übernatürlichen Stille leistete; er war einfach so benommen davon, wie sich die Welt verändert hatte, daß er die Luft anhielt.

Doch die Nacht war nicht nur aller Geräusche beraubt worden, sondern auch jeglicher Bewegung. Der Abschleppwagen und der Volvo waren nicht die einzigen Dinge, die absolut still standen. Die Bäume am Bordstein und die Sträucher vor dem Green House schienen in der Bewegung erstarrt zu sein. Die Blätter hatten nicht nur zu rascheln aufgehört, sondern sie bewegten sich überhaupt nicht mehr; sie hätten nicht regloser sein können, wenn sie aus Stein gehauen gewesen wären. Über den Fenstern des Green House hatten mit Bogenrand verzierte Segeltuchmarkisen im Wind geflattert, doch sie waren mitten im Flattern fest geworden; jetzt waren sie so steif, als ob sie aus Wellblech bestünden. Auf der anderen Straßenseite war der blinkende Pfeil an einem Neonschild auf AN stehengeblieben.

Connie sagte: »Harry?«

Er fuhr zusammen, wie er es bei jedem Geräusch mit Ausnahme des vertrauten, gedämpften Schlagens seines eigenen rasenden Herzens getan hätte.

Er sah seine eigene Verwirrung und Angst in ihrem Gesicht widergespiegelt.

Sie stellte sich neben ihn und sagte: »Was ist hier los?«

Ihre Stimme war abgesehen von einem untypischen Zittern ein wenig anders als vorher, etwas flacher im Tonfall und unwesentlich weniger moduliert.

»Ich hab' keine blasse Ahnung«, sagte er.

Seine Stimme klang ähnlich wie ihre, als ob sie aus einer mechanischen Vorrichtung stammte, die ziemlich raffiniert – aber nicht ganz perfekt – die Stimme jedes menschlichen Wesens wiedergeben konnte.

»Das muß er machen«, sagte sie.

Harry stimmte ihr zu. »Irgendwie.«

»Ticktack.«

»Yeah.«

»Scheiße, das ist verrückt.«

»Ganz meine Meinung.«

Sie griff bereits nach ihrem Revolver, doch dann ließ sie die Waffe wieder in das Schulterholster gleiten. Eine bedrohliche Stimmung machte sich breit, eine Atmosphäre angstvoller Erwartung. Doch zumindest im Augenblick gab es nichts, worauf man schießen mußte.

»Wo ist das Arschloch?« fragte sie.

»Ich hab' so das Gefühl, der taucht gleich auf.«

»Dafür gibt's keine Punkte.« Sie deutete auf den Abschleppwagen hinten auf der Straße und sagte: »Um Gottes willen ... sieh dir das an.«

Zuerst dachte er, Connie meinte nur die Tatsache, daß das Fahrzeug wie alles andere auf geheimnisvolle Weise stehengeblieben war, doch dann merkte er, welches Phänomen sie noch viel erstaunlicher fand. Die Luft war gerade so kalt, daß die Autoabgase (aber nicht ihr Atem) in der Luft blasse Kondenswolken bildeten; diese dünnen Nebelschleier hingen hinter dem Abschleppwagen unverrückbar in der Luft, lösten sich nicht auf und verdunsteten auch nicht, wie Dampf das normalerweise tut. Er sah einen weiteren, allerdings kaum erkennbaren grauweißen Schleier hinter dem Auspuffrohr des etwas weiter entfernten Volvos in der Luft hängen.

Nachdem er das registriert hatte, wurden plötzlich ähnlich erstaunliche Dinge überall sichtbar, und er wies sie darauf hin. Ein bißchen Müll – Kaugummi- und Bonbonpapiere, ein abgesplittertes Stück von einem Eis-am-Stiel-Stäbchen, trockene, braune Blätter und ein verheddertes Stück rotes Garn – war vom Wind hochgewirbelt worden; und obwohl diese Dinge nun von keinem Luftzug mehr getragen wurden, schwebten sie immer noch in der Luft, als ob die sich plötzlich in reinstes Kristall verwandelt hätte und sie für immer reglos gefangen hielte. Zum Greifen nahe, nur etwa dreißig Zentimeter über seinem Kopf, hingen unbeweglich zwei Motten so weiß wie Schneeflocken, ihre Flügel sahen im Licht der Straßenlaterne weich aus und hatten den sanften Glanz von Perlen.

Connie klopfte auf ihre Armbanduhr, dann zeigte sie sie Harry. Es war eine traditionelle Timex mit rundem Zifferblatt und Zeigern, sie hatte nicht nur Stunden- und Minutenzeiger, sondern auch einen roten Sekundenzeiger. Sie war um 1:29 Uhr und sechzehn Sekunden stehengeblieben.

Harry kontrollierte seine eigene Uhr, die eine Digitalanzeige hatte. Sie zeigte ebenfalls 1:29, und der winzige blinkende Punkt, den sie anstelle eines Sekundenzeigers hatte, leuchtete ununterbrochen und zählte nicht mehr jedes Sechzigstel einer Minute ab.

»Die Zeit ist ...« Connie war nicht in der Lage, den Satz zu beenden. Sie betrachtete verwundert die stille Straße, schluckte kräftig und fand schließlich ihre Stimme wieder. »Die Zeit ist stehengeblieben ... einfach stehengeblieben. Ist das möglich?«

»Was redest du da?«

»Für die ganze Welt stehengeblieben, außer für uns?«

»Die Zeit bleibt nicht ... kann nicht ... einfach stehenbleiben.«

»Was dann?«

Physik war nie sein Lieblingsfach gewesen. Und obwohl er sich den Naturwissenschaften irgendwie verbunden fühlte, wegen ihrer endlosen Suche nach Ordnung im Universum, war er nicht so naturwissenschaftlich gebildet, wie man es in einem Zeitalter sein sollte, wo die Naturwissenschaften die Wissenschaft an sich waren. Er hatte jedoch genug aus dem Schulunterricht behalten, sich genügend Sondersendungen im Fernsehen angesehen und genügend populärwissenschaftliche Bücher gelesen, um zu wissen, daß das, was Connie gesagt hatte, etliches von dem, was mit ihnen passierte, nicht erklärte.

Zum einen, wenn die Zeit wirklich stehengeblieben war, warum waren sie dann immer noch bei Bewußtsein? Wieso konnten sie das Phänomen erkennen? Warum waren sie nicht in dem Moment, als die Zeit stehenblieb, erstarrt wie der Müll in der Luft und die Motten?

»Nein«, sagte er mit zittriger Stimme, »es ist nicht ganz so einfach. Wenn die Zeit stehenbliebe, würde sich *nichts* mehr bewegen – oder? –, noch nicht einmal subatomare Teilchen. Und ohne subatomare Bewegung ... Luftmoleküle ... nun, wären Luftmoleküle dann nicht genauso fest wie Eisenmoleküle? Wie könnten wir dann atmen?«

Als Reaktion auf diesen Gedanken atmeten beide tief und dankbar durch. Die Luft hatte zwar einen leicht chemischen Geschmack, was ähnlich merkwürdig war wie das Timbre in ihren Stimmen, aber sie schien dennoch in der Lage, Leben aufrechtzuerhalten.

»Und das Licht«, sagte Harry. »Die Lichtwellen würden aufhören, sich zu bewegen. Keine Wellen mehr, die wir mit unseren Augen wahrnehmen könnten. Wie könnten wir dann etwas anderes als Dunkelheit sehen?«

Wenn die Zeit tatsächlich stehenbliebe, hätte das mit Sicherheit eine viel katastrophalere Wirkung als die Reglosigkeit und Stille, die sich in jener Märznacht über die Welt gesenkt hatten. Es schien ihm, daß Zeit und Materie untrennbare Teile der Schöpfung seien, und wenn der Fluß der Zeit unterbrochen würde, würde die Materie auf der Stelle aufhören zu existieren. Das Universum würde implodieren – oder nicht? –, in sich selbst zusammenstürzen, in einen winzigen Ball aus extrem dichtem ... verdammt, was auch immer für ein dichtes Zeug das gewesen sein mochte, bevor es explodiert war, um das Universum zu schaffen.

Connie stellte sich auf die Zehenspitzen, langte nach oben und drückte den Flügel eines der Falter sanft zwischen Daumen und Zeigefinger. Sie stellte sich wieder auf die Fußsohlen und zog das Insekt vor ihr Gesicht, um es sich genauer ansehen zu können.

Harry war sich nicht sicher gewesen, ob sie es schaffen würde, die Position des Falters zu verändern oder nicht. Es hätte ihn nicht überrascht, wenn die Motte unbeweglich in der totenstillen Luft hängengeblieben wäre, so fest an ihrem Platz wie ein Metallfalter, den man an eine Stahlwand geschweißt hat.

»Nicht so weich, wie ein Falter eigentlich sein sollte«, sagte sie. »Fühlt sich an, als sei er aus Taft ... oder aus irgendeinem gestärkten Stoff.«

Als sie den Flügel losließ, blieb der Falter an der Stelle in der Luft hängen, wo sie ihn hinbugsiert hatte.

Harry schlug sanft mit dem Handrücken gegen das Insekt und beobachtete fasziniert, wie es ein paar Zentimeter absackte, bevor es wieder in der Luft zur Ruhe kam. Dann verharrte es genauso reglos wie zu dem Zeitpunkt, bevor sie mit ihm herumgespielt hatten, nur in einer neuen Position.

Für sie selbst schien alles ziemlich normal zu sein. Ihre Schatten bewegten sich, wenn sie sich bewegten, obwohl alle anderen Schatten so reglos waren wie die Objekte, von denen sie ausgingen. Sie konnten sich wie gewohnt in ihrer Welt bewegen und darin herumlaufen, aber sie konnten nicht wirklich *mit* ihr zusammenwirken. Sie hatte es zwar geschafft, den Falter zu bewegen, aber die Berührung hatte ihn nicht in ihre Realität versetzt, hatte ihn nicht wieder zum Leben erweckt.

»Vielleicht ist die Zeit gar nicht stehengeblieben«, sagte sie. »Vielleicht hat sie sich nur für alles außer uns ganz stark verlangsamt.«

»Das kann auch nicht sein.«

»Wie kannst du das wissen?«

»Das tu ich nicht. Aber ich glaube ... wenn wir die Zeit in einem so ungeheuer viel schnelleren Tempo erleben würden, so schnell, daß die übrige Welt stillzustehen scheint, dann müßte jede Bewegung, die wir machen, eine *unglaubliche* relative Geschwindigkeit haben. Meinst du nicht?«

»Also?«

»Ich meine, eine viel höhere Geschwindigkeit als beispielsweise eine Kugel, die aus einem Revolver abgefeuert wird. Geschwindigkeit ist destruktiv. Wenn ich eine Kugel in die Hand nehmen und auf dich werfen würde, würde sie keinen Schaden anrichten. Aber mit ein paar tausend Metern pro Sekunde gäbe das ein ganz schönes Loch.«

Sie nickte und starrte nachdenklich auf den in der Luft hängenden Falter. »Wenn es also nur so wäre, daß wir die Zeit sehr viel schneller erlebten, dann hätte der Stoß, den du der Motte verpaßt hast, sie in ihre Bestandteile auflösen müssen.«

»Ja. Ich denke schon. Ich hätte mir wahrscheinlich auch die Hand verletzt.« Er betrachtete seine Hand. Es war nichts daran zu sehen. »Und wenn es einfach so wäre, daß sich die Lichtwellen langsamer bewegten als sonst ... dann dürften die Laternen nicht so hell sein, wie sie jetzt sind. Sie wären dunkler und ... rötlich, glaube ich, fast so wie Infrarotlicht. Vielleicht. Und die Luftmoleküle wären träge ...«

»So als ob man Wasser oder Sirup einatmete?«

Er nickte. »Ich denke ja. Ich bin mir aber nicht sicher. Heiliger Strohsack. Ich bin mir noch nicht mal sicher, ob Albert Einstein sich einen Reim darauf machen könnte, wenn er jetzt neben uns stünde.«

»So wie das läuft, kann er jeden Augenblick hier auftauchen.«

Weder aus dem Abschleppwagen noch aus dem Volvo war jemand ausgestiegen, was für Harry bedeutete, daß die Insassen genauso in der veränderten Welt gefangen waren wie die Falter. Auf dem Vordersitz des etwas weiter entfernten Volvos konnte er nur die schattenhaften Umrisse von zwei Leuten erkennen, aber den Mann hinter dem Lenkrad des Abschleppwagens, der fast unmittelbar ihnen gegenüber auf der Straße stand, sah er ganz deutlich. Weder die Schatten in dem Personenwagen noch der Lkw-Fahrer hatten sich einen Zentimeter von der Stelle gerührt, seitdem die Stille hereingebrochen war. Harry nahm an, wenn sie sich *nicht* auf derselben Zeitebene wie die Fahrzeuge befunden hätten, wären sie wahrscheinlich in dem Moment, wo die Räder urplötzlich aufhörten, sich zu drehen, durch die Windschutzscheibe geflogen und über den Highway geschleudert worden.

An den Fenstern der Bar des Green House starrten die sechs Leute immer noch in derselben Haltung zu ihnen heraus, wie sie es getan hatten, als die PAUSE einsetzte. Zwei von ihnen saßen an einem Tisch am Fenster; die übrigen vier standen, jeweils zwei an jeder Seite des Tisches.

Harry überquerte den Bürgersteig und trat zwischen die Sträucher, um die Zuschauer genauer betrachten zu können. Connie kam mit ihm. Sie standen direkt vor der Scheibe und vielleicht dreißig Zentimeter tiefer als die Leute in der Bar.

Neben dem grauhaarigen Paar am Tisch standen eine junge Blondine und ihr etwa 50jähriger Begleiter, eines der Paare, die in der Nähe des Podiums gesessen, zu viel Krach gemacht und zu laut gelacht hatten. Jetzt waren sie so still wie die Bewohner eines Grabs. Auf der anderen Seite des Tisches standen der Geschäftsführer und ein Kellner. Alle sechs schielten durch das Fenster, wobei sie sich leicht zur Scheibe vorbeugten.

Während Harry sie betrachtete, regte sich bei keinem ein Augenlid. Kein einziger Gesichtsmuskel zuckte. Kein Härchen rührte sich. Ihre Kleider hingen an ihnen, als ob jedes einzelne Kleidungsstück aus Marmor wäre.

Der erstarrte Ausdruck ihrer Gesichter reichte von Amüsiertheit über Erstaunen und Neugier bis – im Falle des Geschäftsführers – zu Bestürzung. Doch sie reagierten nicht auf die unglaubliche Stille, die über die Nacht hereingebrochen war. Sie starrten vielmehr über die Köpfe von Harry und Connie hinweg zu der Stelle auf dem Bürgersteig, wo die beiden zuletzt gestanden hatten, nachdem Sammy und der Hund abgehauen waren. Der Ausdruck auf ihren Gesichtern bezog sich immer noch auf das unterbrochene Stück Straßentheater.

Connie hob eine Hand über den Kopf und wedelte damit vor dem Fenster herum, unmittelbar in Blickrichtung der Zuschauer. Die sechs reagierten in keiner Weise darauf.

»Sie können uns nicht sehen«, sagte Connie verwundert.

»Vielleicht sehen sie uns noch dort auf dem Bürgersteig stehen in dem Moment, wo alles stehenblieb. Sie könnten genau in diesem Sekundenbruchteil ihrer Wahrnehmung erstarrt sein und nicht mitbekommen haben, was wir seitdem gemacht haben.«

Praktisch gleichzeitig blickten er und Connie zurück, um die totenstille Straße hinter ihnen zu beobachten, beide gleichermaßen über die unnatürliche Ruhe besorgt. In James Ordegards

Schlafzimmer war Ticktack erstaunlich leise hinter ihnen aufgetaucht, und sie hatten schmerzhaft dafür bezahlen müssen, daß sie nicht mit ihm gerechnet hatten. Jetzt war zwar noch nichts von ihm zu sehen, doch Harry war sicher, daß er kommen würde.

Connie wandte ihre Aufmerksamkeit wieder der Gruppe in der Bar zu und klopfte mit den Knöcheln gegen eine Glasscheibe. Es gab ein leicht blechernes Geräusch, das sich von dem *richtigen* Geräusch von Knöcheln gegen Glas in dem geringfügigen, aber doch hörbaren Maß unterschied, wie sich ihre derzeitigen Stimmen von ihren wirklichen unterschieden.

Die Zuschauer reagierten nicht.

Harry kamen sie noch sicherer eingesperrt vor als der isolierteste Mann in der tiefsten Zelle im schlimmsten Polizeistaat der Welt. Wie Fliegen in Bernstein waren sie in einem unbedeutenden Augenblick ihres Lebens eingeschlossen worden. Es lag eine ungeheure Verwundbarkeit in ihrem hilflosen Schwebezustand und ihrer glückseligen Ahnungslosigkeit darüber.

Auch wenn sie ganz bestimmt nichts davon merkten, jagte der Zustand, in dem sie sich befanden, Harry ein Frösteln den Rücken hinunter. Er rieb sich den Nacken, um ihn zu wärmen.

»Wenn sie uns immer noch dort auf dem Bürgersteig sehen«, sagte Connie, »was passiert dann, wenn wir von hier weggehen und dann alles wieder losgeht?«

»Ich nehme an, für sie wird das so aussehen, als hätten wir uns vor ihren Augen in Luft aufgelöst.«

»Mein Gott.«

»Das wird ihnen einen ganz schönen Schock versetzen.«

Sie wandte sich vom Fenster ab und sah ihm ins Gesicht. Sorgenfalten zerfurchten ihre Stirn. Ihre dunklen Augen wirkten gehetzt, und ihre Stimme war auf eine Weise düster, die man nicht ausschließlich auf die Veränderung in Ton und Stimmlage zurückführen konnte. »Harry, dieser Scheißkerl ist nicht bloß ein Löffel verbiegender, die Zukunft vorhersagender, fingerfertiger Salonzauberer aus Las Vegas.«

»Wir wissen bereits, daß er wirkliche Macht hat.«

»Macht?«

»Ja.«

»Harry, das ist mehr als Macht. Das Wort ist einfach nicht genug, hörst du?«

»Ich höre dich«, sagte er beschwichtigend.

»Durch reine Willenskraft kann er die Zeit anhalten, den Motor der Welt stoppen, die Gänge blockieren und tun, was zum Teufel auch immer er getan hat. Das ist mehr als Macht. Das heißt ... Gott sein. Was für eine Chance haben wir gegen so jemanden?«

»Wir haben eine Chance.«

»*Was* für eine Chance? Wie?«

»Wir haben eine Chance«, beharrte er stur.

»Wirklich? Ich glaube dieser Kerl kann uns, wann immer er will, wie Wanzen zerquetschen, und er zögert das nur hinaus, weil er Wanzen gerne leiden sieht.«

»Du hörst dich gar nicht wie die Connie Gulliver an, die ich kenne«, sagte Harry schärfer als beabsichtigt.

»Nun vielleicht bin ich das nicht.« Sie steckte ihren Daumen in den Mund und biß mit den Zähnen ein halbmondförmiges Stück Nagel ab.

Er hatte sie noch nie an den Nägeln kauen gesehen, und er war über dieses Zeichen von Nervosität fast so erstaunt, als ob sie weinend zusammengebrochen wäre.

Sie sagte: »Vielleicht hab' ich versucht, auf einer Welle zu reiten, die zu groß für mich war, bin übel abgestürzt und hab' den Mut verloren.«

Es war Harry unbegreiflich, daß Connie Gulliver überhaupt wegen irgendwas den Mut verlieren konnte, nicht einmal wegen etwas so Seltsamem und Beängstigendem, wie es ihnen gerade widerfuhr. Wie konnte sie ihren Mut verlieren, wo sie doch nur aus Mut bestand, etwa hundert Pfund reinem Mut?

Sie wandte sich von ihm ab, ließ ihren Blick wieder über die Straße gleiten, ging zu ein paar Azaleensträuchern, teilte sie mit einer Hand und sah den Hund, der sich dort versteckt hatte. »Die fühlen sich nicht ganz wie Blätter an. Steifer. Eher wie dünne Pappe.«

Er ging zu ihr, beugte sich hinunter und streichelte den Hund, den die Pause ebenso hatte erstarren lassen wie die Gäste in der Bar. »Sein Fell fühlt sich an wie feiner Draht.«

»Ich glaube, er wollte uns irgendwas sagen.«

»Das glaube ich auch. Jedenfalls jetzt.«

»Denn er wußte ganz bestimmt, daß irgendwas passieren würde, als er sich unter diesen Sträuchern versteckte.«

Harry erinnerte sich an den Gedanken, den er auf der Herrentoilette im Green House gehabt hatte: *Der einzige Hinweis, daß ich nicht in einem Märchen gefangen bin, ist das Fehlen eines sprechenden Tiers.*

Seltsam, wie schwer es war, einen Menschen um den Verstand zu bringen. Nach hundert Jahren Psychoanalyse hatten sich die Menschen daran gewöhnt zu glauben, daß geistige Gesundheit ein zerbrechliches Gut war, daß jeder ein potentielles Opfer von Neurosen oder Psychosen war, die durch Mißhandlung, Vernachlässigung und selbst durch den ganz gewöhnlichen Alltagsstreß ausgelöst werden können. Wenn er die Ereignisse der letzten dreizehn Stunden im Kino gesehen hätte, hätte er sie unglaubwürdig gefunden, wäre sich auf ganz selbstgefällige Weise sicher gewesen, daß die männliche Hauptfigur – also er – unter der Belastung durch so viele übernatürliche Ereignisse und Begegnungen, verbunden mit so viel körperlicher Mißhandlung zusammengebrochen wäre. Doch obwohl ihm die meisten Muskeln und die Hälfte seiner Gelenke weh taten, war sein Verstand noch intakt.

Dann wurde ihm bewußt, daß er nicht unbedingt davon ausgehen konnte, daß sein Verstand noch intakt war. So unwahrscheinlich es auch war, aber vielleicht lag er bereits auf einer psychiatrischen Station, an ein Bett festgeschnallt und mit einem Gummiknebel im Mund, der ihn daran hindern sollte, sich in tollwütiger Raserei die Zunge abzubeißen. Die stille und unbewegliche Welt könnte lediglich eine Wahnvorstellung sein.

Netter Gedanke.

Als Connie die Azaleenzweige wieder losließ, fielen sie nicht in ihre ursprüngliche Position zurück. Harry mußte sanft dagegendrücken, um sie so weit zu bewegen, daß sie den Hund wieder verbargen.

Sie standen auf und musterten aufmerksam den Pacific Coast Highway, die nebeneinanderliegenden Geschäfte auf beiden Seiten und die dunklen Lücken zwischen den Gebäuden.

Die Welt war ein riesiger Uhrwerksmechanismus mit einem verbogenen Schlüssel, gebrochenen Federn und eingerosteten Zahnrädern. Harry versuchte sich einzureden, daß er sich allmählich an diesen unheimlichen Zustand gewöhnte, aber ohne viel Überzeugung. Wenn er inzwischen so abgeklärt war, warum hatte er dann kalten Schweiß auf der Stirn, unter den Armen und unten im Kreuz? Trotz der absoluten Stille verbreitete die Nacht keinen beruhigenden Einfluß, denn hinter ihrer friedlichen Fassade lagen zum Zerreißen gespannte Brutalität und plötzlicher Tod; sie war vielmehr abgrundtief unheimlich und wurde es mit dem Verstreichen jeder Nicht-Sekunde noch mehr.

»Zauberei«, sagte Harry.

»Was?«

»Wie im Märchen. Die ganze Welt ist unter einen bösen Zauber geraten, einen Bann.«

»Wo zum Teufel ist dann die Hexe, die das gemacht hat? Das möchte ich wirklich wissen.«

»Keine Hexe«, verbesserte Harry. »Die wäre weiblich. Eine männliche Hexe ist ein Hexenmeister. Oder ein Zauberer.«

Sie schnaubte wütend. »Ganz egal. Verdammt noch mal, wo ist er, warum macht er diese Spielchen mit uns und läßt sich so viel Zeit damit, uns endlich sein Gesicht zu zeigen?«

Harry schaute auf seine Armbanduhr und stellte fest, daß das rote Lämpchen des Sekundenanzeigers immer noch nicht blinkte und die Ziffern weiterhin auf 1:29 Uhr standen. »Wieviel Zeit er sich läßt, hängt letztlich davon ab, wie man es betrachtet. Ich nehme an, man könnte sagen, daß er sich bisher überhaupt noch keine Zeit gelassen hat.«

Sie bemerkte, daß es auch auf ihrer Uhr weiter 1:29 Uhr war. »Na los, laß es uns hinter uns bringen. Oder glaubst du, der wartet nur darauf, daß wir ihn suchen gehen?«

Irgendwo in der Nacht ertönte das erste Geräusch seit Eintritt der PAUSE, das sie nicht selbst verursacht hatten. Gelächter. Das tiefe, rauhe Gelächter des Landstreicher-Golems, der wie ein Talglicht in Harrys Wohnung gebrannt hatte und später wieder aufgetaucht war, um in Ordegards Haus auf ihnen herumzuprügeln.

Erneut griffen sie ganz aus Gewohnheit nach ihren Revolvern. Dann fiel ihnen wieder die Nutzlosigkeit von Waffen gegen diesen Gegner ein, und sie ließen die Revolver in ihren Holstern.

Südlich von ihnen, am höher gelegenen Ende des Blocks bog Ticktack auf der anderen Straßenseite in seiner allzu vertrauten Landstreichergestalt um die Ecke. Falls überhaupt etwas anders an ihm war, dann schien der Golem größer als früher zu sein, gut über zwei Meter statt einsneunzig, das Haar noch verfilzter und der Bart noch wilder, als sie ihn das letzte Mal gesehen hatten. Löwenartiger Kopf. Hals wie ein Baumstamm. Massige Schultern. Unglaublich breiter Brustkorb. Hände so groß wie Tennisschläger. Sein schwarzer Regenmantel weit wie ein Zelt.

»Warum zum Teufel konnte ich es kaum erwarten, ihn zu sehen?« fragte sich Connie und sprach damit auch Harry aus der Seele.

Das bösartige Gelächter verstummte; Ticktack trat vom Bordstein herunter und kam schräg über die Straße direkt auf sie zu.

»Wie sieht unser Plan aus?« fragte Connie.

»Was für ein Plan?«

»Es gibt doch immer einen Plan, verdammt noch mal.«

Harry mußte tatsächlich überrascht feststellen, daß sie einfach auf den Golem gewartet hatten, ohne sich Gedanken über ihre Vorgehensweise zu machen. Sie waren schon so viele Jahre bei der Polizei und hatten lange genug als Partner zusammengearbeitet, um zu wissen, wie sie am besten in jeder Situation reagierten, in praktisch jeder Gefahr. Normalerweise mußten sie nicht im wörtlichen Sinne die Köpfe zusammenstecken und eine Strategie ausarbeiten; sie handelten einfach instinktiv, weil jeder darauf vertraute, daß der andere ebenfalls automatisch das Richtige tun würde. Bei den seltenen Gelegenheiten, wo sie über einen Aktionsplan sprechen mußten, genügten einige kurze Sätze, die verkürzte Sprache gut eingespielter Partner. Doch angesichts eines praktisch unverwundbaren Gegners, der aus blutloser Erde, Steinen, Würmern und wer weiß was noch allem bestand, eines einzelnen grimmigen und erbarmungslosen Kämpfers aus einer endlosen Armee, die der *wirkliche* Feind erschaffen konnte, schienen sowohl ihr Instinkt als auch ihr Verstand zu versagen, und sie waren offenbar nur noch in der Lage, gelähmt herumzustehen und zuzusehen, wie er langsam näherkam.

Lauf, dachte Harry, und wollte gerade seinem eigenen Rat folgen, da blieb der riesige Golem mitten auf der Straße stehen, etwa zwanzig Meter von ihnen entfernt.

Die Augen des Golems waren anders als alles, was Harry jemals gesehen hatte. Sie leuchteten nicht nur, sie loderten. Blau. Das heiße Blau von Gasflammen tanzte hell in seinen Augenhöhlen. Seine Augen warfen Bilder aus flackernden blauen Flammen auf seine Backenknochen und ließen die ausgefransten Enden seines Bartes wie dünne blaue Neonfäden aussehen.

Wie ein Prophet aus dem Alten Testament, der auf einem Berg steht, sich an seine Anhänger unten wendet und ihnen Botschaften aus dem Jenseits verkündet, breitete Ticktack seine Arme aus und hob seine riesigen Hände über den Kopf. Unter seinem weiten Regenmantel hätten Steintafeln mit *Hundert* Geboten verborgen sein können.

»In einer Stunde realer Zeit setzt die Welt sich wieder in Gang«, sagte Ticktack. »Ich werde bis fünfzig zählen. Ein Vorsprung. Wenn ihr eine Stunde überlebt, lasse ich euch am Leben und werde euch nie mehr quälen.«

»Lieber Gott«, flüsterte Connie. »Er ist *wirklich* ein Kind, das böse Spielchen spielt.«

Das machte ihn zumindest so gefährlich wie jeden anderen Soziopathen. Sogar noch gefährlicher. Manche Kinder konnten extrem grausam sein, weil sie kein Einfühlungsvermögen besaßen.

Ticktack sagte: »Ich werde euch offen und ehrlich jagen, keinen meiner Tricks benutzen, nur meine Augen«, er deutete auf seine lodernden Augenhöhlen, »und meine Ohren«, er deutete auf ein Ohr, »und meinen Verstand.« Jetzt tippte er mit einem dicken Zeigefinger gegen eine Seite seines Schädels. »Keine Tricks. Keine geheimen Kräfte. Dann macht es mehr Spaß. Eins ... zwei ... ihr solltet besser loslaufen, meint ihr nicht? Drei ... vier ... fünf ...«

»Das kann nicht wahr sein«, sagte Connie, aber sie drehte sich trotzdem um und lief los.

Harry folgte ihr. Sie rannten in die Gasse, die seitlich am Green House vorbeiführte, wo sie fast mit dem knochigen Penner zusammenstießen, der sich Sammy genannt hatte und der jetzt höchst unsicher im Laufen auf einem Fuß erstarrt war. Ihre Füße machten seltsame hohle Geräusche auf dem Asphalt, während sie an Sammy vorbeipreschten und immer tiefer in die dunkle Seitenstraße vordrangen, fast so wie das Geräusch von Schritten, aber nicht ganz. Die Echos klangen ebenfalls nicht ganz so wie Echos in der wirklichen Welt, sie hallten weniger nach, dauerten einfach zu kurz.

Während er lief und ihn hundert verschiedene Schmerzen bei jedem Schritt zusammenzucken ließen, sann Harry krampfhaft nach einer Strategie, mit deren Hilfe sie vielleicht die nächste Stunde überleben könnten. Doch wie Alice waren sie durch den Spiegel in das Reich der Roten Königin getreten, und kein Plan und keine Logik würden im Land des Verrückten Hutmachers und der Cheshire-Katze funktionieren, wo man Vernunft verachtete und dem Chaos frönte.

Fünf

1.

»Elf ... zwölf ... wenn ich euch finde, seid ihr tot ... dreizehn ...«

Bryan hatte so viel Spaß.

Er lümmelte sich nackt auf den schwarzen Seidenlaken, eifrig dabei, zu schaffen und glorreich zu Werden, während ihn die Votivaugen aus ihren Glasreliquiaren ehrfürchtig betrachteten.

Doch ein Teil von ihm steckte in dem Golem, was auch aufregend war. Diesmal hatte er das Geschöpf größer gemacht, eine wilde und nicht zu stoppende Tötungsmaschine, um den großkotzigen Helden und sein Weibsstück besser terrorisieren zu können. Die gewaltigen Schultern des Geschöpfes waren gleichzeitig *seine* Schultern, und er konnte auch seine kräftigen Arme benutzen. Es war so erregend, diese Arme anzuspannen und die unmenschlichen Muskeln spielen zu lassen, daß er kaum seine Aufregung über die bevorstehende Jagd im Zaum halten konnte.

»... sechzehn ... siebzehn ... achtzehn ...«

Er hatte diesen Riesen aus Erde, Lehm und Sand gemacht, seinem Körper das Aussehen von Fleisch gegeben und ihn belebt – genauso wie der erste Gott Adam aus leblosem Schlamm geschaffen hatte. Obwohl es seine Bestimmung war, eine unbarmherzigere Gottheit zu sein als alle, die ihm vorangegangen waren, konnte er sowohl schaffen als auch zerstören; niemand konnte behaupten, daß er ein geringerer Gott als die anderen sei, die geherrscht hatten, niemand. Niemand.

Während er mitten auf dem Pacific Coast Highway stand, dort *emporragte,* blickte er über die bewegungslose und schweigsame Welt und war zufrieden mit dem, was er herbeigeführt hatte. Das war seine Größte und Geheimste Kraft, die Fähigkeit, einfach alles anhalten zu können, wie ein Uhrmacher einen tickenden Chronometer anhielt, indem er das Gehäuse öffnete und das richtige Werkzeug an der entscheidenden Stelle im Mechanismus ansetzte.

»... vierundzwanzig ... fünfundzwanzig ...«

Diese Kraft war während eines seiner übersinnlichen Wachstumsschübe in ihm entstanden, und zwar als er sechzehn war; er hatte allerdings erst mit achtzehn gelernt, sie richtig zu nutzen. Das war zu erwarten gewesen. Auch Jesus hatte Zeit gebraucht, um zu lernen, wie man Wasser in Wein verwandelte und wie man ein paar Brotlaibe und einige Fische vermehrte, um Massen von Menschen satt zu kriegen.

Wille. Die Kraft des Willens. Das war das geeignete Werkzeug, um die Realität neu zu schaffen. Vor Anbeginn der Zeit und der Geburt dieses Universums hatte es einen Willen gegeben, der das Ganze zum Leben erweckt hatte, ein Bewußtsein, das die Menschen Gott nannten, obwohl Gott zweifellos ganz anders war als all die Bilder, die sich die Menschheit von Ihm gemacht hatte – vielleicht ein spielendes Kind, das nur aus Spaß Galaxien wie Sandkörner schuf. Wenn das Universum ein aus Willenskraft geschaffenes Perpetuum mobile war, dann konnte es auch durch bloßen Willen neu geschaffen oder zerstört werden. Alles, was man brauchte, um die Schöpfung des ersten Gottes zu manipulieren und zu bearbeiten, waren Macht und Verstand; beides war Bryan gegeben worden. Die Atomkraft war ein schwaches Licht, verglichen mit der blendend hellen Macht des Verstandes. Er stellte fest, daß er durch Einsatz seines Willens, indem er Denken und Verlangen aufs äußerste konzentrierte, selbst die Grundlagen des Seins fundamental verändern konnte.

»... einunddreißig ... zweiunddreißig ... dreiunddreißig ...«

Weil er immer noch alles daransetzte zu Werden, noch nicht der neue Gott war, konnte Bryan diese Veränderungen nur über kurze Phasen aufrechterhalten, normalerweise nicht länger als eine Stunde realer Zeit. Gelegentlich machten ihn diese Beschränkungen ungeduldig, doch er war sicher, daß der Tag kommen würde, an dem er die gegenwärtige Realität dauerhaft verändern konnte, wenn er das wollte. In der Zwischenzeit, während er immer weiter Wurde, befriedigte er sich mit amüsanten Veränderungen, die vorübergehend alle physikalischen Gesetze außer Kraft setzten und zumindest für kurze Zeit die Realität nach seinen Wünschen gestalteten.

Auch wenn es Lyon und Gulliver wahrscheinlich so vorkam, als ob die Zeit stillstände, war es in Wahrheit komplizierter. Mit Hilfe seines außergewöhnlichen Willens – ähnlich wie das *Wünschen,* bevor man die Kerzen auf dem Geburtstagskuchen ausblies – hatte er das Wesen der Zeit neu konzipiert. War sie zuvor ein ständig fließender Fluß mit vorhersagbarer Wirkung gewesen, so hatte er sie in eine Reihe von Bächen, großen, ruhigen Seen und Geysiren mit einer *Vielfalt* an Wirkungen umgewandelt. Die Welt lag nun in einem der Seen, wo sich die Zeit so entsetzlich langsam vorwärtsbewegte, daß es schien, als sei sie stehengeblieben – dennoch gingen er und die beiden Cops – ebenfalls auf seinen Wunsch – mit dieser neuen Realität fast genauso um, wie sie es mit der alten getan hatten und erlebten nur geringfügige Veränderungen in den meisten Gesetzen von Materie, Energie, Bewegung und Kraft.

»... vierzig ... einundvierzig ...«

Als ob er sich etwas zum Geburtstag wünschte, anläßlich einer fallenden Sternschnuppe oder von einer guten Fee, hatte er mit all seiner beträchtlichen Macht gewünscht, gewünscht und gewünscht und sich eine perfekte Spielwiese für ein schwungvolles Versteckspiel geschaffen. Und was sollte es, wenn er das Universum zurechtgebogen hatte, um ein Spielzeug daraus zu machen?

Er war sich bewußt, zwei Personen mit völlig unterschiedlichen Charakteren zu sein. Auf der einen Seite war er ein Werdender Gott, über alles erhaben, mit unermeßlicher Autorität und Verantwortung. Auf der anderen Seite war er ein rücksichtsloses und selbstsüchtiges Kind, grausam und voller Stolz.

In letzterer Hinsicht, so nahm er an, war er wie die Menschheit selbst – nur noch schlimmer.

»... fünfundvierzig ...«

Tatsächlich glaubte er, daß man ihn gerade deshalb, weil er ein solches Kind gewesen war, auserkoren hatte. Selbstsucht und Stolz waren lediglich Widerspiegelungen des Egos, und ohne ein starkes Ego würde sich kein Mensch trauen zu schaffen. Ein gewisses Maß an Rücksichtslosigkeit war erforderlich, wenn man darauf hoffte, die Grenzen der eigenen schöpferischen Fähigkeiten erkunden zu können; Gelegenheiten ohne Rücksicht auf die Folgen auszunutzen, konnte befreiend und von Vorteil sein. Und da er der Gott sein sollte, der die Menschheit für die Verseuchung der Erde strafen würde, war Grausamkeit eine Voraussetzung des Werdens. Seine Fähigkeit, ein Kind zu bleiben, zu verhindern, daß seine kreative Energie für das sinnlose Erzeugen von noch mehr Tieren für die Herde verschwendet würde, machte ihn zum perfekten Kandidaten der Göttlichkeit.

»... neunundvierzig ... fünfzig!«

Eine Weile würde er sein Versprechen halten, sie nur mit Hilfe seiner normalen menschlichen Sinne zu jagen. Das machte bestimmt Spaß. Eine Herausforderung. Und es wäre gut, die extremen Beschränkungen ihrer Existenz zu erleben, nicht um Mitleid für sie zu entwickeln – sie verdienten kein Mitleid –, sondern um seine im Vergleich dazu außergewöhnlichen Fähigkeiten noch mehr zu genießen.

Im Körper des grobschlächtigen Landstreichers machte sich Bryan von der Straße auf in den sagenhaften Vergnügungspark, den die totenstille, vollkommen geräuschlose Stadt darstellte.

»Ich komme«, rief er, »ob ihr bereit seid oder nicht.«

2.

Ein Kiefernzapfen, der aussah wie Weihnachtsschmuck, welcher an einem Faden von einem Zweig baumelte, war mitten im Fallen von der PAUSE angehalten worden. Eine orangefarben und weiß gefleckte Katze war erstarrt, als sie gerade vom Ast eines Baumes auf eine weiß verputzte Mauer sprang, und hing mit ausgestreckten Vorderpfoten und angewinkelten Hinterbeinen in der Luft. Ein starrer, sich nicht verändernder Rauchfaden schlängelte sich aus einem Kamin.

Während sie mit Harry immer tiefer in das merkwürdige, nichtschlagende Herz der gelähmten Stadt hineinlief, glaubte

Connie nicht, daß sie mit dem Leben davonkommen würden; dennoch dachte sie sich verzweifelt zahlreiche Strategien aus, wie sie Ticktack für eine Stunde entkommen könnten, und verwarf sie wieder. Unter der harten, zynischen Schale, die sie so lange liebevoll gepflegt hatte, hegte sie offenbar wie alle armen Irren auf der Welt die Hoffnung, daß sie anders war und ewig leben würde.

Eigentlich hätte es ihr peinlich sein sollen, bei sich selbst einen so dummen, animalischen Glauben an die eigene Unsterblichkeit zu entdecken. Statt dessen machte es sie froh. Hoffnung mochte zwar eine trügerische Art von Zuversicht sein, doch sie sah nicht ein, wie ihre üble Lage durch ein bißchen positives Denken noch schlimmer werden könnte.

In einer einzigen Nacht hatte sie so viel Neues über sich erfahren. Es wäre schade, wenn sie nicht mehr lange genug leben würde, um ein besseres Leben auf diesen Erkenntnissen aufbauen zu können.

Trotz ihres fieberhaften Nachdenkens fielen ihr nur erbärmliche Auswege ein. Ohne langsamer zu werden, schlug sie zwischen immer abgehackteren Atemzügen vor, sie sollten die Straße wechseln, hierhin und dorthin abbiegen in der schwachen Hoffnung, daß eine gewundene Spur irgendwie schwerer zu verfolgen wäre als eine schnurgerade. Und sie führte sie, wenn möglich, bergab, weil sie eine größere Strecke in kürzerer Zeit zurücklegen konnten, wenn sie nicht gegen eine Steigung ankämpfen mußten.

Um sie herum merkten die erstarrten Einwohner von Laguna Beach nichts davon, daß sie um ihr Leben rannten. Und wenn sie und Harry eingeholt würden, würde kein Schreien die verzauberten Schläfer aufwecken oder Hilfe herbeiholen.

Sie wußte nun, warum die Nachbarn von Ricky Estefan nicht gehört hatten, wie der Golem durch den Dielenboden krachte und Ricky totschlug. Ticktack hatte die Zeit in jedem Fleckchen der Welt angehalten außer in diesem Bungalow. Ricky war in aller Seelenruhe auf sadistische Weise gequält und ermordet worden – während für den Rest der Menschheit keinerlei Zeit verging. Und als Ticktack sich in Ordegards Haus an sie herangemacht und Connie durch die Glastür auf den Balkon des

Schlafzimmers geworfen hatte, hatten die Nachbarn ebenfalls nicht auf das Krachen reagiert oder auf die Schüsse, die vorher gefallen waren, weil sich die gesamte Auseinandersetzung in einer Nicht-Zeit abgespielt hatte, in einer Dimension, die einen Schritt von der Realität entfernt war.

Während sie so schnell lief, wie sie konnte, zählte sie vor sich hin, wobei sie versuchte, den langsamen Rhythmus beizubehalten, in dem Ticktack gezählt hatte. Sie war zu schnell bei fünfzig und bezweifelte, daß sie auch nur halb soviel Entfernung zwischen sich und ihn gelegt hatten, wie erforderlich war, um sicher zu sein.

Wenn sie weiter gezählt hätte, wäre sie vielleicht bis hundert gekommen, als sie schließlich stehenbleiben mußten. Sie lehnten sich gegen eine Ziegelsteinmauer, um zu verschnaufen.

Connies Brustkorb war kurz vorm Bersten, und ihr Herz schien zerspringen zu wollen. Jeder Atemzug fühlte sich glühend heiß an, als ob sie ein Feuerschlucker im Zirkus wäre, der riesige Flammen ausspuckte. Ihre Kehle war wund. Die Muskeln in Waden und Oberschenkeln taten ihr weh, und der rasende Kreislauf ließ erneut den Schmerz in allen Beulen und Blutergüssen aufleben, die sie sich während der Nacht zugezogen hatte.

Harry sah noch schlimmer aus, als sie sich fühlte. Allerdings hatte er mehr Schläge in mehr Begegnungen mit Ticktack abbekommen, als sie hatte aushalten müssen, und war schon länger auf der Flucht.

Als sie fähig war zu sprechen, sagte sie: »Was nun?«

Zunächst kam jedes Wort explosionsartig aus ihm heraus. »Wie. Wäre. Es. Mit. Handgranaten?«

»Handgranaten?«

»Wie Ordegard.«

»Das weiß ich noch.«

»Kugeln richten bei einem Golem nichts aus –«

Sie sagte: »Das hab ich bemerkt.«

»– aber wenn wir das verdammte Ding in die Luft jagen –«

»Wo sollen wir Handgranaten herkriegen? Kennst du hier in der Gegend vielleicht einen netten Sprengstoffladen?«

»Vielleicht ein Waffenlager der Nationalgarde, irgend so was.«

»Sei vernünftig, Harry.«

»Warum? Die ganze übrige Welt ist es ja auch nicht.«

»Wenn wir eins von diesen verdammten Dingern in die Luft fliegen lassen, dann schaufelt der nur ein bißchen Dreck zusammen und macht ein neues.«

»Aber es wird ihn zurückwerfen.«

»Vielleicht zwei Minuten.«

»Jede Minute zählt«, sagte er. »Wir müssen einfach eine Stunde überstehen.«

Sie sah ihn ungläubig an. »Glaubst du etwa, daß der sein Versprechen halten wird?«

Harry wischte sich mit dem Jackenärmel Schweiß aus dem Gesicht. »Vielleicht tut er's.«

»Einen Teufel wird er.«

»Vielleicht ja doch«, insistierte Harry.

Sie schämte sich, weil sie das auch glauben wollte.

Sie horchte in die Dunkelheit hinein. Nichts. Das bedeutete allerdings nicht, daß Ticktack nicht in der Nähe war.

»Wir sollten uns in Bewegung setzen«, sagte sie.

»Wohin?«

Da sie sich nicht mehr an die Wand anlehnen mußte, sah Connie sich um und stellte fest, daß sie sich auf dem Parkplatz neben einer Bank befanden. Etwa zwanzig Meter von ihnen entfernt hielt ein Auto an einem Geldautomaten. Zwei Männer standen im bläulichen Schein der Sicherheitsbeleuchtung vor dem Automaten.

An der Haltung der beiden stimmte was nicht. Nicht nur, daß sie bewegungslos wie Statuen waren. Noch etwas.

Connie lief über den Parkplatz auf die merkwürdige Szene zu.

»Wo gehst du hin?« fragte Harry.

»Mal nachsehen.«

Ihr Instinkt erwies sich als zuverlässig. Die Pause hatte mitten in einem Überfall zugeschlagen.

Der erste Mann zog gerade mit seiner Scheckkarte dreihundert Dollar aus dem Automaten. Er war Ende Fünfzig, hatte weiße Haare, einen weißen Schnurrbart und ein freundliches Gesicht, in dem jetzt Angst stand. Das Päckchen brandneuer Geldscheine war gerade dabei gewesen, durch den Ausgabeschlitz zu rutschen, als alles stehenblieb.

Der Straßenräuber war um die Zwanzig, blond und gutaussehend. Er trug zwar jetzt Nikes, Jeans und Sweatshirt, war aber wohl einer von diesen Typen am Strand, die man den ganzen Sommer lang überall im Zentrum von Laguna Beach antreffen konnte, in Sandalen und abgeschnittenen Jeans, mit einem flachen Bauch, einer mahagonifarbenen Bräune und von der Sonne gebleichten Haaren. Wenn man ihn so betrachtete, wie er im Augenblick aussah oder im Sommer wahrscheinlich aussehen würde, würde man ihn wohl für jemanden halten, der wenig Ehrgeiz und viel Sinn für Freizeit hat, doch man würde sich kaum vorstellen, daß jemand, der so gesund aussah, etwas Kriminelles vorhaben könnte. Selbst während dieses Überfalls wirkte er engelhaft und hatte ein angenehmes Lächeln. Er hielt eine .32er Pistole in der rechten Hand, die Mündung gegen das Rückgrat des älteren Mannes gedrückt.

Connie ging um das Paar herum und betrachtete es nachdenklich.

»Was hast du vor?« fragte Harry.

»Wir müssen uns darum kümmern.«

»Wir haben keine Zeit.«

»Wir sind Cops, oder etwa nicht?«

Harry sagte: »Wir werden verfolgt, verdammt noch mal!«

»Wer sorgt denn dafür, daß die Welt nicht mit allem Drum und Dran zum Teufel geht, wenn wir es nicht tun?«

»Moment mal, einen Augenblick«, sagte er. »Ich hab gedacht, du machst diesen Job wegen dem ganzen Nervenkitzel und um dir selbst was zu beweisen. Hast du das nicht vorhin gesagt?«

»Und machst *du* ihn nicht, um die Ordnung aufrechtzuerhalten und die Unschuldigen zu schützen?«

Harry holte tief Luft, als ob er sich mit ihr streiten wollte, doch dann gab er nur einen heftigen gereizten Seufzer von sich. Das war nicht das erste Mal während der letzten sechs Monate, daß sie diese Reaktion bei ihm auslöste.

Sie fand, daß er irgendwie süß war, wenn er sich aufregte. Es war eine angenehme Abwechslung von seiner gewohnten Gelassenheit, die langweilig wurde, weil sie so konstant war. Tatsächlich gefiel Connie sogar, wie er in dieser Nacht aussah, zerknittert und unrasiert. Sie hatte ihn noch nie so gesehen, *niemals* erwartet, ihn so zu sehen, und fand, daß er eher verwegen als abgerissen aussah, gefährlicher, als sie es bei ihm für möglich gehalten hätte.

»Okay, okay«, sagte er, und trat auf die Überfallszene zu, um sich den Täter und das Opfer genauer anzusehen. »Was willst du tun?«

»Ein paar Änderungen vornehmen.«

»Könnte gefährlich sein.«

»Diese Sache mit der Geschwindigkeit? Der Falter ist doch auch nicht auseinandergefallen.«

Vorsichtig tippte sie mit einem Finger gegen das Gesicht des Räubers. Seine Haut fühlte sich lederartig an, und sein Fleisch war irgendwie fester, als es eigentlich hätte sein sollen. Als sie den Finger wegzog, hinterließ sie ein leichtes Grübchen auf seiner Backe, das offenbar nicht verschwinden würde, bevor die PAUSE vorbei war.

Sie starrte ihm in die Augen und sagte: »Arschloch.«

Er nahm ihre Gegenwart in keiner Weise zur Kenntnis. Sie war für ihn unsichtbar. Wenn die Zeit ihren normalen Fluß wieder aufnahm, würde er nicht wissen, daß sie dagewesen war.

Sie zog den Arm mit der Waffe zurück. Er ließ sich bewegen, allerdings nur gegen starken Widerstand.

Connie blieb beharrlich, weil sie Angst hatte, daß sich die Zeit genau dann wieder in Bewegung setzen würde, wenn sie es am wenigsten erwartete, und daß der wiederbelebte Straßenräuber sich über ihre Anwesenheit erschrecken und aus Versehen abdrücken könnte. Es wäre durchaus denkbar, daß er ihretwegen den älteren Mann abknallen würde, obwohl er ursprünglich nur einen Überfall geplant hatte.

Als die Mündung der .32er nicht mehr gegen das Rückgrat des Opfers gepreßt war, schob Connie sie langsam nach links, bis sie überhaupt nicht mehr auf den Mann gerichtet war, sondern harmlos in die Nacht zielte.

Harry löste vorsichtig die Finger des Bewaffneten von der Pistole. »Das kommt mir so vor, als wären wir Kinder, die mit lebensgroßen Puppen spielen.« Die .32er blieb genau an der Stelle, wo die Hand sie umklammert hatte, also mitten in der Luft.

Connie stellte fest, daß man die Waffe leichter bewegen konnte als den Arm, der sie hielt, obwohl auch sie einigen Widerstand bot. Sie brachte sie zu dem Mann am Geldautomaten, drückte sie ihm in die rechte Hand und schloß seine Finger fest darum. Wenn die PAUSE zu Ende war, würde er eine Pistole in seiner Hand finden, die den Bruchteil einer Sekunde zuvor noch nicht dagewesen war, und er würde keine Ahnung haben, wie sie dorthin gekommen war. Sie nahm das mit einer Banderole versehene Päckchen Zwanziger aus der Ausgabeschale des Automaten und steckte es dem Bankkunden in die linke Hand.

»Jetzt versteh' ich, wie der Zehn-Dollar-Schein auf magische Weise wieder in meiner Hand gelandet ist, nachdem ich ihn dem Penner gegeben hatte«, sagte sie.

Harry, der beklommen das Dunkel um sie herum beobachtete, sagte: »Und wie die vier Kugeln, die ich in ihn hineingepumpt habe, in meine Hemdtasche geraten sind.«

»Der Kopf dieser religiösen Statue von Ricky Estefans Altar in meine Hand.« Sie machte ein finsteres Gesicht. »Da kriegt man ja das kalte Grausen, wenn man sich vorstellt, daß wir genau wie diese Leute in der Zeit erstarrt waren, und das Schwein hat mit uns rumgespielt.«

»Bist du hier fertig?«

»Noch nicht ganz. Komm, hilf mir, den Mann von dem Automaten wegzudrehen.«

Gemeinsam ruckten sie ihn schwankend um 180 Grad herum, als ob er eine Gartenstatue aus Marmor wäre. Als sie fertig waren, hatte das Opfer nicht nur die Pistole, sondern hielt den Täter auch noch damit in Schach.

Wie Dekorateure in einem Wachsfigurenkabinett, die mit extrem wirklichkeitsgetreuen Figuren hantierten, hatten sie die Szene umgestaltet und ihr eine neue Dramatik verliehen.

»Okay, jetzt laß uns aber von hier verschwinden«, sagte Harry und entfernte sich langsam über den Parkplatz von der Bank.

Connie zögerte und betrachtete prüfend ihr Werk.

Er sah sich um, stellte fest, daß sie nicht hinter ihm herkam und sagte: »Was denn noch?«

Kopfschüttelnd sagte sie: »Das ist zu gefährlich.«

»Jetzt hat doch der Gute die Pistole.«

»Ja, aber er wird überrascht sein, wenn er sie in seiner Hand vorfindet. Er könnte sie fallen lassen. Der Mistkerl hier könnte sie sich vielleicht wieder schnappen, vermutlich wird er genau das tun, und dann sind wir wieder am Anfang.«

Harry kam mit einem Gesichtsausdruck zurück, als würde er gleich vor Wut platzen. »Hast du einen gewissen schmutzigen, verrückten, narbengesichtigen Herrn mit einem schwarzen Regenmantel vergessen?«

»Ich kann ihn noch nicht hören.«

»Connie, um Himmels willen, er könnte auch für *uns* die Zeit anhalten, dann so langsam, wie er will, auf uns zugehen und uns erst dann, wenn er unmittelbar vor uns steht, wieder mitspielen lassen. Dann *würdest* du ihn nicht hören, bis er dir die Nase abreißt und dich fragt, ob du ein Taschentuch brauchst.«

»Wenn er uns auf diese Weise betrügt –«

»Betrügt? Warum sollte er *nicht* betrügen?« fragte Harry entnervt, obwohl er vor zwei Minuten behauptet hatte, daß eine Chance bestünde, daß Ticktack sein Versprechen halten und fair sein würde. »Wir reden hier nicht über Mutter Teresa!«

»– dann spielt es keine Rolle, ob wir unsere Arbeit hier beenden oder weglaufen. Er kriegt uns sowieso.«

Der Schlüssel vom Auto des weißhaarigen Bankkunden steckte im Zündschloß. Connie zog ihn heraus und schloß den Kofferraum auf. Die Klappe sprang nicht auf. Sie mußte sie hochheben, als ob sie den Deckel eines Sargs öffnete.

»Das ist die reinste Analphase«, sagte Harry zu ihr.

»Ach so? Genau wie *du* normalerweise mit so was umgehen würdest, was?«

Er zwinkerte ihr zu.

Harry faßte den Täter unter den Armen, und Connie packte ihn an den Füßen. Sie trugen ihn zur Rückseite des Autos und senkten ihn sanft in den Kofferraum. Der Körper schien etwas schwerer zu sein, als er in der realen Zeit gewesen wäre. Connie versuchte, die Klappe zuzuschlagen, doch in dieser veränderten Realität reichte der Schwung nicht aus, um sie ganz heruntergehen zu lassen; sie mußte sich darauf stützen, damit der Riegel einrastete.

Wenn die PAUSE zu Ende war und die Zeit sich wieder in Bewegung setzte, würde der Räuber sich im Kofferraum eines Wagens wiederfinden, ohne sich daran erinnern zu können, wie er in diese unglückliche Situation geraten war. Im Bruchteil einer Sekunde wäre er vom Angreifer zum Gefangenen geworden.

Harry sagte: »Ich glaube, jetzt verstehe ich, wie ich in Ordegards Küche dreimal auf demselben Stuhl gelandet bin, mit dem Lauf meines eigenen Revolvers im Mund.«

»Er hat dich immer wieder aus der realen Zeit herausgenommen und dorthin verfrachtet.«

»Ja. Ein Kind, das einem einen Streich spielt.«

Connie fragte sich, ob auf diese Weise auch die Schlangen und Taranteln in die Küche von Ricky Estefan gekommen waren. Hatte Ticktack sie während einer früheren PAUSE aus Tierhandlungen, Laboratorien oder sogar aus ihren Nestern in der freien Wildbahn geholt und sie dann in den Bungalow gebracht? Hatte er die Zeit – zumindest für Ricky – wieder weiterlaufen lassen und den armen Mann mit dem plötzlichen Überfall durch die Tiere in Angst und Schrecken versetzt?

Connie ging von dem Auto weg auf den Parkplatz, wo sie stehenblieb und in die unnatürlich stille Nacht lauschte.

Es war, als ob alles auf der Welt plötzlich gestorben wäre, angefangen vom Wind bis zur gesamten Menschheit, und der ganze Planet nur noch ein einziger Friedhof sei, auf dem das Gras, die Blumen, die Bäume und die Trauernden aus demselben Granit waren wie die Grabsteine.

In den letzten Jahren hatte sie zuweilen daran gedacht, die Polizeiarbeit hinzuschmeißen und in eine billige Hütte am Rand der Mojave-Wüste zu ziehen, so weit von anderen Menschen entfernt, wie das nur eben ging. Sie lebte so spartanisch, daß sie beträchtliche Ersparnisse hatte; wenn sie wie eine Wüstenratte lebte, würde sie lange mit dem Geld auskommen. Verglichen mit der modernen Zivilisation kamen ihr die kargen, menschenleeren Weiten aus Sand und Gestrüpp ungeheuer attraktiv vor.

Doch die PAUSE unterschied sich radikal von der Ruhe einer ausgedörrten Wüstenlandschaft, wo das Leben immer noch ein Teil der natürlichen Ordnung war und die Zivilisation, so krank sie auch war, immer noch irgendwo hinter dem Horizont existierte. Nach nur etwa zehn Nicht-Minuten Reglosigkeit und Stille, die so tief waren wie der Tod, sehnte sich Connie nach dem menschlichen Zirkus in all seinen Farben und Verrücktheiten. Zwar hatte die menschliche Spezies zuviel übrig für Lug und Trug, Neid, Ignoranz, Selbstmitleid, Selbstgerechtigkeit und utopische Visionen, die immer zum Massenmord führten – doch so lange sie sich nicht selbst auslöschte, lag in ihr dennoch das Potential, besser zu werden, Verantwortung für ihre Taten zu übernehmen, zu leben und leben zu lassen und sich als Verwalter der Erde zu bewähren.

Hoffnung. Zum ersten Mal in ihrem Leben hatte Connie Gulliver begonnen, daran zu glauben, daß Hoffnung an sich schon ein Grund war, zu leben und die Zivilisation so hinzunehmen, wie sie war.

Doch Ticktack war, so lange er lebte, das Ende der Hoffnung.

»Ich hasse diesen Scheißkerl, wie ich noch nie jemanden gehaßt habe«, sagte sie. »Ich will ihn kriegen. Ich will ihn kaltmachen. Ich will das so sehr, daß ich es kaum aushalten kann.«

»Um ihn zu kriegen, müssen wir erst mal am Leben bleiben«, erinnerte Harry sie.

»Gehn wir.«

3.

In dieser regungslosen Welt in Bewegung zu bleiben, schien zunächst das klügste zu sein, was sie machen konnten. Denn wenn Ticktack sich an sein Versprechen hielt und nur seine Augen, Ohren und seinen Verstand benutzte, um sie aufzuspüren, nahm ihre Sicherheit in direktem Verhältnis zu der Entfernung zu, die sie zwischen ihn und sich legten.

Während Harry mit Connie von einer verlassenen Straße zur anderen lief, überlegte er sich, daß eine mehr als gute Chance bestand, daß der Verrückte Wort hielte, sie tatsächlich nur mit normalen Mitteln verfolgen und unverletzt aus der PAUSE entlassen würde, wenn er sie nicht innerhalb einer Stunde realer

Zeit zu fassen kriegte. Schließlich war der Scheißkerl trotz seiner unglaublichen Macht ganz offensichtlich unreif, ein Kind, das ein Spiel spielte, und manchmal nahmen Kinder Spiele ernster als das reale Leben.

Natürlich würde es, wenn er sie freiließ, immer noch 29 Minuten nach eins sein, wenn die Uhren endlich wieder anfingen zu ticken. Noch fünf Stunden bis zum Morgengrauen. Obwohl Ticktack dieses besondere Spiel im Spiel streng nach den Regeln spielen mochte, die er festgelegt hatte, würde er dennoch an der Absicht festhalten, sie im Morgengrauen zu töten. Wenn sie die PAUSE überlebten, würde ihnen das lediglich eine geringe Chance geben, ihn zu finden und zu zerstören, sobald die Zeit wieder lief.

Und selbst wenn Ticktack sein Versprechen brach und irgendeinen sechsten Sinn benutzte, um sie aufzuspüren, war es klug, in Bewegung zu bleiben. Vielleicht hatte er ihnen übersinnliche Kennungen angeheftet, wie Harry am frühen Abend vermutet hatte; in diesem Fall könnte er sie – *wenn* er betrog, überall finden, egal wohin sie gingen. Wenn sie in Bewegung blieben, waren sie zumindest so lange sicher, wie es ihm nicht gelang, sie zu erwischen oder ihrem nächsten Schritt zuvorzukommen.

Mit leicht metallisch klingenden Schritten liefen sie durch Straßen, Gassen und wieder Straßen, über Höfe und zwischen stillen Häusern hindurch, kletterten über Zäune und überquerten einen Schulhof. Jeder Schatten schien fest wie Eisen zu sein, und die Neonlampen brannten so ruhig, wie Harry es noch nie gesehen hatte, und malten ewige Regenbogen auf den Asphalt. Sie kamen an einem Mann im Tweedmantel vorbei, der seinen Scotchterrier spazierenführte; beide waren so regungslos wie Bronzefiguren.

Sie liefen an einem schmalen Flußbett entlang, wo das Wasser von dem Gewitter am Nachmittag zeitgefroren war, aber ganz und gar nicht wie Eis: klarer als Eis, aber schwarz von der Reflexion der Nacht und mit silbrigen Lichtern durchsetzt statt mit gefrorenen weißen Kristallen. Die Oberfläche war auch nicht glatt wie bei einem zugefrorenen Bach im Winter, sondern von Turbulenzen aufgewühlt, mit Vertiefungen und

Erhebungen. An den Stellen, wo der Bach über Steine plätscherte, hingen unbewegte Spritzer glitzernden Wassers in der Luft, die kunstvollen Skulpturen aus Glasscherben und Perlen glichen.

Wenn sie auch in Bewegung bleiben wollten, war es ihnen doch schon bald unmöglich, immer weiter zu fliehen. Sie waren bereits müde und steif vor Schmerzen gewesen, als sie anfingen zu laufen; jede zusätzliche Anstrengung verlangte einen erheblich höheren Tribut von ihnen.

Obwohl sie sich in dieser versteinerten Welt genauso leicht zu bewegen schienen wie in der gewohnten, fiel Harry auf, daß sie beim Laufen keinen eigenen Wind erzeugten. Die Luft teilte sich um sie herum wie Butter um ein Messer, aber ihr Laufen löste keinerlei Luftbewegung aus, was darauf hinwies, daß die Luft objektiv dichter war als sie subjektiv erschien. Ihre Geschwindigkeit konnte erheblich niedriger sein, als sie ihnen vorkam, was bedeutete, daß sie sich mit einer viel größeren Anstrengung vorwärts bewegten, als ihnen bewußt war.

Außerdem quälten Harry der Kaffee, der Cognac und der Hamburger, den er gegessen hatte, im Magen. Auch im Brustkorb spürte er brennende Stiche.

Was noch schlimmer war: Während sie von Block zu Block durch dieses Mausoleum von der Größe einer Stadt flohen, verstärkte eine unerklärliche Umkehrung der biologischen Reaktion ihr Elend noch. Obwohl ihnen von der Anstrengung hätte heiß sein müssen, wurde ihnen immer kälter. Harry gab keinen Schweiß von sich, nicht einmal eisigen. Seine Finger und Zehen fühlten sich an, als hätte er sich mühsam über einen Gletscher in Alaska geschleppt und nicht durch einen Badeort in Südkalifornien.

Die Nacht selbst fühlte sich nicht kälter an als vor der PAUSE. Vielleicht sogar etwas weniger kühl, da mit allem anderen auch die frische Brise vom Meer erstorben war. Der Grund für diese merkwürdige innere Kälte war offenbar nicht die Lufttemperatur, sondern geheimnisvoller und tiefgründiger – und beängstigender.

Es war, als ob die Welt um sie herum, deren ungeheure Energie man zum Stillstand verdammt hatte, zu einer Art schwarzem

Loch geworden wäre, das erbarmungslos ihre Energie absorbierte und aus ihnen heraussaugte, bis sie nach und nach so leblos wie alles übrige waren. Er glaubte allmählich, daß es dringend erforderlich wäre, die Reserven, die sie noch hatten, aufzusparen.

Sie waren gerade durch eine Wohngegend gelaufen und hatten das östliche Ende eines Cañons betreten, auf dessen Hängen Gestrüpp wuchs, als unzweifelhaft klar war, daß sie anhalten und sich ein Versteck suchen müßten. Auf den ebenen Grundstücken entlang der dreispurigen Zufahrtsstraße, die von Natriumdampflampen erleuchtet wurde, hatten sich Gewerbebetriebe angesiedelt, die auf ihr Image bedachte Städte wie Laguna Beach vorsorglich von den Haupttouristenstrecken zu verbannen pflegten.

Beide zitterten, während sie im Schrittempo weitergingen. Sie hatte die Arme verschränkt. Er stellte den Kragen hoch und zog die beiden Seiten seiner Sportjacke fest zusammen.

»Wieviel von der Stunde ist schon vergangen?« fragte Connie.

»Keinen blassen Schimmer. Ich hab' jedes Zeitgefühl verloren.«

»Eine halbe Stunde?«

»Vielleicht.«

»Mehr?«

»Vielleicht.«

»Weniger?«

»Vielleicht.«

»Scheiße.«

»Vielleicht.«

Auf einem ausgedehnten Abstellplatz standen rechts von ihnen hinter einem schweren, von Stacheldraht gekrönten Maschendrahtzaun Wohnmobile, Seite an Seite in der Dunkelheit wie Reihen schlummernder Elefanten.

»Wo kommen all diese Autos her?« fragte Connie.

Sie parkten auf beiden Seiten der Straße, halb auf dem schmalen Seitenstreifen und halb auf dem Asphalt, wodurch sie die dreispurige Straße auf zwei Spuren verengten. Das war merkwürdig, weil mit Sicherheit keiner der Betriebe offen gewesen war, als die PAUSE eintrat. Sie waren alle dunkel und hatten bereits vor sieben oder acht Stunden zugemacht.

Rechts von ihnen in einem Betonblock befand sich eine Firma für Landschaftsgärtnerei, hinter der terrassenförmig die halbe Cañonwand hoch eine Baumschule angelegt war.

Unmittelbar unter einer der Bogenlampen stießen sie auf ein Auto, in dem ein junges Paar herumknutschte. Ihre Bluse war offen und seine Hand darin, eine Handfläche aus Marmor umfaßte eine Marmorbrust. Was Harry betraf, so war ihr erstarrter Ausdruck glühender Leidenschaft, natriumgelb getönt und kurz durch die Fenster des Wagens erspäht, in etwa so erotisch wie zwei Leichen, die man zusammen auf ein Bett geworfen hatte.

Sie kamen an zwei Autoreparaturwerkstätten vorbei, die sich auf der dreispurigen Straße gegenüber lagen und jeweils auf unterschiedliche ausländische Marken spezialisiert waren. Die Firmen hatten jeweils ihren eigenen Schrottplatz, der mit ausgeschlachteten Fahrzeugen vollgestopft und mit hohem Maschendraht eingezäunt war.

Die Straße war immer noch von Autos gesäumt, die die Zufahrten zu den Firmen versperrten. Ein etwa achtzehn- oder neunzehnjähriger Junge, ohne Hemd, mit Jeans und Rockports, den die PAUSE genauso voll erwischt hatte wie alle anderen, die sie bisher gesehen hatten, lag hingeflegelt auf der Motorhaube eines 86er Camaros, die Arme nach beiden Seiten ausgestreckt mit nach oben gedrehten Handflächen, und starrte in den regungslosen Himmel, als ob es dort oben etwas zu sehen gäbe, auf seinem Gesicht lag der dümmliche Ausdruck von Glückseligkeit, den jemand hat, der unter Drogen steht.

»Das ist unheimlich«, sagte Connie.

»Unheimlich«, stimmte Harry zu und spannte seine Hände an, damit die Knöchel von der Kälte nicht zu steif wurden.

»Aber weißt du was?«

»Irgendwie vertraut«, sagte er.

»Genau.«

Auf dem letzten Stück der dreispurigen Asphaltstraße standen nur noch Lagerhäuser. Einige waren aus Betonplatten, deren Putz total verstaubt war und die Rostflecke hatten von dem Wasser, das während der unzähligen Regenperioden von den Wellblechdächern herunterlief. Andere bestanden ganz aus Metall, wie Nissenhütten.

Im letzten Block, bevor der Cañon sich gabelte und die Straße als Sackgasse endete, waren noch mehr Autos geparkt. An einigen Stellen standen sie in Zweierreihen und verengten die Straße auf eine Spur.

Das letzte Gebäude am Ende der Straße war ein großes Lagerhaus, an dem kein Firmenname stand. Es war eins der verputzten Exemplare mit einem Wellblechdach. Ein riesiges Transparent mit der Aufschrift: ZU VERMIETEN und der Telefonnummer eines Immobilienmaklers war über die Vorderfront gespannt.

Sicherheitslampen beleuchteten die Fassade des Gebäudes und die Rolltore aus Metall, die groß genug waren, daß Sattelschlepper mit Anhänger dort hineinfahren konnten. An der südwestlichen Ecke des Gebäudes war eine mannsgroße Tür, vor der zwei verwegen aussehende Typen Anfang Zwanzig standen, deren Körperbau weit über das hinausging, was man allein mit Gewichtheben und Ernährung schaffen konnte.

»Zwei Rausschmeißer«, sagte Connie, während sie auf die von der PAUSE erstarrten Männer zugingen.

Plötzlich bekam das Ganze für Harry einen Sinn. »Das ist eine Rave-Party.«

»Mitten in der Woche?«

»Muß ein besonderer Anlaß sein, vielleicht hat jemand Geburtstag oder so.«

Das Rave-Phänomen war vor ein paar Jahren aus England gekommen und hatte Teenager und Leute Anfang Zwanzig angesprochen, die nonstop bis zum Morgengrauen feiern wollten, ohne von irgendwelchen Gesetzeshütern behelligt zu werden.

»Ist es schlau, sich hier zu verstecken?« fragte sich Connie.

»So schlau wie sonstwo, denke ich, und ein bißchen schlauer als anderswo.«

Veranstalter von Rave-Partys mieteten Lagerhäuser und Fabrikhallen für ein bis zwei Nächte und ließen das Ereignis immer an einem anderen Ort stattfinden, um nicht von der Polizei aufgespürt zu werden. Wo die nächsten Raves stattfanden, wurde in Underground-Zeitschriften und auf Flugblättern angekündigt, die in Plattengeschäften, Nachtclubs und Schulen verteilt wurden. Alles wurde im Code der Subkultur geschrieben und man benutzte Wendungen wie: »The Mickey Mouse X-press«, »American X-press«, »Double-Hit-Mickey«, »Get X-rayed«, »Alles über Zahnmedizin« und »Kostenlose Luftballons für die Kleinen«. Mickey Mouse und X waren Spitznamen für eine starke Droge, die gemeinhin eher als Ecstasy bekannt war, während Hinweise auf Zahnmedizin oder Luftballons bedeuteten, daß Stickstoffmonoxyd, also Lachgas, verkauft würde.

Die Polizei durfte auf keinen Fall von den Partys Wind bekommen. Denn der Sinn jeder illegalen Rave-Party – im Gegensatz zu den zahmeren Imitationen in den erlaubten Rave-Nachtclubs – waren Sex, Drogen und Anarchie.

Harry und Connie gingen an den Rausschmeißern vorbei durch die Tür mitten in das Herz des Chaos, eines Chaos allerdings, in das die PAUSE eine flüchtige und künstliche Ordnung gebracht hatte.

Der höhlenartige Raum wurde von einem halben Dutzend roter und grüner Laser erleuchtet, etwa einem Dutzend gelber und roter Spots und von blitzenden Stroboskoplampen. All diese Lichter hatten geblinkt und waren über die Menge gefegt, bis die PAUSE sie zum Stillstand brachte. Nun fielen Lanzen aus buntem, feststehendem Licht auf einzelne Partygäste und ließen andere im Dunkeln.

Vier- bis fünfhundert Leute, zum größten Teil zwischen achtzehn und fünfundzwanzig, aber einige auch erst fünfzehn, waren entweder mitten im Tanzen erstarrt oder hingen einfach nur so herum. Da die Diskjockeys bei Raves ausnahmslos hochgepowerte Techno-Musik spielten, mit einem rasch hämmernden Baß, der die Wände zum Wackeln bringen konnte, waren viele der jungen Tänzer mit verrenkten Körpern und fliegenden Haaren in die PAUSE geschickt worden, erstarrt in bizarren Posen hingebungsvollen Gefuchtels und Herumwirbelns. Die Männer und Jungen trugen größtenteils Jeans oder Drillichhosen, dazu Flanellhemden und nach hinten gedrehte Baseball-Kappen oder schicke Sportjacketts über T-Shirts; einige waren allerdings auch ganz in Schwarz gehüllt. Die Mädchen und jungen Frauen waren unterschiedlicher gekleidet, doch jedes Outfit war provokativ – eng, kurz, tief ausgeschnitten, durchsichtig, aufreizend; schließlich waren Raves Feste des Fleischlichen. Statt der dröhnenden Musik herrschte nun Grabesstille, auch das Schreien und Rufen der Partygäste war verstummt; zusammen mit der Regungslosigkeit gab das unheimliche Licht den entblößten Rundungen von Waden, Oberschenkeln und Brüsten etwas Anti-Erotisches und Leichenhaftes.

Während er und Connie sich durch die Menge bewegten, fiel Harry auf, daß die Gesichter der Tänzer zu grotesken Mienen verzogen waren, die wahrscheinlich Erregung und angeturnte Fröhlichkeit vermittelt hatten, als sie noch belebt waren. Doch nun, so quasi als Momentaufnahme, hatten sie sich auf unheimliche Weise in Masken von Wut, Haß und Qual verwandelt.

Das grelle Licht der Laser und Spots und die psychedelischen Bilder, die Filmprojektoren auf zwei riesige Wände strahlten, konnten leicht den Eindruck vermitteln, daß dies eigentlich gar keine Party war, sondern ein Diorama der Hölle, wo sich die Verdammten vor Schmerzen wanden und schreiend darum baten, von ihren fürchterlichen Qualen erlöst zu werden.

Dadurch, daß die PAUSE der Rave-Party den Lärm und die Bewegung genommen hatte, hatte sie vielleicht den wahren Charakter dieses Ereignisses bloßgelegt. Vielleicht war das häßliche Geheimnis unter der glitzernden und lärmenden Oberfläche, daß diese Feiernden in ihrer zwanghaften Suche nach starken Gefühlen im Grunde überhaupt keinen Spaß hatten, sondern an ihrem höchst privaten Elend litten, von dem sie verzweifelt Erlösung suchten, ohne sie zu finden.

Harry führte Connie von den Tänzern weg zu den Zuschauern, die an den Wänden des riesigen, überwölbten Raumes herumstanden. Einige waren von der PAUSE in kleinen Gruppen erwischt worden, mitten in gebrüllten Unterhaltungen und übertriebenem Gelächter. Ihre Gesichter waren angespannt und die Muskeln in ihrem Hals traten von der Anstrengung, sich gegen die laut dröhnende Musik zu behaupten, hervor.

Doch die meisten schienen allein zu sein, ohne Bezug zu den Menschen um sie herum. Einige hatten abgeschlaffte Gesichter und starrten leer in die Menge. Andere waren bis zum Zerreißen angespannt und hatten ein irritierend fieberhaftes Starren an sich. Vielleicht lag es an der Halloween-Beleuchtung und den harten Schatten, jedenfalls erinnerten die versteinerten Ravers an den Wänden – ob sie nun hohläugig oder wütend starrten – Harry an Film-Zombies, die mitten in einer mörderischen Aufgabe paralysiert wurden.

»Das ist ein regelrechtes Horrorkabinett«, sagte Connie beklommen, da sie offensichtlich auch etwas Bedrohliches in der Szene wahrnahm, das vielleicht nicht ganz so deutlich erkennbar gewesen wäre, wenn sie vor der PAUSE da hineingeraten wären.

»Willkommen in den Neunzigern.«

Einige Zombies am Rand der Tanzfläche hielten Luftballons in leuchtenden Farben, die allerdings nicht an Schnüren oder Stöcken befestigt waren. Hier stand ein rothaariger, sommersprossiger Junge von siebzehn oder achtzehn, der sich den Hals eines kanariengelben Ballons um den Zeigefinger gewickelt hatte, damit er keine Luft abließ. Und dort war ein junger Mann mit einem Pancho-Villa-Schnurrbart, der ebenso wie ein blondes Mädchen mit leeren blauen Augen den Hals eines grünen Ballons fest zwischen Daumen und Zeigefinger zusammendrückte. Diejenigen, die nicht ihre Finger benutzten, verwendeten offensichtlich eine bestimmte Sorte Clips, die man schachtelweise in Schreibwarengeschäften kaufen konnte. Ein paar Ravers hielten die Hälse ihrer Ballons zwischen den Lippen und nahmen einige Züge Lachgas, das sie bei einem Händler gekauft hatten, der sein Geschäft zweifellos von einem Lieferwagen hinter dem Gebäude aus betrieb. Bei all diesen leeren oder starrenden Blicken und den bunten Luftballons hätte man meinen können, daß eine Horde lebender Toter in eine Kindergeburtstagsparty hineinspaziert wäre.

Obwohl diese Szene durch die PAUSE sehr viel merkwürdiger und faszinierender geworden war, war sie Harry immer noch auf trübsinnige Weise vertraut. Schließlich war er bei der Mordkommission, und bei Rave-Partys kamen schon mal plötzliche Todesfälle vor.

Manchmal wurden sie durch eine Überdosis Drogen verursacht. Kein Zahnarzt würde einem Patienten Stickstoffmonoxyd zur Beruhigung verabreichen, das eine höhere Konzentration als 80 Prozent aufwies, doch das Gas, das bei Raves verkauft wurde, war oft ganz rein, also ohne Sauerstoffzusatz. Wenn man von dem unvermischten Stoff zu viele Züge in zu kurzer Zeit nahm oder zu lange an einem Zug nuckelte, konnte es passieren, daß man nicht bloß zu einem kichernden Etwas wurde, sondern einen Schlaganfall erlitt, der einen töten konnte, oder, was noch viel schlimmer war, einen Schlag bekam, der nicht tödlich war, aber dem Gehirn irreparablen Schaden zufügte und einen zappelnd wie ein Fisch oder in einem katatonischen Zustand am Boden liegend zurückließ.

Harry erspähte eine Empore, die quer über den hinteren Teil des Lagerhauses lief. Sie lag etwa sechs Meter über dem Fußboden und von beiden Seiten führte eine Holztreppe hinauf.

»Da hinauf«, sagte er gestikulierend zu Connie.

Von diesem hohen Balkon aus würden sie das ganze Lagerhaus überblicken können – und Ticktack rasch erspähen, wenn sie ihn kommen hörten, egal welche Tür er benutzte. Die beiden Treppen sicherten ihnen einen Fluchtweg, ganz gleich, aus welcher Richtung er auf sie zukäme.

Während sie tiefer in das Gebäude vordrangen, kamen sie an zwei vollbusigen jungen Frauen in engen T-Shirts vorbei, auf denen »Just Say NO« stand, ein Rave-Witz über Nancy Reagans Anti-Drogenkampagne, was bedeutete, daß die beiden zumindest zu Stickstoffmonoxyd, chemisches Zeichen NO, *ja* sagten, wenn auch zu sonst nichts.

Sie mußten um drei Mädchen herumgehen, die in der Nähe der Wand auf dem Boden lagen, zwei von ihnen hielten halb geleerte Luftballons und waren mit roten Gesichtern in einem Anfall von Kichern in die PAUSE geschickt worden. Das dritte Mädchen war bewußtlos, ihr Mund stand offen und auf ihrer Brust lag ein völlig leerer Ballon.

In der Nähe der Rückseite der Halle hatte jemand ein riesiges weißes X an die Wand gemalt, so groß, daß man es vom ganzen Lagerhaus aus sehen konnte. Zwei Typen in Mickey-Mouse-Sweatshirts, von denen einer auch noch eine Kappe mit Mickey-Mouse-Ohren trug, waren mitten im regen Handel erstarrt, wobei sie ihren Kunden Zwanzig-Dollar-Scheine abnahmen für Kapseln mit Ecstasy oder für Disko-Kekse, die mit demselben Zeug getränkt waren.

Sie kamen an einem Teenager vorbei, kaum älter als fünfzehn, mit arglosen Augen und einem Gesicht, das so unschuldig wie das einer jungen Nonne war. Sie trug ein schwarzes T-Shirt, auf dem eine Schrotflinte abgebildet war, und darunter stand: PUMP ACTION. Die PAUSE hatte sie erwischt, als sie sich gerade einen Disko-Keks in den Mund schieben wollte.

Connie löste die steifen Finger des Mädchens von dem Keks und zog ihn aus ihren geöffneten Lippen. Sie warf ihn auf die Erde. Der Keks hatte nicht genügend Schwung, um ganz auf den Boden zu fallen, und hielt einige Zentimeter über dem Beton an. Connie drückte ihn das letzte Stück mit der Schuhspitze herunter und zertrat ihn auf dem Boden. »Dämliche Göre.«

»Das sieht dir aber gar nicht ähnlich«, sagte Harry.

»Was?«

»Dich als spießige Erwachsene aufzuführen.«

»Vielleicht muß es ja doch jemand tun.«

Methylendioxymethamphetamin oder Ecstasy, ein Amphetamin mit halluzinogener Wirkung, konnte im Konsumenten einen radikalen Energieschub auslösen und ihn in einen euphorischen Zustand versetzen. Es konnte ein falsches Gefühl inniger Vertrautheit mit Fremden erzeugen, mit denen der Konsument, wenn er high war, zufällig gerade zusammen war.

Auch wenn andere Drogen manchmal bei Raves auftauchten, waren Lachgas und Ecstasy am weitaus meisten verbreitet. Lachgas war doch nur ein nicht süchtig machender Kichersaft – oder etwa nicht? – und Ecstasy konnte einen in Harmonie mit seinen Mitmenschen und in Einklang mit Mutter Natur versetzen. Okay? Das war ihr Image. Die auserwählte Droge umweltbewußter Friedensverfechter, häufig konsumiert bei Kundgebungen zur Rettung des Planeten. Gewiß, sie war gefährlich für Leute mit Herzleiden, aber in den gesamten Vereinigten Staaten war kein Todesfall belegt, der auf die Verwendung dieser Droge zurückzuführen war. Richtig, Wissenschaftler hatten in jüngster Zeit festgestellt, daß Ecstasy nadelstichgroße Löcher im Gehirn verursachte, Hunderte oder gar Tausende davon bei fortgesetztem Gebrauch, aber es gab keinen Beweis, daß diese Löcher zu einer Verminderung der geistigen Fähigkeiten führten, vielmehr taten sie wahrscheinlich folgendes: Sie ließen die kosmischen

Strahlen besser eindringen oder trugen zur Erleuchtung bei. Okay?

Während Harry zur Empore hinaufstieg, konnte er zwischen den Stufen hindurchgucken, die nur aus Holzbohlen bestanden, und im Dunkel unter der Treppe Paare sehen, die beim Herumknutschen erstarrt waren.

Alle Sexualerziehung der Welt und alle anschaulichen Broschüren über die Benutzung von Kondomen konnten durch eine Ladung Ecstasy beiseite gefegt werden, wenn der Konsument eine erotische Reaktion erlebte, was sehr vielen widerfuhr. Wie kannst du dir noch Gedanken über Krankheiten machen, wenn der Fremde, den du gerade kennengelernt hast, so eine verwandte Seele ist, das Yin zu deinem Yang, für dein drittes Auge strahlend und rein, so sehr im Einklang mit all deinen Bedürfnissen und Wünschen?

Oben auf der Empore war das Licht schwächer als unten im Saal, aber Harry konnte trotzdem Paare erkennen, die auf dem Boden lagen oder nebeneinander mit dem Rücken an der Wand saßen. Sie knutschten aggressiver herum als die Leute unter der Treppe, erstarrt in Zungenduellen, mit aufgeknöpfter Bluse, Jeans mit offenem Reißverschluß, in denen sich Hände zu schaffen machten.

Zwei oder drei der Paare hatten im Ecstasy-Rausch wohl völlig vergessen, wo sie waren oder wie man sich benahm, sie *trieben* es wirklich gerade miteinander, als die PAUSE hereinbrach.

Harry hatte keine Lust, sich dessen zu vergewissern. Wie der traurige Zirkus unten im Saal war die Szene auf der Empore nur deprimierend. Sie war selbst für einen Voyeur, sofern er wenigstens minimales Niveau hatte, kein bißchen erotisch, sondern rief genauso viele düstere Gedanken hervor wie ein Hieronymus-Bosch-Gemälde von höllenhaften Gefilden und Kreaturen.

Als Harry und Connie sich zwischen den Paaren hindurch auf das Geländer der Empore zubewegten, von wo aus sie den Saal übersehen konnten, sagte er: »Paß auf, wo du hintrittst.«

»Du bist ekelhaft.«

»Ich versuche nur, ein Gentleman zu sein.«

»Da bist du wohl der einzige hier.«

Vom Geländer aus hatten sie eine gute Sicht auf die erstarrte Menschenmenge unten, die eine ewige Party feierte.

Connie sagte: »Gott, ist mir kalt.«

»Mir auch.«

Sie standen nebeneinander und legten jeweils den Arm um die Taille des anderen, offenkundig um sich gegenseitig zu wärmen.

Harry hatte sich selten im Leben jemandem so nahe gefühlt wie er das in diesem Augenblick bei ihr tat. Nicht nahe im Sinne von Verliebtheit. Die vollgedröhnten, fummelnden Paare hinter ihnen auf dem Fußboden waren unromantisch genug, um zu verhindern, daß gerade jetzt romantische Gefühle in ihm aufkamen. Das war nicht die richtige Atmosphäre dafür. Was er statt dessen empfand, war die platonische Nähe zwischen Freunden, zwischen Partnern, die gemeinsam bis an ihre Grenzen und noch darüber hinaus getrieben worden waren, die sehr wahrscheinlich noch vor Morgengrauen zusammen sterben würden – und das war das Entscheidende –, ohne daß einer von beiden sich jemals entschieden hätte, was er wirklich vom Leben wollte und was das alles für einen Sinn hatte.

Sie sagte: »Erzähl mir nicht, daß alle Kids heutzutage zu solchen Veranstaltungen gehen und sich das Hirn mit Chemikalien vollknallen.«

»Das tun sie nicht. Nicht alle. Noch nicht mal die meisten. Die meisten jungen Leute sind ganz vernünftig.«

»Ich möchte nur ungern glauben, daß dieser Haufen hier typisch ist für ›unsere nächste Generation von Führungskräften‹, wie man so sagt.«

»Das sind sie nicht.«

»Falls sie es sind«, sagte sie, »dann wird der Tanz *nach* der Jahrtausendwende noch viel abscheulicher weitergehen als alles, was wir in den letzten Jahren durchgemacht haben.«

»Ecstasy verursacht nadelstichgroße Löcher im Gehirn«, sagte er.

»Ich weiß. Stell dir vor, wieviel unfähiger die Regierung noch sein würde, wenn im Kongreß nur Jungen und Mädchen säßen, die gern mit dem X-press fahren.«

»Wie kommst du darauf, daß das nicht längst schon so ist?«

Sie lachte verdrießlich. »Das würde vieles erklären.«

Die Luft war weder kalt noch warm, aber sie zitterten noch schlimmer als bisher.

Im Lagerhaus herrschte weiter Totenstille.

»Das mit deiner Wohnung tut mir leid«, sagte sie.

»Was?«

»Sie ist abgebrannt, weißt du nicht mehr?«

»Tja.« Er zuckte mit den Schultern.

»Ich weiß, wie sehr du daran gehangen hast.«

»Es gibt schließlich eine Versicherung.«

»Trotzdem, sie war so schön und gemütlich und alles am richtigen Platz.«

»Was? Das einzige Mal, als du da warst, hast du gesagt, es sei ›das perfekte selbstkonstruierte Gefängnis‹ und ich ›ein herausragendes Beispiel für all die verklemmten Spinner und Pingelköpfe zwischen Boston und San Diego‹.«

»Das hab' ich nicht gesagt.«

»Doch, das hast du.«

»Wirklich?«

»Nun, du warst sauer auf mich.«

»Muß ich wohl gewesen sein. Weswegen?«

Er sagte: »Das war an dem Tag, an dem wir Norton Lewis verhaftet haben, er hat uns ganz schön für unser Geld arbeiten lassen, und ich wollte nicht, daß du ihn erschießt.«

»Das stimmt. Ich wollte ihn *wirklich* erschießen.«

»War aber nicht nötig.«

Sie seufzte. »Ich war ganz wild drauf.«

»Wir haben ihn auch so geschnappt.«

»Hätte aber übel enden können. Du hast Glück gehabt. Jedenfalls hätte es der Scheißkerl verdient gehabt, erschossen zu werden.«

»Keine Frage«, sagte er.

»Na ja, ich hab das nicht so gemeint – mit deiner Wohnung.«

»Doch, das hast du.«

»Okay, hab' ich, aber ich seh' das jetzt anders. Die Welt ist verkorkst, und wir müssen irgendwie damit zurechtkommen. Deine Methode ist besser als die meisten. Besser jedenfalls als meine.«

»Weißt du, was ich glaube, was hier passiert? Es könnte das sein, was die Psychologen unter ›Bonding‹ verstehen.«

»Oje, ich hoffe nicht.«

»Ich denke schon.«

Sie lächelte. »Ich hab' den Verdacht, daß das bereits vor Wochen und Monaten passiert ist, aber daß wir erst jetzt dazukommen, es zuzugeben.«

Sie standen eine Weile in vertrautem Schweigen nebeneinander.

Er fragte sich, wieviel Zeit vergangen war, seit sie vor dem zählenden Golem auf dem Pacific Coast Highway geflohen waren. Er hatte das Gefühl, daß er mit Sicherheit schon eine Stunde auf der Flucht war, doch es war schwierig, die reale Zeit anzugeben, wenn man nicht in ihr lebte.

Je länger die PAUSE anhielt, um so mehr war Harry geneigt, an das Versprechen ihres Feindes zu glauben, daß das Martyrium nur eine Stunde dauern würde. Er hatte so ein Gefühl, das zumindest teilweise auf Polizisteninstinkt und nicht ausschließlich auf Wunschdenken beruhte, daß Ticktack nicht ganz so allmächtig war, wie er zu sein schien, daß selbst seine phänomenalen Fähigkeiten ihre Grenzen hatten und es für ihn so anstrengend war, die PAUSE zu bewerkstelligen, daß er das nicht lange aushalten konnte.

Die wachsende innere Kälte, die ihm und Connie zu schaffen machte, konnte ein Zeichen dafür sein, daß es Ticktack immer schwerer fiel, sie von dem Zauber auszunehmen, der die übrige Welt zum Stillstand gebracht hatte. Trotz der Bemühungen ihres Peinigers, die veränderte Welt, die er geschaffen hatte, im Griff zu behalten, wurden Harry und Connie vielleicht allmählich von beweglichen Spielfiguren in unbewegliches Inventar auf dem Spielbrett umgewandelt.

Er erinnerte sich an den Schock, den er empfunden hatte, als er am vergangenen Abend die rauhe Stimme aus dem Autoradio zu sich hatte sprechen hören, als er gerade von seiner brennenden Wohnung in Irvine zu Connies Apartment in Costa Mesa raste. Doch bisher war ihm die Bedeutung der Worte, die der Golem-Landstreicher gesprochen hatte, nicht klargeworden: *Muß mich jetzt ausruhen, Held ... muß mich ausruhen ... müde ... ein kleines Nickerchen ...* Es war noch mehr gesagt worden, hauptsächlich Drohungen, doch dann war die krächzende Stimme allmählich in atmosphärischen Störungen untergegangen. Harry begriff plötzlich, daß das wichtigste an diesem Zwischenfall nicht die Tatsache war, daß Ticktack irgendwie den Äther kontrollieren und ihn aus einem Radio ansprechen konnte, sondern die Erkenntnis, daß selbst dieses Wesen mit göttergleichen Fähigkeiten seine Grenzen hatte und sich ab und zu wie jeder normale Sterbliche ausruhen mußte.

Als Harry noch länger darüber nachdachte, fiel ihm auf, daß auf jeden bombastischen Auftritt von Ticktack eine einstündige oder längere Pause gefolgt war, wo er sich nicht hatte blicken lassen, um weitere Quälereien durchzuführen.

Muß mich ausruhen, Held ... müde ... ein kleines Nickerchen ...

Er erinnerte sich, wie er am frühen Abend in Connies Apartment zu ihr gesagt hatte, daß selbst ein Soziopath mit ungeheuren übersinnlichen Kräften Schwächen haben mußte, Stellen, an denen er verwundbar war. In der Zwischenzeit hatte er Ticktack eine Reihe von Tricks ausführen sehen, von denen jeder erstaunlicher war als der vorherige, und war pessimistischer geworden, was ihre Chancen betraf. Nun blühte der Optimismus wieder auf.

Muß mich ausruhen, Held ... müde ... ein kleines Nickerchen ...

Er wollte Connie gerade diese hoffnungsvollen Gedanken mitteilen, als sie plötzlich ganz starr wurde. Er hatte seinen Arm immer noch um ihre Taille gelegt, deshalb spürte er auch, wie ihr Zittern abrupt aufhörte. Einen Augenblick lang fürchtete er, daß sie zu stark unterkühlt worden wäre, dem Lauf der Dinge anheimgefallen und ein Teil der PAUSE geworden wäre.

Dann bemerkte er, daß sie den Kopf als Reaktion auf ein leises Geräusch schräg hielt, das er, abgelenkt wie er war, nicht gehört hatte.

Da war es wieder. Ein Klicken.

Dann ein leises Schaben.

Ein viel lauteres Klappern.

Die Geräusche waren allesamt flach und abgehackt, genau wie die, die sie selbst auf ihrer langen Flucht vom Küsten-Highway verursacht hatten.

Erschreckt ließ Connie ihren Arm von Harrys Taille gleiten, und er ließ sie ebenfalls los.

Unten im Saal des Lagerhauses stapfte der Golem-Landstreicher durch die eisernen Schatten und die gefrorenen Lichtstrahlen, die ab und zu einen Blick auf ihn gewährten, und schob sich zwischen den zombiehaften Zuschauern und den versteinerten Tänzern hindurch. Ticktack war durch dieselbe Tür hereingekommen wie sie, sicher ihrer Spur folgend.

4.

Connie wollte instinktiv vom Geländer der Empore zurücktreten, damit der Golem sie beim Hochgucken nicht sehen konnte, doch sie widerstand diesem unwillkürlichen Drang und blieb regungslos. In der unermeßlichen Stille der Pause würde selbst das flüsternde Reiben einer Schuhsohle auf dem Fußboden oder das leiseste Knarren eines Dielenbretts sofort die unerwünschte Aufmerksamkeit dieses Geschöpfs erregen.

Auch Harry gelang es schnell genug, seine instinktive Reaktion zu unterdrücken und fast so bewegungslos zu bleiben wie die von der PAUSE festgehaltenen Ravers. Gott sei Dank.

Wenn das Ding hochguckte, würde es sie wahrscheinlich nicht sehen. Das meiste Licht war unten, und die Empore lag im Dunkeln.

Sie merkte, daß sie sich an die törichte Hoffnung klammerte, Ticktack würde sein Versprechen halten und sie wirklich nur mit seinen normalen Sinnen verfolgen. Als ob man von einem soziopathischen Serienmörder, ob mit übersinnlichen Fähigkeiten oder ohne, erwarten könnte, daß er ein Versprechen hielt. Obwohl es töricht war und ihr überhaupt nicht entsprach, klammerte sie sich an diese Möglichkeit. Wenn die Welt unter einen so starken Bann wie im Märchen fallen konnte, warum sollten dann nicht auch ihre eigenen Hoffnungen und Wünsche zumindest ein bißchen Macht haben?

Und war es nicht merkwürdig, daß so eine Idee ausgerechnet ihr kam, die sie schon als Kind alle Hoffnung aufgegeben und sich, soweit sie sich erinnern konnte, niemals ein Geschenk oder eine Wohltat gewünscht hatte, oder daß irgend etwas aufhörte?

Es hieß, jeder könne sich ändern. Sie hatte nie daran geglaubt. Denn den größten Teil ihres Lebens über hatte sie sich nicht geändert, nichts von der Welt erwartet, das sie sich nicht zumindest zweimal verdient hatte, und einen perversen Trost in der Tatsache gefunden, daß ihre Erwartungen niemals übertroffen wurden.

Das Leben kann bitter sein wie Drachentränen. Doch ob Drachentränen bitter oder süß sind, hängt ganz davon ab, wie man den Geschmack wahrnimmt.

Sie spürte jetzt eine Regung in sich, eine wichtige Veränderung, und sie wollte leben, um zu sehen, wie sich das auswirkte.

Aber unten schlich der Landstreicher-Golem herum, auf der Jagd.

Connie atmete langsam und ruhig durch den offenen Mund.

Das riesige Geschöpf bewegte sich durch die versteinerten Tänzer, drehte den unförmigen Kopf nach rechts und links und suchte ganz systematisch die Menge ab. Wenn es die erstarrten Laser und Spotlights passierte, veränderte es die Farbe von rot nach grün, grün nach gelb, von gelb nach rot nach weiß nach grün, und wurde grau bis schwarz, wenn es zwischen den Lichtlanzen hindurchging. Doch seine Augen blieben immer blau, strahlend und seltsam.

Als es zwischen den Tänzern immer enger wurde, stieß der Golem einen jungen Mann in Jeans und blauer Cordjacke zur Seite. Der Tänzer kippte nach hinten, doch der PAUSEN-Widerstand verhinderte, daß er den Sturz vollendete. Er hielt in einem bedenklichen Winkel von 45 Grad zum Fußboden an und schwebte immer noch in Tanzhaltung und mit demselben weggetretenen Ausdruck im Gesicht, unweigerlich im Begriff, den Sturz im ersten Bruchteil einer Sekunde zu vollziehen, nachdem die Zeit wieder in Gang gekommen war, falls das je passieren würde.

Auf seinem Weg in den hinteren Teil des höhlenartigen Raumes stieß der grobschlächtige Golem noch weitere Tänzer zur Seite, die stürzen, taumeln, stolpern und mit den Köpfen zusammenstoßen würden, sobald die PAUSE endete. Es würde problematisch sein, sicher aus dem Gebäude rauszukommen, sobald die reale Zeit wieder einsetzte, weil die aufgeschreckten Ravers, die ja nicht gesehen hatten, wie der Golem während der PAUSE zwischen ihnen hindurchgegangen war, den Leuten um sie herum die Schuld dafür geben würden, daß man sie gestoßen und zu Boden befördert hatte. Schon in der ersten halben Minute würde ein Dutzend Schlägereien losgehen, ein Chaos bräche aus und das Durcheinander würde unweigerlich zu Panik führen. Wenn die Laser und Spotlights wieder über die Menge fegten, der hämmernde Baß der Techno-Musik die Wände erschütterte und an allen Ecken auf unerklärliche Weise Gewalt ausbrach, würden die Leute nach draußen drängen, sich an den Türen stauen, und es wäre ein Wunder, wenn nicht etliche in dem Gewühl totgetrampelt würden.

Connie hatte keine besondere Sympathie für die Horde auf der Tanzfläche, da Mißachtung von Gesetz und Polizei einer der Beweggründe war, weshalb sie überhaupt zu einer Rave-Party gingen. Doch ganz gleich wie aufsässig, destruktiv und gesellschaftlich gestört sie auch sein mochten, das waren immerhin menschliche Wesen, und sie war empört über die Gefühllosigkeit, mit der Ticktack sich durch sie hindurchkämpfte, ohne einen Gedanken daran zu verschwenden, was passieren könnte, wenn sich die Welt plötzlich wieder in Gang setzte.

Sie warf einen Blick auf Harry, der neben ihr stand, und sah eine entsprechende Wut in seinem Gesicht und in seinen Augen. Er hatte die Zähne so fest zusammengebissen, daß seine Kiefermuskeln hervortraten.

Aber sie konnten nichts tun, um dem, was sich da unten abspielte, Einhalt zu gebieten. Kugeln richteten nichts aus, und es war unwahrscheinlich, daß Ticktack auf eine herzliche Bitte reagieren würde.

Außerdem würden sie, wenn sie etwas sagten, nur sich selbst verraten. Der Golem hatte noch kein einziges Mal zu der Empore gesehen, und bisher gab es auch keinen Grund anzunehmen, daß Ticktack mehr als die normalen Sinne benutzte, um sie zu suchen, oder wußte, daß sie in dem Lagerhaus waren.

Doch dann beging Ticktack eine Greueltat, die deutlich machte, daß er in der Tat mit *Absicht* ein Chaos verursachen und einen blutigen Tumult hinterlassen wollte. Er blieb vor einem zwanzigjährigen Mädchen mit rabenschwarzen Haaren stehen, das seine schlanken Arme mit einem stürmischen Ausdruck von Freude über den Kopf hielt, wie ihn rhythmische Bewegung und primitiv hämmernde Musik manchmal auch ohne Einfluß von Drogen bei Tanzenden auslösen können. Er ragte einen Augenblick über ihr und betrachtete sie, als ob er von ihrer Schönheit angetan wäre. Dann packte er sie mit seinen riesigen Händen am Arm, verdrehte ihn mit schockierender Brutalität und riß ihn aus dem Schultergelenk. Ein leises, dümmliches Lachen war zu hören, als er den Arm hinter sich warf, wo er zwischen zwei Tänzern in der Luft hängenblieb.

Die Verstümmelung war so unblutig verlaufen, als ob er bloß den Arm einer Schaufensterpuppe ausgehängt hätte; selbstverständlich würde kein Blut fließen, bis die Zeit selbst wieder in Fluß gekommen war. Doch dann würden diese Wahnsinnstat und ihre Folgen nur zu offenkundig werden.

Connie kniff die Augen zusammen, weil sie einfach nicht mit ansehen konnte, was er als nächstes tun würde. Als Polizistin bei der Mordkommission hatte sie zahllose Akte hirnloser Barbarei oder deren Folgen gesehen, sie hatte stapelweise Zeitungsartikel über Verbrechen von eindeutig unmenschlicher Brutalität gesammelt, und sie hatte gesehen, was dieser spezielle psychotische Scheißkerl dem armen Ricky Estefan angetan hatte, doch die Grausamkeit dessen, was er da auf der Tanzfläche getan hatte, erschütterte sie so sehr, wie sie noch nie etwas erschüttert hatte.

Es mochte an der *totalen* Hilflosigkeit des jungen Opfers liegen, daß Connie so völlig schockiert war und jetzt nicht nur aufgrund innerer oder äußerer Kälte, sondern aus eisigem Entsetzen zitterte. Alle Opfer waren in gewissem Maße hilflos, deshalb wurden sie zur Zielscheibe für die Barbaren in ihrer Umgebung. Doch die Hilflosigkeit dieser hübschen jungen Frau war unendlich viel schrecklicher, weil sie ihren Angreifer nicht hatte kommen sehen, ihn auch nicht gehen sehen und niemals wissen würde, wer er war. Sie wurde so plötzlich getroffen, wie eine unschuldige Feldmaus von den rasiermesserscharfen Krallen eines herabstoßenden Habichts durchbohrt wird, den sie gar nicht hatte auf sich stürzen sehen. Selbst nachdem die junge Frau verstümmelt worden war, war sie sich des Angriffs noch nicht bewußt, sondern in dem letzten Moment reinen Glücks und sorgenfreier Existenz erstarrt, den sie vielleicht je erleben würde. Immer noch lag ein Lächeln auf ihrem Gesicht, obwohl sie für immer zum Krüppel gemacht und vielleicht sogar zum Tode verurteilt worden war. Bis ihr Angreifer ihr die Fähigkeit wiedergab, zu fühlen und zu reagieren, war ihr noch nicht einmal erlaubt, ihren Verlust zu erkennen, die Schmerzen zu spüren oder zu schreien.

Connie wußte, daß sie diesem grauenhaften Feind gegenüber genauso erschreckend verwundbar war wie die junge Tänzerin da unten. Hilflos. Egal, wie schnell sie laufen konnte und wie ausgetüftelt ihre Strategien waren, keine Schutzmaßnahme würde ausreichen, und kein Versteck wäre sicher.

Obwohl sie nie sonderlich religiös gewesen war, konnte sie plötzlich verstehen, wie ein frommer fundamentalistischer Christ bei dem Gedanken erzitterte, daß Satan aus der Hölle befreit würde, um auf der Erde zu wandeln und das Armageddon wahr zu machen. Seine furchteinflößende Macht. Seine Unbarmherzigkeit. Seine harte, hämische und gnadenlose Brutalität.

Sie spürte eine heftige Übelkeit im Bauch und hatte Angst, sich übergeben zu müssen.

Neben ihr stieß Harry einen ganz leisen, warnenden Pfiff aus, und Connie öffnete die Augen. Sie war entschlossen, ihrem Tod mit allem Widerstand entgegenzutreten, den sie aufbringen konnte, so sinnlos dieser Widerstand auch sein mochte.

Unten im Saal hatte der Golem den Fuß der Treppe erreicht, über die auch sie und Harry auf die Empore gestiegen waren. Dort zögerte er, als ob er überlegte, ob er weitergehen und anderswo suchen sollte.

Connie wagte zu hoffen, daß ihr fortgesetztes Schweigen, trotz aller Provokationen, über die man laut hätte aufschreien müssen, Ticktack zu der Annahme verleitet hatte, daß sie sich unmöglich irgendwo auf dieser Rave-Party versteckt haben könnten.

Dann sprach er mit dieser rauhen, dämonischen Stimme. »Fie-fei-fo-fam«, sagte er und begann, die Treppe heraufzusteigen. »Ich riech' das Blut von Helden-Cops.«

Sein Lachen war so kalt und unmenschlich, als käme es von einem Krokodil – dennoch war auf unheimliche Weise etwas von kindlicher Freude darin zu erkennen.

Retardierte Entwicklung.

Ein psychotisches Kind.

Ihr fiel ein, wie Harry ihr erzählte, daß der brennende Landstreicher, als er dabei war, die Wohnung zu zerstören, gesagt hatte: *Mit euch Menschen kann man so herrlich spielen.* Das hier war sein privates Spiel, das er nach seinen eigenen Regeln spielte oder nach gar keinen, wenn es ihm beliebte, und sie und Harry waren nichts weiter als seine Spielsachen. Sie war töricht gewesen zu hoffen, daß er sein Versprechen halten würde.

Seine schweren Schritte krachten auf den hölzernen Stufen und hallten im gesamten Gebäude wider. Der Boden der Empore vibrierte bei jedem Schritt. Er stieg sehr schnell: BUM, BUM, BUM, BUM!

Harry packte sie am Arm: »Schnell, zur anderen Treppe!«

Sie wandten sich vom Geländer ab und gingen zu der Seite der Empore, an der der Golem nicht hochkam.

Oben auf der zweiten Treppe stand ein zweiter Golem, identisch mit dem ersten. Riesig. Verfilzte Mähne. Wilder Bart. Der Regenmantel wie ein schwarzes Cape. Er grinste breit. Blaue Flammen flackerten aus tiefen Augenhöhlen.

Jetzt wußten sie wieder etwas Neues über Ticktacks Macht. Er konnte zumindest zwei künstliche Körper zur gleichen Zeit schaffen und kontrollieren.

Der erste Golem erreichte das obere Ende der Treppe auf ihrer rechten Seite. Er begann auf sie zuzugehen, wobei er sich rücksichtslos einen Weg durch die verschlungenen Liebespaare auf dem Fußboden bahnte.

Links von ihnen näherte sich der zweite Golem mit ebensowenig Respekt vor den erstarrten Menschen. Wenn die Welt sich wieder in Gang setzte, würden sich Schmerzens- und Empörungsschreie von einem Ende der breiten Empore zum anderen erheben.

Harry hielt immer noch Connies Arm und zog sie zum Geländer zurück. Er flüsterte: »*Spring!*«

BUM-BUM-BUM-BUM-BUM, die dumpfen Schritte der Golemzwillinge erschütterten die Empore, und BUM-BUM-BUM-BUM, bebte Connie vom Hämmern ihres eigenen Herzens, und die beiden Geräusche wurden bald eins.

Harrys Beispiel folgend, legte sie ihre Hände hinter sich auf das Geländer und schob sich hoch, bis sie darauf saß.

Die Golems traten noch brutaler gegen die menschlichen Hindernisse, die sie von ihrer Beute trennten, und kamen von beiden Seiten immer schneller auf sie zu.

Connie hob die Beine und drehte sich mit dem Gesicht zum Saal. Es waren mindestens sechs Meter bis zum Fußboden. Tief genug, um sich ein Bein zu brechen oder sich den Kopf aufzuschlagen? Vermutlich.

Die beiden Golems waren jeweils weniger als sechs Meter entfernt und kamen mit der unaufhaltsamen Kraft von Güterzügen auf sie zu, die Gasflammen in ihren Augen brannten so hell wie Höllenfeuer, und sie streckten ihre riesigen Hände nach ihr aus.

Harry sprang.

Connie preßte die Füße gegen die Balustrade und die Hände gegen den Handlauf und stieß sich mit einem Schrei der Ergebenheit ins Leere ab –

– und fiel nur gut zwei Meter, bevor sie mitten in der Luft neben Harry zum Stillstand kam. Sie hing mit dem Gesicht nach unten, Arme und Beine hatte sie unbewußt in Anlehnung an die klassische Fallschirmspringerposition gespreizt, und unter ihr waren die erstarrten Tänzer, die sie ebensowenig wahrnahmen wie alles andere von dem Moment an, in dem sie verzaubert worden waren.

Die zunehmende Kälte in ihren Knochen und das rasche Schwinden ihrer Energie, während sie durch Laguna Beach flohen, hatte bereits darauf hingedeutet, daß sie in der erstarrten Welt nicht so leicht vorankam, wie es schien, gewiß nicht so leicht, wie sie sich durch die normale Welt bewegte. Die Tatsache, daß sie beim Laufen keinen Wind erzeugten, was auch Harry aufgefallen war, schien für die Vermutung zu sprechen, daß es einen Widerstand gegen ihre Bewegung gab, und der angehaltene Sturz war nun der Beweis dafür. Solange sie sich anstrengten, konnten sie sich bewegen, aber sie konnten sich nicht darauf verlassen, daß ihre eigene Kraft oder selbst die Schwerkraft sie weit tragen würden, wenn sie in ihrer Anstrengung nachließen.

Connie sah über ihre Schulter und stellte fest, daß sie sich nur ein Meter fünfzig vom Geländer der Empore hatte wegkatapultieren können, obwohl sie sich mit aller Kraft von dort abgestoßen hatte. Doch zusammen mit dem knapp zwei Meter tiefen Fall nach unten hatte sie sich so weit entfernt, daß die Golems sie nicht mehr erreichen konnten.

Sie standen am Geländer der Empore, beugten sich darüber, langten nach unten und griffen nach ihr, erwischten aber nicht mehr als Hände voller leerer Luft.

Harry rief ihr zu: »Du kannst dich bewegen, wenn du es probierst!«

Sie sah, daß er seine Arme und Beine in etwa wie beim Brustschwimmen benutzte. Er arbeitete sich Richtung Boden vor, indem er sich Zentimeter um Zentimeter voranquälte, als ob die Luft keine Luft wäre, sondern eine seltsame Form extrem dichten Wassers.

Sie merkte rasch, daß sie leider nicht schwerelos war wie ein Astronaut oben im Weltall an Bord eines Space Shuttle, der die Aufhebung der Schwerkraft geschickt für seine Fortbewegung nutzen konnte. Ein kurzes Experiment bewies, daß sie sich nicht mit der Leichtigkeit eines Astronauten vorwärtstreiben oder beliebig die Richtung ändern konnte.

Als sie Harry nachahmte, stellte Connie jedoch fest, daß sie sich tatsächlich durch die klebrige Luft hinunterziehen konnte, wenn sie planmäßig und entschlossen vorging. Einen Moment lang schien das sogar besser als Fallschirmspringen zu sein, denn dort war die Phase, bei der man das Gefühl hatte, wie ein Vogel zu fliegen, auf relativ große Höhen beschränkt; und da die Gegenstände auf dem Boden rasant größer wurden, war die Illusion nie vollkommen überzeugend. Hier hingegen befand sie sich innerhalb eines Gebäudes unmittelbar über den Köpfen anderer Menschen in der Luft, was ihr selbst unter den gegebenen Umständen ein erregendes Gefühl von Macht und Lebenskraft gab, in etwa wie jene herrlichen Träume, in denen man flog, die sie leider viel zu selten hatte.

Connie hätte diese bizarre Erfahrung sogar genießen können, wenn Ticktack nicht in Form der beiden Golems dagewesen wäre und sie nicht um ihr Leben hätte fliegen müssen. Sie hörte das BUM-BUM-BUM-BUM ihrer schweren eilenden Schritte auf der hölzernen Empore, und als sie sich nach oben umdrehte, sah sie, daß sie jeweils auf eine der beiden Treppen zuliefen.

Sie war immer noch drei bis dreieinhalb Meter vom Boden des Lagerhauses entfernt und »schwamm« mit einer zermürbend langsamen Geschwindigkeit, sich Zentimeter um Zentimeter durch die bunten, erstarrten Strahlen der Spotlights und Party-Laser kämpfend. Sie rang vor Anstrengung nach Atem. Ganz schnell wurde sie jetzt immer kälter und kälter.

Wenn sie etwas Festes gehabt hätte, woran sie sich hätte abstoßen können, wie zum Beispiel eine Wand in der Nähe oder eine der Säulen, die das Dach trugen, hätte sie mehr Antriebskraft erzielen können. Aber außer der Luft selbst gab es nichts, womit man sich hätte wegkatapultieren können – fast so, als würde sie versuchen, sich an den eigenen Schnürsenkeln hochzuziehen.

Harry war rechts von ihr und hatte knapp einen halben Meter Vorsprung, kam aber auch nicht besser voran als sie. Er war nur deshalb weiter, weil er sich vor ihr so bewegt hatte.

Treten. Arme anziehen. Kämpfen.

Ihr Gefühl von Freiheit und Lebenskraft wurde rasch von dem Gefühl verdrängt, in der Falle zu sitzen.

BUM-BUM-BUM-BUM-BUM hallten die Schritte ihrer Verfolger gedämpft durch den riesigen Raum.

Sie war jetzt weniger als drei Meter über dem Boden und bewegte sich auf eine freie Stelle zwischen den Tänzern zu. Treten. Ziehen. Treten und Ziehen. Immer weiter bewegen, bewegen. So kalt.

Sie warf noch einmal einen Blick nach hinten, obwohl sie befürchtete, daß selbst diese Bewegung sie verlangsamen könnte.

Zumindest einer der Golems hatte das obere Ende der Treppe erreicht. Er stieg, immer zwei Stufen auf einmal nehmend, herunter. Wie er in seinem capeartigen Regenmantel, mit gebeugten Schultern, den unförmigen Kopf gesenkt in der ausgelassenen Art eines Affen, die Treppe heruntersprang, erinnerte er sie an eine Zeichnung aus einem längst vergessenen Märchenbuch, das Bild eines bösen Trolls aus einer mittelalterlichen Legende.

Sie kämpfte so erbittert, daß sie glaubte, ihr Herz würde zerspringen, und schaffte es, sich bis auf zweieinhalb Meter an den Fußboden heranzuziehen. Aber sie hing mit dem Kopf nach unten; sie würde sich also mühsam bis ganz nach unten auf den Beton ziehen müssen, wo sie endlich eine feste Unterlage hätte, an der sie wieder ins Gleichgewicht kommen und sich aufrappeln könnte.

BUM-BUM-BUM-BUM.

Der Golem erreichte den Fuß der Treppe.

Connie war erschöpft. Sie fror.

Sie hörte, wie Harry die Kälte verfluchte und die Luft, die solchen Widerstand leistete.

Der angenehme Traum vom Fliegen war zum klassischen Alptraum geworden, in dem der Träumer nur ganz langsam fliehen kann, während das Monster ihn mit erschreckender Geschwindigkeit und Behendigkeit verfolgt.

Obwohl sie sich auf den Fußboden konzentrierte, der jetzt noch etwa zwei Meter unter ihr lag, sah Connie aus dem linken Augenwinkel eine Bewegung und hörte Harry aufschreien. Ein Golem hatte ihn erreicht.

Ein dunklerer Schatten fiel auf die unterschiedlichen Schatten am Boden direkt unter ihr. Widerwillig wandte sie den Kopf nach rechts.

Während sie mit den Füßen nach oben und leicht zurückgebogen wie ein Engel in der Luft hing, der herabstößt, um mit einem Dämon zu kämpfen, sah sie sich von Angesicht zu Angesicht dem anderen Golem gegenüber. Bedauerlicherweise war sie im Gegensatz zu einem Engel nicht mit einem feurigen Schwert bewaffnet, mit keinem Blitzstrahl und keinem von Gott gesegneten Amulett, und war auch nicht in der Lage, Dämonen in das Feuer und den kochenden Teer der Hölle zurückzuwerfen.

Grinsend packte Ticktack sie am Hals. Die Hand des Golems war so riesig, daß die dicken Finger bei ihr im Nacken über den fetten Daumen griffen und damit ihren Hals völlig umschlossen. Allerdings zerquetschte er ihr nicht sogleich die Luftröhre oder drückte ihr die Luft ab.

Sie erinnerte sich daran, wie der Kopf von Ricky Estefan auf den Rücken gedreht worden war und wie der schlanke Arm der Tänzerin mit den rabenschwarzen Haaren so mühelos aus ihrem Körper gerissen wurde.

Der aufflackernde Zorn fegte ihre Panik hinweg, und sie spuckte in das große, schreckliche Gesicht. »Laß mich los, du Scheißkerl.«

Stinkender Atem ergoß sich über sie und ließ sie das Gesicht verziehen. In dem Moment sagte der Golem: »Herzlichen Glückwunsch, du Miststück. Die Zeit ist abgelaufen.«

Die blauen Flammen in den Augen brannten einen Augenblick heller, dann verlöschten sie und hinterließen tiefe, schwarze Höhlen, hinter denen Connie glaubte, das Ende der Ewigkeit sehen zu können. Das grauenhafte Gesicht des Landstreichers, das unverkennbar diesem überdimensionalen Golem aufgesetzt worden war, verwandelte sich urplötzlich von Fleisch und Haaren in eine äußerst detaillierte, einfarbig braune Physiognomie, die aussah, als wäre sie aus Lehm oder Schlamm geformt. Von seinem Nasenrücken ausgehend, bildete sich ein kompliziertes Netz von haarfeinen Rissen, verbreitete sich rasch in Spiralen über sein Gesicht und im Nu waren seine Gesichtszüge zerbröckelt.

Der gesamte Körper des riesenhaften Landstreichers zerfiel, und mit einem ohrenbetäubenden Ausbruch der Techno-Musik setzte sich die Welt wieder in Bewegung. Connie wurde nicht länger in der Luft festgehalten und fiel die letzten zwei Meter auf den Boden des Lagerhauses. Sie landete mit dem Gesicht zuerst in dem feuchten Haufen aus Erde, Sand, Gras, verfaulenden Blättern und Käfern, die den Körper des Golems gebildet hatten. Die jetzt leblose Masse bewahrte sie zwar vor Verletzungen, dennoch würgte und spuckte sie angewidert.

Um sich herum hörte sie von Schock, Panik und Schmerz erfüllte Schreie, die sogar die hämmernde Musik noch übertönten.

5.

»Das Spiel ist aus – vorläufig«, sagte der Golem und löste sich freundlicherweise auf. Harry fiel aus der Luft. Er landete der Länge nach auf dem Bauch in den Resten des Golems, die stark nach fetter, feuchter Erde rochen.

Vor seinem Gesicht war eine ganz aus Erde geformte Hand, ähnlich wie die, die sie im Bungalow von Ricky Estefan gefunden hatten – nur größer. Zwei Finger zuckten mit einem Rest von übernatürlicher Energie und schienen nach seiner Nase zu langen. Er schlug mit der Faust in die körperlos gewordene Monstrosität und machte sie zu Staub.

Schreiende Tänzer stolperten über ihn und brachen über seinem Rücken und seinen Beinen zusammen. Er krabbelte unter den fallenden Körpern hervor und stand auf.

Ein wütender Junge in einem Batman-T-Shirt stürzte auf ihn zu und holte nach ihm aus. Harry duckte sich und schlug dem Jungen eine Rechte in den Magen, versetzte ihm einen linken Aufwärtshaken unters Kinn, stieg über ihn, als er hinfiel und sah sich nach Connie um.

Sie war ganz in der Nähe und gerade dabei, ein verwegen aussehendes junges Mädchen mit einem Karatetritt zu Boden zu befördern, dann drehte sie sich auf einem Fuß um und jagte ihren Ellbogen einem muskulösen jungen Mann in die Magengrube, der ziemlich überrascht aussah, als er zu Boden ging. Er hatte offenbar geglaubt, er könne sich mal eben mit ihr über die Schuhe putzen und sie dann wegwerfen.

Wenn sie sich so hundsmiserabel fühlte wie er, dann war sie möglicherweise nicht in der Lage, sich zu behaupten. Seine Gelenke schmerzten ihn immer noch von der Kälte, die während der PAUSE in sie eingedrungen war, und er fühlte sich so müde, als hätte er eine große Last über viele Meilen geschleppt.

Harry ging zu ihr und brüllte, um sich durch die Musik und den übrigen Lärm verständlich zu machen: »Wir sind zu alt für diese Scheiße! Komm, laß uns von hier verschwinden!«

Dank der Gemeinheiten, die Ticktack zuvor auf seinem Weg durch die erstarrte Menge verübt hatte, war das Tanzen fast überall in Schlägereien oder zumindest in ein heftiges Stoßen und Schieben umgeschlagen. Allerdings schienen nicht alle Gäste zu begreifen, daß aus der Rave-Party ein gefährliches Handgemenge geworden war, denn einige von denen, die da stießen und schoben, lachten, als ob sie glaubten, sie seien bloß in einen wilden, aber relativ harmlosen Slam-Dance geraten.

Harry und Connie waren zu weit von der Vorderfront des Gebäudes entfernt, um dort hinauszugelangen, bevor die Masse die wahre Situation erkannt hatte. Obwohl nichts unmittelbar Bedrohliches wie etwa ein Feuer da war, neigte eine in Panik geratene Menschenmenge dazu, auf Gewalt so zu reagieren, als ob Flammen zu sehen wären. Einige würden sogar glauben, sie *hätten* wirklich Feuer gesehen.

Harry griff nach Connies Hand, damit sie in dem Tumult nicht getrennt würden, und führte sie zu der nähergelegenen Rückseite, wo mit Sicherheit weitere Türen sein mußten.

In dieser chaotischen Atmosphäre war es leicht verständlich, daß die Rave-Gäste wirkliche Gewalt mit gespielter Gewalt verwechselten, selbst wenn sie nicht unter Drogen standen. Spotlights schwangen hin und her und jagten über die Metalldecke, Laserstrahlen schnitten in grellen Farben komplizierte Muster durch den Raum, Blitze zuckten über die Tanzfläche, phantasmagorische Schatten sprangen, tanzten und wirbelten durch die energiegeladene Menge, junge Gesichter wirkten seltsam und geheimnisvoll hinter den sich ständig verändernden Karnevalsmasken aus reflektierendem Licht, psychedelische Filmbilder wanden sich pulsierend über zwei große Wände, der Diskjockey drehte die wahnsinnige Musik noch lauter, und der Lärm der Menge hätte allein schon ausgereicht, um einem die Orientierung zu rauben. Die Sinne waren übersättigt und neigten deshalb dazu, Anzeichen einer gewalttätigen Auseinandersetzung für den Ausdruck überschäumend guter Laune zu halten, oder für eine noch freundlichere Geste.

In Harrys Rücken ertönte in einiger Entfernung ein Schrei, der ganz anders war als die anderen, so schrill und hysterisch, daß er das Getöse im Hintergrund durchdrang und selbst in dieser Kakophonie von Klängen die Aufmerksamkeit auf sich lenkte. Es war nicht mehr als eine Minute vergangen, seit die PAUSE zu Ende war, wenn überhaupt. Harry nahm an, daß entweder das schwarzhaarige Mädchen zu schreien begonnen hatte, das aus seinem Schockzustand erwacht war und feststellte, daß ihre Schulter in einem blutigen Stumpf endete – oder derjenige, der plötzlich den auf gräßliche Weise abgetrennten Arm vor sich sah.

Doch selbst wenn das herzzerreißende Schreien nicht die allgemeine Aufmerksamkeit erregen sollte, würde die Menge nicht mehr lange weiterfeiern. Nichts war so wirksam wie ein Schlag ins Gesicht, um Hirngespinste zu vertreiben und jemanden auf den Boden der Tatsachen zurückzuholen. Wenn der Stimmungsumschwung die Mehrzahl der Raver ergriffen hatte, könnte der Ansturm auf die Türen tödlich sein, obwohl kein Feuer da war.

Sein Pflichtgefühl und Gewissen als Polizist forderten Harry auf, umzukehren, nach dem Mädchen zu suchen, das den Arm verloren hatte, und ihr Erste Hilfe zu leisten. Aber er wußte, daß er sie in der tobenden Menge wahrscheinlich nicht finden würde und daß er wahrscheinlich auch keine Chance hätte, ihr zu helfen, selbst wenn er sie ausfindig machte, da der wachsende menschliche Mahlstrom offenbar bereits die Stärke eines Hurrikans erreicht hatte.

Harry hielt Connies Hand fest und schob sich durch die Tänzer und die mittlerweile lärmenden Zuschauer mit ihren Bierflaschen und Ballons voller Lachgas ganz nach hinten durch zur Rückwand des Lagerhauses, die weit unter der Empore lag. Außerhalb der Reichweite der Partybeleuchtung. Die dunkelste Stelle im Gebäude.

Er sah nach links und nach rechts. Konnte keine Tür entdecken.

Das war nicht sonderlich überraschend, wenn man bedachte, daß ein Rave schließlich eine illegale Drogenparty war, die in einem verlassenen Lagerhaus veranstaltet wurde, und nicht ein Studentenball im Tanzsaal eines Hotels mit hell leuchtenden roten »Exit«-Schildern. Aber, Herrgott, es wäre so sinnlos und blöde, die PAUSE und die Golems zu überleben, um dann von

Hunderten von vollgedröhnten Kids totgetrampelt zu werden, die verzweifelt versuchten, sich alle gleichzeitig durch einen Ausgang zu quetschen.

Harry beschloß, nach rechts zu gehen, aus keinem anderen Grund, als daß er in irgendeine Richtung gehen mußte. Bewußtlose Jugendliche lagen auf der Erde und erholten sich gerade von kräftigen Lachgas-Inhalationen. Harry bemühte sich, auf niemanden zu treten, doch das Licht unter der Empore war so schwach, daß er ein paar Leute in dunklerer Kleidung erst sah, als er schon über sie gestolpert war.

Eine Tür. Fast wäre er vorbeigegangen, ohne sie zu bemerken.

Hinter ihm im Lagerhaus hämmerte die Musik unvermindert weiter, doch das Geschrei der Menge klang plötzlich ganz anders. Es war kaum noch der Lärm von Feiernden, sondern hatte sich in ein häßlicheres Grollen verwandelt, das mit panischen Schreien durchsetzt war.

Connie packte Harrys Hand so fest, daß sie seine Knöchel zusammenpreßte.

In der Dunkelheit drückte Harry gegen die Tür. Warf sich mit seinen Schultern dagegen. Sie rührte sich nicht. Nein. Mußte eine Außentür sein. Zieh sie nach innen. Aber das funktionierte auch nicht.

Die Menge kämpfte sich auf die Außenwände zu. Das Geschrei schwoll unerträglich an, und Harry konnte die Hitze und Panik der nahenden Menge förmlich spüren, die jetzt auch auf die Rückwand zurollte. Sie hatten offenbar jede Orientierung verloren und wußten nicht mehr, wo die Haupteingänge waren.

Er tastete nach einer Türklinke, Knauf oder Riegel, was immer es sein mochte, und betete, daß nicht abgeschlossen war. Er fand einen senkrechten Hebel mit einem Schnappverschluß, drückte darauf und spürte es klicken.

Die ersten aus der fliehenden Menge rammten sie bereits von hinten, Connie schrie auf, und Harry stieß die Leute zurück, versuchte sie aus dem Weg zu halten, damit er die Tür aufziehen konnte – *lieber Gott, bitte laß es keine Toilette und kein Wandschrank sein, wo wir zu Tode gequetscht werden* –, er hielt den Daumen fest auf dem Verschluß, die Tür knackte, er zog sie nach innen, brüllte der Menge hinter ihm zu, um Gottes willen zu warten, und dann wurde ihm die Tür aus der Hand gerissen und mit Macht aufgezogen. Er und Connie wurden von der verzweifelt wogenden Menschenmenge hinter ihnen in die kühle Nachtluft hinausgeschoben.

Auf einem Parkplatz stand mehr als ein Dutzend Ravers um die Rückseite eines weißen Ford-Lieferwagens herum. Der Wagen war mit zwei Reihen grüner und roter Christbaumkerzen behängt, die an die Batterie angeschlossen und die einzige Lichtquelle in der tiefen Dunkelheit zwischen der Rückfront des Gebäudes und der mit Gestrüpp bewachsenen Cañonwand waren. Hinter dem Lieferwagen füllte ein langhaariger Mann aus einem Druckbehälter, der auf einer Handkarre befestigt war, Luftballons mit Lachgas, und ein vollkommen kahlköpfiger Mann kassierte Fünf-Dollar-Noten. Händler wie Kunden blickten erstaunt auf, als die schreienden und rufenden Menschen aus der Hintertür des Lagerhauses hervorbrachen.

Harry und Connie trennten sich und gingen um die Leute hinter dem Lieferwagen herum, sie zur Beifahrertür und Harry auf die Fahrerseite.

Er riß die Tür auf und wollte hinter das Lenkrad klettern.

Der Kerl mit dem rasierten Kopf packte ihn am Arm und zog ihn wieder raus. »Hey, Mann, was soll das?«

Während er rückwärts aus dem Lieferwagen gezogen wurde, griff Harry unter seine Jacke und zog seinen Revolver. Er drehte sich um und schlug seinem Gegner den Lauf gegen die Lippen. »Willst du, daß ich dir die Zähne hinten aus dem Kopf blase?«

Der kahlköpfige Mann kriegte ganz große Augen und trat rasch zurück. Er hob beide Hände, um zu zeigen, daß er harmlos war. »Nein, schon gut, Mann, ganz ruhig, nimm die Kiste, sie gehört dir, viel Spaß, amüsiert euch.«

So sehr ihm Connies Methoden auch zuwider sein mochten, so mußte Harry doch zugeben, daß man ganz schön Zeit sparte, wenn man Probleme auf ihre Weise löste.

Er kletterte wieder hinter das Steuer, zog die Tür zu und steckte den Revolver in sein Holster.

Connie saß bereits auf dem Beifahrersitz.

Der Schlüssel steckte im Zündschloß, und der Motor lief, um die Batterie für die Christbaumkerzen geladen zu halten. Christbaumkerzen. Um Himmels willen. Ein festlicher Haufen, diese Lachgas-Dealer.

Er löste die Handbremse, machte die Scheinwerfer an, legte einen Gang ein und trat voll aufs Gaspedal. Einen Augenblick lang drehten die Reifen durch und qualmten. Sie quiekten wie wütende Schweine auf dem Asphalt, und die Ravers stoben auseinander. Dann faßten die Reifen, der Lieferwagen schoß auf die hintere Ecke des Lagerhauses zu, und Harry drückte wild auf die Hupe, um die Leute aus dem Weg zu scheuchen.

»Die Straße hier raus wird in zwei Minuten völlig verstopft sein«, sagte Connie und stützte sich gegen das Armaturenbrett, während sie fast auf zwei Rädern um die Ecke des Lagerhauses fuhren.

»Ja«, sagte er, »alle werden versuchen wegzukommen, bevor die Cops auftauchen.«

»Cops sind solche Spielverderber.«

»Solche Doofköpfe.«

»Kein bißchen Humor.«

»Völlig verklemmt.«

Sie schossen die breite Zufahrt an der Seite des Lagerhauses entlang, wo es keine Ausgänge gab und man sich deshalb auch keine Gedanken über in Panik geratene Menschen machen mußte. Der Lieferwagen ließ sich gut fahren, starker Motor und gute Stoßdämpfer. Er nahm an, daß das Fahrzeug für den Fall frisiert worden war, daß die Polizei auftauchte und man schnell fliehen mußte.

An der Vorderseite des Lagerhauses war die Situation anders, und er mußte Bremse und Hupe benutzen und sich regelrecht durchschlängeln, damit er keine fliehenden Partygäste auf die Hörner nahm. Es waren mehr Leute in kürzerer Zeit aus dem Gebäude entkommen, als er für möglich gehalten hätte.

»Die Veranstalter waren schlau genug, eins der großen Lkw-Tore hochzurollen, um die Leute rauszulassen«, sagte Connie und drehte sich auf ihrem Sitz, um besser aus dem Seitenfenster gucken zu können, während sie an dem Gebäude vorbeifuhren.

»Wundert mich, daß das überhaupt noch funktioniert«, sagte Harry. »Wer weiß, wie lange das Ding schon leersteht.«

Da sich die Situation so rasch entspannt hatte, würde die Zahl der Todesopfer – falls es welche gab – erheblich niedriger sein, als zunächst zu befürchten gewesen war.

Als er scharf nach links auf die Straße bog, streifte Harry mit der hinteren Stoßstange des Lieferwagens ein parkendes Auto, fuhr aber trotzdem weiter und hupte die wenigen Raver an, die bereits so weit gekommen waren und mitten über die Fahrbahn liefen wie die in Angst und Schrecken versetzten Menschen, die in einem dieser Godzilla-Filme vor der riesigen Donnerechse flohen.

Connie sagte: »Du hast deinen Revolver auf diesen glatzköpfigen Kerl gerichtet.«

»Ja.«

»Hab' ich richtig gehört, daß du ihm notfalls den Kopf wegpusten wolltest?«

»So was in der Art.«

»Du hast ihm deine Dienstmarke nicht gezeigt?«

»Ich nahm an, er hätte mehr Respekt vor einer Waffe als vor einer Dienstmarke.«

Sie sagte: »Ich fange an dich zu mögen, Harry Lyon.«

»Das hat keine Zukunft – es sei denn, wir überstehen das Morgengrauen.«

In wenigen Sekunden waren sie an allen Partygästen vorbei, die das Lagerhaus zu Fuß verlassen hatten, und Harry trat das Gaspedal voll durch. Sie schossen an der Baumschule, den Autowerkstätten und dem Caravan-Abstellplatz vorbei, die sie bereits auf dem Hinweg gesehen hatten, und hatten bald die parkenden Autos der Teilnehmer dieser Rave-Party hinter sich gelassen.

Er wollte auf jeden Fall aus der Gegend verschwunden sein, wenn die Polizei von Laguna Beach kam, die sicher hier auftauchen würde – und zwar bald. Wenn sie in das Nachspiel eines Rave-Debakels verstrickt würden, würde sie das zu lange aufhalten, vielleicht so lange, daß sie ihre einzige Chance verlieren würden, Ticktack zu überrumpeln.

»Wo fährst du hin?« fragte Connie.

»Zum Green House.«

»Yeah. Vielleicht ist Sammy noch da.«

›Sammy?«

»Der Penner. Der hieß so.«

»Oh, ja. Und der sprechende Hund.«

»Was für ein sprechender Hund?« sagte sie.

»Nun, er kann vielleicht nicht sprechen, aber er hat uns was zu sagen, was wir wissen müssen, da bin ich mir verdammt sicher, und vielleicht kann er ja doch sprechen, was soll's, wer kennt sich da noch aus, die Welt ist verrückt und diese verdammte Nacht erst recht. Im Märchen gibt es sprechende Tiere, warum dann nicht einen sprechenden Hund in Laguna Beach?«

Harry merkte, daß er dummes Zeug redete, doch er fuhr so schnell und waghalsig, daß er noch nicht mal so lange den Blick von der Straße abwenden wollte, um festzustellen, ob Connie ihn skeptisch ansah.

Sie klang allerdings keineswegs besorgt um seinen Geisteszustand, als sie sagte: »Was hast du vor?«

»Ich denke, wir haben eine ganz kleine Chance.«

»Weil er sich ab und zu ausruhen muß. Wie er dir im Autoradio gesagt hat.«

»Genau. Besonders nach so etwas. Bisher lag immer eine Stunde oder mehr zwischen seinen ... Auftritten.«

»Materialisationen.«

»Was auch immer.«

Nach einigen weiteren Kurven waren sie wieder von Wohnhäusern umgeben und arbeiteten sich durch Laguna zum Pacific Coast Highway durch.

Ein Polizeiauto und ein Krankenwagen schossen mit eingeschaltetem Blaulicht auf einer Querstraße an ihnen vorbei, mit großer Wahrscheinlichkeit aufgrund eines Anrufs auf dem Weg zum Lagerhaus.

»Das ging aber schnell«, sagte Connie.

»Jemand mit einem Autotelefon muß die 911 gewählt haben.«

Vielleicht würde die Hilfe rechtzeitig eintreffen, um das Mädchen zu retten, dem der Arm abgerissen worden war. Vielleicht konnte sogar der Arm wieder angenäht und gerettet werden. Ja, und vielleicht gab es Mother Goose wirklich.

Harry war guter Dinge gewesen, weil sie der PAUSE und dem Rave entkommen waren. Doch sein Adrenalinspiegel sank rasch, als er sich zu lebhaft vergegenwärtigte, wie brutal der Golem der jungen Frau den zarten Arm ausgerissen hatte.

Verzweiflung schlich sich wieder in seine Gedanken.

»Wenn eine geringfügige Chance besteht, während er sich ausruht oder sogar schläft«, sagte Connie, »wie können wir ihn dann schnell genug finden?«

»Nicht mit einem Portrait von Nancy Quan, so viel ist sicher. Dafür haben wir keine Zeit mehr.«

Sie sagte: »Ich glaube, wenn er sich das nächste Mal materialisiert, wird er uns töten, er wird nicht länger herumspielen.«

»Das glaube ich auch.«

»Oder zumindest mich töten. Beim nächsten Mal dann dich.«

»Im Morgengrauen. Dieses Versprechen wird unser kleiner Junge halten.«

Sie waren einen Augenblick still und ernst.

»Was können wir denn noch tun?« fragte sie.

»Der Penner vor dem Green House –«

»Sammy.«

»– vielleicht weiß der was, was uns weiterhilft. Oder wenn nicht ... dann ... zum Teufel, ich weiß es nicht. Es sieht hoffnungslos aus, oder?«

»Nein«, sagte sie heftig. »Nichts ist hoffnungslos. Wo Leben ist, ist Hoffnung. Wo Hoffnung ist, lohnt es sich immer, etwas zu versuchen, weiterzumachen.«

Er fuhr um eine weitere Ecke, von einer Straße voller dunkler Häuser in eine andere, lenkte den Wagen wieder geradeaus, ging ein bißchen vom Gaspedal und sah sie erstaunt an. »Nichts ist hoffnungslos? Was ist denn mit dir passiert.«

Sie schüttelte den Kopf. »Ich weiß es nicht. Aber es passiert immer noch.«

6.

Obwohl sie fast die Hälfte der einstündigen PAUSE auf der Flucht verbracht hatten, bevor sie in dem Lagerhaus am Ende des Cañons gelandet waren, brauchten sie bei weitem nicht so lange, um dorthin zurückzukommen, von wo aus sie losgelaufen waren. Nach Connies Armbanduhr waren sie in weniger als fünf Minuten, nachdem sie den fahrbaren Untersatz der Lachgas-Dealer beschlagnahmt hatten, auf dem Küsten-Highway, teils, weil sie eine direktere Strecke nahmen und teils, weil Harry so schnell fuhr, daß sogar sie Angst bekam.

Als sie mit einigen immer noch intakten Christbaumkerzen, die klirrend gegen die Seiten des Lieferwagens schlugen, schlitternd vor dem Green House anhielten, war es gerade 35 Sekunden nach 1:37 Uhr morgens. Das waren wenig mehr als acht Minuten, seit die PAUSE um 1:29 Uhr gleichzeitig begonnen und geendet hatte, was bedeutete, daß sie ungefähr drei Minuten gebraucht hatten, um sich aus dem überfüllten Lagerhaus herauszukämpfen und sich mit vorgehaltenem Revolver ein Transportmittel zu ergattern – obwohl ihnen das ganz bestimmt länger vorgekommen war.

Der Abschleppwagen und der Volvo, die auf der nach Süden führenden Fahrbahn erstarrt waren, waren verschwunden. Als die Zeit wieder angelaufen war, waren die Fahrer weitergefahren, ohne zu merken, daß etwas Außergewöhnliches passiert war. Weitere Autos fuhren nun nach Norden und nach Süden.

Connie war erleichtert, als sie Sammy auf dem Gehweg vor dem Green House stehen sah. Er gestikulierte wild herum und stritt sich mit dem dauergewellten Geschäftsführer mit dem Armani-Anzug und der handgemalten Krawatte. Einer der Kellner stand im Eingang, offenbar bereit, dem Chef zu helfen, falls die Auseinandersetzung körperliche Dimensionen annahm.

Als Connie und Harry aus dem Lieferwagen stiegen, sah der Geschäftsführer sie und wandte sich von Sammy ab. »Sie!« sagte er. »Mein Gott, Sie sind's!« Er kam so zielgerichtet und beinah wütend auf sie zu, als ob sie sein Lokal verlassen hätten, ohne zu bezahlen.

Gäste der Bar und weitere Angestellte waren am Fenster und sahen zu. Connie erkannte in einigen von ihnen die Leute, die Harry und sie mit Sammy und dem Hund beobachtet hatten und die dort erstarrt waren und geglotzt hatten, nachdem die PAUSE eingetreten war. Jetzt waren sie nicht mehr so unbeweglich wie Stein, aber sie sahen immer noch fasziniert zu.

»Was geht hier vor?« fragte der Geschäftsführer, als er auf sie zukam, mit einem Anflug von Hysterie in der Stimme. »Wie ist das passiert, wo sind Sie hin? Was ist das ... das ... für ein Lieferwagen!«

Connie mußte sich klarmachen, daß der Mann sie in einer Zeitspanne hatte verschwinden sehen, die ihm wie der Bruchteil einer Sekunde vorgekommen sein mußte. Der Hund hatte gejault, in die Luft gebissen und war im Gebüsch untergetaucht, womit er sie darauf aufmerksam gemacht hatte, daß irgend etwas im Gange war, was Sammy so erschreckt hatte, daß er in die Gasse gerast war. Connie und Harry waren jedoch auf dem Bürgersteig stehengeblieben und damit für die Leute an den Fenstern des Restaurants vollkommen sichtbar gewesen, als die PAUSE eintrat. Sie hatten um ihr Leben rennen müssen, und als die PAUSE endete, waren sie nicht mehr dort auf dem Bürgersteig, wo sie ursprünglich gestanden hatten; deshalb mußte es für die Zuschauer so ausgesehen haben, als hätten sie sich in Luft aufgelöst. Nur um dann acht Minuten später in einem weißen, mit roten und grünen Christbaumkerzen dekorierten Lieferwagen wiederzukommen.

Die Aufgebrachtheit und Neugier des Geschäftsführers waren also verständlich.

Wenn ihre Chance, Ticktack zu finden und mit ihm fertigzuwerden, nicht so gering gewesen wäre, wenn die tickenden Sekunden sie nicht unaufhaltsam näher an einen plötzlichen Tod geführt hätten, wäre der Aufruhr vor dem Restaurant vielleicht sogar komisch gewesen. Zum Teufel, er *war* komisch, das bedeutete aber nicht, daß sie und Harry sich die Zeit nehmen konnten, darüber zu lachen. Vielleicht später. Wenn sie dann noch lebten.

»Was hat das zu bedeuten, was ist hier passiert, was ist los?« wollte der Geschäftsführer wissen. »Ich werde nicht schlau aus dem, was Ihr verrückter Spinner da drüben mir erzählt.«

Mit »verrückter Spinner« meinte er Sammy.

»Das ist nicht ›unser‹ verrückter Spinner«, sagte Harry.

»Doch, ist er wohl«, erinnerte Connie Harry, »und du solltest besser mit ihm reden. Hiermit werd' ich schon allein fertig.«

Sie hatte ein bißchen die Befürchtung, daß Harry, dem genauso schmerzlich bewußt war wie ihr, daß sie nur noch wenig Zeit hatten, seinen Revolver auf den Geschäftsführer richten und drohen könnte, ihm die Zähne hinten aus dem Kopf zu blasen, wenn er nicht die Klappe hielte und reinginge. Sie fand es zwar positiv, daß Harry etwas aggressiver an bestimmte Dinge heranging, doch jetzt war nicht der richtige Zeitpunkt für Aggressivität.

Harry ging zu Sammy, um mit ihm zu reden.

Connie legte dem Geschäftsführer einen Arm um die Schulter und begleitete ihn auf dem Bürgersteig zum Eingang des Restaurants. Sie sprach leise, aber bestimmt, und informierte ihn darüber, daß sie und Detective Lyon sich mitten in einer wichtigen und dringenden Ermittlung befänden, und sie versicherte ihm ernsthaft, daß sie zurückkommen und alles erklären würde, auch das, was ihm unerklärlich erscheinen mochte, »sobald die gegenwärtige Situation geklärt ist.«

Wenn man bedachte, daß es normalerweise Harrys Aufgabe war, die Leute zu beruhigen und zu beschwichtigen, und ihre, sie aus der Fassung zu bringen, war sie bei dem Gastronomen sehr erfolgreich. Sie hatte nicht die Absicht, jemals zurückzukommen, um ihm auch nur irgendwas zu erklären, und sie hatte auch keine Ahnung, wie sie seiner Meinung nach eine Erklärung dafür finden sollte, daß Menschen sich in Luft auflösten. Doch er beruhigte sich, und sie konnte ihn überreden, mit dem kräftigen Kellner, der im Eingang stand, in sein Restaurant zu gehen.

Sie sah im Gebüsch nach und fand bestätigt, was sie bereits wußte: Der Hund versteckte sich nicht mehr dort. Er war verschwunden.

Sie kam gerade rechtzeitig zu Harry und Sammy auf den Seitenweg, um zu hören, wie der Penner sagte: »Woher soll ich wissen, wo er wohnt? Er ist ein Außerirdischer, er ist weit von seinem Planeten entfernt, er muß hier irgendwo ein Raumschiff versteckt haben.«

Geduldiger, als Connie erwartet hätte, sagte Harry: »Vergiß diesen Quatsch, er ist kein Außerirdischer. Er ...«

Ein Hund bellte und erschreckte sie.

Connie fuhr herum und sah den Vierbeiner mit den flatternden Ohren. Er bog gerade am etwas höher gelegenen südlichen Ende des Blocks um die Ecke. Ihm folgten eine Frau und ein etwa fünfjähriger Junge.

Sobald der Hund merkte, daß sie auf ihn aufmerksam geworden waren, packte er den Jungen unten an einem Bein seiner Jeans und zog ihn ungeduldig mit den Zähnen vorwärts. Nach ein paar Schritten ließ er ihn los, lief auf Connie zu und blieb auf halbem Weg zwischen seinem und ihrem Gefolge stehen. Er bellte sie an, bellte die Frau und den Jungen an, bellte wieder Connie an, und dann setzte er sich einfach hin, sah nach links und rechts und wieder nach links, als ob er sagen wollte: *Hab' ich denn noch nicht genug getan?*

Die Frau und der Junge wirkten neugierig, aber verängstigt. Die Mutter war auf eine gewisse Art attraktiv, und das Kind war niedlich, adrett und sauber angezogen, doch beide hatten den mißtrauischen und ruhelosen Blick von Menschen, die die Straße zu gut kennen.

Connie ging langsam und lächelnd auf sie zu. Als sie an dem Hund vorbeikam, erhob er sich von seinem Hintern und trottete hechelnd und grinsend neben ihr her.

Es lag etwas Geheimnisvolles und Erhabenes in diesem Augenblick, und Connie wußte, daß die Art der Beziehung, die sie jetzt zueinander finden würden, Leben oder Tod für sie und Harry und vielleicht für sie alle bedeuten würde.

Sie hatte keine Ahnung, was sie sagen würde, bis sie nahe genug bei ihnen war, um zu sprechen: »Haben Sie ... in letzter Zeit ... *auch* ein seltsames Erlebnis gehabt?«

Die Frau blinzelte sie erstaunt an. »Ein seltsames Erlebnis? O ja. Das kann man wohl sagen.«

Dritter Teil

Eine unheimliche kleine Hütte im Wald

Unten im fernen China,
hört man die Leute sagen,
sei das Leben oft bitter
und viel zu selten froh.
Bitter wie Drachentränen
fließen große Kaskaden von Leid
all die Jahre dahin
und überfluten unser Morgen.

Unten im fernen China,
hört man die Leute auch sagen,
ist das Leben manchmal erfreulich,
wenn auch zu oft grau.
Auch wenn das Leben durchsetzt ist
von bitteren Drachentränen,
so sind sie doch nur ein Gewürz
in unserem Gebräu der Jahre.
Schlechte Zeiten bedeuten trockenen Reis,
Tränen sind eine weitere Würze,
etwas, das uns aufrechterhält,
etwas, das wir genießen können.

Das Buch gezählten Leids

Sechs

1.

Jetzt wissen sie's.

Er ist ein guter Hund, guter Hund, gut.

Sie sind jetzt alle zusammen. Die Frau und der Junge, der stinkende Mann, der nicht so stinkende Mann und die Frau ohne Jungen. Alle riechen nach dem Ding-das-dich-töten-wird, deshalb hatte er ja auch gewußt, daß sie zusammensein mußten.

Sie wissen es auch. Sie wissen, warum sie zusammen sind. Sie stehen vor dem Menschenfutterort, reden miteinander, reden schnell, alle ganz aufgeregt, manchmal reden sie alle auf einmal, wobei die Frauen und der Junge und der nicht so stinkende Mann immer darauf achten, daß der Wind den Geruch des stinkenden Mannes von ihnen wegweht.

Sie beugen sich immer wieder zu ihm herunter, um ihn zu streicheln und hinter den Ohren zu kraulen und ihm zu sagen, er ist ein guter Hund, gut, und sie sagen andere schöne Dinge über ihn, die er eigentlich nicht verstehen kann. Das ist das allerbeste. Es ist so gut, von Leuten gestreichelt und gekrault und gemocht zu werden, die ganz bestimmt nicht sein Fell in Brand stecken werden, und von Leuten, die keinen Katzengeruch an sich haben, überhaupt keinen.

Lange nach dem kleinen Mädchen, das ihn Prince nannte, gab es mal Leute, die nahmen ihn mit in ihren Ort, fütterten ihn und waren nett zu ihm, nannten ihn Max, aber sie hatten eine große Katze. Große Katze. Böse. Die Katze hieß Fluffy. Max war nett zu Fluffy. Max hat Fluffy nie gejagt. Zu dieser Zeit jagte Max niemals Katzen. Na ja, fast niemals. Einige Katzen mochte er sogar. Aber Fluffy mochte Max nicht und wollte Max nicht an dem Menschenort haben, deshalb stahl Fluffy manchmal Max' Futter und manchmal machte Fluffy Pipi in den Wassernapf von Max. Tagsüber, wenn die netten Leute von ihrem Ort zu einem anderen Ort gegangen waren, waren Max und Fluffy allein, und Fluffy fing an zu kratzen, wurde ganz verrückt, fauchte und erschreckte Max und jagte ihn überall im Ort herum. Oder sprang von hohen Dingen auf Max drauf. Große Katze. Kratzte. Fauchte. Verrückt. Da verstand Max, das war Fluffys Ort, nicht der Ort von Max und Fluffy, nur von Fluffy, also ging er von den netten Leuten fort und war wieder bloß Kerlchen.

Seitdem macht er sich immer Sorgen, wenn er nette Leute findet, die ihn mit in ihren Ort nehmen und für immer füttern wollen, sie könnten Katzengeruch an sich haben, und wenn er mit ihnen zu ihrem Ort geht und bei ihnen durch die Tür spaziert, dann ist Fluffy da. Groß. Böse. Verrückt.

Deshalb ist es so schön, daß *keiner* von diesen Leuten Katzengeruch an sich hat, denn wenn einer von ihnen ihn in seine Familie aufnehmen will, dann ist er sicher und braucht sich keine Sorgen über Pipi in seinem Wassernapf zu machen.

Nach einer Weile reden sie so aufgeregt miteinander, daß sie ihn nicht mehr so oft streicheln und sagen, wie gut er ist, deshalb fängt er an, sich zu langweilen. Gähnt. Legt sich hin. Könnte vielleicht schlafen. Er ist müde. Anstrengend, ein guter Hund zu sein.

Doch dann sieht er die Leute in dem Futterort, die aus den Fenstern des Futterorts gucken. Interessant. Gucken aus den Fenstern. Gucken nach ihm.

Vielleicht finden sie ihn süß.

Vielleicht wollen sie ihm was zu fressen geben.

Warum sollten sie ihm *nichts* zu fressen geben wollen?

Also steht er auf und trottet zu dem Futterort. Kopf hoch. Tänzel ein wenig. Wedel mit dem Schwanz. Das mögen sie.

Er wartet an der Tür. Niemand macht sie auf. Er legt eine Pfote dagegen. Wartet. Niemand. Er kratzt. Niemand.

Er geht da hin, wo die Leute am Fenster ihn sehen können. Er wedelt mit dem Schwanz. Er hält den Kopf schräg, spitzt ein Ohr. Sie sehen ihn. Er weiß, daß sie ihn sehen.

Er geht wieder zu der Tür. Wartet. Wartet.

Wartet. Kratzt. Niemand.

Vielleicht wissen sie nicht, daß er was zu fressen will. Oder vielleicht haben sie Angst vor ihm, weil sie denken, er ist ein böser Hund. Er sieht nicht aus wie ein böser Hund. Wie können sie da Angst haben? Wissen sie nicht, wann sie Angst haben müssen und wann nicht? Er würde nie von hohen Dingen auf sie drauf springen oder in ihre Wassernäpfe Pipi machen. Dumme Leute. Dumm.

Endlich beschließt er, daß man ihm nichts zu fressen geben wird, also geht er zu den netten Leuten zurück, die er zusammengebracht hat. Auf dem Weg dorthin hält er den Kopf immer noch hoch, tänzelt und wedelt mit dem Schwanz, bloß um den Leuten am Fenster zu zeigen, was ihnen entgeht.

Als er zu den Frauen, dem Jungen, dem stinkenden Mann und dem nicht so stinkenden Mann zurückkommt, ist etwas nicht in Ordnung. Er kann es fühlen und riechen.

Sie haben Angst. Das ist nichts Neues. Sie haben Angst gehabt, seit er jeden von ihnen zum ersten Mal gerochen hat. Aber das ist eine andere Angst. Eine schlimmere Angst.

Und sie haben eine leichte Spur von dem Leg-dich-einfach-hin-und-stirb-Geruch an sich. Tiere bekommen diesen Geruch manchmal, wenn sie alt sind, wenn sie sehr müde und krank sind. Menschen nicht so oft. Obwohl er einen Ort kennt, an dem die Menschen so riechen. Er war am frühen Abend mit der Frau und dem Jungen dort.

Interessant.

Aber bös interessant.

Es beunruhigt ihn, daß diese netten Leute auch nur ein bißchen von dem Leg-dich-einfach-hin-und-stirb-Geruch an sich haben. Was stimmt mit ihnen nicht? Nicht krank. Vielleicht ist der stinkende Mann ein bißchen krank, aber die anderen nicht. Auch nicht alt.

Ihre Stimmen sind auch anders. Ein bißchen erregt, aber nicht so sehr wie vorher. Müde, ein bißchen. Traurig, ein bißchen. Noch etwas ... Was? Etwas. Was? Was?

Er schnuppert um ihre Füße herum, um einen nach dem anderen, schnuppert schnuppert schnuppert schnuppert, sogar um den stinkenden Mann, und plötzlich weiß er, was mit ihnen nicht stimmt, und er kann es nicht glauben, einfach nicht glauben.

Er ist verblüfft. Verblüfft. Er geht zurück, sieht sie an, verblüfft.

Alle haben den besonderen Geruch an sich, der besagt, bin-ich-hinter-ihm-her-oder-es-hinter-mir?-habe-ich-so-viel-Hunger-daß-ich-was-ausgrabe-und-es-fresse-oder-soll-ich-abwarten-ob-die-Leute-mir-was-Gutes-geben? Das ist der Geruch, wenn man nicht weiß, was man tun soll, was manchmal eine andere Art von Angstgeruch ist. Wie jetzt. Sie haben Angst vor dem Ding-das-dich-töten-wird, aber sie haben auch Angst, weil sie nicht wissen, was sie jetzt tun sollen.

Er ist verblüfft, denn *er* weiß, was man jetzt tun muß, und er ist noch nicht mal ein Mensch. Aber sie können manchmal so langsam sein, die Menschen.

Na gut. Er wird ihnen zeigen, was sie jetzt tun müssen.

Er bellt, und natürlich sehen sie ihn an, denn er ist kein Hund, der viel bellt.

Er bellt noch einmal, dann läuft er an ihnen vorbei, den Berg hinunter, läuft und läuft, und dann bleibt er stehen, sieht sich um und bellt wieder.

Sie starren ihn an. Er ist verblüfft.

Er läuft zu ihnen zurück, bellt, dreht sich um, läuft wieder den Berg hinunter, läuft, läuft, bleibt stehen, sieht sich um, bellt wieder.

Sie reden. Sehen ihn an und reden. Als ob sie es vielleicht kapieren.

Also läuft er noch ein Stückchen weiter, dreht sich um, schaut zurück, bellt.

Sie sind aufgeregt. Sie kapieren es. Erstaunlich.

2.

Sie wußten nicht, wie weit der Hund sie führen würde, und sie waren sich darin einig, daß sie zu fünft zu Fuß um fast zwei Uhr morgens zu auffällig wären. Sie beschlossen auszuprobieren, ob Woofer dem Lieferwagen genauso bereitwillig vorauslaufen würde, wie er sie offenbar zu Fuß führen wollte, denn in dem Fahrzeug wären sie weit weniger auffällig.

Janet half Detective Gulliver und Detective Lyon rasch, die Christbaumkerzen vom Lieferwagen abzumachen. Sie waren an einigen Stellen mit Metallklammern und an anderen mit Kreppband befestigt.

Es schien zweifelhaft, daß der Hund sie sofort zu demjenigen führen würde, den sie Ticktack nannten. Doch für den Fall, daß das doch geschah, war es sehr sinnvoll, nicht durch rote und grüne Lichter die Aufmerksamkeit auf sich zu lenken.

Während sie beschäftigt waren, folgte Sammy Shamroe ihnen um den Ford herum und erzählte ihnen – nicht zum ersten Mal –, daß er ein Narr und ein heruntergekommener Kerl gewesen sei, doch daß er, wenn alles vorbei wäre, einen neuen Anfang machen wollte. Es schien für ihn wichtig zu sein, daß sie glaubten, daß es ihm mit dem Vorsatz, ein anderes Leben zu beginnen, ernst war – als ob es erst andere Leute glauben müßten, bevor er selbst davon überzeugt sein würde.

»Ich habe nie geglaubt, daß ich etwas hätte, was die Welt wirklich brauchte«, sagte Sammy. »Ich hab' mich für ziemlich wertlos gehalten, war bloß ein Publicity-Künstler, ein geschickter Schwätzer, aber innen leer. Doch nun rette ich die Welt vor einem Außerirdischen. Okay, eigentlich kein Außerirdischer, und ich rette die Welt auch nicht allein, aber ich *helfe* dabei, sie zu retten, verdammt noch mal.«

Janet war immer noch erstaunt über das, was Woofer getan hatte. Niemand war sich ganz im klaren darüber, wie er wissen konnte, daß sie alle fünf unter derselben merkwürdigen Bedrohung lebten oder daß es gut für sie wäre, wenn man sie zusammenbrachte. Jeder wußte, daß Tiere in mancher Hinsicht schwächere Sinne hatten als Menschen, aber in vieler Hinsicht auch stärkere, und daß sie neben den normalen fünf Sinnen vielleicht noch andere hatten, die schwer zu verstehen waren. Doch nach allem, was geschehen war, würde sie nie mehr einen Hund – oder überhaupt ein Tier – mit den gleichen Augen betrachten wie vorher.

Den Hund zu sich zu nehmen und ihn zu füttern, obwohl sie sich das eigentlich nicht leisten konnte, hatte sich als das vielleicht Klügste erwiesen, was sie je gemacht hatte.

Sie nahm mit den beiden Detectives die letzten Lichter ab, rollte sie zusammen und legte sie hinten in den Lieferwagen.

»Ich höre endgültig mit dem Trinken auf«, sagte Sammy, während er ihnen zur Hintertür nachlief. »Könnt ihr euch das vorstellen? Aber es ist wahr. Nie mehr. Nicht einen Tropfen. *Nada.*«

Woofer saß unter dem Licht einer Straßenlaterne neben Danny auf dem Gehweg und beobachtete sie geduldig.

Als Janet erfuhr, daß Ms. Gulliver und Mr. Lyon Kriminalbeamte waren, hätte sie sich zunächst am liebsten Danny geschnappt und wäre fortgelaufen. Schließlich hatte sie einen toten Ehemann im Wüstensand von Arizona liegenlassen, von ihrer Hand ermordet, und sie hatte keine Möglichkeit herauszufinden, ob der verhaßte Mann immer noch dort war, wo sie ihn liegengelassen hatte. Wenn man Vince' Leiche gefunden hatte, würde man sie vielleicht verhören wollen; vielleicht gab es sogar schon einen Haftbefehl gegen sie.

Erschwerend kam noch hinzu, daß ihr in ihrem ganzen Leben noch nie eine Autoritätsperson – mit Ausnahme vielleicht von Mr. Ishigura vom Pacific View Care Home – freundlich gesonnen gewesen war. Sie hielt sie für Menschen, mit denen sie nichts gemeinsam hatte.

Doch Ms. Gulliver und Mr. Lyon wirkten vertrauenswürdig, freundlich und wohlmeinend. Sie glaubte nicht, daß sie die Art von Leuten wären, die dafür sorgten, daß man ihr Danny wegnähme. Allerdings hatte sie auch nicht die Absicht, ihnen zu sagen, daß sie Vince umgebracht hatte. Außerdem hatte Janet tatsächlich eine Menge mit ihnen gemeinsam – nicht zuletzt den Willen zu leben und den Wunsch, Ticktack zu erwischen, bevor er sie erwischte.

Zum größten Teil hatte sie sich deshalb entschlossen, den beiden Detectives zu vertrauen, weil ihr nichts anderes übrigblieb; sie alle steckten in dieser Sache. Aber sie hatte sich auch deshalb entschlossen, ihnen zu vertrauen, weil der Hund ihnen vertraute.

»Es ist fünf vor zwei«, sagte Detective Lyon mit einem Blick auf seine Armbanduhr. »Wir sollten endlich los.«

Janet rief Danny zu sich, und er stieg mit ihr und Sammy Shamroe hinten in den Lieferwagen. Sammy zog die Tür hinter ihnen zu.

Detective Lyon kletterte auf den Fahrersitz, ließ den Motor an und schaltete die Scheinwerfer ein.

Der hintere Teil des Wagens war zur Fahrerkabine hin offen. Janet, Danny und Sammy drängten sich nach vorn, um über den Vordersitz durch die Windschutzscheibe gucken zu können.

Schlangenförmige Nebelfäden begannen vom Meer über den Küsten-Highway zu gleiten. Die Scheinwerfer eines entgegenkommenden Autos, des einzigen anderen Fahrzeugs, das zu sehen war, erwischten den langsam treibenden Nebel genau im richtigen Winkel und schufen ein waagerechtes Band von Regenbogenfarben, das am rechten Bordstein begann und am linken endete. Das Auto fuhr durch die Farben hindurch und trug sie in die Nacht hinaus.

Detective Gulliver stand immer noch mit Woofer auf dem Bürgersteig.

Detective Lyon löste die Handbremse und legte einen Gang ein. Mit leicht erhobener Stimme sagte er: »Okay, wir sind bereit.«

Detective Gulliver konnte ihn auf dem Bürgersteig hören, weil das Seitenfenster des Lieferwagens offen war. Sie redete mit dem Hund, machte eine scheuchende Bewegung mit den Händen, und der Hund sah sie fragend an.

Als er merkte, daß er sie dorthin führen sollte, wo er sie schon vor ein paar Minuten hatte hinführen wollen, begann Woofer den Berg hinunterzulaufen, in nördlicher Richtung über den Bürgersteig. Er lief etwa ein Drittel eines Häuserblocks, blieb stehen, um zu sehen, ob Detective Gulliver ihm folgte. Es schien ihn zu freuen, daß sie bei ihm blieb. Er wedelte mit dem Schwanz.

Detective Lyon nahm den Fuß von der Bremse und ließ den Lieferwagen den Berg hinunterrollen, dicht hinter Detective Gulliver und im gleichen Tempo wie sie, damit der Hund merkte, daß das Fahrzeug ihm ebenfalls folgte.

Obwohl der Wagen nicht schnell fuhr, packte Janet den Sitz hinter dem Kopf von Detective Lyon, um einen festen Halt zu haben, und Sammy umklammerte die Kopfstütze des leeren Beifahrersitzes. Danny hielt sich mit einer Hand an Janets Gürtel fest und stand auf Zehenspitzen, um zu sehen, was draußen passierte.

Als Detective Gulliver Woofer fast eingeholt hatte, setzte sich der Hund erneut in Bewegung und rannte bis zum Ende des Blocks, blieb an der Kreuzung stehen und sah sich um. Er beobachtete die Frau, die auf ihn zukam, dann betrachtete er einen Augenblick den Wagen, dann wieder die Frau und wieder den Wagen. Er war ein kluger Hund; er würde es kapieren.

»Ich wünschte, er würde einfach mit uns sprechen und uns sagen, was wir wissen müssen«, sagte Detective Lyon.

»Wer?« fragte Sammy.

»Der Hund.«

Nachdem Detective Gulliver Woofer über die Kreuzung und bis zur Mitte des nächsten Häuserblocks gefolgt war, blieb sie stehen, damit Detective Lyon nachkommen konnte. Sie wartete, bis Woofer sie ansah, dann öffnete sie die Beifahrertür und stieg in den Lieferwagen.

Der Hund setzte sich und starrte sie an.

Detective Lyon ließ den Wagen ein bißchen vorwärts rollen.

Der Hund stellte die Ohren schräg auf.

Der Wagen rollte.

Der Hund stand auf und trabte weiter nach Norden. Er blieb stehen, sah sich um, ob der Wagen auch wirklich hinterherkam, dann trabte er weiter.

»Guter Hund«, sagte Detective Gulliver.

»Sehr guter Hund«, sagte Detective Lyon.

Danny sagte stolz: »Der beste Hund, den's gibt.«

»Ganz meine Meinung«, sagte Sammy Shamroe und fuhr mit einer Hand über den Kopf des Jungen.

Danny blickte Janet an und sagte: »Mama, der Mann stinkt aber.«

»Danny!« sagte Janet entsetzt.

»Schon gut«, meinte Sammy. Er fühlte sich bemüßigt, noch eines seiner ernstgemeinten, aber weitschweifigen Reuegelöbnisse loszulassen. »Es ist wahr. Ich stinke. Ich bin in einem furchtbaren Zustand. War lange in einem furchtbaren Zustand, aber das ist jetzt vorbei. Wißt ihr, warum ich in einem so furchtbaren Zustand war? Weil ich geglaubt habe, ich wüßte alles, verstünde genau, was es mit dem Leben auf sich hat, daß es keinen Sinn hat, nichts Geheimnisvolles, alles Biologie. Aber nach dem, was geschehen ist, nach dieser Nacht sehe ich die Dinge anders. Letztlich weiß ich doch nicht alles. Das stimmt. Verdammt, ich weiß überhaupt nichts! Es gibt *viel* Rätselhaftes im Leben, ist längst nicht alles simple Biologie. Und wenn es etwas darüber hinaus gibt, was braucht man dann noch Wein oder Kokain oder sonstwas? Nein. Nichts. Nicht einen Tropfen. *Nada.*«

Einen Block weiter bog der Hund nach links ab und lief eine steil ansteigende Straße hinauf Richtung Osten.

Detective Lyon bog hinter Woofer um die Ecke und sah dann auf seine Uhr. »Zwei Uhr. Verdammt, die Zeit vergeht einfach zu schnell.«

Woofer sah sich nun nur noch selten nach ihnen um. Er vertraute darauf, daß sie hinter ihm bleiben würden.

Auf dem Bürgersteig, den er entlangtrabte, lagen überall stachelige rote Blüten von den großen Eisenholzbäumen, die den gesamten Block säumten. Woofer schnupperte daran, während er weiter nach Osten lief, und mußte mehrmals niesen.

Plötzlich glaubte Janet zu wissen, wo der Hund sie hinführte. »Mr. Ishiguras Pflegeheim«, sagte sie.

Detective Gulliver drehte sich auf dem Vordersitz um und sah sie an. »Sie wissen, wo er hingeht?«

»Wir haben dort zu Abend gegessen. In der Küche.« Und dann: »O Gott, die arme blinde Frau ohne Augen!«

Das Pacific View Care Home lag im nächsten Block. Der Hund stieg die Stufen hinauf und setzte sich vor die Eingangstür.

3.

Nach der Besuchszeit war die Rezeption nicht mehr besetzt. Harry konnte durch den Glaseinsatz oben in der Tür gucken und die schwach beleuchtete und völlig verlassene Empfangshalle sehen.

Auf sein Klingeln meldete sich eine Frauenstimme in der Sprechanlage. Er stellte sich als Polizeibeamter in einer dringenden Angelegenheit vor, und sie hörte sich besorgt und bereitwillig an.

Er hatte schon dreimal auf die Uhr gesehen, als sie endlich in der Halle erschien. Sie hatte sich nicht besonders viel Zeit gelassen; er hatte bloß an Ricky Estefan denken müssen und an das Mädchen, das bei der Rave-Party einen Arm verloren hatte, und schon war für ihn jede Sekunde, die mit dem Blinken des roten Anzeigelämpchens seiner Uhr verstrich, ein Teil vom Countdown seiner eigenen Hinrichtung.

Die Krankenschwester, die sich als Nachtaufsicht vorstellte, war eine kühle und sachliche Filipina, zierlich, aber keineswegs fragil, und als sie ihn durch den Glaseinsatz in der Tür sah, war sie weniger zuvorkommend, als sie über die Sprechanlage gewesen war. Sie wollte ihm nicht aufmachen.

Zunächst einmal glaubte sie nicht, daß er ein Polizeibeamter war. Er konnte ihr keinen Vorwurf machen, daß sie mißtrauisch war, wenn man bedachte, daß er, nach allem was er in den vergangenen zwölf bis vierzehn Stunden durchgemacht hatte, aussah, als ob er in einer Kiste hausen würde. Nun ja, Sammy Shamroe hauste tatsächlich in einer Kiste, und Harry sah nicht *ganz* so schlimm aus, aber er wirkte zweifellos wie jemand, der in billigen Absteigen kampierte und seit langem in der moralischen Schuld der Heilsarmee stand.

Sie wollte die Tür nur so weit öffnen, wie die Sicherheitskette reichte, die so schwer war, daß es vermutlich das gleiche Modell war, das man auch benutzte, um den Zugang zu den unterirdischen Silos von Atomraketen zu sichern. Auf ihre Aufforderung hin schob er seinen Dienstausweis durch. Obwohl das Foto darauf so wenig schmeichelhaft war, daß es ihm selbst in seinem derzeitigen lädierten und verdreckten Zustand noch ähnelte, war sie immer noch nicht überzeugt, daß er ein Mann des Gesetzes war.

Die Nachtaufsicht zog ihre niedliche Nase kraus und sagte: »Was haben Sie sonst noch?«

Er war stark versucht, seinen Revolver zu ziehen, ihn durch den Spalt zu schieben, den Hahn zu spannen und zu drohen, ihr die Zähne hinten aus dem Kopf zu blasen. Doch sie war Mitte bis Ende Dreißig, und es war möglich, daß sie unter dem Marcos-Regime aufgewachsen und schon entsprechend abgehärtet gewesen war, bevor sie in die USA auswanderte. Deshalb würde sie ihm vielleicht nur ins Gesicht lachen, einen Finger in den Lauf stecken und sagen, er solle sich zum Teufel scheren.

Statt dessen holte er Connie Gulliver, die ausnahmsweise als Polizistin vorzeigbarer war als er. Sie grinste die winzige Gestapo-Florence-Nightingale durch das Glas in der Tür an, sagte ein paar nette Worte und schob auf Anfrage ihre eigenen Papiere durch die Öffnung. Man hätte meinen können, daß sie in den Haupttresor von Fort Knox einzudringen versuchten und nicht in ein teures privates Pflegeheim.

Er sah auf die Uhr. Es war 2:03 Uhr.

Aufgrund ihrer begrenzten Erfahrung mit Ticktack nahm Harry an, daß ihr psychotischer Houdini sich mindestens eine Stunde, aber gewöhnlich eher anderthalb, zwischen seinen Auftritten ausruhen mußte, um seine übernatürlichen Batterien wieder aufzuladen, ungefähr die gleiche Zeit, die ein Zauberkünstler braucht, um sämtliche Seidentücher, Tauben und Kaninchen in die Ärmel zu stecken und sich auf die Nachtvorstellung vorzubereiten. Wenn das der Fall war, wären sie zumindest bis halb drei, vermutlich bis drei Uhr sicher.

Im günstigsten Fall also weniger als eine Stunde.

Harry war so auf das blinkende rote Licht seiner Uhr fixiert, daß er nicht mitbekommen hatte, was Connie zu der Schwester gesagt hatte. Entweder hatte sie die Dame mit ihrem Charme bezaubert oder sich eine unglaublich wirksame Drohung einfallen lassen, denn die Sicherheitskette wurde entfernt, die Tür geöffnet, sie erhielten lächelnd ihre Dienstausweise zurück und wurden ins Pacific View gebeten.

Als die Nachtaufsicht Janet und Danny sah, die auf den unteren Treppenstufen verborgen gewesen waren, bekam sie Bedenken. Als sie den Hund sah, bekam sie noch mehr Bedenken, obwohl er mit dem Schwanz wedelte und grinste und sich offenbar bewußt einschmeicheln wollte. Als sie dann Sammy sah – und roch – wurde sie fast wieder unzugänglich.

Für Polizisten wie für Vertreter besteht die Hauptschwierigkeit immer darin, durch die Tür zu kommen. Wenn sie erst mal drinnen waren, waren Harry und Connie genauso schwer loszuwerden wie ein gewöhnlicher Staubsaugerverkäufer, der wild entschlossen ist, alle möglichen Schmutzsorten auf dem Teppich zu verteilen, um die hervorragende Saugkraft seines Produkts zu demonstrieren.

Als der philippinischen Schwester klar wurde, daß die Patienten des Heims mehr gestört würden, wenn sie sich widersetzte, als wenn sie sich kooperativ zeigte, sprach sie ein paar melodische Worte in Tagalog, die, wie Harry annahm, ein Fluch über ihre Vorfahren und Nachkommen waren, und führte sie dann durch das Gebäude zum Zimmer der Patientin, die sie suchten.

Es war nicht weiter erstaunlich, daß es in Pacific View nur eine Frau ohne Augen gab, deren Lider über den leeren Augenhöhlen zugenäht waren. Ihr Name war Jennifer Drackman.

Der gutaussehende, aber »reservierte« Sohn von Mrs. Drackman – so wurde ihnen unterwegs flüsternd anvertraut – bezahlte für die besten Privatschwestern, die sich jeden Tag in drei Schichten um seine »geistig verwirrte« Mutter kümmerten. Sie war die einzige Patientin in Pacific View, die eine derart »erdrückende« Fürsorge zusätzlich zu der bereits »aufwendigen« Pflege erhielt, die das Heim als Minimalleistung anbot. Damit und mit weiteren vielsagenden Wörtern machte die Nachtaufsicht auf höfliche Weise klar, daß sie den Sohn nicht mochte, die Privatschwestern für überflüssig hielt und als eine Beleidigung für das Personal ansah und daß ihr die Patientin unheimlich war.

Die Privatschwester, die die zweite Nachtschicht hatte, war eine exotische schwarze Schönheit namens Tanya Delaney. Sie war sich nicht sicher, ob sie es verantworten konnte, daß man ihre Patientin zu dieser unchristlichen Zeit störte, auch wenn einige von ihnen Polizeibeamte waren, und drohte für kurze Zeit noch ein viel größeres Hindernis für ihr Überleben darzustellen, als es die Nachtaufsicht gewesen war.

Die ausgemergelte, kreidebleiche, knochige Frau auf dem Bett war ein schauriger Anblick, aber Harry konnte überhaupt nicht von ihr wegsehen. Sie zwang die Aufmerksamkeit auf sich, weil in ihrem jetzigen grauenvollen Zustand auf tragische

Weise noch eine schwache, aber unbestreitbare Spur ihrer einstigen Schönheit vorhanden war, etwas, das Gesicht und Körper, die von der Krankheit gezeichnet waren, innewohnte und das durch seine Weigerung, sie ganz aufzugeben, den schockierenden Vergleich erlaubte zwischen dem, was sie wahrscheinlich in ihrer Jugend gewesen, und dem, wozu sie geworden war.

»Sie schläft.« Tanya Delaney sprach flüsternd wie sie alle. Sie stand zwischen ihnen und dem Bett und machte deutlich, daß sie ihren Job ernst nahm. »Sie schläft nicht oft so friedlich, deshalb möchte ich sie nur ungern wecken.«

Hinter den aufgetürmten Kissen und dem Gesicht der Patientin stand auf einem Nachttisch neben einem Korktablett mit einer Chromkaraffe voll Eiswasser ein einfacher, schwarz lackierter Bilderrahmen mit dem Foto eines gutaussehenden jungen Mannes um die Zwanzig. Adlernase. Dichtes, schwarzes Haar. Seine hellen Augen wirkten auf dem Schwarzweißfoto grau und waren ganz sicher auch in Wirklichkeit grau, genau der Ton von leicht angelaufenem Silber. Es war der Junge mit den Jeans und dem Tecate-T-Shirt, der Junge, der sich beim Anblick der blutdurchtränkten Opfer von James Ordegard mit einer rosa Zunge die Lippen geleckt hatte. Harry erinnerte sich an den haßerfüllten Blick in den Augen des Jungen, nachdem er ihn hinter die gelbe Absperrung zurückgezwungen und vor der Menschenmenge gedemütigt hatte.

»Das ist er«, sagte Harry leise und erstaunt.

Tanya Delaney folgte seinem Blick. »Bryan. Der Sohn von Mrs. Drackman.«

Harry wandte sich Connie zu und sagte: »Das ist er.«

»Sieht gar nicht aus wie der Rattenmann«, sagte Sammy. Er hatte sich in die Ecke des Raumes verzogen, die am weitesten von der Patientin entfernt war. Vielleicht hatte er sich daran erinnert, daß Blinde angeblich als Ausgleich für die fehlende Sehkraft ein besseres Gehör und einen schärferen Geruchssinn entwickelten.

Der Hund jaulte leise auf.

Janet Marco zog ihren schläfrigen Jungen enger an sich heran und starrte besorgt auf das Foto. »Sieht ein bißchen aus wie Vince ... die Haare ... die Augen. Kein Wunder, daß ich geglaubt habe, Vince wäre zurückgekommen.«

Harry fragte sich, wer Vince sein mochte, entschied aber, daß das jetzt nicht so wichtig war, und sagte zu Connie: »Wenn ihr Sohn tatsächlich alle Rechnungen bezahlt –«

»O ja, das tut er«, sagte Schwester Delaney. »Er sorgt so gut für seine Mutter.«

»– dann muß die Verwaltung seine Adresse haben«, beendete Connie den Satz.

Harry schüttelte den Kopf. »Die Nachtaufsicht läßt uns ganz bestimmt nicht die Unterlagen einsehen. Sie wird sie mit ihrem Leben bewachen, bis wir mit einem Durchsuchungsbefehl zurückkommen.«

Schwester Delaney sagte: »Ich glaube, Sie sollten jetzt wirklich gehen, bevor sie sie aufwecken.«

»Ich schlafe nicht«, sagte die weiße Vogelscheuche im Bett. Ihre für immer geschlossenen Augenlider zuckten noch nicht einmal, sie blieben schlaff, als ob die Muskeln in den Lidern im Laufe der Jahre verkümmert wären. »Und ich will sein Foto nicht hier haben. Aber er zwingt mich dazu.«

Harry sagte: »Mrs. Drackman –«

»Miss. Sie nennen mich hier zwar Mrs., aber das bin ich nicht. Nie gewesen.« Ihre Stimme war schwach, aber nicht brüchig. Spröde. Kalt. »Was wollen Sie von ihm?«

»Miss Drackman«, fuhr Harry fort, »wir sind von der Polizei. Wir müssen Ihnen einige Fragen über Ihren Sohn stellen.«

Wenn sie die Gelegenheit hatten, etwas mehr als Ticktacks Adresse zu erfahren, dann sollten sie die nutzen, glaubte Harry. Die Mutter würde ihnen vielleicht etwas erzählen, durch das sie auf eine Möglichkeit stießen, wie ihrem außergewöhnlichen Sprößling beizukommen war, selbst wenn sie keine Ahnung hatte, was wirklich mit ihm los war.

Sie war einen Augenblick still und kaute auf ihrer Lippe herum. Ihr Mund war verkniffen, und ihre Lippen waren so blutleer, daß sie fast grau waren.

Harry sah auf seine Uhr.

2:08.

Die ausgemergelte Frau hob einen Arm und umklammerte mit ihrer Hand, die dünn war wie eine Kralle und auch so bedrohlich aussah, das Bettgeländer. »Tanya, würden Sie uns bitte alleine lassen.«

Als die Schwester sanft Einspruch erheben wollte, wiederholte die Patientin die Bitte in schärferem Tonfall, fast wie einen Befehl.

Sobald die Schwester fort war und die Tür hinter sich geschlossen hatte, sagte Jennifer Drackman. »Wie viele sind Sie?«

»Fünf«, sagte Connie, wobei sie den Hund nicht mitzählte.

»Sie sind nicht alle Polizeibeamte, und Sie sind auch nicht bloß in einer polizeilichen Angelegenheit hier«, sagte Jennifer Drackman mit einem Scharfsinn, der ihr vielleicht als Ausgleich für die langen Jahre der Blindheit gegeben worden war.

Etwas im Ton ihrer Stimme, eine merkwürdige, mit Freude vermischte Hoffnung, veranlaßte Harry, ihr wahrheitsgemäß zu antworten. »Nein, wir sind nicht alle Cops, und wir sind auch nicht nur als Cops hier.«

»Was hat er Ihnen getan?« fragte die Frau.

Er hatte so viel getan, daß niemand wußte, wie man es kurz und bündig in Worte fassen sollte.

Die Frau interpretierte das Schweigen richtig und sagte: »Wissen Sie, was er ist?« Das war eine außergewöhnliche Frage und bewies, daß der Mutter zumindest in einem gewissen Grad das Anderssein ihres Sohnes bewußt war.

»Ja«, sagte Harry. »Das wissen wir.«

»Alle denken, er sei so ein netter Junge«, sagte die Mutter mit bebender Stimme. »Sie hören nicht zu. Die törichten Narren. Sie hören nicht zu. In all diesen Jahren ... sie wollen es nicht glauben.«

»Wir werden zuhören«, sagte Harry. »Und wir glauben es bereits.«

Eine gewisse Hoffnung blitzte in dem zerstörten Gesicht auf, doch Hoffnung war ein so ungewohnter Ausdruck in diesen Zügen, daß er gleich wieder verschwand. Sie hob den Kopf von den Kissen, eine simple Bewegung, bei der bereits die Sehnen unter dem schlaff herunterhängenden Fleisch ihres Halses von der Anstrengung hervortraten. »Hassen Sie ihn?«

Nach einem kurzen Schweigen sagte Connie: »Ja, ich hasse ihn.«

»Ja«, sagte Janet Marco.

»Ich hasse ihn fast so, wie ich mich selbst hasse«, sagte die Kranke. Ihre Stimme war jetzt bitter wie Galle. Einen Augenblick lang war die Spur einstiger Schönheit nicht mehr auf ihrem verwelkten Gesicht zu sehen. Sie war nur noch häßlich, eine groteske alte Hexe. »Werden Sie ihn töten?«

Harry wußte nicht recht, was er sagen sollte.

Bryan Drackmans Mutter war weit weniger um Worte verlegen: »Ich würde ihn selbst töten, ihn umbringen ... aber ich bin so schwach ... so schwach. Werden Sie ihn töten?«

»Ja«, sagte Harry.

»Es wird nicht leicht sein«, warnte sie.

»Nein, es wird nicht leicht sein«, stimmte er zu. Er sah erneut auf seine Uhr. »Und wir haben nicht viel Zeit.«

4.

Bryan Drackman schlief.

Es war ein tiefer, befriedigender Schlaf, der neue Kräfte spendete.

Er träumte von Macht. Er sog alle Energie in sich auf. Obwohl es im Traum Tag war, war der Himmel fast nachtschwarz, aufgewühlt von den schwarzen Wolken des Jüngsten Gerichts. Aus diesem Sturm, der alle Stürme beenden würde, flossen große, wogende Flüsse elektrischen Stroms in ihn, und aus seinen Händen schossen, wenn er es wollte, lanzen- und kugelförmige Blitze. Er war im Werden. Wenn dieser Prozeß eines Tages abgeschlossen war, würde er der Sturm *sein,* ein großer Zerstörer und Reiniger, der alles hinwegspülte, was einst gewesen war, der die Welt in Blut badete, und in den Augen derer, denen er erlaubte zu überleben, würde er Achtung, Verehrung und Liebe sehen, Liebe.

5.

Durch die augenlose Nacht kamen suchend blinde Hände aus Nebel. Weiße dunstige Finger drückten forschend gegen die Fenster von Jennifer Drackmans Zimmer.

Das Lampenlicht schimmerte in den kalten Schweißperlen auf der Wasserkaraffe und ließ den rostfreien Stahl glänzen.

Connie stand mit Harry neben dem Bett. Janet saß auf dem Stuhl der Krankenschwester und hatte ihren schlafenden Jungen auf dem Schoß, der Hund lag zu ihren Füßen, mit dem Kopf auf den Pfoten. Sammy stand in der Ecke, ins Dunkel gehüllt, schweigsam und ernst, weil er vielleicht Elemente seiner eigenen Geschichte in der Geschichte erkannte, der sie gerade zuhörten.

Die verwelkte Frau auf dem Bett schien, während sie sprach, immer mehr zu schrumpfen, als ob sie ihre eigene Substanz verzehren müßte, um die nötige Energie zu bekommen, ihre dunklen Erinnerungen anderen mitzuteilen.

Harry hatte das Gefühl, als hätte sie all diese Jahre nur für diesen Augenblick am Leben festgehalten, um endlich eine Zuhörerschaft zu haben, die nicht nur herablassend zuhörte, sondern ihr glaubte.

Mit dieser Stimme aus Staub und Zerstörung sagte sie: »Er ist erst zwanzig. Ich war zweiundzwanzig als ich mit ihm schwanger wurde ... aber ich sollte ... ein paar Jahre vor seiner ... Zeugung anfangen.«

Eine einfache Berechnung ergab, daß sie jetzt erst zwei- oder dreiundvierzig war. Harry hörte leise erstaunte Geräusche und nervöses Herumzappeln von Connie und den anderen, als ihnen allmählich klar wurde, wie relativ jung Jennifer noch war. Sie sah nicht nur einfach alt aus. Uralt. Nicht nur vorzeitig um zehn oder gar zwanzig Jahre gealtert, sondern um *vierzig*.

Während sich immer dichter werdende Nebelschleier vor den nächtlichen Fenstern bildeten, sprach Ticktacks Mutter davon, wie sie mit sechzehn von zu Hause weggelaufen war, die Schule kotzte sie an, und sie war von der kindlichen Begierde getrieben, etwas Aufregendes zu erleben, seit ihrem vierzehnten Lebensjahr körperlich frühreif, aber – wie ihr später klarwerden sollte – emotional unterentwickelt und nicht halb so schlau, wie sie glaubte.

In Los Angeles und später in San Francisco konnte ein schönes Mädchen auf dem Höhepunkt der Kultur der freien Liebe in den späten sechziger und frühen siebziger Jahren reichlich gleichgesinnte junge Männer finden, mit denen sie schlafen konnte, und eine fast unendliche Vielfalt bewußtseinsverändernder Chemikalien, mit denen man experimentieren konnte. Nach diversen Jobs in sogenannten Head-Shops, die psychedelische Poster, Lavalampen und Drogenzubehör verkauften, sah sie ihre große Chance und fing selbst an, Drogen zu verkaufen. Als Dealerin und Frau, die von ihren Lieferanten sowohl wegen ihres Verkaufstalents als auch wegen ihres guten Aussehens umschwärmt wurde, hatte sie Gelegenheit, zahlreiche exotische Substanzen auszuprobieren, die niemals auf der Straße verkauft wurden.

»Ich stand vor allem auf Halluzinogene«, sagte das Mädchen, das sich verlaufen hatte und immer noch irgendwo in der uralten Frau auf dem Bett herumirrte. »Getrocknete Pilze aus tibetischen Höhlen, Leuchtpilze aus entlegenen Tälern in Peru, aus Kaktusblüten und seltsamen Wurzeln destillierte Flüssigkeiten, die pulverisierte Haut exotischer afrikanischer Eidechsen, Wassermolchaugen und alles, was clevere Chemiker in ihren Laboratorien zusammenbrauen konnten. Ich wollte einfach alles ausprobieren und vieles davon immer wieder, alles, was mich an Orte brachte, wo ich noch nie gewesen war, und mir Dinge zeigte, die sonst niemand sehen würde.«

Trotz der abgrundtiefen Verzweiflung, in die Jennifer Drackman dieses Leben geführt hatte, war ihre Stimme von einer Kälte erzeugenden Wehmut erfüllt, einer unheimlichen Sehnsucht.

Harry spürte, daß ein Teil von Jennifer die gleichen Entscheidungen wieder treffen würde, wenn sie die Chance hätte, diese Jahre noch einmal zu durchleben.

Er war die Kälte nie ganz losgeworden, die während der PAUSE in ihn eingedrungen war, und nun breitete sie sich noch tiefer in seinem Knochenmark aus.

Er sah auf die Uhr. 2:12.

Sie fuhr fort und sprach jetzt schneller, als ob ihr seine Ungeduld bewußt würde. »1972 wurde ich geschwängert ...«

Sie war sich zwar nicht sicher, wer von drei Männern der Vater sein mochte, trotzdem freute sie sich zu Anfang über die Aussicht, ein Baby zu bekommen. Und obwohl sie nicht in der Lage gewesen wäre, vernünftig in Worte zu fassen, was der anhaltende Konsum so vieler bewußtseinsverändernder Chemikalien sie gelehrt hatte, hatte sie das Gefühl, daß sie ihrem Sprößling einen großen Schatz an Weisheit vermitteln könnte. Von da aus war es nur noch ein kleiner Schritt zu der unlogischen Entscheidung, daß der fortgesetzte – und sogar gesteigerte – Gebrauch von Halluzinogenen während der Schwangerschaft zur Geburt eines Kindes mit erweitertem Bewußtsein führen würde. Das waren schon merkwürdige Zeiten, als viele glaubten, daß man den Sinn des Lebens in Meskalin finden könnte und daß eine LSD-Kapsel einem den Zugang zum himmlischen Thron und einen Blick in das Antlitz Gottes verschaffen könnte.

Während der ersten zwei, drei Monate ihrer Schwangerschaft war Jennifer von der Aussicht erfüllt gewesen, das perfekte Kind hervorzubringen. Vielleicht würde es ein zweiter Dylan, Lennon oder Lenin, ein Genie und Friedensstifter, aber sehr viel weiter als diese, weil seine Erleuchtung dank der Voraussicht und Kühnheit der Mutter bereits im Mutterleib begann.

Dann änderte sich alles durch einen schlechten Trip. Sie konnte sich zwar nicht an alle Bestandteile des chemischen Cocktails erinnern, der den Anfang vom Ende ihres Lebens markierte, doch sie wußte, daß unter anderem LSD und der pulverisierte Panzer eines seltenen asiatischen Käfers darin gewesen waren. Aus den strahlenden und erhebenden Halluzinationen, die sie für den höchsten Bewußtseinszustand hielt, den sie je erreicht hatte, wurde plötzlich ein Horrortrip, der sie mit einer namenlosen, aber lähmenden Furcht erfüllte.

Selbst als der schlechte Trip endete und die Halluzinationen von Tod und genetischen Schrecken vorbei waren, blieb ihr die Furcht – und wurde von Tag zu Tag größer. Zunächst verstand sie nicht, woher diese Angst kam, doch dann konzentrierte sie sich auf das Kind, das in ihr wuchs, und verstand allmählich, daß sie in ihrem veränderten Bewußtseinszustand eine Warnung erhalten hatte: Ihr Baby war kein Dylan, sondern ein Monster, es würde der Welt nicht Licht, sondern Dunkelheit bringen.

Ob diese Einschätzung nun richtig oder nur eine von Drogen herbeigeführte Wahnvorstellung war, ob das Kind in ihr bereits ein mutiertes Wesen oder noch ein ganz normaler Fötus war, würde sie niemals wissen, denn aus ihrer überwältigenden Angst heraus tat sie Dinge, durch die möglicherweise der entscheidende, das Erbgut verändernde Faktor erst ins Spiel gebracht wurde, der zusammen mit ihrem exzessiven Drogenkonsum Bryan zu dem machte, was er später werden sollte. Sie bemühte sich um eine Abtreibung, aber nicht auf dem üblichen Wege, denn sie hatte Angst vor Hebammen mit ihren Kleiderbügeln und vor Hintertreppenärzten, die der Alkoholismus dazu getrieben hatte, sich außerhalb des Gesetzes zu stellen. Statt dessen griff sie zu bemerkenswert unorthodoxen und letztlich gefährlicheren Methoden.

»Das war '72.« Sie klammerte sich an das Geländer und bewegte sich unter den Laken, um ihren halbseitig gelähmten und verbrauchten Körper in eine bequemere Lage zu bringen. Ihre weißen Haare standen wie Drähte ab.

Das Licht fiel jetzt aus einem etwas anderen Winkel auf ihr Gesicht, und Harry bemerkte, daß die milchig-weiße Haut über ihren leeren Augenhöhlen von einem Netz feinster blauer Adern durchzogen war.

Seine Uhr zeigte 2:16.

Sie sagte: »Der Supreme Court legalisierte Abtreibungen erst Anfang '73, als ich im neunten Monat war, deshalb war es zu spät für mich.«

Allerdings wäre sie, selbst wenn Abtreibungen legal gewesen wären, vielleicht trotzdem nicht in eine Klinik gegangen, weil sie vor Ärzten Angst hatte und ihnen mißtraute. Als erstes versuchte sie das ungewollte Kind mit Hilfe eines mystischen indischen Homöopathen loszuwerden, der in einer Wohnung in Haight-Ashbury praktizierte, dem damaligen Zentrum der Gegenkultur in San Francisco. Er gab ihr zunächst eine Reihe von Kräutertränken, von denen man wußte, daß sie die Gebärmutterwände angriffen und manchmal eine Fehlgeburt auslösten.

Als diese Medikamente nichts nützten, versuchte er es mit starken Kräuterspülungen, die er mit immer kräftigerem Druck verabreichte, um das Kind wegzuspülen.

Als diese Behandlung ebenfalls versagte, wandte sie sich in ihrer Verzweiflung an einen Quacksalber, der die für kurze Zeit gängige Radiumspülung anbot, die angeblich nicht so stark radioaktiv war, daß sie der Frau schadete, aber für den Fötus tödlich war. Auch diese radikale Methode hatte keinen Erfolg.

Es kam ihr so vor, als ob das ungewollte Kind sich ihrer Bemühungen, es loszuwerden, bewußt wäre, und sich mit unmenschlicher Zähigkeit an das Leben klammerte, ein abscheuliches Ding, das bereits im Mutterleib stärker als jedes normale ungeborene Lebewesen war, einfach unverwundbar.

2:18.

Harry war ungeduldig. Bisher hatte sie ihnen nichts erzählt, was ihnen helfen könnte, mit Ticktack fertigzuwerden. »Wo können wir Ihren Sohn finden?«

Jennifer spürte wahrscheinlich, daß sie nie wieder eine Zuhörerschaft wie diese haben würde, und war – egal was es kostete – nicht bereit, ihre Geschichte auf deren Zeitplan zuzuschneiden. Das Erzählen war für sie eindeutig eine Form der Sühne.

Harry konnte die Stimme der Frau und auch den Anblick ihres Gesichtes nicht länger ertragen. Er ließ Connie am Bett stehen und ging zum Fenster, um in den Nebel hinauszustarren, der kühl und rein aussah.

»Das Leben wurde für mich echt zu einem schlechten Trip«, sagte Jennifer.

Harry fand es irritierend, wie diese verhärmte und ausgezehrte Greisin einen derart altmodischen Jargon benutzte.

Sie sagte, ihre Angst vor dem Ungeborenen sei schlimmer gewesen als alles, was sie unter Drogen erlebt hatte. Ihre Gewißheit, daß sie ein Monster in sich trug, wurde von Tag zu Tag größer. Sie brauchte Schlaf, doch sie fürchtete ihn, weil sie darin von schockierenden, brutalen Träumen heimgesucht wurde, menschliches Leid in endlosen Variationen und etwas nicht Sichtbares, aber Schreckliches, das sich immer im Dunklen bewegte.

»Eines Tages fand man mich schreiend auf der Straße, wie ich die Fingernägel wie Krallen in meinen Bauch schlug und etwas von einer Bestie in mir faselte. Man brachte mich auf eine psychiatrische Station.«

Von dort brachte man sie nach Orange County in die Obhut ihrer Mutter, die sie sechs Jahre zuvor verlassen hatte. Ärztliche Untersuchungen ergaben Narben am Uterus, merkwürdige Verwachsungen und Wucherungen sowie eine äußerst abnorme Blutzusammensetzung.

Obwohl man keine Abnormitäten an dem ungeborenen Kind feststellen konnte, blieb Jennifer davon überzeugt, daß es ein Monster sei und wurde täglich, ja stündlich hysterischer. Kein weltlicher oder religiöser Beistand konnte ihre Angst beschwichtigen.

Als man sie aufgrund all der Dinge, die sie getan hatte, um das Kind loszuwerden, zu einer überwachten Entbindung in ein Krankenhaus einwies, war Jennifer bereits jenseits aller Hysterie in den Wahnsinn abgerutscht. Sie erlebte Drogen-Flashbacks, in denen es von organischen Monstrositäten nur so wimmelte, und kam zu der irrationalen Überzeugung, daß, wenn sie das Kind, das sie zur Welt brachte, auch nur ansah, sie auf der Stelle zur Hölle verdammt wäre. Die Entbindung war ungewöhnlich schwierig und langwierig, und wegen ihres geistigen Zustands war sie die meiste Zeit festgebunden. Doch als ihre Fesseln kurz gelockert wurden, damit sie es etwas bequemer hatte, drückte sie sich genau in dem Moment, als das hartnäckige Kind herauskam, mit ihren Daumen die Augen aus.

Harry schauderte, während er am Fenster stand und in die Gesichter starrte, die sich im Nebel bildeten und wieder auflösten.

»Und er wurde geboren«, sagte Jennifer Drackman. »Er wurde geboren.«

Selbst ohne Augen wußte sie um das finstere Wesen der Kreatur, die sie zur Welt gebracht hatte. Aber er war ein schönes Baby, dann ein hübscher Junge (so sagte man ihr) und schließlich ein gutaussehender junger Mann. Die Jahre vergingen und niemand wollte die paranoiden Fantastereien einer Frau ernst nehmen, die sich selbst die Augen herausgedrückt hatte.

Harry sah auf seine Uhr. 2:21.

Sie waren höchstens noch vierzig Minuten sicher. Vielleicht erheblich weniger.

»Es gab so viele Operationen, Komplikationen durch die Schwangerschaft, meine Augen, Infektionen. Mit meiner Gesundheit ging es ständig bergab, ein paar Schlaganfälle, und ich bin nie mehr zu meiner Mutter nach Hause zurückgekehrt. Das war auch gut so. Denn *er* war dort. Ich habe viele Jahre in einem staatlichen Pflegeheim verbracht, wollte sterben, betete darum, endlich zu sterben, war aber zu schwach, um mich selbst zu töten ... in vieler Hinsicht zu schwach. Dann hat er mich vor zwei Jahren, nachdem er meine Mutter umgebracht hat, hierher verlegt.«

»Woher wissen Sie, daß er Ihre Mutter umgebracht hat?« fragte Connie.

»Das hat er mir gesagt. Und er hat mir auch gesagt, wie. Er beschreibt mir seine Macht, wie sie immer weiter wächst. Er hat mir sogar bestimmte Dinge gezeigt ... Und ich glaube, er kann alles, was er sagt. Glauben Sie das auch?«

»Ja«, sagte Connie.

»Wo wohnt er?« fragte Harry, immer noch dem Nebel zugewandt.

»Im Haus meiner Mutter.«

»Wo ist das?«

»Mein Verstand ist in vielen Dingen nicht klar ... aber daran kann ich mich erinnern.«

Sie gab ihm die Adresse.

Harry glaubte ungefähr zu wissen, wo das war. Nicht weit vom Pacific View.

Er sah wieder auf die Uhr. 2:23.

Harry, der es kaum erwarten konnte, aus diesem Zimmer herauszukommen, und das nicht nur, weil sie mit Bryan Drackman fertigwerden mußten, wandte sich vom Fenster ab. »Gehen wir.«

Sammy Shamroe kam aus seiner düsteren Ecke. Janet erhob sich mit ihrem schlafenden Kind im Arm von dem Stuhl der Krankenschwester, und auch der Hund stand auf.

Aber Connie hatte noch eine Frage. Es war genau die Art von persönlicher Frage, die Harry normalerweise gestellt hätte und weswegen Connie ihm bisher immer ungeduldige, böse Blicke zugeworfen hatte, weil sie das Wichtigste doch schon erfahren hatten.

»Weshalb kommt Bryan sie immer wieder besuchen?« fragte Connie.

»Um mich zu quälen«, sagte die Frau.

»Nur deswegen – wo er doch eine ganze Welt voller Menschen zur Verfügung hat, die er quälen kann?«

Jennifer Drackman ließ die Hand von dem Bettgeländer gleiten, das sie die ganze Zeit umklammert hatte und sagte: »Liebe.«

»Er kommt hierher, weil er Sie liebt?«

»Nein, nein. Er nicht. Er ist unfähig zu lieben, weiß überhaupt nicht, was das Wort bedeutet, meint das nur zu wissen. Aber er will von mir Liebe.« Ein trockenes, humorloses Lachen entfuhr der skelettartigen Gestalt auf dem Bett. »Können Sie sich vorstellen, daß er deshalb zu *mir* kommt?«

Harry stellte überrascht fest, daß er ungewollt Mitleid mit dem psychotischen Kind empfand, das diese gestörte Frau gegen ihren Willen zur Welt gebracht hatte.

Dieses Zimmer war zwar durchaus warm und gemütlich, aber der letzte Ort auf der Welt, zu dem man auf der Suche nach Liebe gehen sollte.

6.

Dichter, tiefer und kühler Nebel ergoß sich vom Pazifik über die nächtliche Küste. Er schwebte durch die schlafende Stadt wie der Geist eines uralten Ozeans, dessen Wasserspiegel sich weit über dem des heutigen Meeres befand.

Harry fuhr auf dem Küsten-Highway nach Süden, schneller, als es bei der begrenzten Sichtweite ratsam schien. Er war zu dem Schluß gekommen, daß das Risiko eines Auffahrunfalls geringer war als die Gefahr, zu spät zum Drackman-Haus zu kommen, um Ticktack zu erwischen, bevor sich seine Energie regeneriert hatte.

Seine Handflächen auf dem Lenkrad fühlten sich feucht an, als ob der Nebel sich auf seiner Haut niedergeschlagen hätte. Doch innerhalb des Lieferwagens war kein Nebel.

2:27.

Fast eine Stunde war vergangen, seit Ticktack sich ausruhen gegangen war. Einerseits hatten sie in dieser kurzen Zeit viel erreicht. Doch auf der anderen Seite schien es, als sei die Zeit nicht wie ein Fluß, wie das Lied behauptete, sondern eine herunterstürzende Lawine von Minuten.

Hinten saßen Janet und Sammy in unbehaglichem Schweigen. Der Junge schlief. Der Hund wirkte unruhig.

Auf dem Beifahrersitz hatte Connie die kleine Leselampe an der Decke eingeschaltet. Sie ließ die Trommel ihres Revolvers herausschnappen, um sich zu vergewissern, ob in jeder Kammer eine Kugel war.

Das war schon das zweite Mal, daß sie nachsah.

Harry wußte, was sie dachte: Was wäre, wenn Ticktack aufgewacht war, die Zeit angehalten hatte, seit sie zum letzten Mal nachgesehen hatte, und alle Patronen herausgenommen hatte. Und wenn sie dann die Chance hätte, ihn zu erschießen, was wäre, wenn er nur grinste, während der Hahn gegen leere Kammern schlug?

Wie beim letzten Mal glitzerte in dem Revolver ein voller Satz Patronen. Alle Kammern waren geladen.

Connie ließ die Trommel wieder zuschnappen. Knipste das Licht aus.

Harry fand, daß sie extrem müde aussah. Das Gesicht abgespannt. Die Augen tränend und blutunterlaufen. Es bereitete ihm Sorgen, daß sie sich an den gefährlichsten Verbrecher ihrer bisherigen Laufbahn zu einem Zeitpunkt heranpirschen mußten, wo sie beide erschöpft waren. Jedenfalls war ihm klar, daß *er* weit von seiner normalen Verfassung entfernt war. Seine Wahrnehmung war getrübt, seine Reaktionen waren verlangsamt.

»Wer geht zu ihm ins Haus?« fragte Sammy.

»Harry und ich«, sagte Connie. »Wir sind die Profis. Das ist das einzig Vernünftige.«

»Und wir?« fragte Janet.

»Ihr wartet im Auto.«

»Ich hab' das Gefühl, ich sollte irgendwie helfen«, sagte Sammy.

»Kommt überhaupt nicht in Frage«, sagte Connie bestimmt.

»Wie kommen Sie rein?«

Harry sagte: »Meine Partnerin hat einen Satz Dietriche dabei.«

Connie klopfte gegen eine Jackentasche, um sich zu vergewissern, daß die Mappe mit dem Einbruchswerkzeug noch da war.

»Wenn er nun nicht schläft?« fragte Janet.

Harry sah im Fahren nach den Straßenschildern und sagte: »Er wird schlafen.«

»Wenn aber nicht?«

»Er *muß* schlafen«, antwortete Harry, was so ziemlich alles darüber sagte, wie erschreckend gering ihre Chancen waren.

2:29. Verdammt. Erst blieb die Zeit stehen, und jetzt rannte sie davon.

Die Straße hieß Phaedra Way. In Laguna Beach waren die Buchstaben auf den Straßenschildern sehr klein, kaum zu lesen. Besonders im Nebel. Er beugte sich blinzelnd über das Lenkrad.

»Wie kann man ihn töten?« fragte Sammy besorgt. »Ich kann mir nicht vorstellen, wie man den Rattenmann töten kann, den nicht.«

»Jedenfalls können wir nicht riskieren, ihn nur zu verwunden, das ist verdammt klar«, sagte Connie. »Er könnte in der Lage sein, sich selbst zu heilen.«

Phaedra Way. Phaedra. Nun komm schon, komm.

»Aber wenn er die Kraft hat zu heilen«, sagte Harry, »dann kommt die von derselben Stelle, wo auch seine anderen Kräfte herkommen.«

»Aus seinem Verstand«, sagte Janet.

Phaedra, Phaedra, Phaedra ...

Harry ließ den Lieferwagen langsam fahren, weil er sicher war, daß sie sich in der Gegend befanden, in der Ticktacks Straße sein mußte, und sagte: »Yeah. Willenskraft. Bewußtseinskraft. Übersinnliche Fähigkeiten sind eine Kraft des Verstands, und der Verstand hat seinen Sitz im Gehirn.«

»Kopfschuß«, sagte Connie.

Harry stimmte ihr zu. »Auf kurze Entfernung.«

Connie blickte grimmig. »Das ist die einzige Möglichkeit. Dieser Scheißkerl kommt vor kein Geschworenengericht. Wir müssen sein Gehirn sofort treffen, ihn auf der Stelle töten, damit er keine Chance hat zurückzuschlagen.«

Harry, der sich daran erinnerte, wie der Golem-Landstreicher Feuerbälle durch das Schlafzimmer in seiner Wohnung geschleudert hatte und wie rasch weißglühende Flammen aus den Dingen, die er anfachte, emporgeschossen waren, sagte: »Yeah. Das stimmt, bevor er eine Chance hat zurückzuschlagen. Hey! Da ist Phaedra Way.«

Die Adresse, die Jennifer Drackman ihnen gegeben hatte, war keine zwei Meilen vom Pacific View Care Home entfernt. Sie fanden die Straße um 2:31 Uhr, kaum mehr als eine Stunde, nachdem die PAUSE begonnen und geendet hatte.

Es war eigentlich eher eine lange Einfahrt als eine kurze Straße, weil sie nur zu fünf Häusern mit Meerblick führte; allerdings war der Pazifik jetzt im Nebel verschwunden. Weil es vom Frühjahr bis zum Herbst im ganzen Küstenbereich nur so wimmelte von Touristen, die Parkplätze in der Nähe der Strände suchten, hatte man an der Einmündung ein Schild aufgestellt, das rigoros verkündete: PRIVAT – ZUWIDERHANDELNDE WERDEN ABGESCHLEPPT, aber kein Schlagbaum versperrte die Zufahrt.

Harry bog nicht um die Ecke. Weil die Straße so kurz war und der Lieferwagen wahrscheinlich die Leute wecken und zu dieser frühen Stunde die Aufmerksamkeit auf sich ziehen würde, fuhr er an der Abzweigung vorbei, ließ den Wagen im Leerlauf ausrollen und stellte ihn etwa sechzig Meter weiter auf dem Highway ab.

Alles besser, alle zusammen, also vielleicht werden sie jetzt alle eine Familie, und sie wollen einen Hund, den sie füttern, und alle leben zusammen in einem Menschenort, warm und trocken – und dann ist plötzlich alles falsch, falsch.

Tod-kommt. Die Frau, die keinen Jungen hat. Der Mann, der nicht so stinkt. Sie sitzen vorne im Lieferwagen, und Tod-kommt ist überall um sie herum.

Er riecht es an ihnen, aber es ist kein Geruch. Er sieht es an ihnen, aber sie sehen nicht anders aus. Es macht kein Geräusch, aber er hört es, wenn er ihnen zuhört. Wenn er ihnen die Hände und Gesichter lecken würde, hätte Tod-kommt keinen eigenen Geschmack, aber er würde trotzdem wissen, daß sie es an sich haben. Wenn sie ihn streicheln oder kraulen würden, würde er es an ihrer Berührung fühlen, Tod-kommt. Es ist eines der wenigen Dinge, die er spürt, ohne eigentlich zu wissen, woher er es weiß. Tod-kommt.

Er zittert. Er kann nicht aufhören zu zittern.

Tod-kommt.

Schlecht. Sehr schlecht. Das schlimmste.

Er muß etwas tun. Aber was? Was was was was?

Er weiß nicht, wann und wo das sein wird oder wie. Er weiß nicht, ob Tod-kommt für beide gilt oder nur für einen von ihnen. Es kann sein, daß es nur für einen gilt, und er spürt es an beiden, weil sie zusammensein werden, wenn es passiert. Er kann diese Sache nicht so deutlich spüren wie die zahllosen Gerüche an dem stinkenden Mann oder die Angst an ihnen allen, weil es eigentlich nichts ist, was man riechen oder schmecken kann, sondern etwas, das man nur fühlen kann, eine Kälte, eine Dunkelheit, eine Tiefe. Tod-kommt.

Also ...

Tu was.

Also ...

Tu was.

Was was was?

Als Harry den Motor abstellte und die Scheinwerfer ausmachte, wirkte die Ruhe fast so tief wie während der PAUSE.

Der Hund war aufgeregt, er schnupperte und jaulte. Falls er anfing zu bellen, würden die Wände des Lieferwagens das Geräusch dämpfen. Außerdem war Harry sicher, daß sie zu weit vom Drackman-Haus entfernt waren, als daß Ticktack von einem Geräusch, das der Hund machen könnte, aufgeschreckt werden könnte.

Sammy sagte: »Wie lange sollen wir warten, bis wir annehmen, daß ... nun ja ... daß Sie ihn nicht gekriegt haben, sondern er Sie? Tut mir leid, aber ich muß das fragen? Wann sollen wir weglaufen?«

»Wenn er uns kriegt, habt ihr keine Chance wegzulaufen«, sagte Connie.

Harry drehte sich zu dem dunkleren hinteren Teil des Wagens um und sah sie an. »Yeah. Er wird sich wundern, wie zum Teufel wir ihn gefunden haben, und nachdem er uns getötet hat, wird es sofort eine weitere PAUSE geben, in der er nach euch allen sieht, alles überprüft und versucht dahinterzukommen. Wenn er uns kriegt, werdet ihr es wissen, weil nur wenige Sekunden, nachdem die reale Zeit wieder angelaufen ist, wahrscheinlich einer seiner Golems hier bei euch im Wagen auftauchen wird.«

Sammy blinzelte wie eine Eule. Er befeuchtete seine aufgesprungenen Lippen mit der Zunge. »Dann seht um Gottes willen zu, daß ihr ihn tötet.«

Harry öffnete ganz leise seine Tür, während Connie auf ihrer Seite ausstieg. Als er hinaustrat, schlüpfte der Hund zwischen den Vordersitzen hindurch und folgte ihm, bevor er merkte, was los war.

Er griff nach dem Köter, als er seine Beine streifte, erwischte ihn aber nicht.

»Woofer, nein!« flüsterte er.

Der Hund ignorierte ihn und trottete zum Heck des Lieferwagens.

Harry ging hinter ihm her.

Der Hund sprintete los, und Harry rannte einige Schritte hinterher, doch der Hund war schneller und verschwand im dichten Nebel auf dem Highway in nördlicher Richtung, also Richtung Abzweigung zum Drackman-Haus.

Harry fluchte vor sich hin, als Connie zu ihm kam.

»Er kann nicht dorthin gehen«, flüsterte sie.

»Warum kann er das nicht?«

»O Gott. Wenn er irgendwas tut, das Ticktack aufschreckt ...«

Harry sah auf seine Uhr. 2:34.

Vielleicht blieben ihnen noch zwanzig, fünfundzwanzig Minuten. Oder vielleicht kamen sie schon zu spät.

Er entschied, daß sie sich nicht um den Hund kümmern konnten.

»Denk' dran«, sagte er, »Kopfschuß. Schnell und ganz aus der Nähe. Das ist die einzige Möglichkeit.«

Als sie zum Phaedra Way kamen, blickte er zum Wagen zurück. Er war vom Nebel verschluckt worden.

Sieben

1.

Er hat keine Angst. Nein. Keine Angst.

Er ist ein Hund, scharfe Zähne und Klauen, stark und schnell.

Er kriecht an dichtem, hohem Oleander vorbei. Dann der Menschenort, an dem er schon mal war. Hohe, weiße Mauern. Dunkle Fenster. Nur fast ganz oben ein schwach erleuchtetes Viereck.

Der Geruch von dem Ding-das-dich-töten-wird liegt schwer auf dem Nebel. Aber wie alle Gerüche im Nebel ist er nicht so deutlich, nicht so einfach aufzuspüren.

Der Metallzaun. Eng. Mach dich schmal. Durch.

Vorsicht an der Ecke vom Menschenort. Das letzte Mal war das böse Ding da draußen, hinter dem Ort, mit Tüten voller Futter. Schokolade. Marshmallows. Kartoffelchips. Hast nichts bekommen. Bist aber fast erwischt worden. Also steck diesmal nur die Nase um die Ecke. Schnupper schnupper. Dann kurz den ganzen Kopf. Nichts von junger-Mann-böses-Ding zu sehen. War hier, aber jetzt nicht, so weit sicher.

Hinter dem Menschenort. Gras, Erde, einige flache Steine, die die Menschen dorthin gelegt haben. Sträucher. Blumen.

Die Tür. Und in der Tür die kleine Tür für Hunde.

Vorsichtig. Schnupper. Junger-Mann-böses-Ding-Geruch sehr stark. Keine Angst. Nein, nein, nein, nein. Er ist ein Hund. Guter Hund, gut.

Vorsichtig. Kopf rein, die Hundetür geht hoch. Quietscht ganz leise. Menschenfutterort. Dunkel. Dunkel.

Drinnen.

Der sanft schimmernde Nebel brach sämtliche Lichtstrahlen auf dem Phaedra Way, von den niedrigen, pilzförmigen Malibu-Lampen auf dem Zugang zu einem der Häuser bis hin zu den beleuchteten Ziffern auf der Hausnummer eines anderen, wodurch die Nacht heller wirkte. Doch in Wirklichkeit war die sich langsam bewegende, formlose Helligkeit trügerisch; sie ließ einen nichts erkennen und verbarg viel.

Harry konnte wenig von den Häusern sehen, an denen sie vorbeigingen, außer daß sie groß waren. Das erste war modern, an mehreren Stellen ragten scharfe Kanten aus dem Nebel, doch die anderen schienen ältere Häuser im mediterranen Stil zu sein, aus einer anmutigeren Epoche in der Geschichte von Laguna als das Ende des Jahrtausends. Sie wurden von ausgewachsenen Palmen und Gummibäumen geschützt.

Phaedra Way folgte der Küstenlinie eines kleinen Kaps, das ins Meer ragte. Nach der Beschreibung der vorzeitig gealterten Frau im Pacific View, lag das Drackman-Haus am weitesten draußen, direkt an der Spitze des Kliffs.

Wenn man in Betracht zog, wieviel an dieser Zerreißprobe auf den dunkleren Elementen von Märchen beruhte, hätte es Harry überhaupt nicht gewundert, wenn sie am Ende des Kaps auf einen kleinen, aber unnatürlich dunklen Wald gestoßen wären, in dem es von Eulen mit Augen wie Laternen und herumschleichenden Wölfen nur so wimmelte; mittendrin dann das Drackman-Haus, unzweifelhaft düster und bedrückend, in der besten Tradition der Wohnsitze von Hexen, Hexenmeistern, Zauberern, Trollen und ähnlichem.

Er hoffte fast, daß er so ein Haus finden würde. Es wäre ein tröstliches Symbol für Ordnung.

Doch als sie das Drackman-Haus erreichten, entsprach nur die unheimliche blasse Nebeldecke der Märchentradition. Sowohl von der Landschaft als auch von der Architektur her war es weniger bedrohlich als die unheimliche kleine Hütte im Wald, auf die ihn die Volks- und Kindermärchen seit langem vorbereitet hatten.

Wie bei den Nachbarhäusern standen in seinem flachen Vorgarten Palmen. Selbst unter dem alles einhüllenden Dunst konnte man jede Menge Bougainvillea-Ranken sehen, die an einer weißverputzten Mauer hinaufkletterten und sich über das rote Ziegeldach ausbreiteten. Ihre leuchtenden Blüten waren überall auf der Einfahrt verstreut. An der Seite der Garage war ein Nachtlicht, das die Hausnummer beleuchtete, sein Schein spiegelte sich in den Tautropfen auf Hunderten von Bougainvillea-Blüten wider, die wie Juwelen auf der Einfahrt schimmerten.

Es war zu schön. Auf ganz irrationale Weise ärgerte er sich über diese Schönheit. Nichts war mehr so, wie es sein sollte, alle Hoffnung auf Ordnung dahin.

Rasch prüften sie die Nord- und die Südseite des Hauses auf Anzeichen, ob jemand da war. Zwei Lichter.

Eins war im oberen Stock auf der Südseite ziemlich weit hinten. Ein einzelnes Fenster, das man von vorne nicht sehen konnte. Es mochte ein Schlafzimmer sein.

Wenn das Licht an war, mußte Ticktack von seinem Nickerchen aufgewacht sein, oder er war gar nicht eingeschlafen. Es sei denn ... einige Kinder wollen nicht ohne Licht schlafen, und in vieler Hinsicht war Ticktack ein Kind. Ein 20jähriges geisteskrankes, bösartiges und äußerst gefährliches Kind.

Das zweite Licht war auf der Nordseite, im Parterre an der hinteren beziehungsweise westlichen Ecke. Da das Ganze zu ebener Erde lag, konnten sie einen Blick hineinwerfen und eine ganz in Weiß gehaltene Küche sehen. Verlassen. Ein Stuhl war halb unter einem Tisch mit Glasplatte herausgezogen, als ob dort jemand gesessen hätte.

2:39.

Da sich beide Lichter mehr zur Rückseite des Hauses hin befanden, versuchten sie nicht, sich auf der westlichen, also hinteren Seite Zutritt zu verschaffen. Wenn Ticktack in dem erleuchteten Zimmer auf der ersten Etage war – wach oder schlafend –, würde er selbst die leisen Geräusche, die sie verursachten, eher hören, wenn sie fast unmittelbar unter ihm waren.

Da Connie den Satz Dietriche dabei hatte, probierten sie es gar nicht erst an den Fenstern, sondern gingen direkt zur Eingangstür. Es war eine schwere Eichenholztür mit erhabenen Quadraten und einem Türklopfer aus Messing.

Das Schloß mochte ein Baldwin sein, was gut gewesen wäre, aber nicht so gut wie ein Schlage. Bei dieser Dunkelheit war es schwierig festzustellen, um welche Marke es sich handelte.

Auf beiden Seiten der Tür befanden sich breite, bleiverglaste Fenster mit abgeschrägten Scheiben. Harry legte seine Stirn gegen eins der beiden, um die dahinterliegende Diele zu betrachten. Er konnte durch die Diele hindurch bis in einen düsteren Flur sehen, weil Licht durch eine leicht geöffnete Tür am Ende sickerte, die zur Küche gehören mußte.

Connie öffnete die Mappe mit den Dietrichen. Bevor sie sich an die Arbeit machte, tat sie das, was jeder gute Einbrecher zuerst tut – sie versuchte die Tür zu öffnen. Sie war unverschlossen, und Connie schob sie ein paar Zentimeter weit auf.

Sie stopfte sich die Dietriche in die Tasche, ohne sich die Mühe zu machen, die Mappe zusammenzufalten. Dann zog sie ihren Revolver aus dem Schulterholster unter ihrer Cordjacke.

Harry zog ebenfalls seine Waffe.

Als Connie zögerte, wußte er, daß sie die Revolvertrommel herausgeklappt hatte. Sie tastete sie ab, um sicherzugehen, daß in allen Kammern eine Patrone steckte. Er hörte ein ganz leises Klicken, als sie sie wieder zurückschob, offenbar davon überzeugt, daß Ticktack keinen seiner Tricks angewandt hatte.

Sie überquerte als erstes die Schwelle, weil sie am nächsten dran war. Er folgte ihr.

Sie standen zwanzig Sekunden bis eine halbe Minute ganz still auf dem Marmorfußboden in der Diele und lauschten. Ihre Revolver mit beiden Händen haltend, die Visiere in der unteren Hälfte ihres Sichtfeldes, deckte Harry die linke Seite ab, Connie alles auf der rechten.

Stille.

Der Saal des Bergkönigs. Irgendwo war ein schlafender Troll. Vielleicht schlief er auch nicht. Vielleicht wartete er nur.

Die Diele. Trotz des hellen Scheins, der aus der Küche in den Flur sickerte, gab es nicht viel Licht. Auf der linken Seite Spiegel, dunkle Abbilder ihrer selbst in dem Glas, schattenhafte Formen. Rechts war eine Tür, die entweder zu einem Wandschrank oder zu einem kleinen Zimmer gehörte.

Vor ihnen führte rechts eine Treppe zu einem in Schatten gehüllten Podest und von dort zu einem nicht sichtbaren Flur auf der ersten Etage.

Direkt vor ihnen der Flur des Parterres. Bogenförmige Durchgänge und dunkle Zimmer gingen von beiden Seiten davon ab, die Küchentür am Ende, durch die das Licht fiel, stand vielleicht zehn Zentimeter weit auf.

Harry haßte das. Er hatte es zwar Dutzende Male gemacht. Er war geschickt und erfahren. Trotzdem haßte er es.

Die Stille hielt an. Nur innere Geräusche. Er lauschte auf sein Herz, noch nicht so schlimm, schnell, aber gleichmäßig, es drohte noch nicht zu zerspringen, war noch unter Kontrolle.

Sie konnten jetzt nicht mehr zurück, deshalb machte er die Haustür ganz vorsichtig hinter ihnen zu, so leise wie einen gepolsterten Sargdeckel, der zum letzten Mal in der Stille einer Leichenhalle geschlossen wird, in der Samtvorhänge jedes Geräusch schlucken.

Bryan erwachte aus einer Fantasie der Zerstörung in eine Welt, die ihm die Befriedigung durch reale Opfer und reales Blut versprach.

Er blieb noch eine Weile nackt auf den schwarzen Laken liegen und starrte an die Decke. Er war immer noch so sehr von seinem Traum durchdrungen, daß er sich vorstellen konnte, er würde durch die Nacht treiben, schwerelos schweben über dem lichterlosen Meer und unter einem sternenlosen Himmel.

Freies Schweben gehörte nicht zu seinen Fähigkeiten, auch war er nicht besonders gut in Telekinese. Aber er war sicher, er würde fliegen können und auch in der Lage sein, Materie auf jede erdenkliche Weise zu manipulieren, sobald er ganz Geworden war.

Allmählich merkte er, daß ihm die zerknitterten Falten der Seidenlaken unangenehm gegen Rücken und Gesäß drückten, wurde sich der Kühle der Luft bewußt, eines sauren Geschmacks im Mund und eines Hungers, von dem ihm der Magen knurrte. Er konnte seine Fantasievorstellungen nicht länger durchhalten. Aus dem stygischen Meer wurden ebenholzfarbene Bettücher, aus dem sternenlosen Himmel eine mit schwarzer Seidenglanzfarbe gestrichene Decke, und er mußte sich eingestehen, daß er immer noch der Schwerkraft unterlag.

Er richtete sich auf, schwang die Beine über die Bettkante und stand auf. Er gähnte und streckte sich genüßlich und betrachtete sich in der Spiegelwand. Eines Tages, nachdem er die menschliche Herde ausgedünnt hatte, würden unter denjenigen, die er verschont hatte, Künstler sein, die sich inspiriert fühlten, ihn zu malen, Portraits voller ehrfürchtiger Scheu und Verehrung wie die, auf denen biblische Gestalten dargestellt waren und die jetzt in den großen Museen Europas hingen, apokalyptische Szenen an den Decken von Kathedralen, in denen man ihn als Titanen zeigen würde, der den elenden Massen, die zu seinen Füßen starben, ihre Strafe erteilte.

Er wandte sich von den Spiegeln ab und stellte sich vor das schwarz lackierte Regal, in dem die Schraubgläser aufgereiht waren. Da er eine Nachttischlampe angelassen hatte, während er schlief, hatten ihn die Votivaugen bei seinen göttlichen Träumen beobachtet. Sie beobachteten ihn immer noch voller Verehrung.

Er erinnerte sich mit Vergnügen daran, wie er die blauen Augen mit der Handfläche an seinen Körper gehalten hatte, wie sie ihn sanft und feucht inspiziert hatten.

Sein roter Morgenrock lag am Fuß des Regals, wo er ihn fallen gelassen hatte. Er hob ihn auf, schlüpfte hinein, legte den Gürtel um und band ihn zu.

Während der ganzen Zeit ließ er seine Blicke über die Augen gleiten und stellte fest, daß keines von ihnen ihn mit Verachtung betrachtete oder zurückwies.

Nicht zum ersten Mal wünschte sich Bryan, daß er die Augen seiner Mutter in seiner Sammlung hätte. Wenn er diese Augen aller Augen besäße, würde er ihr gestatten, jede Wölbung und Vertiefung seines wohlproportionierten Körpers zu erkunden, damit sie seine Schönheit begreifen könnte, die sie nie gesehen hatte, und wissen würde, daß ihre Angst vor einer abscheulichen Mutation töricht und es sinnlos und dumm gewesen war, ihre Sehkraft zu opfern.

Wenn er ihre Augen jetzt vor sich hätte, würde er eins davon zärtlich in seinen Mund nehmen und es auf seiner Zunge ruhen lassen. Dann würde er es ganz herunterschlucken, damit sie sehen könnte, daß er innerlich genauso perfekt wie äußerlich war. Auf diese Weise erleuchtet, würde sie ihren törichten Akt der Selbstverstümmelung in der Nacht seiner Geburt beklagen, und es würde so sein, als hätte es die dazwischenliegenden Jahre der

Entfremdung nie gegeben. Die Mutter des neuen Gottes würde dann bereitwillig an seine Seite treten und ihn unterstützen. Damit würde sein Werden leichter und ginge rascher seiner Vollendung entgegen, bis zur Besteigung des himmlischen Throns und dem Beginn der Apokalypse.

Doch das Krankenhauspersonal hatte ihre beschädigten Augen schon vor langer Zeit in der Weise beseitigt, wie es das mit allem toten Gewebe machte, angefangen von krankem Blut bis zu einem herausgeschnittenen Blinddarm.

Er seufzte bedauernd.

Harry stand in der Diele und versuchte, nicht auf das Licht am Ende des Flures zu gucken, wo die Küchentür aufstand, damit sich seine Augen schneller an die Dunkelheit gewöhnten. Es war Zeit zu handeln. Doch sie mußten erst bestimmte Entscheidungen treffen.

Normalerweise führten er und Connie Innendurchsuchungen Zimmer für Zimmer gemeinsam durch, allerdings nicht immer. Gute Partner hatten eine zuverlässige, gemeinsam abgesprochene Vorgehensweise für Standardsituationen, aber sie waren auch flexibel.

Flexibilität war unbedingt erforderlich, weil es Situationen gab, die keinem Standard entsprachen, so wie diese.

Er hielt es nicht für ratsam zusammenzubleiben, weil sie es mit einem Gegner zu tun hatten, der über Waffen verfügte, die besser waren als Pistolen, Maschinenpistolen und sogar Sprengstoff. Ordegard hatte sie beide fast mit einer Handgranate erledigt, aber *dieser* Drecksack wäre in der Lage, sie mit einem Kugelblitz zu vernichten, den er aus seinen Fingerspitzen abschoß, oder mit einem anderen Zaubertrick, den sie noch nicht gesehen hatten.

Willkommen in den Neunzigern.

Wenn sie sich trennten und einer das Erdgeschoß durchsuchte, während sich der andere den ersten Stock vornahm, würden sie nicht nur kostbare Zeit sparen, sondern sie hätten auch eine doppelte Chance, den Freak zu überrumpeln.

Harry ging auf Connie zu, berührte sie an der Schulter, legte seine Lippen an ihr Ohr und hauchte kaum hörbar die Worte: »Ich oben, du unten.«

An der Art, wie sie steif wurde, merkte er, daß ihr diese Arbeitsteilung nicht gefiel, und er verstand auch warum. Sie hatten bereits durch das Fenster im Erdgeschoß in die beleuchtete Küche gesehen und wußten, daß dort niemand war. Das einzige andere Licht im Haus war im Obergeschoß, also war es sehr wahrscheinlich, daß Ticktack oben in diesem Zimmer war. Sie machte sich keine Sorgen, daß Harry das Ganze vermasseln würde, wenn er alleine hoch ging; es war nur so, daß sie solch einen Haß auf Ticktack hatte, daß sie gleichermaßen eine Chance haben wollte, diejenige zu sein, die ihm die Kugel in den Kopf jagte.

Aber es war weder die Zeit noch die Situation, um lange herumzudiskutieren, und das wußte sie. Diese Sache konnten sie nicht planen. Sie mußten auf der Welle reiten. Als er durch den Flur auf die Treppe zuging, versuchte sie nicht, ihn aufzuhalten.

Bryan wandte sich von den Votivaugen ab. Er ging durch das Zimmer auf die offene Tür zu. Sein seidener Morgenmantel raschelte leise, wenn er sich bewegte.

Er war sich immer auf die Sekunde genau der Zeit bewußt, deshalb wußte er, daß es noch ein paar Stunden bis zum Morgengrauen waren. Er brauchte sich nicht zu beeilen, um sein Versprechen dem großkotzigen Helden-Cop gegenüber zu halten, aber er hatte große Lust, ihn ausfindig zu machen, um zu sehen, in welch tiefe Verzweiflung der Mann gestürzt war, nachdem er erlebt hatte, wie die Zeit stehenblieb, wie die Welt zu einem Versteckspiel erstarrte. Der Dummkopf würde jetzt wissen, daß er es mit einer unermeßlichen Macht zu tun hatte und daß Fliehen sinnlos war. Es wäre bestimmt ungeheuer befriedigend, eine Weile die Angst und Ehrfurcht zu genießen, mit der er inzwischen seinen Verfolger betrachten würde.

Doch zunächst mußte Bryan seinen physischen Hunger stillen. Schlaf war nur ein Teil der Stärkung, die er brauchte. Er wußte, daß er während der letzten kreativen Phase ein paar Pfund verloren hatte. Der Einsatz seiner Größten und Geheimsten Kraft forderte immer seinen Tribut. Er war total ausgehungert und brauchte Süßigkeiten und Salzgebäck.

Er verließ sein Schlafzimmer, wandte sich nach rechts, also von der Vorderfront des Hauses ab, und eilte über den Flur zur Hintertreppe, die direkt zur Küche führte.

Es fiel genügend Licht aus der offenen Schlafzimmertür, daß er sich rechts und links gehen sehen konnte, Spiegelbilder des jungen Werdenden Gottes, ein Anblick von Macht und Herrlichkeit, wie er aufs äußerste entschlossen in königlichem Rot einherschritt, wirbelndes königliches Rot, Rot auf Rot auf Rot. Connie wollte sich nicht von Harry trennen. Sie machte sich Sorgen um ihn.

Im Zimmer der alten Frau in dem Pflegeheim hatte er wie der Tod auf Urlaub ausgesehen. Er war entsetzlich müde, eine wandelnde Masse von Quetschungen und Schrammen, und er hatte in kaum mehr als zwölf Stunden erlebt, wie seine Welt zusammenbrach, er hatte nicht nur seinen weltlichen Besitz verloren, sondern auch lange gehegte Überzeugungen und einen großen Teil seines Selbstbilds.

Abgesehen von den weltlichen Besitztümern traf das natürlich auch größtenteils auf Connie zu. Was ein weiterer Grund war, weshalb sie nicht wollte, daß sie das Haus getrennt durchsuchten. Sie waren beide nicht in ihrer gewohnten Form, doch in Anbetracht der besonderen Eigenart dieses Kerls brauchten sie einen größeren Vorteil als sonst, also *mußten* sie sich trennen.

Während Harry zur Treppe ging und dann hinaufstieg, wandte Connie sich widerwillig der Tür zu, die rechts von der Diele abging. Sie hatte eine Klinke. Connie drückte sie vorsichtig mit der linken Hand runter, den Revolver hielt sie vor sich in der rechten Hand. Die Klinke machte ein ganz leises Geräusch. Vorsichtig die Tür nach innen und nach rechts schieben.

Jetzt blieb ihr nichts anderes übrig, als die Schwelle zu überqueren, den Eingang so schnell wie möglich freizumachen – Eingänge sind immer am gefährlichsten – und im Hineingehen sofort nach links zu huschen, den Revolver mit ausgestreckten Armen in den verschränkten Händen vor sich haltend. Mit dem Rücken immer zur Wand. Sie strengte ihre Augen an, um in der tiefen Dunkelheit etwas sehen zu können, da sie das Licht nicht anmachen konnte, ohne sich zu verraten.

Eine erstaunlich große Anzahl von Fenstern an der Nord-, Ost- und Westwand – *außen waren doch nicht so viele, oder?* – lockerten die Dunkelheit nur wenig auf. Ein verschwommen schimmernder Nebel preßte sich gegen die Scheiben wie trübes graues Wasser, und sie hatte das merkwürdige Gefühl, in einer Taucherglocke unter dem Meer zu sein.

Mit dem Zimmer stimmte etwas nicht. Es kam ihr irgendwie nicht richtig vor. Sie wußte nicht, was es war, aber irgendwas war nicht in Ordnung.

Auch die Wand in ihrem Rücken fühlte sich eigenartig an, als sie sie streifte. Zu glatt und kalt.

Sie nahm die linke Hand von der Waffe und faßte hinter sich. Glas. Die Wand bestand aus Glas, aber es konnte kein Fenster sein, weil die Wand an die Diele grenzte.

Einen Augenblick war Connie verwirrt und dachte fieberhaft nach, weil alles Unerklärliche unter den gegebenen Umständen besonders beängstigend war. Dann wurde ihr klar, daß es sich um einen Spiegel handelte. Ihre Finger glitten über eine senkrechte Fuge auf eine weitere große Glasscheibe. Verspiegelt. Vom Fußboden bis zur Decke. Wie die Südwand der Diele.

Als sie auf die Wand hinter sich blickte, an der sie so verstohlen entlanggeglitten war, sah sie dort die Fenster der Nordseite und den Nebel dahinter widergespiegelt. Kein Wunder, daß hier mehr Fenster waren, als es eigentlich hätten sein sollen. Die fensterlose Süd- und Westwand waren verspiegelt, also waren die Hälfte der Fenster, die sie sah, nur Spiegelbilder.

Und ihr wurde auch klar, was sie an dem Zimmer gestört hatte. Obwohl sie sich immer weiter nach links bewegt hatte, in unterschiedlichen Winkeln zu den Fenstern, hatte sie zwischen sich und den gräulichen Rechtecken aus Glas keinerlei Umrisse von Möbeln gesehen. Sie war auch gegen kein Möbelstück gestoßen, das mit dem Rücken zur Südwand stand.

Den Revolver wieder mit beiden Händen haltend, ging sie vorsichtig in die Mitte des Zimmers, sorgsam darauf bedacht, nichts umzuwerfen und damit Aufmerksamkeit auf sich zu lenken. Doch Zentimeter um Zentimeter, Schritt für Schritt war sie immer mehr davon überzeugt, daß nichts im Weg stand.

Das Zimmer war leer. Verspiegelt und leer.

Als sie fast in der Mitte des Raumes war, konnte sie trotz der unverminderten Dunkelheit links von sich ein undeutliches Bild von sich selbst erkennen. Ein Phantom mit ihren Umrissen, das sich an der Spiegelung des nebelgrauen, nach Osten hinausgehenden Fensters entlang bewegte.

Hier war Ticktack nicht.

Eine chaotische Menge von Harrys bewegte sich den Flur im ersten Stock entlang, lauter Klone mit einer Waffe in der Hand, in schmutzigen, zerknitterten Anzügen, mit unrasierten Gesichtern, die mit grauen Stoppeln übersät waren, angespannt und finster blickend. Zu Hunderten, Tausenden, ja eine unzählbare Armee, schritten sie Seite an Seite in einer einzigen, leicht gebogenen Reihe voran, die sich endlos nach rechts und links erstreckte. Mit ihrer mathematischen Symmetrie und perfekten Choreographie hätten sie die Apotheose der Ordnung sein müssen. Doch sie verwirrten Harry, selbst wenn er sie nur aus den Augenwinkeln betrachtete, und er konnte nicht direkt nach links oder rechts gucken, ohne zu riskieren, daß ihm schwindlig wurde.

Beide Wände waren vom Fußboden bis zur Decke verspiegelt, ebenso die Türen zu sämtlichen Räumen, was die Illusion von Unendlichkeit schuf, sein Spiegelbild immer hin und her warf, indem Spiegelungen von Spiegelungen von Spiegelungen reflektiert wurden.

Harry wußte, er sollte jedes Zimmer, an dem er vorbeikam, überprüfen und kein unerforschtes Territorium hinter sich lassen, aus dem Ticktack ihm in den Rücken fallen könnte. Doch das einzige Licht auf der ersten Etage war vor ihm, kam aus der einzigen offenen Tür, und es bestand eine gute Chance, daß der Scheißkerl, der Ricky Estefan ermordet hatte, in dem beleuchteten Zimmer war und nirgendwo anders.

Obwohl er so müde war, daß sein Polizisteninstinkt ihn verlassen hatte, und gleichzeitig so vollgepumpt mit Adrenalin, daß er sich nicht mehr zutraute, ruhig und besonnen zu reagieren, beschloß Harry, die herkömmliche Vorgehensweise in den Wind zu schießen, mit der Strömung zu schwimmen, auf der Welle zu reiten und die unerforschten Zimmer hinter sich zu lassen. Er ging direkt auf die Tür auf der rechten Seite zu, aus der Licht quoll.

Die verspiegelte Wand gegenüber der offenen Tür gestattete ihm, sich einen Teil des Zimmers anzusehen, bevor er die Schwelle überschritt und es kein Zurück mehr gab. Er blieb neben der Tür mit dem Rücken zu der verspiegelten Wand stehen und sah schräg auf die Ecke des Zimmers, die in der Spiegelfläche auf der anderen Seite des Flurs reflektiert wurde.

Er konnte nichts als ein Durcheinander schwarzer Ebenen und Winkel sehen, diverse schwarze Materialien waren im Licht der Lampe zu erkennen, schwarze Formen gegen einen schwarzen Hintergrund, alles ziemlich kubistisch und merkwürdig. Keine andere Farbe. Kein Ticktack.

Plötzlich kam ihm der Gedanke, daß jemand, der in einem Teil des Zimmers stand, in den er keinen Einblick hatte, genau aus einem solchen Winkel auf die Tür schauen könnte, daß er *seine* unendlichen Reflexionen von Wand zu Wand springen sah.

Er trat auf die Tür zu und überquerte die Schwelle, hielt sich geduckt und bewegte sich schnell, den Revolver mit beiden Händen vor sich haltend. Im Schlafzimmer gab es keinen Teppichboden wie im Flur. Statt dessen war der Boden hier mit schwarzen Keramikfliesen ausgelegt, auf denen seine Schuhe ein klackendes und kratzendes Geräusch machten, weshalb er nach drei Schritten erstarrte und inbrünstig hoffte, daß man ihn nicht gehört hatte.

Vom Flur im Untergeschoß ging ein weiteres dunkles Zimmer ab, viel größer als das erste. Normalerweise wäre es ein Wohnzimmer gewesen. Mehr Fenster voll von perlend schimmerndem Nebel und noch mehr Spiegelbilder von Fenstern.

Connie hatte inzwischen ein Gefühl für diese besondere Eigenart entwickelt und verschwendete hier weniger Zeit als in dem kleinen Zimmer, das von der Diele abging. Die drei fensterlosen Wände waren verspiegelt, und es gab keine Möbel.

In den dunklen Spiegelflächen taten zahlreiche Reflexionen ihrer Umrisse alles vollkommen gleichzeitig mit ihr, wie Geister, wie andere Connies in anderen Welten, die sich kurzfristig überschnitten und kaum sichtbar waren.

Ticktack sah sich offenbar gerne an.
Sie würde ihn auch gerne sehen, aber leibhaftig.
Leise kehrte sie in den unteren Flur zurück und ging weiter.

Die große, von der Küche abgehende Speisekammer war vollgestopft mit Plätzchen, harten Bonbons, Toffees, allen möglichen Schokoladensorten, Karamelbonbons, roter und schwarzer Lakritze, Dosen mit süßen Keksen und exotischen Kuchen aus allen Teilen der Welt, Tüten mit Käse-Popcorn, Karamel-Popcorn, Kartoffelchips, Tortilla-Chips, Tortilla-Chips mit Käsegeschmack, Brezeln, Dosen mit Cashewnüssen, Mandeln, Erdnüssen, gemischten Nüssen und mehreren Millionen Dollar Bargeld, das in festen Bündeln von Zwanzig- und Hundert-Dollar-Scheinen gestapelt war.

Während er die süßen und salzigen Knabbereien inspizierte und sich zu entscheiden versuchte, was er am liebsten essen wollte, was Großmutter Drackman wohl am wenigsten gebilligt haben würde, nahm Bryan lässig einen Stapel Hundert-Dollar-Scheine in die Hand und ließ seinen Daumen über die glatten Ränder gleiten.

Das Bargeld hatte er sich besorgt, kurz nachdem er seine Großmutter umgebracht hatte, indem er die Welt mit Hilfe seiner Größten und Geheimsten Kraft angehalten hatte und gemächlich in alle Einrichtungen hineinspaziert war, wo Geld in großen Mengen aufbewahrt wurde, geschützt von Stahltüren, versperrten Toren, Alarmsystemen und bewaffneten Posten. Er hatte sich genommen, was er wollte, und über die uniformierten Dummköpfe mit ihren Waffen und ihren ernsten Gesichtern gelacht, die ihn nicht wahrnahmen.

Schon bald hatte er allerdings gemerkt, daß er kaum Geld brauchte. Mit seinen Fähigkeiten konnte er sich *alles* nehmen, nicht nur Bargeld, er konnte Verkaufsunterlagen und amtliche Papiere verändern, um seinen Besitz umfassend juristisch abzusichern für den Fall, daß man ihn einmal vernehmen sollte. Und falls er tatsächlich vernommen würde, brauchte er im übrigen nur die Idioten zu eliminieren, die es gewagt hatten, ihn zu verdächtigen, und *deren* Unterlagen zu verändern, um jede weitere Untersuchung zu verhindern.

Er hatte aufgehört, Bargeld in der Speisekammer zu horten, aber es machte ihm immer noch Spaß, mit dem Daumen darüber zu fahren, es knistern zu hören, daran zu riechen und ab und zu damit zu spielen. Es war so ein gutes Gefühl zu wissen, daß er in dieser Hinsicht anders war als andere Leute: Er war über Geld und andere materielle Sorgen erhaben. Und es war auch lustig, sich vorzustellen, daß er, wenn er wollte, der reichste Mensch der Welt sein konnte, reicher als die Rockefellers und Kennedys. Er könnte ein Zimmer nach dem anderen mit Bargeld vollstapeln, mit Bargeld und Smaragden, falls er welche wollte, mit Diamanten und Rubinen, alles, alles, genau wie sich früher die Piraten in ihren Höhlen mit Schätzen umgeben hatten.

Er warf den Packen Geldscheine wieder auf das Regal zurück, von dem er es genommen hatte. Dann nahm er aus dem Teil der Speisekammer, wo er die Lebensmittel aufbewahrte, zwei Schachteln Erdnußbutter-Pralinen und eine Familienpackung Kartoffelchips à la Hawaii, die sehr viel öliger waren als normale Kartoffelchips. Oma Drackman hätte bei dem bloßen *Gedanken* daran der Schlag getroffen.

Harrys Herz hämmerte so heftig und schnell, daß ein wahrer Trommelwirbel seine Ohren erfüllte, der wahrscheinlich das Geräusch nahender Schritte übertönen würde.

In dem schwarzen Schlafzimmer stand ein schwarzes Regal, auf dem Hunderte von Augen in einer klaren Flüssigkeit schwammen, die in dem gelben Lampenlicht ein wenig leuchtete. Einige davon waren Tieraugen, konnten nur Tieraugen sein, weil sie so seltsam waren, aber andere waren Menschenaugen, o Scheiße, daran konnte überhaupt kein Zweifel bestehen, manche dunkelbraun, manche schwarz, blau, grün oder hellbraun. Ohne Augenlider und Wimpern sahen sie angstvoll aus, vor Furcht ständig weit aufgerissen. Er kam auf die verrückte Idee, daß er Widerspiegelungen von Ticktack in den Linsen all dieser toten Augen sehen würde, wenn er nur nahe genug heranging, der letzte Anblick, den alle Opfer von dieser Welt gehabt hatten, aber er wußte, das war unmöglich, und außerdem wollte er sie gar nicht aus solcher Nähe betrachten.

Geh weiter. Der geisteskranke Hurensohn war hier. Im Haus. Irgendwo. Ein Charles Manson mit übernatürlichen Kräften, um Gottes willen.

Nicht im Bett, dessen Laken zerwühlt und verknittert sind, sondern irgendwo.

Jeffrey Dahmer mit Superman gekreuzt, John Wayne Gacy mit den Tricks und den magischen Kräften eines Zauberers.

Und wenn nicht im Bett, o Gott, dann wach und noch gefährlicher, also noch schwieriger, nahe an ihn ranzukommen.

Wandschrank. Sieh rein. Nur Kleidung, nicht viel, hauptsächlich Jeans und rote Morgenmäntel. Weiter, weiter.

Der kleine Widerling war Ed Gein, Richard Ramirez, Randy Kraft, Richard Speck, Charles Whitman, Jack the Ripper, alle legendären, mordlüsternen Soziopathen in einem versammelt und mit unermeßlichen übernatürlichen Fähigkeiten ausgestattet.

Nebenan das Badezimmer. Durch die Tür, kein Licht, such es, nur Spiegel, noch mehr Spiegel an allen Wänden *und* der Decke.

Harry ging durch das schwarze Schlafzimmer zurück in Richtung Tür und trat dabei so leise wie möglich auf den schwarzen Keramikfliesen auf. Eigentlich wollte er die schwimmenden Augen nicht noch einmal ansehen, aber er konnte sich nicht zurückhalten. Als er erneut einen Blick darauf warf, wurde ihm klar, daß in einem der Gläser auch die Augen von Ricky Estefan sein mußten, obwohl er nicht sagen konnte, welches Augenpaar es war, und sich in der augenblicklichen Situation noch nicht mal daran erinnern konnte, was für eine Augenfarbe Ricky Estefan gehabt hatte.

Er erreichte die Tür, überquerte die Schwelle, war wieder im Flur, ganz schwindlig von den endlosen Bildern von sich selbst, da sah er aus dem Augenwinkel links von sich eine Bewegung. Eine Bewegung, die von keinem weiteren Harry Lyon kam. Etwas kam direkt auf ihn zu und nicht aus einem Spiegel, etwas, allerdings war es ziemlich niedrig. Den Revolver im Anschlag wirbelte er herum, den Finger hart am Abzug, sagte sich, es müsse ein Kopfschuß sein, ein Kopfschuß, nur ein Kopfschuß würde den Scheißkerl stoppen können.

Es war der Hund. Er wedelte mit dem Schwanz und legte seinen Kopf schief.

Harry hätte ihn fast umgebracht, weil er ihn für den Feind gehalten hatte, hätte fast Ticktack gewarnt, daß jemand im Haus sei. Nur einen Bruchteil bevor der Schuß abgefeuert worden wäre, ließ er den Abzug los, und hätte sich fast hinreißen lassen, den Hund laut zu verfluchen, wenn ihm die Stimme nicht im Hals steckengeblieben wäre.

Connie lauschte immer wieder auf Schüsse aus dem ersten Stock, in der Hoffnung, daß Harry Ticktack im Schlaf gefunden und ihm das Gehirn mit ein paar Kugeln zermatscht hätte. Das anhaltende Schweigen beunruhigte sie allmählich.

Nachdem sie rasch eine weitere verspiegelte Kammer gegenüber dem Wohnzimmer überprüft hatte, befand sich Connie nun in dem Raum, der in einem normalen Haus wahrscheinlich das Eßzimmer gewesen wäre. Es war leichter zu inspizieren als die anderen Räume, in denen sie bisher gewesen war, weil ein Lichtstreifen unter der Tür schimmerte, die in die angrenzende Küche führte, und die Dunkelheit ein wenig milderte.

An einer Wand waren Fenster, die übrigen drei waren verspiegelt. Keine Möbel, nicht ein Stück. Sie nahm an, daß er nie im Eßzimmer aß und ganz bestimmt auch kein geselliger Typ war, der häufig Gäste einlud.

Sie wollte zunächst durch den Türbogen zurück in den Flur, dann beschloß sie, direkt vom Eßzimmer aus in die Küche zu gehen. Da sie von außen durch das Fenster in die Küche gesehen hatte, wußte sie, daß Ticktack nicht dort war, aber sie mußte – um ganz sicher zu sein – noch mal rasch reingucken, bevor sie nach oben zu Harry ging.

Da er zwei Schachteln Erdnußbutter-Pralinen und einen Beutel Chips in den Händen hatte, ließ Bryan das Licht in der Speisekammer brennen und ging in die Küche. Er warf einen Blick auf den Tisch, hatte aber keine Lust, dort zu essen. Vor den Fenstern ballte sich dichter Nebel, deshalb würde er von der Terrasse aus nicht sehen können, wie sich die Brandung unten am Strand brach, der Hauptgrund, weshalb er draußen aß.

Doch er war ohnehin am glücklichsten, wenn die Votivaugen ihn beobachteten. Er beschloß, nach oben zu gehen und im

Schlafzimmer zu essen. Der glänzend weiß geflieste Boden war so blank geputzt, daß er das Rot seines Morgenmantels widerspiegelte, deshalb sah es so aus, als ob er durch einen dünnen, sich ständig wieder auflösenden Blutfilm wandelte, während er durch die Küche zur Hintertreppe ging.

Nachdem der Hund Harry mit einem Schwanzwedeln begrüßt hatte, lief er an ihm vorbei zum Ende des Flurs. Dort blieb er stehen und starrte ganz wachsam das hintere Treppenhaus hinunter.

Wenn Ticktack in einem der oberen Räume war, wo Harry noch nicht nachgesehen hatte, hätte der Hund sich sicher für die entsprechende Tür interessiert. Aber er war an allen vorbei zum Ende des Flurs getrottet, deshalb ging Harry zu ihm hin.

In dem engen Treppenhaus führte eine Wendeltreppe nach unten, die wie in einem Leuchtturm nach wenigen Metern nicht mehr einzusehen war. Die nach innen gewölbte Wand auf der rechten Seite war mit hohen schmalen Spiegeln getäfelt, die die Stufen unmittelbar vor ihnen reflektierten. Da jede Spiegeltafel mit der vorhergehenden einen leichten Winkel bildete, reflektierte sie auch einen Teil des Spiegelbilds der Nachbartafel. Durch diesen seltsamen Panoptikumseffekt sah Harry in den ersten Tafeln auf der rechten Seite sein vollständiges Spiegelbild, in den folgenden immer ein Stückchen weniger davon, bis er schließlich in den letzten Spiegeln der Rundung überhaupt nicht mehr erschien.

Er wollte gerade die Treppe hinunterlaufen, als der Hund sich ganz steif machte und mit dem Maul ein Stück von seinem Hosenaufschlag packte, um ihn festzuhalten. Inzwischen kannte er den Hund gut genug, um zu verstehen, daß der Versuch, ihn zurückzuhalten, bedeutete, daß unten Gefahr war.

Doch schließlich machte er Jagd auf diese Gefahr, und er mußte sie finden, bevor sie ihn fand; ein Überraschungsangriff war ihre einzige Chance. Er versuchte, den Hund abzuschütteln, ohne ein Geräusch zu machen oder ihn zum Bellen zu veranlassen, aber er hielt seinen Hosenaufschlag fest.

Verdammt.

Als Connie die Küche betreten wollte, glaubte sie, sie hätte etwas gehört, deshalb blieb sie vor der Tür im Eßzimmer stehen und lauschte angestrengt. Nichts. Nichts.

Sie konnte nicht ewig warten. Es war eine Pendeltür. Sie zog die Tür vorsichtig auf sich zu und ging langsam um sie herum, anstatt die Tür nach innen zu drücken, wo sie ihr dann teilweise die Sicht versperrt hätte.

Die Küche machte einen verlassenen Eindruck.

Harry zerrte wieder, mit keinem besseren Ergebnis als vorher; der Hund hielt ihn fest.

Während Harry erneut einen nervösen Blick auf die verspiegelte Treppe warf, hatte er das furchtbare Gefühl, daß Ticktack dort unten *war* und entkommen würde, oder – noch wahrscheinlicher – Connie treffen und sie umbringen würde, bloß weil der Hund ihn festhielt und nicht hinter dem Ganoven herlaufen ließ. Deshalb schlug er dem Hund ziemlich heftig mit dem Lauf seines Revolvers auf den Kopf, wobei er riskierte, daß dieser jaulend aufheulte.

Der Hund ließ ihn erschreckt los, zum Glück, ohne zu bellen, und Harry trat auf die erste Stufe. In diesem Moment sah er etwas Rotes am äußersten Ende der ersten Windung im Spiegel auftauchen, dann einen roten Blitz und ein sich bauschendes Stück roten Stoff.

Bevor Harry ganz erfaßt hatte, was das alles zu bedeuten hatte, schoß der Hund an ihm vorbei, warf ihn fast um und stürmte die Treppe hinunter. Dann sah Harry noch mehr Rot, so etwas wie einen Rock, und einen roten Ärmel, ein Stück von einem bloßen Handgelenk und eine Hand, eine Männerhand, die etwas festhielt. Es kam jemand hoch, vielleicht Ticktack, und der Hund stürzte sich auf ihn.

Bryan hörte etwas, hob den Blick von den Pralinenschachteln, die er in der Hand hielt und sah eine Horde zähnefletschender Hunde die Treppe herunter auf sich zustürzen, alle völlig identisch. Es war natürlich keine Horde, sondern nur ein Hund, der hundertfach von den abgewinkelten Spiegeln reflektiert wurde und dadurch bereits zu sehen war, bevor er angreifen konnte, denn in natura war er noch gar nicht da. Bryan hatte aber nur

Zeit, einmal tief Luft zu holen, dann kam das Vieh schon um die Kurve vor ihm geflogen. Es rannte so schnell, daß es den Halt verlor und gegen die nach innen gewölbte Außenwand knallte. Während Bryan die Pralinen fallen ließ, hatte der Hund wieder genügend Halt auf den Stufen gefunden, um sich auf ihn zu stürzen. Er krachte gegen seinen Brustkorb und sein Gesicht, beide fielen kopfüber nach hinten, und der Hund schnappte knurrend nach ihm.

Knurren, ein erschreckter Aufschrei und der dumpfe Aufprall von Körpern veranlaßten Connie, sich von der offenen Tür der Speisekammer abzuwenden, in der Bündel von Bargeld auf Regalbrettern gestapelt waren. Sie wirbelte zu dem bogenförmigen Durchgang herum, hinter dem die Hintertreppe in einer Biegung nach oben verschwand.

Der Hund stürzte mit Ticktack auf den Fußboden der Küche, Ticktack lag flach auf dem Rücken und der Hund auf ihm drauf, und einen Augenblick lang sah es so aus, als ob der Hund dem Jungen die Kehle durchbeißen würde. Dann jaulte der Hund auf und wurde von dem Jungen weggeschleudert, allerdings nicht per Hand oder mit einem Fußtritt, sondern mit Hilfe eines bleichen Blitzes telekinetischer Kraft quer durch den Raum *befördert*.

Heiliger Strohsack, es ging tatsächlich zu Ende, genau in diesem Augenblick, aber irgendwie ging alles schief. Sie war nicht nahe genug dran, um ihm die Mündung ihres Revolvers gegen den Schädel zu hauen und den Abzug zu drücken. Sie war knapp drei Meter von ihm entfernt, aber sie ballerte trotzdem drauf los, einmal, als der Hund noch in der Luft war, und einmal, als der Hund gegen die Kühlschranktür knallte. Sie traf den Schurken zweimal, der noch gar nicht gemerkt hatte, daß sie in der Küche war, bis der erste Schuß ihn traf, wahrscheinlich in die Brust, der zweite dann ins Bein, worauf er sich vom Rücken auf den Bauch rollte. Sie schoß noch einmal, die Kugel prallte von dem Fliesenboden ab und ließ Keramiksplitter aufspritzen. Aus seiner Bauchlage heraus hielt Ticktack ihr eine Hand entgegen, er breitete die Handfläche aus, derselbe seltsame Blitz wie bei dem Hund erschien, sie fühlte sich in die Luft gehoben und knallte dann so fest gegen die Küchentür, daß die Scheibe darin zersplitterte und ein heftiger Schmerz ihr den Rücken hinauflief. Der Revolver flog ihr aus der Hand, und ihre Cordjacke stand plötzlich in Flammen.

Sobald der knurrende Hund an Harry vorbeigeschossen und fast in einem einzigen Satz um die erste Windung der schmalen Wendeltreppe verschwunden war, folgte Harry ihm, immer zwei Stufen auf einmal nehmend. Noch bevor er die erste Windung erreichte, stürzte er und zertrümmerte mit dem Kopf einen der Spiegel, rutschte aber nicht bis ganz nach unten, sondern blieb in der Mitte des Treppenhauses hängen, ein Bein verdreht unter sich.

Völlig benommen suchte er verzweifelt nach seiner Waffe, stellte dann fest, daß er sie immer noch umklammert hielt. Er raffte sich auf und ging weiter hinunter. Ihm war schwindlig und er stützte sich mit einer Hand gegen die Spiegel, um das Gleichgewicht zu halten.

Der Hund jaulte, Schüsse dröhnten, und Harry kam gerade rechtzeitig am Fuß der Treppe an, um zu sehen, wie Connie nach hinten geschleudert wurde und brennend gegen die Tür krachte. Ticktack lag direkt vor der Treppe auf dem Bauch, mit dem Gesicht zur Küche. Harry sprang von der letzten Stufe, landete mit Wucht auf der roten Seide, die sich stramm über den Rücken des Jungen spannte, stieß die Revolvermündung fest gegen den unteren Teil seines Schädels, bemerkte, daß das Metall plötzlich grün zu glühen anfing, und spürte eine Hitze aufkommen, die sich wahrscheinlich rasch und unbarmherzig in seiner Hand ausgebreitet hätte, doch er drückte den Abzug. Der Knall war gedämpft, als ob man in ein Kissen geschossen hätte, das grüne Glühen verschwand so schnell, wie es gekommen war, und er drückte den Abzug noch einmal, beide Kugeln in das Gehirn des Trolls. Das war bestimmt genug, mußte einfach reichen, doch bei Magie konnte man nie wissen, nicht bei diesem Tanz ins neue Jahrtausend, bei diesen wilden Neunzigern, deshalb drückte er den Abzug noch einmal. Der Schädel platzte auseinander wie die Schale einer Honigmelone, auf die man mit dem Hammer schlug, und Harry drückte immer noch den Abzug, und noch ein fünftes Mal, bis sich eine fürchterliche Schweinerei auf dem Fußboden ausbreitete und keine Patronen mehr im Revolver waren. Der Hahn schlug gegen die leeren Kammern mit einem trockenen *Klick, Klick, Klick, Klick, Klick.*

2.

Als Harry merkte, daß sein Revolver leer war, und er von dem toten Troll herunterstieg und endlich bei Connie war, hatte die sich bereits die brennende Jacke ausgezogen und das Feuer ausgetreten. Es war erstaunlich, daß sie schnell genug hatte handeln können und nicht wie eine Fackel in Flammen aufgegangen war, denn das Abstreifen der Jacke war dadurch erschwert worden, daß ihr linkes Handgelenk gebrochen war. Sie hatte außerdem eine leichte Verbrennung am linken Arm abbekommen, aber nichts Ernstes.

»Er ist tot«, sagte Harry, als ob das gesagt werden mußte, und dann legte er seine Arme um sie und hielt sie so fest er konnte, ohne ihre Verletzungen zu berühren.

Sie erwiderte seine Umarmung mit einem Arm, und sie blieben eine Weile so stehen, unfähig, etwas zu sagen, bis der Hund kam und um sie herumschnupperte. Er lahmte, hatte das rechte Hinterbein angezogen, aber ansonsten schien ihm nichts zu fehlen.

Harry erkannte, daß Woofer letztlich doch kein Desaster ausgelöst hatte. Im Gegenteil, hätte er sich nicht die Treppe runtergestürzt, Ticktack umgeworfen und damit Harry und Connie für die wenigen entscheidenden Sekunden vor der Entdeckung bewahrt, lägen sie jetzt tot auf dem Boden, und der Golem-Meister wäre am Leben und lachte sich ins Fäustchen.

Harry wurde von einem Schauder abergläubischer Furcht ergriffen. Er mußte Connie loslassen und zu der Leiche zurückgehen, sie sich noch einmal ansehen, um sicher zu sein, daß Ticktack tot war.

3.

In den vierziger Jahren hatte man bessere Häuser gebaut, mit dickeren Wänden und viel Isoliermaterial. Das konnte eine Erklärung dafür sein, weshalb keiner der Nachbarn auf die Schüsse reagierte und keine näherkommenden Sirenen durch die in dichten Nebel gehüllte Nacht heulten.

Plötzlich kam Connie jedoch der Gedanke, ob Ticktack nicht im letzten Augenblick seines Lebens die Welt in eine weitere PAUSE verbannt hatte, mit der Ausnahme seines eigenen Hauses, weil er vorhatte, sie zunächst außer Gefecht zu setzen und dann in Muße umzubringen. Und wenn er gestorben war, während die Welt stillstand, würde sie sich jemals wieder in Gang setzen? Oder würde sie mit Harry und dem Hund von nun an unter Millionen einstmals lebendiger Schaufensterpuppen herumwandern?

Sie raste zur Küchentür und nach draußen in die Nacht hinaus. Ein Wind, der sich kühl auf ihrem Gesicht anfühlte, zerzauste ihr die Haare. Der Nebel wirbelte um sie herum und hing nicht unbeweglich wie eine Glitzerwolke in einem Briefbeschwerer aus Acryl. Unten vom Strand hörte man das Tosen der Wellen. Die wunderschönen Geräusche einer lebendigen Welt.

4.

Sie waren zwar pflichtbewußte Polizisten mit einem Sinn für Gerechtigkeit, doch sie waren nicht so töricht, in diesem Fall vorschriftsmäßig zu verfahren. Es war völlig ausgeschlossen, die örtlichen Behörden zu verständigen und ihnen die wahren Umstände zu erklären. Tot war Bryan Drackman nichts weiter als ein junger Mann von zwanzig Jahren, und er hatte nichts an sich, das bewies, daß er verblüffende Fähigkeiten besessen hatte. Die Wahrheit zu sagen, würde sie zu einem Fall für die Psychiater stempeln.

Allerdings wären die Augen, die blind in den Gläsern auf den Regalen in Ticktacks Schlafzimmer schwammen, und die merkwürdige Spiegelwelt dieses Hauses Beweis genug, daß sie es mit einem mordlüsternen Psychopathen zu tun gehabt hatten, selbst wenn niemand in der Lage wäre, die Leichen vorzuweisen, aus denen er die Augen entfernt hatte. Doch sie hatten zumindest eine Leiche, mit der sie eine Anklage auf brutalen Mord untermauern konnten, nämlich die von Ricky Estefan unten in Dana Point, ohne Augen mitten unter Schlangen und Taranteln.

»Wir müssen uns irgendeine Geschichte ausdenken«, sagte Connie, als sie in der Speisekammer standen und auf die mit Bargeld vollgestopften Regale starrten, »die alles abdeckt, alle Lücken und Merkwürdigkeiten, den Grund, weshalb wir in diesem Fall nicht vorschriftsmäßig gehandelt haben. Wir können nicht einfach die Tür zumachen und abhauen, weil zu viele Leute im Pacific View wissen, daß wir heute abend dort waren, mit seiner Mutter gesprochen und uns nach seiner Adresse erkundigt haben.«

»Geschichte?« sagte er verständnislos. »Um Himmels willen, was für eine Geschichte?«

»Weiß ich nicht«, sagte sie und zuckte von dem Schmerz in ihrem Handgelenk zusammen. »Das ist deine Sache.«

»Meine Sache? Wieso meine?«

»Du hast doch immer gerne Märchen gehabt. Erfinde eins. Es muß den Brand in deinem Haus, Ricky Estefan und das hier abdecken. Das ist das mindeste.« Er starrte sie immer noch mit offenem Mund an, da zeigte sie auf all die Stapel Bargeld. »Das wird die Geschichte nur noch komplizierter machen. Laß uns die Sache vereinfachen, indem wir das fortschaffen.«

»Ich will sein Geld nicht«, sagte Harry.

»Ich auch nicht. Keinen einzigen Dollar. Aber wir werden nie rauskriegen, wem er es gestohlen hat, deshalb wird die Regierung es kassieren, dieselbe verdammte Regierung, die uns diesen Tanz ins neue Jahrtausend beschert hat, und ich kann die Idee nicht ertragen, ihr noch mehr zum Verschwenden zu geben.

Außerdem kennen wir doch wohl ein paar Leute, die es sicher gebrauchen könnten, meinst du nicht?«

»Mein Gott, die warten immer noch im Wagen auf uns«, sagte er.

»Laß uns das Geld in Tüten verpacken und es ihnen bringen. Dann kann Janet die anderen mit dem Hund im Wagen fortbringen, damit sie hier nicht reingezogen werden. Inzwischen bastelst du eine Geschichte zusammen, und wenn sie weg sind, können wir die Kollegen rufen.«

»Connie, ich kann unmöglich ...«

»Du fängst besser schon mal an nachzudenken«, sagte sie und zog einen Plastikmüllbeutel aus einer Schachtel auf einem der Regale.

»Aber das ist verrückter als ...«

»Du hast nicht viel Zeit«, sagte sie warnend und öffnete den Beutel mit ihrer gesunden Hand.

»Okay, okay«, sagte er entnervt.

»Ich kann es kaum erwarten, deine Geschichte zu hören«, sagte sie und schaufelte Geldbündel in den ersten Beutel, während er einen zweiten öffnete. »Sie ist bestimmt äußerst amüsant.«

5.

Guter Tag, guter Tag, gut. Die Sonne scheint, der Wind pustet durch sein Fell, im Gras tummeln sich interessante Käfer, auf den Schuhen der Menschen sind interessante Gerüche von interessanten, fernen Orten und keine Katzen.

Alle sind da, alle zusammen. Seit dem frühen Morgen macht Janet köstlich riechende Dinge im Futterraum des Menschenortes, des Menschen- und *Hunde*ortes, ihres Ortes. Sammy ist im Garten, pflückt Tomaten und zieht Möhren aus der Erde – interessant, muß sie in der Erde vergraben haben wie Knochen –, und dann bringt er sie zu Janet in den Futterraum, damit sie köstliche Dinge damit macht. Dann spült Sammy die Steine ab, die die Menschen über ein Stück von dem Gras hinter ihrem Ort legen. Spült die Steine mit einem Schlauch ab, ja ja ja ja ja, der Schlauch, spritzendes Wasser, kalt und köstlich, alle lachen und springen zur Seite, ja ja ja ja. Und Danny ist da, hilft das Tuch auf den Tisch zu legen, der auf den Steinen steht, und Stühle, Teller und andere Dinge hinzustellen. Janet, Danny, Sammy. Jetzt kennt er ihre Namen, denn sie sind schon so lange zusammen, daß er sie kennen muß, Janet und Danny und Sammy alle zusammen im Janet-und-Danny-und-Sammy-und-Woofer-Ort.

Er erinnert sich irgendwie, daß er mal Prince war, und Max, wegen der Katze, die ihm ins Wasser gepißt hat, und er erinnert sich, daß er für alle ganz lange Kerlchen war, doch jetzt hört er nur noch auf Woofer.

Die anderen kommen auch, kommen mit ihrem Auto gefahren, und er kennt ihre Namen fast genausogut, weil sie so oft da sind, so oft zu Besuch kommen. Harry, Connie und Ellie, Ellie ist so groß wie Danny, sie alle kommen zu Besuch aus dem Harry-und-Connie-und-Ellie-und-Toto-Ort.

Toto. Guter Hund, guter Hund, gut. Freund.

Er nimmt Toto sofort mit in den Garten, wo sie nicht graben dürfen – böse Hunde, wenn sie graben, böse Hunde, böse –, um ihm zu zeigen, wo die Möhren wie Knochen vergraben waren. Schnupper schnupper schnupper schnupper. Hier sind noch mehr davon vergraben. Interessant. Aber nicht graben.

Mit Toto und Danny und Ellie spielen, laufen, herumjagen, springen und sich im Gras rollen, rollen.

Guter Tag. Der beste. Der beste.

Dann das Futter. Futter! Sie bringen es aus dem Menschenfutterraum und türmen es auf den Tisch, der im Schatten der Bäume auf den Steinen steht. Schnupper schnupper schnupper schnupper, Schinken, Huhn, Kartoffelsalat, Senf, Käse, Käse ist gut, klebt an den Zähnen, ist aber gut, und mehr, noch mehr Futter da oben auf dem Tisch.

Spring nicht hoch. Sei gut. Sei ein guter Hund. Gute Hunde kriegen mehr Reste, normalerweise nicht nur Reste, ganze große Scheiben, ja ja ja ja ja.

Eine Grille hüpft. Grille! Lauf, lauf, fang sie, fang sie, muß sie haben, Toto auch, hüpft und springt, hierhin, dahin, hierhin, Grille ...

Oh, warte, ja, das Futter. Wieder zum Tisch. Sitz. Die Brust herausgedrückt. Den Kopf schräg gehalten. Mit dem Schwanz wedeln. Das lieben sie. Leck dir die Lefzen, gib ihnen einen Wink.

Jetzt gibt's was. Was was was was? Schinken. Ein Stück Schinken für den Anfang. Gut, gut, gut, weg. Ein köstlicher Anfang, ein sehr guter Anfang.

So ein guter Tag, ein Tag, von dem er immer schon gewußt hatte, daß er kommen würde, einer von vielen guten Tagen, einer nach dem anderen, von jetzt an ganz lange, weil es passiert ist, wirklich passiert ist, er ist um genau die eine Ecke mehr gegangen, hat in den einen merkwürdigen neuen Ort mehr geguckt, und er hat das Wunderbare gefunden, das Wunderbare, von dem er immer wußte, daß es dort draußen auf ihn wartete. Das Wunderbare, das Wunderbare, und das ist dieser Ort und diese Zeit und diese Leute. Und jetzt gibt's ein Stück Huhn, dick und saftig!

Anmerkung für meine Leser

Sämtliche Greueltaten, die Harry und Connie aus Connies Sammlung von Ungeheuerlichkeiten aus dem »Tanz ins neue Jahrtausend« erwähnen, sind Verbrechen, die wirklich passiert sind. In der wirklichen Welt gibt es natürlich niemanden, der so mächtig ist wie Ticktack, doch sein Hang zum Bösen ist nicht reine Fiktion.